アイヌモシリに生きて

【静かな大地＝北海道】

昭和十年、日高地方に生まれた
ある高校英語教師の自叙伝

大脇徳芳

寿郎社

祖母・くわ（中央、17歳）、その姪・静代（右、6歳）、姪・村子（左、4歳）。くわが結婚した1905年（明治38年）に撮影。

大脇悦吉（左後、31歳）、その妻・くわ（中央、23歳）、その姪・静代（右後、12歳）、その長男・忍（左前、5歳）、次男・盛道（右前、3歳）、三男・喜夫（中央前、1歳）。［1911年（明治44年）］

大脇道夫さん出征（24歳）。［1938年（昭和13年）9月］

1940年（昭和15年）頃の元神部尋常小学校（左側に住宅、職員室があった）。円内は大脇忍校長（父）。左端の少年が徳芳（4〜5歳）。

父・忍（右後、35歳）、母・はる（左後、30歳）、徳芳（右前、6歳）、恵子（左前、4歳）、信彦（中央、2歳）。後ろに「ひとりハボ」のチセ（家）が見える。［1941年（昭和16年）］

後列左から盛道（次男、26歳）、忍（長男、28歳）、伏木田真澄（光代の夫、30歳）、喜夫（三男、24歳）、道夫（鎌次郎の長男、21歳）。子どもを除き前列左から房江（盛道の妻、23歳）、はる（忍の妻、24歳）、大脇鎌次郎（62歳）、かな（こま）（57歳）、巴（25歳）、浪子（18歳）。[1935年（昭和10年）8月8日]

父・忍の傘寿を祝って、静内温泉にて。[1986年]（翌年7月20日に父は死去）

「ホワイトハウス」と言っていた浦河高公宅をバックに。苫小牧10年目、私は52歳。[1988年]

新冠町朝日の校長宅前で。後列左から徳芳（14歳）、忍、はる、恵子（12歳）、前列左から信彦（10歳）、勝利（５歳）、香子（２歳）、悦子（７歳）。朝日小中学校の校舎の角が見える。[1950年春]

母、「おおぞら」（施設）から正月帰り。この年の7月24日死去。[2001年1月3日]

三石町の祖父母の墓参り。大脇忍・桜田・三石教会大脇の３家族。[1955年8月13日]

父（忍）と一緒に、父が9歳の時離れてから初めて訪れた当麻町の屯田兵屋を訪ねる。背後は残っていた当時の物置。[1985年5月5日]

父母の金婚式のお祝いを定山渓グランドホテルで。一人も欠けることなく総勢32名が参加。[1980年8月9日]

浦河町姉茶の山の上にあったアイヌ民族の旧墓地を鷲谷サトさんと調査。「アイヌは死んでも差別」。[1975年12月11日]

全国教研沖縄で。左から大脇、城野口百合子、ゲンダーヌ、鷲谷サト、田中了。[1978年1月26日～30日]

「アイヌ民族文化交流会」(苫小牧市生活館、52名参加) を終えて。黒川伝蔵エカシのカムイノミなどを行なった。[1994年8月6日～7日]

全国教研沖縄での城野口百合子の発表。[1978年1月26日]

苫小牧市生活館の落成式。[1990年11月25日]

アイヌ民族の遺骨が納められた北海道大学の納骨堂の内部。[1995年8月4日]

「アイヌ民族共有財産裁判」高裁判決 記者会見総括会議。左から松田平太郎アイヌ民族共有財産裁判を支援する全国連絡会会長、秋辺得平原告、小川隆吉原告団長、発言している房川樹芳弁護士、松村弘康弁護団長、佐藤昭彦弁護士。[2004年5月27日]

アイヌ同胞に「旧土人保護法に基づく共有財産」の返還を呼びかけた「ペウタンケ（決起集会）」を終えて。[1985年5月13日]

「アイヌ民族共有財産裁判を支援する全国連絡会」第５回口頭弁論／意見陳述。伊藤稔原告（中央の青い帽子）の日、裁判所の前で。[2000年6月8日]

ロス・アラモス高校での研修中（2週間）に。［1973年9月］

米国ニューメキシコ州ロス・アラモスの原子力研究所にある2つの原爆の現物大見本。手前がリトルボーイ（広島へ）、奥がファットマン（長崎へ）。「日本人には見せたくない」と言っていた。［1973年9月］

ニューメキシコ州カールスバードで退職者の「モービル・ホーム」を訪ねる（家に付いている車体番号が珍しい）。［1973年9月］

ドイツとオランダの間の国境石。［2011年3月31日］

「プロジェクト・ウエペケレ」の活動で萱野茂さん（中央）の本を出版。左がピーター・ハウレット代表。［2004年2月］

オランダのエド・グロッテンフィス宅を訪ねて。［1984年8月24日］

「古代の天文台」である英国のストーンヘンジ。[1984年8月]

イスラエルとヨルダンの間にある死海。海面下400メートル。塩分濃度30パーセント。[2006年5月1日]

2001年9月11日のニューヨークの同時多発テロで破壊された世界貿易センタービルの跡地（グランドゼロ）。[2006年6月5日]

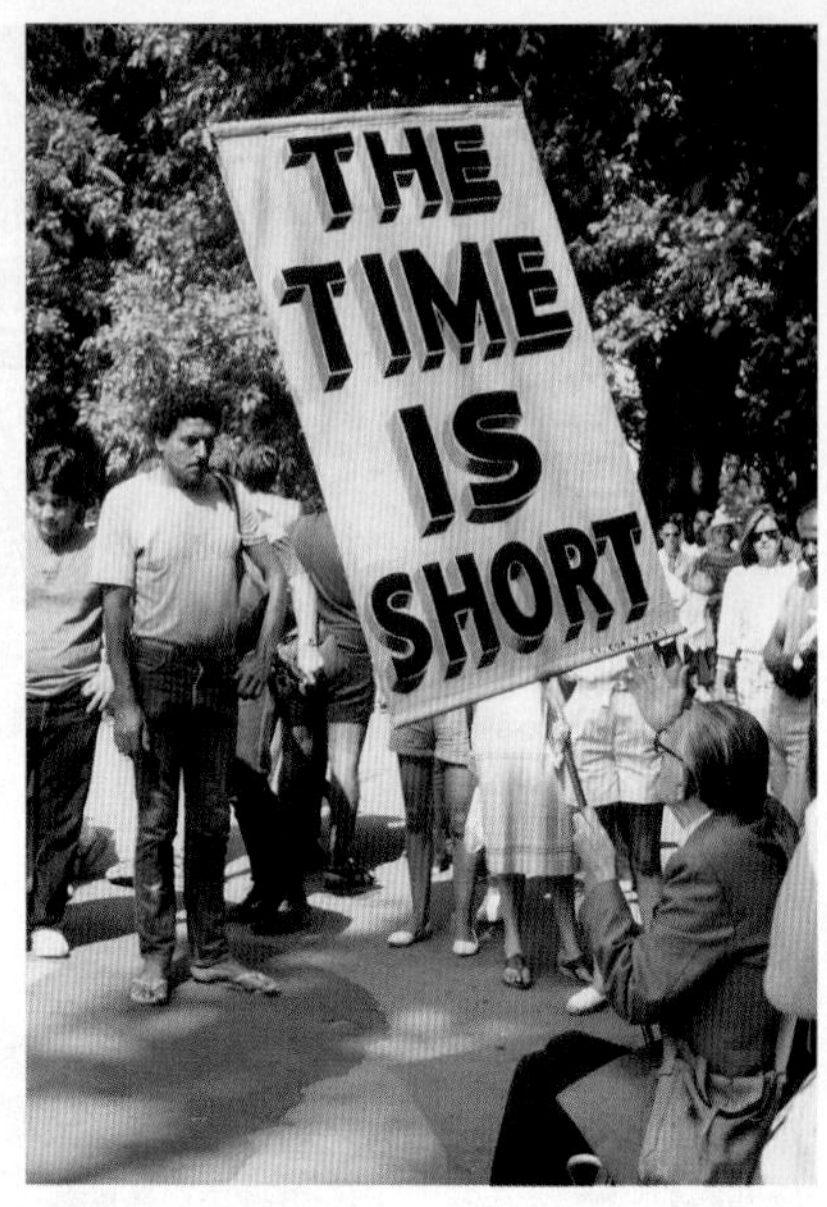

英国ロンドンのハイドパークの「スピーカーズ・コーナー」。だれもが自由に主張を訴えることができる。[1984年7月]

アメリカ・ワシントンのアーリントン国立墓地「Eternal Fire」（永遠の火、消えることのない火）。[1973年7月]

ピカソの『ゲルニカ』（壁画）。1937年作。スペイン・バスクにあるゲルニカがドイツ軍の無差別爆撃に遭った。[2006年5月16日]

メキシコのテオティワカン遺跡。「月のピラミッド」の頂上。[2006年6月20日]

エジプトのギザのクフ王のピラミッドの中間に開けられた入口を見学。[2006年5月4日]

ピースボートの船上の虹。[2006年6月1日]

パナマ運河（全長80キロメートル）。「閘室」を作り水を出し入れして船を上下させる「閘門式運河」。[2006年6月14日]

山下先生（後列中央）が教師として赴任して2年目の1940年に刑事に連れていかれてから67年目にして初めて元神部に来られた。後ろにあるのはかつての奉安殿、場所が移され物置に。[2008年9月12日]

「ファンタスティック・パーティー」（上野ダンススクール）でのフォーメーションのフィナーレの決めポーズ。[2005年12月4日]

ミュージカル「ピアニヤン」の舞台。教育文化会館大ホール。[2008年3月2日]

カナダ・バンクーバーでの「世界平和フォーラム」で、みんなで考えたアピール・バナー「Nuclear free world」（核のない世界）。[2006年6月29日]

ローマ市コロッセオの外形。[2011年3月30日]

バッキンガム宮殿の近衛兵の交代儀式。[1984年8月]

「様似古道」を歩き、北海道の歴史と様似山道のことを知る。写真は「日高耶馬溪」を上から見下ろしたところ。[2012年10月14日]

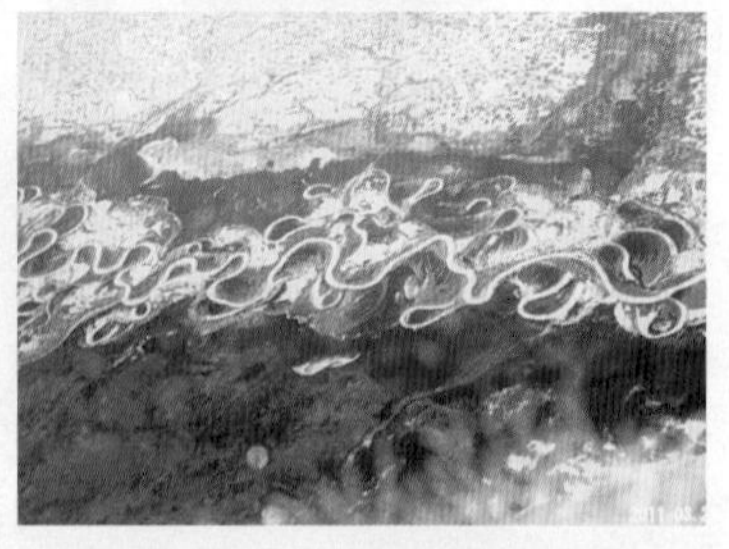

飛行機から見たアムール河支流の蛇行。[2011年3月25日]

苫小牧東高校時代に苫東環濠遺跡を発見。[1982年７月]

ＮＭＦスキークラブ。札幌国際スキー場（シニア・デイ）の頂上でのグループ。[2011年3月9日]

初めて参加した歩くスキー大会（白旗山）。スタート前にグランドで。[2016年1月17日]

キタラ579回札響定期演奏会「メンデルスゾーン交響曲第2番『賛歌』」を終えて。甥・桜田亮（テノール）、大平まゆみさん（コンサートマスター）と一緒に。[2015年7月11日]

金沢市願念寺で。「つかもうごけ我が泣く声は秋の風」。弟子の小杉一笑の死を知って詠んだ句。[2015年6月9日]

知床・カムイワッカ湯の滝。[2017年7月12日]

元神部小中学校クラス会（4学年くらいにわたっている。私は卒業していないが5年生まで一緒）。苫小牧「なごみの湯」。[2004年8月23日]

新冠中学校朝日分校クラス会。登別の「ホテルまほろば」。[1995年2月12日]

浦高6期生30年記念同期会74名と、前列中央の左側から島田先生、松浦先生、塚田先生、篠ケ谷先生、石川先生、伊藤先生。定山渓ホテル。[1984年12月1日]

苫小牧東高校1982年卒業大垣組。久しぶりのクラス会。[2011年8月13日]

浦河高校初めての卒業生（1967年卒第19期）のクラス会。千歳市「源氏」。[2002年10月26日]

まえがき

私はなにせアイヌ民族共有財産裁判のことを残したかった。裁判でまとめるのに序を書いた。

しかし、自分の生い立ちのことを残し、父を始め先祖のことを書かなければ、北海道のことを書かなければ、とずっと頭の中にあって構想を膨らませるうちに、だんだんと今の構成に収斂されたといってよい。だから、最初の序もそのまま残った。

まず、おじいさんが、屯田兵で北海道にやって来たことが、私が北海道にいることになった歴史である。

父はほとんど何も残さなかった。父のことを書くというのが、私の小さい時からの思いであった。

私のことだけでなく、繋がる祖先のことを書かなければとなり、北海道、屯田兵、父、私と繋がり、歴史となった。

だから、当然のことながら、自叙伝は私だけのことではない。

アイヌ民族は、北海道の歴史では欠かせない。欠かせないどころか、私が活動してきたのは、生きてきた歴史は、アイヌ民族の課題と一体、そのものである。読んでいただければそれはわかる。

もう一つ、私は今八六歳になって思うに、「人生ってこんなに面白く、楽しいものなのだ」と実感している、ということである。たくさんの失敗と、確かにつらいこと、苦しいことも多くあったにはあったが、楽しさに比べたらその比ではない。

時間がある。音楽を聴く。映画を観る。二時間、四時間とオペラを愉しむ。今では全部、CD、DVDで部屋の中ですぐ楽しむことができる。

本も読みたい。読みたい本がたくさんある。新聞を読んで、トピックを知り、世の中のことを考える。

外国も楽しかった。語学研修で二回、ピースボートの船旅で世界一周、その他で二回、計五回外国へ行っている。そのことは詳しく書かせていただいた。年齢を考え、体力を考えると、もう外国へ行くことは叶わないと思うが、行きたいという願望はある。見聞を広げたいという願望は持っている。

ベートーベンの『第九』を歌うことや、スキーで国際、ニセコ、富良野で滑ることも続けたい。

もちろん、スポーツは大好きだ。することも、見ることも好きだ。テレビもたくさん見るものがある。特に、夜遅くに良い番組がある。時間がいくらあっても足りないではないか。

これが人生というものだ。

アイヌモシリ【静かな大地＝北海道】に生きて　目次

第六章 「少数民族懇談会」とその他のアイヌ民族の課題 …… 321

第一章　北海道と家族の歴史

父（後列左から２人目）の兄弟と親戚。［1935年（昭和10年）８月８日］（口絵２頁目参照）

序

北海道のアイヌ民族自身が努力を重ね、一九八四年（昭和五九年）の「北海道ウタリ協会総会」で、画期的な「アイヌ民族に関する法律（案）」を可決した。その「前文」には「この法律は、日本国に固有の文化を持ったアイヌ民族が存在することを認め、日本国憲法のもとに民族の誇りが尊重され、民族の権利が保障されることを目的とする」と高らかに謳われている。この決議は、北海道ウタリ協会が道の助力による組織から脱皮し自立する組織に変わろうとする歴史的な大きな転換点になったと思う。その後、一九八八年（昭和六三年）、知事、道議会、ウタリ協会の三者が一致してこの法案の制定を国に要請した。

九年後の一九九七年（平成九年）、国の「アイヌ文化の振興並びにアイヌの伝統等に関する知識の普及及び啓発に関する法律」（略称「アイヌ文化振興法」）となる。そしてようやく「北海道旧土人保護法」と「旭川市旧土人保護地処分法」が廃止された。しかし、この法律はアイヌ民族が望んでいた「アイヌ新法」には程遠いものであった。

それから二二年後の二〇一九年（令和元年）、法律に初めてアイヌ民族を「先住民族」と呼称を付けた新法と言われる法律「アイヌの人々の誇りが尊重される社会を実現するための施策の推進に関する法律」が成立し施行された。

国際関係では、この間、二〇〇七年（平成一九年）ニューヨークでの国連総会で「先住民族の権利に関する国際連合宣言」が採択され、世界的な先住民族の権利の運動の指針がはっきりと打ち出された。その国際的な大きな流れの中で、アイヌ民族の先住権として、明確に獲得できる目標ができたことが大きい。

だが、今回も、まだ先住権については内容が全くなく、三五年前に決議した「アイヌ新法」の内容には程遠いが、それに一歩近付いたことは確かである。アイヌ民族の権利回復が前進することを期待している。それは運動による前進しか方法がないのだが。

1 アイヌ文化は残っていた——私の少年時代の地域の実態

私は、私の体験から、北海道の歴史の中でアイヌ民族がどのような状況に置かれていたか、を明らかにすることから始めたい。

私は日高の新冠(にいかっぷ)村で二歳から一五歳までの幼少期から中学卒業までを過ごした。それは十五年戦争中と戦後、すなわち戦争中の軍国主義の時代と、戦後、新憲法を制定し日本が民主主義国家として歩み出した時代だった。

太平洋戦争に突入して以後(一九四二年頃〜)から物資は急速に不足し、みんなが耐乏生活を強いられ、戦争のためにすべてを犠牲にする生活に変わってきて、村では「召集令状」により頻繁に戦地に赴く青年を軍歌で送り出す時代になった。教育も徹底した厳しい戦時体制に変わり、一九四一年(昭和一六年)、小学校が国民学校と名称が変わり、天皇を中心とした国家が鬼畜米英を駆逐する「撃ちてしやまん」を標語として、その厳しさを児童にも強いるものであった。

小学校の校門から校庭に入ったすぐのところに、玉砂利が敷かれ、物々しく鉄の鎖で囲まれていた「奉安殿」

（黒い木箱に納められた「御真影」――天皇・皇后の写真や、巻き物の「教育勅語」を納めてある、鉄板張りの二メートル四方ほどの建物）が設置されており、生徒は毎朝学校に登校すると、一番最初に必ずその建物に向かって最敬礼をすることを厳しく指導されていた。すなわち、人権思想はすっかり影をひそめていた時代だった。

そのような中では、村の校区の約三分の一にわたる多くのアイヌの人たちが住んでいたが、一層貧しく差別の対象だったと思う。土地があっても条件の悪く狭い土地しかなく、茅葺きの「チセ」（アイヌ語で家の意）が多く見られた土地だった。「北海道旧土人保護法」に基づき国費によってアイヌ民族のために、全道二一校の小学校が設けられ、「旧土人学校」と称せられていたが、その中の一校「元神部小学校」があった部落であった。

私が五歳くらいの時の驚いた記憶である。小学校の前の道路を挟んで、「おけや」と皆が呼んでいた独り暮らしの男の老人のアイヌのチセがあった。そこの老人が何時でも裸足で、冬も裸足で寒がっている様子はなく、小学校の釣瓶式の井戸に水を汲みにきていた。その老人のチセがぽつんと建っていて、当然その前には道路までの道がついていた。春に和人が馬の引くプラオで畑起こしをしていた。その時、その家の回りをグルグルと全部起こしてしまったのだ。「歩く道がない！」。本当に驚いた。どうして道を起こしてしまったのだろうか、と。

もう一人、近くのやはり独り暮らしの、口や手に入れ墨をしている老婆（「ひとりハボ」と呼んでいた）のところへ、しょっちゅう一人で遊びに行っていた。やはり、四、五歳の頃だったと思う。この老婆は、チセに住み、寒い冬、生木を囲炉裏で焚くので、家に入ると煙くて煙くて涙がボロボロと出て目が痛い。そのような所へどうして遊びに行ったのだろうか。後になって考えても、どうもその理由が分からない。が、その老婆が小さな子供に親切に相手をしてくれたからなのだろうと思う。

ある時、口の周りに入れ墨をしている二人の老婆同士が道路で会って、大声でアイヌ語で、相手の手を取り合って話しているところを見たことがあった。その懐かしそうな大袈裟な態度と親しげな様子が忘れられない。

またある時、暗くなった夜、チセの外から窓越しに覗き見し、偶然にも結婚式をしているところを見た。アイヌプリ（アイヌの流儀）のエカシ（男の老人）のカムイノミ（神への祈り）を三〇分も経ったと思われる長い間ジッと見ていた時、その厳粛さには、驚きと感動で忘れることができない。

小学校の一年か二年の時、近所の一級上の男の子が川で溺れて水死した。葬式の時、夜中にトイレに行くと、窓からそのチセの明かりが見え、大勢集まって歌を歌いリムセ（輪踊り）を踊っていて、その床の響きと歌声が大きく響いている。それが二、三日も続いたと思う。そのエキゾチックな歌のリズムを思い出す。

葬儀後、近くの空地に小さな仮小屋を建て生前の死人の物に火を点けて神の国に送る「カソマンデ」の跡があった。貴重な鉄の鍋だったと思うが後に灰の中に残っていた。何で驚いたかというと、当時、貴重な鉄やアルミニュームを供出していたからだった。前述の奉安殿を囲っていた鉄の鎖もコンクリートの柱を壊し供出したのを記憶している。アルミニュームの弁当箱も供出し木の箱の弁当箱になっていたし、驚くことに、洗面器まで緑色の塗料を塗った厚紙で、塗料が剥げるとすぐ駄目になったという経験もあった。

ある時、父が帰ってきて「今夜はアイヌメノコ（女）の踊りを見せてもらってきた。鶴の舞などは本当に鶴が飛んでいるように見えた」と言っていたのを思い出す。

村の和人の大人たちは、アイヌ民族とは表面的な付き合いはするが、「アイヌさん」などと呼び、どことなくよそよそしく、和人同士ではアイヌのことを話題にし卑下する。いわゆる差別扱いだった。結構近しく付き合っている場合でも、「あの人たちは私たちとは違うんだから」という立場を守っていたように思う。

私にとっては、上記のように、アイヌの人達の和人とは違うさまざまな習慣の記憶は、子供の時に異文化に触れた貴重な「原体験」になって残っている。同化政策の中でアイヌ文化が否定され、人権が認められず、差別されている社会の中でも、このようにアイヌ文化は生きて残っていたのである。

2　北海道は日本の「内国植民地」であった——私と北海道とのかかわり

私が北海道とのかかわりを強く意識し出したのは高校時代であったと思う。特に日本の中で北海道は他の地域とは異色の存在であるということを知る。歴史的に言うと七世紀、日本では「蝦夷地」として認知されていたであろうが、地理的な正確さは知られていなかった。私は一六世紀の西欧の地図を持っているが、本州、四国、九州は正確ではないが、それと分かる程度の形で書かれているのに、その北は全く何もない海なのだ。北海道の形が正確に知られるのは明治の七〇年前なのである。

関心があったのは、勿論アイヌ民族であった。一体、アイヌ民族はどこから来たのか。また、北海道はどういう歴史を歩んできたのか。その頃より「北海道の歴史」を読むようになる。アイヌ民族は、日本だけでなく、外国にも特別な目で見られ、風習や生活様式が外国にも知られ、たくさんの「物」が北海道から持ち出され、外国の博物館にはたくさんのアイヌ民族の物があり、アメリカでも「アイヌ民族」が日本にいることがよく知られていることに、後に私はアメリカで驚いた。

今日では考古学の進歩が、研究者の力で物凄く早く進んで、過去の歴史が正確に分かってきた。アイヌ民族の歴史についても分からなかったことが多かったが、知られてきたことが多い。

特に歴史上大切なことは、北海道は日本の「植民地」であったことだ。北海道では明治時代、「北海道開拓」政策によって、どんと北海道の人口が増加し、アイヌ民族は大地を奪われ、生活が破壊されると同時に、その民族性を否定された。「内国植民地」という表現が使われてはいるが、北海道が植民地であったことは、日本の歴史の中ではあまり言われてこなかったが、これはやはり事実だ。

「実際は、侵入した和人の「植民地」そのものであった。異民族を「未開」として抑圧し否定する政策、政府と大資本による外地の資源の略奪的収奪、侵出にあたっての民衆の国家的動員など、北海道「開拓」は、東アジア侵略の第一段階となった。」(井上勝生『幕末・維新』岩波新書)

英語では、明確に「北海道開拓使」は、Hokkaido Colonization Commission、「開拓使」は the Colonial Government と言っている。Colony、コロニー「植民地」なのである。

3　私の祖父は屯田兵家族として北海道へ来た
――明治時代からの「私の家族の歴史」

私の家族の歴史を語ろう。北海道の歴史との関連が大きいからである。私の祖先の過去は波乱に満ちたものであった。

私の祖父は旭川の近くの当麻（とうま）へ入植した屯田兵であった。一八九三年（明治二六年）、愛知県勝川（かちがわ）村より北海道当麻村へ屯田兵家族として入植したのだった。

屯田兵は、北方防衛、治安維持、開拓、窮乏士族救済の目的によって、一八七五年（明治八年）琴似（ことに）が最初だったが、石狩川に沿って入植し、上川盆地では当麻は、永山、東旭川に次いでの三年目、琴似から一八年後の入植であった。

屯田兵は西南戦争で戦争に参加している

士族の最後の抵抗といわれる西南戦争は、一八七七年（明治一〇年）、徴兵令で招集された政府軍によって鎮圧され、西郷隆盛の自刃（じじん）で終わりを告げた、となっているが、この時、黒田北海道長官は屯田兵の札幌本部に対し三月屯田兵の派遣を命じ、四月九日には「屯田兵至急出張せよ」との電文を発した。戦闘参加である。

「翌一〇日ただちに琴似、山鼻両村の屯田兵一大隊は、札幌を出発、二三日九州肥後国小島字百貫石に到着。命（めい）により、別動隊第二旅団へ編入され人吉攻撃の一陣に加わった。五月一日〜八月二日、各地を転戦し、……戦線の縮小によって屯田兵は戦闘の前面から退いた。東京に寄り、九月三〇日札幌へ凱旋した。この出兵により屯田兵は戦死者七名と船中コレラで死亡した者を入れ二七名を失い、二〇名の負傷者を出した」

入植者は開拓も緒についたばかりの時で、出征させられた時期は春から夏にかけ農繁期と重なり、残された老人婦女の苦労は大変なものであったであろう。

一八九〇年（明治二三年）、屯田兵条例改正で、それまでの士族屯田が平民にまで募集資格を拡大した。大脇家の祖父兄弟は国二郎、鎌次郎、悦吉の三兄弟だった。長兄国二郎は勝川で農業を営んでいたが、道楽者で次々に財を散じてしまった。

一八九三年（明治二六年）、次男鎌次郎は同村の武田こまと結婚（戸主でなければ応募できず）、弟悦吉を連れ、意を決して財を整理して屯田兵に応募した。五町歩の給与地と追給地である。鎌次郎二一歳、こま一七歳、悦吉一三歳であった。三男悦吉は私の祖父だが、屯田兵家族として当麻村へ。当麻尋常小学校を終えた後も当時としては珍しい高等科に進学。高等科終了後、兄鎌次郎を助けて、大きな図体をして家業の農作業に従事する。

時代は「日清」「日露」の戦争を迎え、屯田兵には開墾と兵隊との勤めのために平民にはない厳しさであったようだ。一八九五年（明治二八年）、日清戦争により屯田兵が東京まで出征している。

悦吉（明治一三年七月二三日生）は、明治三八年一〇月二一日、二五歳で、鎌次郎の妻こまの妹くわ（明治二一年九月九日生、一七歳）と結婚した。兄弟・姉妹同士の結婚であった。次の年、長男忍（私の父）が生まれ（明治三九年九月一七日生）、次男盛道（明治四二年一月一三日生）、三男喜夫（明治四四年二月一日生）、四男勝（大正二年五月一四日生）が生まれた。結婚後約一〇年間、子育てと農業の忙しい日々を送っている。

日高、三石での天理教信仰の道へ

鎌次郎は明治三七〜三八年の日露戦争には旭川の第七師団の一員として出兵し、旅順攻撃の急先鋒になったという。妻こまは、夫の無事帰還を願う一念から以前より信仰していた天理教の単独布教を決心する。すでに長女静代・次女村子がいたが、二人を弟夫婦に託し、日高へと向かった。日高へ向かった理由は、旭川・永山教会の信者であった郷司文吉さん（十勝の教会長）の「日高は天理教が入っていない、日高三石本桐（みついしほんきり）の長手さんに話しかけてあるので」と、長手さんを紹介されたのであった。

当時、旭川から日高へは十勝路を広尾へ抜け襟裳岬を回らなければ辿り着けなかった。二〇代後半の女の身空で、こまは、筆舌に尽くし難い辛苦を嘗(な)めながら日高三石村で布教に専念した。夫鎌次郎は死線を越えて無事生還。その後、鎌次郎・こま夫婦は当麻から三石に居を移し信仰の道一筋を歩むことになる。

私の祖父母悦吉・くわは、鎌次郎夫妻の後の土地五町歩を受け継ぐ。しかし、一九一五年（大正四年）は大激変の一年になったのである。大正四年二月一日、母くわ死亡（享年二六）。小柄ながら気の強いところのあったくわは心臓麻痺であっという間に亡くなった。母を失った四男勝は、現在のような人工栄養のない時代、大正四年四月二三日、幼い命を終えてしまった（享年一）。母のいない家庭にあって兄弟三人（私の父忍〔九歳〕、次男盛道〔六歳〕、三男喜夫〔三歳〕）を世話をしたのが鎌次郎長女静代だった。当時一六歳のうら若き乙女であった静代の肩には主婦の重荷と農作業の苦しさがのしかかった。

父悦吉は後妻さんを迎えた。しかし、父悦吉も体調を崩し、旭川の病院に入退院を繰り返し、大正四年一一月四日、死亡した（享年三五）。胃癌であった。一年の間に父母、弟の三名の死亡。

鎌次郎伯父が来て善後策を話し合う。義母は「幼い三人がかわいそう。何とか面倒を見たい」と言っていたようだが、某(なにがし)かの財を分けて実家に戻ってもらった。次の年の三月まで、静代姉が面倒を見ることになった。厳しい旭川の冬がどれほど寂しく、長く感じたことであろうか。

ようやく次の年、一九一六年（大正五年）三月、日高の三石へと皆を連れて行くために伯父鎌次郎がやってくる。一行五名は当麻から永山まで馬橇(ばそり)を仕立てて天理教永山教会で一泊。永山からは汽車で旭川へ。汽車は兄弟にとっては初めてである。旭川では母方の親戚塚本家に一泊。ここでは初めての電灯の明かりが珍しかった。次の日の一泊は父方の親戚美唄(びばい)兵村の大脇金松宅であった。

次に一行五名が宿を取ったのが苫小牧駅前にある広島屋という旅館であった。ここでまた問題が。この旅館の女将、子供三人を伴った一行の姿に同情したか、事情を聞くと「近所に子供を非常に欲しがっている夫婦がいる。夜は等身大の人形を抱いて寝ているそう。三人もいて大変だから一人養子に出したらいいのではないか。それだけ生活も助かるし」。そう勧められた伯父鎌次郎、その時、三石には五人の子供がいた。一晩考えた末その気になったらしく、一応その人に会ってみることになった。その人小渡吉太郎は、当時四〇歳前後。王子製紙の山線駅長を勤めていた。話はトントン拍子に進んだらしく、誰にするかという段階で真ん中の次男の盛道（七歳）に決まった。

小渡さんと盛道さんの二人は一行四人を軽便鉄道の駅で見送ったという。後で、三石の子供の一人、伏木田光代さんが本の中で次のように書いている。

「父が後始末をして子供を日高に連れて来ました。その道中、良い人がいて子供の一人を欲しいと言って可愛がってくれるので、置いてきた方が幸せかと思って、盛道をやってきたという父を、母が大変怒りました」

結局、盛道さんは二年後に道内七カ所を転々とする大変な生活を送った後、三石へは荷札を付けられ浦河丸という日高行の船に乗せられて、ようやく兄弟と一緒になることができた。この時、盛道さんは時化て三石で上がれず、様似港に避難。凪を待ち、一週間も遅れて三石に着いた。波止場には村子（一九歳）、忍（一二歳）の二人が迎えに出た。大きな鞄を持った眼だけギョロリとした真っ黒な顔をした子供が一人上陸した。とても寒かったので暖かい船の気罐室の階上で一週間もほとんど顔も洗わず寝起きしていた、盛道さんだったのだ。

三石では子供八人（男四人、女四人）と大人二人とで一〇人となり、これまた大変な生活が始まった。

当時、「天理教三石宣教所」の看板が掲げられた大脇家の生活を支える基盤は至極不安定なものであったと思われる。馬鈴薯、南瓜、とうもろこし、などが主食になることも多く、ある時は煎り大豆を夕食代わりに分け合って食べたこともあったという。「さすがにこの時は夜床に入っても空腹と悲しさで寝付くことができなかった」と盛道さんは後で書いている。前庭や裏山の狭い谷を開墾して野菜等を作ったが、子供たちで年齢に応じて、耕作、草取り、収穫など仕事を分担した。水汲み、燃料となる薪(まき)集め、など皆で協力して、一生懸命働かなければならなかった。

一九一八年(大正七年)、盛道叔父が加わった時の父母と兄弟・姉妹の子供の氏名と年齢を記す。父鎌次郎(四六歳)、母こま(四〇歳)、村子(一七歳)、忍(一二歳)、光代(一一歳)、盛道(九歳)、巴(八歳)、喜夫(七歳)、道夫(四歳)、波子(二歳)。

父忍は教員の道へ

父忍について述べよう。伯父・伯母の家で実子のようにして育てられたが、やはり本当の父母ではない遠慮から、精一杯皆のことを考え、あらゆる仕事を先頭になって一生懸命働いたことが伺われる。「忍兄さん」という言葉で語られる話には、何時もそのような頼られている信頼感が付きまとう。真面目で不器用な父であったので、私にはそのような生活が目に浮かぶ。経済的には大変でも、子供たちの中では、馬乗り、手ぬぐいでの天下取り遊び、歌遊び等、たくさんの遊びがあった。父の従妹(いとこ)の光代さんの先ほど引用した本の中の文章で「父母も笑っていました。私たちも笑いころげていました。もう七〇年も昔のことです。歌遊びの光景です」と書いています。小学校時代は、毎年大脇家の子供が次々に学校に入ってくるが、皆優秀なので近所の評判になったし、終業式・卒業式には父が学校に行くのは鼻が高かったという皆の言である。特に、父の忍、盛道、巴の三人は何時もクラス総代だったという。

さて、進学では経済的に大変なので、当時金のかからない道は、逓信講習所に入るか、師範学校に入るしかなかった。それで父忍は教師を目指して、一番金のかからない難しい六カ月の「准教員養成講習会」で学び、日高本桐小学校の教員になる（一五歳）。その後、札幌師範併設の「札幌尋常科教員養成講習会」を一年受けてオホーツクの枝幸小学校に正教員として赴任した（一八歳）のが一九二四年（大正一三年）。

その後もいろいろあったが、結局、父忍が仕送りし、盛道、喜夫の二人の弟も、金のかからない師範学校を無事卒業し（盛道叔父は札幌師範、喜夫叔父は旭川師範）、三人とも学校の教員を全うすることになる。

父忍は、その後、日高三石に戻り、歌笛小学校、三石小学校訓導として教職につき、一九三二年（昭和七年）三月、天理教信徒である同じ三石の前川伴次郎の四女はると結婚した翌年、二六歳の若さで（当時、教員不足の時代だったという）日高の沙流郡平取村の岩知志小学校の校長となる（四年間）。

その後、元神部小学校（一〇年間）、新冠小学校（四年間）、歌別小学校（三年間）、上杵臼小中学校（二年間）、幌舞小学校（七年半）、明和小学校の校長（四年半）を歴任。校長職三四年を経て、一九六七年（昭和四二年）三月三一日、四五年余りの教員生活に、ピリオドを打ち、札幌に建てた自宅に落ち着く。

第二章　幼児期から大学卒業まで

北海道学芸大学札幌分校英語科34年卒業同期会。卒業後9年目（20名写っている）。［1968年8月10日］

1　動物をたくさん飼う生活——私の幼児期、小学校時代

父が校長として最初に赴任したのは、一九三三年（昭和八年）四月、日高管内の沙流郡平取村岩知志小学校。そこで姉玲子（昭和八年一〇月二二日生）と私徳芳（昭和一〇年八月一六日生）の二人が生まれている。沙流川の上流で、河口の富川から四〇キロ以上もある所のクローム坑山のある村であった。盆などに三石へ帰るには、歩いて宿に一泊しなければ行けなかったという。

父が話していた一つの事件は、五月初旬の昼休みのことであった。「校長先生、大変だ！」「A男が川に落ちたんだ」。子供たちが口々に叫んだ。「ツツジの花取る気して落ちたんだ」。大雨が降って水かさが増していた時だ。グランドを越えて約二〇〇メートル先が沙流川だ。若いK先生と生徒も一緒に走った。紫ツツジの小さな木々が崖にたくさんの花をつけている。前日の雨は雪解け水を含み、濁流となって川幅一杯になって流れている。普段は大きく突き出た岩の下の方を流れている清流が、その岩のところまで水位が上がり、濁流は音をたてて流れている。崖から覗き見ると、普段はヤンチャ坊主のA男が、「おー、おー、おー」と震える声で泣きながら流れの中で岩にしがみついている。「しっかり掴まっていろよ！　今助けてやるから」と大声で叫んだ。だが危なくて、簡単に行ける状態ではない。一瞬、どうしたものかと考えた。「ロープを借りてこい！」。生徒を近くの農家に走らせた。腰にロープを結わえ付け、端をK先生と生徒たちが握る。ゆっくりと岩を降りる。水の中のA男に「頑張るんだ！」と言って励ます。水は肌を切るほどに冷たい。水は胸まで達した。A男は泣きながら岩にしがみついている。ようやくA男に近付いた。「慌てるな！」。濁流に逆らい渾身の力を込めて、A男を掴まえた。「ロープをゆっくり引いてくれ。ゆっくり上がるんだ」。崖の上までようやく上った。子供たちから喚声が上

った と言う。忘れられない話だ。

私が物心がついたのは、新冠村の元神部小学校（今の東川小学校）に来た一九三七年（昭和一二年）から後である。そこでのアイヌ民族に関することは、すでに述べた。

元神部に居たのは太平洋戦争が激しくなり校長の移動もほとんどなく、戦後の昭和二二年までの一〇年間であった。私は幼児期から小学校五年までここに居たことで、少年時代の思い出が多い。元神部で生まれた兄弟・姉妹は、恵子（昭和一二年九月二二日生）、信彦（昭和一五年一月一一日生）、悦子（昭和一八年一月一二日生）、勝利（昭和一九年一二月九日生）の男女交互の四名である。

私と父の関係では、何時も「徳芳、行くぞ」という声掛けで、一緒に歩く。川へ釣りに行く。盆に三石へ行く時は、私だけ自転車の後ろに乗って父に掴まる。年末年始は、大晦日の朝から稲藁（いなわら）叩きから始まって、しめ縄編み、門松取り、紙の飾り付けなど仕事がたくさんあった。父は不器用だが、丁寧過ぎるくらい丁寧で、時間がかかる。毎年暗くなるまでその手伝いをする。家で飼育の動物は、兎、鶏、豚、山羊、戦争が激しくなり衣類が不足すると綿羊（父が滝川へ行き買ってきた）と、いろいろ飼っていたが、鶏、豚、綿羊は毎年飼っていた。羊も最後には一〇頭まで増えた。それらの世話はほとんど、羊は全部私の仕事（責任）だった。羊の小屋造りの時はやはり父の手伝いをする。古板などを集め、やり繰りするので余計時間がかかる。これらの仕事で私は父と一緒で、特に時間がかかり大変だったが、辛抱する力が付いたと思う。

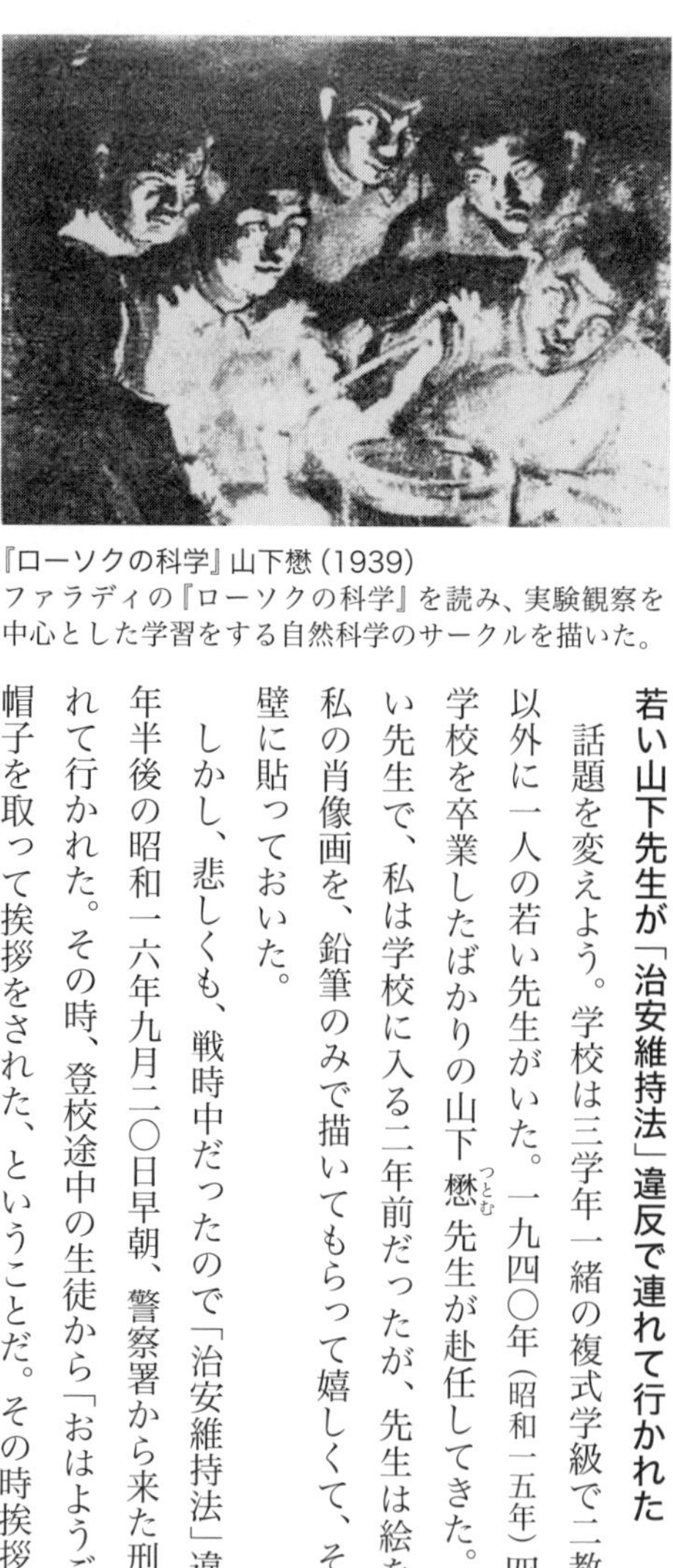

『ローソクの科学』山下懋（1939）
ファラディの『ローソクの科学』を読み、実験観察を中心とした学習をする自然科学のサークルを描いた。

若い山下先生が「治安維持法」違反で連れて行かれた

話題を変えよう。学校は三学年一緒の複式学級で二教室あった。父以外に一人の若い先生がいた。一九四〇年（昭和一五年）四月、旭川師範学校を卒業したばかりの山下懋先生が赴任してきた。背の高い優しい先生で、私は学校に入る二年前だったが、先生は絵を描く先生で、私の肖像画を、鉛筆のみで描いてもらって嬉しくて、その絵を部屋の壁に貼っておいた。

しかし、悲しくも、戦時中だったので「治安維持法」違反で、彼は一年半後の昭和一六年九月二〇日早朝、警察署から来た刑事に馬車で連れて行かれた。その時、登校途中の生徒から「おはようございます」と帽子を取って挨拶をされた、ということだ。その時挨拶した生徒が分かった。ずっと後の二〇一〇年頃のクラス会で、私より一級年上で、その時小学校一年生の女の子（肥田美代子——新冠町万世在住）だった。母は、しょっちゅう「山下先生どうしているだろうか」と言っていたが、母は会えなかった。

後日談になるが、宮田汎氏の努力で、この事件が明らかになる。二〇〇六年（平成一八年）七月一六日（日）、札幌の「生活図画事件を語る」の集会で、千葉県市川市に住んでいると分かった山下先生と六五年振りに会えたのだった。

山下先生は、旭川師範学校の関係者二五名のうちの一人として同時に検挙された。その後、札幌から旭川刑務所に移され厳しい牢獄生活を送り、二年後の昭和一八年一一月四日判決で、懲役二年、執行猶予四年の刑で釈放となったということを知る。

山下先生は元神部村で、「紙芝居と音楽の夕べ」を行ない、読書会を開き、回覧雑誌を作った。青年たちは出稼ぎのお金を出し合って村の図書館も作ったという。

この事件は生活綴方事件と同じように、旭川師範学校の熊田満佐吾先生の元で、「生活を見つめてリアルに描こう」という考えで絵を描いたということだが、生活綴方事件は秋田などの東北、北海道をはじめ全国各地で三〇〇人くらいの先生方が検挙されていることだが、「生活図画事件」の方は北海道だけだ。その中心だった熊田先生は三年六カ月という実刑、その他二名が実刑を受けた。旭川師範学校当時の皆の絵を見ると、「雪上作業」とか、山下先生では「ローソクの科学」「植物研究会」など集団的な学習サークルを描いたものがあり、絵を描く技術も高かったと思う。

小学校生活の思い出

小学校生活の思い出を語ろう。複式学級は先生が大変で、学習進度も大変だろうが、直接教わっていない学年は、他の学年の勉強ができるという長所もあったと思う。ある時、国語の授業で、一五人くらいの我々同一学年が教科書を持って、廊下のはずれの日がぽかぽかと当たり心地よい所に出て、自分たちで国語の教科書を輪読したことを鮮明に覚えている。

校長住宅が学校の建物の構造で職員室、体育館と戸だけで繋がっていたので、特に雨の日曜日などには、こっそりのつもりだが、跳び箱を出して跳んだり、オルガンを弾いて楽しんだりできた、よい思い出がある。

戦時下だったため、毎年一二月八日（太平洋戦争開戦の日）、全校生徒がすぐ裏山の神社へ、「兵士の武勲と戦争勝利の祈り」を行なうために行った。一二月ともなると寒い日が多かったと記憶しているが、「兵隊さんのことを思えば我慢し手袋を付けないように」と言われ、一〇〇メートルくらいの距離の結構急な坂を整列して上がった。
また、天長節（天皇の誕生日）や紀元節（建国の日）には、式典だけが学校であるのでその日は授業はなく、奉安殿から天皇・皇后の「御真影」（当時このことばを使っていた）と教育勅語を、校長が教室をしつらえた会場へ厳かに掲げながら運ぶので、生徒は全員奉安殿から学校の玄関までの道程の両側に整列し最敬礼をしていなければならなかった。

1940年か41年、元神部小学校の校門前で写す（2006年7月16日、山下先生より）。

山下先生がいなくなった後、戦中・戦後は先生が足りなく大変な時代だったと思う。記憶を辿ると、若い女の先生ばかりが続く。浦河高等女学校を卒業したばかりの木村やす子先生、古川ミツ子先生、山田ハツ先生。戦後は、父はよく旧制中学を出た人を探していた。新田光雄先生もその一人だったと思う。

自然の豊かな田舎の生活

雪の少ない日高では、三月の早く春一番に山の麓にあざやかな黄色の福寿草が咲く。これを採りに行くのだが、地面の凍り方がすごい。後で知ったのだが、札幌では雪が多く、春、土が全く凍っていないことに気付き、こんなにも違うんだ、と驚いた。小学生にとっては、元神部で堅く凍ってしまっている根を掘り起こすのは、マサカリでも不可能なのだ。

元神部は、自然が豊かな農村なので、春が来ると、母に連れられて山へ行き、蕗（ふき）やコゴミを採り、コゴミは丸くなった頭を山でそぎ落とし、背負って帰ってくる。

近くを小さな受乞川（うけごいがわ）が流れているが、柳の根が水中にあり溜まりになっている所にはエビがいっぱいいる。四センチくらいの白く透き通ったエビで、ピンピン跳ねるのを、生で食べると甘くて美味しい。それを獲りたくて、こっそり台所から笊（ざる）を持ち出して、獲った後で返しておいたが、汚れていたのか、叱られた記憶がある。

釣りの経験である。「やまべ」（魚のヤマメ、我々は何時もこう言った）釣りである。厚別川（あっぺつかわ）の支流には学校のすぐ下の受乞川と一キロくらい上の元神部川があり、やまべは大きい方の元神部川にはいたが、受乞川にはいなかった。やまべ釣りは簡単ではない。重りを付けないか、つけても軽くして、技術が問題である。狭い川の両側の木の枝にテグスが引っかかる。だから特別なのだ。小学校三年生の時である。母に弁当を作ってもらい、日曜日一日かけて出かけた。「一人前として認められた」と大変嬉しかったのを思い出す。成果は一日でたったの四匹だった。しかし、忘れられない経験ではあった。

大川の厚別川にもたくさんの魚などがいた。秋には「アカハラ」（ウグイが秋の季節に腹が赤くなる）が大きな群れを作るので、それが集まって真っ黒になって見える。

記憶は、「魚取りの網」（半円形の枠に七〇～八〇センチの魚の入る弛みのある網を付けて、真ん中に少し長い棒が付いている）で、「草取り」をジャボジャボと追い出し用に使って、獲っている時、大きな蛇のようなものが入って驚いた。それは黒色のウナギだった。後にも先にもその一回のみで、「小学生でも獲れた」と自慢げに持ち帰ったのを思い出す。場所は、深い所で、木の根があって奥が深く感じる所。青年たちは、夜、明かりをつけて、ノコを使い砂利の浅瀬で取るというのを聞いた。結構、泥川の感じで、ウナギがいる川とは聞いていた。

この厚別川は、泳ぎを覚えた川でもある。大勢で何時も行く「ガンケ」がある。川岸が川水でえぐられた高い土の壁が続き、最後はカーブで水が渦巻いていて深い場所になっている。そこへは上級生しか行けない。その場所に行けるようになるのが目標である。川は流れの速度が変化して、深さも変化する。後で海で泳ぐようになり、塩水なのでその浮力が海では大変助けになることを知る。川は海とは全然違うので、川の経験がない場合大変危険だろうなと思う。

川での楽しいゲームがある。自分の石を決めその石を置いてきて他人に拾わせる。石の大きさの変化、深いところは大変だ。できるだけ難しくして競い合う。結構面白く、泳ぐ技術の上達にも繋がった。

秋のカケス獲り

秋のカケス獲りも面白かった。誰だったか（上級生だったと思う）に、「カケス落とし」の作り方を教えてもらい、幾つも作って山の麓に仕掛けた。

バネになる小枝を使い、綿糸三本（一メートル五〇センチ以上）を小枝の先に縛り付ける。二本は「細い一〇センチくらいの棒」の両端を縛る。一本には、細い八〜九センチの棒を付けて、真ん中で「引き止めて跳ねる役割を持つ」。ちょうどバネで綿糸を下に引いた地面を平らにし、「少し太い一五センチ以上の長さの棒」を、二本の「まつか木」を土に刺して止める。その止めた棒の下を、さっきの「一〇センチの棒」をくぐらせて「窓」を作り、一本の真ん中の棒で、一〇センチくらいの棒を引き止めて「窓」を作り、もう一本の細い棒を横にして止める。「窓」を作るのがポイントである。後は、二〇本くらいの細い棒で窓の後ろに丸く囲いを作る。

「まっか木」で止めた少し太い一五センチ以上の長さの棒が境になって、その前と、囲いの中にトウキビの粒を三〜四粒ずつ撒いておく。カケスがきて囲いの前の粒の次に、窓の中の粒を食べようとして窓に首を入れると、横にした棒に振れ、その棒を落とすと、長さ一〇センチの棒で首が締まるということになる。

学校では、秋に収穫したトウモロコシを乾燥させるために、校庭の横に芯についたままの束になったトウモロコシを、細く長い丸太を組んだ所（はさ掛け？）に掛けてある。そのトウモロコシを目当てに、多くのカケスが集まってくる。だから、その横下に「カケス落とし」を仕掛けると、時間を置かずカケスが獲れるということになる。一番獲れたのは、休日で生徒が学校に来てない日、九羽が一日で獲れたことがあった。村には肉屋などない。貴重なカレーライスの肉になった。ギャーギャーとうるさい鳥だが、カケスは慣らすと「オウム」のように人間の物まねが上手な、羽が綺麗な色の鳥なのだ。

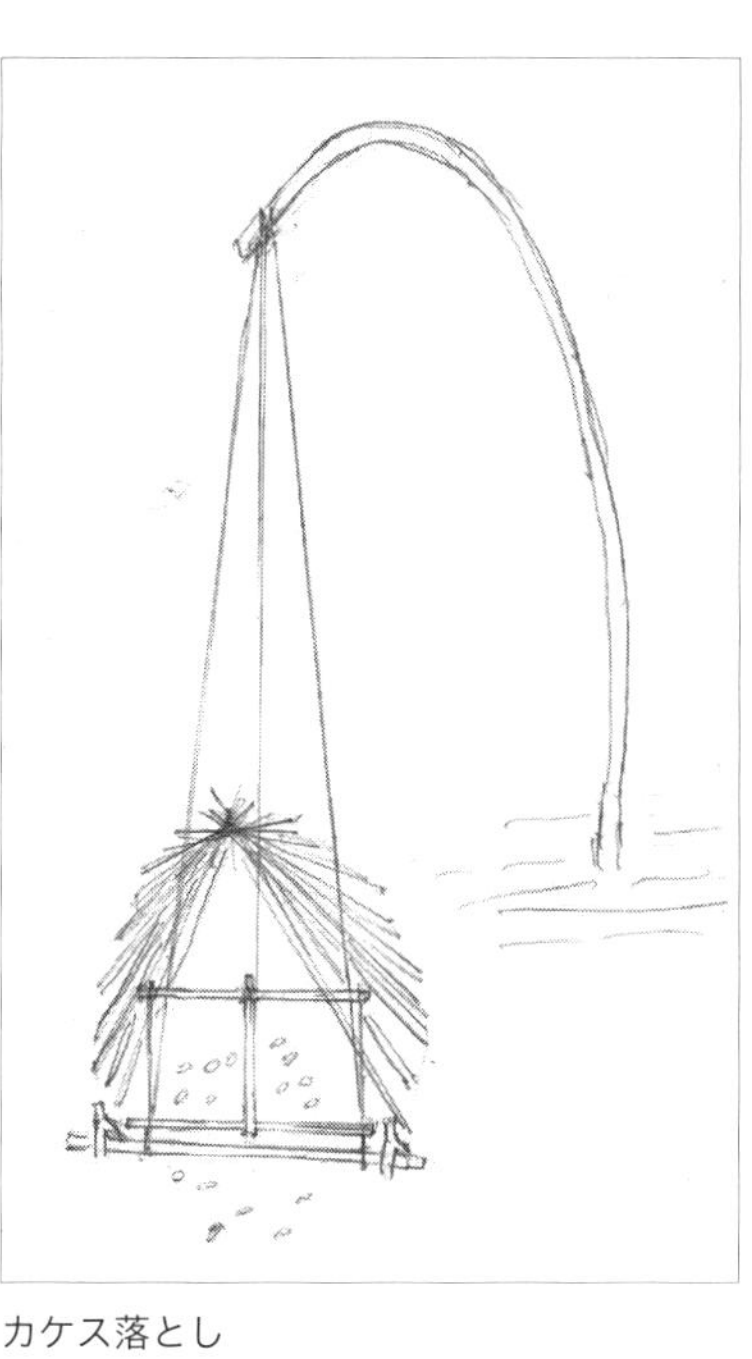
カケス落とし

母は野菜作りなどで忙しかった

学校の裏には、一〇〇坪ほどの畑があって、母は農家出で、食料難の時代、いろいろな野菜を作って、助けになっていた。キャベツ、キュウリ、トマト、ナス、ニンジン、ゴボウ、大豆、馬鈴薯、トウキビ（とうもろこし）など。回りには、スモモの木、グーズベリー。それに、イチゴ、カーリンズ、グミの木もあった。また、一キロほど奥の河原に、青年団が新しく林を開墾して農地にした一町歩の土地があった。その土地を全部使い、母が夜明けから朝御飯支度までの二時間くらい、そこの畑仕事を行っていた。毎日のように通っていた。作った作物は、大豆、小豆、そば。殻竿（穂やマメなどを打って殻粒を取る道具。長い柄の先に回転する棒を付けたもの）で「そば落とし」を手伝った記憶がある。石臼があったので、もちろん正月にはそれを挽いて手打ち蕎麦だ。大豆はカマスに三つ、溢れるほどあった。多くは大きな鍋で炊いて豚の餌だったと思う。

豚は毎年正月前に屠殺する。父は最初、アイヌの人に頼んでやってもらっていたが、頭全部、首の肉を多く付けて持って行くので、次の年から頼まずに、自分で屠殺する。だがこれが大変だった。マサカリで豚の額を打って脳振盪を起こすと素早く首の頸動脈を出刃包丁で切る。血がドッと出る。額を打つのが動き回るので難しい。できるだけ動かないように足を縛ったりするのだが、豚は利口で雰囲気が変わるとそれに気付き、余計動き回る。成功した年もあれば、古縄が切れて逃げ出した年もあった。捕まえるのが大変だったという記憶がある。肉の付いた四本の足をぶら下げて冬には十分の食料になる。内臓にはたくさんの脂が付いていて、質のよい真っ白なラードがたくさん取れて、一年中そのラードを使う。小腸は綺麗に洗いモツになる。食料難でたくさんの家族が、豚一頭でどれほど助かったことか、と思う。

艦載機に乗っているアメリカ兵の顔が見えた

終戦の年、一九四五年（昭和二〇年）。艦載機が日高の海岸線にも来た。元神部は海岸から八キロと離れているが、「ダダダッ、ダダダッ、ダダダッ、クーーーン」と攻撃の後は急上昇する艦載機のエンジンの音が何回も結構大きく響いて聞こえてくる。海岸の厚賀が攻撃されているのだ。その後、旋回して元神部上空にもやって来た。弾は飛んでこないので安心だが、校地を囲ってあったオンコ（?）の木陰に隠れ、上空を見ていた。そうすると、艦載機が低空で旋回してくると真上まで来て、一人乗って居る兵士がはっきりと見えたのだ。驚いて身が竦んだ。まさに下を見ている操縦士の顔まで見えるという状態だった。「操縦士の顔が見えた」と初めて見たアメリカ人に、心臓がドキドキだった。

終戦になった日だった（昭和二〇年八月一五日）。朝、村の青年たちが集まってきた。厚別川の向かいの山の中に何か赤いものが見えるという。何か分からないが、確かに赤いものが見えた。「何人かで何なのか確かめに行って見ようか」と相談になった。緊迫した戦争、いろいろな情勢が伝えられていた時、不安な気持ちが皆にはあったと思う。まさにそんな時の出来事だった。

時間的経過は、記憶でははっきりしてはいないが、正午には天皇陛下の御言葉があると伝えられた。これも午前には知らなかったと思う。電気がなかったし、ラジオがある家が元神部には一軒もなかったと思う（父もラジオは持っていたが、故障で使えなかった）。「戦争が終わった」、「山の赤いのは、木の葉が赤く紅葉していた」と知ったのは夕方になってからであった、と思う。

兵士が死亡し、幽霊になって……

元神部での不思議な体験を一つ話したいと思う。私はできるだけ科学的なことを尊重するように努めているつもりだが、科学では説明のつかない「霊魂」についてである。

小学校三年の時で戦争が激しくなっていた時だった。近くのおばさんが母と話をしていた。息子が戦争に行っていた。食事の後、台所で食器を洗っていると、グイグイと着物の袖を引かれた。驚いて振り向いて見ても誰もいない。おかしいなと思ったが、後で息子の戦死の知らせが来た。「ちょうどその時死んだのだと思う。やっぱり知らせに来たんだ」と言っていた。そんなことがあるものか。私は信じたくない。しかし同じようなことが起こったのだ。

正月（一月一日）の夜、八時少し過ぎた時だった。前にも書いた校舎続きの住宅でのことだった。そこに居たのは母と子供五人だったか。ガラガラッと職員室の向こうの生徒玄関の戸が開く高い音がした。「あっ！　誰か来た」。私だけでなく皆が聞いた音だ。次に「コトッ！　コトッ！」「コトッ！　コトッ！」と軍靴の音が響く。玄関から上がったところは教室よりはかなり広い場所があって、我々は体育館と呼んでいた。壁には青年学校で使う幾種類かの銃（実弾が撃てるものもあったと思うが、木銃もたくさんあったと思う）が立てて並べて納めてあった。その銃のところで、ガチャ、ガチャ、と銃に触れている音がする。そしてまた軍靴の足音。そこまでだったと思う。後は何も聞こえなかった。皆恐ろしくて黙っていた。父は元旦でどこかへ出かけていた。

次の日（二日）。その時は父がいたし、片足の膝が曲がらない村の青年——田村の「ターチャン」も来ていた。全く昨日と同じ時間。全く同じ音がした。「昨夜と同じ音だ」と言うと、ターチャンが「行って見てくる」と、ランプを持って（電気が来ていず明かりはランプだった）、音が聞こえた方へドアを開けて出て行った。私だけが恐ろしかったが付いて行った。ターチャンはずっと廊下を通り、左手のトイレの棟に入り、五、六個あった大便用のトイレのドアを一つ一つ開けて見ていった。そして「誰もいない」と言って帰って来た。全く不思議でいまだに明確に覚えている。

戦後の一つの思い出は、絵の話だ。戦後の「緑化運動」の一環だったと思うが、絵のコンテストが開かれた。私はポスターを描いて提出した。立木を大きく描いて緑で塗ったことを思い出す。忘れた頃に、「ほら、賞品が来た」と父が言い、受け取ったのが賞状と五円くらいのお金だった。北海道か日高支庁の主催であったのだろう。

父の転勤で、新冠小学校へ転校。転勤は馬車での大移動

元神部でちょうど一〇年が経ち、父の転勤で一九四七年(昭和二二年)、同じ新冠村の一つ沢を隔てた新冠村去童(現在の朝日)にあった新冠小学校六年として、転校することになる。

たぶん三月の末のある日、大変親しくなった村人たちが馬車(金の輪をはめた車輪)——「舗動車」(ゴムのタイヤの両車輪で馬が引く)——を仕立てて、多分一〇台以上を連ねて二二〜二三キロの距離を家財道具一切を積んで早朝から一日がかりで運んだ。当時、馬で引いて、このように行列で道路を行くなどとは本当に珍しいことで、決して見られなかったことであろう。綿羊数頭と豚も積まれ、スモモを塩漬けにした樽なども積んだ。この途中、一大事が起きた。

大狩部の山道を通ってクネクネ曲がる坂道を降りる時、珍しく向かいから、下から上がって来る自動車に会った。エンジンの音を立てて坂を登ってくる自動車などは、当時全く珍しかったので、驚いて暴れ出した馬がいた。たまたま牧草地のように広く坂になっていた場所で、馬車が馬と共に転げて、ゴロンゴロンと回転して止まった。馬はこのような時、脚を骨折することが多い。しかしこの時、少し血が出たようだったが馬は骨折もなく無事であった。しかし積んでいた荷物がごろごろと坂を転がった。スモモの塩漬けの樽も転がってスモモがばら撒かれた。皆は一時停止し、転がった馬車を無事元に戻しほっとした。

昼頃に、ようやく小学校に到着し、荷物を下ろし、「帰ると暗くなる時間になる」と言って、急いで馬車はみな帰途に就いた。天気のよい日で、無事父の転勤は終わった。思い出の多い引っ越しではあった。

2 「新冠御料牧場」のど真ん中、戦争に負けてどうなったか
――新冠小学校（六年）、新冠中学校の思い出

父が転勤した去童の地理的環境は、元神部と非常によく似ていた。川の流れは厚別川より水量が多い新冠川の流域で、海岸からの距離が元神部より少し近く七キロくらいであった。元神部の方も新冠御料牧場に入っていたが、違ったのは、去童の方は大きな「新冠御料牧場」にすっぽり入っていた地域であって、たくさんの「新冠御料牧場」の施設があり、そこで働く人々（和人の小作農民や、作業をするために強制移住させられたアイヌ民族）がたくさんいた。

この「新冠御料牧場」について触れないわけにはいかない。

開拓使長官黒田清隆は、一八七二年（明治五年）新冠、静内、沙流の三郡にまたがる地域を最適の地とし、日高各地から（アイヌを使って）二二六二頭の野馬を集め、七〇〇平方キロメートルの土地を「牧馬場」としたのが「新冠御料牧場」の始まりである。その後一八七七年（明治一〇年）に、エドウィン・ダンが地積を六八〇〇ヘクタールに縮小し、場名を「新冠牧馬場」とし、事務所を「新冠村高江（たかえ）」から「静内町御園（みその）」に移し、牧場を七区に分区し、管理・監視を容易にした。

一八八三年（明治一六年）一二月には「宮内省の所管」に変更され、以後「新冠御料牧場」となり、働く人たちは塗炭の苦しみに見舞われるのである。いつ制定されているか定かではないが「義務人夫規程」が下されており（これは他の御料地にはない規程）、天皇の牧場の名の下に強制的に、割り当てで駆り出される、安い賃金、開墾して牧草の植え付けが終わると、また新しい土地へ移される、等、小作人で、自分の土地も持っている（この条件は、

去童と姉去では入所時期や土地の場所の条件で違いがある）ので大変だった。

アイヌ民族は一層ひどかった。一八九七年（明治三〇年）の「北海道殖民状況報文」によると、姉去村は古来からのコタンで、一八九五年（明治二八年）、滑若のアイヌを姉去および万揃に転住させ、姉去は戸数三六戸、人口一一九人、万揃は二三戸九二人が住んでおり、皆御料牧場の貸付地を耕作している、と報告されている。両方で五九戸だが、その後増えて七〇戸になった（西隣の厚別川流域からも移住させたと記録にある。仕事があると仲間が呼び寄せたのかもしれない）。

一八九七年（明治三〇年）の「北海道国有未開地処分法」、一八九九年（明治三二年）の「北海道旧土人保護法」時代に、御料牧場は姉去・万揃に一八〇町歩の土地を用意し、アイヌ一戸に二町歩前後の土地を貸与した。なぜ牧場はアイヌをこれほど集めたのかというと、膨大な長さの木柵設置があったからだ。アイヌたちは山を知っており行動も敏捷だったのだ。御料牧場は放牧地を二八区に細分した。場所によって違うが、例えば繁殖牝馬と育成子馬の群団を作り、季節ごとに輪換放牧する、二歳以上四歳以下の牝子馬を一年間放牧する、など。木柵で区分するが、一間半（九尺＝二・七メートル）ごとに柱を立てる。明治二九年より三カ年で約一〇四キロに及ぶ木柵を新築した。既設の木柵を合わせると、一六四キロ以上の長さになる。一九一一年（明治四四年）には二七二キロになったという。琵琶湖の周囲一八八キロ、札幌から日高本線様似駅までは一八二キロだ。これほどの長さの木柵設置だ。木柵運びと設置の労力はどれほどのものになったのだろうか。

姉去のアイヌ民族を強制的に貫気別へ移住させる

一九一四年（大正三年）、姉去貸与地管理人浅川義一に御料牧場長名で「姉去貸与地をアイヌより返還させる」（貸与を廃止する）という通報が出た。平坦で肥沃地である姉去を御料牧場直営の穀物（飼料）生産用地に宮内省主馬寮頭男爵藤波言忠が決めたことが原因だった。移住地は農耕には全く適さない（耕作地にしても農作物はほとんど何もとれなかった）森林地である日高沙流郡貫気別（ぬきべつ）村字上貫気別（現在の平取町旭）である。この土地は、本州の移民計画予定地で、一〇〇区画五〇〇町歩をアイヌ給与地に目的変更し、アイヌを強引に移住させることにした。しかし、アイヌたちは強く反対し難航した。浅川義一氏の著書に詳しく書かれているが、困った浅川はアイヌたちに、①転移の期限を三年間とする、②「土人学校」も一緒に移す、③新墾に必要な農具代を補助する——という三つの条件を出して説得した。

一九一六年（大正五年）三月、姉去部落の全アイヌ七〇戸三〇〇人が、土人学校校長渡辺誠、浅川義一の弟浅川健次郎が一緒に姉去から五〇キロ、姉去から馬にダンズケをし、道がなく川の中を通る、草をかき分けなどして歩き、小さな子供は大人の背中におぶさって一日がかりで上貫気別に着いた。

実際には上貫気別には全員行ってはいない。聞き取り調査や山本融定氏によると、姉去の出身者で上貫気別に移住し、下付された土地を開墾した者（没収されなかった者）は、平取町役場の「旧土人保護法土地下付台帳」によると二七名（戸主）であった。その後も、毎年何人かの異動があった。最初、牧場は姉去の二倍以上の五町歩の土地を与える、と言っていたが、区画は紙面上で、実際はどこが区画になるのかも分からない木が生い茂った土地だった。渡辺誠校長は親身に世話役をやり、自分自身も土地を開墾し、大変アイヌたちの力になったことがアイヌ民族の口から語られている。

渡辺誠校長の長女谷口賤（しず）さんは父のことを次のように語っている。

「よく土人学校の先生ということで家にアイヌの人たちが相談にきましたが、父は泣きごとを言うアイヌの人に『自分はアイヌが団結し反対するのなら、家族を捨てる覚悟で生命を賭けて陳情に上京する決心だったのに、反対するとどんなことをされるかわからないということで、アイヌ内部がバラバラになったのでできなかった』とよく言っていました。『あの時、本当にみんなしっかりしていたら、こんなに苦労することはなかったのだ。団結して反対していたら、姉去を出なくてもよかったかもしれない。反対するときは、一致団結しないと駄目なのだ』と言っているのを、たびたび聞きました」

「教育者としての父は、厳格な人でした。また今は当然なことですが、平等な考えというか、差別をすることを極端に嫌いました」

「人には何もいいませんでしたが、間違いなくクリスチャンで社会主義者でした」

大正末期の御料牧場解放運動

日高地方は、北海道の中でも気候温暖で牧場経営に極めて適地であり、良種の馬を生産する時代の要求から、輸送、農地の開拓、抜根、農耕だけでなく、軍馬生産もされ、重要視されていた。しかし、大正末期に大きな御料牧場解放運動が起こっている。なぜか。まず、新冠村、静内町を中心として牧場のための経済的負担が非常に大きかったと言える。新冠村においては面積の半分以上が御料牧場で占められており、民有地は御料牧場の一五分の一という状態。住民のほとんどが牧場の小作人なので、新冠村の税収入はほとんど望めない。当時、牧場から五〇〇〇円の御下賜金(ごかしきん)(天皇からいただくお金)があったものの、村当局から出されている金額の資料から、その窮状が分かる。「去童農事組合」(去童の小作人の組合)で一九二四年(大正一三年)、農繁期の義務人夫への要求が過大で、労賃も世間の労賃より大変安い、と不満を述べているし、同じ大正一三年、日高実業協会長境頼吉名で、「全道的に開発が進み交通網が整備する中で、日高地方は鉄道もなく他の地方から取り残されている状態となっている。……開墾耕作の農業を起こし、あわせて日高の開拓をすすめ富力を増進したい」と述べている。

一九二五年(大正一四年)には、日高一町九村長連名で「新冠牧場解放請願書」が出されている。

戦後いくつもの解放運動があった

戦後一九四六年(昭和二一年)、改正農地調整法や自作農創設特別措置法(第二次農地改革法)が公布され、土地が解放された。

新冠御料牧場に苦しめられた人たちは、自立できるようにそれぞれ要求を強く出すようになる。

まず、大正時代から御料牧場の解放運動をやってきた、去童の小作農民も、一九四六年(昭和二一年)二月、長浜、越湖、高瀬らが役員に選出され、「御料牧場解放期成同盟」を結成した。この同盟に、退職者で古岸に入植が決まった竹内武志さんを含め一〇戸が加わって運動をすることになる。

一方、一九四六年(昭和二一年)四月一三日夜、御園の本場の幹部職員や従業員たちが牧場解放を目指し、「新冠御料牧場帰農期成同盟」を結成した。獣医の芳住均氏を委員長に、一五名の役職、執行委員を決め、二つの同盟結成の理由をあげた。①超食料難の現下において、当御料地のごとき優良可耕地を、馬産その他の家畜飼養に供用せんとするは、愚劣極まる国策なり。②長年使用する従業員の畜産局への移管後の生活安定を保証することなく、従業員に温情を示さず――というのがその理由である。帰農予定地は姉去耕作分場を中心とする新冠川流域と決めた。四月一三日、同盟員名簿に署名した者一一二名で決議文を発表した。非常にきちんと準備された行動ではあった。同盟結成の二日後、静内警察署長に連絡し諒解を得るように努めている。

姉去地区の小作農民一八戸と万揃の木柵作りをしていた三戸のアイヌ、計二一戸は、この動きに賛同し、「帰農期成同盟」と手を結ぶことになる。

敗戦一年後、一九四六年(昭和二一年)八月八日、静内町公民館で御料牧場の全面解放を求める静内、新冠両町村民大会が開かれた。これにはアイヌ協会も名を連ね、協会理事小川佐助が全面解放を訴え、十倉十六美(いさみ)新冠元町長が農民一一六名より出された嘆願書は三月三一日帝国議会で採択となり、政府に回されたことや、宮内省、農林省などへの陳情の経過が報告され、大会決議文を可決した。
時はちょうど戦後の民選の時期で、一九四七年（昭和二二年）四月五日、新冠村長選挙が行なわれ、（大正時代、任命村長十倉十六美が御料牧場の解放運動で宮内省に訴える強い姿勢を示し、一九二五年（大正一四年）免職になっていたが）十倉十六美が担ぎ出され、晴れて村長に当選する。「解放期成同盟」のリーダー高瀬賢治さんは組織ができるとすぐ札幌に行き、十倉元村長に会って指導を仰いだ。十倉村長は、強い信念と個性を持つ指導者であった。再び村長に就任すると道庁や農林省などへの交渉を強く進めていった。

新冠御料牧場の川村場長は相変わらず権威的な態度で解放運動に対処していた。本場の幹部職員や従業員たちで組織した「帰農期成同盟」は、農林省畜産局長に申込書、続いて通告書を出し、ついに声明書を発表した。「声明書」の内容は概略以下の通りである。

「我等宮内省従業員としては、宮内省の手によって帰農し得る様に嘆願したが、宮内省としては農林省移管に決定したからそれは出来ないと拒否され已む無く農林省畜産局にその意を通じた。畜産当局では我らの意図に賛意を表し、畜産局計画の試験部落として帰農せしめると、別紙公約（覚書）を昭和二一年五月二日畜産局長と同盟代表との間に手交された。……そこで、……誠意の尽くすべきを尽くしたが、畜産局側は前畜産局の私案であって公約ではないとうそぶき、甚だしきは先般（五月九日）馬産課長の『君等はだまされた』と放言するに至りては、不誠意も言語を絶するといわざるを得ない。我等は一年有余畜産局の誠意ある帰農実現を期待して来たが、既に四月一日畜産局に移管され農耕期も中ばを過ぎる今日に及んでも猶遅延するのでは、畜産局に毛頭の誠意ないものと断ぜざるを得ない。
事ここに至って我等は不本意ながら悲痛な決意のもとに起たざるを得ない。我等は畜産局の不誠をならし公約（覚書）を実行し、天下の批判に訴えるものである。

右声明す。

昭和二二年五月一六日　新冠御料牧場従業員帰農期成同盟」

この声明書の前日、この執行部提案を無記名投票によって決めたところ、全員入地賛成の意思を示した（同盟を結成した時は一一二名であったが、その後、四三名になり、同盟に加わると誓いながらも、最後は三三名の同志だった）。姉去入地決行は五月一七日午前五時を行動開始と決め、投票で現地リーダーとして児玉、洞内、阿部三名を選び、その後入地決行の具体策が話し合われた。

翌一六日、川村場長が札幌より帰場したので、夜八時、芳住委員長が場長官舎を訪問、前日の全員大会の姉去入地の決議を報告した。互いに持論を主張し合うこと三時間に及んだという。明朝、姉去に強制入地することを告げ、全員の辞職願を手渡して場長官舎を去った。

種畜牧場に衣替えして存続しようとする農林省と現地の川村場長にとって、これを許せば新冠村内の牧場用地を全面解放したも同然となると考えた。川村場長も黙って見ているような人ではない。芳住委員長との話し合いが終わったのが午後一一時過ぎであり、その後夜半にかけて職員一名を連れて帰農期成同盟員の家に行き、強制入地しないように説得して回った。「明日の姉去入地は許さん。もし行ったら、大変なことになるぞ」と言っておどかした。しかしもうだれ一人、その恫喝に屈する者はいなかった。

この帰農期成同盟員三三戸の強制入地と行動を共にしたのは、斉藤武さんらの姉去農事実行組合の二一戸（うちアイヌ三戸）であった。この強制入地に先だつ五月二日、新冠村長宅に十倉村長、去童の解放期成同盟高瀬委員長ら立ち会いのもとに、帰農期成同盟芳住委員長と姉去農事実行組合の斉藤組合長の間に、姉去入地について協定が成立した。中排水をその境界とすることに決定したのだ。

川村場長は、静内警察署長ら三名の警察官を連れて、翌朝(一七日)トラックでやって来た。数日後、十倉村長と去童の解放期成同盟の高瀬賢治さんの二人は静内警察署に抗議に行った。静内警察署長は「もし人身事故でも起こったら大変なので行ったまでで……」と言い、村長は「解放問題はみんなで解決するので、警官が介入するようなことはやめてほしい」と依頼し、円満に解決した。

川村場長は、元従業員や小作人の意思がいかに強いかを思い知らされ、状況を農林省と北海道庁に報告した。五月二七日の北海道新聞に「二六日、道庁からの発表」という大きな記事が載った。

「……大蔵省は日高種畜牧場用地として四千町歩の農林省移管を認め、そのほか一万三千町歩は開拓用地として解放するとの両者に対する調停案を提示、ついに解決、二二日大蔵省より道庁に入電があったものである」

御料牧場用地を緊急開拓地として解放したが、肥沃な姉去地区の希望は二一戸の小作農と、三三戸の帰農同盟、さらにアイヌ協会――という複雑な状況にあった。一九四七年(昭和二二年)八月二一日、日高支庁長は「旧新冠御料牧場入殖銓衡委員会」を設置し、委員を任命した。日高支庁より十倉村長、石田常治農業会長、牧野栄次郎農地委員会長、芳住均帰農期成同盟委員長、我妻勇作、高瀬賢治、渕瀬惣太郎アイヌ協会代表、静内町側より貝田町長ら一一名も加わり、総勢二六名の委員が、この重大な入殖詮衡(せんこう)に当たった。

本当は、この後も経過の話があるのだが、ここで御料牧場の六四年間の歴史的経過の話を終わらせることにする。

私は、ここに出てくる人はほとんど、会っているか、氏名をよく知っている人たちである。特に芳住均さんは後にお会いして、「新冠御料牧場従業員帰農期成同盟委員長」としての膨大な資料をどうするかと相談を受けている。風呂敷で包んだ高さ二〇～三〇センチほどにもなる資料を「北海道文書館(もんじょかん)」(北海道庁赤レンガ一階)に私が納めてある。

「地名の変更」が分かりづらいので、まとめて提示しておきたい。

①去童(サルワラベ)↓朝日(アサヒ)、ウンネップ↓緑丘(ミドリガオカ)↓姉去(アネサル)↓大富(オオトミ)、万揃(マニソロ)↓万世(バンセイ)

滑若(ナメワッカ)↓若園(ワカゾノ)、元神部(モトカンベ)↓東川(ヒガシカワ)、上貫気別(カミヌキベツ)↓旭(アサヒ)

②新冠小学校↓朝日小学校

私の父が校長だったので「去童」を「朝日」に変えたのを知っている。実は、新冠村高江にある中心校が「日新小学校」という名称だったので、去童にある新冠小学校の名称を譲ってほしいという要求を受けて、父は学校名を「新冠」から「旭」に変更した。その後、理由は分からないが、直ちに漢字を「朝日」に変え、地名も「去童」から「朝日」となった。昭和二三年頃の話だったと思う。

新冠小学校の様子

一九四七年(昭和二二年)四月、私は元神部(東川)小学校から新冠小学校の六年生に転校してきて五月、上記のように静内町御園の御料牧場からドッと多くの転校生が入ってきた。六年生は御園から一〇名くらい来て約二倍の生徒数になった(実は戦後、中国からの転校生もいた)。六年生だけではなかったと思うが、机や椅子が全然足りなく、机と椅子に、それぞれ棚板のような長い厚い板を渡し、その板を机や椅子の代わりにして勉強した。戦後の教育の混乱期で、先生たちも揃わなかったり、先生の指示で教科書の「墨で不適当な所を消す」指導をしたりだったが、戦争で物資は不足していたものの、開放的で明るい世の中を反映して、伸び伸びと学校生活を送った記憶がある。

新制中学校の思い出

制度的には中学校が設定され、新制の二年目で、高江の新冠新制中学校は校舎が建ってはいず、日新小学校の体育館を仕切った教室で、教室間の声が筒抜けだった。

登校の高江までの七キロはまだ近い方で、古岸（ふるぎし）や万揃からは一〇キロ以上あり、遠い距離を歩く通学の苦労があった。私は朝早く、綿羊を小屋から出して草を食べさせるところに繋ぎ、大きな弁当箱におかずがほとんどない麦飯を詰め、帰りの途中、その弁当箱の残った麦飯を食べるのが美味しかった。帰り友達の珍しい自転車に鞄を付けてもらい、一緒に走って帰るなど、後で考えると体力を付けるには絶好の機会であったと思う。時々通る太い丸太を積んだトラックを追いかけて、道路が良くないので、ブウッ！　ブウッ！　とゆっくり揺れるトラックの狭い開いた荷台に飛び乗ったこともあった。これはやはり体力が勝負だった。後で考えると危険な行為だったが。「援農休業」とかで、休日が続くと腹が減らないことを知り、普通毎日、通学にどれだけ体力を消耗していたかが分かるのだった。

冬の期間（三学期のみ）は去童の「去童青年倶楽部」という看板の出ている建物が分校ということで、姉去に住んでいた久住春夫先生が一人だけの先生の分校だった。遊ぶところがなく、氷の張った新冠川の分流の広い河原で遊んだことなどが思い出される。

戦後すぐの時期で衣料が大変不足していたので、父が滝川から雌一頭の綿羊を買ってきた。春四月、父は特別な大きなハサミが慣れていず、羊の皮膚を切り血を出しながらも毛を刈り、その毛で母や妹が足踏みの機械で糸に紡ぎ、その毛糸で、手袋、靴下、セーター、パンツ、帽子と何でも編み、大いに利用できたので助かった。

その羊の世話はすべて私に任された。羊を朝早く林の中へ連れて行く。放し飼いはできないので、首に付けた四、五メートルの鎖の端に付けた太い鉄棒を土に打ち付け止めて、草を食べさせる。一日一カ所で足りない時は鎖の場所を変えなければならない。そして夕方には小屋に連れ返す。そのようにして羊を飼った。羊は寂しがり屋である。夕方遅く暗くなると、「メエー、メエー」とうるさいくらい鳴く。

早朝の朝露がすごい。長靴がビッショリ。それと林の中の小鳥の囀り（さえず）。その囀りが凄まじく煩（うるさ）いくらい。いろいろな鳥が涼しい早朝の空気の中で、甲高く楽しそうに囀るのは、今でも楽しい記憶として耳に残っている。

ニワトリは元神部でも飼ったが、元神部ではイタチに襲われ殺される苦（にが）い経験があった。夜、「コ――オッ！コ――オッ！」と昼間は絶対鳴かない奇妙な、高い、鋭い、緊急を知らせる声で鳴く。小屋の中の止まり木で寝ているところを、イタチに襲われる時の鳴き声だ。駆け付けると、イタチがニワトリの首の血管に噛み付き血を吸い殺し、止まり木から落とし、引いて行こうとするところだった。何度もこのようなことがあった。

去童では、この経験はなかった。ここでの話は「イタチ獲り」だ。「竹ツッポ」という道具を堰の中に仕掛ける。イタチの習性を利用した素晴らしい道具で、イタチがよく獲れた。餌は動物の肉が一番よいと思う。イタチの毛皮は当時一枚五円で売れた。ときどき買いに来る人がいた。高い小遣い稼ぎになる。毛皮を丁寧にはがし、板にきちんと張って乾かす。ところが、この毛皮を剥がす時の臭いが強烈なのだ。何日も鼻について食事が美味しく食べられない。「イタチの最後ッペ」とはよく言ったものだ。

新冠川での魚獲り

父に魚獲りの「硝子筒（がらすどう）」を買ってもらった。どういう物かというと、直径が二五センチ、長さが四〇センチくらいの丸型のガラスだ。両方の口がいくらかすぼみ、丸く穴が開いている。片方は魚が入りやすくなっているが、内側に段々すぼみ、一度入ると出られないようになっている。もう片方は口が少し大きく、入ったものの出し口になっている。その出口に網をかぶせておくのである。そして餌を目の小さな網で包み中に結わえつける。縄で目が大きめの網でこの筒を包み、綱を二本付けて川岸に縛り付ける。餌は御飯が一番よい。前日のうちに新冠川の深くよどんだ所へこの「硝子筒」を仕掛け、翌朝、駆け足でそこへ行ってみる。すると、もう遠くから見ても筒の中がたくさんの白い魚の腹が光って見える。ワクワクだ。引き上げてみると重い。水を切っても筒の半分以上に魚が入っているのだ。いろいろな種類の魚だ。ウグイ、ドジョウ、カジカ、エビなど。

しかし、この硝子筒は物置の中に置いておいて割れてしまった。理由は分からず、残念だった。

「秋味」（サケの別名）も川を上って来た。中学生のある時、「ヤス」がない。隣の越湖さんの一級下の男の友達、晴満君に尋ねたら、兄さんのが厩（うまや）にあると言う。借りて、もし獲れたら折半しようという提案をし、その長い柄のヤスを持ち出した。すでに深い溜まりに一匹悠々と泳いでいるのを見つけていたのだ。倒れた太い丸太が水中に横たわっている。その上をゆっくり大きな鮭に迫り、エイヤッ！　と背中を突いた。グイッ！　とすごい力で暴れ、振り回され、ドボン！　と私は川に落ちた。しかし、柄は握っていて放さなかった。全身水浸しになったが、七〇～八〇センチくらいの大きな鮭を仕留めた。帰って、母に背骨の所から半分に切ってもらい分けた。一夜にして川に上っ

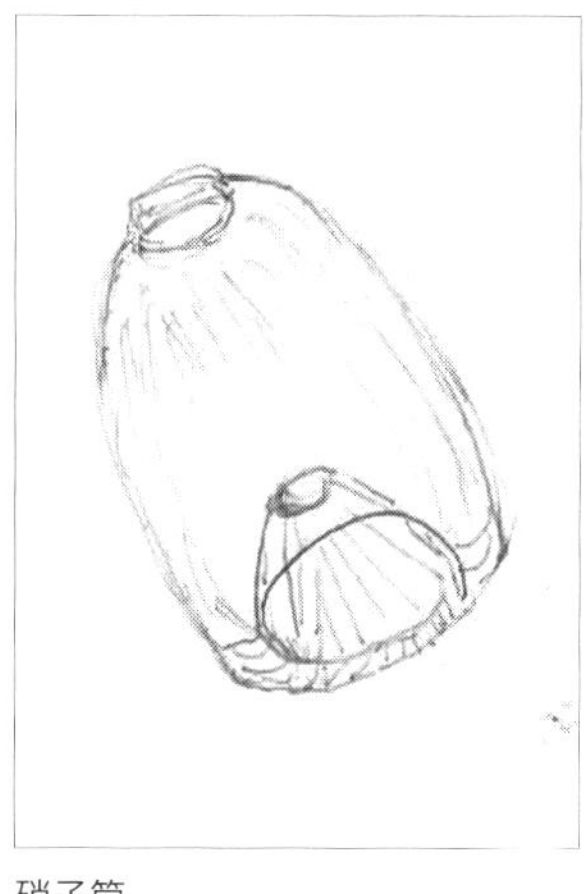

硝子筒

て来たばかりだったのか、美味かった（実は後で、背中ではなくもっと頭の所を突くべきだったと思った）。

その他の思い出

やはり中学時代の経験だ。秋のお祭りの時だったろう。「相撲大会」が行なわれ、そこで相手と取っ組んだまま土俵の外に倒れた時、手首を突いて大変痛い思いをした。村の「浜口さんのおじいさん」のところへ行き、診てもらった。手首の骨折だということで、布を巻いた板を当て、包帯で固定して、やがて治った記憶がある。このような技術を持った人が地域にはいた。

綿羊は、毎年子を取り（二頭ずつ生まれた）一〇頭までになった。春、雌に兆候が出ると、去童の飛渡さんへ種付けに連れて行った。

村の人たちとの交流も結構あったなと思い出す。「板ガルタ取り」が流行っていた（北海道では下の句を読み、厚さ五ミリの「読み札」と同じくらいの大きさの下の句が書かれた木の板のカルタを取る）。正月に近くの登立さん宅で行なわれた楽しい思い出。「青年倶楽部」で大勢集まってのカルタ大会。朝明るくなるまでやって家に帰った時は父に怒られた。

ほかに思い出すことでは、まだ若かった竹島正男先生が、学校の横の道路の向かい側の一軒家に住んでいたが、夕方、クラリネットを時々吹いていた。音楽が聞こえてくるということは全くなかった環境だったので、とても珍しく聴き入った。あのクラリネットの低音が非常に懐かしい。

小学校六年の時、「青年大会」のためにか、暗くなってから村の青年たちが小学校のグランドで走る練習に集まって来た。それが面白く、白く見えるシャツだけを見て後に付いて走った。短距離だけが早かった私だが、長距離の練習にもなったのであろう。新冠中学校の一年の時、静内町のグランドで行なわれた日高中部中学校の陸上競技大会の「一五〇〇メートル」に出場して、最初は最後尾だったが、大きな他校の選手を次々と抜いて、思いもよらない二位でゴールした。一位は我が校の二年の設楽（したら）君だった。

この時、走っていた私に「徳芳（のりよし）頑張れ！」とトラックの内側から声援が飛んだ。来ているのを知らなかった喜夫叔父さんだった。

以後、長距離にも自信が持てるようになった。二年の時だったと思う。学校の体育の時間に何度かクラスの男子生徒全員で道路を走って学校まで戻って来ることをやらされた。折り返し点は、学校を出て国道を節婦（せっぷ）へ向かい新冠川の橋を渡り、去童への分岐点を過ぎ、坂を上りきった所である。ここは後に、近くの牧場の中に十勝沖大地震で地面が盛り上がった箇所がある所である。距離は往復二キロか三キロくらいだろうか。長距離で強い仲間がいて、最後まで競ったが負けることがなく何時も一位であった。

新冠中学校朝日分校になった三年の時には、一、二年の女子に足の速い子が何人もいた。私は陸上競技に興味を持っていて、同じ三年生の友達に体力があって走るのも速かった瀬戸勲君がいたので、瀬戸君と二人で相談し、男女のリレーメンバーなど出場選手を全部決めて、日新小学校のグランドで行なわれた中学校陸上競技の町内大会に出て、男女とも総合優勝して帰ってきた時は嬉しかった。この時は、私は点数を取るために、長距離はやらず「一〇〇メートル」「走幅跳」「走高跳」に出た。

これも中学三年生の時だった。農家の援農に行った。「草取り」を持って行き、広くて長い畑で大豆の畝に皆で横一線に並び、午前その畝を一回往復するくらいの時間が掛かる根気のいる「草取り」作業ではあった。また、新しい開拓地では、暑い中で大きく伸びた雑草を叩き切るようにして「草削り」をしたことも思い出す。

静内町御園の新冠御料牧場の「竜雲閣」は、天皇陛下や皇族などの宿泊施設で、そこへは、万揃(現在の万世)から山越えで行くと近い。中学時代に一度入ってみたことがある。当時は金網など張ってはなく、誰でも中へ入ることができたのだ。二階へ上がったら部屋には額縁(伊藤博文の漢詩か何か)が掛けられてあり、二階にあったトイレのドアを開けても見た。「二階にトイレがあるんだ」と驚いた記憶がある。

「二〇間道路」はやはりスケールが大きい。皇族などを迎えるために作られたと言われているが、幅二〇間(三六メートル)、長さ八キロの直線道路に桜の木(エゾヤマザクラ二二〇〇本)が両側に植えられている。当時、皇室がどういう位置にあり、どう考えていたかを表している建物や施設であり、歴史的な証拠の施設ではあると思う。現在は、ゴールデンウィークに桜の花見で大変賑わう北海道の名所になっている。

3 転校して浦河高校へ
――下宿、自炊、生活が激変、学習の遅れが大変

高校は静内高等学校へ一九五一年(昭和二六年)に入学した。高校への入学試験は、たぶん「アチーブメント・

テスト」といったと思う。中学校の監理で試験会場も中学校であったり高校であったりした時代の話である。私の時は静内高校が試験会場だったが、座席が鋳物のダルマストーブの傍（そば）で、熱くて汗だくになり大変だった。

その時はたぶん「英語」がなかった。私は、中学時代、「英語」の教科で習ったのは斉藤祐子先生に 'Jack and Betty' の一年生の教科書の三課か四課まで。その他は全く習っていない。

だから、高校に入るとすぐ、「プレイスメント・テスト」ということで簡単なテストを受けている。その時、たまたま四月父の転勤で、一カ月後に同じ日高の浦河高校に転入することになるのだが、それから三年間英語を習うことになった野田周（まこと）先生から、そのテストを受けたのだ。結局、先生も僕も同じ頃、浦河高校に学校が代わり、英語の先生と生徒ということに偶然なったのだ！

今でも思い出す。「数字の七の綴りを書け」。いろいろ考え 'seven' と綴りを書き、正解で喜んだ。その程度の英語の力だった。

静内高校一カ月間、浦河高校へ

たしか五月のゴーデンウィークに転校しているから、一カ月近く、三石の教会の大脇家から静内高校への汽車通だった。汽車の便が大変悪かった。登校時はよいとしても、帰りは、午前中の授業が終わって急いでぎりぎりで土曜日は乗れる。その他の曜日は、放課後一時間半ぐらいは待たなければならない。列車は四時半くらいだったろうか。暇つぶしが大変だった。何人かで同級生の家に行き、雑談をしながら待たせてもらった記憶がある。

浦河では、父の義妹の伏木田光代さんの家に下宿。当時、叔母さんの家はパン屋をやり、パン一個一〇円で、流行っており、四、五人は働いていた。店もあった。同じ一年の伏木田光夫君がいた。兄の照澄さんも三年生だ。

勉強の環境が大変よかった。途中転校なので、教科書がない。取り寄せるまで時間がかかった。英語を始め、中学で全くハンデーが大きいことが分かった。生物の他社の教科書を照澄さんから「これでも読んでおけ」と渡され、全部読んでしまった。英語は小野圭の参考書を買った。照澄さんの哲学書を借りて朝まで読んで、海辺へ出て波を見て考えたこともあった。

照澄さんの友人で浪人の奈良信一さんが遊びに来て、いろいろ勉強のことを話していたのも参考になった。英語はしばらく教科書がなく、その「自習書」を買い、助かった。

浦河高校の最初は、変化が大きく強烈なことばかりで、忘れられない。六月頃か、クラスのみの英語のテストが予定されたが、何かの都合で一週間延期になった。教科書は後で見ても相当高度でよい教科書だった。三課か四課あたりの数頁が範囲だ。英語はほとんど分からない。一行に五つも六つも、すごい量の分からない単語がある。文はともかく、これを機会に単語を全部覚えようと取り組んだ。単語は全部カードを作り、覚えたつもりでテストに臨んだ。記憶でははっきりしないが、四〇～五〇点ぐらいだったと思う。結局、単語を覚えると、後でドンドン出てきて助かることが分かった。英語は本当に苦労した。授業中、高木繁忠君が先生の質問で、すらすら答えているのが、素晴らしいと思った。小野圭の参考書を、急いで何度も読み直すことにした。後で考えると、夢中だったので、相当本は読んだと思う。一年ぐらいで、視力が落ちていることに気が付き、眼鏡を買った。

浦河では、まだ小さかった頃、伏木田家の主人が持ってきた「きぐれ」サーカスを見に行った。小学校一年生の時は中耳炎（ちゅうじえん）を患い、浦河日赤病院で治療を受けたので、行ったことがあった。その時、光夫君が問いかけてきた。「絵の成績、俺は『優』だ。君は？」「『優』だ」「そしたら描き比べてみよう」。彼の絵描きになるのは、当時からはっきりしていた。

それから二年、春になるとまた中耳炎で熱が出た。毎年、浦河日赤病院で治療を受け、小学三年の時は鼓膜を破る手術を受けて治った。しかし、鼓膜が回復するということだったが、聴力が衰えてそれが回復するまで、中学の終わり頃までか、それ以後までかかったと思う。

ここで光夫君のことを話したい。

高校に入って完全に絵に集中していて、毎日絵を描き、中学校の有名な絵描き、大友一夫先生のところへ、しょっちゅう自分の描いた絵を持って出かけた。高校一年になって、水彩から油絵に変わって、油と筆の使い方を勉強していた時だったからだ。大きな判の絵の雑誌『みづゑ』を隣の文昭堂から買って見ていた。

「伏木田光夫さん札幌市民芸術賞受賞を祝う会」。[2000年2月25日]

二年生になってからだと思う。彫塑(ちょうそ)を始めた。その粘土(ねんど)を買って手でこね始めた。驚いて忘れられないのは、二晩徹し、一睡もせずに即ち三日続けたことだ。照澄さんと二階の三人部屋だったが、壁一面と天井全面のベニヤに絵を描いたのも二年の時だったと思う。部屋の雰囲気が一変した。

私も『みづゑ』は一緒に見たし、常に描いた絵の感想を訊かれ、自然と絵と親しむようになった。

高校一年か二年のある日、伏木田の小父さんが「徳芳、これを持って駅まで行って来い」と言って二〇万円が入った封筒を手渡された。驚いて緊張したものだ。当時、貨車で水飴や何かを取っていた

浦高新聞局送別会。前列3人が3年生。［1953年3月］

代金だったのだ。

クラブ活動は新聞局

浦高時代のクラブ活動は新聞局。いつ入ったかを正確には記憶していないが、たぶん一年生後半だ。三年生になったら、同級生がみな退部していなくなり、私は受験がもちろん気にはなったが、結局、郷内満さんの後を継いで、三年最後まで新聞局長をやった。責任があるので、いいかげんではおれない。大針印刷所や年に一回は札幌の機関紙印刷所へ泊まりがけで、一睡もせずに新聞作成をし、持ち帰った。顧問の畑中先生に記事のことで、何だったか内容は忘れたが、一回、話があったこともある。

「五球スーパーラジオ」の組み立て

高校一年の時、同じクラスの仲の良くなった服部直志君が、ラジオを組み立ててみないかと言う。彼は「ハンダ鏝」（電気で熱くし、鉛を溶かし繋ぎ合わせる道具）を持っており、相当ラジオを作っていたようだった。好奇心が湧いた。

早速、「五球スーパーラジオ」の部品のパーツを注文し、設計図に基づいて「コンデンサー」や「抵抗」などを鏝で繋いでいくことが必要だった。ラジオの中を見ると、それらがびっしり繋がっている。ハンダ鏝を借りて、設計図を見ながら二〇個ほどもある「コンデンサー」や「抵抗」を一個一個丁寧に、間違わないようにハンダ鏝に鉛を付け繋ぎ合わせていく。台の中にそれを収め、五球の電球のようなもっと細長い球を差し込み、スピーカーをつけ、電波を合わせると、音が出た。音が出ると「やった！」と喜びが爆発した。もう一台分を注文し、結局二台分を作った。一台は鳧舞（けりまい）の実家へ持ち帰り、しばらく実家で使っていた。

ラジオをこのように作ると、少し偉くなった気持ちになるものだ。

北海道の歴史的特異性を考える

高校時代に知ったこと、考えたことは多かった。前にも書いたが、一つは、北海道の日本の中における特異性だ。北海道にはアイヌ民族がいる。そして北海道は日本の本州、四国、九州とは歴史的にはずっと遅く和人が本州から渡ってきたという違いがあり、その特異性が強い。後進性が強いと考えられていた。アイヌ民族のことを知らなければならない。どこから来たのか。どんな歴史を持っているのか。アイヌ民族に対する差別がある。北海道の歴史を知ることが必要だ、と考えた。

それと、第二次世界大戦中の日本の情報統制だ。本当のことが全く知らされていなかった。父が、終戦直後、新聞を広げ、敗戦の経過を知ろうとしていた。戦時中、新聞のトップ記事で、戦争の戦果が大きく告げられていた。駆逐した戦艦〇隻、飛行機〇機、と。毎日その戦果を見て喜んでいた。戦って破れたことはさっぱり知らされなかったのだ。事実ではなかったのだ。だが、日本の中には事実を知っていた人がいた、ということを知る。いろいろな人のことを知りたくなった。例えば、文章を読んだ北海道出身の評論家亀井勝一郎。彼はマルクス主義を知り、三・一五事件に連座して投獄、まもなく転向した。事実を知ることの大切さを知った。そして、「父親不信」に陥った。これはその後相当続くのだが、許せるようになったのは、後期高齢者と呼ばれるようになってからである。

一九五二年、十勝沖地震

高校一年生最後の思い出は、大事故だ。一九五二年(昭和二七年)三月四日、二時間目の授業中(一〇時過ぎ)、マグニチュード八・二の「十勝沖地震」で校舎が崩壊した(十勝沖地震と名付けられた大地震はいくつかあるが、最初の十勝沖地震のことである)。

東町の浦高のあたりは「谷地ぼうず」がいっぱいの泥炭地だった。谷口先生の音楽の時間。校舎は常盤(ときわ)町の女学校時代、一九四四年(昭和一九年)一月一九日、東町(あずま)に移り建てられた新校舎で、校門から真っ直ぐ道路が延びた玄関が瀟洒(しょうしゃ)な二階建て。漆喰(しっくい)の白壁だったので、大きな揺れで壁が一遍に落ちガタガタという音と、教室内は一瞬の内に真っ白の煙幕。揺れがひどく隣の品田君と無意識に抱き合っていた。

なんとか一階の高い狭い窓から飛び下りると、揺れで体がバランスを崩し、集合煙突の崩れた大きな石材の上。ガラスの割れる音、校舎の揺れる音、が凄まじい。急いで校舎から離れようと這って逃げた。凍った堰の中がゴボゴボと大きな音を立て泥が舞い上がっている。電線が縄跳びの縄のようにはねている。生徒が、凍り付いているグランドに靴下のままで集まる。皆、オロオロ。ようやく揺れが収まり、点呼して、校舎に戻ると、さっきの教壇の上にあったグランド・ピアノが教室の真ん中に付き刺さっていた。「誰も下にならなかった!」。二階のホームルームになんとか上がった。勉強道具がばらばらになって飛んでいて、すさまじい。自分の鞄と勉強道具を拾うのに教室の端から端まで。すぐ下校が指示されていた。

結局、事務長骨折で重傷一名。軽傷生徒数名。火の入った大きなダルマストーブを教師の指示で座布団を使い二階の窓から投げ出した生徒が数名いた。火災が防止できたとして後に道の表彰を受けたということだ。隣にあった日赤も大変だったようだ。建物が大きく割れていた。

町中の店はひどかった。棚の物は全部落ち、酒屋の瓶は割れて酒びたしで、店内は酒の匂いが漂っていた。津波は小さくて済んだが、一時は貴重品を風呂敷包みにし、汐見台へ逃げる用意をし、二階から海岸の波を見ていた。普段見たこともない岩が出ていて、波が大きく満ち引きしていた。

期末試験はなしになった。ちょうど期末試験の時間割りが発表になった日だった。

四月新年度、校舎は使える二階を下ろし、数教室。我々二年だけがこの教室。常盤町にあった公民館として使っていた女学校時代の旧校舎と小学校の二教室を借り、授業再開。先生方は自転車で行き来し大変だったようだ。学年が離れ離れの校舎で、クラブ活動はもちろんできなかった。

教科については英語がやはり面白くなってきた。英語の受験選択クラスは一五名くらいと少ない。野田先生は、地味な先生で、定期テストはいつも範囲がない。二年、三年と卒業まで野田先生だった。クラスの平均点はいつも三〇点くらいか。私はいつもそれを少し上回るくらい。教科書だけでなく、シェイクスピアのMacbeth(マクベス)を読んだり。「実力を付けよ!」ということだったのだろう。

新制高校の時代で、校歌は、昭和二六年度に制定していたが、校章がなかった。昭和二七年度、校章を募集をし、高津先生の浦河の「う」(アルファベットのU字型)の案が採用されて決定した。応援歌は、各中学校や高等科から男子生徒が集まっていたので、メロディーはその学校のもの、など。応援歌ナンバーワンは、生徒会長をやった従兄の伏木田照澄さんの作詞したもので、音楽の谷口先生が作曲したものだった。

三年の時は、新しく建てた校舎の教室に入った。卒業式は、体育館ができておらず、卒業生のみで図書室で行なわれた。父母は後の狭い書庫のガラス窓から覗いていた。

同じ三年の時の一年間は、伏木田さん宅を出て東町(あずま)の校舎に近い少し高台の三島土建の小さな新築二戸建てに、妹の恵子（浦高一年）と弟の信彦（浦河一中二年）との三人で入り、自炊をした。ほとんど恵子が食事の用意をしたが、私は五丁目の魚屋で生カレイを買ってきたりした。

上杵臼小中学校で一年間の教員生活

高校卒業後、一年間浪人生活をしなければならなくなった。父が校長で教員の免許状を取る手続きをすぐしてくれた。「小学校助教諭」ということで、戦後、開拓団、その他が入植していた浦河町上杵臼（かみきねうす）小中学校の小学二年と三年の三十数人くらいの複式学級を持たされた。村は校下一〇〇戸くらいで、根株がいっぱいの畑の中に家屋が点在している。その奥にはさらに女名春（めなしゅんべつ）別分校で二〇戸ほどの部落がある。退職してから勤めている小葉松与作先生が一人。上杵臼小中学校の教員は常勤小中合わせて六名。教育に非常に興味があり、生徒とは楽しい思い出ばかりだった。教えたのは自分のクラスのほか六年生や、時には中学生を教えることもあった。整地したばかりの狭いグランドでの運動会。入植して余裕のない生活。しかし伸び伸びとした生徒たち。思い出すのは、暑い夏の小川での水浴び、そして部落ごとの夜の父母懇談会、帰り道での鹿のうるさいほどの鳴き声、など。

私は、夜はランプの下（もと）での受験勉強。蓄音機でベートーベンの『月光』の曲を何度も聴いたのは、忘れられない。校舎から一キロほど下手に開拓農協の事務所があり、そこが部落の中心で、交通の便は、毎日農協のトラックが浦河の街へ炭を積んでか、往復するので、村人はそれを利用する。運転手は私と同じ歳の木田君だ。不定期なので街で長い時間待って暗くなってから、乗って帰ってくる、ということもある。三〇キロほどであろうか。道路も悪い。川の側の崖を通る時は本当に恐ろしかった。

一度、こんな経験をした。農協で降りて、学校まで歩く。しかも夜、月も星も出ていず、曇っていたのであろう。本当に真っ暗。もちろん、電気がきていないからだ。何も見えない真っ暗を初めて経験した。昼間の道路を思い出し、水の音だけで橋を渡る。道路を一歩一歩、ゆっくりと足を踏み出す。一キロぐらいを、どれほど時間がかかったであろうか。後にも先にもこの一回だけだが。

秋には、鹿の声があちらからもこちらからも聞こえ、山に木霊(こだま)している。学校のすぐ裏の木立ちに、熊の新しい爪の跡がついていた。

4　大学時代――二年間函館で、二年間札幌で

浦高同期で函館学芸大が一緒だった学友（まさにポン友、寮も桐花寮）の八木慎一郎、日向光義と3人で。[1955年〜56年（大学1〜2年）]

学生運動で社会を知る

一九五五年（昭和三〇年）四月、北海道学芸大学函館分校（現在の北海道教育大学函館校）に入学した。

奨学資金、その他で学費・生活費全部を賄った。一類中学コース文科。入試の時の分類は、小学校、中学校は文科、理科、体育芸能科、職業家庭科だった、と思う。桐花寮に入った。学部選択は迷って悩んだ。成績の良いものから希望の学部に、ということで、英語科が示された。歴史も取りたく社会科を考えた末、高校では英語に力を入れ、シェイクスピアの文にも惹かれたし、獲得したものも多かっ

たので「捨てきれなかった」と言ったらよいであろうか。

やはり、大学は自由の雰囲気が強く、函館の生活をエンジョイできた。私は浦高出身の八木慎一郎君、日向光義君といつも三人で、函館のあちらこちらを見て歩いた。

函館での二年間は、胃潰瘍で苦しんだ。胃薬は全く効かず、空腹になると（朝食後だと一〇時頃から）ジクジクと痛み出す。いろいろ変化はあったが、四一歳の時、胃が破裂し、大変な目に合うことになる。このことは後で話すことにする。

函館は朝早く「イガ、イガー」と、烏賊（いか）を売り歩く声が聞こえる街だ。半乾きの烏賊をストーブで炙（あぶ）り食べた烏賊の味は忘れられない。函館は塩ラーメンや刺身も美味かった。

私は、高校の三年の時、奨学生を申請し一年間奨学金を月五〇〇円ずつ受けた。一年間の助教諭の給料も貯金をしておき、大学も四年間全部奨学金をもらい、家庭教師（中学生）もしたし、札幌に来てからも家庭教師（親戚の伏木田美智子ちゃんの小学三・四年生の）と寮務委員をして（寮費が半額免除になった）、家からは一切経済的な援助はしてもらわずに授業料・寮費・その他の生活費を賄った。

当時は義務教育の学校の教員になって一定期間勤めると、大学の奨学金が免除された。私の場合、三年（三六カ月）義務教育の教師をやると免除になるので、浦河高校に勤め始めた一年目の終わりくらいで、高校・大学でもらった奨学金は全部返還したことになった。学芸大学の場合、傾向として学生はほとんど家庭教師をしていた時代だった。

大学三年からは札幌で過ごした。当時、学芸大学は一類（四年）と二類（二年）があり、一類は後期に札幌に移ることができたので、相当数の生徒が後期二年間を札幌にしていた。

札幌では「紫藻寮」に入った。寮生活は人間関係が濃く楽しいものであった。一〇人くらい仲のよい友達ができた。いつも我が五人部屋に集まり、友達が出入りしていた。その中で、今まで明かしたことはない（私にとっては明かしたくないことでもあるが）私のあだ名がある。八木君が付けたあだ名「社長」だ。いつでも金を貸すことができたからだろうか。寮内でだんだんその名が通用するようになった。そのあだ名が私は最後まで嫌だったが。

函館・旭川・釧路の各分校から英語科では他校から来た生徒が一〇名以上、全体で約三五名くらいになり、前期、各自二年間の各分校での経験を経て、後期、英語で切磋琢磨し、面白い雰囲気ではあった。今考えれば、これは大変プラスに働いたと判断することができる。

私の学生時代は、学生運動が盛んで、学習会なども多く、集会・動員などもあり、「原爆許すまじ」「沖縄を返せ」「安保反対」などの大きな課題があり、「全学連運動」「歌声喫茶」が流行った時代でもあり、『しあわせの歌』『お牧場は緑』『雪山讃歌』『黒い瞳』『トロイカ』『仕事の歌』など、いくらでも歌が出てくるが、外国の民謡も多く歌った。教員の「勤務評定」反対が我々の大きな課題であった時でもあり、署名用紙を休暇に持ち帰る「帰郷運動」と名付けた運動も思い出す。

大学の「寮の自主運営」が議論されている中で、私は寮務委員になり、担当は会計を持った。約三〇〇人の寮生からの寮費徴収（週二回の曜日を決めて会計二人で）、寮独自の食事の「賄いさん」の給料の支払い、米、味噌などの仕入れから支払い、冬の石炭の入札・落札、支払いなどたくさんの責任ある仕事の他に、運動の仕事も被さってくる。家庭教師の仕事もある、本業の勉強も、とまさに何時間あっても時間が足りない生活を送らなければならなかった。

「文学を語る会」などのサークル活動も有意義だった。八木君は文学青年でたくさん本を読んでいて教えられることが多かった。図書館へ何時も行っている八木君が寮へ帰ってくるなり、「今度、朝日新聞に載る小説、面白くなるぞ」と言う。教育のことで石川達三の『人間の壁』の時のことだった。「道徳教育」や「教師が生徒を殴ること」などの是非についての議論もよくしていた。

大学の勉強は、なんといっても、教授が講義で何を語るかで決まる、と思った。勉強は本を読めばいいかもしれない。しかし何のために授業料を払って大学に入るのか。やはりどんな優れた教授がいるかで、大学の値打ちも変わると思う。札幌では教育原理などを持った久田栄正教授の授業を受けた。ズック靴を履いてスタスタと教室に入ってくる。権威主義はどこにも見当たらない。「物事を判断する時には、まずノン(No)と一回否定してから、判断すること」というようなことを力を込めて言われていたことが忘れられない。

卒業論文は文学者、ジョン・スタインベック

卒業論文は四年の四月から一二月に作成・提出だった。何をテーマにするかがやはり大きかった。「英文学か英語学か」から始まって、テーマの決定までは約一カ月。「テーマの提出」が終わると本の注文。英語の本はすぐには手に入りにくく、時間がかかる。

この段階で私は「英文学」とし、「現代アメリカ文学」と的を絞った。そしてノーベル賞作家「ジョン・スタインベック」に行き着いた。魅力的な作品がいくつもあるが、やはりピューリッツァー賞を受賞したスケールの大きな"The Grapes of Wrath"(邦題『怒りの葡萄』)を取り上げた。一九三〇年代の農民を取り巻く社会問題を題材とし、砂嵐(ダストボウル dustbowl =砂嵐の吹く黄塵地帯。すなわち一九三〇年代の砂嵐の被害を受けた米国中南部の乾燥平原地

帯）と機械化農業などで土地を奪われた農民が仕事を求めて、カリフォルニアを目指す姿が描かれている。逆境に耐え生き抜こうとする人々の悲劇と哀愁漂う姿が特徴である。そのような一家を描いた社会派作品である。

英文資料を読み、作品を分析し、作品の特徴や感想を英文で纏めなければならない。時間をかけて何とか纏め、提出した。

スタインベックは一九〇二年、カリフォルニア州サリーナスに生まれ、一九六八年に心臓発作で亡くなった。享年六六であった。私が生まれた頃から作品を書き始め、私が三三歳の時に亡くなっている。私の生と時代が重なるアメリカの作家である。若い時は、砂糖工場、山小屋、マスの孵化場などで働き、自分の育ったカリフォルニアや労働の体験が作品のベースになっていて、それらが生き生きと表現されている。彼の作品には、ユーモア、鋭い社会観察、想像力、などが溢れている。好きな作品が多い作家だった。彼の作品の一つ『エデンの東』は、一九五五年、ジェームス・ディーン主演で映画化され、大ヒットを記録した。

大学四年になると、就職が気になってくる。皆、札幌の学校に入りたがっていた。盛道叔父さんは藻岩（もいわ）小・中学校の教頭だった。樺太（からふと）行きで出世が遅れていたが、叔父さんの札幌師範時代の仲間はほとんど市内の校長だったので、札幌市内の学校に私が入れるように「頼んでおくから」ということを言ってくれた。しかし私は当時、「僻地教育」に惹かれていて、札幌の学校に無理して入る気持ちなどさらさらなかった。結局、故郷の日高へ帰ることに決めた。後から叔父さんに「なんで言ってくれなかった。俺の顔に泥を塗るつもりか」と怒られた。頼んだ覚えは全くなかったのだが。軽く考えていたことを知って申し訳ないと思ったが、後の祭りだった。

卒業間近になって英語科の「卒業旅行」を西村守君に提案された。私も参加する希望を出したが、私以外に参加希望者はいなかった。結局西村君と二人で行くことにし、網走、阿寒、釧路などをテントで野宿しながら巡る計画を立て、実行した。五日ほどの日程だったと思う。最後は襟裳岬に行った。気楽なノンビリした旅行ではあった。

第三章　教員生活

浦河高校の集合写真（教員68名）［1974年6月］

1　伸び伸びと教育活動ができた――教職勤務、様似中学校（四年間）

大学卒業後、様似（さまに）中学校に就職が決まり一九五九年（昭和三四年）四月に赴任した。ユニークな力のある熱心な先生方が多く、自由な雰囲気で、伸び伸び活動させてくれる学校だったので、大変楽しく教員生活のスタートを切ることができた。

ただし、転勤した高橋先生の校務分掌の後をそのまま継ぐように言われ、町からくる学校の教育の年間予算を持たせられたのは、経験がないことなので戸惑った。赤字を出さないでくれと言われたが、一年間に西洋紙をどれだけ使うかとか、文房具、冬のストーブの円筒はどれだけいるかなど、全く読めないことに対処しなければならなかった。先生方と相談しながら何とか赤字は出さなかった。後で分かったことだが、様似町は教育予算が他の町村より多かったということだった。

一学年四学級の全体で一二学級の学校で、一年生の担任をすぐに持たせられた。

クラブ顧問は、私が希望して新しく作った陸上競技部。バレー部、バスケット部、柔道部、野球部などの男の顧問の先生方が外が暗くなる頃（一学期だから結構遅い）、練習を終わらせて職員室へ帰ってくる。汗を流してきてから皆で焼酎を一杯やる。楽しく盛り上がって終わる。すぐ近くの飲み屋に流れる時もあった。話が楽しく、私は飲めなかった焼酎がいつの間にか飲めるようになっていた。

夏、冬の長期休暇中は、種々の研究会に参加するように努めた。そして、生活指導のクラス運営で学んだのが、生活綴方方式で生徒に持たせる「生活ノート」作りだ。続けるためには本気でスタートしなければならないし、教師のエネルギーも相当必要だった。生徒に意義を話し、心構えを説いた。どのようにするかというと、生徒が自分のノートを作り、一日の生活をどのように送ったかを書く。反省を必ず書く。そのノートを担任に提出する。担任は赤ペンを入れて次の日返す。すなわち、教師と生徒の交換ノートだ。これは大変なことだ。教員の飲み会などがあると帰ってから赤ペンを入れるので大抵夜中を過ぎてしまった。

生徒は、自分の生活を考え見直すことになる。他人との関係（特に家族や友人）が深まり、関係を問い直したりする。すなわち生活を見つめ、考える力が付く。人生を深く、鋭く見ることができるようになる。

私の感想では、生徒は文章を書く力がすごく付いたという結果になった。中学を終えた生徒の文章力（思考力）は、高校三年生を上回ったと思う。現在でも、七〇過ぎの教え子にその「生活ノート」を大切に持っていると言われた。どんな赤ペンを入れたかは、すっかり忘れてしまってはいるが。

英語の研修、サマースクールに参加

様似中学校の二年目に、北海道教育委員会から発表された「昭和三五年度北海道サマースクール」に応募して、夏休み一七日間の集中研修を受けることにした。まず、要項に従ってその性格を明らかにしたい。

主催は英国の「ブリティッシュカウンスル」で、後援が北海道教育委員会、北海道大学、小樽商科大学、北海道学芸大学、北海道英語教育研究会、北海道英語文学会である。期間は八月九日〜二五日の一七日間。場所は豊平(とよひら)町 定山渓(じょうざんけい)の玉川荘。経費は参加負担金（三〇〇〇円）、運営事務費（一〇〇〇円）、往復旅費は参加者が負担する。滞在費は「ブリティッシュカウンスル」が負担する。

このサマースクールの目的と講師、応募資格などは次のとおりである。

［目的］

（1）講義、個人指導、デモンストレーション、討論により英語教育方法と学習指導技術を改善する。
（2）抑揚とリズム、聞いて理解すること、劇の読み、慣用的英語の諸練習を通して英語を話す能力を改善する。
（3）英国の諸制度・文学についての講義・討論を行ない、英国文学の背景となる知識を与える。
なお、リクリエーションの時間においては、音楽、歌、映画、ゲームなどの補助的な諸活動を適宜選択し、配列して、絶えず英語を自在に用いる能力を助成するようにつとめる。

［講師］（カタカナの読みは大脇が付けた）
・ブリティッシュカウンスル日本代表 Mr.Ronald Bottrall（ボットロール）
・ロンドン大学教育研修所 Dr.J A Noonan（ヌーナン）（本指導のため特に来日）
・エジンバラ大学応用言語学研究所 Mr. Peter Stevens（ステーブンス）
・国際キリスト教大学 Professor R.C.R.Morrell（モレル）
・東北大学 Professor James Kirkup（カーカップ）

［応募資格など］
・道内中学校・高等学校男女英語教員四八名（年齢四〇歳まで、語学力の相当ある者）。参加者の選考はサマースクール運営委員会（後援団体とブリティッシュカウンスル代表者によって構成）が行なう。
（運営委員会委員は柏倉俊三北海道大学教授他。ブリティッシュカウンスル代表者と他の一〇名の氏名は省略）
以上の要項に基づき開催されたが、参加者は高校教師二六名（女性三名）、中学教師二二名（女性二名）だった。

すべて英語での研修会。滞在費はブリティッシュカウンスルが負担するという至れり尽くせり。後にも先にも、このような研修会はこれ一回だったと思う。本当に高度で素晴らしいものだった。ただ、途中で参加者二名が精神的負担を負い、帰らざるを得なかった。参加者にとっては相当神経を使うものではあった。

缶詰めで一七日間も毎日英語を聞き使うとどうなるか。そのような経験がある人が先に言っていた。数日後、夕方外に出ると、橋を工事している日本人の声が全部英語に聞こえるのである。「やはりそうか」と驚いた。「常時、英語のイントネーションを聞いていると、耳の神経がそれに反応して慣れる」とでもいえるだろうか。

参加した人の中にはかなりの実力者もいた。私の部屋は中学校・高校の教師九名の部屋だったが、夜の交流も英語が多くなり、大変有意義で刺激的だった。研修が終わった後も、写真の交換や手紙のやり取りで交流を深めた。その意味でもとても有意義な研修会であった。

中学校通信陸上競技支部大会か(?)。苫小牧東中グランド。[1961年6月]

その他の活動

様似中学校にいた四年間に、全日高の中学校陸上競技大会を開催しなければならなくなった。全校生でのグランドを広げての草取りから始まって、普段は作っていない三〇〇メートルのグランドを正確に作る(過去に様似中学で管内の大会をやり、何メートルもの短いグランドを作り、後で問題になったと言っていた)。ライン引き、テント張りなど、責任を持ってやらなければならない仕事が多かった。部活では、常に生徒と一緒に体を動かした。暗くなって高跳びのバーが見えなくなるまで練習し

様似中学校、夏休みのキャンプ。幌満ダムにて。[1959年8月]

たのを思い出す。

陸上競技大会はほとんど苫小牧へ出なければならなかったが、三年の片山君が、日胆（日高支庁と胆振支庁）の大会の三段跳で優勝した時は本当に嬉しかった。

夏休みにキャンプに行った。様似中学では誰か指導者が付かなければキャンプはできないことになっていた。だから若い独身の男性教師がキャンプによく引っ張り出された。生徒を引率するという重大な責任があるが、自然に親しむ開放感もあり、やはり実に楽しいものだった。自分のクラスだけでなく、他のクラスの生徒も一緒に幌満ダムに連れて行ったことがあった。幌満から一〇キロ以上歩き、ダムで泳いだ。皆、ダムの上から眺めていた。女性がいる中では、自然に男子生徒は張り切る。いつも目立つ男子生徒が、ダムの真ん中まで泳いで行ったのはよかったが、アップアップやり出した。「待ってろよ！」と言って、急いで手漕ぎの船を岸から出して助けた。何てことはないような話だが、やはり引率者には重い責任があって大変なのだ。手漕ぎの船を漕ぐことができなければ一大事だった。

様似中学校に赴任して三年目の一九六一年（昭和三六年）、日高地区の教科研究部会の英語部会長にさせられた。専門の先生が少ないからだ。日高管内でどの教科書を使うか検討するということが毎年行なわれる。集まって教科書選定作業を行なったり、研究会を開くなどした。こうした立場にも責任が伴い、大変勉強になった。

様似町における私の下宿は、校門から校舎まで一〇〇メートル以上真っ直ぐな道路の左側にあった「佐藤下宿屋」さんで、学校への行き来はとても楽だった。下宿人が六、七人、教職関係が半分くらい。ある正月休み、鉄砲を持っている勤め人が鹿を獲ったということがあり、その肉が振る舞われたりした。

山奥にあった新富小・中学校の卒業式に学校代表として参加し、昼食に大皿一杯の鹿の肉の刺身が出され、驚いたこともある。とても美味しかったことを覚えている。

様似中学校4年目（最後）の年に。［1963年2月14日］

赴任四年目には、浦河高校三年の私の弟（勝利）が私の下宿にやってきた。半年間、同じ部屋で暮らし、浦河高校まで通学した。九月に父が新冠の明和小学校に転勤となり、弟が自宅（蒐舞）から通学できなくなったためだった。

一九六一年（昭和三六年）頃、オートバイの免許を取った。車はまだ庶民のものになっておらず、バイクの全盛期といってもよかった。

運転免許の教習は、小学校の校庭に白線を引いて、日曜日に警察の係の人が来て運転の技術試験を行なった。エンジンをかけ、ある程度スピードを出し、一周して来てきちんと止まる、というものだった。いつもバイクに乗っていた新富小・中学校の先生が落ちてしまったと記憶している。学校で五、六人のバイクを持っている先生がいて、日曜日に皆で襟襟裳岬までツーリングに出かけたことがあった。バイクは風を切って楽しいと思っていて、後で、イギリスで老夫婦が二人乗りでバイクに乗っているのを見て、また憧れた。現在も免許は持っているが、四、五年でバイクを手放し、以後バイクには乗ってはいない。

バイクで思い出すのは、浦河に来てからの幌満川でのニジマス釣りだ。幌満ダムの上なので、三〇キロ以上バイクで走らなければたどり着けない所だが、ときどき行った。天気予報を全く気にせず行ったある時、大きなニジマスを一匹釣ったところで、急に辺りが暗くなって大粒の雨が降り出した。これは大変だ！　急いで帰ったが、ものすごい豪雨だった。もちろん雨具などは持っていなかったので全身ずぶ濡れとなった。

一九六三年（昭和三八年）三月二七日（水）、二七歳の時、同僚の松居悦子さんと結婚し（今の妻）、午前一〇時に様似神社で式を挙げた。その後、職場の人たちの主催で、四月に入ってから様似町公民館で祝賀会を行なってもらった。結婚というものは、相手がどうのこうのと言う前に、自分が結婚してもよいと思う年齢の時がきて初めて考えるもので、そのような時が決め手になるものだ、と思った。

様似町は町として纏（まと）まりがあり、教育熱心な町である、ということを知った。以前からそう思っていたが、特に、様似高校が道立高校に移管されるに際し、学校のグランドを町で整備をしたり、その他の施設も手を尽くして整えた。そして様似高校は一九六二年（昭和三七年）に念願の道立高校への移管が決定した。

2　新年度が始まってから、急遽の依頼で母校・浦河高校へ（一五年間）

様似中学から、母校、浦河高校に転出することになった。結婚して新しい気持ちでいた一九六三年四月の、教科担任となった新一年生の授業がすでにスタートしていた時の話だ。

浦河高校の東大出の名物教師である小林昌太郎先生から、「浦高の英語の先生が一人足りなくなったから、浦高へ来ないか」と電話があった。驚き、困った。すでに中学校の教科担任を持って新年度をスタートしている。「ちょっと無理なんです」と返事をしたが、「浦高も困っている」ということで決意した。「行くことにします」と。妻は結婚したので、別の学校へということで、幌満小・中学校へ四月に転勤が決まっていた。新居も決めて、様似町本町の高田病院の古い建物に引っ越ししたばかりの時だ。

辞令の日付は一九六三年（昭和三八年）五月一六日。年度途中の転勤で、私は浦河高校の教諭になった。様似町から浦河町への通いである。母校なのであまり緊張はしなかったが、高校の授業なのでやはり中学とは違う、ということから、赴任二カ月で持病であった胃痛が悪化、胃からの出血で貧血を起こし、急遽浦河日赤病院に入院した。七月だったと思う。学校へは二学期から勤務した。

英語をどのように学習すべきか

生徒が力を付けるために、英語をどのように学習したらよいか。まず教師が英語の実力を付けることが第一。第二に指導法の研究に力を入れた。

①生徒の授業の心構え――予習をすること。ノートを取ること。辞書を使うこと。

②教師の授業方法――まず教師が読み following（後をついて読む）させる。読む時にできるだけ大きな声を出す（読み方、発音）。発音を体系的に覚えるため発音記号を整理し直し、単母音、長母音、二重母音に分け、二一の母音を掲げ、七つにマル印をつけ、この七つは徹底的に覚えさせる。minimum essential（最重要の要素）だ。この表を私が担当するクラスの教室の正面に大きく書いて貼る（資料1）。アクセントを覚える（教科書にチェック）。どこで区切るかを覚える（教科書にチェック）。

発音記号

短母音	長母音	二重母音
1.[i]	8 [i:]	⑬[ou]
2.[e]		14.[ɔi]
③[æ]		15.[ei]
4 [ə]	⑨[ə:]	16.[iə]
⑤[ʌ]		17.[ɛə]
6 [u]	10.[u:]	18.[ai]
⑦[ɔ] (米[a])	⑪[ɔ:]	19.[au]
	⑫[a:]	20.[uə]
		21.[ɔə]

（資料1）発音記号

③授業に参加する（クラス全体で楽しく進める）ノートを取る（黒板に書くことをノートする）。

④教師の方針――終局的に「氏名カード」に辿り着いた。これはクラス全員の氏名カードを作り、カードの順番に個人を指名し「意訳」、説明などをさせる。点を切って順不同にし、そしてできるだけ平等に当たるようにする。先に述べた「発音記号表」と「氏名カード」は浦高に来て数年経ってようやく確立した。

母校の沿革を書き直す

一九六六年（昭和四一年）、「開校三〇周年、工業科校舎落成記念」式典と祝賀会が九月四日に行なわれた。記念学校祭も同時開催。私も同窓生として、同窓会の記念誌『ちのみ』（「ちのみ」とは学校のある東町（あずまちょう）の昔からの呼び名）の発行を決定、そして編集に携わった。これを契機に、学校の沿革史に変化を生じさせる大きな転機になった。『ちのみ』のために座談会を開き、四人の先生（奥山徳三郎、谷口巌、畑中武夫、北川整二郎）に出席していただき、その場で奥山徳三郎先生から、「浦高の誕生は昭和七年」だということを資料を基にして言われた。奥山先生は開校に直接関わり、学生を集めるために努力をした先生だ。今回、行なっている「開校三〇周年」も、四年ずれて間違っていたというのだ。驚いた。学校の沿革に責任を持って見ている人がいなかったのではないか、と思われる。

私はこれを契機に、沿革を整理し直すことにした。書庫にあった古い資料（昔、卒業式に「学事報告」として一年間の経過を筆で認めて巻き物にしたもの）を時間をかけて調べ、『ちのみ』に九頁にわたる学校の「沿革」を書いた。普通の沿革とは異なる、資料を尊重した詳細なものにしようと思った。具体的に書いてある文章をそのまま使うことにした。「男女共学の一年を顧みて」の内容を六行にわたって引用した。

浦高はもともと女学校だったので、戦後、ドッと男子が入って来て、男女共学になって危惧されていたことや、男女共学の長所などもはっきりと書かれていた。

「競争意識も顕著に現われ、共同研究等にも互いに切磋琢磨し合い全般的に学習成績の向上を示してきた。クラスの活動は誠に旺盛で互いに批判し合い、献策し合議を重ねて、生徒の規律の刷新に自治活動を積極的に展開、男女共学によって数々の美点を挙げ得ることは、当初若干危惧の念を以てこれが実施に当たった本校としては誠に喜ばしい次第です」

これまでこのような記念誌を編集した経験は私にはなく、片手間ではできない仕事だったので苦労したが、よい助っ人がいた。四期上の同窓生で、浦河町役場の広報担当でもあった山崎斉さんだ。資料を風呂敷に包み、昼の勤務後、夜、役場の当直室に通って手伝ってもらった。

それと、学校には女学校時代の校旗はあったが、新しい浦高の校旗がなかった。これを機会に、校旗を同窓会で作って贈呈しようと決まった。検討を重ね、デザイン、色を決めていった。色は学校色ということで紺色とし、当時で八万八〇〇〇円かかったが、立派な校旗を学校に贈ることができた。

あと、私が同窓会でやったことといえば、卒業の三年生に対し、卒業後のクラスの二名の幹事をクラスごとに決めて、同窓会の連絡などの世話をすることにしたことだ。もちろん、自発的なクラス会も組織しやすいだろうと考えた。それと、卒業式の練習と同時に「同窓会入会式」を行ない、役員や会則を説明し、どんな活動をしてきたか、「会員相互の親睦を図ると共に、母校の発展に寄与する事を目的とする」(会則)ことを理解してもらうことを徹底した。

高等学校の学区を小学区から大学区制へ

ここで教育行政の本題に入ろう。

一九六五年(昭和四〇年)五月一四日、北海道教育委員会(道教委)は抜き打ち的に高校の学区拡大を発表し、続いて、それと表裏一体の高校再編成五カ年計画の方針を明らかにした。大学区制の嵐が北海道中を襲うという状態になった。「自由にどの高校にでも入れるようになった」。一見よいように思える。だが教育を混乱に陥れたといっても良かった。

日本の教育費が先進諸国において最も低い状態が続いている中で、国としてはベビーブームによる生徒数の増加を直接一校の間口の増加で対応していては、教室を増やし、教員数も増やさなければならず、教育費がかさむ。したがって大学区制にして、地元の高校に入れない状態を回避して責任を持たない。そうすると、全体として普通科定員の減少を招き「受験競争の激化」、学校間格差の拡大、生徒にとっては遠距離通学、通学や下宿での父母負担の増加が避けられない。特に学校間格差は父母の貧富の差によることが大きい、という。

日本国憲法の第二六条「すべて国民は、法律の定めるところにより、その能力に応じて、ひとしく教育を受ける権利を有する」を侵すことになる。もちろん、金があれば、俗にいう「有名校」に入るというエゴイスティックな行動をとる者が出てくる。田舎の高校ではクラブ活動がしにくくなり、種々の教育活動にも停滞をもたらす。北海道高等学校教職員組合（高教組）は、「破壊される民主教育」というパンフレットを作成して道民に訴えたが、その中で学区拡大と高校再編成によって現出するであろう教育破壊を次のように指摘している。

①入学定員を減らし、高校をつぶします。
②地元の高校に地元の子供が入れなくなります。
③父母負担を増し、恵まれない家庭の子供は高校から締め出されます。
④高校を格付けし、受験競争を激化させます。
⑤男女共学制、総合性を壊し、差別・選別を強めます。
⑥子供たちの伸びる能力をおさえ、学習意欲をなくし、非行化を増します。
⑦民主教育を破壊し、戦争への道につながります。

私が高校に来て間もなくだが、どのようなことが実際に起こったか。生徒の中に中学の仲の良かった友達で都会の高校へ行った人がいる。自分も行きたかったので、地元の高校に魅力を感じずに、ここで頑張ろうという気が起きない。地に足を付けて勉強しようという気持ちが起きない生徒が出てきた。地元の高校としては全くやりづらい。落ち着いて学習の実績をあげることが難しいのだ。生徒がバラバラでは教育の効果をあげることが難しい、という教育の本質を考えざるを得ない。地元の教育力という考え方も必要だ。制度として教育を考える時、このようなことを考えることが大切なのだ。「差別・選別体制の深化と教育荒廃の惨状」をもたらし、「高校三原則」（小学区制、男女共学、総合性）がいかに大切かを実証することになったのだ。

漁業科配置、漁業科廃止、実業の工業科ブームの中で工業科設置

道教委は浦河高校に、地元の水産業を重視し地元民の要望も強かった水産科一学級を一九五〇年（昭和二五年）四月一日に設置した。そしてその二年後（昭和二七年五月一七日）に漁業実習船アポイ丸（三二・六トン、七五馬力）を導入した。水産科第一期生の「漁業課程」ではこのアポイ丸に乗って行なう釧路沖での二カ月余りの長期実習を、「製造・増殖課程」では水産工場や水産試験場などで行なう二カ月余りの長期実習を実施している。

以後、水産科の動向だが、一九五五年（昭和三〇年）の四月に製造実習用ボイラー、缶詰機械等を設置。六月には「漁業課程」が丸二カ月にわたり中部千島海域で鮭鱒流網（さけますながしあみ）漁を実習し、約三〇〇〇貫、一〇〇万円余りの漁獲高をあげ、八月に全員無事帰港した。「製造課程」も釧路・根室方面に長期実習で缶詰実習を行なった。一〇月、全道高校水産教育研究会が二日間にわたり行なわれ、「製造課程」は缶詰機械・ボイラー等で校内実習を行ない、それを公開して好評を得た。

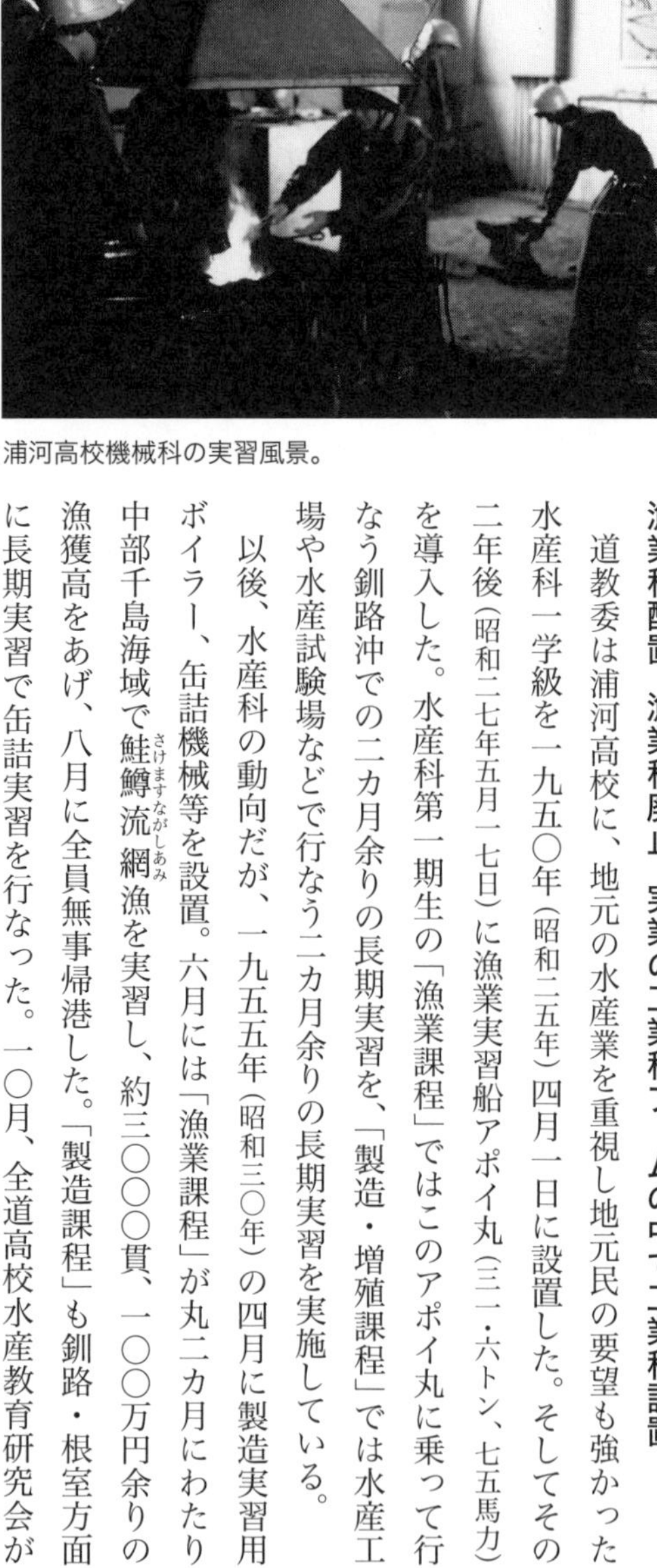
浦河高校機械科の実習風景。

一九五七年（昭和三二年）、フレオン圧縮冷凍機一台を備え付け、「製造課程」の実習が一段と充実した。この年、アポイ丸の老朽化によって実習には危険であるとされ廃船処分されることが決定する。浦河では学校、ＰＴＡ、町による「実習船建造促進委員会」が結成され、実習船建造のための陳情、寄付の呼びかけなどが行なわれた。

一九五九年（昭和三四年）四月、水産科を廃止し、漁業科を新設。翌一九六〇年（昭和三五年）二月、アポイ丸廃船後三年にして、新造実習船あぽい丸（八七・二七トン）が建造竣工。一〇月に起工式が行なわれ（三重県、強力造船所）、翌年（昭和三六年）二月四日、進水式が行なわれた。

新あぽい丸は旧アポイ丸の約三倍の大きさである。一九六一年（昭和三六年）九月、新実習船あぽい丸による漁業科三年生の実習が行なわれ、二年生もサンマ漁業実習のため乗船。一九六四年（昭和三九年）にはあぽい丸の漁業実習が四月～八月まで五カ月間行なわれ、一九六七年（昭和四二年）には漁業科三年生の漁業実習として四カ月間の鮭鱒流網漁を、一〇月に一カ月間のサンマ棒受網（ぼううけあみ）漁の実習を行なう。

我々教職員も漁業科から恩恵を受けた。年末に生徒たちが獲ったサンマの缶詰を買った記憶がある。

地域の恩恵は多大だったと後で聞いた。実習船あぽい丸は、水温を計り、海流を調べることができて、感度のよい無線も持っている。設備の乏しい浦河近辺の小さい漁船はあぽい丸から情報を得ていた。地元漁船にとってあぽい丸は力強い仲間の船になっていたという。「さもありなん」と思う。

浦河高校の実習船あぽい丸。

先に述べた道教委の高校再編成が、浦河高校にどのような具体的な変化をもたらしたか、について触れたい。良心的な塩原信一校長が『浦河高校五〇周年記念誌』で次のように述べている。

「漁業科は廃止に、代わって生まれたのが工業科の新設。道の産業教育の、整理と再編の波間に大きく揺れ動いたのが、この頃であった」

日本は高度経済成長期ということで日高に唯一の工業科（電気科と機械科）が一九六五年（昭和四〇年）、本校に併置された。一九五〇年（昭和二五年）に創設され一六年間に渡り優れた漁業人の育成に貢献してきた漁業科が一九六七年（昭和四二年）、募集停止になった。

道教委の高校再編成の問題点はまず、学校側が工業科設置を希望をしないのに設置を決めたことだ。一九六二年（昭和三七年）、準備職員として新関直克先生が浦高に赴任、大変苦労されていた。その後、一九六五年（昭和四〇年）に漁業科廃止の打診があり、塩原校長が夏休みに教職員を集め、意見を集約し、反対意見を道教委にあげ、町議会も反対決議をあげたために廃止にはいたらなかった。道教委は次の年も強い廃止の意向であり、浦高の同窓会が廃止反対特別委員会を設置し、署名運動、チラシ配付、道教委への陳情など強力な反対運動を展開したが、覆（くつがえ）すことはできなかった。

工業科の設置は決まったが、専門教員の決定が遅れ、校舎の建設も遅れた。普通教室・実習教室が入る工業棟などの増築完成がその年の一一月。その後も機械類の搬入・据え付け・コンクリートをはる作業などを行ない、旋盤・鋸盤・万力・工具などが少しずつ揃っていった。そして開設から二年後、伊林博、福田省三の二人の先生を迎え、名実ともに体制が確立したのだ。

廃船が決まったあぽい丸を浦河港で迎え、歓迎会を行なった。[1974年11月20日]

あぽい丸のその後

一九六九年（昭和四四年）三月一日、全道の漁業科実習船を集中管理するため、あぽい丸は函館水産高校へ移管となる。金田良一船長はじめとする乗組員一一名も同時に函館に転勤した。

一九七四年（昭和四九年）、あぽい丸は廃船になることが決定。廃船になる前にぜひ浦河に来てもらいたいと要望し、実習途中の一一月二〇日、五年振りにあぽい丸は、懐かしい乗船員たちと一緒に浦河港に姿を現わした。浦高はブラスバンドの演奏とともに全校生が港で盛大に迎えた。漁業科のOBが中心になって福祉センターで歓迎会を催し、永年の労苦をねぎらった。浦河での獲れたての新鮮な刺身に日高支庁からの参加者からは驚きと喜びの喚声が上がったという。

教育の反動化の中で

当時の教育界は、国の中央教育審議会（中教審）が大資本の求める人材育成の要求に基づき、教育の方針を打ち出していたので、道教委も大学区制をはじめ次々と教育破壊の政策を打ち出した時代であった。

教員の勤務評定、「教頭制」公布（教頭が管理職になり、管理職手当支給）、全国一斉学力テスト、「能研テスト」をはじめ挙げていけばきりがないが、とりわけ学区拡大と高校再編成計画は影響力が大きく、教頭の二人制（昭和四四年～）、強制配転、組合員の教育研究集会参加に対する訓告処分など、組合に対する強権的な締め付けも激しくなっていった。

組合員滝沢三夫氏が描き、職場新聞に載せた「反動校長」の風刺漫画と替え歌。[1970年]

一九七〇年（昭和四五年）四月一日、浦河高校に河西久男校長が赴任した。この四月に赴任した九人の道立高校長の体験を道教委がまとめ、「マル秘」文書として公立学校長に配付し「学校経営の手本」とした「新任校における学校経営一カ月の取り組み――課題解明と実践の記録」の執筆者の一人である。この文書のことは新聞に報道され、九人の校長たちは「反動校長」として知られていた。

浦高に赴任した河西校長は次のように書いている。

「四月一日午後四時二〇分、教頭予定者とともに新任地浦河にのりこむ。はじめて管理者として広尾にのりこんだ時と同じ『やったるぜ』という気分が充実していた。このたび内示をうけたときの、私の心境は山中鹿之介と同様、だれかがやらねばならぬ浦河高校の『正常化』を私ごとき若輩が命ぜられたことにたいし、ここで『やったるぜ』という決意が、いよいよ体中をかけめぐって今日にいたっている」

新任校長は組合破壊の「使命感」にもえ、「未組織の組織化をはかり、フォーマルな高教組とインフォーマルな非組合員組織の適当な対立、抗争を助長させながら、高教組が組織防衛に専念せざるを得ない客観条件をつくり、外にエネルギーを出しえない内部分裂を醸成させて行きたい」とも書いている。結局、「正常化」とは、職員会議の決定を校長の「裁可」で反故にし、輪番制議長を教頭に変更するなど、学校の民主的な運営をいかに破壊したかの別表現でしかなかった。組合に対する敵意のみならず、全教職員に対する蔑視（「駒不足」「右往左往」など）が顕著だった。あまりにも汚（けが）らわしいその「政治屋的」人間性に、すべての教職員が心からの怒りを表明した。浦高の職場は明るく、いつも笑顔に満ちていたからだ。

この「マル秘の記録」が暴露されたことによって我々教育労働者と道民はそれぞれの学校が築きあげた職場の民主的慣行を破壊して組合敵視、組織破壊を使命と考え、思想、信条によって教師を差別する校長と、その記録をマル秘で配付するような道教委のもとで勤務評定と特別昇給が実施された時、教育がどうなるのか、これほどの教育破壊はない、と我々は決意するのだった。

アメリカでの二カ月間の英語研修講座に参加

ちょうどクラス担任が当たらない浦高一一年目に「米国における英語研修講座」(Intensive English for Japanese

Teachers）という英語研修の機会を得ることができると思い、一九七三年（昭和四八年）の夏休みを挟んだ二カ月間、アメリカの英語研修に行くことにした。

これは主催が「日米協会」と「国際教育交換協議会」という権威のあるアメリカの民間団体だが、真の意味での研修の実績があり、「都道府県教育長協議会」が後援しているので、道教委からは経費は出ない（多くの県では出していた）が教員の研修権を使って行けるものであった。

経費の代金も安かった。円・ドル交換率が変動になったすぐ後で、参加費用（行く前のプレースメント・テストの費用）、アメリカへの旅行費と旅行中の傷害保険料も含め四二万八〇〇〇円を五月末までに納入した。アメリカ内での費用全部（大学の受講料、寮費、交通費と食費、宿泊費など）は主催者持ちであった。邦貨は一〇万円まで持ち出すことができる、という制限のある時代だった。実際に、費用については、ホーム・ステイ中や研修中も、昼食などが出ない時など、昼食代のお金が渡された。プレースメント・テストは札幌市民会館で三月二九日、二時間半の英語のテストを受けた。

出発直前にこんなことがあった。一学期最後の「職場の全教職員の懇親会」だったと思う。河西校長と、ただ話し合っている中で、何でか「アメリカの研修旅行、許可しないぞ！」。私は「やれるものなら、やってみろ」と、酒の入った勢いで言ってしまった。河西校長は反論せずに黙っていた。

研修の内容などについてはいろいろなところで発表してきたが、『日高報知新聞』の文章が短くまとまっているので、それを引用しよう。（あとで、若干変更、追加しています。）

大脇教諭　米国二カ月研修から帰る

「民主主義に強い誇り」　教育施設は抜群、しかし多くの問題も内在

社団法人日米協会、国際教育交換協議会主催の「第六回米国における英語研修講座」の研修生として、さる七月二五日から二カ月間にわたって米国の高校教育や学校運営、教授法などの見学、研究、また日本紹介のため高校で授業を行なって生徒との話し合い、生徒、教師に対するアンケートの実施など精力的に活動し、米国の文化と社会について、理解を深めてこのほど無事帰国した浦河高等学校教諭、大脇徳芳氏は旅の疲れも見せず「話すことは山ほどあるのですが」と前置きして大要次の通りアメリカにおける印象や研修振りの一端を話してくれた。

二カ月間、旅行（バスでの大陸横断、大都市見学、有名箇所など）、研修（州都オースティンにある「テキサス州立大学」(The University of Texas)での四週間。大学での英語の授業、講義、宿題が多かった）、家庭滞在などで、一日の暇もなく歩き回り見て歩き、多くの人と話し合い、限られた時間と場所であるが、自分なりに、今日のアメリカ社会を見ることができたと思っています。「英語を話す機会を多く作るため必ず一人で歩くことを心がける」がモットーでした。

宿泊は、休暇中なので大学の二二階建ての寮（ドミトリー）の一二階で、設備は良く、プール、卓球台、ビリヤードの台もある。二人部屋で隣の二人部屋と共有はトイレ、風呂、冷蔵庫など。気候は乾燥しているが、華氏一〇〇度（摂氏三八度）と凄く暑い。だが、建物の中は冷房が効いていて、いつも涼しい。いつでもシャワーを使える。

バスで大陸を横断したが、一日走っても景色がほとんど変わらない場合もあり、米国の広さを痛感しました。多い時は一日八〇〇キロも走りました。アメリカの東から西海岸まで四時間の時間差がある。三回その都度、

時計を一時間ずつ遅らせた。

アメリカ人は親切で世話好き、話好き、だから大抵の場合話しかけると、笑顔で話が返ってくる。大学で研修の最中の家庭滞在の場合も、本当に心から歓迎してくれた。心のこもったバースデー・パーティーもしてくれました。家庭滞在では、日本のこと、アメリカのことを率直に何でも話し合うことができました。ずいぶんいろいろな話をしました。ベトナム戦争のことも聞きました。黒人の非常に多いことも特別で、「人種のルツボ」といわれるだけあって、あらゆる国の人がいる。アジア人・日本人もまた多いのにも驚いた。黒人問題は今日のアメリカ社会の最大の問題であることには変わりなく、人種差別は法の上ではなくなっており、学校、バス、トイレなどでは、差別はなくなっているが、貧富の差は大きく、差別意識もまた強く、黒人の自覚とまとまりも欠けているし、白人もお手上げの状態で、先の見通しは暗いと思う。

アメリカ人は彼らの民主主義に強い誇りを持ち、自由主義も徹底し、個人尊重も徹底しているが、国の政治に対する関心は薄い。それは国が大きく、自然環境も地方によって差が大きく、州の自治権が大きいことにも原因があるとは思うし、マスコミ(新聞、テレビ)が、それぞれの地方に限られていて、ローカルカラーが強い。だから意外に情報が地方に限られており、国の政治のニュースが少ない。さらに平等の思想精神は日本でもそうだが至って弱い。

訪問したのは、ニューメキシコ州、ロス・アラモスの高校へ全体から別れて一〇名、二週間。学校の設備は至って良く、一学級の人数は多い場合でも三〇人以内で効果的である。自習学習の考えが徹底しており、教師は「教える」というよりも生徒が学べるように資料を整理し、利用できるようにし、生徒を啓発する点に力が注がれている。

生徒が討論することが非常に多く、教師は討論の機会を多く持たせ、その討論に参加させるよう努力している。生徒も討論に慣れている。

学校全体の雰囲気も自由で、ゆったりしている。反面問題もある。高校ではタバコはもう問題にならないといってもよい。昼休み校外でタバコを吸っている女子学生を見受けた。麻薬、性の問題も大きな問題を投げかけている。

我々日本の教師は、授業見学、授業もやり（小学校でも）、生徒、教師のアンケートを取りまとめることができた。

家庭滞在中は、数多くのパーティーや会合があり、話す機会も多かった。家族と一緒にピクニックや登山にも行った。

ロス・アラモスはアメリカ唯一の原子力研究所のある街で、太平洋戦争終戦まで二年間だれにも知らせずロバート・オッペンハイマーはじめ、研究者のみ二〇〇名の谷間にあった秘密研究所。アメリカ最初の原爆実験を行ない、広島、長崎に落とした原爆を作ったところでもあり、二つの原爆の現物大見本が置かれていた。広島へのは「little boy」、長崎へのは「fat man」と呼ばれていた。「日本人には見せたくない」と言っていた。現在もたくさんの大きな施設のあるところで特殊な町である。この施設を一部見学したが、中に入るドアの厚さがコンクリートの四メートルで、押しボタンで開く。その大きさに驚嘆すると同時に不気味さを感ぜずにはおれなかった。

英語研修旅行の日程とコースを振り返ってみよう。

七月二五日　東京国際空港出発（午前一〇時）、アンカレッジ経由、ニューヨーク着（現地時間午後一時）

ニューヨーク↓ワシントン↓ウィンストン・セイレム↓バーミンガム↓ニューオリンズ

八月四日〜九月一日（約一カ月間）

テキサス州オースチン（州都）　テキサス大学で研修講座受講

九月一日〜五日　旅行　アルパイン、ビッグ・ベンド国立公園、カールスバッド

九月五日〜一八日（二週間）

ニュー・メキシコ州ロス・アラモス（人口一万五〇〇〇の町）で家庭滞在（ホーム・ステイ）

ロス・アラモス高校に通い、授業見学、学校運営や教授法の見学・研究、日本紹介で五時間授業を行ない、生徒と話し合う。

生徒、教師に対するアンケート実施。この間、中学校・小学校も訪問、見学。小学生とも話し合う。

九月一八日〜二四日　グランド・キャニオン　→　バーストー（カリフォルニア）　→　サンフランシスコ

九月二四日　サンフランシスコ発、アンカレッジ経由

九月二五日　羽田着

ニューヨーク

ケネディ国際空港に着いた。日本を朝一〇時に発って、アンカレッジ経由、ニューヨーク現地時間、当日午後二時着。実際飛行機に乗っていたのは一五時間。お分かりだろうか。日付変更線を東に越えたので、まだ当日なのだ。バスでマンハッタン島の中心部へ向かう。もちろん、初めてなので、街並み、建物、空気が違う、もうワクワクだ。大きなブルックリン橋を渡る情景は五〇年近くも経過しているのに、今なお鮮明に覚えている。泊まるホテルはニューヨークのど真ん中。すぐ側にエンパイア・ステート・ビルディングが見える。

二日目の朝のこと。ツインの部屋で目を覚ますと、高層ビルのホテルの部屋なので、ずっと下の通りの音が

振動のように響いて聞こえてくる。二人で「ところで何時だ？」。時計を見て一〇時？　時計が狂っているんじゃないの。「いや、そうではない。時差ボケで、今まで寝ていたのだ！」。八時出発の市内観光バスは、とっくに出てしまっている。

相談して、二人で歩くことにした。グランド・セントラル四二の地下鉄にまず乗る。地下鉄を降りるとマンハッタンが遠く、クイーンズに来ていた。これは笑い話になる。地下鉄の地図無しで歩くのはニューヨークでは、正にあてずっぽうだ、ということも知らない。グランド・セントラルに戻った。ニューヨークでの二日間の見学。「まず何でも見てやろう」。歩きに歩いたのを思い出す。タイムズスクエア、エンパイア・ステート・ビルディングはいろいろなことを感じた。国連本部、自由の女神、など。

自由の女神像へのボートで大きな男が大声で「ワチアステッ」(Watch your steps. 足下に注意！)と言っているのが分かり、生きた英語の勉強になるな、と思った。

ハーレムへ行った。真っ昼間なのに、黒人が家の前でジッと腰を下ろしている。行くとすぐ、警官が何人も寄ってきて「ここは危険だからすぐ帰るように」としつこく言う。だが、せっかく来たのだから、街角に立っている警官を視野の中から消えないように見ながら、見て歩いた。後で聞いたらグループの中で誰もハーレムに行った人はいなかった。

ニューヨークでまず驚いたことは、人種の多いことである。全く桁違いだ。黒人が多いのは当たり前。本当に種々雑多と言ったら失礼になるが驚かざるをえない。スタイルも本当にまちまち。女性で「樽」のような太さの人もいれば、二メートルもあろうかという男の人もいる。その中ですばらしくスタイルのよい「美人」がいる。目を奪われるというのが実態である。それに加えて、建物、通りの素晴しさや日本との違い。

ニューヨークの地下鉄は落書きが多くすごく汚かった。アメリカの街を走る車に、ぶつけてへこんだ傷のあるのが目立って多かった。日本車が結構多く目についた。

（後日談になるが、この時から二九年後、ニューヨークを再び訪ねているが、地下鉄が綺麗にすっかり変わっていることに驚いた。）

ウォール街は有名な「ニューヨーク証券取引所」を中心にある金融街である。建物が豪華で素晴しく、ニューヨーク初代大統領ジョージ・ワシントンが大統領就任演説を行なったところで、銅像が建っている。（そういえば、アメリカは歴史が浅いからか、歴史的な建物や銅像がたくさんあり、「過去を記念することの好きな国民だ」と気がついた。）ウォール街はまた、有名な建物が目立った。トリニティ教会も素晴しい。

夜一人でバーに入りビールを飲んだ。側にいた若者と話し始め、アルコールで酔いが進むほどに話が弾み面白かった。ビールを奢ってもらった。相当飲んで帰る時、「チップは俺が払うから」と若者が言う。「いや、俺が払う。俺からのチップだ！」と言った。「帰りは大丈夫か？」と心配する。カメラを持っている。カメラを抱えて、「こう持っているから大丈夫だ」。そこで別れた。ホテルまでは駆け足で帰った。ホテルまでは初めての道だが、地図が頭に入っていた。夜のニューヨーク。迷わずにホテルに着いた。何か自信がついた。

ワシントンDC

土地に制限なく首都を作るとこうなるんだ、と思ってしまう。ワシントン記念塔（モニュメント）を中心に、細長い反射する溜め池、リンカーン記念館は印象的。スミソニアン博物館、国会議事堂と真っ直ぐ並んでいる。その他、ホワイト・ハウス、トーマス・ジェファーソン記念館、植物園、など。

ワシントン記念塔は「建国の父」ワシントンを称える高さ約一五〇メートルもある大理石の尖塔である。エレベーターと八九八段の階段で「一九〇の記念石」を数えることができ、上ることもできる。下界の眺めも抜群だ。

スミソニアン博物館。これは一つの博物館ではなく広い通りの両側に数多くの博物館があり、全部無料。スミソニアン協会本部があり、これは「米国国立学術文科研究機関」であり、スミソニアン博物館群の管理局、インフォーメーション・センターでもある。一八四六年、英国の科学者スミソンの遺贈した基金によって設立。ジェイムズ・スミソンの墓が正面入り口の中にある。ここだけを見るのに何日かかるだろうか？　とてつもなく大きく、内容が素晴しい。まず、国立航空宇宙博物館には月を往復した少し焦げたような跡のついたアポロ一一号がある、月の石もある。国立自然史博物館、国立アメリカ歴史博物館、国立美術館など貯蔵品が一流の物ばかり。日本の浮世絵がこんなにたくさんきちんと保管されている。驚いた。日本にとっても大変嬉しいことだ。その他、科学技術、産業、農業、輸送、商業、貿易などの博物館や各種の研究所がある。それらのところ一一カ所を、短い時間で定期的に大型バスが回ってくる。それに飛び乗れば次のところに行ける。一日どこから乗っても二ドルという安さでとても便利だ。

アメリカ・ワシントン、スミソニアン博物館には日本の展示物も多い。[1973年7月]

アーリントン国立墓地

すぐ側を流れているポトマック川を西に渡ると、すぐアーリントン墓地があるので行ってみた。全米一有名な戦没者慰霊施設である。アメリカの国民的英雄、ケネディをはじめ政治家、三〇万人を超える戦死者、その家族が眠っている。綺麗に墓碑がきちんと並んでいて、観光客が訪れているが、時間(午前八時〜午後七時)と場所(歩くコース)が限られていて、芝生の中へは入れない、ということだ。衛兵交代式があるということだが、見てはいない。

フォード劇場、リンカーン博物館

仲間と歩いていて、「リンカーンが亡くなった家」がそのまま残されているのを見てから、向かいにある有名な「フォード劇場」へ入ろうとなったら、皆もう帰ろうとなった。たった一人になったが、劇場として今も演劇が上演されているので入った。一八六五年四月一四日、リンカーンが暗殺者の凶弾に倒れたところである。演劇の始まる待ち時間、地下にある博物館にはいろいろな資料が展示されていて、それを見た。二階右側のリンカーンが座っていたと思われる辺りの席が空いていたので見当をつけて座り、二時間くらいも喜劇を見た。英語が分からず、皆が笑うところで笑えない。喜劇は特に難しい、と思った。

アメリカ研修旅行2日目。ワシントン市、リンカーン大統領が暗殺された「フォード・シアター」の前で。[1973年7月26日]

もちろん、夜になり暗い中を、ちょっと恐ろしくなって、観客と一緒に出てきた、子供もいて楽しく話し合う家族に話しかけた。しかし、無視された。一緒の歩調で歩いた。離れてから、回りを注意しながら歩き、安宿のホテルを探した。ここにしようと宿を決めた。格子戸で横に全部開く旧式のエレベーターで、締まる時にガチャンと大きな音が出た。三階か、四階くらいにある一人部屋を取った。三〇分くらい経って、テレビをつけようとしたら突然電気が切れて、真っ暗になった。下へ降りて受付の若い男に「電気が切れた」と言うと、「サーキブレイカズアウト」"circuit breaker is out"と言って平気な顔だ。戻るとすぐに電気がついた。やっぱり安宿だ。壁の向こうで風呂に水の入れる音が聞こえる。男女の睦び合う声まで聞こえてきた。多分、さっきエレベーターのところで会った男女だ。

ニューオーリンズ

ニューオーリンズの街を見に一人で出かける。まず三一階のオブザベイション・デッキに登り街を見渡す。ミシシッピー川が悠々と茶色の水を満たしている。どちらへ流れているかが分からないほどの流れだ。「オルレアンの少女」ジャンヌダルクの像があるのには驚いた。ニューオーリンズの街はフランスからの植民者が初めて入ったのを思い出して頷ける。観光客用の大型フェリーに乗る。二ドル五〇セント、かなり高い。二時間半ミシシッピー川を下り上りして説明する。この船上で、背の高いオランダ人のエドと会う。同じような研修で終わって帰るのだと言う。一緒に街を歩き、昼食を共にする。住所を教え合い、以後、クリスマスカード交換等、そして何度も会い、今も交流が続いている。(後述)

「フレンチ・スクエア」は、アメリカの他の都市ではない古いフランスの面影と開けっぴろげな南国のミックスされた魅力ある通りであって、デキシーランド・ジャズが聞こえてきて楽しい。

中心街を昼間見て歩き、一回ホテルに戻り、夕食後、携帯用の録音機も持ち、トランペットのアル・ハートの券を一〇ドル(二六〇〇円)で買ったので、急いで出かけた。昼間はバスで往復したが結構遠い。バスでだと間に合わないかも知れない。タクシーに乗ることにした。タクシーを拾った。黒人運転手だった。乗った時の運転手の目が気になった。私はソニーの携帯録音機とカメラを持っていた。暗くなる頃だった。車は真っ直ぐ走ったが、途中左手に曲がった。「おや、おかしいな。ここで曲がるはずはないのに」。運転手に不安を抱いた。だんだん不信が高まった。どうしたらよいだろうか。ドアを開けて飛び下りるのは危ない。怪我をするかもしれない。考えて決心した。大声で怒鳴った。「カナル・ストリートはあっちじゃないか!」。"The canal street is over there!" 動作で差し示した。工事中だと言う。先ほどまで何も工事はしていなかった。運転手は後は一言も喋らず暗がりをどんどん進む。覚悟した。料金は高くても文句は言わない。しばらく走って(回り道して、と感じた)車は止まった。料金を払った。「やはり大分高いな!」と思った。車は走り去った。ホッとした。立てない。これが「腰が抜けた」ということか。

ニューオーリンズでアル・ハートのトランペットを聴く。[1973年8月]

アル・ハートは素晴しかった。本場のジャズだ。聴衆の反応がとてもよい。トランペットを通路をゆっくり歩きながら吹いた。ビールが二杯出された。小さなミュージック・ホールなのでかえって臨場感があった。録音はこんな時録れないことになっているがこっそり録った。

通りは音楽(ジャズ)が賑やかに響いていて、女性が乗ったシーソーが通りまで大きく出てきて長い脚に驚く。バーでは、ビールを飲むテーブルで女性が踊る。夜も更けると、一層人が増えてきて、通りが本当に溢れんばかりでぞろぞろ歩いている。その人の混みようは今まで見たこともない。夜一時頃帰ってきた。桁外れに面白く、二日続けてバーボン・ストリートに行った。フランス文化、アフリカ文化、アメリカ文化が融合した「文化のるつぼ」としての歴史が反映されている。

ジョンソン宇宙センター、アストロドーム

オースチンの研修が終わる一週間前、八月二四～二五日、ヒューストンのナサとアストロドームを訪ねた。「ジョンソン宇宙センター」(ヒューストンにある)は「アメリカ航空宇宙局」(NASA)に属する重要な宇宙基地の一つである。ここでは有人宇宙飛行の訓練、研究および飛行管制が行なわれている。フロリダにある「ケネディ宇宙センター」ではスペースシャトルの製造や打ち上げをする場所だ。「ジョンソン宇宙センター」では、管制室の大きな装置を見学した。このようなセンターがアメリカには一一あるという。

次に、屋根のある野球場「アストロドーム」で大リーグの試合鑑賞だ。テキサスチームとシカゴチームだったと思う。球場の雰囲気は日本とは全く違う。観衆の寛いだエンジョイぶりが桁違い。我々、日本からの教員研修のグループだとアナウンスで紹介され、拍手がわいた。我々が立って手を振ってそれに答える、という場面を作ってくれた。これがアメリカだ。

メモリアル・スタジアム(陸上競技場)

四〇〇メートルのタータンのトラックと立派なほとんど一周のスタジアム(スタンド)が付いている。日本ではいくつもないほどの競技場を大学が持っていることに驚いた。テキサス州がいかに石油で金持ちかを証明していると思った。ジョギングでトラックを一周してみて、大変気持ちがよかった。タータンの競技場は日本でもようやく作られ始めているという状態である。競技場の担当者に、競技場を説明してもらい、タータンの材質の見本をもらってきた。スタジアムの中はまた立派で、いろいろ設備があって、スカッシュを初めてやってみた。

カールスバード国立公園（カールスバード・キャバンズ）

ニューメキシコ州にある世界最大級の洞窟群は本当に大きい。アメリカにある無数に存在する鍾乳洞の頂点にある、という。何万年もの時を経て形づくられた素晴らしい鍾乳石が巨大な地下空間を荘厳な大宮殿にして、美しさで知られている。

中を歩いて一時間半。大きい鍾乳石、形が全くいろいろの鍾乳石、空間もいろいろ。レストランやお土産店が洞窟の中にある。ここは地下二〇〇メートル以下。帰りはエレベーターで上がってきた。

カールスバードは人口二万人。気温は三五度以上。プールで泳いでから、偶然会った老婦人の車に五人の仲間で便乗して、下町を案内してもらった。さらに「モービル・ホーム」の家まで連れて行かれて中を見せてもらった。退職したこのような老夫婦がアメリカでどのように生活しているかを見ることができて大変よかった。

（モービル・ホームは車であり、どこでも場所を変えることのできる家。もちろん、電気や水などの設備のあるところで、長く住むこともできる。車のナンバーが外壁の下に付いていた）

ロス・アラモスのホーム・ステイ二週間（メアリー・ペテッテ家で）

サンタ・フェに着いたのは夜八時半。この日、バス（グレイハウンド）は約八〇〇キロ走りに走った。ホスト、ホステスのペテッテ夫妻が迎えにきてくれて我々四人、大型バンに乗り込む。我々ロス・アラモス一〇人組は、高校六名、中学四名。

ロス・アラモスのことは以前に書いた。高地で二五〇〇メートルくらいで、特に夜は涼しくなる。奥さんは、週二〇時間、街の図書館の勤め。プロテスタント信者でいくつかの協会の仕事を持っている。地元婦人会の会長といったところか。今回の我々の受け入れの世話をしている代表でもある。小柄で眼鏡をかけ、活発でてき

ホームステイ先のペテッテ夫妻の一家とピクニック。[1973年9月]

ぱきと仕事をやり、英語をきちんとゆっくり話してくれてありがたい。よいところがホーム・ステイになったので嬉しい。

夫は技師で会社に勤めている。また地質学者で、最近ロス・アラモスに関する本を発行した。地元紙に時々書き、日本の「ナイコン」を持っており自慢し、写真を撮ることが好きで、これも新聞に載る。

息子ジェフは一人息子で高校二年生。高校の陸上競技部員。彼は小生と卓球をすることを楽しみにしている。二人の姉がいる（二一歳のジーンはロサンゼルス、一九歳のスーザンはニュー・メキシコの二年、共に大学生）。夫婦は二二年目の結婚記念祝いをやったところだ。

滞在中は本当に忙しかった。ほとんど毎日ディナー・パーティーを開いてくれた。本当にパーティーが好きだ。我々も楽しい。日本に六カ月いた人の家に行き、ビール、酒、米、椎茸、醤油、お茶など、久し振りに日本の味を味わった。

もちろん、毎日ロス・アラモス高校に通い、授業見学、学校運営や教授法の研究。日本紹介で、二週間中に五時間授業を行ない、生徒と話し合う。

高校二・三年生には、「アメリカの高校生は、どれくらい日本のことを知っているか」という内容のアンケートを取り、集約もしてあるが、一部を紹介する。

「下記の記述は、皆事実です。初めてのことや、意外な事実を選びなさい。」として一〇項目のうち、多かった順に三項目は、

「1、日本は、造船では世界一です。
2、ほとんどの日本の高校生は、学校で英語を学ばなければならない。
3、日本の教育制度は、アメリカの教育制度と良く似ている。」
です。

アンケートは教師に対しても行なったが、ここでは触れない。

小学校へ行き、日本のことを六年生に話し、質問を受けると、たくさんの質問が飛び出した（アメリカの生徒はすぐたくさんの手が上がる）。広島、長崎への原爆投下は、土地柄でよく知っており、そのことを「日本人はどう感じているか」とか「どういう被害の実態があるか」などが関心事で、質問も鋭かったと記憶している。

教育の組織のことが知りたくて要求して、教育委員会へも行ってきた。

ウィークエンドは山登り、キャンプ場で夕食。ソフトボールをして遊ぶ。そして、この州ではインディアンが多く住んでおり、その遺跡へも行ってきた。

グランドキャニオン

「グランドキャニオンでは、是非、降りてみよ！」と数人に言われていた。食料と帽子を買い、かなり遅れて一一時近くになってしまい、三人で出発した。

途中でちょっと迷い、戻って歩き、女性二人と遭う。結局遭ったのはこの二人だけだったと思う。川底まで（高さではなく深さは一六〇〇メートル）付いている道伝いに下っていく。リスがけっこう近くに見られた。コロラド川に着き、石を伝って流れの中に入っていける。流れに手を浸す。結構冷たい。川の中の白い小さい石を二個拾って持ち帰る。

普通二日日程のところ一日で往復。時間に余裕がないので急ぎ足で今度は登り。全部で約三〇キロの行程を歩き、落ちる前の太陽の光が斜めに渓谷の突っ立った赤い壁に正面(まとも)に当たり輝き、見たことない美しさ。

普通の登山では、先に頂上に登ることで労力を使う。帰りは下りで疲れていても労力はあまり使わない。ここでは逆なのだ。だんだん遅くなる一歩一歩を、力を込めてゆっくりと歩を進める。疲れてくると誰も言葉が出てこない。ようやく上がり切った時は、日がとっぷりと暮れ、真っ暗な広場で大の字になりしばらくは動けなかった。多分、遅い暮れでもサマータイムで、九時は過ぎていたであろう。やはり、スケールの大きさを実感した。

日本の登山でも経験したことのない、辛さと冒険をやり、素晴しい体験の機会にはなった。

グランドキャニオンを下り(1600メートル)コロラド川に達して。[1973年9月19日]

サンフランシスコ

サンフランシスコの前の宿泊地バーストーでのことである。宿泊が同じ部屋だった宮崎県の保岡君が大きな旅行トランクを玄関においてバスに乗ってしまい、大変なことになってしまった。本人は何を勘違いしたか、持っていってくれるものと思ったらしい。バスの中で気がついて、電話で連絡したが、さっぱり分からない。サンフランシスコに着いてからは一緒に付き合い、泊まった宿に連絡を取り、さらに日本領事館に行き荷物を送ってほしいと依頼して、二日あるから何とかサンフランシスコにいるうちに荷物が届くかと思っていたが、全然どうなっているか分からない。日本とは事情が全然違う。何回も日本領事館を訪ねて確かめたが埒が明かない。この二日間、私は彼と二人で一緒に行動して、彼を励ます役目になってしまった。楽しいはずのサンフランシスコの二日間がこのことで終わってしまった。一カ所だけ記憶にあるのは港の市場に行ってみて歩いたことだけだった。

帰ってからも、彼から手紙が来て、県の費用で行っているので、市内の英語研究会で報告会が予定されている。そこでスライドを使うので、三〇枚ほど貸してほしい、という依頼がきた。一〇〇枚くらいも送ったであろうか。一二月になってハガキが来た。「先日送っていただいたスライドは私の要求にぴったりのものばかりで大変役に立ちました。厚くお礼申し上げます。……私の荷物も忘れかけていた頃、一一月二一日に到着しましましたので胸をなで下ろしているところです。ご安心ください。……」ということだった。私も安心した。

外国で失敗すると、こんなにも苦労することがあるという、教訓にはなったと思う。

陸上競技の公認審判員として歩む

浦河高校で私は陸上競技部の顧問となったが、浦高に来てすぐに顧問になったわけではない。二、三人、専門の先生がいたためだ。浦高に来て七年目の一九六九年（昭和四四年）に陸上競技部の顧問についている。小島博子が私の経験のない、やり投げで全道で優勝していて、指導ができなく困ってしまった。結局、彼女の努力で三年間全道優勝し、彼女が三年の時高校総体の群馬県前橋市へ引率した。ボランティアで協力したタクシーの運転手さんの家に宿泊した。高校総体は毎年八月一日開会式と決まっており、以後高校総体は常に三〇度以上の

高体連全道大会。札幌市厚別公園陸上競技場。[1989年]

熱さに遭遇した経験を持つことになる。この年、夜中にも部屋の温度が三〇度を下がらなかったという初めての経験に合う。「北海道から来て暑いでしょう」と、気を使われてアイスクリームを出される。東京から前橋の列車でも入って来る風が熱風なので驚いた。

以後、陸上競技の公認審判員に登録することになるのだが、あるきっかけがあった。

一九七二年（昭和四七年）の高体連地区大会のことであった。砂子田絹子が三年の時の全国高体連室蘭地区予選大会の一〇〇メートル決勝で、私の見たところ間違いなく彼女が第二位だった。それが結果を見ると、第五位になっているので驚いた。すぐに審判長の所へ行き、「間違いなく二位であった。再審議をしてほしい」と抗議を申し入れた。審判長はなかなか結論を出せなかったが、「昼休みに審判を集めて再審議をする」と言った。だが審議をしたかどうかも分からない。結局うやむやになってしまって覆（くつがえ）らなかった。

私は腹を立てた。二位だと判定されると全道大会に出られるが、五位だと出られない。あまりにもひどい。選手がかわいそうだ。自分が審判の資格を持っていないので、無視されたのかもしれない。こんなことでは駄目だ。自分が審判の資格を取ろうと決意した。

この年にすぐ審判の資格を取る手続きをした。以後、浦高で五年間、大会に行ける日（たいていは日曜日）に朝早く、苫小牧、室蘭、帯広などへと車を飛ばし、審判員として大会に参加した。

苫小牧東高校へ行った次の年、「第二種」の審判員になり、八年後の一九八六年（昭和六一年）には「第一種」の審判員になった。そして一一年後の退職年には「終身第一種」になり、現在八五歳にして、なお「日本陸上競技連盟公認審判員」としての資格を有している。陸上競技の審判員として四九年以上、競技の運営・進行に参加している。

胃と十二指腸潰瘍で破裂、大手術

一九七七年（昭和五二年）二月四日、四一歳の時だった。職員会議が暗くなった夕方五時過ぎまで続いていた。この年は工業科の「機械科」の一年のクラス担任を持たされて（工業科の教師のみが「工業科」の担任を持つというのが普通であった）、生徒指導でフル回転で働かなければならない状況であった。胃の潰瘍でここ一〇年ほどの間で何度か出血していたが、学校は休まずに、数カ月かけて治すということを繰り返していた。そのため私の胃は相当悲鳴を上げる状態であったのだと思う。

会議が終わり、廊下を機械科の職員室に向かって歩いている時、突然、胃の辺りに痛みが走った。目の前が暗くなり、歩けないほどにふらついた。機械科の先生方も同時に帰ってきていたので、両方から身体を支えるようにしてもらい、ようやく職員室のソファーに腰を下ろした。三、四人の先生がいたと思う。

「どうした？　大丈夫かい？」と声をかけてくれた。「痛くて我慢できない」とようやく意思表示できた。「これは大変だ」ということで、道路を挟んで学校の向かいにある日赤病院に電話を掛け、病院まで担架で運ばれた。

日赤病院に着くと、内科主任の鎌田先生の顔が見えてホッとした。先生が当直だったのだ。それまでも何度も診ていただいていた。薬も出してもらったばかりであった。痛くて痛くて、まともに立てなかったが、頑張っ

最高記録（3時間58分14秒）を出した「日航国際マラソン」（千歳、62歳）の最後の頑張り。[1997年9月14日]

て先生の指示でレントゲン写真を撮った。その後はすぐに注射されて分からなくなった。

意識が戻ると、朝だった。回りに家族がいて、私はベッドに横になっていた。弟と妹の顔がビニールの覆いを通して見えた。驚いたことに当時札幌に住んでいた父母の顔もあった。

後での妻・悦子からの説明だ。手術を執刀した中山先生は、手術後、廊下で妻に、「原因は胃が破れたのです」と言った。そしてバケツ一杯もあるほどの（豚の内臓のような）胃と十二指腸を「これだけ取りました」と、取り上げて見せられたということだ。手術は八時半から五時間半かかったという。

手術から一日置いた朝、トイレに行きたくなったので、「『おまる』は使わずにトイレに行く」と言って、ベッドを降りて、点滴の管など口や体に一杯管を付けたまま、トイレまでゆっくり歩いた。ゆっくりは歩けたのだ。大便が出た。点滴は数日間、毎日八本くらいずつ射った。

手術から四日目に、初めて番茶を口にした。その後、お粥を一日か二日食べた。後はお粥ではなく普通の硬い御飯だった。よく噛んでゆっくり食べた。汗が出た。もちろん量は少ししか食べられなかった。先生の方針は病人扱いではなく、健康体のままですぐ快復するようにする、というものだった。私はこのやり方が気に入った。

六日後、破れたところから出た汚物を排出するための排膿管（ドレイン、腹に三本付けてあった）を外すことになった。二本を取った。一本が女性の看護師では取れないので、そのままにした。九日目、尿管を外し、点滴を終えた。

一一日目、一本残ったドレインを外すことになった。男の先生が来てベッドに上がり、「いきますよ。よいしょ！」という感じでグイッとひっぱった。その時、私は暴れることはないと思ったが、体を数人に押さえられた。やはりその通りだった。体に力が入ったが痛くはなく抜けた。

病室が替わり、順調に快復し、ちょうど一カ月後に退院した。先生は「外科的な面では大丈夫なので、あと栄養面できちんと量を取っていければ大丈夫です」ということだった。

苫小牧東高校教職員一同66名。［1985年］

今回のことで感じたのは、偶然も重なって大変よい結果になってよかった、ということだった。まず第一に日赤病院がすぐそばで、すぐきちんと手術ができ、先生も経験のある四〇歳台の若い先生で、正しく判断してくれて熱心に対応していただいた。「命が救われた」という思いで、医学に対する敬意を抱いた。見舞いに来た教え子のお母さんが言った。「東京で、弟が同じ状態で一週間ほど前、手遅れで命を落としてしまった」ということだ。

四月から職場に復帰できた。教務との相談で、「授業時間数を減らしますか」と問われ「校務分掌の方を免除してもらえれば、減らさなくともよい」ということにした。授業が終わるたびに、持って行った弁当を少しずつ分けて食べなければならない状態が続いた。

五月一〇日、次のような挨拶文のハガキを出した。

「……小生、二月四日に胃と十二指腸の手術を受けて三カ月が経ちました。……四月の新学期から自分の体をいたわりながら勤務についております。この間、大変な迷惑をおかけし、さらにお見舞いなどの心尽くしをいただき、その御厚意に胸の熱くなる思いです。……今、病気の快復も一応見通しがつき、生きることの喜びをかみしめているところですが、皆様の御厚意に対する感謝の気持ちを何らかの形で現わそうと考え、浦河高等学校に、金一封を寄付することにしました。……」

数年間の間出ていた症状はおさまったが、夕食を取るのが遅くなり、夜八時を過ぎて空腹になったりすると、説明のつけられない具合が悪くなって、じっとしていなければならない（死んだような）状態が続くのである。空腹が高じるとそのような状態になるので、できるだけ遅くならないようにきちんと夕食を取ることに注意した。これは長く続き、完全に治るまで一〇年くらいかかったかと思う。

苫小牧東高のサマーキャンプで胆振・礼文華海岸へ。[1989年7月27日〜29日]

その他は健康体で、冬はスキーを始め（四九歳、苫小牧モーラップスキー場）、札幌へ出てからは五七歳から長距離走も開始した。練習を続け、一〇キロ、二〇キロの大会に出て、初めてハーフマラソンを走ったのは六〇歳の時だった。その後距離を延ばし、六二歳の時のフルマラソン三回目の参加で、三時間五八分一四秒（一九九七年九月一四日、千歳市の「日航国際マラソン」）という自己ベスト記録を出した。四時間を切る「サブ・フォー」（マラソンを四時間以内で走ること）達成である。二〇〇三年（平成一五年）には六七歳で「アコムサッポロ祭」マラソンで一〇キロを五九分三八秒で走ることができた。最後の一〇キロマラソンを一時間以内で走ることができて、これを最後に走ることをやめた。

マラソンをやるためには、毎朝一〇キロのスピードを出した練習（週に一度くらいは休むこと）をしなければならず、さらに週に一回は二〇キロの練習も入れなければならない。スピードを出さなければ、心肺機能を高めることができないからだ。私は胃を取っているため、どうしてもヘモグロビンの数値が低く、無理ができなかったのだ。

3　教育の総仕上げとなった苫小牧東高校（一四年間）

手術の翌年の一九七八年（昭和五三年）、体力もついてきたので私は転勤に応じた。赴任先は四月一日付で苫小牧東高校に決まった。苫小牧東高校は、浦河高校と高体連でも「苫小牧地区」で一緒であり、人事交流でも多く、山下、小竹、高橋（昭己）先生をよく知っていた。

一学年一〇クラスの苫小牧の進学校である。いろいろな意味でやりがいのある高校であった。教科の英語では戸惑うことはなかった。工夫したことは浦高と同じであったので。

一四年間の苫小牧東高校での実践の中で、印象に残っているのはやはり生徒の生活、考え方を重視する「生活指導」であった。生徒会活動が活発で、熱心な先生がいた。「憲法講話」で優れた講師を呼んだり、夏休みの「サマーキャンプ」（二泊三日）で胆振の礼文華（れぶんげ）海水浴場へトラックでテントを運び、何百人も生徒が参加する行事を生徒がやっていた。

結論的な考えになるが、まず生徒指導のことを述べたいと思う。

学校教育の中でいじめが横行している原因は、生徒・学生の人間的なつながりが欠けていることが最大の要因だと捉え、そのことを踏まえた教育（指導）をしてきた。人間は社会的動物であり、共同社会の中で他人に頼って生きていることは誰しも認めることだ。しかし、そのことを一番大切に考えることこそ教育でなければならないのに、今日の教育は、そのことを身に付ける体制になっていず、軽視されている。

学級経営のコツ（私としては鉄則）は、クラスのみんなが本当に仲のよい友達になることだ。それを最大の目標とし、そのためにあらゆる面で実践することだ。入学して初めて生徒と対面する時に、どの子がボス的存在かはすぐ分かるものだ。その子のわがままを許すことは、以後のまとまりのある協力するクラスにする障害になる。だから、そのような生徒には一番先に声をかけて仲良くなることだ。そのような子はみんなをまとめる力・指導力があるもので、その子の力を生かすことだ。その最初の指導がうまくいけば、クラスのまとまりが大きく発展する可能性がある。何が大事かといえば、入学前に得る資料（中学校からの顔写真つきの内申書）の時から、生徒をよく知ることに努めることだ。何事においてもそうだが、最初が肝心だ。最初に崩れてしまうと、生徒はそれが当たり前と思ったり、それを前提に考えるので、クラス運営は、その後かえって大きな労力を使いながら効果を上げるのは大変になる。子供一人ひとりの生活環境、性格、身体的特徴、考えていることなどを知ることだ。

もう一つの学級運営のコツは、そのようにして指導力を発揮するのだが、教師が教師と生徒一人ひとりを繋ぐのではなく、生徒と生徒お互いを繋ぐことを重視することだ。教師は（矛盾するようだが）影の力になることを心がける。縦糸ではなく横糸なのだ。子供は横糸で繋がれば、友達のことを考え集団化する。集団化すると集団として大きな力を発揮するものだ。生徒一人ひとりの尊重と、グループなど集団で役割や任務を明確にし、クラスや学校生活を送る手立てを組織する。クラスは「有機体」だからそれがどんどんよい方向へ変わっていく力になる。教師としてはその力を最大限に生かすのだ。生徒は仲間ができてクラスが楽しくなると授業にも意欲的になり、教師にとっては授業のやりやすいクラスとなる。もちろん、みんなで協力していけば本当の学力も向上するという結果が得られる。

親との懇談も、今は「子供の学力」についての教師と親との一対一の懇談が普通のようだが、それだけでは駄目である。「学級の父母会」にして、「だれだれさん（君）のお母さんですか、よろしくお願いします」と親同士が知り合い、つながりができ、協力できる場にすることが重要だ。私はそうした実践で効果を上げた。父母会はホームルームの運営方針を理解してもらう機会にするのだ。

以上が原理だが、教師は、教育学の原理、教育心理学など、さらに過去の多くの実践から学び、工夫することが必要だ。このような力量をつけるには、学校の教員集団の研究が必要である。教師一人では力は弱いものだ。学校全体が集団として、このような理念で指導に当たった時、一層の効果が上がる。すなわち、教師集団が仲良く協力する質の高い教師集団を作る努力がなければならない。教師集団がうまく機能すると、一人ひとりの教師もその中で伸び伸びと力を発揮することができる。

このような教育環境を作ることが目標となるべきだ。しかしながら、今日の学校教育を巡る環境には、これを阻害する要素があまりにも多くある。どんどん悪くなる教育環境の長年の結果が、今のいじめをはじめとする学校荒廃をもたらしているのである。具体的な例を挙げればきりがないが、一番のガンは学校を管理する考え方だ。校長は教育者ではなく、今日の位置付けは管理者だ。個々人には立派な人もいるとは思うが、機構の中では校長の人格は重視されていない。「学校運営」ではなく「学校経営」という用語を使い、「生活指導」ではなく「生徒指導」という用語を使う思想的背景を無視できないのである。管理職に位置付けられた校長と、以前は管理職ではなかった教頭も、法律で管理職に位置付けられ、「教頭二人制」も敷かれた。教育行政の言うことを聞いて、指示で動き、一般教師の言うことや、父母の率直な意見に耳を傾ける状態になっていないのが今日の状態だ。すなわち、教育行政の縦系列が重視され、教師の集団の力を発揮することが非常に困難になっている。

もう一つのガンは、子供の集団化の阻害だ。高校学校の大学区制はその一番大きなものだった。教師のおかれている状態と生徒のおかれている状態は同じで、このことを同時に考えなければ今日の教育荒廃の解決策にはならない。

日の丸・君が代の国旗国歌法は、また一つ、教育現場にさらなる混乱を持ち込んだ。良心的な校長がいかに悩んでいるかは広島県の校長の自殺一つとってみても明らかであるが、動いている方向が全く反対なのだ。教育を正常化するとして、教育基本法の改正や、戦前の教育勅語を持ち出すのだから。改正前の「教育基本法」は戦前の軍国主義教育の反省から生まれた。だから、特に第一〇条「教育は、不当な支配に服することなく、国民全体に対し直接に責任を負って行なわれるべきものである。②教育行政は、この自覚のもとに、教育の目的を遂行するに必要な諸条件の整備確立を目標として行なわなければならない」にある教育行政の果たす役割を厳格に守ることだ。実はこの条項は今は改正でなくなってしまったが。

教育は社会とは切り離されてはいないので、個人の基本的人権を保障する民主的な社会環境が土台になる。人権無視を否定して、暴力(体罰)を否定し、児童でも一人ひとりの人格を認め合う、強力な思想が社会にも学校にも築かれることを願っている。今日の教育の崩壊現象とも言える状況の原因は、誤った教育行政と教師一人ひとりの自発性と創意を否定し、力を合わせることを否定する管理主義にあることを強調してもしすぎることはない。

さて、実際はどうであったろうか。高校では正担任の人数は半数以下、学校によっては三分の一になる。担任業務は結構多く、責任も重い。私は常に担任を希望してきた。やはり教師であれば、担任を持って学級運営で頑張り、生徒のことを考える、その中には大変なことも多いが、生活指導をどうするかを考え、面白さもあり、生徒の成長を直に感じることができる。

浦河高校では二組を三年通し、一組を一年、合計一五年間で、七年間担任を持っている。苫小牧東では一四年間に三組を三回で九年間である。札幌東商業高校では四年間一回も担任を持ちたいのに持っていない。校務分掌で部長をやったり生徒会のクラブ活動の顧問もある。別途、組合活動の役員もある。誰しも長所、短所、好みもあって教職員全体でこれらを分担する。適材適所だ。だが担任はやはり特別だ。高校では担任で三年終わると一年は休むというのは大抵の学校では常識であろう。負担が大きいと考えられているためだ。避ける人もいることはいる。決定権はもちろん校長にあるのだが、札幌東商業高校での四年間は指導部長のなり手がなく、ぜひ担任を持たせてほしいと強い要望を出しても、一度も持たせてもらえなかったのは大変残念だった。

三年間のクラス替えについては、考え方に違いがあり、各学校で討議して決めていると思う。多くはクラスに差が出るという主張で、二年になる時にクラス替えをしているだろう。私は先に述べたように、クラスの集団化の大切さから、クラス替えをしないことを主張して、三年間通して同じ生徒を持った場合には大変よかったという経験を持っている。通して、中学校で一組、高校で四組の三年間通しのクラス担任を持ったが、クラス運営を真剣に考え研究し、だんだんとクラス運営がうまくいったと感じている。そして先の主張になった。一年の時は手がかかる。二年、三年と進むと楽になる。「三年で調査書書きで忙しい」と言う先生がいて驚いた。一受験校でたくさんの調査書を書いても、生徒を掴まえていれば、何枚書いても、コピーで終わる。三年は大変楽であった。

時代によって、日本の中でもいろいろな指導研究がなされ、流行も作られたと思うが、まず過去の東北地方の「生活綴方教室」。「グループ作り」や「生活ノート」は、ロシアの教育実践家マカレンコの集団主義教育を基本とした実践の中から出てきたものである。私は、先にも述べたように、入学前に内申書（本人の写真が添付されている）から本人の名前を覚えてしまうように努力することである。教科でも同じ考えであるが、生徒を覚えるのが不得意な自分としては大変だった。最初のホームルームで、生徒にできるだけ詳しい自己紹介をさせる。生徒お互いも初めて会う人が多く、関心が集中する。自己宣伝で皆を笑わせる者も出てくる。大変貴重な時間だ。メモを一生懸命取る。

ホームルームで互いに繋がるには、最初にグループを作ることが基本である。四〇人のクラスだとできるだけ男女同数の七つくらいのグループを作り、「班」と名付ける。クラスで物事を決める時、まず「班討議」をさせる。班内で話し合ったこと、決定したことを記録する「班ノート」も作り、それを記録する。「班長」「記録係」を決める。クラスのいろいろな役員や掃除当番をどのようにして決めるか、教室内の座席をどう決めるか、などもそれによってどんどん進む。「集団の自立化」だ。慣れてくると座席を変えて、教卓に座席表をいつも貼っておくようにする。ということをしているうちに、何事もすぐにきちんとできるようになる。便利なのは、担任が出張などでいない時に討議したことなども、後で「班ノート」を見ることで、担任として掌握できることであった。

実践で思い出すのは、一人に注意する時に職員室にその生徒を連れてくる、などというのはどの学校でもよく見られることだろうが、実はそれは最も下手な指導で、そのようなことは絶対にしないようにしたい。お互いに知り合うためには、何も知らない状態にはしない。教室で注意すればよいのだ。テストを返す時も、点数を言って渡す。はじめは「言わないでほしい」と言われたが、「お互いを知るためだ」と言って通す。授業の最初クラスの出席を取る時、休んだ生徒がいる時、「どうして休んだの？」と聞いて、返事がないと「どうして無関心なんだ」と言って怒る。教室は物理的な生徒の入れ物ではないのだ。

大変男女仲のよいクラスを作り、他のクラスから羨ましがられた、ということがある。そのようなクラスができると教科担任から「先生のクラスは授業がやりやすいねえ」という声が上がる。それがまた嬉しい。

苫小牧東高校の仲が良かったクラスの卒業式の日。[1980年3月10日]

このクラスだが、忙しかったが、一年の時は一緒に帰りの掃除はできるだけいつも手伝うよう心がけた。いろいろ生徒と話しながら掃除をする。そうすると生徒の性格や考えが分かる。また親しくもなれる。これは大変効果があった。あと二年、三年は他の仕事の関係でやめてしまったが、絶対掃除をサボる生徒が出なかったのだ。仲のよい友達同士でサボることができないのは当たり前だ。三年になって言われた。「どうして、三年になったら、先生全く怒らなくなったの」「怒る必要がなくなったからだよ」

同じこのクラスだったが、二年が終わり春休みに入り、いよいよ三年だ。始業式の日、しばらく会っていないし、クラスは久し振りに会うので話でうるさいだろう、と朝のホームルームの戸を開けてびっくりした。緊張感でピリッとひきしまった空気で静かなのだ。「これは一体どうしたことだ」。予想と全く違い本当に驚いた。すぐに原因は分かった。「これからいよいよ三年生だ。頑張らなければ！」というわけだ。

二年の終わりに、ホームルームで、そんなに発破をかけたつもりはなかったのに、と思った。

週一回あるホームルームの時間の計画は事前に立てさせた。ばらばらではなく皆で行動を共にすること、と注意しておくと、校外には出ないという規則はあるが、ホームルームは四時間目なので弁当を持って、すぐ近くの丘の上の「緑が丘公園」に遊びに行くと決めたこともある。そうすると、日常ではない弁当作りを楽しんでやったという。これも他のクラスには羨ましがられた。

大変苦労させられたのは、小学校から札幌に出した、医者の息子の指導の時だ。苫小牧に帰ってきたが、中学の成績が最低。だが入試で定員ぎりぎりだったので、入学の時一人だけ成績では飛び抜けて悪かったが、入学させ、一年で単位が取れず、落第した生徒だった。下のクラス一〇クラスの担任では誰も引き受けるという者がいない。結局「私が持ちます」と言って私のクラスに受け入れた生徒だった。

まず生活のきちんとした時間が守れない。父の言うことは全然聞かない。いろいろあり過ぎて書ききれない。朝、モーニングコールを私が学校からかける。ようやく学校に出てくる。彼の家には高級車があり、それを無免許運転して停学処分を受けた時には、私は学校帰りに毎日家庭訪問をした。ある日、ちょうど私が彼の家に着いた時、車で急いで帰って来て裏口から入ってきた。「今、車に乗っただろう」と追及しても否定し、それを認めさせるのに一時間かかった。彼は一年経って結局単位を取れず、また落第で、札幌の学校はどこも引き取らず、北星学園余市(よいち)高校へ転校しなければならなくなった。数年後、札幌の大通のビアガーデンで私がビールを飲んでいると、彼は友達と二人でそこへ偶然来て、出会った。「先生！」と声をかけてきた。「どうだ。どんな生活をしている？」と聞いた。北星学園余市高校は全国のそのような学生を入れることで有名になった高校だ。学校へは行っている（幅を利かせている）様子だった。

また、精神的ダメージから登校拒否に陥って、一年遅れて二年のはじめに学校に戻った女子生徒を受け入れたこともあった。この時はクラスがしっかりしていたので、十分立ち直らせる見通しを持って引き受けた。最初は学習の面でも、思考力が大変落ちていてテストの成績も悪かったが、どんどんと回復していき、成績も取り戻し、最後の卒業式には、クラスの皆の決定で卒業証書を受け取る代表になったので、父母にも大変喜ばれて卒業した。

忘れられないのは、この時、卒業式の卒業証書の授与が全部終わった時、突然、クラス全員が出てきて「先生、上靴を脱いでください」と言われたことだ。驚きながら上靴を脱ぐと、クラス全員の生徒による私の胴上げがその場で始まった。私は何回か、宙を舞った。それが一瞬の出来事で、パッと終わって生徒たちは静かに席に着いた。誰も何も言わずに式は終わった。

教科の理論をしっかりと捉え、「自己表現」を中心に教材が豊富になった
――全国新英研の支部としての「北海道新英語教育研究会」

「北海道新英語教育研究会」のことは、一九六五年（昭和四〇年、浦高三年目）頃に気がつき、注目していた。研究会に入ったのは、第六回の「帯広（幕別温泉）集会」からだったと思う。非常に熱い、印象深い集会ではあった。「道民教」と呼ばれていた「北海道民間教育」の研究会が盛んに開かれていたのは、私が北海道教育大学の学生だった時だ。「生活綴方」に関心があり、何回か参加した記憶がある。

研究会は、一九六四年「道民教」合同研究集会に札幌の英語教育分科会を組織したのが始まりだった、と、札幌新英研の『三〇年のあゆみ』には記されている。その中で英語科の教科構造を討議し理論化した。

その後一九六六年、会設立の目的を全道に普及すべく、全道規模の第一回外国語教育研究集会を教育大学札幌分校で開催する。会則は次のように明記している。

「この会は英語教育の自主的な研究を行うこと、とくに我々をとりまく英語教育の現状を踏まえ、言語の本質にたった英語教育を通して生徒の人間性を高め、国際理解を深める教育実践を行うためのいろいろな研究活動・実践交流を行うことを目的とする」

しかし、この会は、明確に「新英研」という全国的な組織に繋がる形ではなかったので、進んだ実践に学んだり、日常的な経験交流が不足することが懸念された。それで早く道内に単一のサークルとして、「新英研支部」を作ることを申し合わせ、準備事務局を小山内洸(札幌旭丘高校)方とし、新英研北海道支部を発足するために一九六八年(昭和四三年)七月、二日間の日程で、第二回北海道外国語教育研究集会を釧路市で開催した。伴和夫氏は雑誌『新しい英語教育』を携えて神戸から来道し、ユーモアに富む講演で参加者を魅了した。

「外国語教育の四目的」から学ぶ

改定前の教育基本法(一九四七年)には、学校教育の目的が「教育は、人格の完成をめざし、平和的な国家及び社会の形成者として、真理と正義を愛し、個人の価値をたっとび、勤労と責任を重んじ、自主的精神に充ちた心身ともに健康な国民の育成を期して行われなければならない」と定めているが、英語教育の目的はそれとどう関係付けられるべきなのか。この疑問に答えるべく、英語教師たちは長い議論の末、一九六二年(昭和三七年)に「外国語教育の四目的」を確立した。「四目的」はその後、一九七〇年と二〇〇一年に改定され、現在に引き継がれている。

その経過を述べれば、学習指導要領の目標や職場の実践に基づく議論が毎年多く出され、長くなるので結論だけ辿ると、一九六二年（昭和三七年）の第一次は次の通りである。

1、外国語の学習を通して、社会進歩のために諸国民との連帯を深める。
2、思考と言語の密接な結びつきを理解する。
3、外国語の構造上の特徴と日本語のそれとの違いを知ることによって、日本語への認識を深める。
4、その外国語を使用する能力の基礎を養う。

第三次（二〇〇一年）の「外国語教育の四目的」は次のように改定された。

1、外国語の学習をとおして、世界平和、民族共生、民主主義、人権擁護、環境保護のために世界の人びととの理解、交流、連帯を進める。
2、労働と生活を基礎として、外国語の学習で養うことができる思考や感性を育てる。
3、外国語と日本語とを比較して、日本語への認識を深める。
4、以上をふまえながら、外国語を使う能力の基礎を養う。

この四目的は、教研集会に集う日本の先進的な英語教師たちが実践と討論を積み重ねることによって練り上げてきた文書であり、外国語教育の指針となるものである。

私はこの「四目的」に注目し、新英研を大切な英語教育の指針として、参加できる機会を設け、現職の時は四〇年近く学び、英語の授業を工夫した。新英研は、pattern practice の全盛時代からチョムスキーの変形文法が紹介されたり、また、北海道新英研は文部省の学習指導要領の強制や改正で、理論的に武装しなければならない状況から一九七七年（昭和五二年）から冬季合宿研が設けられ、年二回の研究会が続き、八年経過してから、研究会が夏と冬が入れ替わり続いている。

私は、新英研では余り発表はしていないが、後で資料を見ると五年に一回くらいは発表している。退職後二五年になるが今も会員を続け、繋がっている。特に、苫小牧東高校では胆振地方の中・高の英語の教師たち（梅津博子〔鵡川中〕、水留佐千枝〔鵡川高〕、卜部喜雄〔富川高〕、大脇〔苫小牧東高〕）と忙しい中でもミーティングを持ち回りで持ち、学習研究活動を続け、一九八八年（昭和六三年）に北海道新英研で発行したアイヌ民族についての画期的な『原野に挑むアイヌ魂　Kaneto — A Man of Burning Spirit』（三友社）の時も、全道で分担した部分の英訳を責任を持って検討した。

北海道新英研で唯一発行した英文教材。旭川の川村カネトの実話をもとにした『原野に挑むアイヌ魂 Kaneto—— A Man of Burning Spirit』（三友社）

新英研から得たものは大きいが、特に「自己表現」で生きた英語を表現できることの重要性を学び、たくさんの「内容のある興味深い教材」を多く手に入れ、引き出しが多くなったことだ。それが定時制で授業をしなければならなかった時、生徒に対応して柔軟に応用できて、特に助かったと思っている。

新英研全国大会、日韓英語教育者研究発表大会

北海道の研究会だけでなく、全国大会と日韓の英語教育者が集まった大会も、全国の先生方の多くの実践が提起され、熱心に研究し討議され、全道の英語教師の経験交流に大きな足跡を残したと思う。

＊一九八六年（昭和六一年）八月四日～六日　第二三回新英研全国大会（札幌市）――講演「国際理解と平和教育」堀尾輝久

＊二〇〇〇年（平成一二年）八月一日～四日　第三七回新英研全国大会（札幌市）――講演「文化と語学教育」山口昌男

＊二〇一三年（平成二五年）八月二日～四日　第五〇回新英研全国大会（札幌市）――講演「当たり前の暮らしを求めて」倉本聰

新英研第23回全国大会（札幌）。左から小山内洸、鈴木史朗、広永正也（三友社社長）、高嶋稔。[1986年8月4日～6日]

以上、三回の全国大会を経験したが、北海道らしく、どの大会ともアイヌ民族の課題を提起している。二回目の大会は、札幌ウポポ保存会の皆さんの踊り。分科会では千歳市の中本むつ子さんに参加していただいた。三回目の大会では、分科会で「アイヌの口承文芸を英語で」のテーマで、函館のラサール高校のピーター・ハウレットさんと大脇がプロジェクト・ウエペケレで出版したアイヌ民話を紹介し、その英文を全文読み、具体的にアイヌ民話の特徴やアイヌ民族の考え方・習慣などを具体的に提示して、理解を深めることを行なった。また、それらの本の販売を行ない、教室で使える教材を販売し、教室で実践することを求めた。

＊『日韓英語教育者研究発表大会』――一九九七年（平成九年）一月六〜七日、札幌市ホテル・ユニオン

この大会は、隣国韓国との友好関係を築くための交流と、韓国は小学校から英語教科が必修になっており、日本も小学校で、英語を取り入れることになり、教科の英語の経験交流の必要性を感じ、新英研が積極的に努力して開いた大会だ。

この大会の全体集会で、アイヌ民族の音楽をムックリの音で紹介した。この大会は韓国の済州島（チェジュ）の先生方だったが、オール・イングリッシュで、画期的で魅力的な大会になった。これ一回の大会だったが。

レデング大学での第一〇回「英国における英語研修講座」に参加

英語教育も生徒の生活指導も充実したことをやっている実感を持っていた。いろいろなサークル活動も多くなった（少数懇、苫東遺跡を考える会、中国語サークル、苫小牧民衆史を語る会など）。日本陸上競技協会の審判も年一〇回は出て、大変忙しくなってきていた。一九八四年（昭和五九年）、苫小牧東高へ来て七年目、浦高の時アメリカへ研修に行ってから一一年目の四八歳になって思ったことは、American English でなく King's English の研修を受けに英国へ行き研修を受けたい、ということだった。ヨーロッパの空気も是非吸ってみたい。五〇歳前に研修という形で実現させたい、と思い、行くことにした。

アメリカへ行った時に主催していた同じ団体が「英国における英語研修講座」を設定していたのでそれを受けよう、と決めたのである。

期日は、七月二五日千歳発、八月二九日成田着の五四日間である。研修の場所はロンドンの西六〇キロの古

都レデング大学。ホームステイは八〇歳の老婦人の所だった。

出発当日は、九時二〇分千歳発。羽田空港から成田空港までリムジンバス。午後三時半から六時半まで成田プリンスホテルでの出発前オリエンテーション。八時五五分成田空港発。翌日、ブリュッセル経由ロンドン着朝七時四五分。バスでレデング大学着、一二時。七月二六日午後（木）～八月二二日（火）一九日間。参加者は三三名、中・高の教員でプレイスメントテストを受け、三グループに分かれ活動をする。レデング大学には英語学部があり、充実しており、スケジュール表に基づく講義（文法、構文、文学、歴史など）。もちろん、英語オンリーで、講師が変わり、バラエティに富み、内容のあるものではあったが、大変疲れるものでもあった。

イギリス・レデングでのホームステイの親たちとの交流会（ジャパンナイト）でアイヌ民族のムックリ（口琴）を鳴らす。［1984年8月］

毎週日曜日には列車で三〇分のロンドンへ一人で出かけた。非常に充実した研修の機会であった。ハイド・パーク、バッキンガム宮殿、ブリティッシュ・ミュージアム（大英博物館、その別館を見つけて喜んで行った）など。

ハイド・パーク

まずハイド・パークだが、ロンドンには大きな、そして有名な公園がいっぱいあるが、その中でも、最も大きな有名な公園である。東西約二・五キロ、南北約一キロの広大な緑地帯である。南の端から北の有名な

「speaker's corner」まで一キロを歩かなければならない。ようやく到着すると、公園の角に丸い台があり、そこに上がって一人大声でスピーチをしている人がおり、その回りには何十人もの人たちがそれを聴いている。即ち、「他人に自分の意見を聞いてもらうことが慣例になっているスピーチの場所」なのだ。しばらくそれを聴いていた。同意の声や反対の声、拍手など反応がある。昔から言論の自由が尊重されている国での伝統であることで有名なのだ。

バッキンガム宮殿

バッキンガム宮殿も名所だ。ここはエリザベス二世女王陛下の住居である。華麗な伝統行事になっているのが、前庭で約一時間繰り広げられる女王殿下の近衛兵の交替儀式だ。毎日(冬は隔日)午前一一時〇七分に始まる。観客が多いので早く見に行かなければ、人の頭で邪魔になる。スケールの大きさと華麗さで世界一ということだ。真紅のチュニック(制服の短い上着)と紺のズボン、純白のベルトに熊の毛皮の帽子に身を固めた、近衛兵のキビキビした動作と楽しい軍楽隊の音楽が見物(みもの)である。

あの黒い大きな帽子の近衛兵の動作は、すぐ「おもちゃの兵隊」を連想し、面白く、忘れられない。

ブリティッシュ・ミュージアム(大英博物館)

ブリティッシュ・ミュージアム(大英博物館)はまた大きい。ここは一週間でも全部見ることができない、と言われている。国立なので無料である。古代エジプトのロゼッタストーンが入り口にあって有名だ(エジプトのカイロにある「エジプト博物館」には、ミニチュアのロゼッタストーンがあり、それを私は見たが、エジプトは英国に本物を返すよう要求しているという)。それだけではない。エジプトのミイラをはじめたくさんのものをエジプトから運んである。

その他、あちこちの古代文明や、東洋、そして日本の木版画を見ることもできた。
先ほど述べたが、Museum of Mankind（人類の博物館）という分館が近くにあり、そこでアメリカのフロリダ出の、竹製のムックリ（アイヌのムックリと同種）を見つけた。形と鳴らし方が違った。

ピカディリー広場、トラファルガー広場、国立絵画館

ピカディリー広場、トラファルガー広場が有名。国立絵画館（ナショナルギャラリー）もすごい。中世の宗教画も多いが、一七世紀以降のレンブラント、ハルス、フェルメール、ルーベンス、バン・ダイク、カラヴァッジオ、グレコ、ゴヤ、ターナー、ドラクロア、ミレー、ドーミエ、マネー、モネ、ルノワール、ゴッホ、ロートレック、セザンヌ、マチス、ピカソなど。その他同時代の名前の知らない多数の画家の名画を鑑賞した。

イギリス・ロンドンの大英博物館の入口にあるロゼッタストーン（エジプトで1799年に発見された）。ヒエログリフ（古代エジプトの象形文字）解読の突破口になった。重要な石。［1984年8月］

国会議事堂、ウエストミンスター寺院

時計塔（ビッグ・ベン）のある国会議事堂（Houses of Parliament）とウエストミンスター寺院。ここは有名な寺院、一二世紀のゴシック様式の代表的建築。教会建築に多く用いられるが、森林の象徴、天への希求を示す先端の尖ったアーチを特徴とするそうだ。歴代の王、女王が戴冠式を行なう所だ。内部の廊下の床には多くの有名な人の顔が描かれていて墓になっている、というので驚いた。

庶民的なパブでの人々との触れ合いも楽しかった。移動方法では地下鉄が便利だが、慣れてくるとバスにも乗れるようになった。はじめはどこへ行くか分からず不安だったが、あの二階建てバス（ダブルデッカー）の二階で最高の眺めが楽しめた。

ロンドンの地下鉄は世界最古の地下鉄だ。地下深くにあるが迷わないようにできているので有名だ。あの色違いのラインがあるからだ。どれくらい深いか確かめてみようと、階段で下から地上まで上がったが、息切れするぐらい長かった。やはり一〇〇メートルはあっただろう。

フィッシュ・アンド・チップス

フィッシュ・アンド・チップス（白身の魚とポテト・チップス）をあちこちの街角で、熱いのを新聞紙に包んで売っている。あれを街頭で食べるのがまた美味しかった。

（二一年後の話になるが、同じ日本人から案内してほしいと言われて、ロンドンを案内し、「美味しいフィッシュ・アンド・チップスを食べよう」と言っていたが、街頭では全く売ってはいなかった。ロンドンでもコンビニができたためであろう、と解釈した。時代でこうも変わるものなのだ。探してみると、レストランのメニューに載っているのをようやく見つけたが、そこでは食べる気持ちは湧かなかった。）

ウインザー・キャッスル

ロンドンだけではなく足を延ばした。ウインザー・キャッスル（ウインザー城）はヒスロー空港に近い。とてつもなく広くて豪華な国王の居城だ。時間と場所はいろいろと制限されているが、中には入れる。数えきれない部屋の中の壁は造形物と絵画がびっしり。天井も壁画。暖炉、机、ソファ、シャンデリア、絨毯などの調度品も息を飲む。置物は像と壺が多い。絵画は有名な画家のものだろうが、王や女王、家族などの人物が多い。ゆっくりと見て歩く。豪華さのためか、「満ち足りた気持ち」で城を去る。

オックスフォード

レデングからは近いオックスフォード。大学の街。学部ごとか、四角く中庭（ローン）を持っている建物が数多く続く。川でボート漕ぎを楽しんだ。

ストラトフォード・オン・エーボン

シェイクスピアの生まれ故郷のストラトフォード・オン・エーボン。茅葺きの小屋を見て、彼の作品を思い出す。彼の偉大さを感じるだけでなく、極めることについて、いろいろ考えたのは、やはりここにやって来たからだろうか。

ストーンヘンジ

レデングから南西部のソールスベリの近くにある青銅器時代（BC一八五〇年頃）の有名な巨石記念物。農耕関係の祭りの場と書いてある辞典もあるが、これは古く、研究が進み「古代の天文台」と言われている。直径九〇〜一〇〇メートルほどの円形の窪地に、縦長の石が四重の輪を作り、その中心部には、高さ六メートルほどの石の上に石が置かれている。

「真夏（夏至）の日の出の方向」を知っていたから、ヒール・ストーン（＝かかと石、円形に並べられた石の外側三〇メートルのところにある起点の石）から見ると、石の間から太陽が昇る。「月食の年を予知していた」には驚いた。『ストーンヘンジの謎は解かれた』（G・S・ホーキンズ著、新潮選書）にはどこから石をどのようにして運んだか、どのように建てたかも書かれている。

イギリスには、このような石造物があちらこちらにある。それらを見て歩いた。その時、まだどのような目的で作ったかが分からなかったので大変興味があった。

ウェールズでケルト語を聞いた

平日はびっしり講義。土日の一泊二日でイングランドの西部のウェールズへ行ってきた。歴史的には、ローマの圧迫で、大陸からブリテン島に渡ったケルト人は、アイルランド、スコットランド、ウェールズに留まった。ウェールズではウェールズ語が話されており、英語と同等の地位にあり、人口の二割に当たる五四万人（一九七一年）が使用可能で、北部や西部では日用語として残っている。ケルト人は口承による多くの神話・伝承を作り上げてきた。また、ケルト世界で制作された彩色装飾はヨーロッパが誇る文化遺産である。ケルト人およびケルト文化がヨーロッパ文化に果たした役割を見直すことが今問われている、という。

イギリスの鉄道は、昔は私鉄だったが今は国鉄になっている。いろいろなサービスで使いよい。例えば、曜日や時間で、人数や年齢で、往復など、組み合わせでもよくて、一〇種類くらいあって大変安くなっている。チェスターで列車を乗り換えてウェールズに入る。ウェールズに入ると、全ての看板が英語とウェールズ語が同じ大きさで併記されているのが目についた。これは大変素晴らしいことだ（北海道でも日本語とアイヌ語の看板にする運動がある）。バスに乗った時、英語ではないウェールズ語の会話が大声で聞こえてきたので、急いで録音器を取り出した。

城だが、ウェールズ全体では廃墟になった城を含め、二七カ所の城がある。カナーボンに泊まり、城を見て歩いた。カナーボン城はエドワード二世がここで生まれ、一三〇一年、初代のプリンス・オブ・ウェールズ（イギリス皇太子）に任ぜられたことで有名だ。

時間が足りなく、スノードン山（スコットランドを除いて一番高い山）には登れなかった。

その後、ヨーロッパ大陸のライン地方旅行――八月二三〜二九日（五日間）

アンネ・フランクの家

レデングでの研修が終わり、翌日、ロンドンを早朝に発ってベルギーのブリュッセル空港に着き、そこからオランダのアムステルダムへ列車で行った。アムステルダムでの一日。運河を観光船で巡るドイツ人の団体の中に私がただ一人の日本人だった。開閉橋が多い運河に沿っての建物が珍しい。運河は案の定、縦横に走っている。

街に上がって、「アンネ・フランクの家」を初老の紳士に尋ねると、わざわざ一緒に電車に乗り、「この建物です」という所まで親切に案内してくれた。「ダンケ、シェン」（ありがとうございます）とは言ったが、すぐ行ってしまった。急いでいたのかも知れない。この家に案内しなければという態度で、積極的に案内された親切さに感動した。「アンネ・フランクの家」を見てほしいという強い意思を感じた。建物は、museum（博物館）になっていて、案内のパンフレットもある。ご存じの通り第二次世界中、ナチスの迫害を逃れ、アンネ・フランクが父母と姉の家族で約二年間（一二〜一四歳）隠れ家として住み、「アンネの日記」を書き、余りにも有名になった「家の奥間」である。三階の入り口は開く本棚で隠されていて、外部からは分からないようになっている。隠れた内部には、三階と四階と屋根裏部屋があり、アンネの部屋（寝室）の壁には雑誌から切り抜いた写真や絵が残っていて、生活が感じられる。あとはトイレが三階にあり、使用後の流す水の音が壁を挟んで聞こえるので、苦労したというのを何かで読んだ記憶がある。

「アンネの日記」は英語で出版されているので、教材としてもよく使った。家族は終戦一年前、ゲシュタポに捕まり、収容所に送られ、アンネは最期、一九四五年三月五日の終戦直前、ベルゲン・ベルゼン収容所で、チフスを患い、命を落とした。

ゴッホ美術館

期待して行ったので、感動しながら館内を回った。絵を鑑賞しながら、見通しの利く螺旋（らせん）階段をゆっくりと上がっていく。明るい館内。四階ぐらいだったと思うが、暗い一室があり、そこは日本の江戸時代の浮世絵を集めた部屋であった。四〇～五〇点はあったであろうか。彼の最も重要なインスピレーション源が浮世絵だったと知っていたので、やはりこれだけの浮世絵を集めたのだと納得した。

旧友のエドの家へ

私はオランダのドイツ国境に近いエド・グロッテンフィスの家に泊まる予定なのだ。彼とはアメリカ・ニューオーリンズのミシシッピ川遊覧船で偶然出会い、どちらも研修で来ていて一緒に昼食を取り友達になった。それ以来、クリスマス・カードの交換で、結婚や子供の出産の情報も得ていた。レデング市に来ていることを伝え、訪ねたいと言うと「大歓迎」という返事で、訪ねることにしたのだ。

アムステルダムからは列車で二時間半くらいだが、途中アペルドールンで乗り換えで細かい時間も知らせてくれた。着いたのは結局夜になった。一一年振りの再会なので、花束を買った。オランダ人は一般に背が高いのだが、彼も一九〇センチはあろう、大男なのだ。再会は嬉しかった。奥さんともお会いできた。英語はどちらも母語ではないので、得意ではないが、いろいろな話をした。

次の日の朝、「オランダとドイツの国境を見たい」と希望を述べた。日本は地面続きの国境はどこにもないので、「地面続きの国境」には一度も出会ったことがない。関心があった。車で走り、国境で止まった。堰が一つ掘ってあるような場所だ。何の「変哲」もなかった。道路の国境線には人が一人ようやく入れるような「みすぼらしい」小屋があった。近くのドイツの駅でフランクフルト行きの列車に乗った。

（実は、この二七年後、私が七五歳の時、もう一度、ドイツの私の〔次女〕のところ〔ドイツのデュッセルドルフ〕を訪ねた時、エドが車で迎えに来てくれた。国境を訪れた時のことを記憶しており、オランダに入る時、国境で止まり二種類の境界石を見せてくれた。）

ライン川沿いに走る列車。「ラインの流れ」という歌詞と同時にメロディーが口を衝いて出てくる。このメロディーがぴったりだ！　と思い、何度も何度も口ずさみ、ゆっくりと広い流れを見ていた。

パリではルーヴル美術館をゆっくりと

パリへは、フランクフルトから夜行列車に乗った。コンパートメント（仕切り客室）で夜は寝台となる。通路とはドアで仕切られているが、外国での夜行列車は初めてで、一人なので貴重品の管理など不安だった。日曜日の早朝パリに着いた。

街に出たが日曜日。人が少ない。若い警察官二人に地図を広げて、何を聞いても一言も英語を話さない。「パリの警察官は英語を話さない」と聞いていたが、本当に困った。

メトロ（地下鉄）が便利で結局メトロをその日はたくさん使った。まず、お目当てはルーヴル美術館。中央広場のガラスのピラミッドはまだなかったと思う。

「モナ・リザ」は絵の劣化を防ぐため少し暗くしてあり、人だかり。人の頭越しに結構長くいた。一六世紀のレオナルド・ダ・ヴィンチの傑作。

「ミロのヴィーナス」は、一つだけ部屋の中央にあった。古代ギリシャのやはり大理石の傑作で、美しい女性像だ。「ミロのヴィーナス」は日本に少し前に来て、ビッグ・ニュースになっていた。ルーヴル美術館に何時間いたであろうか。ヨーロッパでは珍しく入場料を取られたと思うが、たぶん非常に安かったと思う。

パリは街の状態がロンドンとは相当違って、雰囲気も違う。広い道路が建物を中心に放射状に伸びていて広い。夜はセーヌ川の中州であるシテ島のホテルを取った。

次の日は、晩までにベルギーのブリュッセルのホテルに着けばよい。午前中歩き、午後の列車を取った。「パリ北駅」へ行かなければベルギーには行けないというのは知っていたが、駅の一階から出るのではないというのを知らなかった。遅れては大変だ。スーツケースを持って迷いに迷って、上の階へ上がり、列車に飛び乗った。一分ほどの時間しかなかった。汗だくになっていた。ブリュッセルのホテルには余裕を持って着けた。イギリスの他の場所の研修生と一緒に日本に帰ることになっている。

研修が一緒の女性たちに会うと、グラン・プラス（英語で grand place は大広場の意味）へ連れて行ってくれないか、と頼まれて一緒に出かけた。この広場は、ヴィクトル・ユゴーが「世界で最も美しい広場」と称えた所だ。一周するだけなら五分もかからないが、緻密な装飾を施された建物に四方を囲まれた約一〇〇メートル×七〇メートルの美しい広場（一九九八年に世界遺産に登録）である。

広場のちょっと影に有名な「小便小僧」の像を見つけた。広場の「王の家」は現在「市立博物館」になっていて、三階には小便小僧の衣装コレクションが飾られている、ということを後でガイドブックで知る。

地域の活動でフル回転だった

苫小牧東高校で一二年が経った一九八九年（平成元年）。忙しい日々が続いていた。夕食はコンビニの弁当で済まして、夜の会議に出なければならないことが続いていた。手帳で学校以外の仕事の予定がどれだけあるか数えてみた。一三種類もあって自分でも驚いた。それらは次の通り。

1、少数民族懇談会（会長）
2、苫東遺跡を考える会（会計、後に事務局長）
3、苫小牧民衆史を語る会（事務局長）
4、苫小牧陸上競技協会（審判、競技部）
5、民衆史道連（道の世話人）
6、新英語教育研究会（会員）
7、中国語会話サークル（会計）
8、道高教組少数民族専門委員会（四名の一人）
9、道高教組苫小牧支部副支部長
10、アイスホッケーサークル（高校対抗試合）
11、ウタリ協会苫小牧支部賛助会員
12、浦河高校教職員の会

13、浦河高校同期会

もう述べたのもあるが、いくつかについて述べたいと思う。

アイスホッケーサークル（高校対抗試合）

苫小牧地区の高校対抗親善試合で、リーグ戦で六、七チームあったと思う。私はと言えば、親善試合で経験がなくとも皆駆り出されるので、初めてアイスホッケー靴を履き、防具もあまり揃っていないので、グラブ（頑丈な手袋）と脚のレガード（防具）を付けるくらいで、スティック（パックを叩く木製の道具）を持つ。最初は氷上を滑るのもヒョロヒョロ、急に止まることも大変。リンクは二つ使えたが、高校・一般のチームの練習も入るので、試合は朝六時から七時とか、夜八時過ぎになる。寒い朝の五時頃起きなければならない。大変なのだ。『苫東・職員アイスホッケーだより』№11（一九九〇年二月二〇日）というガリ切りのニュースが出てきたので、忘れていたが、掲載する。一、二回しか得点したことがなかったが「この時だったか」と思い出した。

苫小牧東高のアイスホッケーチーム。［1981年2月］

「大脇、得意のしつこ～い攻撃で久々のゲット!!

昨日の対白老東戦では、楽勝かと思われていたが今井プロの欠場、太田選手の飲み過ぎなどが原因か、大苦戦、第一ピリオド〇対〇、第二ピリオド二対〇とリードされ、かなりまずい試合展開となっていたが、その後第二ピリオドに高橋直選手がゴール前の混戦からゲットし二対一、そして第三ピリオド、攻めあぐんでいた苫東チームであったが、白老チームの疲れに便乗し一挙に逆転、千葉の三ゲット、毎回得点の高橋聡選手のゲット、そして超ベテラン大脇選手のゴール前でのしつこい攻撃で得点、と計六点、結局苦しい試合ではあったが、六対二で何とか逃げ切った。この試合では何といっても超ベテラン大脇のゲットが話題であった。今シーズンなかなか参加できなかった大脇選手であったが、今日は今までの分を一気に取りかえすような貴重なゲットで、ベテランらしくチームを盛り上げてくれた。酒ばかり飲んで体力のない新人選手は今後よく見習うべきではなかろうか。……」

苫小牧民衆史を語る会

一九八一年（昭和五六年）年七月に開かれた「自由民権百年苫小牧集会」は「寄席と映画をみる集い」として、秩父事件のリーダーの一人、井上伝蔵の孫である井上和行氏などを呼んで成功させ、この集会の実行委員会が発展的に解消し、「苫小牧民衆史を語る会」として一二月一日、再出発することになった。

この運動の経過は『苫小牧民報』紙に二回に渡って書いた次の記事（一九八二年八月二六日～二七日）がよく分かるので、ここで取り上げることにする。

民衆史掘りおこしの意義（上）――講演会「北海道を切り開いた人びと」開催を前に　　事務局長　大脇徳芳

《苫小牧民衆史を語る会と苫小牧民報社では、二九日午後一時から、苫小牧文化会館で、オホーツク民衆史講座会長、民衆史道連事務局長の小池喜孝氏を招き、講演会「北海道を切り開いた人びと」（民衆史掘りおこし運動の現状と課題）を開催する。講演会を前に、民衆史を語る会事務局長大脇徳芳氏に、民衆史掘り起こしとは何か、なぜ、今、民衆史に注目すべきかを語ってもらった。》

昨年、自由民権百年の集会が全国各地で開かれた。苫小牧でも、実行委員会が組織され「自由民権百年苫小牧集会」が実施された。

明治の初め、人権を確立するため、憲法を制定し、国会開設を要求する国民的な運動が、全国各地の村や町から沸き起こった。多くの民衆憲法草案が起草され、全国的な政治組織を持つ初めての政党「自由党」が結成された。それから丁度百年を記念して開かれたのであった。

苫小牧集会の意義を、実行委員会は次のように述べている。

「百年前、基本的人権を主張し、自由のために命をかけた日本人民の情熱と悲願を、現代によみがえらせ、現憲法に規定されている平和と基本的人権を守ることを目的として、全国集会、全道集会がこの秋に予定されています。これらに呼応して、地域の人権意識の掘り起こしと高揚を目指して、この苫小牧集会を持ちます。百年前の自由民権運動がどのようなものであったか。北海道は明治以来、日本の中でどのような位置に置かれ、人権思想はどのように育まれてきたか。苫小牧には自由民権運動とのかかわりはないのか。などの課題について考え、学習することによって、人権思想の歴史を学び、今日的な課題を解決する大きな力にしたいと思います」

実際の集会は「寄席と映画を見る集い」になった。秩父事件のリーダーの一人、井上伝蔵の孫である井上和行さんの弁じる「生きばて」をはじめ、映画『秩父事件』や、スライド「北海道、自由民権家の足跡」であった。

苫小牧集会に関連して、いくつかの学習会を持ったものの、苫小牧の自由民権運動との関わりや、実際に苫小牧の歴史を民衆の立場から掘り起こし検討する課題は、そっくり残された。この集会が終わってから地域の民衆の歴史を地道に掘り起こし、研究していくことの必要性が確認され「苫小牧民衆史を語る会」の誕生となった。昨年一二月である。苫小牧民衆史を語る会では、隔月に一回の集いを持ち、民衆史掘り起こしを苫小牧地域でも進めようとしている。

民衆史掘りおこしの意義（下）

民衆史掘り起こし運動の始まりは、一四年前にさかのぼる。一九六八年、全国的には「明治百年」、全道的には「開道百年」という名称で、明治維新以降百年の歴史を賛美する、官制の反動的なキャンペーンが展開された。それに対し民衆の側から、百年の歴史を明らかにしようという運動が始まり、全国各地で取り組まれた。北海道にあって、具体的、典型的に取り組まれたのが「オホーツク民衆史講座」の民衆史掘り起こし運動だった。

北海道開拓の犠牲となった囚人やタコ労働者の遺骨を掘って供養する。「火つけ。強盗」という偽りのレッテルをはがし「民主主義の先駆者」として秩父事件関係者を顕彰する。アイヌ、オロッコの人権と文化を守る。中国人、朝鮮人の強制連行、労働殉難者を発掘し、慰霊する。これらの歴史掘り起こし運動が、オホーツク民衆史講座を軸に、オホーツク地域一体で展開された。

同講座の民衆史遺跡めぐりに参加した主婦は次のように語っている。「文献や史料にない歴史。それはずっと底辺に生きる人々が、死者を尊び、死者の人権を守ろうとすることによって、すべての者の人権が守られることを願ってきたひとつの歴史であるということだ。私たちは囚人やタコに続く歴史の一員である。彼らが浮かばれなくて、どうして私たちが浮かばれよう。（中略）そのためにも、私たちは自分の歴史を掘り起こして、民衆の歴史を作ることが必要だと思う」

歴史の暗部から掘り起こされた民衆を、歴史の証人として迎える過程で、掘る側と掘られた側との交流が強まり、無視された人権、誤った歴史的評価、不当な差別を正す運動が育った。「死者を掘り、民衆史を掘ること

小池喜孝さんは2003年11月28日に死去。翌年、北海道クリスチャンセンターで行なわれた「小池喜孝先生を偲ぶ会」。中央は妻かよさん。[2004年6月12日]

は、自分の心を掘ること」という〝合言葉〟が生まれた。すなわち、民衆の自己形成運動としての位置づけが明確になった。

オホーツク民衆史講座の運動に励まされ、教訓となり、全道各地で、民衆史掘り起こし運動が発展した。一九七八年、道内の一六団体が加盟するかたちで「人権と民主主義を守る民衆史掘り起こし北海道連絡会」(民衆史道連)が結成された。毎年、全道的な集会が開かれ、交流を深めながら、運動が広げられている。

民衆史掘り起こし運動の中で、小池喜孝氏の果たした役割は大きい。オホーツク民衆史講座の会長、民衆史道連の事務局長として常に運動の先頭に立ち、自分の足で、体で掘り起こした感動的な実践を、何冊もの本にして紹介し、私たちはその著作から多くのことを学ぶことができる。また、民衆史講座の内容も、多くが活字で目に触れることができ、発掘や慰霊などの運動も多くの写真で紹介され、民衆史掘り起こし運動の理論化が大衆的に進められている。

昨年の自由民権百年全国集会では、小池氏が報告した北海道の歴史掘り起こし運動が、全国的な高い評価を受けた。

小池氏は今秋、埼玉に帰られるが、離道を前に氏の話を聞く機会が設けられることができたのは幸いです。苫小牧の民衆史掘り起こしにも多くの教訓を与えてくれるものと期待しています。

（講演会「北海道を切り開いた人びと」は、二九日午後一時から苫小牧市民会館で開催される。入場料は大人二〇〇円、中高生一〇〇円。苫小牧民報社で入場券を扱っている）

会は学習会を、会ができてから五年にわたって開いた。

題名だけ記す。

＊第一回、「アイヌの歴史と課題」
＊第二回、第三回「大正時代の苫小牧のよもやま話」――門松松次郎氏（苫小牧郷土文化研究会会長）
＊第四回、「北海道を切り開いた人びと」――小池喜孝氏
＊第五回、「朝鮮人の日本における苦難の歴史を映画と証言で綴る」
＊第六回、総会と「八王子千人同心をめぐって」――名雪清治氏
＊第七回、総会と「一九八四年自由民権百年第二回全国集会」報告――名雪清治氏
＊第八回～第一一回、「苫小牧近代史と王子製紙」――公害問題を中心にして

苫東遺跡を考える会

一九八二年（昭和五七年）七月、約四〇〇〇年前の日本最古といわれる環濠（かんごう）が発見されて、沸き立った。私たちは「苫東遺跡を考える会」を一九八三年（昭和五八年）一月二二日に結成した。会長・森田勇、事務局長・須貝光夫、私は会計、後に須貝氏が転勤、一九八九年三月二四日、第七回定期総会で大脇が事務局長（須貝氏は私と同じ苫東高、元浦高でよく知っている）。

二月一五日、市民に向けてビラを発行。次は、初期に発行したそのビラである。

「苫東環濠遺跡の保存を訴えます」

現在、開発が進められている苫小牧東部工場基地(苫東)内及びその周辺地域は、遺跡の宝庫といわれるほど、各時代の豊富な遺跡が埋蔵されています。

これまでに、柏原一八遺跡での縄文時代晩期の土偶や、静川二二遺跡での縄文時代前期の貝塚など、貴重な発掘が相次いでいます。さらに、去年の夏には、国家備蓄基地予定地(北地区)の静川一六遺跡から、縄文時代のものとしては、わが国最初の環濠集落遺跡が発見され、全国的に注目されています。しかし、それらは、いずれも、苫東開発にともなって、緊急に発掘されたものであり、記録された後は直ちに、取り壊される予定になっています。

私たちは、このように貴重な遺跡が開発の名のもとに破壊されることに忍び難く、それらの遺跡について、学習を深めるとともに、保存のあり方を検討し、できることなら現地に保存すべく、「苫東遺跡を考える会」を結成しました。

この度発掘された環濠は、単に、学問的に貴重なものであるばかりでなく、保存することができるならば、市民にとっても、過去の自然と人間の生活の跡をたどることができ、小・中・高校生のための生きた教材としても利用価値があります。

苫小牧が、今、急激な都市化の中ですすんでいる新しい都市づくり、故郷づくりは自分が住んでいる土地の歴史や風土の理解と認識を原点にしなければならないと考えます。

市民の皆さん！　このまま開発が進んでいったら、百年後の苫小牧の自然は、どうなるのでしょうか。今、ハスカップが豊かに実り、白鳥が飛び交う勇払の原野は工場と林立するエントツで埋めつくされるかもしれません。先人が残してしてくれた優れた文化遺産を後生に伝え残すということは、新しい文化を創造することと同様、現在に生きる我々の義務でもあります。

苫小牧の豊かな郷土づくりへの願いをこめて、この運動に多数ご参加下さるよう心から呼びかけます。

一九八三年二月一五日

苫東遺跡を考える会会長　森田　勇

〔補注〕

環濠遺跡……この環濠遺跡は、舌状型に突起した台地に、V字型に掘り込まれた溝で、全長一三〇メートル、深さ一・五ないし二メートル、幅は上部が二ないし三メートル、下部が〇・五メートルである。台地の北側は、高さ約八メートルの崖で台地の中にある二つの竪穴住居跡を環濠で取り囲む形になっている。時期は、縄文中期頃（約四〇〇〇年前）のものだといわれている。

縄文時代……縄目の文様がついた土器や石器が使用されていた時代で、人々は、大地に柱を立てて、円錐状に屋根を掛けた竪穴住居といわれる家に住み、魚貝を採ったり、獣を捕ったり、栗やクルミ等の自然物を採集したりして生活していた。

土偶……土で作った縄文時代の人物像。どうして作られたのか不明だが、一般的に、大半が女性像であることから、生殖、豊饒、病気治療、厄払い等の関係する呪術的儀式の対象であったのではないかと考えられている。
貝塚……先史時代、人が捕食した貝類や獣骨が堆積してできた遺跡。文字のない時代に生きた人々の生活を知る貴重な遺跡である。

今、会では会員を増やすことを当面の目標にしています。あなたもメンバーに加わりませんか。会費は年額五〇〇円です。事務局　苫小牧東高等学校内　須貝光夫（電話〇〇〇―〇〇〇〇）

一九九一年（平成三年、遺跡が発見されて九年後）一一月一二日の『北海道新聞』夕刊に記事が載っている。

静川環濠遺跡の緑地帯化に期待――〝縄文史跡公園〟に　魅力ある苫東市民の要求

苫東遺跡を考える会事務局長　大脇徳芳

苫小牧市議会は三月二三日、「静川の環濠（かんごう）遺跡周辺の丘陵地帯を緑地帯と交換して保存してほしい」という私たちの陳情を採択しました。
九年前の一九八二年夏、約四〇〇〇年前の日本最古といわれる環濠が発見されて、沸き立ちました。この地は、苫東開発計画の石油備蓄基地のタンク予定地であり、造成に先立っての調査で「記録保存」された後は、取り壊される運命にありました。したがって私たちが「苫東遺跡を考える会」を結成し、保存を呼びかけたころは「現場保存の見通しは極めて厳しい。現実的に厳しい船出を強いられることになりそうだ」と言われました。

しかし、学習会、現地見学会、パネル展の開催、機関紙「環濠」の発行などの市民へのPR、地方選の際の立候補者への公開質問状、苫小牧市長など関係機関への陳情を重ね、理解を得るとともに、市議会陳情のための一万人署名運動にも取り組み、これを達成しました。

厳しい情勢でしたが、徐々に市民に理解されるようになり、苫東開発連絡協議会（九者連）の「環濠問題検討小委員会」は中間報告で強い難色を示していましたが、文化庁や専門家会議が学術的価値を認めるに至り、また苫東開発の基本計画が変更を余儀なくされる情勢となり、保存に有利な条件が生まれてきました。そして保存運動を始めて四年後の一九八七年一月、ようやく国の重要文化財に指定されました。これでこの苫小牧市民の貴重な文化資産が破壊されずにすむことになったのです

苫小牧市静川の環濠遺跡の発掘調査。[1982年9月24日]

一三〇メートルにわたる瓢箪形のこの環濠は、防衛的な施設、あるいは宗教的な聖域を示す――などが考えられるにしても、なお明らかではありません。しかし、本州以南や東アジア関連の中で、縄文社会を解明する貴重な遺跡であるのは確かなのです。何年後になるかもしれませんが、現在埋め戻されている環濠が復元され、日の目を見る時には、静岡県の登呂遺跡に匹敵する規模となり、注目を集めるのではないかと期待しています。その時には、専門家会議が「保存すべき」と提言した際に述べていた「遺跡の周辺も含め、全体の景観がわかるように」との意見に反して、周りに工場がひしめいていたのでは価値が半減してしまいます。

広大な勇払原野の丘陵地が縄文人の活動の舞台でした。将来その地に、この環濠を中心に史料館や研修センターができ、史跡公園とするこ

とによって多くの人が訪れ、縄文人の生活を思い、理解を深めることになるならば、このような条件づくりを一歩進める働きをする今回の市議会の採択が、大変重要な意味を持つことになります。

苫東開発の基本計画が作られて一八年。重厚長大を目指した苫東が、貴重な文化遺産を包含した人間味ある魅力ある苫東に変貌をとげるのは、時代の趨勢であり、また苫小牧市民の要求でもあります。市民の大きな財産であるこの環濠を復元する時に、どんな形で姿を表わすのか、期待を込めて語り合っていきたいと思っています。

五四歳で「ベートーベン交響曲第九番」を初めて歌う、以後三六回歌う

ベートーベンの『第九』、第25回演奏会本番前の練習風景。指揮者・高関健。[2009年9月27日本番]

浦河高校での教職員の合唱で学校祭に参加した時、指揮を取った。音楽は好きであったが、本格的に合唱をやったのは、苫小牧に来て、一九八九年(平成元年)、五四歳からであった。苫小牧でベートーベンの『第九』「合唱付き」をやるというのに飛びついた。

実は、高校生の時、大きな箱のような形で一メートル以上も高さがあり、スピーカーも大きく、よい音がボンボンと出る「電蓄」(電気蓄音機。「電蓄」と呼ばれていた)で、LPレコードをかけ、ベートーベンの『第九』を聞いて、めちゃくちゃ感動した。それが忘れられなかった。それからベートーベンをよく聞くようになっていた。

一年半の練習であったが、最初は喉が嗄れて痛くて仕様がなかった。大変苦労をした。ベートーベンの『第九』は、発声が特別で、声量

第17回北海道ボランティアコンサート「999人の第九」。札幌コンサートホールKitaraにて。
[2001年9月29日]

が大きくなければならない、ということがあり、発声法にも慣れていなかったのもあるが、札幌に来て分かったが、苫小牧の王子製紙の工場の煙が悪く、いつも咳が出る状態でもあったということだった。

ドイツ語の発声にも慣れて、大きな声も出るようになって、私としては三一年間で三五回歌った。八〇歳になると、年齢のせいで今度は声帯が衰えて、いつも発声を心がけ衰えを防ぐための努力が必要になった。

まだ合唱は続けたいと思っている。

「札幌999人の第九」という合唱団と練習などの方法を紹介しよう。

もちろん、ボランティア団体で合唱練習と、札幌コンサートホール（キタラ）での札幌交響楽団との年一回の演奏会が主だが、指揮者とソロの四人は依頼により毎年変わる（継続もある）。「人類愛と平和への願いが込められたベートーベン第九交響曲の合唱を通じ、北海道の音楽文化の向上に寄与すると共にボランティア精神の普及に努める」と会の目的に書かれている通り、演奏会益金を福祉団体へ寄付している。（毎年寄付し、今までに一〇〇〇万円以上になっている）

年二回の総会と、会費は一年間一万円（後で値上がりしている）で、費用の主なものは、オーケストラ費三四六万円、会場費九三万円と会の運営費が主である。会員は約三二〇名で、会の運営は運営委員会が選出されて行なっているが、たいへん忙しい（練習日の受付や会場作り。会報発行等）。普通六月から一〇月の火曜日と金曜日の週二回が練習日で、全部で三五回程の練習になる。会員はコンサートの券売りで、六枚一万六〇〇〇円くらいの協力が義務付けられている。

練習は夜六時半～八時半の二時間、合唱指導で二人で交代、ピアノは二、三人で交代。発声練習がいかに重要かということが、だんだん分かってくる。本番は暗譜なので、ドイツ語で覚えなければならない。『第九』は普通の合唱とはかなり違い、高音で声量がとてつもなく多い。それとドイツ語の発音。私は英語で、教室で、相当鍛えているので、たいへん有利である（私の体験では、現職で休暇が過ぎて学校へ出ると、声が枯れるということがある。普段、声を出す訓練をしているということを知る）。

ベートーベンの『第九』中心に、今まで正式に合唱に参加したものを一覧表にしてみる。

回数	日付	指揮者	会場	内容
苫小牧				
第一回	一九八九年（平成元年）一二月一〇日（日）	出雲路英淳	苫小牧市民会館	練習一九八八年八月から四回、一九八九年二月～一二月九日、三九回 ベートーベンの『第九』（練習回数 四三回）
第二回	一九九一年（平成三年）一二月一四日（土）	森厚	八王子市	（『第九』の四楽章のみ）

第三回	一九九三年（平成五年）一〇月九日（土）	出雲路英淳	苫小牧市民会館	『第九』の合唱
札幌				
第四回	一九九四年（平成六年）九月一〇日（土）	円光寺雅彦	厚生年金会館	一〇周年記念、「９９９人の第九⑩」（清水まり、浅利いずみ、岡村俊二、小川裕二）
第五回	一九九五年（平成七年）一〇月一日（日）	梅田敏明	厚生年金会館	「９９９人の第九⑪」（清水まり、浅利いずみ、岡村俊二、小川裕二）
第六回	一九九五年（平成七年）一〇月一四日（土）	梅田敏明	江差町	立ち放し（清水まり、浅利いずみ、岡村俊二、小川裕二）
第七回	一九九五年（平成七年）一二月二三日（土）	アラン・フランシス	ベルリン・フィルハーモニー・ホール	東京－ベルリン姉妹都市締結記念コンサート合唱団
［一九九六年三月退職］				
第八回	一九九六年（平成八年）七月一四日（日）	梅田敏明	厚生年金会館	「９９９人の第九⑫」（清水まり、浅利いずみ、岡村俊二、小川裕二）
第九回	一九九六年（平成八年）一〇月二七日（日）	山下一史	石狩町 石狩南高校体育館	フロイデ・in・石狩96（高坂淳恵、大友幸世、岡村俊二、中川晴夫）
第一〇回	一九九七年（平成九年）九月二八日（日）	梅田敏明	キタラ	「９９９人の第九⑬」（清水まり、浅利いずみ、岡村俊二、小川裕二）
第一一回	一九九七年（平成九年）一二月二〇日（土）	ローレンス・レイトン・スミス	キタラ	民音の「第九の夕べ」
第一二回	一九九七年（平成九年）一二月二六日（金）	武藤英明	キタラ	札響の第九（助っ人）
第一三回	一九九八年（平成一〇年）九月二六日（土）	梅田敏明	キタラ	「９９９人の第九 ⑭」（清水まり、浅利いずみ、岡村俊二、小川裕二）
第一四回	一九九九年（平成一一年）九月二九日（日）	山下一史	キタラ	「９９９人の第九⑮」（清水まり、平井有なほ、米澤 傑、小川裕二）

回数	日付	指揮者	会場	内容
第一五回	二〇〇〇年(平成一二年)九月一五日(金・祝)	十束尚広	キタラ	「９９９人の第九⑯」(高坂淳恵、東園己、岡村俊二、小川裕二)
第一六回	二〇〇一年(平成一三年)九月二九日(土)	新通英洋	キタラ	「９９９人の第九⑰」(高坂淳恵、東園己、岡村俊二、小川裕二)
第一七回	二〇〇二年(平成一四年)一月一四日(月・祝)	小林研一郎	キタラ	ＨＢＣ創立50年記念
第一八回	二〇〇二年(平成一四年)九月二一日(土)	新通英洋	キタラ	「９９９人の第九⑱」(平野則子、東園己、岡崎正治、大久保真)
第一九回	二〇〇三年(平成一五年)九月二七日(土)	円光寺雅彦	キタラ	「９９９人の第九⑲」(針生美智子、東園己、岡崎正治、小川裕二)
第二〇回	二〇〇四年(平成一六年)九月二六日(日)	尾高忠明	キタラ	「９９９人の第九⑳」(針生美智子、浅里いづみ、岡村俊二、小川裕二)
第二一回	二〇〇五年(平成一七年)一〇月一五日(土)	末広誠	キタラ	「９９９人の第九㉑」(針生美智子、浅里いづみ、岡村俊二、小川裕二)
第二二回	二〇〇六年(平成一八年)一〇月二九日(日)	高関健	キタラ	「９９９人の第九㉒」(針生美智子、綿貫美佳、岡崎正治、中原総章)
第二三回	二〇〇七年(平成一九年)九月三〇日(日)	高関健	キタラ	「９９９人の第九㉓」(平野則子、綿貫美佳、岡崎正治、中原総章)
第二四回	二〇〇八年(平成二〇年)九月二八日(日)	円光寺雅彦	キタラ	「９９９人の第九㉔」(平野則子、綿貫美佳、岡崎正治、中原総章)
第二五回	二〇〇九年(平成二一年)九月二七日(日)	高関健	キタラ	「９９９人の第九㉕」(針生美智子、東園己、岡崎正治、小川裕二)
第二六回	二〇一〇年(平成二二年)一〇月三日(日)	末広誠	キタラ	「９９９人の第九㉖」(平野則子、綿貫美佳、岡村俊二、中原総章)
第二七回	二〇一一年(平成二三年)九月二四日(土)	飯森範親	キタラ	「９９９人の第九㉗」(亀谷泰子、綿貫美佳、岡崎正治、中原総章)

第二八回	二〇一二年（平成二四年）九月二二日（土）	飯森範親	キタラ	「999人の第九㉘」（亀谷泰子、綿貫美佳、岡崎正治、中原総章）
第二九回	二〇一三年（平成二五年）九月二八日（土）	梅田敏明	キタラ	「999人の第九㉙」（亀谷泰子、綿貫美佳、岡崎正治、中原総章）
第三〇回	二〇一四年（平成二六年）九月二一日（日）	山下一史	キタラ	「999人の第九㉚」（亀谷泰子、綿貫美佳、岡崎正治、中原総章）
第三一回	二〇一五年（平成二七年）九月二六日（土）	渡辺一正	キタラ	「999人の第九㉛」（亀谷泰子、綿貫美佳、岡崎正治、中原総章）
第三二回	二〇一六年（平成二八年）一〇月二日（日）	渡辺一正	キタラ	「999人の第九㉜」（亀谷泰子、綿貫美佳、岡崎正治、中原総章）
第三三回	二〇一七年（平成二九年）一〇月八日（日）	佐藤俊太郎	キタラ	「999人の第九㉝」（亀谷泰子、松田久美、古城一樹、中原総章）
第三四回	二〇一八年（平成三〇年）九月一六日（日）	佐藤俊太郎	キタラ	「999人の第九㉞」（亀谷泰子、松田久美、古城一樹、中原総章）
第三五回	二〇一九年（令和元年）一〇月六日（日）	佐藤俊太郎	キタラ	「999人の第九㉟」（増田亨子（ゆき）、松田久美、古城一樹、三輪主恭（かずやす））
第三六回	二〇二〇年（令和二年）	コロナ禍のため中止		
［その他の合唱］				
	一九九〇年（平成二年）八月二〇日（月）	出雲路英淳	苫小牧市民会館	オペラ演奏会（カヴァレリア ルスチカーナより）
	一九九一年（平成三年）二月一七日（日）	出雲路英淳	苫小牧市民会館	「鳥のコンサート」「カムイの森で」（練習一九九〇年七月～三三回）
	一九九七年（平成九年）一〇月四日（土）	田中良和	キタラ	伊福部昭フェスティバル「交響頌偈（じゅげ）釈迦」、札響、一八：三〇（練習九回）
	一九九七年（平成九年）一二月六日（土）			旭山音楽祭（旭山）、午後四時

回数	日付	指揮者	会場	内容
	二〇〇八年（平成二〇年）一〇月一二日（日）	松村正吾	キタラ	東京スカイライン・オケ&札幌モーツァルト戴冠ミサ合唱団、「ウィーンの調」、午後一時、ベートーベン交響曲第七番、モーツァルト／ミサ曲〈戴冠ミサ〉
	二〇一〇年（平成二二年）一〇月六日（水）	松村正吾	キタラ大ホール	ジョイント・コンサート、東京スカイライン・オケ&札幌、モーツァルト・レクイエム合唱団、開演一八：三〇、ウエーバー、シューマン『交響曲第四番』、モーツァルト『レクイエム』
	二〇一二年（平成二四年）一〇月二〇日（土）	松村正吾	キタラ大ホール	ジョイント・コンサート、東京スカイライン・オケ&札幌フォーレ・レクイエム合唱団、開演一三：〇〇、フォーレ『レクイエム』

4　札幌東商業高等学校（四年間）――商業高校は初めて

苫小牧東高校で一四年間を過ごし、一九九二年（平成四年）に五六歳で初めて商業高校へ転勤した。新札幌駅のすぐ近くであらゆる面で大変便利なところにある学校だと思った。生徒にとっても。古い校舎ではあったが、先生方は卒業生全員の「早期一〇〇パーセント就職決定」を毎年やり、自信を持っていた。だが、古い面も多く残っていた。

この学校で、四年間勤めて退職になったが、その後も三年間、時間講師をやり、その間に新校舎ができ、全面的に施設もよくなったということで、いろいろ変化も多かった。

八クラスあり、男子は二〇人ほどで全員A組。他のクラスは全員女子。女子校と言ってもよいくらい。最初に担当した二年男子は校内では小さくなっていて、授業も全然ダメ。女子に押されてか、覇気がない。授業にも意欲がない。やはりこうなってしまうか、と感じた。その後、一年間で授業態度もどんどんよくなって変わりはしたが。

札幌東商業学校の教職員58名。撮影の日、出張していて私は写っていない。[1995年]

もう一つ印象に残ったこと。先生方は朝、玄関で物差しを持って立っていて、スカートの丈を点検するのだ。短いとだめなのだ。驚いた。学校が違うとこうも違うものなのか。この学校でもホームルーム担任を希望し、強く希望を出し続けたが、一度も担任をさせてもらえなかったのは残念だった。

二年目の指導部員であった時、生徒会の会計で生徒が東京へ遠征に行くのに飛行機ではなく汽車(生徒会規約に「汽車」とあり「電車」とは言わずに「汽車」と言っていた)で行く規定になっていて、これまた驚いた。他校一〇校くらいにアンケートを取ってみたら汽車で行く学校は一校もなく、早速規定を変えるよう相談する。

四年目、校務分掌で図書館担当になった。開架式図書をみると、本の整理と分類がおかしい。本が埃だらけ。「図書整理カード」(どこの図書館も持っている)を整理し、本を点検し、棚をきれいにして、棚に表示をつけて見やすくするなど、やることがたくさんあり、図書委員が一生懸命これらの仕事をやってくれた。

札幌東商業高校は、卒業するとほとんどが就職。珠算部がソフトボール部と共に全国出場の常連校。商業関係のいろいろある資格を取るのも非常に熱心である。担当の先生方が熱心で、学校全体に厳しさがある。珠算部では、夏休みも部員は全日学校へ出てきて珠算の練習をするが、暑い時期に全国大会があるので、教室の窓を閉め切って慣れるようにしている。生徒の状態も分かり、授業の面でもいろいろ工夫して効果を上げることができたと思う。

5 退職後五年間、英語の時間講師を行なう

四年目の一九九五年（平成七年）の四月のはじめ、「札幌北高校の定時制の英語の時間講師をしてくれないか」と札幌北高の落合清治先生（前任の苫小牧東高で一緒で、私より前に札幌北校へ転勤）から依頼を受けた。「とてもできない。昼に一〇人くらい先生がいるじゃないか」と言ったが、昼はやれても夜はやれない先生ばかりで、定時制の先生が病気で穴が空いてしまった、と言う。厳しいが「やります」と言う。放課後、図書館の仕事は生徒にお願いして、急いで夕食を取り、北校まで地下鉄で出かける。地下鉄では眠くなることが多かった。

苫小牧東高でも定時制の講師はやったが、札幌の定時制高校では工夫が必要だった。

こうした昼・夜での時間講師は一年で終わり、退職した。

その後も五年間、時間講師を三校で行なったが、それぞれの生徒の特徴（実態）があり、工夫が必要なのはどこも同じであった。五年間のうち、昼は、退職後三年間は札幌東商業高校で続け、その後二年間は白陵（はくりょう）高校であった。定時制は札幌北高からまた頼まれ、退職後一年置いて二年間続けた。

札幌北高定時制のクラスは二クラス。最初のクラスの生徒数は男子一五名、女子七名の合計二二名。この年は四年二クラス。四年になったら少し落ち着いている。何とか授業が成立するぐらい。あとの二年間は二年生で、授業の参加態度で三グループに分けると三分の一は学校に来て学習も頑張る。三分の一は昼は働いていて学校へはようやく来るだけ。三分の一は働いてはいない。何もやっていず、朝もきちんと起きられない、学校もよく休む、という感じ。教科書を準備できていない者も多い。ノートを取ることを徹底させ、ノートをしょっちゅう提出させた。ノートを提出するのを単位を取る条件にする、と強調した。授業はできるだけ面白くするよう工夫する。「新英研」で学んだ教材などの引き出しをたくさん使う。教科書を持ってこない生徒がいても授業が成り立つように工夫する。英語の歌などのテープは必ず使う。

髪の色が赤や緑の子もいる。授業中に札（さつ）を数えている子がいる。「やあ！　たくさん持っているなー！」と褒める。自分で稼いだ金で鼻が高いのだ。誰かに褒めてもらいたい。授業が脱線することを厭（いと）わない。この二年間は欠席者が多く、休学の生徒も多いクラスでは五名くらいいた。

白陵高校

白陵高校は全日制の道立高校である。札幌もどんどん人口が増えて、高校がどんどん増設された。その最後にできた高校で、間口は一〇クラス。白石（しろいし）区東米里（ひがしよねさと）にあるので、ＪＲや地下鉄の駅から遠く、通うのが不便で

ベルリン・フィルハーモニーホールの観客。ベートーベン『第九』の演奏直前。[1995年12月23日]

ある。もちろん、高校ができてからは新札幌駅から通学バスが出ているが。高校入学希望の中学学力のギリギリの生徒が入っている、という感じ。先生方も努力している。驚いたことに授業の始業ベルが鳴っても生徒たちは教室にすぐ入らないので、始業ベルが鳴ると、職員室の先生方全員で「教室に入れよ！」と廊下で叫んで教室に入って授業の用意をするように指導している、という状態なのだ。

授業も推して知るべし。一年の授業の一時間目に、私が教室に入っても、一度も顔を上げずに机に突っ伏している生徒がいた。「どんな奴が来るのかな」と思い、顔を上げて待っているという状態でもないのだ。

英語は選択教科で二組からのグループで二六〜二七名。男女ほぼ同数。いろいろなプリント教材を工夫して持ち込んだ。基本は教科書をどのように分かりやすく砕いて、勉強しやすくするかというプリントだ。

二年間が終わったところ（三月）で、英語科の懇親会があった時、もう一人いた講師の先生（井田先生）も工夫してプリントを作っている、という話になった。他の先生方は「講師の先生方はそんな努力をしているのか」と口々に言われた。そう言われることが却って意外だった。

退職の三カ月前、一九九五年（平成七年）一二月に「ベルリン・ウィーン八日間の旅」に参加することにした。札幌の「９９９人の第九」の事務局の案内で、ニューヨークのカーネギーホールとベルリンのフィルハーモニーホールの二つの案内が来ていますということで、迷わずにベルリンを選んだ。

一九八九年一〇月の「ベルリンの壁」崩壊後、東京都と統一後のベルリン市との間で、一九九四年五月に姉妹都市締結共同宣言がなされていた。その後、ベルリン独日協会より練習の指導者、郡司博氏に『第九』を共演しようと呼びかけがあった。有名な郡司氏はドイツの合唱団と六回のコーラス・フェスティバルを開いてきている。今回のコンサートは、東京都国際平和文化交流基金の助成を受けて開催することになった。今回、東京の合唱団の呼びかけでその合唱団に加わるということだ。「９９９人の第九」からは五名の参加であった。東京オラトリオ・ソサイアティを中心に、ドイツの「ベルリン合唱協会」と「ポツダム合唱協会」のメンバーが助演、約一八〇〇人の大編成の混声合唱団になった。主宰・運営は「東京―ベルリン姉妹都市締結記念コンサート」実行委員会だ。

その行動日程を記しておこう。

＊一二月一九日（火）千歳発→成田着、空港の近くウィンズホテル泊。
＊一二月二〇日（水）成田発→フランクフルト→ベルリン着（テーゲル空港）、バッハ『クリスマス・オラトリオ』ゲッセマネ教会（一九：三〇）
＊一二月二〇日（水）～二三日（土）ベルリン（ホリディ・イン、四泊）
＊一二月二一日（木）練習、五時～八時、シーメンス・ビラ。他自由行動
＊一二月二二日（金）午前、半日観光（一万円）、ペルガモン博物館、エジプト博物館、一二時～一四時、ゲネプロ、

フィルハーモニー・ホール。他自由行動

＊一二月二三日（土）本番（二〇：〇〇）、フィルハーモニー・ホール。他自由行動

＊一二月二四日（日）午前、空路（ミュンヘン経由）ウィーンへ。他自由行動、夜一一時、クリスマス・イブ（シュテファン大聖堂）、アナナスホテル二泊

＊一二月二五日（月）終日観光（楽聖たちのゆかりの地を訪ねて）

＊一二月二六日（火）ウィーン発（一〇：四〇）、フランクフルト経由（一三：三〇）（機内泊）

＊三月七日（水）成田着（八：四〇）、リムジンバス→羽田

憧れていたベルリン・フィルハーモニー・ホールで『第九』を思いっきり歌うことができた。私にとっては七回目だったので、全体を通して自信を持って歌えるようにようやくなっていたと言えよう。

今回は今までにない練習で大変よかった。頭出しの時、高い声を一気に出す要領、出し方を教わった。

二一日、予定午後五〜八時が一〇時過ぎまで。相当にきついものであった。郡司先生は、精神力と気力をぶつけるような指導の仕方であった。名指しで注意する。七四九小節（ピアニッシモで難しい高音の箇所）では、アルトの一人ひとりを歌わせ、「あなたは歌わなくてもよい」と言った。

二二日、ゲネプロ（オケと共に最終練習）で、アラン・フランシス指揮者の練習は、能率的・効果的であった。

本番、一二月二三日（土）

いよいよ五時。正装してホテルのロビー集合。Ｕバーンで出発。六時から声出し練習。ステージで一度並び、並び方、場所の確認をする。八時開演。

そして本番。第一楽章から第三楽章、約四〇分間、歌う席に座っていて、この五〇年のドイツの歴史、ヒットラー、ベルリンの壁の崩壊と思い出し、自分が今このベルリン・フィルハーモニー・ホールで『第九』を歌うことを思い、貴重な有意義な時間だと感じた（私は『第九』を本番で歌う前には必ずレコードで第一楽章から一時間一〇分くらいの全曲を聞くことにしている）。

一番印象に残っているのは、観客である。夫婦ペアで来ている人が非常に多く、広いホールがいっぱいだった。そして終わった時の拍手が鳴り止まなかったことだ。いったい何分続いたのであろうか。鳴り止まない。たぶん一〇分は続いただろう。感動した。みんなも感動して拍手をしているのだろう。大成功だと思った。ほっとした安堵感と充実感が身体に走る。汗だくだ。

ベルリンの隣のポツダム市（第二次大戦末期、米英ソの首脳会談で戦後処理が話し合われた）の合唱団から来た、隣に座ったドイツ人との握手も思いっきりできた。「やった！」という感じで。

ベルリン・フィルハーモニーホール地下での本番後のレセプションで、最後の全員合奏の指揮をとる。［1995年12月23日］

レセプションで

レセプションがすぐホールの地下で行なわれた。歌を歌う緊張感（『第九』の場合、必ず汗をかく）から開放されてホッとして飲むビールの美味しいこと。今回は団員相互（特にドイツ人を含めて）、オケのメンバーとも。それぞれ自己紹介して話すので珍しい。話が弾んだ。もちろん英語で、だ。ベルリン市長さんの挨拶もあった。東京の女性がテーブルに何人かいて、仲間という関係になると「歌わないかい」

ということになった。ドイツの歌と日本の歌を歌い出した。私が指揮をとった。三曲、四曲と歌ううち、だんだんと歌う声が広がった。『赤とんぼ』『荒城の月』『砂山』『ローレライ』『野ばら』などだったと思う。歌う人の数が増え、全員の大合唱になった。三五〇人以上はいただろう。「こりゃ大変」と一瞬ひるんだが、アルコールの精もあって、勇気が出た。堂々と全体の指揮を取った。全員合唱の「菩提樹」でちょうどレセプションの終わりを迎えたのだった。

「感想文集」の中の文章

次の原稿は今回の旅行団が「感想文集」を作るので、原稿をすぐに出してくれないかというので、翌日に提出したものだ。その他のベルリン市内を見て歩いたことは、一つも触れていない。自由行動の時間はフルに歩き回った。

今回の参加は私にとっては、大変意義深いものであった。最初目的にしたことは三つあった。ベルリン・フィルハーモニー・ホールで、自分にとって七回目の『第九』を歌うこと。そのことが日本とドイツの友好平和の掛け橋になってほしいこと。二つ目は、特殊な歴史的経験をしてきたベルリンを初めて訪れて、ベルリンの実態をできるだけ知ること。三つ目は、この団員になることによって、日本人同士の仲間から得ること、であった。

これらは、どれも今現在（一二月二四日）大きな成果を得ることができた。上記のような分け方にはならないが、思いつくままに経験と感想を述べると、

一、音楽を創る過程で、今までと異なったやり方があった。それは、初めて指導される郡司先生の方法であ

る。「精神と発声の技術をたたき込む」という言い方が当たっていると思うが、一つの音楽を創るには、自分の考えを控えることなく、納得させ、注入することに情熱を持ち、妥協せず厳しく指導するやり方は、プラス八〇パーセント、マイナス二〇パーセントで、若干のマイナスも感ずるが、郡司先生は情熱でそれを纏めてしまう。

二、歌う正確さ、技術を、今まで以上に厳しく受け止めることができた。

①声を張り上げない（「遠くから来ている人は、声を張り上げる」という声が練習の時、聞こえた）。

②頭出しをきちんと。

③指摘されるドイツ語の発音は、どの先生も同じようだが、今回自分で気をつけなければと感じたところがあった（'menschen' の 'n'）。

三、「目で確かめ、事実をつかむ」が自分の方式だが、ドイツが歴史的な悲劇をどう克服しようとしているか、市民はどんな人たちか、東西ベルリンの壁がもたらしたものは現在どのようになっているか、など。博物館、その他見学したものから学ぶことが非常に多かった（これは書き切れないので省略）。

四、実行委員会、日本通運のスタッフの努力、苦労をひしひしと感じた。やり方、手落ちを感じないではないが、参加者との交流の機会を作ってくれたことに感謝をし、この雑文を終わります。参加の皆さん、関係者の方々、どうもありがとうございました。

（テノール　札幌　大脇徳芳）

ベルリンに来た日の「クリスマス・オラトリオ」だが、五つのグループのうち、一つのグループが先に来て合唱の準備をしていたものだ。ドイツのクリスマスでは毎年多く歌われているということである。歴史ある教会でのオラトリオで、つめかけている人も多かった。私にとっては初めてこのような場所での経験で、敬虔（けいけん）な気持ちで、なおかつ好奇心をもって聞くことができた。

「ベルリンの壁」で残っているところがある。[1995年12月22日]

博物館巡り

第一の感想は、「ドイツが国力に任せて、これだけのものをエジプトから運んだのだ」という驚きである。後に資料で分かったが、ロンドン、パリ、ミュンヘン、ウィーンなど、先に多くを集めていたということがあったようだが。今まで見ているのは、ロンドンの「大英博物館」とドイツのベルリンの二つだけだが、どちらも、持っている量はすごい。もう一つ、二八年もの間「東西ドイツ」で、全く別々に博物館が運営されていて、今、統一して博物館を作るために整理している最中である、ということである。

「エジプト博物館」はよかった。「博物館の島」にある「ボーデ博物館」は忘れられない。時間をたっぷり取りながら歩き出した。胸の高鳴りを押さえることができない。生活を表現した石盤が素晴らしい。色彩豊かな六畳ぐらいの横の小部屋に入った時は圧倒されて、息もつけないほどであった。こんな素晴らしい物があるとは予想もしてなかった。細かく注意して見ると、四面とも相当素晴らしい絵の内容である。シャルロッテンブルグのような人が多く、落ち着かない所ではなく、人がいなく落ち着いた雰囲気の中で観賞することができた。生活の実態がかなり分かり、古代エジプト人の息遣いが聞こえてくるようで感動した。女性を崇めるものが多い。動物もいっぱい出てくる。牛かなにか家畜の交尾も描かれている。小型のスフィンクス、オベリスクなど、像もすごい物がある。

「ペルガモン博物館」は旅行者全体の見学で行った。ドイツが科学者を送り発掘調査をしたものだという。中近東で、トルコ、イラク中心であるが、これまた、すごい量の大きな石材を運んでいる。「ペルガモンの祭壇」、「ミトレスの市場門」等は、建物の石を鋸(のこぎり)で切って(たぶん)運んで、全部をそれ以上に大きな建物の中で組み立ててあるのだ。だから建物はすごく高く大きいものだ。

街の様子は

ベルリン・フィルハーモニー・ホール、ブランデンブルク門の辺りも、壁が取り壊された後で、新しく道路や建物を作るために大々的に掘り返されている。そこにはソニーの建物が建つという。

ドイツ・ベルリンのエジプト博物館の石盤。[1995年12月22日]

「東ベルリン」も歩いたが、西よりももっと多くの場所で掘り返されている。西と東ではやっぱり、雰囲気が全然違う。西でも、まだ第二次世界大戦の傷跡を見た。後で知ったが、戦争の悲惨さを伝えるモニュメントとして、修復せずに崩れたままの姿で保存されているという、カイザー・ウィルヘルム記念教会があった。

トラム(電車)に乗って東から西に帰る途中で、一人の婦人と話をした。これから歌いに行くとのことであった。西の中心街のツオー駅で降りる時「グド・ラック(Good luck)」と言って別れた。プラートシャイト広場は屋台がたくさんあり綺麗だ。大きな肉を挟んだハンバーガーが美味しかった。グリューワインを見つけた。ガイドが言う通り熱いくらい温めた美味しいもので三マルクだった。

クリスマス・ソングの軽い合唱が聞こえてきた。そちらの方へ行くと、舞台があり二〇人くらいが歌っている。よく見ると、茶色のコートを着たさっきの婦人が居るではないか。驚いた。メロディーが分かっている歌もあった。歌が終わってから、「また、会ったね！」と言って握手をして、喜び合った。小生をみんなに紹介してくれた。歌っている写真を送るからと言って住所を書いてもらい別れた。こんなことってあるんだ。日本ではなかったことだ。

一二月二四日（日）

これから二日間、ウィーンでの観光だ。五つのコースに別れるので、別れを惜しんで言葉を交わしている人がいる。私は旅行会社の岩佐さん、合唱の郡司先生にお礼を言う。

ホテルのロビー八時出発。テーゲル空港で、ドイツマルクからオーストリア・シリングに両替する。

ミュンヘン空港でウィーンへの飛行機に乗り換えて飛び立つ。白く雪のかぶった地上が見える。オーストリアのチロル地方の山々であろうか。北側を流れているドナウ川がはっきりと見える。ウィーンに近づくと街がよく見えた。空港からバスで昼食のレストランへ向かう。街並は落ち着いた西洋風とでもいおうか。石造りの四～五階建ての町並みが続く。クリスマス・イブなので、飾り付けが目につく程度で人影は少ない。

ウィーンは二回目で、土地勘があったので楽しく歩けた。ベートーベンの縁（ゆかり）の地は、農村地帯のような景色だ。「ハイリゲンシュタットの遺書」の内容をきちんと知らなければと思い、入口の書店で英語の本（『ベートーベンの晩年から』）と遺書のコピー（三枚にわたっている）を買った。

次は町中に戻りザルツブルグ生まれのモーツァルトの住んだ「フィガロ・ハウス」に入る。ベートーベンと違うところは、相当の金が入っていたので、中心街の広い家に入っていた、というガイドの説明であった。ビリヤードの部屋もあり豪華な造りの部屋があり、ここで『フィガロの結婚』を書いたのだろうということだ。しかし宮廷や上流階級を批判したので支持がなくなって落ちぶれていく。

ガイドがかなり多くの説明をしたが、少しメモを取った中で特徴的なことは、一、二キロ続く住宅がある。市の七五万戸の住宅のうち二二万戸（約三〇パーセント）が市営住宅であるという。

聖ルプレヒト教会、シュテファン大聖堂（旧市街の中心にある一三世紀に三〇〇年かけて建てられた、オーストリア最大のゴシック教会）を回った。ウィーンのシンボルであるシュテファン大聖堂の尖塔の高さは一三七メートル。ガイドブックの説明だ。「寺院の美しい屋根と旧市街の遠望が素晴らしい。地下には、オーストリア皇帝たちの内臓を納めてある壺と、白骨が山積みにされているカタコンベ（古代の地下墓所）がある」

ここで大変なことをやらかしてしまったことに触れることにしよう。ホテルに着いたのは五時半頃か。バスの中にカメラを忘れたのだ。旅行会社の井川さんの部屋のドアをノックする。「バスの営業所と連絡を取ってほしい」。結果として「どうしても運転手と通じないので、明日の朝になります」。「I left my camera behind in the seat I took on the 24th. Compact camera - Nikon without the case.」（私は二四日のバスの席にケースなしのニコン・カメラを忘れました）と英語の名刺の裏に書いて、次の日の朝食の時に井川さんに渡す。しか

ウィーンの旧市街のベートーベン像。[1995年12月24日]

ベートーベン縁の地にある「ハイリゲンシュタットの遺書」。[1995年12月24日]

し、ミニカメラを買ってすぐに、井川さんが「ありました」とカメラを持って来てくれて、ホッとした。

七時からの夕食会に参加。近くの席は数家族一緒に楽しく食事を取っている。クリスマスの特別の会食に違いない。一〇時近くに終わり、一一時半からのシュテファン大聖堂のミサに佐々木、砂見の両嬢と行くことにする。あと一時間後に出かけることにする。相当の疲れだ。部屋に帰って、ベッドにあお向けになる。しかし眠ることもできないし、同室の金子君と話したり、荷物の整理、地図を見て、すぐ出かけることになる。女性達が来て結局タクシーで行くことにする。

ちょうど一一時半頃大聖堂に入ったが、もうミサは始まっていた。相当の人だが掻き分けるようにして、横を歩き聖歌隊の見えるところまで前方に進んだ。合唱、楽器の音、そして何か言葉が入る、というような繰り返しで、一一時五五分になった。聖堂の高い所の鐘がちょうど日本の寺の一〇八の鐘のように「チャン、チャン、チャン」と、日本の鐘とは全然違う、夜の静けさを破る響きのある高い音が、この大聖堂の中にも響いてくる。ちょうど一二時にその鐘の音が止み大聖堂の中の大きな音に変わり、「キリストが誕生した」の合唱隊の合唱になる。

ウィーンのクリスマス風景。12月25日午後10時近く。[1995年]

その後、ローソクを持ち白い衣服を纏った三〇人くらいの人が祭壇まで進む。(少し込み入っていて忘れたが)最後の方で司祭の長い演説が始まった。厳かにその声は大聖堂内に響き渡る。だいたい何のことか耳をそばだてるが、想像だけで分からない。一二時半でまだ続いていたが帰ることにする。

タクシーで九一シリング。一時近くにホテルに着いた。

一二月二五日(月)

一人での市内見学に出かけた。まずは中央のリンク(電車が旧市街を囲み一回りしている)の所まで出て、地図を見ながら歩き出す。国立オペラ座、ゲーテ像、モーツァルト記念碑、王宮へと。王宮はすごいスケールだ。それに建物自体に付いている多くの像。裏の方へ回っても大変見応えがあった。

向かいの教会へ入っていく人がいる。それに釣られて教会(王宮の礼拝堂?)のドアを開けた。子供の聖歌隊の合唱が聞こえる。引きつけられるようにゆっくり中に入る。その音楽の素晴らしさに聞きほれて、どこから聞こえるのかを確かめようとした。だが、前方のどこにも見当たらない。おかしいな。テープで流しているのかもしれない、と思い、注意して聴く。音は生で上から聞こえるのが分かった。

教会の中は長方形で縦に長く、正面が祭壇、反対側が我々が入った入り口。その入り口の上に高いフロアができていて、手すりのようなものが付いている。入った所からは陰になっていて合唱隊は全く見えない。合唱隊の合唱の後(あと)に絃のみの演奏があり、また合唱になる。変化を繰り返すのは、昨夜と同じようである。二〇〇人くらいの座席に座っている人達は前方を見ていて、時々立ち、また座るだけで、歌声や音の出ている後方を振り向くことはしない。

私は、入り口から少し入った所の横に長いこと立っていた。この音楽は昨夜の比ではないし、自分が時々CDで聴く音楽よりももっと響き、生である。何とすばらしいことか。これを聴いているだけで申し分ない。ここはどんなに時間がかかっても終わりまで付き合うことにしよう。そう思いながら立ち続けた。というのは、ガイドブックの中に、「毎週日曜日、ウィーン少年合唱団は、ここで歌を歌っている」という。即ち、ここはウィーン少年合唱団の練習と発表の場であることに間違いはなかろう。今日はクリスマス。耳を澄ますと。本当に揃っている。それに教会の石作りの広い内部が、素晴らしい反響効果をもたらしている。器楽合奏も素晴らしい。すっかり音楽に浸っていることができる。長い時間が経って、やはり席に座る方がいいな、と思い前へ進む。端の方の席はずっと前の方まで、かなり空いている。空席に腰を下ろす。簡単なプログラムが座席のあちらこちらに置かれている。それを見ながら参加を続けた。

大きな籠を持った男の人が回って来て、皆献金している。私も硬貨を何枚かその籠に加えた。終わったのはちょうど一二時頃であった。二時間ここで過ごしたことになる。満足感に浸って、みんなと一緒にゆっくりとドアを出た。チェロなど楽器を持った人も出てきた。入り口で初め音楽を聴いた時、これはテープで流しているなと、日本の結婚式の神社のあのテープの音を連想したので、その先入観は失礼なことだったな、と反省した。

ウィンドウ・ショッピングする人たちが増えてきた。その辺は古い町並みで、一階は商店が連続してあり、クリスマスで店は休んでいるものの、ショウ・ウィンドウは綺麗に飾り立てられている。クリスマスの飾りをちょっと粋（いき）に加えてあるところが多い。そこを見てまわった。国会議事堂、ブルグ劇場、ウィーン大学があった。二、三輛連結のリンクを走る電車がひっきりなしに通る。この辺で食事にしようと、マクドナルドのハンバーガー店に入る。このような店しか開いていない。ハンバーガーとオレンジジュースで昼食を済ます。

トイレは地下にある。ヨーロッパでは、オランダ、ドイツでも地下にあった。日本では地下になかったのではないかな。どうしてかな。

どうしてかな、でもう一つ。
ドイツで、ほとんどの乗用車は屋根開きが付いていることに気がついた。タクシーは一〇〇パーセントといってもよかった。これは日本車にもあるが、ドイツでは圧倒的に多い。これは合理的に太陽の光を入れる、合理的な国民性にあるのではないか、と思うが。

リンクを通る電車を利用して、自然史博物館、美術史館の方を回った。ここはもちろん、今日クリスマスは閉館だ。この中には素晴らしい資料や絵画があるに違いない。残念だ。またと見る機会はないだろう。しかし、クリスマスである故にクリスマスがどのようなものかを見ることができた。これはこれで良しとしよう。

歩行者天国というところを歩いてみよう。たくさん人の波を見ながら行くのもよいだろう。のんびり歩きだした。これもなかなか面白い。街頭の屋台で何か売っている。「栗だ」。栗を九つで一五シリングで買った。食べながら歩いた。熱い栗ははじけていて簡単に皮が取れる。「栗ってこんなに美味しいんだ！」。本当に美味しく驚いた。栗を買ったのは初めてだった。

次の駅で降りる。ドレスアップし、同伴で歩いている。家族で歩いている。歩いている人を眺めているだけで本当に楽しい。とっぷりと暮れた通りは、ショウ・ウィンドウや街灯だけが浮き上がって、綺麗な街並だ。クリスマスの雰囲気の中で、しばらく歩いた。親子で歩いて像の説明をしているような場面や、ウィンドウを見て話し合っている姿もある。美しい女性に遭うのは楽しい。美しいと感じる男性もけっこう多い。

昼に入った王宮教会へまたやって来た。入って見ると、昼についていないローソク台がその入ったすぐの所にあり、今は何十本ものローソクが光を放っている。何人かがそこにいた。大小いろいろな大きさのローソクが置いてあり、値段が付いていた。四シリングのを選びローソクに火を付けた。こんな経験もしばらくぶりだな、と思いながら、他のローソクの仲間入りをさせた。その時は、もうそこには誰もいなかった。しばらく佇み、ローソクの火を後にした。

夜は、ヨハン・シュトラウスの音楽会だ。ホテルのロビーに集まったコンサート行きは一〇人くらい。Uの一日券を持っている人は地下鉄で、あとはタクシーを使うことにする。ホフブルグ宮殿に向かう。「ウィーン・ホフブルグ・オーケストラ」は、ポピュラーな曲が多く楽しいものだった。八時半から一〇時くらいまでだったと思う。

ただ残念だったのは、フラッシュが光る。それがほとんど日本人なのだ。ビデオですぐ前の席で撮っていたカップル以外にはカメラを持っている外国人は見なかった。すぐ後ろの席の加来さんが風邪気味で咳をするので、人にもらってポケットに入れてあった一個の飴をあげた。しかし曲が始まると、今度は喉のせいか「いびき」のような息が聞こえる。周りの人たちは大変迷惑だったことだろう。結局、日本人が雰囲気を壊していることが、大変気になった。音楽を聴きに行く時は、カメラを持たない、ということをやらなければ、と痛感した。

一二月二六日(火)

ウィーンからフランクフルトまで一時間半もかからずに飛んだ。フランクフルトでは飛行機を乗り継ぐだけ。フランクフルト発は一時半。降りて免税店を利用した。私は、残っているトラベラーズチェックで、ウィスキーと娘用の口紅を買う。両方でちょうど一〇〇マルクになるようにしてチケットを切る。

フランクフルトを飛び立って、すぐ飲み物が出る。新聞は二五日付日本紙が読める。『日刊スポーツ』『朝日』『毎日』に目を通す。一日遅れで新聞はフランクフルトに運んであることが分かる。食事は洋食。やはり熱いのが出てくる。ビールを飲みながらは食べやすい。西洋料理にビールが合うことが分かる。

夜の六時、睡眠の時間だ。窓を閉ざし、機内を暗くする。三時間は寝たであろうか。寒さを感じたので、あまり熟睡していない。オーバーコートを取り出して着る。

成田まで、あと二時間くらいになると「明かり」がつき〝グッド・モーニング〟となる。自分の時計ではまだ夜の九時過ぎだ。朝食は和食にする。米が美味しい。自然に口に入る。「味噌」を溶かすと濃いので、お湯を追加してもらうと喉が乾いていたので、美味しく飲めた。

地平線のように見える雲海の彼方が横に明るくなってくる。この色は綺麗だ。成田にランデングした時、ちょうど八時。正味一〇時間で到着。早いものだ。気温はマイナス二度。東京にしては今朝は冷えている。雪はない。九時二〇分のリムジンで羽田に向かうが、バスの中、全部ウトウトと眠っていた。やはり睡眠不足で疲れていたのだ。

千歳行きの飛行機は早い便と思ったが、二機とも空きがない。一時過ぎに「天麩羅そば」で腹拵(はらごしら)えしてフライトを待つ。千歳行き、二時が二時四〇分と大幅に遅れる。四時頃、千歳空港について快速エアポートで札幌に向かう。家への到着は暗くなって五時近かった。

今回の旅行は、たくさんの収穫をあげることができた。時間が少ないのはやむを得ない。自分の動ける範囲で、この目でこの足で、実態を捉えようと頑張った。自分では満足だ。

第四章　定年後の旅の記録

サン・ピエトロ広場。[2011年3月29日]

1　地球一周ピースボートの船旅〈1〉

はじめに

一〇二日間の地球一周の船旅。「時間と金」があればこれに乗れる。思いもかけず時間が取れそうだと検討を始める。もう退職して一〇年も経つが、たくさんのボランティアの仕事を持ち、かけずり回っている身にしたら、まさに「思いもかけず」だった。金も何とかなりそうだ。アメリカ、イギリス、ドイツなどへは研修等で行ったが、あこがれていた船旅ができそうだ。それもNGOのピースボート、トパーズ号なので、飛鳥丸やにっぽん丸とは違い費用が安く世界平和を目指した交流や研修ができそうだ。資料で検討すればするほど魅力を感じ、ちょうど古稀にして貴重な経験を得ることができるだろう、と期待が膨らんだ。

実際、いくつもの夢が実現した。太平洋、大西洋、インド洋、南シナ海、紅海、地中海、北海などの朝夕の光と風を浴び、スエズ運河、パナマ運河の世界の二大運河を通過し、マラッカ海峡、ジブラルタル海峡も通過した。ノルウェー、アラスカではフィヨルド、氷河を見ることができた。

人との交流を第一に、国の文化的な違いを知ることを第二に掲げたので、一九カ所に及ぶ寄港地ではホームステイの内容の濃い交流と同時に約一〇カ所の国立博物館等を見学できた。それにも増して、毎日のピースボート上ではゲストの「水先案内人」（大学教授やジャーナリスト、専門家、それも日本人だけではなく各国の）がたくさん乗ってきて講義をするが、それが素晴らしく、聞き逃すことができない。ゲット（語学スクール）で英語、スペイン語などが勉強できる。その他、九五〇人の乗客との交流、船の上での催し、など本当にたくさんの収穫があった。それら全部を記すことは不可能なので、印象的でポイントになると考えられることを述べたい。

(1) 準備段階

一回一回のピースボートのクルーズはコースが異なる。第五三回コースは私の行きたいアイルランド、ノルウェーが入っており、四月五日から七月一五日と時期も都合がよい。早速、一二月三日札幌で開かれた「地球一周の船旅説明会」に出席した。

予想に違わず、旅行のイメージが膨らんだ。準備は三カ月と短い。まず申し込みだが、ペアタイプ、一人部屋、四人部屋などあり細かく別れているが、人との付き合い、交流を重視し経済的にも安い、窓付き四人部屋を申し込んで、一五二万円を入金した。

各寄港地では、オプショナルツアー等があって一〇カ所くらいから選択できる。観光、交流、見聞などだが、ピースボートの過去の交流、支援の実績から世界のＮＧＯとの繋がりが強く盛りだくさん。費用がそれぞれ異なるがどれも魅力的。どのような視点でこれを選択するか、自由行動とするかなど、有効な選択をすることがキーポイントになる。事前学習も大切になってくる。

洋上有料プログラムとして、英会話教室「ゲット」のチャレンジプログラムを私は取った。寄港地の「ゲットプログラム」としてホームステイがある。そのホストファミリーを紹介してくれるのには、これを取っていなければならない。一二万円払って七〇レッスンを受けることにした。

「地球大学」というプログラムがあり、NGOスタッフ、研究者、ジャーナリストなどの専門家をナビゲーター（進行役）にして、二つのユニット「パレスチナから世界が見える」と「非核・非戦のアクションプラン」がある。私は「非核・非戦のアクションプラン」のみを取り、約一カ月間学習と討議をする。費用は一万円である。

以上のオプショナルツアー等の選択と、ビザ取得代金、ポートチャージ等必要経費を含めて約六〇万円を第二次分として二月に納めた。

この段階で自主企画の呼びかけがあった。私は「アイヌ民族を語ろう」の講座とムックリ（アイヌ民族の口琴）の練習とで三〇日以上の申し込みをする。

いよいよ現実化したピースボート乗船を前にして、その準備の資料を揃えたり本を買うことなどと、一〇〇日以上の留守中の仕事の段取りで追われる。しかし、これは非常にやりがいのある忙しさであった。

（2）いよいよ出発

ダンボール四個に、衣類、本と印刷物などの資料、船内での生活用品、ワープロを詰め、発送し、四月四日、千歳を発ち横浜のホテル泊まり。四月五日、横浜港の乗船手続き終了午前一〇時、出港一二時。「PEACE BOAT」と大きく船体に書かれた純白のトパーズ号に、慌ただしく、わくわくしながら乗り込んだ。大勢の乗客が続々と乗り込む。次の日の神戸港を加えて九五〇名。あいにく、出港式の時には激しい雨になったので、傘をさしてデッキに出る。ターミナルに見送る人が鈴なりになっていて横断幕や模造紙も見えたが、見る見るうちに模造紙は雨で破れてしまった。デッキの上も人でいっぱい。船のデッキの特設大スピーカーからも賑やかに音楽が流れ、これからの一〇〇日間世界一周船の旅を考え高揚している精神を、より一層かき立てる。

我々の乗る「トパーズ号」、「トパーズ」とは宝石のトパーズ。英国で建造され、一九六〇年代からヨーロッパと米国を結ぶ大西洋航路の花形として活躍してきた、由緒ある外航客船。総トン数三万一五〇〇トン、全長一九五メートル。乗客定員は一四八七人。船籍はパナマ。船主はギリシャ系アメリカの船会社。三年前からジャパングレイス（日本の旅行会社）と傭船契約を結んだ。ギリシャ人船長以下クルー（乗組員）は、コック数名の日本人を除き、あとは全部外国人、全部で五〇〇人。インドネシア人が多いが、中国人、フィリピン人、など全世界にわたっている。船員とのコミュニケーションは英語だが、種々の活動の基本は日本語で大丈夫だ。

さて、同室者だが、東京からの二人で歳は私より一つ下、四人部屋に三人で若干ゆとりができ、気が合い大変幸運ではあった。その一人N氏は、一八回このピースボートに乗っているという超ベテランで、以前のクルーズのビデオ、世界の各地の特集のビデオ、音楽のビデオなど、器材と共にたくさん持ち込み、「朝のクラシック」など、自主企画をやった男で、船のことで分からないことは何でも聞くことができ、さらに、物知り博士とでも言える人だったので、大いに助かった。最初の日に本を借り、議論をするという具合で、五日くらいで、以前のクルーズのビデオを見て、一〇〇日のクルーズの大まかなことが掴めたといっても過言ではなかった。

もう一人のW氏も、オートバイで北海道に何回も来ていて、海にも潜り、海の生き物などの知識が豊富で、いろいろ教えてもらった。「俺は遊び人だ」と言って、麻雀の企画をするなど、社交性にも長けていて、なかなか面白かった。

「はじめに交流ありき」の考えが図に当たり、大変好調なスタートにはなった。

(3) 自主企画「アイヌ民族を語ろう」と「ムックリを奏でよう」

世界平和を基本として、世界の情勢、核の問題、民族、言語の問題など、常に国際交流が、上記「水先案内人」

（入れ代わり立ち代わり、三三人乗ってきた）というゲストによって強調される。それ以上に、これから我々が一九カ所の寄港地で、実際その国際交流を実践するのである。

しかしながら、日本国内に目を転じると、政府の高官が日本は単一民族国家だ、などと言って物議を醸しており、アイヌ民族、その他の少数民族、外国人の問題は、完全に彼らの視界から消えている。アイヌ民族についていえば、政府に先住民族であることを認めさせ、権利を復権させる、という緊急課題がある。現在、裁判でも裁判官は過去の北海道の同化政策が見えていないし、それを反省してもいない。その根本原因は、国民全体がアイヌ民族がどのような歴史をたどってきたかということを知らなさ過ぎるからだ。

この船に乗る人は、世界に目を開く前に、足下の日本についてしっかりと認識すべきではないか。これが私の問題意識である。

「アイヌ民族を語ろう」は結果的に三〇回の講座になった。ビデオが三本。必ず後から読み返し学習できるように資料を毎回作った。一回一時間半を原則にしたが、会場のやりくりで一時間ぐらいの時間しかとれないこともあった。一番多く「歴史と現在」を語った。その他、国連問題、二風谷ダム裁判、共有財産裁判、千島列島問題、など。

アイヌ民族の楽器ムックリの練習は、「一〇回で何とか音を出せるように」を目標に一六回行なった。かなりよい音が出るまで熱心に練習した人がいた。しかしかなり難しいということができそうだ。

ムックリはアイヌ語であり、日本語では「口琴」（ビヤボン）というが、英語では「Jew's harp」（ジュウズハープ）といい、竹製と金属製があるが、世界の至る所にある。

大変嬉しかったことがあった。フィリピンの竹製のものを「こんなのがあるの」と言って持ってきた若い女の子がいた。手ではじくが、音が出やすい。また別の女の子が、金属製の二種類のジュウズハープを持ってきた。一つはロシア製と似ていたが、音が出にくかった。もう一つも金属製で形が異なり、小さく音が高くてよく響くものだった。彼女たちは、関心を持っていて、この船までこれらのものを持ってきていたことが、嬉しかったのだ。

私は、四〇丁のムックリを持ち込んだが、全部売れてしまった。みんな意外と関心を持っているのだ、ということを知った。

(4) 寄港地でのツアー、ホームステイ

全世界一九カ所の寄港地は大きな楽しみである。原則的に前々日に「上陸説明会」が開かれる。下船する前にそれらの寄港地でどのような行動になるのかを確認し、事前学習をする。

まず最初に、寄港地を順に記すと、ベトナム(ダナン)、シンガポール、スリランカ(コロンボ)、ヨルダン(アカバ)、エジプト(ポートサイド)、ギリシャ(ピレウス)、イタリア(カタニア)、リビア(トリポリ)、スペイン(ビルバオ)、英国(ティルブリー)、ノルウェー(ベルゲン)、アイルランド(ダブリン)、米国(ニューヨーク)、ジャマイカ(モンテゴベイ)、パナマ(クリストバル)、エルサルバドル(アカフトラ)、メキシコ(アカプルコ)、カナダ(バンクーバー)、アラスカ(スワード)である。

私は出発前に図書館へ行き、寄港地のできるだけ詳しい地図をコピーしておいた。これが大変助けになった。これと船の中のツアーデスクで貸し出す『地球の歩き方』を借りて、大切な所をコピーする。それと、説明会の後のオプショナルツアーごとに渡される「旅行日程表」と現地地図などを参考にした。

私はオプショナルツアー(ピースボート交流プログラムを含む)を一〇カ所、ゲットのチャレンジプログラムを四つ(ホームステイは三カ所)、地球大学で一カ所、オプショナルツアーに頼らず七カ所で自由行動をする。その他、

ツアーの中でも結構たくさんの自由行動がある。

考古学博物館と名のつく博物館、美術館などは、できるだけ今までも見てきたが、今回も一〇カ所は真剣に見ることができた。遺跡もたくさん見た。そして「如何に人類が生きるために共通の文化を生み出してきたか」を知ることができた。それぞれの環境によってスタイルの違いはあるものの、その根底に「共通の」生き方が生まれている、ということである。

特に印象に強く残ったのは、ヨルダンのペトラ遺跡、エジプト考古学博物館、アテネの国立考古学博物館、リビアのレプティス・マグナのローマ遺跡、ビルバオのグッゲンハイム美術館、英国の大英博物館、ニューヨークのメトロポリタン美術館、メキシコのテオティワカン遺跡、である。

一、二、触れておくべきことがある。ヨーロッパの博物館、美術館などは、原則的に無料で、誰でも、何時でも見ることができるので、文化的なものに触れる機会が日本とは比べ物にならないくらい多い。今回、アテネの博物館、大英博物館などでは、日本では図鑑などで見るか、何十年に一回高い金を払って見に行かなければならないような作品が、ふんだんに写真に撮れる。私はわくわくしながら、三回、五回と回って歩き、作品を選び、慎重に写真を撮った。

ホームステイは、スリランカ、ロンドン、ダブリンだが、どこでもたくさんの新しい経験と人的交流を英語を通して行なうことができた。家庭に入り、一泊するということは、その国の人と文化を丸ごと知ることができ、さらに後々まで交流が続くということである。大変貴重な機会であった。

一人だけの自由行動では、初めての街でその国のコインを使って地下鉄に乗る、目新しい街や施設を見て歩く、その街の人たちと声を交わす、など本当にわくわくすることばかりで、私は時間が制限されている中で、「人の二倍は行動しよう」と考え、たくさん見て歩くことができた。たくさんのハップニングと思いがけない貴重な経験をするものである。

一人で外国を歩くポイントは、まず正確な距離、方角の分かる地図を手に入れること、コンパスを持つこと、事前に調べて必ず行く所を数カ所に絞ることである。

私は、ニューヨークでは、レンタバイク（貸自転車）でマンハッタン島をグランドゼロまで自転車を漕いだ。以前に行っているし、街が網の目で分かりやすい。地下鉄で行くと街が見えない、降りても歩く時間がかかる。それではと自転車に思い当たった。街をヘルメットを付けて、風を切って颯爽と走るのはすごく快適、景色のよいところで止まって写真も撮れる。壮快であった。

ギリシャのアテネでは、当日、「ヨーロッパ社会フォーラム」が開催されており、ヨーロッパ各地より集まった団体によるアテネ市内でのデモ行進が予定されて、市内の道路封鎖に伴い、市内の我々のバス運行ができなくなった、ということがあった。だが私は自由行動で心配はなく、その何万人もの延々と続くデモ行進を、二時間くらいは見ることができた。太鼓や鐘、音の出るものと、歌やシュプレヒコール、プラカードや横断幕。それぞれに趣向を凝らしたカラフルなものだった。特にどんな人が参加し、何を主張しているのかに注目した。老若男女、楽しそうな行進だが、「平和と労働条件」が中心だ。横断幕の文字は約半分くらいが英語なので、その部分だけは理解できる。ビラや新聞も配られた。その新聞も英語が三分の一ぐらいだ。私はカンパをして、ブッシュの顔写真の入った「WANTED for MURDER」（殺人罪で指名手配）と書かれた丸いカネのバッジを受け取った。

イタリアのシチリア島のカタニアからバスでシラクーサ観光に行った。ローマ時代の石灰石の石切り場だった「天国の石切り場」でのこと。大きな洞窟のような岩場は声が響くのでガイドが歌った。私もベートーベン『第九』の有名な歓喜の歌をドイツ語で歌った。そうすると、近くにいた三人が唱和した。驚いてどこから来たか聞くとドイツだと言う。偶然にも、改めてそのドイツ人たちと、歓喜の歌の部分を大きな声で一緒に歌った。このような思いもかけないことがたくさんあった。

(5) 一〇〇日間世界一周船旅とは

寄港地以外は、船は平均一六～一五ノット(時速約三〇キロ)で走り続ける。トパーズ号はディーゼルエンジンではなく、昔ながらの蒸気エンジンで、五〇年も経っていて世界の客船では大変古い方だというが、クイーン・エリザベス号と姉妹船で、堅牢にできていて、「エンプレス・オブ・ブリティン(イギリスの皇后)号」と現エリザベス女王が命名した由緒ある船だそうだ。喫水九メートルで深く、横揺れ防止装置完備である。

一〇二日の旅行全体では、気候は大変恵まれた。最初は雨であったが、以後、寄港地で雨に遭ったのはノルウェーでの一時のみ。普通は、台風や暴風雨で進路変更をすることも度々で船酔いも大変という。私は船酔いは大丈夫と思っていたが、横浜を出た日は揺れが激しく一度上げてしまった。それ以後は、相当のローリングも二、三度はあったが、慣れもあるのか、何でもなかった。ニューヨークやジャマイカの場合は、一週間も雨だったが、我々の到着した日は快晴。すべてこのように順調であった。

神戸を出てベトナムまで四日間、コロンボを出てヨルダンまでインド洋を九日間、ダブリンを出てニューヨークまで大西洋を九日間、中部アメリカのエルサルバドルからカナダのバンクーバーまで北アメリカの西海岸を七日間、アラスカから横浜まで太平洋を一〇日間、島など何も見えず、ひたすら走り続ける船のデッキで船とスクリューの作り出す波を見ていると、五〇年に及ぶ世界各国の人々が多くの人生のドラマを乗せて、世界の海を航海してきた、この船のことを思う。いま私は、世界一周の自分の旅が貴重であり、長いと感じてはいるが、五〇年の時間の長さといい、大洋の広さといい、比較すると、いかに自分がちっぽけな存在なのかを痛切に思うのである。

風と揺れを受けて船のデッキから見る朝日、夕日は格別に綺麗で素晴らしい。陸地では見られない大きな二重の虹が何回か出た。鯨が悠然と二頭寄り添うように泳いでいるのを見た時には、他の動物では感じたことのない神々しさを感じて、かえってそのように感じた自分に驚きもした。

スエズ運河、パナマ運河の二大運河を通過したのも意義深い。それぞれ朝から晩まで一日かけての運行だったが、その景色を見たり運河の果たす役割を考え、デッキのたくさんの乗客と共に通過を楽しんだ。船内放送で、船がどこを通過しているとか、見える景色の説明が時々行なわれる。しかし、運河通過の時には、頻繁に放送が入るので、その日は他の行事も中止で、部屋（キャビン）では落ち着かなく、みんなゆっくり通過する船のデッキに一日中出ていることになる。

スエズ運河は、右手にシナイ半島、左手にはアフリカ大陸、紅海と地中海を結ぶ全長一七一キロの海道で、船は船団を組んで進み、途中には三つの湖があり、この湖で反対から来る船団と入れ代わる。

一八六九年完成は明治維新の頃だ。建設に駆り出されたエジプト農民は多いときには三万人、その労働状況は劣悪で、工事中に死亡した労働者は一二万人にものぼる。

運河の所有問題も大きい。一九五六年、ナセル大統領が「国有化」を宣言。これに対し英仏、イスラエルが派兵し、第二次中東戦争が勃発する。結果的にエジプトは運河の国有化に成功した。

景色は左右全く違い、シナイ半島の方は「砂漠」で茶色の土のみ。アフリカ大陸側は「リゾートビーチ」として開発が進んでいるそうだが、緑で建物も多く、鉄道線路があり走る列車も見えた。

二〇〇一年、日本政府のＯＤＡ（途上国援助）を受けて建設された「スエズ運河橋」という運河を横断した巨大な吊り橋がある。運河には四回橋は架けられたが、いずれも破壊され、三四年ぶりの橋ということである。その橋の中央に日本の日の丸とエジプト国旗が見られた。

パナマ運河の方は、「閘門式(こうもん)」であり、全長約八二キロ、高低差二六メートル、三つの閘門と二つの人造湖で結ぶ。閘門とは高低差のある水面で船舶を昇降させる装置のことで、二つの水門とその間の水槽(チェンバー)からなる。水槽の水面を高めて人造湖まで船をあげ、低くして船を大西洋や太平洋まで下ろす。このために多くの水を要するが、雨を溜めた人造湖の水を使う。

かつてはスペインの植民地だったパナマ。パナマ運河は、工事開始が一八八〇年、難工事が続き、曲折を経て、一九〇四年、アメリカが工事を引き継ぎ巨費を投じて一九一四年開通した。一九九九年にパナマに返還されたが、まだまだ問題は多いようだ。海運交通の要衝であり、経済的、軍事的、政治的に重要なため、他の産業の育っていない経済的・政治的に弱いパナマがどうなっていくのか注目したい。

通航料が高いということで我々の間で話題になった。通過に利用する機関車(船舶を安定させ、引く)数によって通航料が算定される。パナマ運河を通過する船の中には、荷物を下ろして貨車でわざわざ運ぶこともある、その方が安くつくという。我々のトパーズ号もパナマ船籍にしているのは費用が理由のようだ。

ノルウェーのフィヨルド、アラスカのフィヨルド、氷河は初めてみる光景で貴重だった。

ノルウェーは五月の下旬だったが、山には雪が残り一〇〇〇メートル近い高原の湖は表面が氷だった。ノルウェーの政治で重要なのは、いかに道路をちゃんと造るか、だそうだ。バスや登山列車(世界で一番勾配がきつい)を利用したが、トンネルの多さには驚いた。フィヨルドが深く内陸部に入り込んでいる地形を考えれば当然のことだ。

私はトレッキングのコースを選択し、三時間かけ一〇キロ以上歩いたが、何百年も前の氷が溶けだした渓流は綺麗で、釣りのシーズンには多くの人が入ると聞いた。その流れの音を聞き、一〇〇メートルくらいはあるだろう高い滝や草を食む羊を見、村人と交流し、楽しい歩きは軽かった。

ノルウェーとアラスカのフィヨルドでは、船がゆっくりとそれぞれ一日と三日かけて内陸部まで入り遊覧する。その両岸の切り立った景色はどんどん変わり見飽きない。アラスカでは何カ所もフィヨルドに入ったが、鯨がたくさん見られた。奥に入ると氷河の崩れた氷塊がたくさん浮いている。目の前の大きな氷河が壁のように突っ立っているその光景に、デッキからは喚声が上がる。

(6) 若者のエネルギー、船上での催し

乗客九五〇名の年齢の内訳は、二〇代・三〇代が一番多く、その次が六〇代・七〇代だ。九一歳と九二歳の男性がいて九〇代二名。八〇代二九名、一〇代が四三名。子供を連れている人も数名いる。退職して夫婦で来ている人も結構多い。若者が多いので、船の中は活動が活発で華やいでいるので、我々シニアもその人たちに影響を受けてか、活動する人が多い。歳を取っても積極的な人が乗ってきているといえるのかもしれない。実にさまざまだ。食事の時間に同じテーブルに座りお互い紹介し合うことが最後まで続いた。同年輩より若い人と話すのが面白かった。

体を動かす企画が多くあった。朝のラジオ体操から始まり太極拳、ストレッチ体操、ヨーガ、卓球、縄跳び、など。屋上にはプールがあり、ジャグジーがある。スポーツジムもある。長椅子で甲羅干しをしたり、デッキでジョギングをしたり歩いたり、さまざまだ。狭いがスポーツデッキでは、若者がサッカーやバスケットボール大会もやる。

社交ダンスは当然のこととして、その他の歌や踊りも多かった。和太鼓（小倉祇園太鼓）はピースボートの事務

局長の井上直さんがリーダーで、伝統的なものになっていて寄港地の交流などで披露することが多かった。そのための練習がデッキで何時も行なわれている。沖縄の蛇味線とエイサー、よさこいソーラン、盆踊り。なつメロ、童謡と叙情歌、詩吟、カラオケ、ベサメムーチョを歌いましょう！　などなど。ピアノ、オカリナ、ギター、ウクレレ。折り紙、マジック、数え上げたら切りがない。

「洋上大運動会」は全員参加で、誕生日で四つのグループに分け、一日屋上で競い、優勝チームには一時間飲み放題が待っている。相当前から、趣向を凝らした応援や衣装、作戦が考えられる。文化的な発表もこのチームで行ない投票で順位をつける。

音楽発表会、踊りの発表会（ダンス甲子園など）、和芸の祭典、ファッションショウ、など、本当に何でもありだ。

私は、六時二〇分からの朝のラジオ体操に出ていた。ある時、そのリーダーから風邪を引いて長引いているので代わってやってくれないかと頼まれ、責任があるので遅れられないな、と思いながら、しり込みもできず横浜に帰る最後まで三人のうちの一人として前でリーダーを務めた。寝過ごして出れなかったことが数回あった。

音楽発表会では、アイヌ民族の楽器ムックリを奏で、珍しがられ、音がユニークだと言われた。

ピースボート船上の基本はなんといっても「水先案内人」の講義だ。社会問題、政治問題、世界的な問題を専門家が語る。日本にいては機会もなく、聞けない話ばかりだ。

そしてまた、ＩＳ（インターナショナル・スチューデント）として四人の韓国大学の生徒やイスラエル、パレスチナの学生が乗ってくる。

私が船の上で学んだことはたくさんあるが、イスラエル・パレスチナ問題と、核・被爆問題が大きい。

イスラエル・パレスチナ問題では、イスラエルの女子学生とパレスチナの男子学生が参加し、率直に現状と問題点を数度に渡り討議した。「パレスチナの平和とは、人々の土地・権利が回復されること」という。また自分が難民で、ヨルダンの元パレスチナ関連庁長官が水先案内人として乗ってきた。難民キャンプでアメリカのNGOに参加している日本の女性も乗ってきた。彼らの話を聴き、難民が抱えている深刻な問題から目を逸らしてはならないことを知らされた。「パレスチナとイスラエルの平和のために」という地球大学の報告会は自分で問題を整理するのに助かった。

核・被爆問題は、自分では関心を持ってきたつもりであったが、それは日本に投下された「広島・長崎の放射能問題」のみで、他のことは全然知らないことが分かった。

まず、岩波新書で『核拡散』を出している川崎哲氏の連続講座。本格的な核問題の入門講座だ。その他、映像作家、鎌仲ひとみさんの映画『ヒバクシャ――世界の終わりに』と『六ヶ所村ラプソディー』を観て、講座を聞き、彼女の書いた本を読んだ。石弘之さん（新聞記者、カナダ・ザンビア大使、東大・北大教授、など）の写真で解説する「チエルノブイリ原発事故――二〇年前の今日、何が起きたか」。カナダ在住の広島被爆者セツコ・サーローさんの原爆投下の時の詳しい話。湾岸戦争やイラク戦争で、アメリカが原子力発電所からの使用済み核燃料からできる「劣化ウラン弾」を使用した。その結果、白血病、悪性腫瘍、がん、などの発生率が異常に増加している。アメリカのワシントン州のハンフォード原子力施設用地での大変な被曝。核実験を行なったアメリカの砂漠、ビキニ環礁、タヒチ島、などでの被曝。

それよりも何よりも、この北海道は日本の中でも放射能の数値が高いという。これは多分、チェルノブイリ原発事故で放射能が流れて北から来ているのかも知れない、という。六〇年経って、広島・長崎の被爆者も、三代目に影響が出ている。イギリスの原発再処理工場が放出している放射能も多い。これらの被害の調査・研究者が非常に少なく、また、目に見えないので隠せるということもあり、なかなか被害の実態が明らかにならず、知らないことが多すぎる。被曝は徐々に地球を覆っているということができるかもしれない。

広島・長崎は非常に大きな問題で無視はできないが、「日本は唯一の被爆国」とはいえない、「最初の被爆国」とはいえても。

原子爆弾で爆撃を受ける場合に「被爆」という字を使う。放射能にさらされる場合は「被曝」を使う。「被爆」ではなくて「被曝」を受けている実態を我々は知らないのだ。

(7) 地球大学、「世界平和フォーラム」

地球大学の「非核・非戦のアクションプラン」は、後半の六月七日〜七月三日のほぼ一カ月間毎日、参加している二五名が講義を聞き、討議を重ねるなど、バンクーバーに向けて、具体的な「アクションプラン」作成に力を注いだ。若者が多くこれまたなかなか興味があった。

アメリカの平和軍縮教育専門家のキャサリン・サリバンがチェルノブイリ原発事故から作られた「エルムダンス」を提案し、ミーティングの最初に、その祈りの音楽に合わせて手を繋ぎ輪になってゆっくりと踊る。このことによって、自分に引きつけて核問題を考える前提を作る。キャサリンは討議の方式にしても、考え方にしても多くの新鮮で、ハッとするような提案をする。

韓国からのＩＳの四名も参加し、討議ができたことはアジアの視点でものを考える土台になった。韓国には、「広島・長崎の原爆は、韓国を植民地から解放するきっかけとなった」として原爆罪悪論にくみしない考えがある。このことをどう考えたらいいのか、を議論した。

バンクーバーでの「世界平和フォーラム」は、「戦争を終わらせ、平和、公正かつ持続可能な世界をつくるために市とコミュニティが協力しよう」との標語の下、バンクーバー市と地元市民団体の協力により開催されたもので、全世界から五〇〇〇人が集まった。この集会に、我々みんなで考えたいろいろなアピールができた。『核をなくすための30＋1の方法』という一一頁の冊子も作った。

核について勉強した若者が日本に帰り、新しい行動を行ない「核のない世界」を作ることに貢献するであろう。

まとめとして

他の多くの「水先案内人」には触れることができなかったが、アイヌ民族問題で計良光範さんの連続講座、アメリカ先住民族のデニス／タシナ・バンクス父娘、インド人のアチン・バナイクさん、元共同通信記者伊高浩昭さん、茨城大学名誉教授の荒井信一さん、などが印象に残る。

今まで堅い話ばかりになったが、世界大会で二度も優勝しているエンターテイナー（テクニカルパフォーマンス）の金昌幸（キム・チャンヘン）、ベリーダンスのワークショップをやり見事な発表会をやったLuna（ルナ）、楽器カリンバのワークショップをやったコォタオ、マジシャンの小林恵子、伊藤広樹の二人、メキシコのプロレスラーのウルティモ・ドラゴンと他二人、も「水先案内人」として楽しませてくれた。

寄港地では、リビアのカダフィ大佐やスペインのバスク、ベトナムの「フエ子供の家」にも触れたかった。世界のフェアトレードの問題も大きいと思う。

船の上では、ベトナム枯れ葉剤の被害者支援募金、スリランカ津波被害者支援の募金などの募金活動や、パレスチナ難民キャンプへ物資を届ける、ジャマイカの「ボーイズ・アンド・ガールズ・クラブ」に絵本と寄付金を送る、などの種々の活動があった。

乗客の中には、被爆者がおり、大阪で永住している韓国人、関西電力で原発に携わっていた人、大学教授など、いろいろな議論にたくさんの人が参加し、討議を深めてくれた。

私に関していえば、英語のスピーチコンテストでは「日本の多文化について」という題で言いたいことを話せたし、ゲットの教室でもいろいろな教材で問題を考え英語で議論もできた。我々は北海道で、アイヌ民話を英語教室と英語圏に紹介する「プロジェクト・ウエペケレ」という組織を作っていて、この三月に『アイヌときつね』(萱野茂作、CD付で二〇〇〇円)を英語の絵本で出版した。その本を三〇冊直接出版社から船に積み込んであったが、二〇冊くらい残っていた。旅の最後になって、私がサンドイッチマンになり、売り上げは原水爆禁止の広島までの平和行進のカンパにすると宣伝した。数名の協力で、またたくまに本は売り切れて、三万六〇〇〇円のカンパができ、喜んでもらえ、ほっとした。

最初考えていた「毎日、プールで泳いで日光浴をして、毎日、ソーシャルダンスをしたい」という希望は、少し忙し過ぎてできなかったが、毎日ダンスはあったので、五日に一回くらいは踊ることができた。

いずれにしても、世界一周を存分に楽しむことができたし、非常に有意義だった。大いに生きるエネルギーと若さをもらった旅ではあった。

2　地球一周ピースポートの船旅〈2〉

はじめに

昨年（二〇〇六年）四月から七月にかけて一〇二日の上記船旅を経験し、その旅行記を『文芸うらかわ』に掲載させてもらった。大変楽しい有意義な大きな経験ではあったが、世界一周の船旅がどのようなものであるかということを、なるべく分かりやすくコンパクトに紹介するつもりだった。それで、全体に渡って書いたが、細かいことは書けなかった。相当省略したが一万六〇〇〇字近くになり、写真も入ったので、文芸紙の一四頁を取ってしまった。

それを読んだ人たちに「たいへん面白かった。省略しているようなので、また書いてほしい」と言われてその気になっていたが、その間、旅行中素通りしたことを確かめるために本を読んだり、整理をしているうちに一年近く経ってしまった。忘れないうちに書いておこう、と思いワープロに向かう。

以前に書いたことはダブっては書かないので、第一回分を読んでから、この文章を読んでほしいと思う。

(1) 船の中の生活

私は、外国の食事でも何でも「郷に入っては郷に従え」で、以前に外国の経験も三回に渡り結構長くあり、それで不自由はしなかった。船の中の食事はたいへん美味しく満足のいくものだった。朝食はバイキング方式。日本人の九五〇人の乗客と外国人のクルー約五〇〇人とゲット（Global English Training、英会話教室）の講師などで、多くが日本人なので米食にみそ汁、納豆もある。野菜が抱負で、ミルクもコーヒーもふんだんに飲める。私は朝、ラジオ体操前か後、船の回りをジョギングし、七時前に、もう一つの食堂「ヨットクラブ」で、牛乳とヨーグルトを取りダイニングルーム（メインレストラン）へ向かう。（「ヨットクラブ」では、モーニングコーヒーを六時半から飲めて、朝、昼、晩の食事も取れる。ダイニングルームのコースメニューが口に合わない場合や時間が合わない場合に取ることができ、夜八時半から次の日の二時半までは、居酒屋「波へい」になるので便利であった。）

ダイニングルームの昼食と夕食は、朝、食事の内容が英語と日本語で掲示されるので、関心のある人はノートに書いている。料理の勉強には役に立つな、と思った。昼食と夕食のメインは大抵二種類からの選択ができた。

アルコール類の飲めるところは、「波へい」を含めて四カ所ある。それぞれ、ミラーボールがあり踊れるところ、打ち合わせなどで使える雰囲気でソファーがありピアノの生演奏が時々聞こえるところ、船上で月や星の見えるところ、と特色があり、「波へい」の他は一五％のサービス料がかかる。

時々、フォーマルディナー（正式な服装で食事につく）があり、寄港地で求めた民族衣装を着たり思いっきりお洒落をして楽しい。船旅中、たぶん五回のフォーマルディナーがあった。若い女の子と写真を撮ってもらったり、気持ちがフォーマルになってダンスをしたり、の変化が面白かった。

世界一周をするということは、左回りなので一時間ずつ時計を遅らせ、二四回目には一日損をするということになる。毎日発行される『和新聞（なごみ）』（九三号発行された。毎日の講座などのスケジュールと同時に話題がたくさん載るので毎朝が楽しみで、必携だ）に、「時差発生」のお知らせが載り、夜中に一時間時計を遅らせる。一時間ずつ時間が増えるので、何か得をしたような気持ちになって船の上の生活を送っていたことを思い出す。

誕生日を迎えると、その夕食時にバースデーケーキが無料で提供され、友人たちが「ハッピーバースデイ・トゥーユー」を歌う。その歌声がダイニングルームでしょっちゅう聞こえてくる。面白いことが起こった。最後の太平洋上の日付変更線上あたりの七月一〇日がなくなったのだ。誰か誕生日に当たっているのではないか、と話していたら、同室のN氏がちょうど誕生日だという。彼の誕生日が消えてしまったのだ。

大洋を航海中は陸地が何日も全く見えない。船が作り出す波を見、揺れと風を感じ、朝夕の太陽が波間を赤く染め、昇り、沈む、など自然を常に間近に感じながら深呼吸をする。鳥はあまり見えない。鳥は陸地の三〇キロ以内でないと飛んでいないということを知った。

虹が綺麗なことが二、三回あった。これらは大きく、その綺麗さは陸地での比ではない。ニューヨークのマンハッタン島が近づいた時、何の鳥かは分からなかったが、渡り鳥が綺麗に並んで飛んでいた。これらの光景にはデッキの上から歓声が上がる。


船の位置や速さを知るためには、船の六階のレセプション横の壁に毎朝掲示される船の位置を示す「航路図」と、何ノットで走っているか、海の深さ、外気温、海水温、風力、気圧、次の寄港地、前の寄港地からの距離、など細かな数字を見る。私は、毎朝それを見に行きノートに記録した。

船旅は天候に左右される。我々の第五三回クルーズは天候に恵まれたが、台風などで航路を変更しなければならないことや、時間が遅れることなど、予想がつかないことが起こることが結構あるという。船酔いも問題の一つだ。トパーズ号に乗った日の夜の神戸に着くまでの間、相当大きく揺れたが、私は何ともないと思い「出港記念トークイベント」に出ていた。相当に揺れて参加者が少なかった。みんな出てこれなくて部屋にいるのだろう。そのうちに胸がむかむかしてきたので会場を後にした。船の廊下には手すりがあり、船が大きく揺れる時には紙袋がかけてある。この時、「あー、袋がある」と気がつくと同時にグッと胸が上がってきた。慌てて紙袋を取った。

私はこの一回で後は何ともなかったが、相当にローリングした時が三回くらいはあった。船酔いしやすい人は大変のようだった。「船内生活のご案内」というパンフレットには「当初は船酔いされる方も、航海を続けていくうちに少しずつ慣れてきます」と書いてあった。私は慣れたのだと思う。しかし、今度は一〇二日の船旅が終わった時、四日くらい後まではまだ船に乗っているような揺れを感じた。

健康状態も大切な一つだ。船には「診療室」があり、医者と看護師が乗っている。私は一〇二日の船旅中、三回も風邪を引き喉が痛く咳が出て大変だった。咳が止まらず二回この診療室を訪ね薬をもらった。どうもキャビン（船室）の空気のせいでおかしいのだ。たくさんの人が風邪を引いて咳をしていた。このようなことが多いのだろう。最初キャビンに入ると「イソジンガーグル」という「うがい薬」が一人一瓶ずつ置かれていた。たくさんの共同生活のせいかも知れないが、かなり神経質にうがい薬を使った。

N氏の話だと、船には棺桶が三個積まれているという。中部アメリカのエルサルバドルでの一泊のホテルで八〇代の男性が突然亡くなった。ちょっと具合が悪いようだったが、朝ベッドで死んでいたというのだ。それと、アラスカのスワード港を出て次の日、私の隣の部屋の女性が急病で、アリューシャン列島の一番北の島に船が引き返し、船が大きく港には入れず小型船へ毛布でくるんで彼女を下ろすということがあった。いろいろな噂が立つもので、直後、彼女が死体になっていたのだ。実は、四、五日後、回復したという船内放送で、胸をなで下ろした。

一〇〇日以上の一五〇〇人近い人の乗った船旅。食料はどうなっているのだろうか。寄港地ではたくさんの荷物が積まれる。それらは二階とか、三階とかの船底に積まれているのだろう。以前、この船が外国の観光船であった頃には、三階かにプールがあったという。そのプールなどが荷物積み場になっているようだ。毎日、きちんと一〇〇〇人分以上の新鮮な野菜など豊富に出てくるのには、感嘆と「ありがたい」という気持ちを抱いていた。

毎日、シャワーが使える。水の節約はかなりうるさく言われているが、N氏によると、海水から水を作る機械が積み込まれているということだ。汚水処理も徹底しているようだ。

キャビンには、テレビの三チャネルがあり、二つは映画を上映しており、一つはトパーズTV局で、一週間に一回くらい新しい自主番組を作り流す。若い人たちの感覚で船内のトピックを趣向を凝らして組んでいるので、身近で面白い。

船の中では、日本のニュースは分からない。七階のピースボートセンターの壁に要約した日本のニュースが一週間に一回くらい新しくなって張り出されるのと、寄港地で積んだ『朝日新聞』と『日本経済新聞』が図書コーナーに置かれるのが、ニュースソースだ。新しく積み込まれた新聞を夢中になって読む人たちが増える。

私はアイヌ民族の萱野茂さんの死亡を一〇日くらい遅れて着いた新聞を見て、驚きの声を上げた。実は三月三一日、この船に乗る直前に、出版した本の報告とお礼に彼を訪ねてきたばかりだったのだ。弱っていた萱野さんの所に是非にと、何とか四人でようやく訪ねたのだ。「ああ、間に合ってよかった」と本当に思った。

乗船中は、ちょうどサッカーのワールドカップがドイツで開かれた時なので、その組み合わせ表と成績が模造紙で大きく張り出された。そしてサッカーファンの話題になったものだ。

（2）大失敗談

一九カ所の寄港地のうち、ヨルダンは「首都アンマン市内とペトラ遺跡」のオプショナルツアーを私は取った。首都のアンマン市内のホテル一泊である。

アカバ港に早朝入り、バスでペトラ遺跡へと向かう。ペトラ遺跡ではバスごとのグループで昼食を除き約五時間の徒歩観光で気温は三〇度を越えた。「ペトラ遺跡」とは、ヨルダンで一番の観光スポットとなっている、古代アラブ人（ナバティア民族）が築いた二〇〇〇年以上前の遺跡。深くて狭い砂漠の山峡を「シーク」という通路がただ一カ所しかない巨大な裂け道を行く。そこには灌漑路が通っており、宝物殿、霊廟、浴場、葬祭殿、寺院、劇場などの建造物が幾百もあり、四万人も住んでいたということだ。しかし、それらの遺跡は一九世紀初頭まで見つからなかったという。

そのシークをグループで歩いている時、五メートルほどの高さの岩の丸いマウンドがあった。それは住居か何かの屋根であった。その上で外国人が数名写真を撮って歓声を上げていた。「よし！　あそこに上がろう」と思い、仲間に写真を撮ってほしいと頼み、カメラを預け、駆け上がった。足には自信があるのでトントンと駆け上がり、両手を上げて写真を撮ってもらった。降りる時、グループから遅れないようにと思い、急いだのが悪かった。運動靴を履いていて足は軽かったが、岩で躓（つまず）いてしまった。真っ逆様に三、四メートルの高さから落ちた。一瞬、立ち上がって足から降りれないと危機を感じ、逆に柔道の受け身の姿勢で石畳の上に落ちた。後で考えるのだが、幸運にも全身で体重を支えたので、頭の擦り傷、左手の突き指、左足の膝の打撲と出血、右肩の打撲と出血、だった。どこか一カ所だったらひどい怪我で骨折でもしていたであろう。だが衝撃が激しく、ズボンの膝はすっかり破れてしまっていた。

たくさんの人が狭い道路を歩いている中での出来事。私の持っている絆創膏では小さくて足りず、何人もの人の大きな絆創膏をもらって使った。膝と肩が特に痛かった。でも迷惑はかけられない。急いでグループに追いついた。以後四時間ぐらいの歩きと行動だが、少しヒリヒリと痛むくらいで、数百メートル岩山を登っていく王女の墓や円形劇場の所へ行き、写真を撮って歩き、四キロか(?)を歩いて帰ってきた。

次の日も同様に行動はしたが、期待していた塩分の多い死海での泳ぎはあきらめなければならず残念だった。

もう一つの失敗談を話そう。このペトラ遺跡へ行った次の日の首都のアンマン。ホテルにステンレスの水飲み(ポット)を忘れてきたのだ。朝、持ち物をきちんと片付けたのだが、後で気づくと、部屋のテーブルの上に置いてきてしまった。旅行中はたくさんの新しいことに遭遇し興奮していたり、暑かったり疲れていたりして、平常心ではないのだと、反省している。

(3) 楽器のこと

前回、アイヌ民族の楽器「ムックリ」(口琴)については述べた。私は民族の特殊な楽器に興味がある、といえるのかもしれない。

ゲットの先生たちが中心になり、デッキで太い竹を切り、削ってオーストラリアの先住民族の楽器、ディジエリドゥー (didjeridoo) を作っているのを見た。また、何かの催し物の機会にスタッフの安原さんがその楽器を上手に吹いているのを聞いた。この「ディジェリドゥー」というのは、オーストラリアの先住民が中空になったユーカリの丸太をそのまま管楽器として使う、というもので、札幌のアイヌの石井ポンペさんが工夫して作っている民族楽器の中にもこれがあった。

私は、ゲットで習っている英語教師のクリスの部屋にこれがあるのを見つけて、練習するために借りてきて部屋で練習をした。なかなかよい音が出ず、もっと練習が必要な段階だ。ジャマイカなど中南米の国々を訪ねた時に、お土産店には面白い楽器がいろいろあった。まず、みんなが知っているヤシの実に砂（？）の入っているマラカス。名前は分からないが、太い竹の一方のみに太鼓のように動物の革を張り、叩くと同時に、その竹の表面にぎざぎざの傷をつけ、それをこすって音を出すもの。同じく太い竹の両端の二つの節をそのまま残し、中を空洞にし、その竹の表面を漢字の「工」の字形に切れ目を入れて、その切れ目を叩くと、非常によく響く音の出るもの。土笛のような笛で木でできているもの、など。それらを音を出して吟味し、買ってきた。

（4）英会話教室「ゲット」(Global English Training) を受けて

この船に乗る時に、一二万円も払って七〇時間のこのプログラムを取るかどうか迷った。外国で交流する場合、ホームステイできることが大変有意義で貴重になる、と経験上思い、ホームステイを紹介してくれるゲットを取ったのと、これを機会に英語のトレーニングを積むよいチャンスにもなると思った。それは正解であった。

かなり忙しい目にはあったが、第一に、船は常に英語を使う環境であったことがよかった。約五〇〇人のクルーは外国人で一六人の英語やスペイン語の教師がおり、外国人の水先案内人が乗ってきてその講演を英語で聞き、その通訳を日本語で聞くが、ＣＣ（コミュニケイション・コーディネーター、通訳）がどのように訳すかな、とか考える。ＣＣは全員ボランティアで一二名いる。寄港地は英語の通じるところが多く、その説明なども固有名詞の英語が飛び交う。

ゲットの教室は生徒が六、七名で一〇教室、一日三展開。非常に多くの希望者がいるという。私の教室は六名。教師はイングランド出身のクリス。時間は二単位一時間二五分で三五日間。文法、単語の説明などで黒板を使う以外はほとんどが討議。教材は資料で出てきたり、パソコンを使う。各国や民族の文化の違い、人権問題、国際化（globalization）、グローバル・マーケット、世界の移住問題、国旗問題、鯨の問題、メディア（マスコミ機関）、会話の内容の五段階など、普段日本語で考えても難しい、ほとんど考えていなかったことを英語で話す。魅力がいっぱいの難しい教材だった。私にとっては大変新鮮な機会とはなった。まず、やはりクリスの話す英語を聞き取るヒアリングが難しかった。

特に印象に残っているのは、鯨の問題で、捕鯨をすることのプラス面、マイナス面の二つに分かれ議論をしたことだ。どんな人権が考えられるか宿題を出されたこと。一九カ所の寄港地の国旗をクイズで当て、どうしてそのような国旗になったか、を考えた。「では日本の国旗をどう思うか、その国旗の自分の案を提案せよ」と言われて考えた。初めてのことだ。次の日、三人がいみじくも太陽が半分の国旗を提起し、その点で一致したのには驚いた。ゲットの生徒が全員大きな部屋に集まって、グループのゲーム式で、お金を紙で作りグローバル・マーケットを行なったこと。そして、ゲットの最後の授業のために「地球大学」の「非核・非戦のアクションプラン」（特別に参加した二五名のメンバーによる約一カ月間の学習と討議によってアクションプランを作り、バンクーバーの集会に提起した、というもの）の経験をスピーチ原稿にまとめたこと、などである。

ゲットの生徒用の“Please speak to me in ENGLISH”（私に英語で話してください）というバッジを買い、胸に付けた。自分では付けていることを忘れていたが、ギリシャのアテネの地下鉄で前に座ったギリシャの女の人に英語で話しかけられた。思いもよらず効用を発揮した。

英語のスピーチコンテストにも出場した。どうしても言いたいと思っていたアイヌ民族のことを「日本の多文化について——アイヌ民族の権利を回復しよう」の題名で二分三〇秒のスピーチをした。五分以上の原稿を作り、削るのに苦労をし、暗唱の不得意なため覚えるのにまた苦労をしたが、なんとか聞いてもらえるスピーチになったと思っている。

英語だけの日、日本語だけの日、など決められて、首からかけるカードを渡され、成功、失敗の顔を記入してもらう。その顔の数でどれだけ努力をしたかが分かる、というのもあった。

(5) ホームステイ

私は三カ所のホストファミリーを紹介してもらい、ホームステイを経験することができた。スリランカのコロンボ、ロンドン、アイルランドのダブリンである。

スリランカはK氏と二人。ホストファミリーは、現地の女性NGOでシンハラ語で「ランカ・マヒラ・サミティ」（スリランカ女性協会）の会長宅であった。この組織は、女性の力を高めるために、家族健康管理、農業、伝統民芸品作成や販売、リーダーシップ技術などに関する教育を行なっている。今回の津波で被害に遭った多くの人々を援助する活動も行なっている。ホームステイをする我々全員とホストファミリー全員が集まる交流集会で、その組織の説明がスライドによって行なわれたが、ちょっと紹介をして、お茶を濁すのかと思ったら、五〇枚くらいのスライドと三〇分近くの説明で、その情熱が伝わってきた。

ホームステイでは、最初にこちらの希望をはっきりと伝えることが大切で、それが一泊という短い時間の節約にもなると考えて、まず「コロンボ・ナショナル・ミュージアム」（コロンボ国立博物館）へ行きたいという希望を出した。旦那が会社から帰ってきて車で送ってくれ、時間を決めて、また迎えにきてもらった。この博物館は、建物は英国の植民地時代に英国が建てた白く堂々たるもので前庭も芝生で大変立派に見える。しかし、内容はまだまだきちんと整理されておらず、青いシートで囲ってあるところがある。受付でパンフレットを要求しても、入場料を取りながらパンフレットがない。だが、内容物は大変貴重なもの、興味のあるものがたくさんあった。

この主人の職業は自動車の部品作成工場の経営で、次の日に工場を訪ねたが、多くの人が作業しており、息子も後を継いで働いている。主人は日本へ来たこともある。なかなか羽振りがよく、車が何台かあり、家事の手伝いに二人使っている。そして、訪ねた時、同じ敷地内に新しい住居を建造中であった。いろんなところで、社会の貧富の差を感じた。四人の小学生くらいの孫たちが来ており、お土産として持っていった竹トンボや風船を奪い合いながら嬉々として遊んだ。どこの子供も同じなので飛ばし方など教え、相手をして楽しかった。

奥さんの弟(?)とかが来ていて、案内してくれて寺院に行ったり、象を見に行った。寺院に入るのに二ドル、常にチップとして一ドルをいろんなところで要求されたのには、最初は素直に出していたが、抵抗を感じ、払わなくてもよいと思った最後は出さなかった。チップといえば、次の日、帰りに集会所に集まるために車に乗っていた時に、コブラを見せている男がおり、車を止めた。二匹のコブラを籠から出している。写真を撮り、一〇ドル要求されたが、「それは高い」と言うと、「生活がかかっている」というようなことを言う。K氏と一ドルずつ払った。後で奥さんは車の中で「それくらいが適当だ」と言った。

食事の話題も多いが、一つだけ。食事は手をそのまま使い、箸を使わない。「郷に入っては郷に従え」ではあるが、パンのような堅いものはよいが、なかなか慣れないものだ。次の日の朝、ジョギングに息子が海岸に連れていってくれるというので、頼んだ。六時半にK氏と起きたが彼が起きてこない。朝早く、そんな迷惑もかけたが、ついでに、街を案内してもらい、街の様子や雰囲気が掴めた。一つ分かったことは、海岸の広い芝生の広場はゴミでひどかったが、数人の人でそれらを拾い、瞬く間に綺麗にしているのを見たことだ。どこの街もゴミ洗っていた。

がひどく綺麗にするのは大変だ。その広場で、家のない家族か、女、子供がポットか何かに溜めてある水で顔を洗っていた。

ロンドンではコベント・ガーデンで五時半にホストファミリーたちと待ち合わせた。それまでの時間、市内見学をした。二〇年以上前にロンドンは結構歩いているので、連れていってほしいという三人（一緒にホームステイをするN氏と女性二人）を連れて歩いた。「フィッシュ・アンド・チップス」（ポテトチップと白身の魚の揚げたてを新聞紙でくるみ街頭で売っていて、立ち食いするロンドンの名物）を食べようと言って探したが、街角には全く見当たらない。レストランの看板には書かれていることがある。二〇年以上経って全く変わってしまっていることに気がついた。なぜかなと考えた時に、コンビニエンス・ストアが日本と同じようにあちこちにあることに気がついた。「あー、このせいで、フィッシュ・アンド・チップスが街頭から姿を消したんだ」。何となく寂しい気がした。

地下鉄と歩きで、大英博物館とナショナル・ギャラリー（国立美術館）を見た。どちらも以前に見ているが何度でも行きたいところだ。募金を訴えてはいるが入場は無料だ。

ホストファミリーはファンショー家で奥さんと娘さんが来ていて、我々はN氏と私だ。四人になって、帰るには交通機関は何がいいかと訊かれ、バスがいいと言った。ダブルデッカーバスの二階からじっくりと街が見えるからだ。相当南に走った。

娘さんの旦那はペルー人。娘さんは、船に乗っているジャッキーとロンドンで大学時代の友達だという。実は、ジャッキーは北海道の旭川で七年間英語の教師をしていたというので船の中で話をし、親しみを感じていたのだった。

夕食後、アルコールをサービスしてもらい、ペルーのフジモリ大統領のことなど話に花を咲かせた。英語の訓練でもある。N氏はだいぶ陽気になっていた。時計を見ると一一時半だ。二人が居たとはいえ、このような時に時間を忘れるほどのことは初めてだった。

次の日の朝、近くの公園をジョギングした。ロンドンの公園の大きさはやはり桁違いだ。二〇年以上前に公園を目安に随分歩いたことを思い出す。

帰りは、相当遠いテムズ河の下流のティルブリーの船まで送ってもらうことにして、二台の車に分乗した。船の中を案内して別れを惜しんだ。

アイルランドのダブリンではホームステイの主人のアレックスが車で船まで来てくれた。待ち合わせは五時半になっていたので、昼近くからその時間まで、ダブリン市内に出かけた。街までかなりの距離(四キロほど)を同室のN氏と写真を撮ったり、川のボートを眺めたり、川から運河への橋が機械で上がる操作を見たりして歩いた。狙いは中心街のトリニティ・カレッジ(大学)、国立考古学・歴史博物館、国立美術館、国立自然史博物館などであった。トリニティ・カレッジでは是非にと思い、キリスト教とケルト文明の混合が九世紀初めに生んだ「ケルズの書」(福音書写本の一つ)を収めている大図書館に並んで待って入った。

ホームステイの家は、ダブリンの空港の近くだった。今回、私は一人なのでよかった。私はアイルランドに一番来たかった、と話した。以前の二軒のホームステイと同じだが、『アイヌとキツネ』という出来立ての英語版で、私が編集に関わった本を贈呈して日本のアイヌ民族のことを話した。彼らの女の友達が来ていたり、バーニ(奥さん)のお父さんやその友達が来たりで、歓待であった。バーニはフランス語、ゲール語の高校の教師であり、岡山県で英語の教師をしたこともある日本通である。夜は、私の希望でパブに連れていってもらった。生のアイルランド音楽とダンスで楽しい雰囲気で大変混んでいた。ビールを飲み、バーニにダンスをしようと誘ったが「私は踊らないの」ということなので近くにいた女性を誘って踊った。アレックスが写真を撮ってくれた。その女性の夫婦とバーニの夫婦はお互い知り合いであったと後で分かった。私は四人をカメラに収めた。「五曲踊ったね」とバーニに言われ、そんなに踊ったかなと思った。

次の日の朝、ジョギングに出かけた。玄関のドアが自動ドアだから鍵を持って出ないと駄目だからね、と言われていたのに、忘れてしまい、帰ってドアのベルを鳴らし迷惑をかけた。この日の午前は、四〇キロも車で走り、世界遺産になっている新石器時代（約五〇〇〇年前）からのニューグレンジの遺跡へ行った。まだ明らかになってはいないが、墓と同時に、太陽の光線が冬至に内部の通路に差し込むように設計されており、当時の太陽信仰が伺える。ニューグレンジは北へ向かうので「北アイルランド」が気になって尋ねた。「北アイルランドまで、どのくらいの時間で行けるの？」。二時間以内では行けるだろうが、あまり関心がないようだった。関心はないとは思わないが、この時の反応を私はそう感じたということか。午後はダブリンの郊外を海岸まで車で走り、東の海を見てイギリスとの歴史を思った。

船まで送ってもらい、船の中を案内し、一緒にビールを飲み夕食を共にし、別れを惜しんだ。

後日談

アイルランドとは、以後手紙や写真の交換をし、二度電話をかけ、今年（二〇〇七年）の夏休みの六月二八日、初めて北海道にダブリンから夫婦がやってきた。

三泊四日取った旅程は、案内するには短すぎた。藻岩山は天気が悪く札幌市内を一望することができず残念だったが、大倉山シャンツェでは夏のジャンプ練習を見ることができた。サッポロビール園でジンギスカンとビールの食べ放題飲み放題をし、舌鼓を打ち大いに雰囲気を楽しんだ。

ダブリンの夫婦が3泊4日でやって来た。大倉山シャンツェをバックにして。[2007年6月30日]

二日目は、モエレ沼公園のガラスのピラミッドその他を楽しみ、プレイマウンテンに登り、ゆっくり美味しい空気を吸い、開拓記念館で北海道の歴史に触れ、夜の大通と時計台へ行った。

三日目は登別温泉から洞爺湖へと行った。アイルランドは火山がないので珍しかったであろう。日和山の頂から音を立てて吹き上がる白煙や地獄谷のブクブクと熱湯が噴き出す間欠泉を見た。今年、ドイツのハイリゲンダムでG8が開かれたことも話題になり、来年、洞爺湖のG8・サミットが開かれるウインザーホテルにも行った。洞爺湖サンパレスに泊まった。露天風呂や花火も楽しめた。札幌をどう思ったであろうか。

(6) 寄港地での経験

一九カ所での寄港地では、たくさんのことがあり過ぎた。三カ所のホームステイについてはすでに書いた。寄港地に入るのは大抵早朝だ。一二カ所は一日の日帰り。七カ所は一泊二日。ホームステイ三カ所以外の四カ所中三カ所がホテル泊まり。ベトナム、ヨルダン、エルサルバドルだ。あとの一カ所はニューヨークで、他には泊まらずに船に帰った。

寄港する前々日に「上陸説明会」が開かれる。その時の資料、オプショナルツアーごとの「旅行日程表」、ツアーデスクで借りた『地球の歩き方』のコピー、それと事前に図書館でコピーした地図などを参考に、現地の事前研究をする。私は一九カ所中、四カ所では完全にフリーにして自分で自由に歩いた。シンガポール、ギリシャ、スペイン、ニューヨークだ。本を読んだりして行く所を考える。
ホームステイ以外の所を、行った順序に従って振り返って見る。

ベトナム（ダナン）

ベトナム戦争が、私には強烈だ。ダナンは最初に米軍が上陸した所で、耳にたこができるほど聞いた名前だ。ベトナムがどのようになっているかにたいへん興味があった。上陸して早速、交流のために来ている女子大生たちと交流し、一緒に写真を撮った。

私は、この交流には参加せずに、「フエ　子供の家を訪問」に参加だ。フエもよく聞いた名前だ。バスで九七キロを三時間で走る長距離になる。フエは「ベトナムの京都」といわれている古都でベトナムきっての観光地。この国で最初に気づいたのは、赤に黄色い星の付いた国旗が多いことだ。ベトナムは社会主義国。これからの国家建設に力を入れていることが伺われる。「ベトナムの共産党バンザイ」と書いてあるのだそうだが、大きいスローガンが目につく。

「フエ　子供の家」は、ストリートチルドレンたちが寮生活を送り、学校で勉強や職業訓練をする、その学校を日本の元教師小山さんが一九九三年に作り、「ベトナムの子供の家を支える会」が基金面でも支援をしている。今では日本政府（ＯＤＡ＝政府開発援助、ＪＩＣＡ＝国際協力機構）やさまざまな団体・個人の支援を受けている。ピースボートも今までに何度も訪問し、子供たちの使う文具を贈っており、今回も船に積んであった文具を我々がみんなで運んだ。船の中では、「枯れ葉剤」の被害者支援募金も行なわれた。

現在、一〇〇人が在学しており、我々を迎えて歌踊りの披露、遊びの交流、日本料理店での日本料理の歓待など、盛り沢山だった。施設を見学させてもらい説明を受けたが、私は、寮の大きな一〇人以上の部屋の壁の張り紙やプロマイドに子供たちの関心が感じられ、興味があった。

フエの王宮は、ベトナム戦争で北ベトナムが立てこもり、アメリカ軍の攻撃を受けたと記憶している。その銃撃の後が城壁に残っていた。

夜一人で街に出た。ちょうど満月で、仏教では先祖の霊を祭るということで、街頭に祭壇を設け、お供えをあげ、何か特別の紙を燃やし煙を上げ(紙銭)、冥福を祈っていた。紙銭(かみぜに、しせん)とは棺に入れる銭形に切った紙のことで、神前にも供する。六道銭として死人に添えて埋める。たくさんのこの台が置かれていた。ベトナムの仏教は、日本と違い生活に生きているな、と思った。

次の日の朝早く散歩に出かけ、フォーン川という市内を流れている大きな川の岸にあり、主にアブストラクト的な像がたくさんある綺麗な公園を歩いた。公園内を散策している人がいる。広場では若者が一〇人ぐらいで、足で蹴る羽根を日本であればバレーボールでするように円陣になって楽しんでいる。このような早朝に日本では有り得ないことであろう。大きな橋のある中心の通りは、自転車に付けた(?)リヤカー、オートバイ、自転車などに、野菜を山盛りに積んで、近郊から市場へであろう、急ぐ人たちがいっぱいで、エネルギッシュで活気に満ちていた。早朝のこの光景は思わず驚きの声を上げた。

後で、市場見学をしたが、男性が全く見当たらない、働いているのは女性ばかりというのも珍しい光景だった。

シンガポール

ここは大東亜戦争(太平洋戦争)で日本が最初の真珠湾攻撃と同時に占領し、「海南島」と名づけた所だ。ジョホール水道によって隔てられている淡路島ほどの国土に約三〇〇万人が暮らす小さな島国で、中国語(北京語)、マレー語、タミル語、そして英語の四つが公用語の多民族国家だ。罰金制度などでアジアでは特異な都市国家だ。

イギリスの植民地の中継貿易港として発展し、一九六五年独立、市街地開発、ニュータウン建設、工業団地の造成、港湾や道路の整備、観光開発などが進み、徹底した自然の改造が行なわれ、自然の原風景は失われているという。

私は、同室のN氏と地下鉄に乗った。地下鉄といってもその多くは地上を走り、国を一周でき景色を楽しみ、シンガポールがどんなところか、を一望することができるということなのだ。二時間ほどもこの地下鉄に乗り、何度か乗り換え、色とりどりの綺麗な高層建築とたくさんの貯水池などを見た。帰船リミットは夜の一二時なので、ゆっくり音楽を聞いたり夜景を楽しむことができた。聞いていた「日本占領時期死難人民記念碑一九四二〜一九四五」という碑を見て当時の日本人の行なったこと、苦難などを思った。

ヨルダン（アカバ）

世界遺産のペトラ遺跡についてはすでに述べた。ヨルダンは中近東で、東にサウジアラビアとイラク、西にイスラエル、北にシリアと接している。この地で現在、最も世界から注目されている国イスラエルに、私は関心があり、その国にできるだけ近づくことのできるこの国にも関心があった。

一九四八年独立した王国である。国の八〇％は砂漠や荒野に覆われていて、日本の四分の一の大きさ。四〇〇万人という世界で最も多くのパレスチナ難民が住んでおり、国の人口の半数以上を彼らで占めている。難民とは、一九四八年、イスラエルの建国によって故郷を追われた人々である。もう半世紀以上が経ち、難民二世、三世というキャンプ生まれの人たちが増えていて、テントではなくコンクリートの家になっているが、仮住まいであることには変わりがない。

　ペトラ遺跡までは、高速道路を走ったが、対向車の多くはイラクからで、イラクの西側からは港のアカバに通じる貴重な道路であるということだ。何かイラク戦争の臨場感を感じて緊張する。ペトラ遺跡からアンマンまでは二〇〇キロで三時間かかる。風景は実は単調なのだろうが、私には珍しいので見飽きなかった。少ない植物、家々、羊の群れなど。

　アンマンは紀元二世紀、ローマ帝国時代に都市国家として繁栄したヨルダンの首都で、現在九〇万人の人口を持つ。ローマ円形劇場やアンマン城などを見る。街は結構高低差がある。その円形劇場の上まで上がり、見渡してみた。高く大きなものだ。そこで地元の若い青年と会い話をした。あまり突っ込んだ話にはならなかったが、日本からというので非常に好意的ではあった。写真を撮ってもらった。

　アメリカ大使館をバスから紹介してもらったが、四角い大きなコンクリート造りのものであった。二〇〇人働いていて中近東の大使館では一番大きいという。納得がいった。

　死海では泳げなくて残念だったが、死海について触れておこう。死海のすぐ向こうにはエルサレムがあり、イスラエルだ。道路の所々に兵士が銃を構えて立っている。死海の向こうはヨルダン領地だったが、今はイスラエル領地だ。死海は「三つの国」が接している、とガイドが確かに言った。「おや?」。ヨルダンとイスラエルの二つではないか。「もう一つはパレスチナのことかな」と思った。死海は海抜マイナス三九〇メートルで、世界で最も低い場所にあるといわれ、流れ込む水が蒸発し塩分濃度は海水の九倍。生物が全く棲めないのでこの名前がついた。ガイドの説明によると、死海の深さは四〇〇メートル、地球温暖化の影響で五〇年後には水は十分の一になるという。ヨルダン川は雨水などだんだん少なくなっている。ダムを造っているので流れ込む水の量が減る。水門を造り死海の水位を保とうとしている。今、アカバ(紅海)と死海をつなぎ、水力発電、飲み水の確保を目指し、イスラエルと協力して五〇億ドルを投じ「ヨルダン・イスラエル・インターナショナル」で来年から工事が始まる、という。ヨルダンでは水がいかに貴重であるかを感じた。

死海の岸を走り白いところがあったが、それは塩で、現在、酸化（？）カリウムの化学製品を作っている、という工場もあった。

長い時間のバスで、いろいろな説明があった。国内を走っている車では、ドイツ製のベンツが多い。二番目が日本のトヨタ。三番目が、フランスと韓国。オイルの燃費の少ない日本車と韓国車が増えている。産業では、燐（マッチ、農薬、燐化合物）・カリウムが多い。次が観光業。次が農業で、バナナ、トマト、キュウリ、オレンジ。次がセメント。ヨルダンはアラブで「イスラム教」だが、戒律があまり厳しくない。ラクダはベドウィン人が飼っている、など。

エジプト（ポートサイド）

早朝からバスで朝食パックを食べ、ポートサイドから三時間の行程でカイロに向かう。カイロは暑く、エネルギッシュで桁外れに大きな街である。市内の何車線もある道路が立体的に交錯する、多くの車、貧民窟などがバスから見える。

「エジプト考古学博物館」に入った。ここは他とは違いカメラ持ち込み禁止だ。それとミイラ見学は特別料金を払わなければならない。一三米ドルと高いが見る価値があると思い、これを取る。二時間の時間しかない。そのことを考え最初から駆けずり回った。ここは初めてだが、大英博物館やベルリンで相当のエジプトのものは見ているので見当はつく。入るとすぐに複製のロゼッタストーンがある。本物は大英博物館にあり、返還を要求している。その他のものは全部本物だ、と解説者は強調した。英国やドイツは、国の威信をかけてエジプトからたくさんのものを運んだが、ここはやはり桁違いだ。

ミイラ室は全部王のもので九体のミイラがあったが、時間をかけ英語を読み、ノートする。その他では、王の何重もの石棺が印象に残った。金が重用されているが、シナイ半島が原産地ということであった。

時計を見ると時間がない。部屋を確かめ大急ぎで見たが、約八割というところか。時間が短いのが不満であった。

カイロの南の古い街ギザで有名な三基のピラミッドを見た。観光客で混んでいる。クフ王のピラミッドでは少し上に昇り「入り口」を見る。（実はここは入り口ではなく、後に穴を開けたものだという。）ピラミッドの回りを巨大な石を見ながら時間をかけて回ってみた。スフィンクスはすぐそばにある。修復中で作業の足場が組まれていた。実はスフィンクスの鼻が欠けているのは後に戦争か何かの時（記憶が不確実）に欠けたのである、という説明があった。

各所で観光客相手に子供たちが「ワン・ダラー、ワン・ダラー」と言って品物を差し出し、まとわりついてくる。こんなにひどいのはギザだけであった。

昼食と夕食は、現地のレストランで取ったが、夕方から腹の具合が悪くなった。何か当たったような症状だったが、夜までも続き酷(ひど)かった。同行した人にもそのような症状が出た人がいたようだったが問題にはならなかった。このようなことはこの一回だけであった。

ギリシャ（ピレウス）

「ヨーロッパ社会フォーラム」のデモ行進については、すでに触れた。ゲットのバッジについても述べた。

前々年にアテネ・オリンピックがあったので、英語の表示や地下鉄についても整備されて利用しやすくなったのではないか、と思われた。

まず、有名な「アクロポリス（高い丘の上の都市）遺跡」へ行った。広い場所のいろいろな遺跡は相当に朽ちていて修理中のところが多かった。紀元前四三八年に完成したパルテノン神殿はその時代のギリシャの文明の高さを示している。大理石でできている柱は、建物の周囲約一六〇メートルに四六本が立ち、その柱の直径は約二メートル、高さ一〇メートルである。柱の中間には膨らみがあり、直線と見えても曲線の組み合わせで、柱の表面の二〇本の溝も曲線美を出しているということだ。その丘からのアテネ市街の展望も素晴らしかった。

次は「国立考古学博物館」だが、何でどう行けばよいか迷った。デモ行進で通れないところもある。タクシーに訊いた。だいぶ回って行くようだ。料金も高い。それを諦めて近くに来た若者たちに聞いた。すぐそばの地下鉄の駅から二つ目かの駅で降り、すぐだと言う。「なんだそんなに簡単に行けるのか」。聞くことが鉄則と覚えていても、このようなことがある。

「国立考古学博物館」は良かった。その充実ぶりといい、素晴らしい芸術作品がたくさんある。ミロのヴィーナス級の彫刻がいっぱいあって、写真に撮れる。わくわくしながら写真を撮った。

ペトラ遺跡でズボンを破いて、はくズボンが足りないと思い、アクロポリスを見た後で街を散策し店を覗いた。ちょっと面白い横に大きいポケットのついたズボンを買った。

イタリア（カタニア）

地中海のシチリア島の港町シラクーサへオプションのバスで行った。イタリアの古い街で、ローマ時代からの遺跡も多い。

イタリアの小学生の修学旅行か、写真を撮ると言うと、大勢の小学生が一気に群がってきて自分を撮ってほしいと前へ前へと近づいてくる。イタリア人の気質を見た感じがした。近郊にはアメリカ・イギリスの共同墓地（セメトリー）があるという。第二次世界大戦の時、日独伊の三国同盟で、この地中海までドイツが来ていたのだ。その時代を思い出す。大変美しい街ではあったが、昼食で入ったレストランでは、時間がかかりさっぱり内容のない食事にガッカリした。バス旅行のオプションで、一万五〇〇〇円。他のグループでも同様の不満が出ているというのもうなずけた。

リビア（トリポリ）

ピースボートでなければ、訪れることのできない貴重な、珍しい体験ではあった。パスポートでイスラエルへ行ったことが分かると、この国には入れないということだ。

この地を生まれ故郷としたローマ皇帝が四〇〇年かかったという「レプティス・マグナ」（偉大なレプティス＝地名）のローマ遺跡を訪ねたが、長く砂に埋もれていて保存状態は抜群で、青い地中海をバックに見て歩くのは本当に楽しかった。

広大な敷地はまだ全部発掘されていないという。壮大な大門、セウェルス・モニュメンタルセンター（公会堂）、神殿、闘技場、市場、浴場、広大な円形闘技場（コロシアム）、サーカス（馬車の競技場）など、があった。

後で買って読んだのだが、カダフィ大佐の『緑の書』は、この国の国家建設の理念である「直接民主制社会主義」の基本となっている。

トリポリの夜のフェスティバル（友情と平和のフェスティバル）は「緑の広場」で二時間行なわれた。フェスティバルというよりは交流会という方が正しいのだと思う。ピースボートの多くの参加者とトリポリ市民だった。ステージでの意味のある挨拶の後のいろいろな出し物は大変面白いものだった。リビアの音楽は独特なものだった。

スペイン（ビルバオ）

ビルバオはスペインでもバスク地方（自治州の一つ）という古代よりバスク語を話すバスク人が居住する特異な地域の中心地。

グッゲンハイム美術館を見た後でゲルニカに行くことが、ここでの目的だった。

地下鉄でグッゲンハイム美術館へ行った。この美術館は前衛的な建物で、その展示は大変魅力的で、バスクの歴史的な出来事、バスク人の考え方がよく出ているものだった。

それから、ゲルニカに行く鉄道の駅に行こうと思い路面電車に乗り、その電車の中で尋ねた女子大生が、バスで行く方が安いしたくさん便が出ている、私は定期で列車でゲルニカに帰るが、バスに乗りなさいと熱心に勧めてくれて、「あそこのバス停です」と走っている路面電車の中で指し示して言う。彼女の言う通りバスに乗る。ゲルニカはけっこう遠い地方都市といってよいであろう。ゲルニカが何で有名かというと、スペイン内戦中の一九三七年四月二六日、フランコ軍に味方するナチスドイツの空軍機がゲルニカを襲った。史上初の都市無差別爆撃により二〇〇〇人以上が死傷し廃墟と化したこの町は、その後修復され、今では新しい町に生まれ変わっている。この悲劇を描いたピカソの絵画で有名になった。ピカソの現物は、首都のマドリードにあるが、ゲルニカの街に彼の絵と同じ『ゲルニカ』のタイル張りの壁画がある。ゲルニカ平和博物館には無差別爆撃の様子が瓦礫や家財道具とともに展示されている。帰ろうと思っている時にピースボートのメンバーと会い、案内してほしいと言う。戻ったところで、ちょうど「バスク議事堂」は四時から開くと言うので、門の錠を開けてもらい中に入った。「ゲルニカの木」と呼ばれる樫の木をモチーフにした天井のステンドグラスが美しい。空爆に遭った枯れ木は敷地内の石柱に囲まれている。

街を歩き喉が渇いて、ドアが開いていて音楽が聞こえるバル(居酒屋)に入った。昼なのに幾人かが楽しく飲んでいる。英語のビールがなかなか通じなかった。スペイン語の「セルベサ」を覚えておくべきであった。ビールはとても美味く面白い経験ではあった。

ノルウェー(ベルゲン)

ノルウェーもぜひ行きたいところだった。トレッキングとフィヨルドのことはすでに触れた。トレッキングで、一〇キロ以上歩いて着いたところがフロム、静かな、ソグネフィヨルドの一番奥まった所にある小さな港町だ。何とそこに「エリザベス二世号」が停泊しているではないか。「間違っていないよな」と何度も船首に書かれている文字を確かめた。観光客を乗せてここに来ているのだ。多くの観光客たちが帰ってきて続々と乗船している。船は堂々としていて絵になる風景ではあった。我々の船、トパーズ号と比べるとどうかな、などと思った。

アメリカ(ニューヨーク)

以前にニューヨークに行ったことがあり、「自由の女神」像にも行った。だが八日間の大西洋横断の後、船でニューヨークに入るというのは、また別の感慨と感情を生むものだ。船から見えてくる摩天楼や大きな橋、女神像。ハドソン川をゆっくりと上り、マンハッタン島の高いビルディングの乱立する光景を見ながら接岸する。レンタ・バイクについてはすでに述べた。グランドゼロも感慨が深い。ツインのワールド・トレイド・センターを注意してよく見たのだった。同時多発テロの九・一一は現在、世界に大きな影響をもたらしている。ニューヨークの存在が、世界の人間のあらゆる分野にどれほどの影響を与えているのだろうか、と考えてしまう。

今回、エンパイア・ステート・ビルディングは階段を上ってみたいと思い、レンタ・バイクを返す時に聞いた。大丈夫のようだ。勇んで行ったが、「禁止されている」と言うのだ。以前には上れたと思うのだが、九・一一の影響だろうか、残念だ。ただ展望台の最上階の五階くらいは階段を使用できる。実現できなかった階段を思いながらその階段を降りた。

三〇年以上前と違っていたのは、観光客が増えたせいもあるのか、整然と並ばせ解説のテープもあるが、写真を全員撮り、番号札を渡し、帰りには写真を売りつける。もちろん、希望者にだが、何とも後味が悪い。ニューヨークのエンパイア・ステート・ビルディングも観光化したのか、落ちたものだ。

次の日は、メトロポリタン美術館へ行った。言われている通り、必見の美術館だ。結局四時間ぐらいは時間を取ってしまった。なにせ、ニューヨークで儲けた大資本家たちが収集した優れた貴重な作品がたくさん寄贈されていて、有名な作品が多いのである。中庭やレストランの構造も吹き抜けで魅力的だった。

ピースボートが参加する、野外コンサート「平和を創る人々」というコンサートが国連本部ビルの近くの公園で開かれた。二回目だそうだが、ニューヨークのアート集団、キューバとプエルトリコのラテン音楽、アフリカのナイジェリア出身者のビートとロックなどのフュージョン。それと、沖縄のエイサーと小倉祇園太鼓などのピースボート。なかなか楽しめた。

ジャマイカ（モンテゴ・ベイ）

カリブ海に浮かぶ島々の中で、三番目に大きな島がジャマイカ。一九六二年にイギリスの植民地から独立し、秋田県とほぼ同じ広さで、豊かな自然に恵まれている。美しい白いビーチが続くリゾート地。「レゲエ発祥の地」ジャマイカは、アフリカ的な色彩が強く残り、独特の雰囲気なのだろうという期待があった。ジャマイカは英国連邦加盟の立憲君主制国家で九一％がアフリカ系の住民。コーヒーの八五％は日本に輸出しているという。

私は「ジャマイカで文化交流」というゲットのプログラムに参加した。中・高生くらいのブラスバンドの演奏で迎えられた。行進、体形の変化なども含め音楽はなかなかのものだった。ゲームをしたり、楽器を吹いたり、書道などの日本文化での交流になった。「モンテゴベイ・ボーイズ・アンド・ガールズ・クラブ」は、学校に通っていないと入れないクラブだそうで、このブラスバンドの活動の他、スポーツ、聖書の勉強などの課外活動をするクラブだ。交流の後でだが、このクラブへはゲットから絵本と寄付金の贈呈があった。施設には日本空手協会の初段の免状が貼ってあった。午後は自由時間をゆっくりとビーチで子供たちと水泳を楽しんだ。クラフト・マーケットでの自由時間は一時間。小さな小屋風の店がぎっしりと軒を連ね、ジャマイカの民芸品なら何でも売っている。あちこちからしつこいほど声がかかる。私は手作りの簡単な楽器を買う目的があり、鳴らしてみて、楽しく見て歩いた。値段はあってないようなものなので、値切って買うのが面白かった。

エルサルバドル（アカフトラ）

今回、中部アメリカで訪ねた国は、パナマ、エルサルバドル、メキシコの三国である。軍隊の無い国コスタリカ、内戦がひどくリゴベルタ・メンチュウ（ノーベル平和賞受賞者）の活躍するグアテマラ、メキシコなどはイメージが湧くが、エルサルバドルは知らなかった。アメリカ大陸で一番小さな国で九州の半分。人口六二〇万人。一九九二年に一二年間続いた内戦が終わり、現在では中米一安定した経済を誇る、火山が多い熱帯雨林の国である。マヤ文明の遺跡を訪ねることと、首都のサン・サルバドルでの宿泊。初めて広大な山地に広がるコーヒー農園を見る。コーヒーの木もバスを止めて枝を取ってもらった。

まず、タスマル遺跡。紀元前一二世紀から紀元五〜六世紀まで継続した文明。神殿の高さは三二メートル。墓が何基もこのピラミッドの側面にある。

次の日には、ホヤ・デ・セレン遺跡。一九七六年に偶然発見された「中米のポンペイ」と呼ばれ、噴火で一四〇〇年間埋もれていた。住居、農耕機具、耕作地などが当時の状態で残っており、世界遺産に登録された。当時のマヤの村の生活の様子を描き出すことができる貴重な遺跡だ。トウモロコシの化石や黒焦げの豆などがあった。現在、まだ発掘、整理中で、仮屋根が掛かっていた。

第二の都市サンタ・アナと首都サン・サルバドルの観光をした。サン・サルバドルは人口が四八万人の緑の多い盆地の地形だ。標高は六八九メートルで首都圏の人口は二〇〇万人を超えるという。綺麗なカテドラル（大聖堂）のある中心部は広場があり賑やかで、国立宮殿、国立劇場などがある。

ホテルの朝は、「凄まじい」と表現した方がよい鳥の鳴き声で目を覚ました。外に出てみたが、見たことのない黒い鳩ぐらいの大きさの鳥がたくさん鳴いていた。

「国立人類学博物館」にも行ったが、考古学は学問的には遅れていると感じた。火山がたくさんあるので、黒曜石の遺跡も多いが、出所が特定されていない。「火山のある所、どこでも出る」という説明だ。タスマル遺跡では、アメリカがコンクリートで表面を固めたピラミッドの、そのコンクリートをはがす作業をしていた。

エルサルバドルという国のことを知った。中米では人口密度が高い。スペイン人の征服者がやってくる以前から先住民が暮らしており、当時の中米でも人口密度の高い地域であった。それは肥沃な大地、水量豊かな湖や河川があったためだ。

メキシコ（アカプルコ）

メキシコ市にも行ってみたいし、テオティワカンも見たい。ここだけは飛行機のオプションを取って七万九〇〇〇円を支払った。一日往復である。八時四五分集合・出発、アカプルコ空港へ向かう。アカプルコ（人口七二万人でリゾート・ビーチがある）の街を見ながら素通りだ。アカプルコからメキシコまで飛行機で一時間。飛行機からは下がよく見え、特に、メキシコ市では空港へと高度を下げるので、非常によく町並みが見え、写真を何枚も撮ることができた。正午にメキシコ着。バイキングで美味しい昼食を取って、いよいよテオティワカン遺跡だ。

この遺跡は紀元前二世紀頃建造された、ラテンアメリカ最大の都市国家で、三五〇年から六五〇年の間に頂点に達し、おそらく二〇万人以上の人口を擁していたと推定されている。高度な文化を築き、遺跡も大きなピラミッドなど残っているが、八世紀頃忽然として消えてしまって、その原因は現在も謎である。

最初は、解説者に付き「ケツァルパパロトルの宮殿」を細かく見る。ここは最も完全に近い修復をみた建築物だ。神官の住居だったと考えられており、鳥をモチーフにした浮き彫りが鮮明に残っている。珍しい文様と色使いに感心した。トイレも復元されていた。

自由時間になり、二時間の時間を有効に使わなければならない。図面を見て、まず最初に「月のピラミッド」に登った。高さ四二メートル。途中休まず一気に階段を上がる。気温は相当高く、息が弾む。頂上の景色に感激した。「死者の道」が二キロにわたり真っ直ぐ伸びていて、左手には「太陽のピラミッド」が高くあり、青空のもと遠くまで盆地が見渡せる。後から登ってきた沢さんと写真を撮った。降りるのは、トントンと楽で気持ちが良かった。次に、「太陽のピラミッド」に登った。高さ六五メートルの巨大な神殿で、建造物では世界で三番目の大きさだそうだ。全部で二四八段を、また一気に上がる。この大ピラミッドの建造には一万人の労働者と一〇年間の歳月を要したと推測されている。これらのピラミッドは、今は石面がむき出しになっているが、以前は漆喰で覆われ顔料で彩色されていた。今も所々に彩色が残っており、美しいものだったと想像ができるという。

「死者の道」伝いに歩いた。緩やかに傾斜しており、排水口が伸びていた。そのトンネルになっている一〇メートルくらいをくぐってみた。

たくさんのお土産店があり、街頭でも広げている。珍しい色の黒曜石の小さな亀を買った。帰りはメキシコ空港で時間が二時間ほどあった。欲をいえば、街に出たかったが空港のお土産店を覗き時間を費やさなければならず、残念であった。

アカプルコでは、バスで帰船リミットの二二時を三〇分くらいオーバーし、出港予定の二三時の三〇分前に着く予定だったが、二台のバスの最初の我々のバスがアカプルコ市内に入る辺りで、エンジンに不調をきたし、二台目に全員乗り、急いで出港一〇分くらい前にようやく全員乗船したという、まさに間一髪の時間で間に合ったのだった。

カナダ（バンクーバー）

バンクーバーはよい街だろうな、と思いながら、地球大学のメンバーはそれどころではなかった。地球大学の「世界平和フォーラム」（六月二三日～六月二八日、バンクーバー）参加についてはすでに触れたが、直前には討議の会議が続き、担当者は『核をなくすための30＋1の方法』の冊子を作る準備などのために徹夜が続いた。

当日は、午前中は豪華な国際会議場で開かれたワークショップ「大量破壊兵器委員会／戦争防止のためのグローバルアクション」に参加した。

大量破壊兵器委員会の委員長ハンス・ブリックス氏（ストックホルム大学の教授であり、スウェーデンの外相であった。国連監視・検証調査委員長でもあった）はじめ、多数の演説を聞いた。ヘッドフォンで日本語の通訳が入るはずであったが、まさにピストンのような早さの英語なので、きちんと入らず、ヘッドフォンをはずして、理解しようと努めた。大量破壊兵器委員会勧告の六〇項目の提案を二〇〇頁以上の英文の本にしたものを受け取って、後で読もうと思った。

午後は、メイン会場のブリティッシュ・コロンビア大学へ移動し、約三時間の「若者、平和文化と核軍縮」というワークショップに参加した。ピースボートの地球大学として参加したので、横断幕を広げて広い会場を走る人、英語で大声で呼びかける人など、みんなで演出した。アメリカ、イギリス、フランス、ニュージーランド、日本、パレスチナなどからの報告があった。一番印象に残ったのは、参加者が一〇のグループに分かれ、未来を切り開く明るい提案を話し合い、模造紙にマジックでそれらを書き、発表したことであった。模造紙には、ハングル、英語、日本語で色とりどりに書かれ、絵も入り、発表もそれぞれユニークで面白かった。これらの模造紙を持って帰りたいと思ったぐらいであった。

地球大学は、船の中で「I♡キャンペーン」（アイラブキャンペーン）というのをやっていた。ハートの形の布の「I♡〇〇」の〇〇の中に自分の愛するもの（何でも）を書き入れる。それを大きな布の「Nuclear Free World」（核のない世界）と大きく書いた横断幕に張り付ける。市内の公園で夕方から開かれた閉会式にそれを持ち込み、集まっている人に訴えた。みんな快く引き受けてくれたが、英語で説明すると、ちょっと考え、決めてハートに書く反応が面白く、次から次へと呼びかけた。人であったり、世界であったり、平和であったりだが、ユニークなものも多かったと記憶している。

帰船リミットの一〇時ぎりぎりまで、ピース・マーチ（平和行進）で船の近くまで歩いた。

アラスカ（スワード）

アラスカ・フィヨルドを二日間船で遊覧した後で、最後の寄港地スワードに着いた。アンカレッジから南に車で三時間の人口三〇〇〇人の小さな港町だ。午前に街に出て、午後にはバスでイグジッド氷河を二時間くらいハイキングするコースを選んだ。

港から街に出ると、メイン・ストリートは賑やかだった。近くの山の頂上まで二往復（?）のマラソン大会でゴール付近は応援の人でいっぱいだった。ランニング・シューズをテープで止めたり紐で縛ったりし、泥で汚れているところを見ると、山道は相当に悪いのだろう。

街の一番外れにある「アラスカ・シーライフ・センター」が目的地だ。巨大な水槽を立体的に観察できる。大きなトドのような動物や水鳥がたくさん泳いでいる。工夫された展示はなかなか見応えがあって面白かった。手で触れる工夫もされていた。豊かな自然を十分感じることができた。

午後は、キーナイ・フィヨルド国立公園の中のハーディング氷原（長さ約五六キロ、幅約四〇キロの巨大な氷原）が陸側に流れ出ているイグジッド氷河の近くまで歩き、説明を聞いた。毎日、数十センチ（メモがなく、正確に記憶していない）流れていて、また毎日数十センチ溶けているという説明であった。氷河まで二〜三キロ歩いたが、歩道に「一九五一」などの目立つ標識がある。何かというと、その年にそこまで氷河があったというのだ。海にはこの氷原が轟音を轟かせて落ちていて、三〇キロ先までその音が聞こえるという。

（7）乗客、ピースボートのスタッフ、水先案内人、ゲットの先生たち、CC（コミュニケーション・コーディネーター、通訳）、そしてクルー（食堂で働く人々や部屋を掃除する人々を含めて）

最後に、船旅でどんな人々に接触し影響を受け、どんな人々に世話をしてもらったかな、と考えてみると、上記の人々だ。船に乗っている一五〇〇人近い人々と毎日を楽しく過ごすことができたことを、思い返す。

乗客

本当にいろいろな人が乗っていた。本やムックリを借りた人、いろいろな話し合いで参加した人々、特に、私の「アイヌ民族を語ろう」を続けて聞いていただいて支えてくれた人たち、資料の印刷代を心配してくれて、印刷代と言ってお金を集めてくれた人、A女史には本当にお世話になった。

毎日発行される『和新聞(なごみ)』の「ウォッチ・ミー！」で取り上げられる乗客は似顔絵と共に楽しませてくれた。最高齢で乗っているI氏は、カメラに凝っており素晴しい写真を見せてくれ、世界を歩き、若々しく、今回はゲットの英会話を取り、英語スピーチにも参加した人だった。

ジャッキーという似顔絵描きがいた。乗船の時ハガキ大の用紙をたくさん準備したが、足りなくなったという。部屋の二人が描いてもらっているので、それほど進まなかったが私も描いてもらい、部屋のドアに三人の似顔絵を張り表札代わりにし、記念に写真を撮った。

旅の終わりになって北海道出身者の集まりを居酒屋「波へい」で行なった時に、彼が来ており、また描いてもらい、結局、二度描いてもらった。

個人を取り上げたらたくさんいて切りがない。食堂での会話から親しくなる人もいるが、新聞にボランティアで参加し記事を書いているスタッフがおり、その人たちの知識と主張から多くのことを学んだ（記事は全部記名入り）。新聞のレベルの高さには、本当に驚いた。その数人はゲットの英会話や地球大学のクラスで同じだったのでいろいろな話もできた。『和新聞(なごみ)』の編集局長は若い女性であったが、新聞作りに賭ける情熱を感じた。

ピースボートのスタッフ

スタッフは一七名。ピースボートの事務局長の井上直氏は三〇代の好青年。乗客の生活の全責任を負っているので忙しいし、大変だ。いろいろな集会の時があり、乗客全員は一堂には会せないので、一番広いブロードウエイショーラウンジで二回になるが、その時の挨拶などは的確で素晴しかった。船ではギリシャ人の船長が絶対の責任を負うが、乗客に関しては彼が責任を持つ。

例を挙げよう。一九カ所の寄港地での出港時間の責任は船長だ。遅れると膨大な港の使用料がかかる。「帰船リミット」という時間がある。帰船リミットから出港時間までは一時間ある。しかし日本ではなく外国である。入港時にその国の「出入国審査」を船内で受けている。常にパスポートやその代わりの「IDカード」と「ボーディングカード」を持っていなければならない。乗船を許可するのは船長の判断になるので、乗客側で決めている帰船リミットは船長と合意しているものである。遅れるということは、その合意を破ることになる。船がいるからよいというものではない。その時間に遅れるということは許されないのだ。寄港地の前半十ヵ所までは一人の遅刻者も出なかった。しかし、ロンドンの時は、汽車で一時間くらいのティルブリーだったので注意されていたが、一〇分くらい遅れた数名が乗船を許可されず、次の寄港地で乗船するはめになったということだ。

船内の規則でも同じことがいえそうだ。アルコール依存症で、昼食時に酔って食堂で他人に迷惑をかけたということで、退船命令が出されて寄港地から帰らざるを得ない人が出た。厳しい話をしたが、スタッフには「船内企画担当」「自主企画担当」「新聞担当」「地球大学コーディネーター」「ゲットコーディネーター」「水先案内人担当」「音響担当」など、担当がそれぞれあり、若い意欲的な人が多かった。「トパーズ号の中心で『I』を叫ぶ〇〇編」という企画で、彼らがどんな人生を送っているかを一人ずつ紹介する対話形式のトークがあり、面白かった。

川崎哲氏

「地球大学コーディネーター」である、川崎哲さんは、「非核・非戦のアクションプラン」のコーディネーターでもあったので、何度も講演を聞き身近な存在であった。私が全く核問題を知らないと認識したのは、彼の講演を聞いてであった。彼の講演内容は、核分裂などの化学的・科学的内容から始まり、核兵器の種類や核弾頭の各国保有数、世界のNPT（核不拡散条約）問題の歴史的経過、アメリカの核政策の歴史、核燃料サイクルと核拡散の問題点、国連の動きと日本の核政策の実態、など、ざっと項目を挙げただけでも、大変大きな問題ばかりだ。

ついでに話すが、九五〇人全てが一〇二日の船旅をするのではない。都合で寄港地で離脱できる。どこかの寄港地で降りたければ、最終下船の申請を旅行会社のツアーデスクにすればよい。同室のN氏の場合は、何度も大西洋を横断しているので、八日間船で過ごすのではなく飛行機で先にニューヨークへ飛んだ。そのようなこともできるのだ。

水先案内人

先にも触れたが、水先案内人の貴重な講演からはたくさんのことを知った。三四人が入れ代わり立ち代わり乗ってきてたくさんの講義や講座を行なう。私は、自分の自主講座があり、ゲットにも参加したので、聞きたくても聞けない講座がたくさんあった。聞いた講座や会って話した人のうち特に印象的なもののみここで触れることにする。

計良光範氏（アイヌ民族）

もう何度もこの船に乗っているという彼はニューヨークからだ。彼とは三〇年来の知人である。私は三一回の自主企画「アイヌ民族を語ろう」をやっていて、彼に引き継ぐという感じだった。私のはニューヨークの直前に終わったのだ。彼の講座は全部で七回あり、歴史が三回、文化が二回であった。全部を聞こうと思いながらほとんど聞けず、聞いたのは三回のみであった。思いと視点が一緒だなと思った。

直前に亡くなった萱野茂さんのドキュメンタリー・ビデオを見て、そこで初めて「アイヌとキツネ」の話が一番好きだったんだよな、と言いながらアイヌ語の録音テープを回す彼を見て、驚くと同時に嬉しかった。というのは、もう話したが、英文の『アイヌとキツネ』を本にして出版したばかりだったからだ。

鎌仲ひとみ氏（映像作家）

『ヒバクシャ――世界の終わりに』『六ヶ所村ラプソディー』を撮っている人。実に気取らないフランクな人だ。イラクで白血病やガンが増えている。湾岸戦争時に使用されたアメリカの劣化ウラン弾が原因である。青森県の六ヶ所村では巨大な核燃料再処理工場が二兆二〇〇〇億円かけてでき、高レベルのさまざまな放射性廃棄物がここで化学処理されるということをこれらの映画で知った。世界中に「低線量被曝」が広がり多くのガンで苦しんでいる人がいる、という実態がある。チェルノブイリ原発事故で。長崎に投下された原爆のプルトニウムを製造した核施設がある米ワシントン州ハンフォードでも核汚染被害者がたくさん出ている。放射能の微量な汚染が全地球的規模で進んでいるのだ。

「低線量被曝」とは。さいたま市の肥田舜太郎医師（九〇歳）が述べている「劣化ウラン弾の放射性の微粒子が体内に入って弱い放射性を出し、細胞のＤＮＡに傷を付けている。それがやがて、白血病やガンになる。子どもは細胞分裂の速度が速いから早く発症する。現代の医学をもってしても治すことはできない」ということだ。

セツコ・サーロー氏、キャサリーン・サリバン氏

鎌仲さんのみではなく、川崎哲さんの本格的な核問題の連続講座、をはじめ、カナダ在住の広島被爆者セツコ・サーローさんの被爆体験、キャサリーン・サリバン氏（アメリカ人の平和軍縮教育専門家）の講義や「エルムダンス」（チェルノブイリ原発事故から作られた）、地球大学「非核・非戦のアクションプラン」での我々の討議とたくさんの核問題を勉強する機会を持つことができて、大変良かったと思っている。日本では、現在ある五五基の原子力発電、ひいてはエネルギー問題を考えるうえで決定的に重要である。

石弘之氏（現北海道大学教授、元新聞記者、カナダ・ザンビア大使、東大教授）

「チェルノブイリ原発事故――二〇年前の今日、何が起きたか」。事故発生の一年後から三度に渡り自ら足を運んで撮影した写真を見ながら、現在までの現場の状況を話した。

「子どもたちのアフリカ」を聞いた。

「昔、アフリカの子どもたちは目が輝いていた。しかし今、彼らの目に映っているのは、つらい現実だ。アフリカに未来はあるのか。すでに全世界の死因の二割を占めるまでになったエイズ。その患者の三分の二はアフリカに集中。アフリカ成人の人口の四〇％がエイズ。毎日八〇〇〇人がエイズに罹り、六〇〇〇人が死んでいる。アフリカには二〇万人の少年兵がいる（ウガンダ、シエラレオネ、リベリアなど）。少年労働、奴隷労働も多い。モーリタニアの国民の四割が奴隷である。根底には貧困がある。天然資源を手にしたい先進国は、武器をアフリカへ対価としてもたらす。現在、世界における武器取引の約八割は、米、英、仏、中、露の五カ国が関係している」

アチン・バナイク氏、アブドゥルカリム・アブルヘイジャ氏、ショーン・オボイル氏

アチン・バナイク氏（インド出身）、アブドゥルカリム・アブルヘイジャ氏（ヨルダン・パレスチナ関連省元長官）、ショーン・オボイル氏（和解・アイルランド）。たくさんの水先案内人が講義したが、私はほとんど聞くことができなかった。しかし、幸運にもこの人たちは、食事の時に偶然に同席して英語で貴重な話ができた人たちだ。

アチン・バナイク氏

アチン・バナイクさんは、デリー大学で教鞭を取り、国連でも多く発言してきた。反核平和ＮＧＯ活動家で国際関係・国際政治の専門家である。彼の明晰な分析と刃物のように切れるテンポよい語り口には定評がある。

中東問題。イラン、イラク、リビアなど。「汎アラブ主義」＝パレスチナの正義。リビアは核兵器を廃止することを宣言。イスラム＝テロリズムとして、イラクの戦いは始まったが、アメリカはオイル・マネーをドルで支配したかったのだ。米ドル支配にならないためには、イラクにおいてアメリカが敗北することだ。

イランは米国との長い対立がある。アメリカはイランに対して攻撃を決定していないが、準備している。イランは核は持つべきではない。しかし、インドや日本が中近東に非核兵器ゾーンを築けと主張しているだろうか。

アメリカ、インド、日本。「アメリカが東アジアを支配するか」。日本とインドは同じような立場。アメリカは中国を①ライバルと考える、②経済的に近くなっている、改善されてよくなる、と考えるか。どうなるか分から

ない。①②どちらになっても不思議はない。昼食時に言っていた。日本へは五回くらいショート・ステイで来ていると。

アブドゥルカリム・アブルヘイジャ氏

アブドゥルカリムさんは言う。

「パレスチナ問題は世界から見放された問題だ。パレスチナの政府はない。「ハマス」という自治政府はある。ハマスに対してアメリカは支援していない。イスラエルが望んでくれたらイスラエル・パレスチナ間の和平は可能だと思う。イスラエルがパレスチナの独立を認めていない。宗教で割れているのではない。土地の問題だ。エルサレムの土地の支配権は国連決議一八一号だ。全ての宗教に開放されるべき。五〇〇万人の難民がいる。イスラエルは、突然曲りくねった六七〇キロもある「分離壁」を作り、検問所は三〇〇カ所もあり、身分証明書を提示しなければ通れない」

ショーン・オボイル氏

アイルランド問題は、「和解」＝「バイオレンス（暴力）のない世界」を築くこと。キーワード「コンフリクト」（紛争）はワークショップで考える。

イニーゴ・アルビオル氏（バスク問題）

バスクで生まれ育ったバスク人。バルカン問題に取り組んだり、キューバのユネスコオフィスで働いたりと幅広い活動を続けている。

独自の文化・言語を持つバスク地方。バスクの文化が保てたのは孤立していた山岳地帯という特殊な条件にあったからだ、という。古くから直接民主制の自治を取っており、ゲルニカで起こった空爆は、それら民族と自治に対する敵対行為であった。

スペインのフランコ将軍による独裁政治に四〇年間抑圧された。それから解放されたのは一九七五年であった。ナショナリズムの活動が活発になり、その中心が「バスク国民党」であり、現在、バスクの自治を行なっている政党であるが、その穏健派に対し過激派として生まれたのがETA（エタ＝バスクの祖国と自由）である。独立を目指す過激なテロ行為が行なわれていたが、二〇〇六年三月、恒久的停戦がETA側から提案された。

考え方はさまざまである。フランス側のバスクもあり、バスク語など文化的伝統が守られている。これからは相手を尊重し共に歩んでいく努力が必要だ。そういう意味では、スタート地点に立ったということだ、という。

このバスク地方の問題を、常に日本のアイヌ民族の問題と重ね合わせ、私は考えている。

荒井信一氏（「日本の戦争責任資料センター」館長、茨城大学・駿河台大学名誉教授）

国連人権委員会でも活躍している学者である。最近、乱暴な議論が多い中で、綿密に過去の事実に目を向けて、高齢（八〇歳）にもかかわらず情熱を持ち、その姿勢をきちんと保っており歴史家として信頼できる。

「『過去の清算』と日本の課題」という大きなテーマのうち、「戦争をやめさせるために原爆は必要であったのか」という問題意識で、原爆投下とアジア、ソ連の参戦と東北アジアの変動、原爆投下と国際法、を語る。空爆は一般市民を無差別に巻き込み人道上問題であるが、国際法によってどう止められるのか。

「真理があなたを自由にする」というテーマで、戦時中のカナダの日系人追放政策とその補償、アメリカの戦後補償運動（日系人強制抑留に対して、アジア系・アフリカ系などアメリカ人のマイノリティに対して、中南米の日系人に対して、グアム人（先住民チャモロ人）に対して、ハワイ合併謝罪、など）。反対に、アメリカは被害者に対し日本に賠償を要求している、などと述べた。

金秀丸氏（キム・ヨンファン／NGO活動家）、金聖雄氏（キム・ソンウン／映画監督）

朝鮮問題も討議した中の重要な柱の一つであった。この二人の水先案内人の他、エンターテイナーの金昌幸（キム・チャンヘン）、四人のIS（インターナショナル・スチューデント）、乗客の中にも韓国人がおり、日本と朝鮮問題を考えることが多かった。

金秀丸さんは平和のための東アジア市民連帯を課題とし高知に定住し、北海道にも来たことがある。侵略戦争と植民地、加害と被害に染められた東アジアの近代史、など何時も基本的な提案をしてくれた。

金聖雄さんは大阪の鶴橋で生まれ、「指紋押捺」の拒否運動で「在日」を意識するようになった、という。在日一世のおばあさんたちのドキュメンタリー映画を見た。柔らかく優しく温かい雰囲気だ。「国」とか「民族」とか「在日」とか、分かりにくいことに惑わされるのではなく、「自分」という一番リアルなものをしっかり見つめていくことが大切だ、という。

金昌幸にはテクニカルパフォーマンスで楽しませてもらったが、「何も言わないおじいちゃんが、朝鮮人として誇りを持って生きていた」というのが、日本社会の中で朝鮮人としての生き方を感じさせた。

ロザリン・サム氏、ジョージーナ・ネルソン氏（カナダ先住民族）

ロザリン・サムさんは、先祖代々受け継いできた土地を政府や企業から守る活動を行なっている。彼女は五

カナダの先住民族が自然破壊のために反対しているウイスラー等のスキー場へは、我々のスキークラブも行っている。[2006年6月22日]

歳の頃から寄宿学校（同化政策の一環として西欧的教育を行なう学校）に入れられた。そこでは先住民の言葉を話すことは許されず、家族との連絡を禁止され、規則を破れば暴力を振るわれた。

ジョージーナ・ネルソンさんは、先住民族の言葉や文化を伝え続けている。

私は、彼女たちに協力したいと思い、「水先案内人パートナー」（水パ）になることを希望したが、忙しくほとんど参加できなかった。何をするかというと、講座の世話役で、会場設定から運営・進行の世話をする。事前に集まって、まず講座の「テーマ」を決めたり、ポスター書きをする。

驚いたことには、札幌のスキー・クラブでカナダへは何回かスキー・ツアーに行っている（ウイスラー、レイクルイーズ・バンフへ、私は行っていない）が、彼女たちはそれに反対しているのだ。先住民の居住地で大企業が自然を破壊してスキーリゾートを建設するという理由で。これは知らなかった。第一回の講座の題名は私の主張で「カナダのスキー場〜本当にいいの？」とした。しかし、それ以後は参加できなく迷惑をかけた。

ゲットの先生たち

コミュニケーションの道具としての英語、スペイン語を学ぶ特別講座がゲットだ。希望者が多かったので、有料の他に無料のオープンクラス（初級、中級、上級）もあった。

ゲットの英会話は座学の他にいろいろな活動があった。ゲットプロジェクトといってミュージックチーム（英語の歌や映像、バンド演奏）、パフォーマンス（独創性のある英語版桃太郎の劇）、ジャーナル（旅、愛、夢、平和をテーマにしたスライドショー）、スペイン語（スペイン語版浦島太郎の劇）、ビデオ（三つのテーマを基にした映像）に別れ、それぞれゲットの先生たちと参加者が、英語、スペイン語、日本語を使って、長い時間を使い一緒に作品を作り上げて発表するというもので、その発表は二時間半にわたるものだったが、私は見逃してしまって残念だった。

もちろん、最後の英語・スペイン語スピーチコンテストはゲットの集大成で、ゲットの先生六名を含め、七七名にもなったので、これまた今までにない二日間に分けての発表であった。ゲットの先生は、もちろん日本語での発表だ。

その他、たくさんの工夫された「ゲット・サポート・システム」といわれるものがあった。勉強会や「午後茶」の時間、「○○と話そう！」（チャット・ウィズ○○）で予約しゲットの先生と一対一で話すこともできる、などであった。

私は、あまり先生たちとコンタクトを取る時間はなかったが、英語をインプルーヴ（増進する）したり、ブラッシュアップ（磨き直す）ことを目指す人たちには、大変有効な時間を取れたのではないかと思う。船の中、寄港地では皆英語を当たり前に話していた。

個人的にいえば、担当の先生クリスと接することが多かったし、スピーチコンテストの担当のジェームスとは数回内容について話し合い、北海道旭川で七年間英語教師をしていたというジャッキーとはあちこちで声を掛け合った。

「アフリカ系アメリカ人の体験話」として、黒人系のダネット（ゲットの先生）が話した。アメリカでの友達間の微妙な差別意識、これは差別される側と差別する側との意識の差がある、といえそうだと思った。

後で考えるのだが、もっと他の教師たちと話をする機会を持ちたかったと思う。

CC（コミュニケーション・コーディネーター、通訳）

ボランティアで参加している一二名のCCの活躍には頭が下がった。講師との事前の打ち合わせと、その人の政治的・文化的バックグラウンドを勉強しなければならない。きちんと言っていることを他の言語に置き換える以上に、微妙なニュアンスをどう伝えるかということと、テクニカルターム（専門用語）をきちんと伝えるということが難しいと思った。専門家だという人が一人いたが、その通訳はずば抜けてうまかった。

クルー（食堂で働く人々や部屋を掃除する人々を含めて）

私は、毎朝風や雨を受けて一周約四〇〇メートルのデッキを五周ほどジョギングした。雨でなくても波の飛沫で濡れていたり、足音が響かないように注意したり、波が高いと揺れに気をつけたりと、陸上では考えられない注意が必要だ。コーヒーのカップを手に出てくる機関士のような外国人と挨拶を交わしたり、たまには、ホースで水を出しブラシでデッキを流していたり、ペンキ塗りで綺麗にしていたりする人々とぶつかることがある。このような人たちの力で船は動いているのだ、と気がつく。

寄港地の接岸では、多くの人が出て、ロープで岸に船を繋ぐ様を面白く見ていた。

レストランでは毎朝、バイキングでサービスしてくれる女性の外国人と言葉を交わす。「スラマッ・パギー」（「おはようございます」というインドネシア語）で。発音は口の形などを含めて教えてもらった。

レストランでは、初めは気づかなかったが、どんな人がどのように働いているかが分かり、言葉を交わし親しくもなった。

部屋には毎朝、インドネシアの若いエド君が掃除とシーツを換えにきてくれる。若い女の子の部屋では結構長い間話し込んでいるようだった。もちろん英語でだ。

(8) 終わりにあたり

ベジタリアン(菜食主義者)

船内にはたくさんベジタリアンがいるのに気づき驚いた。普段全然考えたことがなかったので、どのようなことかなと考えた。自分の健康だけではなく、宗教からとか、動物愛護から、さらに、自然破壊・地球破壊をしないこと、スローライフを心がける、ということかなと思う。

ベジタリアンといっても細かく分けると三種類あり、肉は駄目だといっても魚だけはよいというのと、ミルク、卵はよいというのと、完全に菜食のみというのとあるということだ。私の場合は、今実行しようなどとは考えないが、よく考えてみようと思う。

プロジェクトP(ピース)

下船四日前の慌ただしい時に誘いがあり、一晩寝ずに課題を討議しようということだ。若い連中で熱のある人たちの呼びかけだ。課題は、①憲法九条、②人権、③靖国神社、④日韓関係だ。これは面白い、またとない経験をすることになる、と思い、私は一〇時半から翌朝四時半頃まで六時間に渡り参加した。グループごとに司会者を決め、模造紙に討議の柱や討議したことを書きながら進めた。時間がたっぷりあり、意欲的な人たちなので、結構面白く進んだ。途中で希望によりグループのメンバーが入れ変わって進めたが、最後は眠く体力勝負の様相を呈していた。面白い体験ではあった。

3　地球一周ピースボートの船旅〈3〉

はじめに

前々号、前号にわたり一〇〇日以上の船旅についてこの『文芸うらかわ』に書かせていただいた。世界中の滞在場所と体験についてはほぼ書き終えていたが、その旅の船の上で私が行なった自主企画『アイヌ民族を語ろう』(三一回)の講座と『アイヌ民族の楽器「ムックリ」を奏でよう』(一六回)については、初回に次のように書いて、内容についてはほとんど触れていなかった。

「アイヌ民族について言えば、政府に先住民であることを認めさせ、権利を復権させる、という緊急課題がある。現在、裁判でも裁判官は過去の北海道の同化政策が見えていないし、それを反省もしていない。その根本原因は、国民全体がアイヌ民族がどのような歴史をたどってきたかということを知らなさ過ぎるからだ。

この船に乗る人は、世界に目を開く前に、足下の日本についてしっかりと認識すべきではないか。これが私の問題意識である」

その講座の内容を語らずして私のピースボートの船旅はない、と思い、三一回の講座の内容について語ることにしよう。

しかしながら、一日一時間半くらいの時間に語り三一回、必ず後で見返せるような資料を作った内容は膨大で、ただそれを満遍無くここで述べることはできないので、アイヌ民族問題の核心と私が考えていることと、講座ではこのようなことを題名として話した、という講座の特徴を資料を参考に述べたいと思う。資料は一〇編くらいはあるのだが、ここではほとんど省略せざるをえない。だから分かりづらいことになっているが、ご了承願いたい。

アイヌ民族問題に至った私の原点

私の生まれは北海道日高の平取（びらとり）町岩知志（いわちし）、物心の付いたのは新冠（にいかっぷ）町元神部（もとかんべ）（現在の東川）。アイヌ民族がたくさん住んでいて、彼らに対する和人の激しい差別意識があるその小さな村で、大東亜戦争（太平洋戦争）時代、軍国主義風潮の強い中で、私は幼少期を過ごした。自然に異民族との貴重な接触を体験したのだった。

小学校入学前の幼少の頃の体験から話そう。

アイヌ民族のおばあさんが二人（もちろん口の周りや手首に入れ墨を入れた）がばったり会って、本当に懐かしいというように抱き合い、手を取り合い、お互いに大きな声で早口にアイヌ語で話し合う。私にはアイヌ語だということは分かっても内容は理解できない。これらの入れ墨、アイヌ語は明治の初めから禁止されていた風習だ、と後で知った。

私の家のすぐそばに「ひとりハボ」といっていたおばあさんが一人で住んでいるチセ（茅葺きでアイヌの人の住んでいる家）があった。おばあさんはもちろん口にも手にも入れ墨を入れていた。家の中は生木を囲炉裏で燃やしていたので本当に煙く、涙がぼろぼろと出た。今思い返してもどうしても理由は思い出せないのだが、毎日のようにそこへ遊びに行っていたものだ。

　春の畑起こしの時であった。和人の農家の人がプラオ（すき）を馬に引かせて畑起こしをしているのであるが、「おけや」といっていたアイヌのおじさんの家の周りを全部起こしているのである。起こす前にはその家から一本の踏み固められた道が付いていたが、それが無くなってしまったのだ。それを見て本当に驚いた。なんでそんなことをするのだろう？

　家の窓からのぞいて結婚式が行なわれているのを見た。カムイノミ（神への祈り）が延々と厳粛に行なわれていた。アイヌが酒好きでのんべいで、というが、そういう人もいたが、必ずしもそうではなく、この厳粛さに驚いた。

　確か、小学校三年の時のことであった。隣の一級上のアイヌの男の子が川で溺れ死んだ。葬儀だが親族が集まって二、三日夜通し踊り明かす。夜、トイレに行くとその響きや歌声が窓の向かいの明かりのもとから聞こえてくる。

　この時、もっと驚いたのはカソマンデ（家を造り使っていた物を入れ、火をつけ煙とともに神の国に送る）であった。小さな家ではあったが、焼け跡には鉄の鍋が残っていた。当時、戦争の終わりが近づいていた頃で、鉄製の物は皆供出しなければならず本当に貴重な物であった。

　挙げれば切りがないが、差別の厳しい戦時中であり、強制同化政策で禁止されていたアイヌ民族の異文化が「どっこい生きている」といえたし、種々の問題を判断する時に、貴重な「原体験」として私には残った。

　高校生の時に、「北海道とは一体どういうところなのだ」と自問を繰り返し、北海道を極めたいと思い、いろいろと本を読んでみたりもした。

　教師になって、「人間教育」（生活指導）が大切と研究会にはしょっちゅう出かけ、勉強もしたし、生徒にもそのつもりで接していた。しかし、その生活指導の根底にもっと深い民族問題の壁があることに気づきながら、なかなか踏み出せなかったが、意志ある人々と相談し、日高地方を中心に「少数民族懇談会」という会を作った。「民族」という言葉があまり使われていない中で、「民族」という言葉を使うかどうか議論した。ウイルタ、ニブヒなどの民族をも考え「少数民族」とした。地域では「アイヌ」という言葉が厳しい差別用語で口から出せず、タブーであった。最初はまさに試行錯誤だったが、アイヌの人たちの差別の体験から学び、それが推進力になった。その地域の差別が、薄皮を剥がしていくごとく、無くなっていく三十数年であったと今思い返す。

「少数民族懇談会」は設立以後三〇年以上になるが、例会は二カ月に一回、今でも続いている。初期の頃は、今も差別がこのようにあるんだよという「差別の告発」が一番重要なことであった。地域や学校でどのような問題があり、どのように対処すべきかが、何時も延々と昼食を取りながらも続いた。明治以後の北海道の歴史もその中で学ぶことができた。

「アイヌ民族を語ろう」の講座の内容

三一回の講座は、「日本の先住民族アイヌの歴史と現在の実態を資料に基づいて語る」として、十勝の中学一年生、竹内公久枝さんの「差別」(作文コンクール最優秀賞)(資料①、本書第六章に収録)を読むことから始めた。この資料は教室で中学生・高校生がアイヌ民族を勉強する時に、必ず最初に読んだ作文である。身近にどんな差別があり、悩んでいる人がいるかということに気づかせる大変よい教材で、教室はいつもシーンとなる。

次に、『キムンウタリ序章「南北の塔」』(三〇分)のビデオの上映である。このビデオは、一九八六年、空知の群生舎が作成したもので、アイヌの鷲谷サトさんがどのようにしてアイヌに目覚め連帯の運動をしているかというものである。

彼女は小学校の時自殺を考え、鉄道線路にそばに立ったこと、アイヌ民族の墓地が急な崖を上がる山の上に追いやられ、まさに「死んでも差別」といえる状態であった。朝鮮民族の歌舞団から誇りを取り戻すことに気づかされた。激しい沖縄戦でアイヌの兵士がヒューマンな行動をしたことに感動した。そして彼（弟子豊治さん）がキムンウタリ「南北の塔」（三〇〇〇体の遺体を集め、大きな墓を建て、南〔沖縄〕と北〔北海道〕の連帯の意味を込めて付けた名前）に辿り着いたというものであった。

その他資料、高等学校「現代社会」の検定の実態（資料②）である（本書第九章「5 北海道の人権教育」参照）。この資料はここでは提示できないが、「政府の同化政策により」「いまも就職・結婚などにみられるアイヌ民族に対する差別や偏見をなくし」などというポイントになる部分を検定で削除し、原因、実態を書かない教科書になっているという実例である。

第六回から第一六回まで、一一回にわたり、アイヌ民族の歴史を取り上げた。資料は『アイヌ民族　歴史と現在——未来をともに生きるために（中学生用）』。財団法人アイヌ文化振興・研究推進機構が編集したものである。これは一九九八年から二年間アイヌ民族の研究者を中心に討議を重ね、「アイヌ民族に関する指導資料」に結実し、三年目に実際使える小学生用とこの本を出版したもので、今までにないアイヌ民族からの視点を持った画期的なものであった。小学生・中学生用としては大変難しく教えにくいという声が聞こえていたが、それは研究の結果、「現在、こうも言えるし、またこうも言える」というような表現もあるもので、大変はっきりと現在の立場、研究の進展の状態が分かるものになっていてよいのではあるが、教える場合は確かに難しいものにはなっている。

この二、三頁を一日一時間半くらいかけて説明するという状態であった。大きな図や写真とその説明が入って正味四〇頁くらいの本を一一回の時間をかけたのだった。

内容は、「土器を使い始める前の時代」から始まり「縄文時代の文化」で最新の考古学に基づくアイヌ民族の成立について述べている。「七〜一三世紀の政治・社会」では東北地方の蝦夷をきちんと述べている。「一〜一三世紀の文化」では、本州の弥生式文化とは違う「続縄文文化、擦文文化、オホーツク文化」を北海道の最近の発掘調査に基づいて述べている。「一三〜一七世紀の政治・社会」では、サハリンから東北アジア（アムール川地方）の人たちとの交易、コシャマインの戦い、松前藩の成立、シャクシャインの戦い、について述べている。「一三〜一七世紀の文化」では、オホーツク文化が擦文文化に吸収されたこと、「熊送り」は熊の魂を神の国へ返す重要なアイヌ民族の伝統的な儀礼であるが、それについての諸説、「英雄叙事詩」（カムイユカラ）についての意見などが延べられている。

「一七〜一九世紀の政治・社会」では、「場所請負制」、クナシリ・メナシの戦い、松浦武四郎が書いた記録、さらに明治維新になっての政策、同化政策について述べている。「一七〜一九世紀の文化」では、オムシャ（アイヌ民族と和人との交易の時の儀礼）の変遷、弓や仕掛け弓で捕る狩猟などの生活と暮らし、さまざまな種類の物語（カムイユカラやウエペケレなど）について。「明治・大正から戦前までの政治・社会」では、蝦夷地から北海道と呼び改め、戸籍の作成、土地取り上げ、「旧土人」と呼ぶなどの開拓使の政策。サハリンや千島列島の国境についてロシアとの条約や、それらがアイヌ民族に与えた変化と苦しみ。「北海道旧土人保護法」の与えた影響。大正時代のアイヌ民族の組織や差別に対する活動。「現代の政治・社会」では、北海道アイヌ協会の設立や農地改革の影響。北海道ウタリ協会が権利の回復を目指し「アイヌ新法」（案）を作ったこと（本書第六章「3 アイヌ民族に関する法律（案）」参照）。

一九九七年、「北海道旧土人保護法」を一〇〇年経って廃止し、国会は「新しい法律」（正式名称「アイヌ文化の振興並びにアイヌの伝統等に関する知識の普及及び啓発に関する法律」）を作った。しかし、これは「アイヌ新法」（案）のなかの「アイヌ文化」の一部分だけを法律にしたものである。国連の「先住民族」の討議の中で、「先住民族の権利に関する国連宣言」の草案が決議されたことなどが述べられている。「近代・現代の文化」では、素材としてアイヌの人たちの生き方を個人名で紹介をしている。大河原コビサントク氏、山本多助氏、知里真志保氏、山丸武雄氏、平三男氏である。

「アイヌ語」では、「アイヌ語とは」「アイヌ語の話されていた地域、話されている地域」「アイヌ語地名」「アイヌ語はどんな言葉か」「アイヌ語の過去と現在」「アイヌ語を守るための動き」が記されている。

「北海道のヒト」では、骨の特徴から考える、として最近の研究に基づく研究成果を科学的に紹介している。

この講座での資料は、「北海道旧土人保護法」の成立時と改正を対比（資料③）（省略）、北海道ウタリ協会が一九八四年に採択した「アイヌ民族に関する法律（案）」（資料④）。全文はここには載せられないが、大切な「前文」と「本法を制定する理由」の項を載せてある（本書第六章「3 アイヌ民族に関する法律（案）」参照）。

一九九七年、国会を通過した時「アイヌ新法」法案として提出された「アイヌ文化の振興並びにアイヌの伝統等に関する知識の普及及び啓発に関する法律」（資料⑤）（省略）など。

次に、この「歴史と現在」の理解を深めるために、二本のビデオを観た。『新・共生への道』と『アイヌ文化を学ぶ』である。『新・共生への道』は北海道ウタリ協会が編集した啓発ビデオで、一九九七年、二風谷ダム裁判でアイヌ民族が先住民族だと認められたこと、通称「アイヌ文化振興法」が施行されたこと、などを受け、先住民族としての新しい展望を述べている。構成はアイヌ民族の現状、歴史、現代の権利獲得の運動の三本柱である。「アイヌ文化を学ぶ」は、（財）アイヌ無形文化伝承保存会の編集で、アイヌ語、歌・踊り、家をはじめ着物などの生活用品、食べ物、カムイノミ（神への祈り）などの精神文化を紹介している。共に三〇分内外のテープである。

次に、世界に目を向けて、国連の「先住民族の権利に関する宣言（案）」と国連の動きである。国連は一九八二年、先住民族に対する人権保障活動を正式に始め、この年、第一回「先住民に関する作業部会」が開催された。一九八七年に北海道ウタリ協会が初めてこの会議に参加している。一九九二年一二月、国連は一九九三年を「世界の先住民のための国際年」と決議、野村義一道ウタリ協会理事長はその国連総会の開幕式典で演説し、注目された。国連は一九九四年から向こう一〇年間を「世界の先住民の国際一〇年」とすることを決定。世界の先住民族がいろいろな活動を始め、作業部会では多くの議論を積み上げ、一九九三年ようやくまとめた宣言草案を上の機関の「人権委員会」に提出した。

（注）その後、人権委員会での討議が長引いていたが、二〇〇七年九月一三日、国連総会本会議で上記「権利宣言」が採択された。また、日本においても、二〇〇八年六月六日、衆参両院は「アイヌ民族を先住民族とすることを求める決議」を満場一致で採択した。

その他、ＩＬＯ（国際労働機関）、国際人権規約などでの、規約の改正や活動の強化で、世界の人権活動が前進している。

ここまでで、「アイヌ民族を語ろう」は二〇回を数えた。感想などの話し合いも入っている。資料は「先住民族の権利に関する国際連合宣言草案」（資料⑦）（省略）である。

次に、アイヌ民族を教育の中で取り上げてほしいという要求が強いことに対して、どのように取り組んでいるか、教育実践を含めて提起した。相当意図的に研究していなければ取り上げることができないので、教育実践はあるにはあるが、数は限られている。資料は「先住民族問題と教育」（大脇徳芳、資料⑧、本書第六章「2 先住民族問題と教育」に収録）である。

次に、二風谷ダム裁判で何が認められたか、アイヌ民族の権利獲得の方向性について話した。二風谷ダムは「苫東開発」に沙流川から水を引いて水資源確保しようというのがそもそもの始まりであった。密かに土地買収が進行したが、萱野茂氏と貝沢正氏が反対し、裁判に持ち込まれた。一九九七年三月、札幌地裁の判決では「アイヌ民族は先住民族に該当する」「アイヌ民族は文化享有権を持っており、これは憲法一三条にいう個人の基本的権利にあたるが、それはアイヌ民族の集団の権利とも考えられる」とした。国は控訴せず決定した（資料⑨）（省略）。

アイヌ民族共有財産裁判について（概略）

今までの活動で、たくさんのことがあったが詳細は省略する。集大成は「共有財産裁判」だったと思う。

一九九七年、「北海道旧土人保護法」が廃止され、「アイヌ文化振興法」（正式名称「アイヌ文化の振興並びにアイヌの伝統等に関する知識の普及及び啓発に関する法律」）が国会を通り施行された。その法律の附則に基づいて返還されようとする北海道が管理していたアイヌ民族の共有財産（総額で一四六万八三三八円）が、明治以後一三〇年間、どのように管理されていたかに疑問を持ち、アイヌ民族と和人の賛同者を募り、一九九八年、「北海道旧土人保護法に基づく共有財産を考える会」を立ち上げた。次の年、どうしても裁判でしか解決の道は無く、原告団と「アイヌ民族共有財産裁判を支援する全国連絡会」に組織替えをして全体として八年間、いろいろな取り組みを行ない、札幌地裁、札幌高裁、さらに最高裁判所まで厳しく闘った。二〇〇六年三月、最高裁判所で一方的に門前払いになり「訴えを棄却」された。しかし、この間、道の資料の開示請求等によって管理の実態がいかにずさんであったかを明らかにすることができた。そのことは、札幌高等裁判所の判決文でも「指定後の管理の経緯の詳細を把握しきれていないものがあることは否めない」と言わしめた。

裁判は最高裁まで闘い敗訴にはなったが、多くのことを知り学ぶことができたし、また、前進面もあった。

一つには、それまで一切不明であった明治以来の共有財産がどのように発生したのか、道の考え方や管理の実態はどのようであったのか、という歴史的経過の詳細の七、八割は、原告、弁護士、支持者たちの努力で明らかになったことである。

もう一つは、敗訴したとはいえ、アイヌ民族の団結と社会のアイヌ民族の認識に一定の前進面を得ることができたということでる。

「共有財産裁判」の具体的内容

いろいろな資料を基に七回続いた。

最初は「共有財産を返還する」という公告が道から示されても、何のことかほとんどの人は知らなかった。「アイヌ文化振興法」の附則に基づいてのことだが、これはおかしいのではないかという疑問の声が出た。一年に限り該当者は道に申請せよ、とはいうが、「該当者」って誰のこと？　一〇〇年以上も管理していた全額が一四七万円もない、など。「北海道旧土人保護法に基づく共有財産を考える会」を打ち上げるまでに半年以上の年月が流れた。

多くのことは省略して話を進めなければならないが、会として知事に原資料公開を要求し、共有財産を考えるシンポジウムを開くことが、最初の仕事になった。申請者を出さなければ共有財産は処分されて闇に葬られ、歴史の事実を明らかにできないと確認し、申請者を多く出すことに努めたが期日が迫っていて大変であった。

この間、知事に公開質問状を出し、道との交渉で共有財産の管理の状況や内容の把握に努めた。道は「北海道旧土人共有財産等処理審査委員会」なるものを作り、公正に見せかけ、これを隠れ蓑に処理をスムーズに行なおうとする。一九九九年四月に入り、道は返還の請求者への返還通知（「返還します」「返還しません」の通知文書）を発送した。会としては、道保管の八〇〇〇コマ以上の膨大なマイクロフィルムの公開の請求や「返還内容の質問書」を出すと同時に、「共有財産を考える会」を改組し、「原告団」と「アイヌ民族の共有財産裁判を支援する全国連絡会」とした。いよいよ返還を阻止するために対抗手段として札幌地裁に「処分取り消し」の提訴を行なうことになる。七月五日、アイヌ民族二四名が「共有財産返還手続きは無効であり、手続きを取り消すよう」北海道知事を相手に提訴した。弁護士は松村弘康団長、房川樹芳を含む七名になった。以後、口頭弁論が一四回、二年八カ月をかけ二〇〇二年三月七日、原告の請求を「訴えの利益のない有利な返還」として一方的に却下された。

この提訴で弁護士から特に強調されていたのは次のようなことであった。日本の今までの裁判の文書審議のやり方では入り口を突破できない。新しい考え方と方法でこれを突破しなければならない。アイヌ民族の特殊な裁判ということで、見える裁判にするために、毎回原告がかわるがわる陳述した。アイヌ民族のたどってきた歴史的事実、苦難の中での個人的な体験、つくられた共有財産の性質、その管理が明らかではない、返還をどのように考えるのか、ということ等を述べた。「共有財産裁判全国連ニュース」を発行し、毎回、法廷の口答弁論で原告が陳述した内容を知らせることができたのは大きな力になった。

地裁では、二〇〇一年九回目の口頭弁論の時、裁判長は「弁論を終結し、判決を四月二六日とする」と通告した。これに対し原告側は反発、抗議文、「再開の申立書」を提出。裁判所は判決日を延期し、「返還しないとする三名のみの口頭弁論再開を決定。二回にわたり三名の尋問を行なった。このような事情聴取は共有財産の性質、発生の原因、管理の実態を究明する手段になるので、実質審理に入る可能性の面でプラスになった。


札幌高裁へは、二〇〇二年三月二二日控訴した。原告は一九名。高裁での取り組みで強化した点は、地裁での闘いをふまえ理由書に「先住民族の視点の欠如」「法律上の利益について」をいい、五点を強調、提出。さらに「アイヌ民族共有財産と先住性」(松本祥志札幌学院大学法学部教授)と「返還の対象となる共有財産をすべて公告すべき義務がある」(石崎誠也新潟大学法学部教授)のお二人の意見書を提出。「訴えの利益論」(訴えるにはそれなりの利益がなければならないとする今までの慣例——原告にとっては間口が非常に狭い)突破や「違法性の継承」など法理論上も強化し、さらに瀧澤正「陳述書」、井上勝生「意見書」を提出した。「準備書面」(原告、被告両方の弁護士による主張——これが裁判での主要な争点になる)も理論面で地裁よりもずっと強化できた。さらに開示請求書により道の資料を手に入れ、管理状況を細かく検討し、返還金額の数字がいかにおかしいかを指摘した。国連のスターベンハーゲン氏の北海道報告や北海道ウタリ協会の方針変更で共有財産裁判支持を打ち出したことも力になった。

裁判長は追い詰められて、第六回口頭弁論中に二度にわたって合議のための中断をし、「瀧澤、井上の二人の尋問を行なう」と判断した。

村松弁護士団長はその総括集会でこう言う。「今日の決定は非常に重い。この裁判で扉が開いた。返還手続きについて漏れがあったのかどうかを裁判所で確認したいということです。向こう(北海道知事側)は抵抗したでしょ。二人というのはすごい。皆さんが今日押し開いたというのは歴史的ですよ。私たちは歴史に封印するなと言ってきたけど、封印を解いた。訴えの利益がないと逃げ込まないようにしなければ。それは世論です。(歴史的に)アイヌ民族にどんな仕打ちをしたのか、今の行政は開けてはならないんですよ。それを皆さんの力で押し開けた。すごい事が起こるものだと思います。私は、今日結審すると思ったんですよ(笑い)。お二人に期待するよりないわけです。今後も頑張りましょう」

二回の証人尋問(瀧澤正氏、井上勝生氏)が行なわれ、瀧澤氏は、北海道が公告に際し行なった共有財産の調査は不十分であること、その具体的なもの一〇カ所があると指摘した。その他、旭川市から北海道への移管の際、「指定外財産」として財産管理を行なっており、今回返還される共有財産に入っていない。「旭川市旧土人公有財産」のうち「基本財産」があった。しかしこの財産が指定されていない。旭川市が共有地を管理していた時代の賃料滞納分があった。その滞納金が返還される財産であることを指摘した。

井上氏は、道は台帳やマイクロフィルムを問題にしながら、台帳やマイクロフィルムを全く使用せずに公告の表を作っている。原資料が相当に残っていて、アイヌ民族史や近現代史の専門家が加われば、共有財産の経過や実態を相当程度、明らかにすることができることを説明した。また、アイヌ民族の抗議や批判の活動があり、「古民財産管理法」なるものが「旧土人保護法」以前に十勝で作られ、アイヌ民族の意思が反映した財産管理法ができていたことも明らかにした。

これで結審になり、二〇〇四年五月二七日の判決は、道の公告に対し相当の疑問が出され我々が有利ではないかという観測があった。地裁からの五年間の闘いで全国の支援者による組織の団結によって明らかにしてきたアイヌ民族の共有財産の裁判が勝訴で報われるのではないかと思われた。しかし、判決は上にも述べたとおり敗訴であった。高橋知事への二回にわたる「公開質問状」では知事の回答は不誠実なものだった。高裁の判決に悔しい思いをしながらの最高裁への取り組みだった。六月八日、一八名の原告で上告した。検討の末の「上告理由書」「上告受理申立理由書」提出であり、「最高裁は口頭弁論開催を」という請願署名と「あらためてアイヌ民族の先住権を問う」という東京集会を打ち出した。最終的に請願署名は七〇〇〇名を超え、カンパは六二万円を超えた。一一月二〇日の東京集会には、原告九名の発言、各地よりたくさんの研究者の発言で盛り上がった。しかし、二〇〇六年三月二四日、上記のとおり最高裁で門前払いになった。

講座の最後三回は、金田一京助の千島列島に関する主張、ウタリ協会の動き、知床自然遺産登録についての要望書、萱野茂氏に関する新聞記事、道内外のアイヌ民族に関する資料を展示している施設の資料（資料⑩）（省略）などと、今までの総括討議やアンケートの実施であった。

講座　アイヌ民族の楽器「ムックリ」を奏でよう

竹製のアイヌの楽器「ムックリ」を四〇丁船に持ち込み、仕入れ価格三〇〇円で売り、それを使って練習するというものであった。一日三〇分で一六回の練習であった。四〇丁は結局、全部売れてしまった。楽器の名称ムックリについてはすでに述べたし、フィリピンのものや鉄製のものについても触れた。

最初は、糸や左手での竹の部分の持ち方、糸の引き方、口への当て方などである。それがきちんとできなければ音は出ない。数回やっているうちに音が出だすので、「出た！　出た！」ということになる。しかし、なかなか上手くはいかない。手や唇が痛くなる。ようやく一〇回くらいで少しずつ続けて音が出てくる。「一〇回は根気よく練習をしよう」「継続は力なり」などを練習の目標にして練習した。だが、やはりかなり難しいとはいえよう。口の形、舌の使い方、特に息の使い方が難しい。腹式呼吸で音が変わる。一〇回やそこらで腹式呼吸を上手く使えるようにはならない。私が音を出すと全然違う大きな音なので、びっくりし、早くそのような音を出したいと頑張る。

ムックリは一丁一丁の音が違う。鳴りやすいものと鳴りにくいものとがある。微妙な音の調節に、ナイフを持って行き、少しずつ削り調整をする。

みんなで発表会に出よう、と声を掛けたが、そのような機会を持つことはできなかった。今、みんな練習を積み重ね、上手くなっているかな、などと想像している。

4 古道・様似山道を歩く

二〇一二年一〇月一四日、上記タイトルの会に参加した。様似町アポイ岳ジオパーク推進協議会主催のアポイ岳ジオパーク・ジオツアーの第五弾で二日間の日程。一三日は「幌満峡の紅葉狩り」だったが都合が悪く参加できなかった。

私は、浦河高校卒で様似中学校で四年間、浦河高校で一五年間教鞭をとり、アポイ岳は高校一年の時の全校登山以来何度も登山を試みた。冬島から幌満にかけての約六キロの「日高耶馬渓」は、高校一年の時に初めて通ったのだった。バス一台がようやく通れる一〇以上もあるトンネルを急カーブで揺られながら土埃をあげて海岸線を行くバスで、ガソリンの匂いと揺れがひどく、初めての乗り物酔いで汗だくになって吊り革に掴まっていたのを思い出す。

日高を出てから「様似古道を確認できた」とかいう新聞記事を読んだ記憶があった。私は、北海道がどういうところかに興味を持ってきたが、江戸時代に北海道が日本の中でどのような歴史を歩んできたのかについても関心があった。

江戸時代の北海道の歴史を考えてみよう。

松前慶広が徳川家康からアイヌと交易する独占権を認められる黒印状を受け取ったのが一六〇四年。様似山道が作られたのが一七九九年。この約二〇〇年の間でどのようなことが北海道ではあったのだろうか。

一六六九年、シャクシャインの戦いがあった。オニビシ派とシャクシャイン派の紛争から約一〇年後に、近世におけるアイヌ民族の反松前藩・反和人の最大の戦いだ。和人の死亡計二七三人、など。松前軍はシャクシャインを謀殺。その後松前藩はアイヌ民族を徹底的に取り締まった。一七八九年、クナシリ・メナシの戦い（アイヌ民族の蜂起で和人七一人が死亡、蜂起した主なアイヌ三七名が処刑される）が北海道の東端の根室半島で起こっている。

この頃、渡島半島の「和人地」には相当の和人が住んでいた（一七〇一年の松前藩の調査では二万八六人）が、東蝦夷地、西蝦夷地と呼ばれた他の北海道では人口は非常に少なく、一方、アイヌ民族の人口は一八二一年では、北蝦夷（樺太＝サハリン）を含めて二万三五六三人。それ以前の天然痘の流行などで相当数が死亡している。

シャクシャインの戦い以後、全道的に広がる場所請負制度（藩主や家臣の商場＝場所での交易権を商人に与え、運上金＝委託料、税金を受け取る）が、明治時代まで二〇〇年くらい続いた。アイヌ民族は、和人の商人との鮭、動物の毛皮や海産物などの不当な交易に制限されたり、漁場などで強制的に労働力を提供しなければならなかったりで、和人の経済的な活動に組み込まれ、生活が破壊されていく。

一方、日本、北海道は外国の注目を浴び、一七世紀以降、外国船の探検調査団が北海道近海へ来ている。オランダ、イギリス、ロシア等であるが、ロシアの対日南下政策（一八世紀に入ってカムチャツカから千島列島に南下する）は組織的で準備を重ねていた。松前藩がロシアの南下の状況を知ったのは一七五九年だが、これを「赤蝦夷」と呼んで幕府には知らせなかった。

一七八二年に工藤平助が著した『赤蝦夷風説考』が転機をもたらし、蝦夷地開拓問題が登場した。幕府は一七八五年大型船二隻を建造し、東蝦夷地と西蝦夷地を調査するために探検隊を派遣した。東蝦夷地は千島列島の国後、択捉、ウルップ島まで、西蝦夷地はサハリンの白主、大泊、久春内まで調査した。ロシア人を介してキリスト教が千島のアイヌに広がっている事実も判明した。東蝦夷地探検隊の中には最上徳内がいた。彼は以後六回サハリン、千島、北海道を調査している。調査の結果、松前藩の蝦夷地対策は全く役に立っていないことが分かり、国防の問題が浮かび上がってきた。蝦夷が島（北海道）は広い島で、ロシア人の南下に対するにはあまりにも人口が少なく、食料も乏しく、取り締まりが極めて難しい島だということである。

前記のように一七八九年、クナシリ・メナシの戦いがあり、幕府は一七九九年、和人地と東蝦夷地を、さらに一八〇七年西蝦夷地を、幕府の直轄地にして、警備を強化するとともに幕府直捌をし、公正な場所取引をするようにし「蝦夷交易」を改革した。

以下、年表風に。一八〇〇年、「八王子千人同心」の子弟約一三〇人が鵡川と白糠に屯田兵（農耕と警備の二重の任をになった）として入植。一八〇四年、幕府は東蝦夷地に三官寺を建立した。善光寺（伊達）、等樹院（様似）、国泰寺（厚岸）である。アイヌ民族の和人化を促進するとともに仏教をアイヌ民族に浸透させる。また、和人で死んだ人の法要や祈願、邪宗門（キリスト教）対策のためである。

幕府が東蝦夷地を直轄してまもなく、伊能忠敬が東蝦夷地沿岸を測量し、間宮林蔵が西蝦夷地を測量し、合わせてほぼ完全な北海道全図が出来上がった。私は一六一〇年のヨーロッパで作成された地図を持っているが、日本の東北以北は全くの海なのである。北海道は知られていなかった。正確な地図ができたのが明治のたった七〇年前なのである。

ようやくここで、表題の「様似山道」の位置付けに入る。蝦夷地問題の第一が対外政策であるならば、そのための交通条件が必要になる。一七九八年、幕府は調査隊を東西蝦夷地に派遣する。東蝦夷隊に近藤重蔵、最上徳内など。近藤はこの時、択捉島に「大日本恵登呂府」の標柱を建てた。その帰り、十勝の広尾で雨のため足どめされた。今の「黄金道路」だが、彼が費用を出して一四キロの山道を開削した。「ルベシベツ山道」である。これが北海道の道路開削の最初といわれている。

その翌年、上記のように幕府は、東蝦夷地を直轄にし、函館から根室への沿岸道路を開削した。松前藩に礼文華の開削を命じ、様似山道と猿留山道（庶野、目黒間の六キロ）を開削し、一七九九年秋には函館から釧路まで陸路馬で行けるようになった。川には橋か渡船が用意され、宿泊・人馬の継ぎ立て用に駅逓が置かれ、有珠には馬育成の牧場が設けられた。

当日、朝八時四五分に様似町中央公民館前に集合し、ジオパーク関係の世話人が五名くらい加わり、総勢三五名程度。札幌や函館、十勝方面の人たちがいるようだった。バスに乗り幌満まで行き、幌満トンネルを潜った幌満川の右岸に様似山道の説明文と入り口の標識があった。九時二〇分出発。すぐに丸太で組んだ階段の急な登り坂になった。東から西へ七キロ、冬島付近に出る約四時間の山道である。雨が予想されていたが、快晴の秋空が広がっていた。

山道はそれほど海岸から遠くはなく、谷川へ下り登りする坂道がほとんどだ。結局六回ほどの下り登りで、急勾配もあり設置されているロープを伝う箇所もあり大変だった。海岸の波で危険なことを考えるとやはり、この山道を作らなければならなかったのであろう。潮の引いている時は海辺を通れるのだろうが岩で大変だろうし、時化の時は到底渡れないだろう。荷物を持っていればなおのこと、海岸の行き来が難しかったのだろう、などと想像しながらの歩みとなった。獣道を主体にして山道を作ったのではないか、という。

一番驚いたことは、山にはほとんど笹や草が茂っていず、茶色の地面がむき出しなのだ。昔、アポイ岳に登った時、道に迷って背丈ほどもある笹竹を掻き分けたのを思い出して、あまりにも変わり果てた景色に納得がいかなかった。ガイドの説明によると全部鹿の仕業だという。鹿が食べないナナツバ（はんごん草）など、だけが少し小さく残っている。今は草を分けて歩いたり刈ったりしなくともよくなった。一〇年ほど前までは毎年草刈りをしていて、町の予算も組んでいたが、今は必要がない、という。

「日高耶馬渓展望台一〇〇メートル」と書かれた標識があった。三カ所ほど、海岸の道路と海が見える場所に出てみた。すぐ下が国道で目が回るほどの高さだ。いかに険しく海が迫っているかがよく分かる。潮の匂いがする。鵜の鳥岩（李白岩と松浦武四郎が言っているという）という海岸の道路を走っている時に見覚えのある岩が見えた。様似で一番太くて大きいという巨木（ミズナラの木）まで降りて写真を撮った。途中に「原田旅宿跡」があり間取り平面図を書いた説明板もあった。明治六年から明治一八年までの一二年間、山道を通る人の安全を守った、ということだ。

最後二キロのところで一度開けて海岸に出るが、そこは「コトニ小休憩所」だ。付近は高台で今は昆布の干場になっていて、いっぱい昆布が並べられており、人が働いていた。昆布干場の砂利はここでは「かんらん岩」を砕いたもので大変適しており、ダンプ五台で一〇万円する、ということだ。

最後の下り道で、初めて緑の膝頭の高さ程度の笹藪が続いていたので、ほっとした。

標識が設置され、目印もたくさん付けられており、古道はよく整備されていた。ガイドも付いていただき、晴天に恵まれたフットパス歩きであった。弁当の昼食時間三〇分を含み、五時間の有意義で楽しい古道歩きではあった。

5 芭蕉「おくのほそ道」を辿る旅

はじめに

「おくのほそ道」の「月日は百代の過客にして、行かふ年も又旅人也。舟の上に生涯を浮べ馬の口とらえて老いをむかふる者は、日々旅にして、旅を栖(すみか)とす」という冒頭の有名な名文を読みながら、二〇年以上前からその旅路を辿ってみたいと思っていた。

最近ますますその思いが強くなって「実現しよう」となり、二カ月間で、本屋で芭蕉関係の本を捜して五冊の本を興味深く読み、さらに、それぞれ二回ずつ読み返して実行することにした。古典の解説書だけを考えていたが、全く種々な本が出ているので面白く読んだ（参考になると思うので、書名を記す）。

①ビジュアル古典文学『おくのほそ道』、文・関屋淳子、写真・富田文雄、二〇一〇年六月一二日発行、ピエ・ブックス

②新潮古典文学アルバム『松尾芭蕉』、執筆／編集・雲英末雄、エッセイ・高橋治、一九九〇年一一月一〇日発行

③『おくのほそ道　芭蕉が歩いた北陸』、金沢学院大学文学部日本文学科、二〇一〇年三月一〇日発行

④『松尾芭蕉この一句　現役俳人の投票による上位一五七作品』、有馬朗人・宇多喜代子監修、二〇〇九年一一月二五日発行、平凡社

⑤『芭蕉の杖跡　おくのほそ道　新紀行』、森村誠一著、二〇一二年七月二〇日発行、角川マガジンズ

①は、原文とその現代文(翻訳)、それに四五章にそれぞれ三、四枚の写真と短い解説が付く。この写真と解説が一番参考になった。

②は、芭蕉の「おくのほそ道」だけでなく、全生涯を通し、学問的に精緻にして大切な資料も写真で入っている貴重な本であった。

③は、金沢学院大学文学部日本文学科の教員(八名)が、『月刊北国アクタス』(金沢市の北国新聞社刊)にリレー掲載したものを一冊にまとめた書で、「おくのほそ道」の後半新潟県からが主で、各地を歩き、住職などに話を聞くなど、今日のことなども分かり面白い本ではあった(写真入り)。

④は、芭蕉の俳句を対象にして、ランク付けを試みたというユニークなもの。全国三二二人の現役俳人が参加し、自分が推薦した理由などが述べられている。芭蕉の句を鑑賞するには、最高に参考になり面白かった。一位はどの句だと思いますか(答えは訊かれた人に教えます)。

⑤は、森村誠一が「角川グループ会長の角川歴彦氏から、おくのほそ道を今日の感覚で歩いてみないかと提案された」と書いているとおり、角川グループのメンバーと、芭蕉が歩いた「おくのほそ道」を五エリアに分けて五回まわり、一エリア三泊ずつ、高速度交通機関をフルに駆使して回った記録である。森村誠一氏自身の俳句も入っている、なかなか読み応えのある本であった。

自分で車で辿るにはナビがなければ辿れないと思い、ナビを買う検討に入った。しかし、妻から一人で行くのは危ないから駄目だと反対され、どうしたものかと思いあぐね、だれか一緒に行く人を探そうと四苦八苦したが、弟に思い至った。弟は千葉市に住んでいるが、電気が専門で大きなバンをキャンピングカーに改造して歩いていると聞いていたので、電話をした。日程の都合がつけばよいよというので、打ち合わせをして時期は早い方がよいということで、六月三日から二人で回ることに決めた。

芭蕉は、四六歳で、江戸時代の一六八九年(元禄二年)、いまから三二六年前、一五〇日余りにわたる旅(旧暦三月二七日から。現在の五月一六日から一〇月一七日まで)に、弟子の曽良(そら)を連れて、江戸の深川をまさに死を決して、約二四〇〇キロの旅に出たのだ。

一、いざ出発!

この道を一〇日で辿るには、ぜひ行きたいところ、辿りたいところ、省略したいところを検討し、一度も行ったことがなくぜひ寄りたい黒部ダムに一日を費やし、高速を使い、おおよその日程表を作った。

現在は、道の駅があり、スーパーやコンビニがあるので、車にとっては大変便利だ。必ず道の駅で夜を過ごすことにし、スーパーで夕食、朝食の買い出しをし、洗濯は干す時間がもったいないので、着替えを準備して、出発した。

費用は、一日一人五〇〇〇円。ガソリンは弟が持つと言うので、私は高速代を持つことにした。

期日は、都合のよい早い時期の方がよいということで、六月三日(水)早朝札幌出発、成田行きを使い千葉で合流、午後東京へ。六月一二日(土)午後二時千葉で分かれ、成田~千歳の一〇日間と決めた。

二、行程の主なポイント

(1) 東京、深川

まず出発は、芭蕉が出発した東京の深川とし、松尾芭蕉が移り住んだ深川の草庵跡とされる芭蕉稲荷神社の近くに建つ「江東区芭蕉記念館」を訪れた。施設はなかなか充実していたが、ここで買った『奥の細道の旅ハンドブック』(三省堂)は二三〇頁以上もあり、細かい場所の手書きの地図もあったが、旅行中はほとんど参考にはならなかった。

「行く春や鳥啼き魚の目は泪(なみだ)」

(2) 栃木県、日光

日光は修学旅行などで何度も訪ねているところだが、バスなどで連れて行かれている場合と、車で自分の意思で行く場合の違いで、「なぜこの地に、このような場所を築いたのか」という変な疑問が沸き上がり、脳裏を離れなかった。「日光杉並木」の記憶が何もなかった。バスなどでは別のルートを通っていたのかも知れない。東照宮は来年度いっぱいで完成予定の四年間の修理中で、ビニールシートの張った中で働く人たちを見て、その費用などを考え、その意味が問われるものであった(四〇年ぶりに修理が行なわれているという)。

眠猫の門を通り、特別に開いている「奥宮」(徳川家康の柩(ひつぎ)を納めた宝塔)まで初めて行った。有名な「三猿」の彫られている「神厩舎」に実際に白馬がいることに驚いて、そこにいた係の人に訊くと、「毎日朝早く下から引いて来ている」ということだった。

時間の都合で華厳の滝や裏見の滝へは足を運ばなかった。

「あらたふと青葉若葉の日の光」

(3) 黒羽（栃木県大田原市）

芭蕉は「おくのほそ道」紀行の中で一三泊一四日という最長期間黒羽に逗留した。

「芭蕉の広場」には東屋、「芭蕉の館」、馬に乗った芭蕉とその後ろを歩く曽良のブロンズ像などがあり、その近辺にはいくつもの芭蕉の句の碑があった。

「夏山に足駄を拝む首途哉」

(4) 雲巖寺（栃木県大田原市）

芭蕉が訪問を所望していた古刹である。深山幽谷の趣を醸し出している。大きな杉の木（天然記念物、樹齢約五五〇年）が入り口にあった。

「木啄も庵はやぶらず夏木立」

(5) 白河の関

今の時代、列車や高速道路では知らずに通ってしまうところだが、昔は関東から奥羽（東北）に抜ける関所のあった意味のある場所として、私はこだわって行ってみたところであった。

栃木県と福島県の県境の標識があり、左手に「玉津島神社」の鳥居と石段が伸びており、峠であることが分かる山の舗装道路ではあった。

曽良の句「卯の花をかざしに関の晴れ着かな」

(6) 松島

芭蕉は「おくのほそ道」の冒頭で「松島の月まず心にかかりて」と、松島の章で「松島は扶桑（日本）第一の好風にして」と述べているように、松島への旅心は特別であった。

我々は、景色を楽しみながら五大堂を巡り、福浦橋（赤い欄干のある全長二五二メートルの橋）を渡り散策する。瑞巌寺は訪ねず。

(7) 岩手県平泉町、中尊寺

一度も行ったことがなく、ぜひ訪ねたい寺院であった。あまりにも多くのことがあるので、ポイントのみ。

表参道を上がり、中尊寺（天台宗東北大本山）、なかでも、堂全体を金箔で覆った金色堂、讃衡蔵（宝物館）、ちょっと離れた毛越寺、など。

「五月雨の降り残してや光堂」

平安時代末期の奥州武将・藤原清衡が平泉に一一〇五年、一大仏都の建設に着手。清衡、二代基衡、三代秀衡の三代にわたって居を構え、三氏の遺体と、四代泰衡の首級が安置されている。源義経は一一八九年、泰衡の急襲に遭い自害を遂げた。

義経最後の地「高館」「義経堂」には行けなかった。

清衡が求めた燦然と輝く極楽浄土の世界が展開し、平安文化を凌ぐほどの繁栄を築いた。二〇一一年には、これらの文化遺産が世界遺産に登録された。

岩手県中尊寺の金色堂をバックに弟と二人で。
[2015年6月5日]

芭蕉の「夏草や兵どもが夢の跡」の感を強くした。

(8) 山形県、尾花沢

芭蕉が難儀しながら尾花沢に到着し、まず鈴木清風の家を訪ねている。清風は紅花問屋や金融業を営む豪商の若旦那。江戸や京都で俳諧に親しみ、芭蕉とは旧知の仲だった。

私たちは工事中の人に尋ね、「芭蕉・清風歴史資料館」を訪ねた。この時、偶然にも近くの「清風邸跡」の標識を発見した。

資料館の建物はこの地方における江戸時代町家の姿を伝える貴重な遺構で、まず土間、部屋など雰囲気がよく、史料が充実し、展示も工夫されていて分かりやすく、また、解説をいただいた管理人の説明が大変的確で、ここに来た甲斐があると感じた。

「涼しさをわが宿にしてねまるなり」

(9) 山形市、立石寺

通称「山寺」で通っている平安時代に開基された天台宗の古刹である。

「閑さや岩にしみ入る蝉の声」で有名な寺で、大変期待していた寺である。

車で近づいて驚いた。雰囲気がちょうど京都の清水寺の参道を上がっていく時に多くの観光客が行き来し、店が並んでいる、あの雰囲気である。両側に店と駐車場の看板が多く、道はあれほど狭くはないが、人がかなり行き来している。寺の入り口に近い所の駐車場に車を止めると、食堂はすぐ前で、利用すると駐車料は無料ですよ、と言われる。一一時半に登山口から登りはじめた。「根本中堂」(国宝)があり、左手に芭蕉句碑、芭蕉・曽良の像やいくつかの建物があり、ここで山門である。拝観料を納め「奥の院」までの急な石段が一〇一五段続く。冬中、腰が痛くようやく治っていて、これを登りきることができるか心配なのだが、運動靴で準備をしてきた。途中の堂などを確かめながら登る。つづら折りの石段を登る人と降りる人が繋がっているので、譲り合いながら登る。若い人も多い。

芭蕉は「とても清閑な寺である」と述べている。なぜこんなに多くの人が訪ねるようになったのか。有名な俳句のせいか、それとも一〇〇〇段以上もの石段のせいか、本来の古刹のせいなのか、などと考える。

ようやく登りきり、右手の五大堂の展望台から周囲の眺望の時間を取る。岩山にはいろいろな名前がつけられているが、確かに荘厳な岩山で歴史を感ずる。

ちょうど一時間で降りてきて、さっきの食堂を利用し、休憩を取ることができた。

ちょっと離れた、山寺を一望できる高台にある「山寺芭蕉記念館」を見学した。

(10) 最上川

「とざわモモカミの里(高麗館)」という羽黒山にできるだけ近い、最上川がよく見渡せる丘の上の道の駅に車を止めた。

最上川は、山形県のみを流れる川で、戦国時代末期には開削して川幅の拡張と川底の掘削が行なわれ、江戸時代には舟運が円滑に行なわれ、大変重要な運搬や交通の手段だった。当時の舟運は生活に欠かせないものであり、芭蕉も舟で下り、「五月雨を集めて早し最上川」という名句を残している。

(11) 山形県、羽黒山

国宝・羽黒山五重塔（高さ24メートル余り）。東北地方最古で最優秀塔である。[2015年6月7日]

羽黒山、月山、湯殿山を会わせて「出羽三山」といい、山岳信仰の霊山で、芭蕉は羽黒山、月山にも参詣している。月山は一九八〇メートルと高く、六月七日も雪で白かった。月山、湯殿山は冬には参詣できないため、羽黒山に「三神合祭殿」が設けられている。我々は羽黒山のみに行くことにした。現在は有料道路で頂上まで行くことが可能なのだ。別ルート（南谷）から「三神合祭殿」までは、参道約二キロで、二四四六段の石段（平らな石を一列に並べた杉林の中の狭い道路）があり、途中に室町初期の五重塔（国宝）が、鬱蒼と茂る杉木立の中にあり、荘厳さが漂っていた。

⑿富山県立山町、黒部ダム

「おくのほそ道」を離れ、長野県の糸魚川から姫川を遡り白馬、さらに大町まで行き、大町アルペンラインに入る。黒部ダムの玄関口扇沢駅から黒部ダム駅まで、関電トンネル（六・一キロ）を電気で動くトロリーバスで走る（所要時間約一六分、往復二五七〇円）。

私は、てっきり黒部ダムへ行くには富山県の黒部川を遡ると思っていたが、違っていた。このルートは、車で糸魚川から扇沢駅までトンネルの多い三時間の行程であった。

世紀の大事業と話題になった大型黒部川電源開発であったが、その「くろよん」を、この目で確かめたいという思いが私にはあった。やはり規模は大きかったし、優れた日本の技術が未経験の土木開発をやったのだと納得ができた。ダムの規模が大きいということは、工事資材を運ぶ規模も大きい。険しい国立公園で厳しい制限

黒部ダムでの殉職者は171名。「殉職者慰霊碑」があり、全員の氏名が記されている。[2015年6月8日]

も多い。黒部川第四発電所は、積雪と雪崩を避け、美観を損なわないように、全設備が地下一五〇メートルに作られているという。

資材輸送路「大町ルート」工事中に、大「破砕帯」（岩盤の中で岩が細かく割れ、軟弱な地層からは毎秒六六〇リットルもの水と土砂が噴出し続けた）に遭遇したことが一番の困難であったと思う。パンフレットには「わずか八〇メートルという距離が全く進めず一時は暗礁に乗り上げかけました。……七カ月もの苦闘の末突破できたのでした」と書かれている。

「殉職者慰霊碑」があり、殉職した一七一名の名前も記されていた。

⒀ 石川県金沢市、願念寺（がんねんじ）

私は、金沢に初めて来たからには、まず「兼六園（けんろくえん）」だろうと、早朝七時半に兼六園を訪ねた。入園料大人三一〇円。約三五〇年前に加賀藩五代藩主が作庭し、一八二二年に「兼六園」と命名され、雄大な回遊式庭園の基本的な構図ができあがったとパンフレットで知る。

やはり規模が違っていた。広さと同時に園内を流れる「曲水」の豊かな水量や池、高低差があるため、滝や噴水が見事だ。噴水は自然の水圧で、水の高さは三・五メートルもある。枝ぶりが見事な黒松や数々の花々など。

帰る頃になって、多くの人が入ってきた。静かなうちに回れてよかった。

芭蕉は、金沢に来て「加賀俳壇の小杉一笑（いっしょう）」が前年亡くなったと知り、願念寺（小杉家の菩提寺）の追悼句会で「塚も動け我泣声は秋の風」の句を手向ける。願念寺には一笑塚や芭蕉の句碑がある。

「あかあかと日は難面（つれなく）もあきの風」

芭蕉は金沢に九日間滞在した。

⒁ 石川県加賀市、山中温泉

山中温泉は、神経痛などに効く透明の湯。芭蕉はここに九日間滞在し、旅の疲れを癒した。「山中や菊はたをらぬ湯の匂」という句を芭蕉は残している。

しかし、金沢から調子が悪くなった曽良は、ここで芭蕉と別れて、大垣（おおがき）で落ち合うことになる。この温泉の街中にある「芭蕉の館」（「おくのほそ道」の資料がある）の入り口には、芭蕉と曽良の別れの場面を刻んだ石像がある。

「今日よりや書付消さん笠の露」

⒂ 石川県小松市、那谷寺（なたでら）

「白山信仰」の寺で、奈良時代初期（七一四年）、開基したといわれる名刹。二五〇名の坊さんがいたが、南北朝の争いで坊舎が焼き尽くされ荒廃していたが、一六四〇年、一大庭園が復興された。

山の山腹に建てられた拝殿（本殿）の奥は岩屋になっていて、那谷寺の御本尊が安置されている。この観音様の周りをぐるっと一周するのが〈胎内くぐり〉だ。母体に見立てた岩屋＝〈胎内〉をくぐると、この世の罪が洗い流され、清らかな体に生まれ変わるのだという。私はこの順路に沿って〈胎内〉を進み、外に出た。「輪廻（りんね）転生（てんせい）」を経験できる「禊（みそぎ）の聖地」だというのだ。

境内には灰白色の凝灰岩（ぎょうかいがん）からなる奇岩・霊岩がそそり立つ、奇岩遊仙境があり、新緑や紅葉の頃は趣が深い、という。夕方の静かな寺は霊験を感じさせた。

芭蕉は、「石山の石より白し秋の風」の名句を残している。

(16) 福井県、永平寺

永平寺は曹洞宗大本山であり、「今から約七七〇年前に道元禅師によって開かれた座禅修業の道場です」とパンフレットに書かれている。

永平寺は、「座禅」という正しい仏の教えによって、僧侶の育成と檀信徒の信仰の源となっている、というように、現在二三〇名の若い修業僧が世俗を離れ毎日厳しい修業を続けているのだ。寺の内部を回ってみたが、その床が磨かれており緊張感が漂っていた。修業僧があちこちらに見当たり、行き交った。庭の清掃が主だが、その丁寧な行動にさえ、修業の心が感じられた。現在、他の寺では感じることのできないものがあった。

(17) 福井県敦賀市、気比神宮、気比の松原

気比神宮は、七〇二年の建立といわれ、北陸道総鎮守。日本武尊、神功皇后、応神天皇、武内宿禰命などが祀られている。大鳥居は日本三大鳥居の一つで高さ一〇・九メートルである。境内に旅姿の芭蕉像と句碑が立っている。

すぐ近くの気比の松原では夏の海水浴場のための建物が建造中であった。

「名月や北国日和定めなき」

「月清し遊行のもてる砂の上」

岐阜県大垣市にある「奥の細道むすびの地・おおがき」の記念碑。[2015年6月11日]

⑱岐阜県大垣市、「奥の細道むすびの地」

「奥の細道むすびの地記念館」が三年前に新しく作られ、住所や電話番号が変わっていたが、ナビでは以前の場所であったため、狭い道路を辿り田圃の中まで行き、すっかり迷ってしまい、ようやく辿り着いた。

大垣市が大変力の入れた、施設や句碑の設定であったため、大変充実した時間を送らせていただきよかったと思っている。記念館のAVシアターでは、迫力ある二〇〇インチのスクリーンによる3D映像で「奥の細道」の紹介フィルムを我々二人に見せていただいた。

水門川遊歩道「四季の道」（二・二キロ）に、「ミニ奥の細道・芭蕉句碑めぐり」として、「奥の細道」の代表的な句碑二二基が設置してあり、パンフレット「句碑マップ」も工夫された分かりやすいものであり、二時間近くかけ往復ゆっくりと見て歩いた。水門川は、大垣城の外堀になっていて、すごく大きな鯉がたくさんおり、市民があちこちで餌をやっていた。

芭蕉は、大垣で曽良や越人ら門弟たちに囲まれ旅の疲れを癒した。二週間余り滞在し、木因、如行らに送られて、伊勢の遷宮を拝もうと、舟に乗り水門川を経て揖斐川を下った。

「蛤のふたみにわかれ行く秋ぞ」

旅に生き、旅に病んだ芭蕉。この旅で「蕉風俳諧」を打ち立て、ここからまた新たな旅へ向かった。芭蕉の俳道一途の行脚のゴールはなかった。

三、まとめ

五冊の本と「おくのほそ道」を辿ることから多くのことを学ぶことができた。

(1) 俳句の歴史を学んだ

「俳諧」は、もともと連歌(れんが)から派生したものである。

このことばの意味を正確に捕らえることが、芭蕉を知る上で非常に大切になると思う。できるだけ簡単に説明しようと思う。

「連歌」を説明しよう。元来一首の歌を二人で掛け合いのように興じて詠むところから発展したもので、長句(上の句)五七五と短句(下の句)七七からなり、「百句」連ねる「百韻」の形式が鎌倉時代になって定着した。この連歌が室町時代の後期になると滑稽を主とする「俳諧(はいかい)」を発生させる。俳諧発生以前からの連歌は逆に著しく和歌的な色彩を帯びるようになり、両者は「雅」なものと「俗」なものへと分離することになる。「俗」な「俳諧」は、その後江戸時代には多くの人々に支持されて全盛期を迎えるのである。

連歌・俳諧とも原則として二人以上で行なう共同の文芸であり、形式的には百韻が基本となるものであるが、芭蕉の時代には三六句連ねる「歌仙」の形式が一般化した。「俳諧」ということばは、明治時代になって「俳句」と区別するため「連句」という用語に変わり、それが定着した。

連句にはさまざまな規則がある。巻頭の句は発句といい、長句（五七五）の一七文字で季語を読み込む。また何よりも連句一巻を率いる重要なものだから、一句が独立した風格を持ち、余情が豊かなことが要求される。発句の次は脇句で、発句に打ち添えるように作るのが理想である。次は第三で、発句と脇句でできあがった世界を、さらに一転変化させることが要求される。四句目以下は平句というが、最後の句は挙句といって祝意を込めてさらりと終わることが多い。

（2）芭蕉の俳句とは

まず、「おくのほそ道」という古文が単なる旅行記ではなく、「紀行文学」といえるものである、ということである。「おくのほそ道」の旅行の五年後、芭蕉は俳句の推敲を重ね、旅行とは違う内容を伴って「おくのほそ道」を完成させているのである。その芭蕉の意図を考えることも大切になってくる。

芭蕉は、真にすぐれた庶民詩として「蕉風俳諧」を樹立した。三〇〇年もの時代をへだてて、今もわれわれの心を打ち、多くの人々の共感を得ている。それは日常的なものを素材としながらも高い境地を目指すことを理想とし、心に沸き起こる感動を軽やかに表現する「軽み」を重視する。

芭蕉の「おくのほそ道」の最大の目的は、「歌枕」（和歌に多く詠まれた土地）の地を訪ね、先人の歌に思いを馳せて、その心と風景に触れることだった。

「おくのほそ道」の全文中から歌枕の地を拾ってみると二四カ所出てきた。

歌枕の地を巡ることで、芭蕉は不易（変わらないもの）と流行（変わりゆくもの）を強く意識するようになり、その思いは独自の俳句へと昇華してゆく。「新しみ」を追求する中にこそ不変がある。その「不易」と「流行」の二面から俳諧の本質を捕らえようとする「不易流行（ふえきりゅうこう）」説になってゆく。

郵便はがき

料金受取人払郵便

札幌中央局
承認

7312

差出有効期限
2023年3月
9日まで
●切手不要

0 6 0 - 8 7 8 7

800

札幌市北区北7条西2丁目
37山京ビル1F

有限会社 **寿郎社** 行

お名前　　年齢
（　　歳）

ご住所・電話番号 等　〒□□□-□□□□

電話（　　）　－　　e-mail

ご職業　　性別
（男・女）

本書ご購入の動機（○印をおつけください）

1 新聞・雑誌広告をみて（新聞・雑誌名　　）

2 書評をみて（書評掲載紙誌名　　）

3 書店店頭でみて　4 DMをみて

5 人の紹介で　6 その他

＊このハガキにお書きいただいた個人情報は、ご注文品の配送や新刊案内の送付のために使用いたします。それ以外では使用いたしません。

行く所各地（七カ所が見当たるが、当然それ以上）で、多くの弟子たちと「歌仙」を開き、芭蕉の発句で始まっていることが述べられている。

そして芭蕉の時代に、連句のうち最初の五七五の発句が完全に独立して俳句が完成していることを知ったのである。

（3）各地での俳句の隆盛を知る

「おくのほそ道」のルートを歩いてみて、いかに多くの芭蕉像や句碑があるかに驚いている。そしてまた、記念館や資料館、そして館。そのような場所では、俳句の活動をする組織ができ、句会等が多く開かれ、コンクールなども行なわれ、学校教育の中にも入り、小学生から俳句を作ることが広がっている。街には俳句ポストが設置され、優秀な俳句が紹介されている句碑等もある。

これらは芭蕉が種を蒔いたといっても過言ではないであろう。

（4）五七五の一七文字の魅力

連句から俳句の一七文字になり、いかに少ない文字で多くの事実や考え、豊かな感情を表現するかを突き詰めるのが、俳句の特徴である。それは人間の思考を深くし、感覚を敏感にし、「ことば」を鍛える。世界には俳句のような表現形式を持っている言語の文化があるのであろうか。

英語に翻訳した「百人一首」、等があり、私の経験では、英語教育の中で、英語の勉強の一手段として取り上げてきた実践があるが、アメリカの高校では、日本の俳句に学び、同じように俳句の形式で英語で表現する実践をし、文集を作っている例を知っている。魅力的な英文の表現が結構あった。

(5) 最後に

七九歳にして思い立った「おくのほそ道」研修旅行だったが、何とか目的を充実した形で終わらせることができた。

結局、九泊中、道の駅七泊、高速道路のＳＡで二泊。宮城県鳴子温泉の旅館の湯船、道の駅などの風呂やシャワーで、二~三日に一回は、風呂かシャワーを使えた。

弟の改造したキャンピングカーは、ベッドで快適に睡眠が取れ、テーブルも付いていて、車の屋根にはソーラーパネルを設置し、冷蔵庫やレンジなどの電気器具が使え、照明も使え、車内の温度調節もできるというように、素晴らしく快適で、これらがなかったらどんなに不便で大変だったかがわかる。そしてまた、黒部ダムに五回ほども行っている弟の旅行慣れが解決してくれたことも多かった。

ナビについては、正確な行き先の把握が大切なことも痛感した。そのためには、施設名や場所の住所や電話番号を入手することが大切だ。

今の時代、道の駅とスーパーやコンビニがいかに便利かも改めて確認できたことだった。

（二〇一五年六月三〇日まとめる）

6　知床世界遺産を歩く八〇代三人の旅

知床とは

知床は二〇〇五年七月に世界遺産に登録された。知床はアイヌ語で、シリ・エトク（shir-etok 地の・突出部）、つまり「岬」という意味で、礼文島、白老町、樺太や青森県にも散在している名である。ウトロ、カムイワッカ、ルシャ、岩尾別（いわおべつ）、羅臼（らうす）、セセキ（温泉）なども語源は皆アイヌ語である。また、先史時代のアイヌ民族の遺跡である「チャシ」（砦、館、柵囲いを指す）が北海道ではたくさんあり、知床半島にも一一〜一五個のチャシが確認されている。

世界遺産の登録が検討されている段階の資料の中で、アイヌ語地名やチャシの存在についてほとんど触れられていないことについて、私は、「少数民族懇談会」の会長として、このことについて述べると同時に、北海道ウタリ協会が管理計画に加わっていなかったことが問題であり、アイヌ民族が生きてきた自然を大切にする思想を生かしていくべきだとの「要望書」を、英語で当時担当であったＩＵＣＮ（国際自然保護連合）の保護地域事業部長であるデビッド・シェパード氏に提出し、それに対し「考慮する」との返事をいただいており、登録の段階で運動にも加わっていたにもかかわらず、行きたいと考えながら一度も知床に足を運んでいないことがずっと気にかかっていた。

「環境省、林野庁、文化庁、北海道、それに地元自治体（斜里町、羅臼町）、「関係団体」が加わり作成した「知床世界自然遺産候補地管理計画」を見てみよう。

〈知床は、その周辺海域は、北半球における流氷の南限とされ、流氷とともにもたらされる大量のプランクトンを食物連鎖の基礎として、多種多様な生物が生息・生育する地域である。

知床に生息するシロザケ、カラフトマス、サクラマス、オショロコマは、海と川を行き来し、これを餌とするヒグマやシマフクロウ、オオワシ、オジロワシといった大型哺乳類や絶滅のおそれのある猛禽類をはじめ海棲哺乳類、海鳥など知床に生息する様々な生きものを育み、また北方型と南方系の動植物が混生するなど、海域と陸域の自然環境が密接に影響し合い、豊かな生態系を形づくっている。

また、火山活動により形成された急峻な知床連山、山麓を覆う原生的な密林、切りたつ海岸断崖、多様な湿原・湖沼群など様々な景観が凝縮され、優れた自然美を有している。……

一九六四年（昭和三九年）に知床国立公園に指定された。……一九七七年（昭和五二年）には開拓跡地を乱開発から守り森林に復元することを目的として、住民と自治体が主体となった「しれとこ百平方メートル運動」がスタートした。〉

この「しれとこ百平方メートル運動」こそが今日の世界遺産の指定へと運動を導いた原動力であったと思うのである。

日程表作り

一度は行ってみたいと考えていたことを実行するには、年齢も八〇代、いよいよと思い、今年の六月に斜里（しゃり）町峰浜（みねはま）に住んでいる姪っ子の夫で知床の登山ガイドをしている「知床山考舎」（滝沢大徳）に電話をして聞いた。

「知床五湖へは七月までは車で入れるが八月一日からはバスのピストン輸送のみになる」「知床五湖は七月中、レクチャーがありガイドが必ずつく、約三キロで後戻りできない」「岬へは大型船ではなく、小型クルーザーを利用するのがよい」「カムイワッカ湯の滝」へは穴のあいた捨てれる靴下がよい」など、たくさんのことを教えていただき、大変参考になった。

早速大学時代の友達（N）に連絡を取り、七月中にレンタカーで一緒に行くことでOKを取った。その後、もう一人同じ大学時代のKもぜひ行きたいということで、「知床世界遺産を歩く八〇代の三人旅」と名づけて、七月一一日（火）～一四日（金）の三泊四日の日程表を作った。

一日目

朝八時、レンタカーを借り、三人で出発した。高速で札幌北から道央自動車道で旭川を通り、比布ジャンクションまで。上川からは北見峠を超え、遠軽方面へ行く道路と、層雲峡を通り石北峠を超え北見国道を走る道路に分かれる。そこは選択肢で、私は層雲峡を通った。昼食で美味しい上川の蕎麦屋は通り過ぎてしまい、層雲峡のコンビニ弁当で済まさざるをえなかった。留辺蘂（るべしべ）までは昼食が当たらない可能性があったからだ。景色を見ながらのドライブになり、北見、美幌（びほろ）を通り、知床国道を真っ直ぐ走り、オホーツク海岸に出る。五時前には「オシンコシンの滝」に到着した。ドライバーは二人が駄目なので私一人で運転した。

世界遺産・知床のオシンコシンの滝。
[2017年7月11日～14日]

その晩から二泊はウトロの温泉旅館「しれとこ村」。カニ一匹まるままをはじめ美味しく大変満足できる夕食だった。ビールなどで、久し振りに友人とゆっくりできる二時間以上の時間であった。

二日目

午前は知床五湖、午後は「カムイワッカの湯の滝」だ。やはり知床で行動するには車が便利だ。八時四五分までに「知床フィールドハウス」に行く。予約しておいたのは「知床ナチュラリスト協会しんら(森羅)」で、ガイドは地元の年配の男性で、親切で説明も丁寧で、大変よかった。レクチャーを受けてだいたい三時間かけて三キロを回るのだが、写真を撮ったり、説明を聞いたり、ゆっくりと回る。グループは七人で、我々三人以外は東京の方面の人たちで若かった。入り口を入るとすぐにエゾシカが一頭いた。エゾシカは冬、食べ物がなくなると木々の樹皮を食べる。木は樹皮をぐるりと一周食べられたら死んでしまう。枯れて白くなった木々が見当たる。木にはヒグマの爪痕がついている。ヒグマの糞が歩道にあるのをガイドに教えられた。トドマツの樹皮に縦に裂け目が入っているのがある。これは厳冬期に樹木内部の水分が凍り「凍裂(とうれつ)」を起こしたものだという。

危惧していたのだが、我々の一人K氏は足が弱く歩くのが大変なのだ。五湖、四湖、三湖、二湖、一湖と回るのだが、三湖あたりから少し上り下りの坂がある。N氏が腕を取りゆっくり歩く。足がふらつく。だんだんひどくなり、ガイドも気を遣うようになる。一湖のところから「高架木道」があるのだが、二湖のところで、ガイドがそこから車椅子を準備するよう携帯電話で本部に要請した。そこまでやっと辿り着いたと言ったらよいであろうか。大変グループ皆に迷惑をかけることになってしまった。私は「事前に話し、決意して回る。大丈夫だということだった」。ガイド「そう言ってもねえ」と。

「高架木道」は約一キロで立派なもので、熊よけの電線も引いてあった。ここまで来て安心した。平らな開けた笹林のところは、開拓が入ったところだという。木道には展望台が三カ所あった。

話は前後するが、二湖のところで我々が行った直後に、五湖のところで熊が出て、グループが引き返したとのことだった。ガイドは万一の場合のスプレーを持っているという。熊といかに共存するかには、相当神経を遣っていることが分かった。ガイドが言った。「あそこで熊がいるのを感じていたんだ」。我々は全く知らずに歩いていたのだった。

ガイド料は一人五一〇〇円だった。

午後は「カムイワッカの湯の滝」まで約三〇分車を走らせた。途中、小鹿が道路から見えるところにいてあまり動こうとしていないので、車を止めて写真を撮った。

K氏は歩かないと言い車に残り、N氏と二人で川に入った。流れはけっこう速く温かく、滑らかな岩の斜面を靴下を履いて歩くのは大変気持ちがいい。四つん這いになり手を使い喚声を上げて登るのを楽しんだ。岩が危険との標識で一キロほどある上流の大きな溜まりまでは行けなかったが、あまり人がいなくなり、裸になり湯船のような溜まりに二つ三つと入った。経験したことのないワイルドな体験だった。

三日目

「小型クルーザー」(夏八二名)で、ウトロ港から知床岬まで約三時間コースを選び、「ゴジラ岩観光」に予約を入れておいた。料金八〇〇〇円。九時半出発。救命衣を付けてわくわくしながら船に乗り込んだ。天候はほぼ快晴。知床半島のオホーツク海側を岸近くに寄り、絶壁の様子を辿り、滝を見たり、番屋を見、硫黄山をはじめ山々の絶景も楽しめる。熊も見ることができるということだ。宿で読んだ資料では熊の見える確率九〇%と書いてあった。絶壁にはいろいろな形と色があり、名前が付いていて、アナウンスで説明される。だいぶ岬に近づいたところで、熊についてのアナウンスがあった。何時も多くの頻度で見えるところらしい。皆船から乗り出すようにしてカメラを構える。「あ！　いる、いる！」。黒く動いている。船がゆっくりと海岸に近づく。大変得をした気持ちになるものだ。

絶景もともかく、気になったのは海であった。いろいろ色が変わる海にはたくさんの定置網が仕掛けられているのだ。その網をよけながら絶壁に近づいていく。流氷がもたらすプランクトンが多く豊富な魚類が生息しているというオホーツク海だ。網の量が多いことに驚いた。実際サケ・マスの漁獲量がどれほどになるのかは知らないが、経済的な面の実態を知りたくなった。海岸に近い海の色が濃い群青色で、見たこともない色で本当に見入ってしまった。

岬に近付くと、国後島が見えるとアナウンスがあった。驚いた。知床半島の陰になると思っていたので。後で地図を見ると、国後島が岬の先端の先に見える位置であったので、納得できた。

帰りは、船の先端に出てみた。岸から離れ速度を早めた船は大きく波を立て風を切って真っ直ぐ走る（最大速度二〇ノット）。天気はよし。壮快さが身に染みる。この大事な時間を大事にしようと一時間くらい寝そべって太陽の光を浴びオホーツク海を見ていた。

午後は、知床横断道路で羅臼行きだ。ここももちろん初めてで、知床峠に辿り着いて車を降りた。目の前に羅臼岳（一六六一メートル）が大きく目に飛び込んできた。風が強いために木々の梢が一方に綺麗にくねくねと曲がっている。羅臼の方に降りて知床峠の高さを改めて認識した。七五〇メートル。急な坂道で急カーブが続いている。前から来る車がスピードを上げて膨らんできた時の恐怖が忘れられない。この横断道路が完成したのはそれほど前ではなかったな、と思った。
宿は羅臼の市街からは南に離れている、八木浜(やきはま)町の「らうすの宿・まるみ」だ。こんなに離れているとは予約の時は分からなかった。はじめは失敗したと思ったが、また味のある宿だった。宿に着いてまず部屋を一階の便利なところにすんなり変えてもらった。

時間が早いので、明日午前予定の「セセキ温泉」を今日にして、明日はゆっくりと帰ることにしようと考え、北の羅臼から二三キロの相泊(あいどまり)まで車を走らせてみることにする。台風で相泊までは行けないという情報だったから。しかし実態は違っていた。セセキ温泉は今はやっていず（入る旅行者のマナーが悪く、持ち主が怒って閉鎖したとのこと）、相泊までは行くことができて「相泊温泉」は風で飛んだ小屋もできていて快適だった。中国からの親子が入っていた。入れ代わり立ち代わり入ってくる。もちろん女性との境の壁もある。テトラポットが積み上がった海岸だが駐車も何とかでき、湯加減もちょうどよく、ゆっくりと露天風呂を楽しんだ。

羅臼側は、斜里側より人家が多く道路に面し海の網も多く見られ、漁業を営んでいる生活感が感じられた。目の前が国後(くなしり)島で、ロシアとの国境問題を直に感じることができる。

夕食はバイキング。地元産の山菜類がふんだんにあるので楽しかった。あとで主食が出てきた。隣の席にはフランスからの四人家族。英語が通じ、和やかな雰囲気を作ることができた。また別の隣の席は東京からの若い女性二人の常連らしく、後程この宿の社長とかが現れて、話しかけると日本酒をおごられ、話が盛り上がった。

この宿「まるみ」は、観光船を持っていて、ホエールウォッチング、流氷バードウォッチングをやっているのだ。宿の中では、なんでも任せてしまうような自由な雰囲気があった。

四日目

初めはウトロに戻る予定だったが、知床峠を通らずに、真っ直ぐ南下し、標津町、阿寒湖、そして足寄から高速で走ることにする。摩周の道の駅で「祝阿寒摩周国立公園誕生」の垂れ幕があって変だなと思ったが、新しく「摩周」という文字が入ったばかりだったのだと後で知った。摩周で昼食。蕎麦屋を探して入る。足寄で高速だが、ゲイトがなく変だと思ったが、本別ジャンクションからが有料になっていた。後は一直線。高速に入って昼食の後の眠気がやってきた。高速内なので三〇分くらい我慢してようやく眠気が抜けた。帯広、トマム、夕張と走り、恵庭から道央自動車道に入る。

札幌市西区のＮ氏の所まで送り、レンタカーを返還した。四日間の走行距離一〇五三キロ。レンタカーは、保険を入れて金額二万六〇〇〇円、高速代九六一〇円、ガソリン代八七二三円、計四万四〇〇〇円。車関係全体で一人一万四〇〇〇円。経費全体では、一人六万四〇〇〇円だった。

総括

まず、一〇〇〇キロ以上の車の運転で事故を起こさないようにと注意しながら、三人で新しい貴重な体験ができたという点で、大きな収穫があった。

寄りたかった所では、知床自然センター、フレペの滝、道の駅「知床・らうす」などがあった。知床には登山やネイチャー・ハイクコース、キャンプ場なども多く、健康で時間があれば、自然を満喫できる選択肢はいっぱいあることが分かった。世界遺産になって、保護のための制限も多いだろうが、「野生の楽園・知床」を保護しながら楽しむことができたらいいだろうな、と思った。

現在、課題として残っているのは「海での漁業と生態系保護」「河川のダム」「エゾシカの増加による生態系の改変」「ヒグマと公園管理」などだそうだが、長い時間をかけて取り組むべき大きな課題だと思う。
今回の旅行の中で、アイヌ民族を全く感じることができなかったのは不満であった。北海道全体だが、日本語とアイヌ語を併記した標識を立てること（運動としてはあるのだが）の必要性を強く感じた。

（二〇一七年一一月一日まとめる）

7　ドイツの娘訪問、ヨーロッパ旅行（一二日間）

（1）「東日本大震災」直後、まずアイルランドへ

娘（次女）がドイツのデュッセルドルフにいるので、その状況を見るのと、まだイタリアのローマに行ったことがないので、ぜひ空気を吸いたい、確かめたいということがあり、その他知人宅にと思い、二〇一一年三月二四日（木）～四月四日（月）の一二日間の日程を組んだ。

しかし、直前にあの「東日本大震災」が三月一一日に起こり、旅行できないかと危ぶまれたが、予定通りにして、取り止めなかった。結果的には若干の変更はあったが無事実施ができた、ということであった。

三月二四日、千葉市に住む弟（大脇勝利）のところに一泊、成田からイギリスのヒースロー空港へ飛んだ。「東日本大震災」は、地震と同時に「福島第一原子力発電所」の電源喪失のため原発事故による放射能汚染が問題で、成田からの飛行機の乗務員も、ソウルで、日本勤務とヨーロッパ勤務が交替するので、ソウルの仁川（インチョン）空港で、約一時間半の休憩時間が、臨時にあった。

飛行機は、シベリアの上空を西へと向かう。東部ロシア上空から地上を眺めていて、珍しい光景に目が止まった。大きな川の蛇行だ。ちょっと考えられないくらいの蛇行の仕方だ。一度もこんな凄い蛇行は見たことが

ない。何枚かの写真を撮った。

ヒースロー空港で乗り変えて、アイルランド行きなので、また問題があった。ヒースロー空港上空で二時間ほど時間があったが、飛行場が混んでいるので、飛行機が空港上空を二回りほど旋回して待った。これで三〇分は遅れてしまった。

飛行機から降りる時、乗り換えの要領の説明プリントが渡されたので、それに従い廊下を歩き、指定番号の階段を下りると、そこに一台のバスが待っていた。それに乗ると、私一人の乗客なのにバスはすぐに走り出した。すぐ着くだろうと思ったが、何と一〇分以上走り、次の建物に着いた。ヒースロー空港は広いと聞いたことがあったが、本当に広いということを実感した。アイルランドへの時にはないと思っていた書類書きがあった。急いで書いた。案内されて案内人に付いて廊下を歩いている時、交差する通路のガラスのドアが閉まった。時計を見ると飛行機が出発する五分前くらいになっている。驚いた。「間に合うだろうか」。しばらくドアは開かない。結局、アイルランドのダブリン行きの飛行機に遅れてしまった。

さて、どうするか。飛行機の時間を確かめると、一時間ほど後にダブリン行の便があった。ダブリンのバーニー宅に遅れたことを伝えなければならない。携帯を取り出した。外国へ行っても使えるようにしてきたはずだが、どうも繋がらない。困った。隣に座っていた若者が見ていて親切に声をかけてくれた。「携帯を貸しますよ」(I'll lend my phone.)。繋がった！　一時間くらい遅れて着くことは連絡できた。一

機内から撮影したアムール河の支流と思われる蛇行。[2011年3月25日]

時間以内の飛行でダブリン空港に着いた。出口でアレックスかバーニーが待っていると思ったが居なかった。さて困った。ここで会わなければ行き先は全く分からない。廊下から外への出口を何回も往復しているうちにアレックスをようやく見つけた。ホッとした。相当時間が経過していて暗かった。

二人は新しい家を買ったのだ。次の日の朝、そこは住宅地だと分かった。同じような家々が道路を挟んで建っている。そして、二戸が一つの屋根で繋がっていて二家族の家になっている(detached house)。隣の人は他人なのだ。

その日は一日中、ダブリンの市内見学をした(Dubline Bus Tours)。まず、「ギネス」という有名なビールの会社の見学だ。無料のビールを飲み、展示を見たり、流れている水が滝になって大量に落ちているところ。ビール作りにこんなにも水を大量に使うのだろうか。それから、アイルランドの独立戦争の時立てこもった有名な郵便局の建物、など。

(2) 北アイルランドのベルファストへ

三日目は、どこに行きたいかと聞かれて、「ベルファストへ行ってみたい」と言うと日曜日の朝、アレックス、バーニー二人が私を連れて車で北アイルランドのベルファストへと向かった。国境通過は何も問題はなかった。ゲートはあったが一瞬にしてバーが上がり、通過できた。

数年前、独立戦争を題材にしたケン・ローチ監督の『麦の穂をゆらす風』という話題作の映画を見た。独立は一九二二年だが、アイルランドと北アイルランドは激しい武力対立を繰り返していた。この問題は現在も解決してはいない、と言う。アイルランド独立戦争、それと、北アイルランドの領有問題でイギリスとアイルランドが対立している、など長い紛争が続いていた。

今日の問題は、北アイルランド内でのプロテスタントとカトリックの対立、北アイルランドとアイルランドの合併問題、北アイルランドの自治権とイギリスの問題など、大変複雑な問題が絡んでいる、と思われる。

ベルファスト市に着いた。市内観光バス(City Sightseeing Belfast)に乗った。普通のバスの屋根の部分に座席が並んでいて展望が開けている。珍しい光景が次から次へと変わっていく。大きな尖塔の寺院。長い壁(対立する居住地域を囲っている、という)があって、そこには全くいろいろな大きな絵が描かれていて、見ていて飽きない。飽きないというよりは、それぞれの絵に驚く。

アイルランド・ダブリンの歴史的な郵便局の前で。[2011年3月27日]

広場の名前は分からないが、広い十字路を日曜の昼中多くの人が行き来している。アレックス、バーニーが、買い物で一時間あまり行ってくると言うので、その広場で待つことにする。行き交う人を見ていると面白い。大きなベビーカーに二人を乗せて、二人を連れている元気のよい母親が応じてくれて写真を撮った。次々と写真を撮り出した。結局、二五枚ほども行き交う人々を撮って約一時間が過ぎてしまった。さっそうと友達と歩く人が多い。買い物をしたのだろう、大きな荷物を持っている人、子供を肩車で行く人、荷車で荷物を運ぶ人、楽しそうに話し笑いながら行く人、着ている物やスタイルを見ていても楽しい。小さい可愛い赤い服と赤い長靴を履いた女の子もいた。

帰りは途中、墓地に寄った。墓標には、その人との思い出や、亡くなった人の特徴を的確な表現で書かれているものが多く、このような印象を残すことは大変良いものだと思った。

(3)スイスのチューリッヒを経て、ローマへ

五日目、ダブリンからローマへ向かった。飛行機はスイス航空で、スイスのチューリッヒで、乗り換えで四時間ほど時間があった。「チューリッヒも見て歩こう」と決めて、地図を手に入れ街に出た。川に沿って歩き、木のベンチに腰を下ろした。この川はライン川の支流のはずだ。アルプス山脈はそんなに遠くはないと思うが、結構大きな流れになっている。ゆっくり辺りを見渡した。川向こうの建物は他のヨーロッパとはそんなに変わっていない、大きなコンクリートの建物や尖塔が続いている。大きく息を吸ってみる。ここがチューリッヒなのだ。気分が落ち着き気持ちがよい。繁華街に入り、ゆっくりと食堂を探す。何せ時間があるのでゆっくり歩き、駅から空港へ列車で戻った。立派な大きな駅が印象に残っている。

ローマへは、フィウミチーノ空港から所要時間三〇分くらいでローマのテルミニ駅に着く。夜の一〇時過ぎになる。テルミニ駅のプラットフォームの長いことがどこかに書かれていたが忘れていて、列車を下りてあまり歩かずに出口があって、出る人がいたので続いた。そこは小さな暗い裏口だった。待っているタクシーにすぐ乗って、「コロートホテル」と告げた。表に出ればすぐのはずが何回か曲がり時間がかかった。ここでちょっとおかしいと気になる。止まって金額を請求されて高いのに驚いた。高いではないか。運転手の他にもう一人乗っていた。ここで「白タク」(無認可タクシー)と気づく。旅行ケースを下ろし、「高いではないか!」と言って札一枚を取り出し用意する。その札をひったくり、素早く二人はタクシーに乗り、逃げて行ってしまった。請求金額よりは少ない札だったが。

（4）バチカン宮殿、スペイン広場、バルベリーニ（国立古典絵画館）、トレビィの泉、コロッセオ

次の日の朝、地下鉄でバチカン宮殿へと向かった。地下鉄を下りて、宮殿の塀に沿って四列に並んで長い列になっている。その横の一列がずっと空いている。不思議に思ったがその列に入り、歩いて行くと入り口だった。そこの係員が聞いてきた。「どこから来た」「ジャパンだ」「おー！　地震がひどかったな」。そんな会話ですぐ通ることができた。何か不正気味で悪いことをした感じだったが、待たずに入れた。

『地球の歩き方』というガイドブックには、歩き方を書いてあるが、主要展示室のみで一・五時間、その他三・五時間とか五時間とかで、時間がかかる。これを無視し「システィーナ礼拝堂」（ミケランジェロ画）を捜して歩く。あまりにも大きいのがバチカン博物館だ（全長七キロ）。ラファエロの間には行けなかった。ミケランジェロの「システィーナ礼拝堂」の間には時間を取った。ミケランジェロが一人で四年もかけた有名な『最後の晩餐』『アダムの創造』など。それから描いた『最後の審判』など。後で図面で数えてみると、天井と壁のフレスコ画で四〇もの名称があった。本当に打ちのめされてしまった、ということだ。

サン・ピエトロ広場も広い。太陽が照っていて、素晴らしい。これをバックに写真を取ってもらった。コンクラーベ（教皇選挙）の時テレビで見たところ。コンクラーベとは、全カトリック教会の最高司祭の「ローマ教皇」を投票で選出する手続きのこと。

その他歩いたところは、スペイン広場、バルベリーニ（国立古典絵画館）、トレビィの泉、コロッセオと回った。トレビィの泉では、後ろ向きにコインを投げ入れることだけを考えていたが、彫刻が素晴らしい。人がたくさんいる。そこで見る景色に癒されて、長い時間座っていた。

コロッセオへはバスを使うことになった。桁の大きな建造物、五万人収容、剣闘士（奴隷、捕虜、死刑囚）はどちらかが死ぬまで闘い続けなければならない、猛獣五〇〇〇頭（像、ライオン、ワニなど）が生け贄にされ、北アフリ

カからたくさんの動物が調達された、など。考えられないことが行なわれていたことが古代（一世紀～六世紀）にあった、に思いを馳せる。

(5) オランダへ

旅行七日目、三月三〇日、ローマ発二時過ぎ。二時間ほどでデュッセルドルフに着いた。娘のところに泊まる。入り口には東日本大震災のカンパが「添え書き」とガラスコップの中に入れて置かれてあった。

次の日、オランダのエド夫妻が車で迎えに来てくれた。オランダの国境に近いところなので、一時間三〇分の時間でエドの家に着く。以前にも書いたが、国境付近ではエドが記憶していて車を止めてくれ、国境の石柱の写真を撮った。

その日は、近くの風車へ行き内部を見せてもらった。実際に内部を見ると、木造の歯車など大変大きく頑丈なもので、排水や粉を碾く風の力の強さが想像される。風の方向で羽根の方向が回転することを知らなかった。

川の堤防（ダイク）。雨の時に仕切る材料を止める溝が2本見える。[2011年4月1日]

オランダは国土の四分の一が海面下の干拓地で、水路が便利で船が交通手段になるので、水路は大変管理が行き届いている。堤防（ダイク）が高く二重にできていて、大雨の時には道路を遮断することができるようになっている、ということだ。それと、よく道路が整備されていて、どこへ行っても、歩道、自転車道、車道が別々にあり、自転車専用の交通標識も信号も付いている。歩行者や自転車には安全で優しいものになっている。

国土が狭いのに、これだけ人に優しい道路が整備されていることに驚いた。

次の日、古い街デベンターへ汽車で行き、あちらこちら見て歩いた。日本の浮世絵のある店に入り、私が日本人だと言うと、奥からたくさんの浮世絵を出してきた。来る直前に浮世絵についてちょっと本を読んでいたので、驚いていろいろ解説をした覚えがある。

エドのところでは、木靴を出してきて「履いてみろ」と言われ、その木靴を履いてみた。少し重い感じがした。オランダ木靴のことは知っていたが、履けるとは思ってもみなかった。昔、工夫してこのような履き物があったということだけかと思っていたが、日本の下駄と比較して、今日的な意味もあるということに気づいた。

前回来た時、お土産に持ってきた北海道の形をした鉄製の「飾り」を娘さんが出してきたのには驚いた。全く忘れてしまっていたのだ。「大事に持っていてくれてありがとう」と言いたかった。二七年前のことであった。

その日の七時半に、奥さんが一時半かかり、娘のところへまた送ってもらって帰ってきた。

(6) 娘と、ケルン、ボンの街を訪ねる

次の日、娘とケルン、ボンの街を訪ねることにした。まず、ケルンに着いて、展望台へ上がって見た。ライン川、大きな長いホーエンツォレルン橋、そして、大きな大聖堂が見える。橋を渡ったその欄干の金網には驚くほどの多くの錠が掛けられている。これは珍しかった。何か記念の一メートル以上もある錠、種々の色と大きさの錠がびっしり掛けられている。記念に掛けられた意味の分かるものもあった。

大聖堂は二本の尖塔の高さ一五七メートル、大きさは桁違い。六三二年かけて一八八〇年に完成したゴシック建築のカトリック教会だそうだ。西玄関から内部に入ると、高さ四三五メートルもある広間の広いこと。ス

テンドグラスも桁違い。荘厳さも漂っている。

オーデコロンはケルンの生まれ。オーデコロンはフランス語で「ケルンの水」という意味だそうだ。

ボンは最初にベートーベンの家を訪ねた。ベートーベンはこの家で生まれ二二歳でウイーンへ行くまで住んでいた。内部は記念館になっていて、ベートーベンが使用した楽器（ピアノ）や直筆の楽譜や補聴器、家具などがある。三階には大理石の胸像が置かれている。ここで記念に『ベートーベンの晩年から』(From Beethoven's Final Years)という英語の本を買った。

ミンスター広場でしばらく時間を取った。角には中央郵便局をバックに高い土台の上に五線譜とペンを手にした立ち姿のベートーベン像がある。土台の四面も凝った像が彫られていた。広場には丸テーブルと椅子が置かれ、大きな日傘があり、多くの人がビールを飲んで休んでいた。我々もここで休んだ。ボンは東西ドイツ時代の西の首都で落ち着いた大学の街である。

ケルンのシンボルの大聖堂（高さ157メートル）。632年かかって1880年に完成したゴシック建築のカトリック教会。[2011年4月2日]

(7) 航空機が定まらず、帰りに二日かかる

一一日目ドイツを離れる。デュッセルドルフ発、英国のヒースロー空港へ。朝早くデュッセルドルフ空港に着いたが、窓口で時間がかかった。係員が何かパソコンで調べている。予定の飛行機が大震災のために飛ばないと言うのだ。遅れてヒースロー空港へ。ヒースロー空港でもなかなかフライトが決まらず、結局六時間も待

ってしまった。ヒースロー空港では「wagamama」（わがまま）という日本料理レストランに入り、フランスの女性の医者と話す機会がたっぷりあった。「箸の使い方がうまいね」と褒めた。箸を使う方法をやってみて、困難さを説明してくれた。

時間があると、得意な話題の民族問題になった。やはり英語で話しやすい。長い時間話したのを、思い出す。

成田空港でも朝早く着いて、広い空港をゆっくり回って見て歩くことになる。四時間以上の時間があり千歳空港へ。結局、大震災で飛行機の繋がりが悪く、相当の時間を待ち時間で過ごすことになった。

8 屋久島 縄文杉見学旅行（三泊四日）

二〇〇三年（平成一五年）六月一七日～一八日に、私としては四回目になる、日高のアポイ山登山に、小学校の同級生二人（竹中百合子、道間恵子）と一緒に行き、麓にある「アポイ山荘」で汗を流し、一泊して帰ってきた。

次の年、登山の経験のある二人と、今度は屋久島（世界遺産、登録は一九九三年）の縄文杉へ登るコースへ行こうとなった。日程は私が作り、二〇〇四年三月一六日（火）～一九日（金）の三泊四日となった。

大まかな行動は、一六日と一九日は、往復飛行機（千歳～鹿児島）と高速水中翼船トッピー（鹿児島～安房港）を予約した。

一七日は縄文杉行き。一八日はレンタカーで島を一周することにする。一六日の泊まりは安房の「民泊華のや」六五〇〇円。次の朝、注文の弁当を持ち、レンタカーで荒川登山口（二〇キロ、一時間）まで走り、八時頃登山開始（一〇・七キロ、高低差六八〇メートル）。北沢に沿って大株歩道入り口まで八・一キロで三一〇メートル上がるだけなので登りは緩い坂で、そこから急な登り坂になる。そこまでトロッコ道がついている。途中橋を渡り、河原の大石を見たり、せせらぎを聞きながら歩く。ここまで二時間三〇分か。

登りの山道になってから、翁杉（おきなすぎ）、ウイルソン株がある。ウイルソン株は洞が広く、中に祠（ほこら）があった。その中に入り写真を撮った。山道はいよいよ厳しく、雨が多いという、苔むしており、木の根が出張っているところを一

屋久島の縄文杉まで歩く。[2004年3月17日]

歩一歩登る。夫婦杉（二本）あと縄文杉までは一キロ以内。辿り着いて見ると縄文杉はやっぱりすごい。木造の枠の付いた台が設けられており、根元には行けない。ちょうど鹿が一頭木の根元で草を食んでいる。雪がまだ残っていた。縄文杉は太くて大きいがかなりの老木に見えた。（樹齢、数千年）残念ながら木の勢いがない。周りは小枝の芝で根を痛めないように保全してあり、手入れがされている。

時計を見るのは忘れたが、歩きは四時間半はかかったのだろう。弁当を食べ、すぐ引き帰す。帰りはやはり長かった。鹿がトロッコ道を歩いていた。トロッコ道は長く時間がかかり、疲れてきて気持ちに余裕がなく、止まらずに歩いていると、遅れた二人を離して歩いてしまい、後で後悔の念で忘れることができない。登山口まで疲れて帰ってきた。

一七日の泊まりは、北の「宮之浦」の近くまで車で走り、楠川（くすがわ）温泉の「湯之河（ゆのかわ）温泉旅館」だ（定員二五人で、六五〇〇〇円）。ゆっくり休めた。

一八日は時計の反対回りで屋久島をゆっくり一周する。ガジュマル園、海亀（アオウミガメ）産卵地を回り、西部林道はさすがに山道を思わせ、古い木々が生い茂り、薄暗い感じだ。大川の滝（落差八八メートル）をはじめ、いくつもの滝がある。南の屋久町役場を通り、安房まで帰ってきた。一八日の泊まりは安房の民泊「水明荘」（六八〇〇円）だ。

一九日レンタカーを返し、安房港から種子島経由でトッピーで二時間半、鹿児島へ九時半過ぎに着く。鹿児島では、飛行機二時一〇分まで時間があるのでタクシーを使い、仙巌園・尚古集成館へ入園券一〇〇〇円で入った。この館は島津家の資料館になっている。ゆっくりとタクシーで鹿児島空港へ着いた。東京で乗り継ぎ千歳着は六時半であった。

今回の旅行は、縄文杉を見て屋久島を一周する、意味ある旅になった。

費用は、①飛行機、トッピー（高速水中翼船）往復、リムジン（鹿児島）六〇六〇〇円　②レンタカー（まつばんだ安房営業所）、ガソリン代一万六七〇〇円÷三＝五五九九円、　③宿泊（三泊）一万九八〇〇円、タクシー、入園料など五六四六円、

他、食事、ビール等、計九万一六一二円。一〇万円で十分収まった。

第五章　教育外の組織的活動（サークル活動）

第4回札幌浦高会総会。札幌ロイヤルホテルにて。［1998年10月22日］

1 札幌浦高会(同窓会)

同窓会「札幌浦高会」の取り組み

浦河高校の生徒の卒業生の集まりとして、過去には東京、札幌、苫小牧などで会として会則を持って活動している場合もあったが、あまり活動が見えていなかった。

設立の歩み

一九九二年(平成四年)五月、私が札幌の東商業高校へ転勤した年のことであった。浦河高校の創立六〇周年記念、工業科閉科事業の協賛会が動き出した浦河の事務局長山崎斉氏から「大勢いる札幌で、この機会に同窓会札幌支部を形あるものにしてほしい」という要請を受けた。「さて、どうしたものか」と思案していたが、以前札幌地区の幹事の一人であった芳賀氏(昭和二六年卒)とも連絡を取ってあるので準備を進めてほしい、ということだった。

以後、日記風に設立までの動きを記す。

*六月二六日　芳賀氏、大脇で打ち合わせ、内容は「札幌支部」を再建する。八月六日に参加いただける人を中心に札幌支部再建の骨子を了承してもらいスタートする。

＊八月六日　札幌支部再建総会準備会（エルム会館）一六名＋本部二名。事前の打ち合わせで、規約が必要とのことで規約案を検討。すぐ総会に持っていくのは難しいので、幹事を依頼し幹事会を開くことに決定。そう簡単には「組織化」できないことを痛感。

＊一〇月二八日　第一回幹事会（ホテルユニオン）三二名。三回の打ち合わせの後、この会を開く。経過報告、規約の検討、総会への呼びかけと総会出席者をどのようにするか、を話し合う。会費、役員、原案についても。支部の名称を親しみやすい「札幌浦高会」にすることに決定。

＊一一月二一日　第四回打ち合わせ。進行、資料等について細かな打ち合わせをしたが、参加者が二〇〇名の大台に乗りそうな状況で意気上がる。

＊一一月二六日　設立総会「札幌浦高会設立総会、浦河高校創立六〇周年記念」

役員

会長　伏木田照澄（浦高第四期、昭和二七年卒、北海タイムス社）
副会長　村岸郁（浦高女第一期、昭和一七年卒）
　藤原明雄（浦高第三期、昭和二六年卒）
　田島邦好（浦高第五期、昭和二八年卒）
　飯塚敏彦（浦高第七期、昭和三〇年卒）
事務局長　大脇徳芳（浦高第六期、昭和二九年卒）
会計　蘇田則子（浦高第一七期、昭和四〇年卒）
会計監査　島田つた子（浦高実科女第五期、昭和一六年卒）

石川紹三　（浦高第三期、昭和二六年卒）

歴代会長

第一代　伏木田照澄（一九九二〜一九九九）六年間
第二代　田島邦好（一九九九〜二〇〇八）一〇年間
第三代　三上一成（二〇〇八〜二〇一六）八年間
第四代　堀川裕己（二〇一六〜）

歴代事務局長

第一代　大脇徳芳（一九九二〜二〇一〇）一八年間
第二代　大杉友則（二〇一〇〜二〇一六）六年間
第三代　吉田俊一（二〇一六〜）

総会

総会は規約どおり二年間に一回、大抵一〇月に開催している。第一回〜第四回は二〇〇名以上。第五回は一五〇名、第六回〜第八回は一二〇名〜一三〇名、第九回は一一五名。第一〇回以降は九〇名〜一〇〇名と続いている。少しずつ減っている、とは言える。

公開の「文化講演会」

札幌浦高会として行なってきたことで、特徴的なことの一つに一般に公開で行なってきた「文化講演会」がある。特異な活躍をしている卒業生に公開の講演会をお願いするというものである。第一回〜第七回で途切れてしまったが、紹介すると、

第一回　一九九九年六月五日（土）「芸術の源流――ギリシャから現代へ」――講師　伏木田光夫（全道展会員）

第二回　二〇〇一年六月二日（土）「万葉集の七夕歌――漢詩と比較して」――講師　川上徳明（札幌大学教授）

第三回　二〇〇三年六月七日（土）「マイコン研究からe-シルクロードまで」

――講師　青木由直（北海道大学教授）

第四回　二〇〇五年六月四日（土）「最近のバイオ研究――DNA遺伝子組み替え、ゲノム（全遺伝子情報）解読、そしてこれからの農業」――講師　飯塚敏彦（北海道大学名誉教授、（株）北海道グリーンバイオ研究所長）

第五回　二〇〇七年七月二日（土）「日高路について――私の土木技術の人生から」

――講師　高橋陽一（元開発土木研究所長、（株）レアックス技術相談役、工学博士）

第六回　二〇〇九年七月一八日（土）「少子高齢化社会と地域経済の行方――試される民主主義と地方自治」

――講師　堀川裕己（不動産カウンセラー、不動産鑑定士、土地区画整理士）

第七回　二〇〇一年一〇月一日（土）「原発の現在・過去・未来」――講師　酒井芳秀（元新ひだか町長）

母校浦河高校に同窓会図書コーナーを設ける

同窓生の出版物を寄贈いただいて、浦河高校の図書館にその本を送り「同窓会コーナー」を設ける企画を、二〇〇八年八月二五日に打ち出して、協力を呼びかけた。二〇〇九年一月二二日、「同窓会図書コーナー」には、予想をはるかに超え一三名、四団体より集まった本九五冊を、母校浦河高校へ贈呈する。一月二三日道新、日高

報知新聞が報道。一月二六日藤岡道雄校長より礼状。三月三日「同窓生寄贈本コーナー」を設けたという報告と、目録を事務局に送付されてきた。

二〇〇三年（平成一五年）一一月八日、浦河高校創立七〇周年記念式典、祝賀会。記念祝典には田島会長、飯塚副会長、大脇事務局長参加。「札幌浦高会」が「同窓会活動の活性化に貢献」ということで、歴代校長、旧職員などと共に感謝状を受け、盾を贈呈された。

事務局長として心がけたことは、『さっぽろ浦高会』という機関紙を発行して、各期の幹事に数十部ずつ配付をし、総会に向けて、期日、場所の周知を図ることだった。特に写真と話題を探すことを大切にした。特集として「美術と同窓生」「この人に聞く」「職場第一線」「頑張っています」などで、活躍している同窓生を紹介し、話題を提供することに努めたことだ。

2 NMFスキークラブ

私は冬ほとんど雪のない日高育ちだったが、中学校時代に当時の長い重いスキーを買った。上手く乗りたいという願望はあった。

元神部（もとかんべ）の小学校五年生の時（戦後）、ようやく五センチか一〇センチの雪が降り滑れるようになっている照井さんの坂で、数人で遊んでいる時、新人教員の樺太出身の若い新田光夫先生が、たぶん高江（当時村役場があり、中心校の日新小学校があった）への出張の帰り、偶然この道を通り（先生はその時、照井さんに下宿していた）、「ちょっと、スキーを貸してくれ」と言って、私の小さな板で、つっかける皮のようなものが半円形にスキーについているスキーを持って、道路ではなく藪の中を登って行く。上の方からリュックを背負っていたと思うが、その姿で木と笹の生えている藪の中をスーっと滑ってきた。今まで全く見たこともない滑りで降りてきた。全く目から鱗（うろこ）で、ビックリしてしまった。こんなに上手く滑れるんだ！　と驚き以外の何ものでもなかった。

願望は持っていたが、滑る場所、機会はなかった

浦河高校で一一年目、三九歳の一九七四年（昭和四九年）一〇月二三日、同僚の木村恒孝さんと加藤進一さん（共にＳＡＪの指導員）と一緒に札幌の「アジア商会」でスキー一式とブーツ（二万六八〇〇円）、ウエア、グローブ、下着、

ゴーグル等（三万五六五〇円）、合計六万二四五〇円で購入した。当時の大金を出してスキー一式を買って、これから「スキーをやるぞ」ということになった。

この冬だと思うが、初めて一緒に日高国際スキー場へ車で出かけた。リフトに乗って頂上で降ろされた。皆は先に降りて行ってしまった。雪面はテカテカでデコボコである。全然滑れない。どのようにして降りてきたか全く記憶がない。時間がかかったのは当然のことだ。これが本格的に始めた私の初めてのスキーであったのだ。

一九七八年（昭和五三年）四月、苫小牧へ来てからは、スキー場がいくらか近くにあると条件が良くなって、同僚の横山和郎さん、小柳正夫さんたちとモーラップスキー場（支笏湖畔）やカルルス温泉スキー場へ行って練習するようになる。学校教職員の団体でニセコにも出かけた。ある時は、我々の組合「高教組」の主催するスキー学習会で富良野スキー場へも行った。一〇年以上が経ってモーラップでのＳＡＪの検定会で一番下のランク（四級か五級か）には受かったことがあった。だが、ほとんどダメ、上手くはなかった。

一九九二年（平成四年）四月、札幌へ来て、冬はたくさんの雪が降り、スキー場がたくさんある。上手くなりたかったが、他のことで忙しく、機会は多くはなかった。藻岩山（もいわやま）や手稲の千尺（せんじゃく）へ数度行った記憶がある。

本格的にやりだしたのは、苫小牧で一緒だった小柳先生が札幌にいて、紹介された「ナイス・ミドルフレンド（ＮＭＦ）スキークラブ」だった。当時の幹事長・長橋清さんからたくさんの資料の入った封筒を受け取った。書類は総会の内容、ＮＭＦだより、傷害保険の栞（しおり）、今シーズンスキー例会の日程、入会申込書、だった。この資料を見てきちんとやっているクラブだと驚いた。そして、私は退職後すぐの五月、札幌に来て四年経って入会している。一九九六年（平成八年）、六〇歳である。

後で分かったことだが、クラブのスタートは、長橋清さんと初代会長・鈴木一栄さんが、「札幌スキーフレンドクラブ」の会員だったが、若い人ばかりでなじめず、二人でクラブを抜け出して中高年の人を対象に新しいクラブを作ることにした。道新に広告を載せると女性一二人、男性七人が集まった。「札幌ナイス・ミドルフレンド・スキークラブ」（素晴らしき壮年スキーの友よ）が誕生したのだった。この名前は、相談を受けた我が「高教組」の書記長だった児玉健次氏が提案した名称だと、後で聞いた。一九八六年（昭和六一年）一二月二三日、一三名の出席で結成総会を行なっている。

クラブ旗、シンボルマーク、ワッペン（バッジ）、ベスト、ペナントといろいろなものを初期に作っている。「一〇年の知己のように、スキー好きの仲間が一堂に集まった」。クラブはスキーだけでなく、水泳教室、登山、海水浴、忘年会、新年会、新入会員歓迎会など、驚くほどの種類の催し、「通年行事はクラブ発展の環」ということであり、「仲良しクラブ的」で繋がっていた。

ＮＭＦ例会の滑走前に必ず行なう準備運動。札幌国際スキー場にて。[2015年2月14日]

それよりも大切なことは、この上部組織が「新日本スポーツ連盟」で、「北海道勤労者スキー協議会」が全国の下部組織であり、スポーツが人間の権利であると捉え、「ひとりぼっちのスキーヤーを無くそう」「楽しく早くうまくなろう」を合言葉に「スキー教程」を独自に作り、検定も独自に行なっている組織である、ということである。

退職してから毎年、多い年では三〇回以上スキーに行き、エンジョイしている。組織がしっかりしているので、五月の総会の他に一一月にはスキースタート会（ＳＳ会）があり、冬季の例会の日程や担当を決めている。例会には足のない人の車の手配も行き届いている。滑走前には、幹事から一日の例会内容のプリントが皆に渡され、人員の確認、日程、ゲレンデの注意やグループの確認がなされ、集団の写真を撮る。そして準備運動も欠かさない。例会では必ずグループ編成（普通は五～六人）をし、前と後には必ず指導員が付き、スキーのコースを決め、先頭に立つと同時に転んだ人の世話をしたり、全員の後を守り責任を持つ。だから皆は安心して滑ることができる。ゲレンデは危険がいっぱい。「安全第一」を掲げている。スキーで滑る場合、ゲレンデの状態、雪質、天候などで、変化が激しいので細心の注意が必要。他人と衝突しない注意も絶対欠かせない。楽しいはずのスキーはいつも危険と背中合わせなのである。

指導者になるためには

指導員になる検定試験を受けようと思ったのは一〇年近く経ってからであった。初めは本腰が入っていなかった。ダンスやベートーベンの『第九』に力を注いでいて、また、アイヌ民族の共有財産裁判の事務局長もやっていて、最高裁に行っていたのだ。これまた大変。大変忙しかったし、神経も本当に遣っていた。そういう意味で結構自分ではやっているつもりだが、本腰が入らず、三年経ってしまい、結局、四回目の二〇〇九年（平成二一年）二月一日、初級指導員合格となった。さらに、中級指導員を目指し、二〇一二年、二〇一三年と二年やり、失敗し、後は諦めてしまった。今は高齢者になり、体力の低下を感じているが、スキー自体は、スキーのターン、スキーに乗る場合のスキーに加える力など、相当変わってきている、安定していると感じている。

歩くスキー

歩くスキーは、新谷一彦さんが始めて、二〇〇二年（平成一四年）から参加していたが、二〇〇五年から部長になり、一二年間通し、二〇一七年（平成二九年）、岩谷良子さんにバトンタッチした。この間、一年間の会場と日時を決め、多い年で九回実施し、八人くらいが平均人数だった。

次の文章は、会報『NMFだより』に掲載された「歩くスキー」の文章である。

ピリッとした空気、快晴の中で心地よい汗をかく

——モエレ沼公園　第六回歩くスキー　二月二六日（木）

午前一〇時すぎ、安部誠子さんと大脇が地下鉄新道東（九：四五）を経てモエレ沼公園に到着した。すでに田鎖、伊藤（喜）、本間夫妻、伊藤（修）の五名がスキーを借りており、この日は常連七名の歩くスキーとなった。

天気は快晴で無風、気温零下のピリッとした空気。モエレ沼公園はいろいろなコースがあるが、特色は広く展望の開けたイサム・ノグチの設計になるカラマツの林やプレイマウンテンを通るコースと、スケーティングで滑ることができるコースが設定されていることである。

春は桜の花、夏は噴水やビーチ、遊具に子供が押しかけ、ガラスのピラミッドなどがある芸術的であり、楽しくなる素晴らしい世界に誇れる公園だ。

まず、一・五キロのカラマツを回るコースを、それぞれのペースで回った。次に全員で三・五キロのコースを巡った。それほど急ではないが上がり下がりがあり、遊具の中を通ったり、どこでも新しく自分のス

歩くスキー。滝野スノーワールドのアシリベツの滝（氷瀑）をバックにして。[2011年3月7日]

キーで跡を付けて巡れることは非常に愉快であった。雪質も良くみんな楽しく汗をかいた。田鎖さんや伊藤(喜)さんは、スキーで自宅まで往復できるところにあり、この日は都合で少し早く歩いて帰った。

最後は、プレイマウンテンの三〇メートルの山の頂上まで登り、降りた。なにも跡がなく、雪質が少し堅い斜面を、エッジがない歩くスキーでは滑るのは難しく、みんな転んだ。暖かく日が差し込む快適なガラスのピラミッドで弁当を食べ終了にしたが、来年は一度ではなく、何度もここの快適さを皆に経験してほしいと思った。

(二〇〇九年三月一三日　No.二六五号より)

記念誌作成

『二十五年の歩み』(NMFスキークラブ二五周年記念誌)、『三十年の歩み』(NMFスキークラブ三〇周年記念誌)、両方の編集委員長として、特に二五周年記念誌の時は、一年半にわたって、編集委員の編成、記念誌の構成、分担、記念誌の体裁などに注意を払った。グラビヤの写真は特に気を遣った。全体で九回の編集会議を開き、A4判一二四頁のNMFスキークラブの活動がよく分かるものになったと思っている。

ポールによるスキークラブの回転競技会

「北海道勤労者スキー競技会」は、毎年全道の競技会を開いてきている。会場は、第一回が札幌国際。それから中山峠、真駒内、藻岩山と変わり、一昨年は、岩見沢市のホワイトパークスキー場開催だったが、雪が少なく初めて中止となり、昨年またコロナ禍のため連続中止となった。

我がNMFスキークラブは、ときどき優勝していたが、強くなったのは組織的に参加者を募ったり、家族で参加する体制を取ったり、ポール練習を例会の中に入れて練習した成果でもある。二〇一二年（平成二四年）の第二九回から連続七回優勝の偉業を達成している。参加者が安定して三〇人以上で担っている。多い時は四〇人以上。それも結局、組織的活動の充実、そして例会をきちんと成果の上がるやり方で工夫し、高齢者の要求に基づいて、会員を増やす努力が続いている成果である。

常設スキー学校

私がほぼ小学生の初級のスキーを教えたのは、指導員合格の次の年から一一年間である。多い年で一〇回、少ない年で五回。平均年七回である。一二月末に手稲山で二、三日、年が明けてから藻岩山で一五、一六日までの一〇日間くらい。毎日五〇名から七〇名ほどの生徒で、指導員も一五名くらい参加する体制で実施している。生徒のほとんどは学童保育からの団体予約である。講習時間は午前二時間（一〇時～一二時）、午後二時間（一三時～一五時）。

第30回ＮＭＦ総会・記念祝賀会（43名）。札幌KKRホテルにて。[2015年5月17日]

講師の指導員は事前に集まり、受け付けた生徒をランクで分けたグループ作りや、「受講カード」作り、グループの担当を決め、打ち合わせをして、指導に入る。昼休みは、カードに実施した内容を記入する。指導員は講師謝礼として一日四〇〇〇円支給される（交通費、昼食代込み）。

生徒のスキー技術のランクは、ほとんど一年の初歩。リフトに乗れてゲレンデをハの字で滑ることのできるようになった二年以上の初級。転ばないである程度スピードを出して二の字で滑れるようになった中級。圧雪していない急斜面を滑るようになった上級と四段階に分けて（ランクはほぼ指導員の目安であり、上手くなったら、ランクを上げる提案をする。反対に下げざるを得ない場合もある）指導している。

私は、ほとんど初級を受け持ってきたが、学年では二年から四年くらいまで。泣かれることも結構多い生徒である。理由は、何度も転んでしまった、ゲレンデの傾斜が怖い、手稲山では零下一五度以下になり、寒さで手先が冷たくて痛くてたまらない、などである。五〜八名くらいのグループを連れて練習する。号令をかけたり、励ましたりしながらの練習だが、一般的に生徒の上達は非常に早い。生徒は楽しくて大声を出すことも多いが、いい加減に滑って転ぶことが多い。どんな場合でも滑る時の体の使い方が大切で、いい加減だと転ぶ。基本が大切になる。リフトに乗る時も不注意だと失敗することがあり、危険である。常に生徒の状態を把握して、注意深くゲレンデを選び指導することが必要になる。

3　ソーシャル・ダンス

ソーシャル・ダンスを始めたのは、大学三年（一九六二年）の時、札幌の寮（紫藻寮）での講習会で、ステップを学んだ。もちろん、男性のみのワン、ツー、スリー、フォーとステップを覚えることだけだった。何度も、食堂の机と椅子を寄せて広くし、四拍子（クイック）と三拍子（ワルツ）の形を覚えたのが最初。パーティーなど出た記憶はないが、教師になってから、様似中学校の時、町の依頼でクイック・ステップとワルツの形を、プリントにして渡し、教えたことを思い出して、赤面している。

苫小牧に転勤してから、一年くらい、靴を買い練習をしたが、あまりにも忙しく、何時の間にか、やめてしまった。

退職後、「靴が泣いているな」と思い出し、四年経ってからサークルに入り、老後の健康にもよいと思い続けている。しかし、踊りは大変だ、ということがだんだん分かってきた。音楽に合わせての体の動かし方、女性とのホールドの仕方、足の運び方など。足の出し方にしても、足のどの位置で床を踏むかなど、簡単ではない。

「ダンスの手帳」をつけて、注意点を書くようにしていたが、今それを見返すと、体の姿勢、男女のホールドの仕方、腕の使い方、手のホールドの仕方、足の運び方、踵を上げる、爪先の使い方、など、同じ注意が何度も書かれている。クセはなかなか直らないものだ。こんなにたくさん注意され、練習したんだと思い出し、驚く。

ルネサンスホテルにて。[2004年11月21日]

勤医協東友の会「社交ダンスサークルすてっぷ」。[2010年1月8日]

音楽にきちんと合わせるのも難しい。情操を養うと同時に、やはりスポーツだなと今は思う。

一〇人くらいのサークル（勤医協の「踊る会」、二〇〇〇年二月入会）で続けたが、種目は、スタンダードではワルツ、タンゴ、クイック・ステップ、ブルース、フォックス・トロット、ラテンではルンバ、チャチャチャ、サンバ、パソドブレ、ジャイブ。

上野善子先生に長い間習ったが、一つはみんなで「フォーメーション」をやり競技会に出ること。年に一回か二回、完成させるために取り組む。男女の組を作り、五組か六組。多い時は七組できた。ステップは全部先生が作る。ベースになるのは、音楽がスローであったり、タンゴやワルツ、ルンバの時もあった。形は、縦、横、斜め、円を描いたり交差したり。これがなかなか面白い。独創的であるからだ。これは一〇年以上続いた。定山渓温泉のビューホテルで行なわれ、ビューホテル杯があり、優勝したこともある。

それと、五年ほど毎年二回メダルテストも受けた。五級から始まり一級まで。その次がブロンズ、そしてゴールド。あとはその上もあったが、やめてしまった。二人の先生が点数を付け、発表される。これもステップが決められているので、それを覚えるのが大変だ。点数以外でも、スタンダードでは、フットワーク、リズム、ポイズ、ムーブメント、ラテンでは、フットワーク、タイミング、リード、フィーリングの項に、◎や〇を付ける欄があり、合否が出される。大抵合格なのだが、その上の優が付くこともある。私は一～二度この優を貰ったことがある。

その後、二〇一〇年(平成二二年)「アマチュアダンス連盟」、(札幌アマ連)に入会し、講習会や競技会、ダンスパーティーに参加し、いわば他流試合を多く経験し、いろいろな人と多く踊る機会を増やすことに心がけた。札幌には、ダンスホールと呼ばれる所が多くある。日常いつでも、その場所へ行けば、踊れるという所へも行くようになり、踊る機会を増やす努力をした。これが約一〇年続いている。ロンド(二〇一〇年)、赤と黒(二〇一一年)などである。

「アマチュアダンス連盟」では、毎年四月に総会と技術講習会があり、その他、いろいろな名称のパーティーを年間四～五回は主催するし、他に協力したり共催のパーティーが紹介される。これらのパーティーも年間一〇回以内だがあるので、けっこう踊る機会を紹介されることになる。

この連盟は、二〇二〇年四月退会届を提出する。体力がなくなってきて、コロナ感染の影響もあり、意欲が少し欠けてきた。いろいろなことがあり、この辺で退会だと判断した。

4　プロジェクト・ウエペケレ（Project Uepeker）

この組織は、アイヌ民話を英語教室と英語圏に紹介するという目的で、一九九九年（平成一一年）に設立された、英語教師を中心とした団体である。

「どのような目的で行なうのか」には、「趣意書」が日本文と英文があるが、ここではその〝要旨〟のみを紹介する。

私たちは知っている：

アイヌ民族は北海道の先住民族です。アイヌ民族は豊かな口承伝説を発展させました。例えば、ユカラ（英雄叙事詩）、ウパシクマ（由来話）、ウエペケレ（散文説話）など。これらの貴重な口承説話には、アイヌ民族の文化や価値感が息づいています。

このアイヌ文化に対する無関心は、アイヌ語地名に囲まれているにもかかわらず、北海道ばかりでなく、日本中の多くの若者がアイヌ民話を読んだことも聞いたこともないという状況をもたらしています。

私たちは信ずる：

この状況は健全な状態ではないので、改善すべきです。私たちは外国語教育（特に英語教育）がこの改善に重要な役割を担うことができると考えています。

私たちは決意する：

私たちは、知ったこと信じたことに基づいて、まず第一にアイヌ民話を英語に翻訳します。次に、それを北海道、日本全国、アジアの国々の英語教育の教材として紹介します。第三に、これらの由緒ある物語を英語を話す国々に紹介します。

すべての民族とすべての命あるものが、尊厳の下に共に生きることができる世界を実現する手助けになればと考えています。

一九九九年三月二三日

プロジェクト・ウエペケレのメンバー（二〇一九年一一月）

ピーター・ハウレット、デボラ・デビッドソン、ロバート・ウイットマー、

清水裕二、大脇徳芳、野村健治、辻信一、馬場直子、ジャステン・ボーマン

＊この組織が製作した本を以下に紹介します。

①『The Ainu――A Story of Japan's Original People』「アイヌ　ネノアン　アイヌ」（英語版）
文・萱野茂　絵・飯島俊一　Tuttle Publishing　二〇〇四年
・Paperback『The Ainu ――萱野茂さんが語るアイヌの暮らし』桐原書店、二〇〇四年
〔内容〕萱野茂さんの小さい時からの生活と体験、アイヌ民族の考え方や生活の方法など、アイヌ民族のことが大変よく分かる。（高校程度）

②『The Ainu and The Fox』「アイヌときつね」（英語版）　文・萱野茂　絵・石倉欣二
CD付き　R.I.C.Publications　二〇〇六年
平成一七年度「アイヌ文化振興・研究推進機構」出版助成金交付
〔内容〕川に登る鮭は、人間だけでなく動物の餌や自然をも潤しているもので、神が与えてくれた「シペ（本当の食べ物）」である、という有名な話。絵も素晴らしい。（中学二年以上、高校程度）

③『The Ainu and The Bear』「イオマンテ」（英語版）　文・寮美智子　絵・小林敏也
The Gift of the Cycle of Life（めぐるいのちの贈り物）CD付き（高校二・三年）R.I.C.Publications
二〇一〇年　平成二一年度「アイヌ文化振興・研究推進機構」出版助成金交付
〔内容〕アイヌの少年と生まれたばかりの熊の立場から語る「イオマンテ」（熊送り）。熊の姿をした神がアイヌの国にやってきて、肉や毛皮をもたらしてくれるので、お礼として祝い、熊を神の国に送り返すのがイオマ

ンテであるとアイヌは考えている。人間が日々誰かの命を食べていることへの感謝をこめた物語。ＣＤには、本物のイオマンテの時の録音も入っている。（高校程度）

④『The Ainu Wind Goddess and Okikurmi』「風の神とオキクルミ」（英語版）　文・萱野茂　絵・斉藤博之
R.I.C.Publications　二〇一三年　平成二四年度「アイヌ文化振興・研究推進機構」出版助成金交付
〔内容〕風の女神（ピカタカムイ）が悪さをしたくなり、強い風を吹き付け、アイヌの村を二度も壊してしまい、オキクルミ（アイヌの守護神）がこの悪い神を懲らしめる話。（高校程度）

⑤『The Ainu Wolf Carving』「木ぼりのオオカミ」（英語版）　文・萱野茂　絵・斉藤博之
R.I.C.Publications　二〇一五年　平成二六年度「アイヌ文化振興・研究推進機構」出版助成金交付
〔内容〕大熊が美しいアイヌの娘に恋をして、魔法をかけて娘に会おうとするが、小さな木彫りの狼が、その熊と戦ってくれる。アイヌの若者がその娘に会って助け出す話。（高校程度）

⑥『Okikurmi's Adventures in Ainu Moshir』「オキクルミのぼうけん」（英語版）　文・萱野茂　絵・斉藤博之
R.I.C.Publications　二〇一六年　平成二七年度「アイヌ文化振興・研究推進機構」出版助成金交付
〔内容〕アイヌの土地へ行きたい若いオキクルミに課せられた三つの試練。何とかアイヌの国でためになる多くの仕事をするが、あるアイヌの男が美しいオキクルミの妹の手を掴もうとした時「爆発」する……。（高校程度）

＊④、⑤、⑥は、萱野茂氏が三部作として絵本にした、アイヌ民族のウパシクマ（故事来歴）です。

⑦『KANNA KAMUI AND THE MEIDEN――An Ainu Folktale』「カンナカムイとむすめ」（英語版）
かたり・おだ　いと　え・オキ　ぶん・やく　ちとせアイヌごきょうしつ　Chikar Studio　二〇一七年
平成二八年度「アイヌ文化振興・研究推進機構」出版助成金交付
〔内容〕千歳で伝承されている「アイヌの民話」です。アイヌの娘が美しい顔立ちをした立派な若者と結婚するが、カッコウが毎日鳴くようになると、何もせず食事も口にしなくなる。実は、夫はカンナカムイ（雷神）で天上のカムイモシリ（神の国）に帰らなければならない、六年経ったら迎えにくると言って天上に帰る……。
（中学三年以上、高校程度）

⑧『Baby Wolf Came Running ――An Ainu Folktale』「おおかみのこがはしってきて」（英語版）
文・寮美智子　絵・小林敏也　Parol-sha　二〇一八年
平成三〇年度「アイヌ文化振興・研究推進機構」出版助成金交付
〔内容〕アイヌ民族には早口言葉で小さい時から楽しく繰り返し言葉を覚える、ということがあった。これを基に言葉の響きやリズムを大切に、地球と生き物の成り立ちを考えよう、という話です。「なぜ？」「どうして？」を繰り返すことになります。（中学一年から）

⑨『The Owl and the Salmon――An Ainu EpicTale』「シマフクロウとサケ」（英語版）
古布絵製作・再話　宇梶静江　プロジェクト・ウエペケレ　二〇一九年

平成三一年度「アイヌ文化振興・研究推進機構」出版助成金交付
〈内容〉神の魚サケ群が沖の方からやって来た。最後にやって来たサケたちが「そんなでっかい目をしたものが、恐れ多い神だというのかい」。それを聞いた村の神フクロウが怒って、銀・金のヒシャクで、海の水を汲み取り、サケたちは干上がってしまった……。（高校程度）

私たちは、アイヌ民族を理解する資料、本が少いので、教材として取り上げる本を増やそうとして、日本語になっているアイヌ民話を探し、「アイヌ文化振興・研究推進機構」の出版助成金一五〇万円を申請して、承認された本を翻訳し、出版してきた。八冊は申請し承認された本で、一冊は会独自の翻訳で出版したものだ。二〇年以上になるが、一〇冊をようやく達成することができた。

申請は書類が多く、承認されなかったことも数度あったが、著者や出版社の機会と協力を得ることができた賜物である。

＊②〜⑨はCD付き。⑤と⑥は出版の版をプロジェクト・ウエペケレが持っていて、三〇〇冊のみの発行です。
⑤〜⑧は学校貸し出し用として、四〇冊ずつ用意してあります。

プロジェクト・ウエペケレのメンバー（二〇一九年一〇月）
代表　ピーター・ハウレット　元函館ラサール高校英語教師
デボラ・デビッドソン　翻訳・通訳業／国際アドバイザー
ロバート・ウイットマー　農村伝道新学校校長／「チキサニの大地」を英訳

清水裕二　北海道アイヌ協会江別支部長／少数民族懇談会顧問

大脇徳芳　少数民族懇談会顧問／元高校英語教師

野村健治　札幌東商業高校英語教師

辻信一　明治学院大学国際学部教授（文化人類学専攻）

馬場直子　ナマケモノ倶楽部事務局長

エリー・ハウレット　桜美林大学学生

吉川純　英語教師（宝仙学園中学・高校）

事務局

5　ミュージカル「ピアニヤン」

二〇〇七年（平成一九年）八月一八日、ミュージカル・ピアニヤンの説明会があり、札幌市中央区南一条西二四丁目ザ・ヴィンテージ三階にある「札幌サウンドアート専門学校」（音楽・ダンス・演劇系サポート校）へ行った。

札幌東商業高校で一緒だった宮沢先生が教頭をしていて、電話をいただいて、このようなミュージカルを来る三月二日に教育会館大ホールでやるので参加しませんか、と誘われたので、一度もこのようなことをやったことがなく、面白そうなので、挑戦しようか、と思って、参加することにしたのだった。

音楽に合わせて体を動かす。歌や台詞（せりふ）もあるというので、発声練習もしなければならない。いよいよ始まると、音楽に合わせて体を動かすというのが難しい。六〇人以上いて、小さな小学生もいる中で、小学生よりリズミカルに体を動かすことができない。これは大変だ。

八月から次の年の二月まで、数えてみると四六回、このステップの練習に参加したことになる。何とか決まったステップで、あちらこちら動き回る、音楽に合わせて動作を付けて歌うことに慣れるようになってきた。本当に最初のことなので大変だった。

指導者は、脚本・演出が金田仁志さん、その他音楽やステップだけの専門家がいて指導する。知らなかったが金田仁志さんは、相当の力のあるベテランなのだ。それに、このミュージカルは五年前にもやっていて三度目ということだ。出演者に合わせて台詞を変更したりしながら完成させた。

ストーリーは、博多生まれのピアノを弾く猫！　ピアニヤンは買い主の引っ越しのため札幌へ。しかし転居先の都合によりノラ猫として生きていくことに。北の町「札幌」に集まる個性豊かで人間味（！）溢れる猫たちの強く逞しく生きることを描いたミュージカル！「たった一度の人生だもの、楽しく生きなくちゃ！」というものだ。

二〇〇八年三月二日（日）当日は四時半からと七時からの二回公演。教育文化会館大ホール。最大約六〇名が出演する「市民参加型ミュージカル」が売り出し文句だ。シッポを付けたり、耳を付け、「ひげ」を描いて、張り切って当日は汗だくになり頑張った。やり終えて大満足だった。

ちょうど、家庭教師をやり高校生を教えていたので、お母さんに券を買って頂き、会場も多くの観客が入り、見て楽しんでいただけたのではないかと思っている。

ミュージカル「ピアニヤン」の舞台。[2008年3月2日]

北海道新聞によると
「ホールは満席となり、公募した四歳から七二歳までの六三人の出演者が半年間の稽古の成果をぶっつけた。出演者は、野良猫たちが人間の社会と同様に『勝ち猫』『負け猫』がいる猫社会で挫折を乗り越え、成長する姿を熱演。車椅子でYOSAKOIソーランに挑戦する猫を演じた石垣まりやさんは（二二）『車いすで広い舞台を使う演技に最初は戸惑ったけれど、全力を出しきれた』と振り返った。二回の公演に一七〇〇人の観客が詰めかけた」
ということだ。

6　北海道を歩こう
——真駒内から支笏湖まで（三二キロ）一一年で一〇回歩いた

この大会は真駒内緑小学校（二〇一一年から真駒内中学校）がスタートで、ゴールは千歳市、支笏湖畔のポロピナイで三二キロである。（二〇〇三年には三六キロと表示されていたが、同じ所を二〇〇五年からは三二キロと変えられた。不正確な距離が正確になったのだと思う。）一〇キロコースも設けられており、途中の真駒内カントリークラブである。主催は朝日新聞社北海道支社、札幌市、その他六団体である。

私が最初に出たのは二〇〇三年九月七日（日）であった。

歩くのは大したことではないと思ったが、そうではなかった。ほぼ中間点のラルマナイ川のある「昼食休憩所」で約三〇分の昼食とトイレ。その中間点から後半、股関節が痛み始めたのだ。痛いままゴール。六八歳であまり歳はとっていないという意識だったが、一〇キロレースを走ることをやめた年で、まだ体力はあったが、走るのと歩くのとでは、やはり筋力の使い方が違うのだ、ということを思い知った。

毎年秋であったが二〇一〇年、蜂の大群に襲われて、刺された人が続出して混乱し、次の年（二〇一一年）からは春に行なわれている。

2011年6月5日に行なわれた第34回「北海道を歩こう」のゴール

最初から一一年間で、一〇回このコースを歩いた。一年だけ不幸（前日の二〇〇八年九月六日、妻の伯父・古本博さん死去）があって、歩く予定だったが取り止めている。

昼食時間三〇分を除いて六時間で歩くのが目標で、ようやくその時間内では歩けている。六時間で歩くのはそう簡単ではないということを知った。七八歳になった。

毎年、ポロピナイでのゴール後、ジョッキー一杯のビールを飲むことにしている。そのうまいこと。いつもほっとして支笏湖の景色を見ながら飲んでいた。

私は脊柱の第三、第四、第五の関節がつぶれているので、二〇一四年、腰痛に悩まされ、一時は一〇〇メートルも歩けないくらい痛くなった。病院にかかり「手術ではなく薬で治す、治らなければ手術をする」ということで、薬を飲み続けた。四月から三カ月の六月の終わりに、腰の痛みが抜けて良くなり、足の先のしびれが取れてほぼ完全に治ったのが一二月。治るのに九カ月間かかったことになる。

二〇一五年は「おくのほそみちを辿る旅」が重なり参加できず。

二〇一六年も他の行事が入って出られなかった。

二〇一七年一〇キロ。初めて、真駒内カントリークラブまで。

二〇一八年五月二七日(日)、北海道命名一五〇年記念で、「松浦武四郎が蝦夷地探検で回り、旧本願寺街道(国道二三〇号)の必要性を説いた」ことに因み、二〇キロコース(定山渓コース)が設けられ、ゴールは「定山渓神社」であった。この五月、泌尿器科で九日間の入院で大変だった(四時間三八分)。ゴール完走者は定山渓温泉の入浴券が渡された。

二〇一九年は一〇キロコースを歩いた。二〇二〇年、コロナ禍で以後中止している。

第六章

「少数民族懇談会」とその他のアイヌ民族の課題

少数民族懇談会夏の集会で「楽しくアイヌ文化を学ぶ」の発表を聞く。
[1995年8月5日〜6日]

1　少数民族問題懇談会、旗揚げ

高校時代の項でも述べたが、アイヌ民族問題は常に私の頭の中にあり、悶々としていたが、浦河高校の時に、実践に踏み出す仲間の刺激として、浦高の一級上の新聞局長でもあった郷内満氏の北教組での実践があり、教員になって、二年後に浦高の定時制に赴任してきた若い徳光勇氏との活動で、一緒に自然と活動を行なうことができた、と思っている。次の文章は、「少数懇」の活動の約一〇年間をまとめたものだが、新たに城野口さんの話その他を追加することになった（三二九頁一四行目〜三三六頁七行目）（会は今、「少数民族懇談会」と名前を変えている）。

なお、「少数懇」の活動をまとめた本『ポロ　リムセ——少数民族懇談会二三年の歩み』（三六七頁、アイワード）を一九九九年（平成一一年）に出版している。

「少数民族懇談会」の活動——①一九八七年（少数民族懇談会が発足して一二年後）

(1)アイヌに対する差別

小学生の子供を持つ母親が昨年（一九八六年〔昭和六一年〕）話しました。

「ある朝、子供たちが学校に行きたくない、バスに乗るのが嫌だと騒ぐので、びっくりして、よくよく聞いてみると、バスの中で、アイヌ！　アイヌ！　と言われて嫌だという。私はしばらくの期間、自家用車で送り迎えをしたんだよ」

母親の目には涙が浮かんでいました。

二年前にも、この男の子はひどい差別を受けていました。村のお祭りの出し物で、子供たちの組体操（人間ピラミッド）をすることになりました。その練習の時、この子がシサム（和人）の子の背中に上がることになると、そのシサムの子は「アイヌなんか、僕の背中にあげるのは嫌だぞ！　アイヌなんて嫌だぞ！」と繰り返しました。それをこのアイヌの子供の母親が見ていました。

次の日、母親は「今晩から人間ピラミッドの練習には連れて行きませんから」と担当の青年会長に電話を入れました。結局、そのアイヌの子供は、村の祭りの出し物に参加もできず、見にも行けませんでした。

差別はこのように現在もあり、形を変えて至るところにあります。

自家用車の車体に「アイヌの家」と落書きされたり、公住の物置のトタンの壁に「アイヌ」と赤いペンキで大きく書かれていました。小学校の椅子の背もたれに「アイヌの席」と書かれていました。高校では「アイヌ死ね！」という落書きが廊下の壁にありました。中学校では「私はアイヌでくさい女です！」と書いた紙切れを、女性徒の背中にセロテープで貼り付ける、ということがありました。

学校では、注意をして見ると、かなりの落書きがありました。通学している列車の中にもありました。このように、子供たちの中に差別があるということは、親たちが差別意識を持っており、地域に厳然と差別がある、ということを意味します。

全道の各地に残っているアイヌの古式舞踊を、国の「重要無形民族文化財」として、一九八四年（昭和五九年）

に指定を受けたことは、アイヌ文化が評価された点で一歩前進ですが、この踊りの発表を「地元ではやりたくない」という声があると聞きました。

一〇年近く前のことになりますが、高校の日本史で、本腰を入れて八時間の「アイヌの歴史」の授業を組んだ教師が「生徒の感想文を読んで、やって良かったと思っているが、アイヌの子弟が頭を上げない。どうしても明るい顔にならないのが一番の気がかりです」と話しています。

アイヌが多く居住している地域の小学校の校長が言いました。「このような難しい土地では、深く考えて、何もしないことです」

(2) 地域の実態

北海道のアイヌの人口は、一九八六年(昭和六一年)の道民生部の調査では、二万四三八一人ですが、日高支庁がもっとも多く一万〇三九二人(四二・六%)、胆振支庁六五八七人(二七・〇%)で、この二支庁で全道の約七〇%を占めています。和人との比率を見ると、一八〇〇年頃を境として、和人の人口がアイヌの人口を上回り、和人に対するアイヌの比率は、一八七三年(明治六年)には一四・六%、一九八六年(昭和六一年)の調査では〇・六%にまで下がっています。この調査で支庁別に見ると、日高の一〇・四%、胆振の一・四%、根室の一・二%と続くので、日高の比率が大きいことが分かります。

アイヌに対する差別問題の実態を見る時に、部落(コタン)形成の有無や、アイヌの人口の多寡による違いがあると同時に、全体の人口に対するアイヌの人口の割合の大きさが〝地域的な問題〟として大きく浮かび上がってくる要素になっています。

日高の高校生と、小樽の高校生のアイヌに関する意識調査に、その差がはっきりと現われています。日高のある高校の生徒は九〇％が差別があると答えているのに対し、小樽では「ある」が四一・二％、「分からない」がこれを上回り四三・二％です。「心の中に差別意識がないとは言えない」については、日高では七〇％、小樽では一三・四％であり、小樽の高校生で、自分は「関心がなく、差別していない」と答えた人は六五・七％いるのです。つまり、アイヌについては、小樽の大多数の高校生は〝無関心で知らない〟と答えているのです（一九七七年、長堀真礼氏調査）。

この無関心で知らないということは、差別をしていない、という免罪には決してなっていないのです。

（3）少数民族問題懇談会の結成

地域にある差別問題に心を痛める人、郷土文化を研究している人、教育現場で困っている人など、各自の持っている課題を持ち寄り、お互いに学んでいこうとする共通の要求で、一九七六年（昭和五一年）八月一日、日高、胆振の各地から静内に集まりました。当日の参加者はアイヌの人はもちろん、主婦、学生、マスコミ関係者、郷土史研究者、教師など、まさに多様でした。

懇談会は最初のことでもあり、各自が考えていること、提案などを率直に出し合いましたが、この時の話し合いが、まさにこの会を方向づける大きな原動力となりました。

発言の一部を紹介します。

＊口に出して差別的な言葉は言わなくなった。しかし心の中では持っていて、ひどくなっているのではないか。「なんだかんだ言ったって、これだもな」（手で入れ墨を暗示する）、「アイヌ、アイヌってさわぐな。さわぐから余計差別されているんだぞ」と言う。

＊アイヌに生まれて、悩まない人、悔やまない人はいない。特に若い人は。今誇りを持てといわれても、差別が

なくならなければ、誇りを持つことができない。
＊差別の根源は何か。そこが分かると、〃誇り〃を持てるようになるのではないだろうか。その根源をアイヌもシャモも知る必要がある。
＊民族の誇りは民族性から生まれたものであり、アイヌ自身が作っていくもの、運動の中で勝ち取っていくものではないか。
＊若いアイヌの人が就職先を転々と変えて、熊彫りをしているが、真剣に本物を追求している。しかし「本物の作品は売れない」と言う。「誇り」に対しても回りで理解しなければ挫折する。
＊中三の女の子が学校へ行かないと言い出した。人嫌いになってしまう。「アイヌ」という言葉は侮蔑語になっている。親たちは自分たちがアイヌだということを、子供に教えることが必要ではないか。
＊息子が学校で暴力事件を起した。その時の反省日記の中で「今まで付き合っていたのは本当の友達だったのだろか？」と自問している。「自分は素直に自分を表現せずに虚栄心の塊だったようだ」と書いている（この反省日記は、参加者に、その実態と苦悩を訴え、胸に迫った）。
＊今、アイヌの人たちが何を望んでいるのか知らなければならないのではないか。「気の休まることがない。外国にいるような気持ちだ」というのを考えてみなければ。
＊足を踏まれている痛みは、その踏まれている者でなければ分からない。肉体的なキズは治るが、心のキズは治らない。心のキズを付けることだけは許さない、という指導をしている。
＊先生方は独自にやっているのではないか。何人かの教師にテレビ公開の依頼をしたが全滅だった。確信を持てないままやっているのではないか。また、踏まれた者でなければ痛みが分からないという観点では、運動は広まらないのではないだろうか。

*テレビの公開授業を依頼されて、迷いを感じた。自分では確信を持ってやっているつもりだが、職場の問題、地域との関連なくして公開できないことを改めて感じた。

*宿泊研修ルートでポロト湖へ寄ったが、観光ルートとしての意味しかないことに腹が立った。教師の中で、それが問題だと感じている人がほとんどいない。クラスに五人ほどのアイヌ系の生徒がいるが、「本当に差別があるのかい?」というのが現実だ。どんな差別が現実にあるのか教えてほしい。アイヌの誇りとは一体なんだろうか。それをアイヌ自身が掴んでいるのだろうか。

*ウタリ(=アイヌ)は、自らの人生経験に確信を持っているが、若い人はそうではない。年代間の交流が必要だと思う。

*アイヌの歴史をアイヌ自身が知らない。教えられていないし、バラバラにされてきて連帯感がなくなっている。

*今日おかれている状態は歴史的なもので、差別意識は階級的なものだ。民族は時代と共に変わっていくものだ。差別は学校の中だけではなくならず、地域を変えていって初めて変わり得る。

*地名改正で、アイヌ語の意味のある地名がなくなっている。民族の誇りにすべきものが失われつつある。差別に気づかせるのは教師ではないのか。最も民主的でなければならない場所である学校で、もっとちゃんとやってほしい。

*文化的な値打ちのあるものが、この日高、胆振で掘り起こせるのではないか。地域の歴史をみんなで掘り起こしていかなければならない。

*かつて、アイヌ問題を提起しても相手にされなかった。しかし今、この問題は避けて通ることはできないし、日本の民主主義を真剣に考えると、その重要な一環となってきている。

（4）差別の実態を明らかにする

このようにして、私たちの会〝少数懇〟がスタートしました。日高の地域性から「アイヌ問題」を避けて通ることができない。そして特に教育に対する要求として、

一、アイヌの歴史を教えること
二、差別に対して闘う教師になること
三、アイヌ文化を掘り起こし、継承発展させること
四、福利厚生制度を知り、活用を奨励すること

の四点を整理し確認したのでした。

例会は、ほぼ隔月ごとに開かれ、一〇年以上続いています。各例会では差別の実態を話し合うことを大事にしてきました。このことは〝告発〟ともいえる内容かもしれませんが、〝誰かを糾弾するための告発〟などというものではありません。差別の実態を知らない人が多い状態では、そしてまた実態を明らかにする声が小さい中では、本当の意味での告発をやめるわけにはいかないのです。差別の実態を知って初めて、その差別を無くそうという意欲が出てくるのであって、〝差別の告発〟はこの運動のエネルギーになると考えられるのです。城野口さんの「アイヌに生まれた私の五十年」の手記は、このような会の活動の中から生まれました。

（5）地域民衆の生活と歴史を学ぶ日高集会

私たちの会、少数懇が発足後三年で「地域民衆の生活と歴史を学ぶ日高集会」という民衆史道連の第四回全道集会を引き受けることになりました。

その時、私たちは引き受けるかどうかの深刻な討議をしました。それは地域の重い課題を十分地域の運動と

して定着し発展させることができるかということでした。不安はあったもののその方向を定めてからは、全員で全力で取り組みました。経過や内容についてはいわなければならないことも多いのですが、結論をいうならば、大成功に終わりました。ウタリ協会はじめ、地域の諸団体の協力を要請した中で、ウタリ協会の後援は得られなかったものの、「開催趣意書」がウタリ協会の理事会で討議されたということです。このようなアイヌの人権回復の課題でウタリ協会が討議したのは初めてのことだ、ということですし、野村理事長自らが講演を引き受けて、熱っぽくなぜアイヌ対策が必要かを訴えてくれました。

このことが契機になり、地域とウタリ協会などに影響を与えたこと、静内町の理解を得て後援をいただき、五万円の寄付とフィールドワークのバスを出していただいたこと、集会成功のためのカンパは会員が地域に協力を呼びかけて歩き、総額で二八万円に達したこと、集会の中の討議も今までになく多岐にわたり充実したこと、そして地元のアイヌのおばあちゃんが「これまで生きてきて、こんなに嬉しいことはない」と言って、みんなを感激させた閉会集会、予定にないアイヌのおばあちゃんたちの歌で、参加者全員で汗ビッショリになりリムセ(輪舞)を踊って、まさに連帯の輪を作ったこと、などたくさんの収穫がありました。みんなの力で集会は成功しました。

「少数民族懇談会」の活動――②城野口さんの『アイヌに生まれた私の抵抗』からの引用等を追加

「みんなの力で集会は成功しました」と書いた。

「みんな」とは誰か。城野口百合子さんをすぐ思い出す。特に、鷲谷サトさんと城野口さんは大会の直前、それぞれの地域部落の人々を回り、カンパを訴え、協力を得て、全体で二八万円集めたうちの一五万円を二人で集めたという驚異的な行動力を示した。城野口さんは八万六四〇〇円だった。

鷲谷、城野口、鈴木ヨチさんについては、少数懇（少数民族懇談会）の最初からのメンバーで、『ポロ　リムセ――少数民族懇談会23年の歩み』（一九九九年一二月）という本にはたくさん出てくる。

少数懇の発足は一九七六年（昭和五一年）八月だが、最初から鷲谷サトさん、鈴木ヨチさん、城野口百合子さん三人は、アイヌ民族で会の推進役であり、「三人娘」と呼ばれ、頼られていた。

ここでは、城野口百合子さんのみについて触れたい。

まず、城野口さんの『アイヌに生まれた私の抵抗』の中に書かれている体験から述べていこう。

＊三年生の思い出

三年生の運動会の練習で友達と手をつないだ時、「アイヌなんかと手を繋ぎたくない」と言われ、「アッ、私はアイヌなんだな。本当に私、アイヌなんだろうか」と思った瞬間、その場にべったりと座り込んでしまいました。すぐ先生がやってきて往復ビンタです。「先生、〇〇ちゃんが、アイヌとは手を繋ぎたくないというんです」。泣きながら大声で叫ぶと、「ばか野郎、ちゃんと踊れ！」と痛いげんこつを二、三張り飛ばしました。「私、死んでしまいたい」と先生の膝にしがみつきますと、先生は「うるさい」とはね飛ばし、「コラ、ちゃんとできないか」と言うが早いか、またゲンコツ二、三発張り飛ばしました。（略）今度は校長先生が「こんな風に、メノコ歩きのように横に手をふるな」と言って、壇上で手を横に振って見せました。生徒は全員大笑いです。私はその時、鉄砲を持っていたら撃ってやりたいと思ったのです。

同じ三年生の時、大東亜戦争が始まりました。（略）私はなんと考えても天皇陛下は神様ではないと思うのです。神武天皇はヒゲがあるから、あれはアイヌかもしれない。どうして同じ人間に、神様だといって手を合わせたり最敬礼をするのだろう。へんだなあ。それよりも兵隊さんに頭を下げたほうがいい。（略）毎日アイヌ、アイヌとバカにされながら、こんなシャモのヘイカに頭さげてたまるか、と堅く思ったのです。奉安殿の前を通る時、私は絶対、最敬礼なんてしません。たまたま唾を吐いて通るときもあります。ある時先生に見つかりました。「こら山崎、お前はここを通る時、最敬礼をしていない。どうして先生の言うことを守らないんだ」と、往復ビンタを五つ六つとばしました。私は絶対泣きません。

＊六年生の思い出

夏休みに入ってまもなく、私の妹、一歳の赤ん坊をおぶって、近くの川に釣りに行き、ウグイを五匹釣って家に帰る途中、急に藪の中から「アイヌ、アイヌ、アイヌの子っこ」と叫ぶ子供たちの声がするが早いか、石がどんどんと飛んで来て、赤ん坊の頭に当たりました。赤ちゃんは「キャッ」と一声上げたまま、もう声は立てません。私は「赤ちゃん死んだぞ！　やめれ！」と叫んで、赤ちゃんを草の上に下ろしました。赤ちゃんは、もう目をひっくり返しているのです。びっくりしている私の耳の上に、また石が飛んで来ました。「アッ」と言うまもなく、後はどうなったのか分かりません。（略）何だか赤ちゃんの泣く声に気がついて体を起こしてみると、頭がガンガン痛いのです。痛む頭を押さえてみると、手に血がついているのです。赤ちゃんに掛けてあった着物の袖で血をふいて、泣く赤ちゃんを抱き上げてみると、頭の上から血が流れています。赤ちゃんと二人でわいわい泣きました。激しく泣く赤ちゃんをおんぶして家に帰ってから、私は母に言いました。母はびっくりして「本当にシャモの子供達って悪者ばかりいる。学校に行って先生に言ってやる。人殺しでないか！　ロクでもない」と、何度も、何度も怒っていました。夕方、父が校長先生に言いに行きました。私は

「明日の朝会に、先生は必ずみんなに注意してくれるだろうなあ」と楽しみにして、翌日、朝早く学校に行きました。ところが先生は、他のことばかり言って、私のことは全く言ってくれません。私は、「よし、この敵は（かたき）きっと取ってやるぞ」と心に決めました。学校から帰ってもどうも腹が収まらず、「よし、このことを校長に言ってこよう」と思うが早いか、学校にハダシで走って行きした。校長先生は、花畑で何かをしているようでした。門の外でその姿を見ながら、やっぱり私にはそのことを言う度胸がないのです。また、この痛い頭を叩かれるような気がして私は怖くなってしまって家に帰ろうとしました。しかし、どうしても気が収まりません。「よし、学校の裏の方に植えてあるあの花を全部抜いてしまえ」と思ったのです。早速、先生に見られないように草の中をくぐって行って、ある花全部抜いて、草の中にどんどん投げてしまったら、すっかり気持ちがおさまって、家に帰りました。家に帰ってもこのことは誰にも教えません。（略）私は、「花畑をやっつけたが、それは先生がちゃんと注意してくれなかったからやったんだ。私は悪くないんだ」と強く心に決めて学校に行きました。

朝の集会で、校長先生が「昨日、学校の裏の花畑に誰が入った？　花が一つもないじゃないか！」と強く怒っていろいろと注意しました。私は、「いいあんばいだあ。そんな花より、人間の命の方が大事じゃないか！花が大事か、人の命が大事か、ばかやろうー」と叫びたいくらいの気持ちでした。

＊二〇歳の頃の思い出

部落の山の整理に大勢で行った時、一七、八歳くらいのあんちゃんが、私に「メノコ」と言った。怒った私は早速そのあんちゃんの腰のバンドに片手をかけて持ち上げ、火の中に入れてやった。そのあんちゃんは「アツチッチ！」と叫びながら転がっていました。私はそれをジイッと見ていました。髪の毛もちぢれて、やけどもしたらしかった。今度私にかかってきたら、このナタぶつけてやる、と腰のナタに手をかけていたら、あんちゃんは黙って家に帰っていきました。

誰かがこのことを父の耳に入れたらしい。ある朝、父が急に「お前はろくでなしだ。どこに女の子のくせに、人を火の中に入れて……。娘のやることか！」と大声で叱った。「父ちゃんは、いつでもガマンすれって言うけれど、そんなに我慢してばかりいられるか。そんなことだから、アイヌはいつまでも起き上がることができないんだ！」と言うと、「ナニ、このやろ親に口をきく！」と言って火ばさみを手にした父が飛んできた。私は素早く、一斗バケツに入った水を父の頭にドッとかけてやった。父はびっくりして、持っていた火ばさみをポトンと落とし、べちゃぬれになったたまま、茶の間の方にいった。流しは水びたしです。

私は「アイヌって全く情けない気持ちを持っている。子供にこのようにして向かってくるくらいなら、なしてアイヌをばかにしているシャモたちに抵抗しないのか」と思いました。残念で残念でたまらなく、すぐ畑に行って草取りをしていました。

父も亡くなって早や一五年たちます。腕白な私でも、父は私が一番好きだったらしいのです。親への抵抗は、これが初めてであり、また最後でした。全く悪いことをしたと、今は亡き父に手を合わせております。

土地を取られたアイヌの怒り

次の話は一九七七年（昭和五二年）八月、浦河町杵臼で録音した、城野口さんのお母さんの話である。

私の伯母（父の妹）が近くのOさんに一町五反の土地を貸していました。この土地は堤防地で柳の木を切り払って私たちが開墾した所です。年貢としてお米を貰っていました。数年で願い直さなければならないので、支庁へ行ったら、その土地がもうOさんのものになっている、と言われた。驚いてOさんの所へ行ったら、「よそからいろいろ言われて判子は自分で作った。それだけは自分でやった。あんたが作ると言えばやるから」と言われた。村の顔役が「お前たち、半分だけでも貰え」と言うので、また行って話したが結局返してくれない。怒ってカマ持って玄関に行ったこともある。私の主人はおとなしくて、シャモの前では何も言えない人で「そんなもの当てにしなくてもいい」と言う。伯母は死ぬ直前に「警察に訴えればシャモたちにひどい目にあうのも知らないで、あんまり人バカにこいている。死んで敵(かたき)うってやる」と言っていた。

ざまみろ、と言いたい。Oさんは中風たかって動けなくなって死にました。人間というのはそんな狡猾な真似はするものではないよ。

教育研究全国集会参加で沖縄へ

一九七八年(昭和五三年)一月二六日、教育研究全国集会に参加するため城野口さん、鷲谷さんと沖縄に行った。沖縄に着き、バスに乗り那覇市内を走っている時、城野口さんが、「ほれほれ、大脇先生、見て見て。私たちと同じ顔した人が一杯いるよ」と本当に嬉しそうに言った。

北海道の参加者が中心の一五名ぐらいだっただろうか。すごく高い「南北の塔」(「キムンウタリ」とアイヌ語が彫られていた)を訪ね当てて、鷲谷さんが従兄弟(いとこ)の浦川玉治さんのために持っていった供え物を供え、線香を立て、鷲谷さんと城野口さんがアイヌ衣裳になり、まず鷲谷さんがムックリを鳴らした。そしてウポポ。鷲谷さんは声がいいのだ。私も少数懇で一緒に歌って覚えていたので一緒に歌えた。そうすると、城野口さんが突然、その碑(墓)の回りで、まさに蝶の如く踊り出した。晴れた静粛な墓地に沖縄戦の激戦を思い、多くの魂が飛ぶのを感じることができた。

北大にアイヌ遺骨の返還要求

北海道大学が研究目的として、全道各地の墓地からアイヌ民族の同意を得ることなく掘り出された（盗掘した）一〇〇〇体以上もの遺骨が納められている納骨堂がキャンパスにあった。アイヌ民族の要求により納骨堂が建てられ、毎年八月イチャルパ（死者の供養祭）が行なわれるようになっていた。しかし、遺骨は当然あった所の土に帰るべきだという主張に北大は長年応じず、いよいよ裁判に持ち込まれた。提訴したのは日高の浦河町杵臼の小川隆吉さんと城野口百合子さんらであった。北大に遺骨返還と九〇〇万円の慰謝料を求めた訴訟が、ようやく二〇一六年（平成二八年）三月二五日、札幌地裁で和解した。北大が一六体を遺族や受け入れ団体に返還し、原告は慰謝料を求めないという内容。

実は、アイヌ遺骨は戦前から戦後にかけて人類学者が研究用に収集し、北大や東大など全国大学に約一六〇〇体が保管されていた。

アイヌ文化振興の拠点「民族共生の象徴となる空間（象徴空間）」（ウポポイ）が北海道白老町に二〇一九年一二月に完成して北大に残っている全部の遺体が、ここに作られた「慰霊施設」に入れられてしまった。北大は各地の返還の要求があれば考慮するとは言っているようだが、北大からは謝罪が全くなく、アイヌ民族の要求が通る見通しは立ってはいない。

今後の展望

一九七七年（昭和五二年）、小樽で道民教が開かれた時、東京から助言者として来られた森田俊男先生が、「あなた方の今進めている運動は、日本国憲法に少数民族の権利を守るという一ページを書き加える運動なんですよ」と教えてくださった。私はこの言葉に「百万の力を得たような勇気を与えられました」と言っていた。

城野口さんは、勘がよく、信念も強く、「○○でなければ、死なない」「○○でなければ、死んだお母さんに顔がたてられない」などというような表現をして、いつも厳しくアイヌ民族の運動の目標を持っていた。千島列島も元はアイヌの土地だったと言って、返還の際にアイヌ民族が加わることの必要性を強く主張していたのを思い出す。

同じように、遺骨問題に傾ける情熱も強かった。だから、彼女が亡くなったのは、二〇一五年(平成二八年)三月二七日だから、遺骨返還が実現したのはちょうど一年後であったのは偶然だが、大変心残りではあったであろう。

(6)単一民族国家論に対する抗議

一九八四年(昭和五九年)一一月、NHKの朝のニュースワイドで、インドのガンジー首相の暗殺を報道している中で「単一民族国家の日本では理解することが難しい」という趣旨の発言がありました。日本が単一民族国家であるという発言は、残念ながら頻繁に行なわれています。最近の新聞で「日本が単一民族社会の特殊性を持っているというのは、現在、日本で最も普遍的な論調である」(一九八七年七月、卓南生シンガポール連合早報論説委員)と外国人から指摘されている通りだと思います。

しかし、少数民族の、特に地域のアイヌ民族の人権回復を目指している立場からは、このような間違った発言を放置しておくことはできません。私たちは、厳しく問題を指摘する質問状をNHKに手渡しました。NHKからは「深い関心を持ち、注意を払っているが、不適切だったので、今後このようなことのないように徹底をはかりたい」という趣旨の返答を受け取りました。

その後も、NHKラジオで同様の発言がなされたのです。

（7）教育関係者の単一民族国家発言

一九八三年（昭和五八年）、道立札幌啓成高校の社会科授業の中で、教師がアイヌ民族の身体的特徴を取り上げて侮辱的な発言を行なったことが明らかになり、マスコミの大きな反響を呼びましたが、それは根深いアイヌ差別の氷山の一角であるというのが一般的な見方でした。この事件と前後して、道教委は「アイヌ問題研究協議会」を設け、ずさんな社会科副読本の中のアイヌ記述の検討を行ない、手引書を作成し現場に下ろしました（一九八四年一二月）。

道教委の重い腰を上げさせたのは、差別を無くそうとする世論の力であり、ウタリ協会の発言でもありました。しかし残念なことに、この差別発言に対し指導してきたはずの道教委の中からも、単一民族国家観の発言が飛び出しました。

一九八五年（昭和六〇年）二月、「公立高等学校運営研修会」で、安田高等学校課長が講話の中で、日本民族国家観を肯定し賛美する発言をしました。

また、紅林元道教委委員長は、一九八五年六月、岩見沢での「二一世紀を語る集い」の基調講演で「日本民族は何と優秀なのでしょう！　日本民族は単一民族です」と発言しました。道立教育研究所の磯辺副所長は、同じ年の『北海道教育』（二〇三号）の中で「日本は民族も言語もほぼ単一」と書き、日本の単一民族性を賛美しています。のちの中曽根発言は、国際的な大きな反響を呼びましたが、その前年、北海道の教育界をリードしている人のこれら発言は、いかに少数民族についての認識に欠けているかを実証するものです。

少数懇としては、安田発言については二度にわたる文書質問を行ないましたが、回答がなく、一九八六年一一月、「中曽根首相に対する公開質問状」と同時に声明文を発表し、これら発言に抗議すると同時に、今後このようなことの起こらないよう教育行政が施策を講ずるよう具体的提案をしました。

（8）連帯の輪を大きく

この七月（一九八七年）、静内で「アイヌ文化交流会」を開きました。今までも何度か開いているものですが、今回は、織田ステノおばあちゃん（八五歳）を囲んで、ゆっくりと昔の話を聞き、ビデオ『フチとエカシを訪ねて』、映画『静内川・アイヌのくらし』を見たり、地元の「静内民族文化保存会」の人たちとの交流をし、踊りや歌やムックリで楽しい会になりました。またアイヌ料理、ラタシケップ、コンブシトに舌鼓を打ち、実際にアイヌ文化に理屈抜きに触れるという目的が十分達せられました。

このような会に、若い人、特に中学生や小学生が参加していることの意義は大きいと思います。中学二年生のK子さんは次のような感想を書きました。

「私には難しい勉強で飽きてしまったけど、とても楽しかった。織田さんの話はよくわからなかったけど、アイヌ語を少しでも覚えるため真剣に聴いた。フィルムを見て、糸やニカプンペ（ござ）の作り方を見た。ニカプンペの作り方は少し知っていた。

私は決意した。今は昔の伝統を守り続けるため、私たちの歳から覚えなければなりません。だから私は、織田さんみたいに、何でも覚えて伝統を守らなければなりません。そのために私は一生懸命頑張っていきたいです。夜遅くまで話し合ったり、踊ったり、ムックリを弾いて、とても楽しかった。本当に勉強になり、楽しい一日になり、とても良かった」

私たちの会は地味ですが一〇年以上続いています。差別が厳然として存在し何とかしなければ、という会員の熱意が会を続けさせているのですが、会が次のような運営方針（『ポロリムセ』創刊号）を掲げて、この方針を守ってきていることも、会が続いている大きな原因です。

＊だれでもが自由に参加し、自由に討論することを確実に保証すること

＊特に多くのアイヌの参加が必要であり、その考えを大切にすること
＊急ぐ必要はない、着実に活動を積み上げていくこと

次に今年度の私たちの「課題と視点」から引用します。

〈私たちは「民族差別を無くす」「アイヌの歴史を正しく教える」「アイヌの民族文化を掘り起こし発展させる」「福祉に関する法律、制度をよく知り活用する」の四大目標で、この一〇年間の地道な活動を守ってきました。次の一〇年を展望する上で「アイヌ民族に関する法律」（案）の意義は極めて大きいと考えられます。この新法案が民主的な形と内容で成立するよう支援することが今年の会の重要目標となります。……私たちの目標は、学習し、地域の人たちに学び、交流し、同じ目標を持つ人々と連帯し、国民世論を大きく正しく変える中で政府を包囲してこそ実現できます。

少数民族懇談会会長　大脇徳芳〉

2 先住民族問題と教育

はじめに

今年（一九九三年）は「国際先住民年」。北海道ウタリ協会の野村義一理事長は、昨年（一九九二年）の一二月一〇日、先住民族の代表者の一人として国連に招かれ、「国際先住民年」の開幕を告げる国連総会で「この日は、国際的にアイヌ民族が認知された記念すべき日」と演説した。日本政府がアイヌを「日本の少数民族」とは認めたものの、「日本の先住民族」と認めていないときに、この事実は日本政府に大きな影響を与えるものと思われる。またその内容も「将来に向かって日本政府がアイヌ民族との『新しいパートナーシップ』を求めて話し合いのテーブルに付くよう」呼びかけたもので、強制同化政策による民族の存亡の危機から一転して、民族の権利回復を展望を持って述べたものであった。しかし、これからのその実践の道のりは、そう生易しいものではない。

もう一つは、グアテマラの人権活動家でノーベル平和賞受賞者、リゴベルタ・メンチュウさんがこの九月、日本を訪れ、アイヌ民族と交流を深めたことである。私は札幌の「囲む集い」に参加したが、父母、兄弟をまさに戦いで失い、現在メキシコに亡命中という身でありながら、同胞を思う胸のうちと、厳しい運動の方向や「基金」の明るい展望を、たんたんと述べたことに深く感動した。

彼女は、日本政府に新法の早期制定を含むアイヌ民族の権利回復の要望書を提出したという。このような国際的な連帯が急速に進んでいる。このことをふまえて、足もとの現状と課題を探りたい。

ここ一〇年間で何がどのように変わったか、という視点で、アイヌ民族のいくつかの問題を考えてみたい。

(1)北海道ウタリ協会と道の動き

「民族宣言」ともいえる「アイヌ新法」を総会で採択したのが九年前の一九八四年（昭和五九年）である。外国の先住民族との交流から影響を受け、歴史の掘り起こし運動の中で目覚め、福祉団体と陰口をいわれるような団体から、「アイヌ新法」の制定を要求する組織へと変貌を遂げてきた。

知事の諮問機関「ウタリ懇話会」はこの新法案を検討し、二年後の一九八七年（昭和六二年）「今後のウタリ福祉対策について」を、三年後の一九八八年（昭和六三年）に「アイヌ民族に関する新法問題について」を答申した。

前者は、二次にわたる「福祉対策」により、「教育・住宅・生活環境などの水準は着実に向上しつつある」が「所得・教育の水準や農業・中小企業の経営形態などにおいて、まだなお一般との間に格差が見られる」として、第三次「福祉対策」の策定を提言している。後者については、旧土人保護法を制定したことは、北海道に土着する民族としてのアイヌが存在することを認めていたことを意味するので、「先住権」があり、それが「アイヌ新法」を制定する有力な根拠になりうる、とし、次の提言をしている。

①アイヌの人たちの権利を尊重するための宣言
②人権擁護活動の強化
③アイヌ文化の振興
④自立化基金の創設

⑤審議機関の新設

しかし「特別議席」については否定的な考えであることを述べている。

ウタリ協会は、知事、道議会とともに、これを政府に要求しているが、政府は検討しているとはいうが、いっこうに進んでいない。

ウタリ協会は「新法を制定させるために」各戸一万円カンパを行なった。新法について、意識的にも、組織的にも討議を深めることが困難だった状態で、このカンパはウタリ協会員の新法に対する関心を高める働きをしている。

外国との交流も盛んになってきている。北欧のサーミ、カナダ・インディアン、オーストラリアのアボリジニーなどと。そして、国連の「差別防止・少数者保護小委員会」の中に「国連先住民作業部会」を設けたのが一一年前で、その五回目の一九八七年からウタリ協会の代表が毎年参加し「先住民族に関する宣言」の作成に関わり発言してきている。世界の先住民問題に大きく目を開き、運動に関わるようになった。

ウタリ協会の今後の組織的課題では、常務理事の道からの派遣をどうするか、がある。独立した組織として、先住民族権利獲得の方向を目指すためには、「定款」の見直しが必要であろう。

(2) マスコミと出版界

民族問題は、ソ連邦の崩壊と東欧・ヨーロッパ諸国の激動と民族紛争に見られるように、世界の大きな課題である。飢餓、地球破壊・環境問題と先住民族の権利の問題がこれと関連して、さらに問題を大きくしている。

マスコミは、民族問題の報道を急速に増やす結果になっている。「国際先住民年」関係の行事の多い北海道では、新聞、ラジオは大きく、連載、特集、シリーズなどで取り上げている。それらは大きな啓蒙活動になっていて、「アイヌ」のタブーを破る力になっているといえるであろう。

また出版物も急速に増えている。アイヌの人の発言、博物館の『アイヌ文化の基礎知識』のようなもの、アイヌ語関係と。一昔前には学ぼうとしても手に入らなかったものが、かなりたくさん見られるようになった。

このような状況の中で差別はなくなっているのだろうか。

(3) 差別の実態と、それへの取り組み

北海道高教組の「少数民族専門委員会」は一一年前(一九八二年)、『生徒とともに考える日本の少数民族』を発行した。この中にはたくさんの差別の告発と実態が述べられている。私たちはこれら差別の実態を教師が知り、その解決のため校内で積極的に取り上げることを期待していた。しかし、その次の年、札幌市の高校の社会科の教師が授業の中でアイヌに対する偏見に満ちた侮蔑発言をしたことが明るみに出て、大きな社会問題になった。

この時、北海道教育委員会の安田高等学校課長が「誠に残念なことだ。今後、現場で正しい指導が行なわれる手だてを周知徹底させたい」と新聞に談話を発表した。しかし、当の課長が二年後に、「日本の単一民族の素晴しさ」を講演の中で述べたのである。これに対して、私の属する「少数民族問題懇談会」(略称「少数懇」)が直接会って抗議するとともに質問状を二度にわたって提出し返答を求めたが、いまだに回答はない。

差別の事例はまだ後を絶たない。つい最近、札幌市内の小学生が「アイヌ、アイヌ」と揶揄する事件が起こっている。三年前の一九九〇年(平成二年)、苫小牧の高校で「あれヌッコだぞ」(ヌッコはアイヌを侮蔑する言葉)とみんなの前で言われた女の子が、仲間と一緒にその子を殴り処分される、という事件が起こった。教師側にはアイヌ差別が全く見えていなかった。上記「少数懇」は、学校の中にも根強く残っている民族差別をなくすために、民族問題を学校として組織的に取り組むことを「要望書」として、地域の小中高校と市教委、道教委に要求した

（一九九一年二月）。さらに、第二弾として、具体的な実践課題や方法、時間数を入れた授業プランや資料について述べた要望書を同様に送付した（一九九二年一一月）（紙数の関係でこれら資料は省略する）。

（4）教育行政が行なってきたこと

北海道教育委員会は七〇年代「ウタリの指導に関する研究協議会」を設置し、研究討議をしたことになっているが、内部の討議で実効が上がらず、強い要求によって、一九八一年（一二年前）ウタリ協会の代表、アイヌの教師などが参加した「アイヌ教育懇話会」を設置した。この中ではアイヌ民族の立場から教育に対する要求が出された。「懇話会」において指摘された問題点、要望は、

①教師のアイヌの歴史や文化に対する認識は極めて不十分である。

②地域や学校によっては、アイヌに対する差別や偏見がさまざまな形で存在している。

③これらを解決するためには、教職員の研修を充実するなどして、正しい認識に基づく適切な指導が行なわれるようにする必要がある。

④特に小学校の段階から正しい理解を得させることが大切であり、社会科副読本等における記述やその取り扱い方等について、具体的に研究する必要がある。

これを受けて一九八二年、「アイヌ教育研究協議会」を設置し、「アイヌの歴史・文化に関する指導の手引き」を作成した。この手引きは小中学校対象であったので、次の課題として高等学校が取り上げられ、一九八九年（平成元年）、再び「アイヌ教育研究協議会」を設置した。そして、一九九二年（平成四年）三月「アイヌ民族に関する指導の手引き」を作成し、各学校に配布した。この手引きには、これまでの運動、実践の成果が反映していることが分かる。最初の手引きは「アイヌの歴史・文化に関する指導の手引き」となっているが、高校対象のは「ア

イヌ民族に関する指導の手引き」となっていて、「民族」が入っている。また、「単一民族国家」という用語については「日本には、アイヌをはじめ、さまざまな民族が存在するので、日本を単一民族国家とするのは、適切ではない」と明快である。道教委はアイヌを「民族」として認め、中曽根、宮沢、渡辺美智雄など政府高官はじめ、北海道教育界の責任ある何人もの口をついて出てきた「単一民族国家」という妄想を明確に否定した。

(5) アイヌの子弟への教育の保障

「北海道ウタリ福祉対策」による進学奨励金受給人数

( ) 内は月額

	入学支度金		修学資金			
	高校(給付)	大学(貸付)	高校(給付)		大学(貸付)	
			公立	私立	国公立	私立
1978(S53)年	211 (20,000)	13 (30,000)	531 (8,000)	94 (12,000)	3 (18,000)	37 (22,000)
1983(S58)年	278 (22,000)	20 (35,000)	689 (12,500)	134 (30,000)	11 (24,000)	72 (43,000)
1987(S62)年	371 (22,000)	27 (35,000)	814 (14,500)	161 (34,000)	12 (32,000)	69 (55,000)
1992(H4)年	284 (22,660)	40 (36,050)	755 (17,000)	159 (39,000)	13 (40,000)	89 (70,000)

北海道の高校への進学率は、全国に遅れること四年、一九七八年(昭和五三年)九〇%を越えた。アイヌの子弟の進学率を全道平均と対比してみると、一九七二年(昭和四七年)では七八・二%に対して四一・六%、一九七九年(昭和五四年)では九〇・六%に対して六九・三%、一九八六年(昭和六一年)には九四・〇%に対して七八・四%と着実に向上しているものの、まだ格差は大きい。

大学への進学率になるとこの差はもっと大きく、一九七九年三一・一%に対して八・八%、一九八六年二七・四%に対して八・一%である。

「北海道ウタリ福祉対策費」によってアイヌの子弟に支給されている高校・大学への「入学支度金」と「修学資金」の受給状況を見てみよう。

受給者は、高校は若干増えてきているといえる。大学の入学支度金が増えているのは、大学の入学金が高額であることが理由であるように思われる。

これら資金に対する考え方には多様で複雑なものがある。「払えられないわけではないから受けない」と拒否する。受けている場合でも本人に知らせていない場合もある。手続きに在学証明書がいるが学校に知られたくない、など。本人が資金のことを理解して、受けることが望ましいが、民族の誇りが持てず差別がある中では、そうはなっていない。また教師が知り配慮することも必要なのである。

(6) 教師の実態は

前記「アイヌ教育研究協議会」が、一九九〇年（平成二年）に北海道内の公立高校の社会科教員へのアンケート調査を実施した。授業でアイヌに関する事柄を扱った教師が四七・八％と全体の半数に満たなかった。扱わなかった理由は、「教科書に記述がない」四二・九％、「適当な資料がない」二一・七％である。「その必要を感じない」が一四％で、問題を感じないわけにはいかない。

日本史の実践の五一％は「教科書の記述に沿って指導した」であり、生徒の反応は「特になし」が多い。「指導に困難を感じていること」では、「教師自身がよく分からない」「適当な資料がない」「該当する生徒のことを考え臆病になる」が多くを占めているが、「扱いにくい雰囲気がある」「地域住民に潜在的な蔑視の態度がある」「社会的な偏見が根強いので指導しきれない」の三つで一〇％ほどあった。この最後の三つに地域の差別の実態を感じている教師の姿があり、その前の問いで、高校生が日本史でアイヌに関してあまり学習していない実態が明らかである。『続・生徒とともに考える日本の少数民族』（一九八五年、北海道高教組）に収録されている教育実践では、生徒の生き生きとした反応が伝わってくる。教師が主体的に授業を準備し人権意識を持って生徒に迫れるかどうかが問われている。

しかし、三割以上の教師が、教科書や資料、研修の充実を望み、六割以上の教師が研修会への参加を望んでいることは、明るい展望を与えてくれる。

（7）教科書の実態は

教科書の記述は、相変らず少なく不十分である。高校でいうと、「日本史」にはたいてい記述はあるが、松前藩と蝦夷地との関係、明治時代になってからの同化政策を一通り述べているが、アイヌ民族からの視点がなく、同化や差別の実態を正しく取り上げているものはほとんどないといってよい。

「政治・経済」の差別問題では「女性差別」「被差別部落の問題」「民族差別の問題」などの項目で取り上げられている。しかし、民族差別を取り上げながら、内容は「朝鮮の人々に対する差別」を取り上げているものがほとんどで、アイヌ民族について触れているのは二〇～三〇％で、「差別や偏見がある」という指摘で終わっている。

以上の教科書の実態から、われわれが取り組まなければならない課題は、教科書にできるだけ多くのアイヌ民族の過去の歴史と、「アイヌ新法」をはじめ今日の課題をアイヌ民族の立場で取り上げることである。具体的には、出版協会、出版社、教科書著作者にたいする啓蒙、働きかけをし、取り上げることの重要性を訴える文書や資料を上記関係者に送ることが考えられる（資料「高等学校教科書『現代社会』の検定の実態」参照、本書四四四～四四五頁）。

（8）実践の前進面

ここ一〇年の動きをいくつかの点から見てきたが、外堀が埋められてきて本丸に迫る、という表現が当てはまるのではないか、とも思われるが、特徴的な前進面を取り上げたい。

胆振管内の白老小学校小松博子氏の実践は、多くのアイヌの居住する地域で、アイヌの人の協力を得ながら、昔の生活を知ることや歌や踊りを学び、豊かなアイヌ文化に子供たちが心を通わせ、多様な取り組みに発展させてきた。小松氏は校内で組織的に取り組みができることを目標に大変心を砕いてきたが、ようやくそれが可能な状況が生まれてきている。

昨年、北海道歴教協は、長年の懸案であった「北海道史カリキュラム」をまだ試案であるとはいえ、集大成させた。「小・中・高の各段階で何を押えるか系統性を考えたカリキュラムとする」「会員ばかりでなく、すべての教員に実践可能な内容を目指す」というもので、これからの実践、検証が楽しみである。

(9) ぜひ考えておきたいこと

最後に、考えられるいくつかの課題のうち、これだけはという二つを取り上げておきたいと思う。

一つは、「同化でよいのではないか。もうここまで同化・融合が進んできているのだから」「アイヌを名のって生きようとは思わない」という声がある。もう一方は、「アイヌ民族としての自覚と誇りを持って民族的自立を追求すべきだ」という意見である。アイヌの人たちの中にこの両方の意見があることは確かである。両者の歩み寄りはないのか。

どんなに血を薄めても差別がある、という現実を踏まえ、最終的にいずれの道を選ぶかはアイヌ個々の自主的判断にゆだねるべき問題であるが、自主的に選択できるためには、民族として認められ、日本国民として対等平等に共存できる条件が保障されなければならない。そのためには民族の権利を確立する運動が先になければならない、といえるのではないか。

もう一つは、アイヌの若者が「学校教育でアイヌのことを取り上げていいことだと思うけど、やっぱり和人の立場で取り上げられているから、何か変だと思う」と言う。今多くやろうとしている教育は、他民族をよく知って、相手を尊重し対等に生きていくことのできるように、というい わば「多文化教育」であり、このアイヌの若者が求めているのは、自らのアイヌ語を学びアイヌとして生きる誇りを身につける「民族教育」といえるものなのである。この二つを同時に追求していかなければならないが、まだまだ理論的にも、実践的にも深まってはいない。

3 アイヌ民族に関する法律（案）

（一九八四年（昭和五九年）五月二七日、社団法人北海道ウタリ協会総会において可決）

前文

この法律は、日本国に固有の文化を持ったアイヌ民族が存在することを認め、日本国憲法のもとに民族の誇りが尊重され、民族の権利が保障されることを目的とする。

本法を制定する理由

北海道、樺太、千島列島をアイヌモシリ（アイヌの住む大地）として、固有の言語と文化を持ち、共通の経済生活を営み、独自の歴史を築いた集団がアイヌ民族であり、徳川幕府や松前藩の非道な侵略や圧迫とたたかいながらも民族としての自主性を固持してきた。

明治維新によって近代的統一国家への第一歩を踏み出した日本政府は、先住民であるアイヌとの間になんの交渉もなくアイヌモシリ全土を持主なき土地として一方的に領土に組み入れ、また、帝政ロシアとの間に千島・樺太交換条約を締結して樺太および北千島のアイヌの安住の地を強制的に棄てさせたのである。

土地も森も海もうばわれ、鹿をとれば密猟、鮭をとれば密漁、薪をとれば盗伐とされ、一方、和人移民が洪水のように流れこみ、すさまじい乱開発が始まり、アイヌ民族はまさに生存そのものを脅かされるにいたった。

アイヌは、給与地にしばられて居住の自由、農業以外の職業を選択する自由をせばめられ、教育においては、民族固有の言語もうばわれ、差別と偏見を基調にした「同化」政策によって民族の尊厳はふみにじられた。

戦後の農地改革はいわゆる旧土人給与地にもおよび、さらに農業近代化政策の波は零細貧農のアイヌを四散させ、コタンはつぎつぎと崩壊していった。

いま道内に住むアイヌは数万人、道外では数千人といわれる。その多くは、不当な人種的偏見と差別によって就職の機会均等が保障されず、近代的企業からは締め出されて、潜在失業者群を形成しており、生活はつねに不安定である。差別は貧困を拡大し、貧困はさらにいっそうの差別を生み、生活環境、子弟の進学状況などでも格差をひろげているのが現状である。

現在行なわれているいわゆる北海道ウタリ福祉対策の実態は現行諸制度の寄せ集めにすぎず、整合性を欠くばかりでなく、何よりもアイヌ民族にたいする国としての責任があいまいにされている。

いま求められているのは、アイヌの民族的権利の回復を前提にした人種差別の一掃、民族教育と文化の振興、経済自立対策など、抜本的かつ総合的な制度を確立することである。

アイヌ民族問題は、日本の近代国家への成立過程においてひきおこされた恥ずべき歴史的所産であり、日本国憲法によって保障された基本的人権にかかわる重要な課題をはらんでいる。このような事態を解決することは政府の責任であり、全国民的な課題であるとの認識から、ここに屈辱的なアイヌ民族差別法である北海道旧土人保護法を廃止し、新たにアイヌ民族に関する法律を制定するものである。

この法律は国内に在住するすべてのアイヌ民族を対象とする。

第一　基本的人権
第二　参政権
第三　教育・文化
第四　農業漁業林業商工業等
第五　民族自立化基金
第六　審議機関

は省略する。

4 「アイヌ民族に関する法律」(アイヌ新法)に関する要望書

「アイヌ文化振興法」(仮称)として国会決議される前に、原案として閣議決定された時に、少数民族懇談会は、いち早くこの要望書を政府(首相や大臣)、全政党等に送付した。各新聞は原案を大きく報道した時に、この反対の要望書についても報道した。

「アイヌ民族に関する法律」(アイヌ新法)に関する要望書

政府のいわゆる「アイヌ新法」案がまとまり、閣議決定される、と報じられています。一九八四年(昭和五九年)に「北海道ウタリ協会」が「アイヌ新法」(案)を決議、提示して以来一三年の長い年月が経過しようとしています。

この間、北海道知事の諮問機関「ウタリ問題懇話会」による答申が四年後の一九八八年(昭和六三年)に出され、北海道議会の採択を受けて、この年の八月、北海道知事、北海道議会、北海道ウタリ協会の三者は正式に国に要請しました。これを受けた国の対応は度重なる要望にもかかわらず遅々として進まなかったのですが、一昨年「ウタリ対策のあり方に関する有識者懇談会」が設置され、一年間の検討の末、「報告書」が提出されました。それを受けての法律案ですから、アイヌ民族に対する今日も根強く残っている差別を無くし、その復権を願ってきた者としては大きな期待を抱いているのですが、その内容を知って愕然とするものです。

(1) いわゆる「アイヌ新法」は「アイヌ民族」の基本法でなければならない

今回の法律（案）は「アイヌ文化の振興並びにアイヌの伝統等に関する知識の普及及び啓発に関する法律案」となっており、それは「アイヌ文化振興条例」というに等しく、その細部に渡った内容に至っては「和人の側」からの「アイヌ民族規制・管理法」といっても言い過ぎではないものです。歴史的経過を全く顧みず、上記「北海道ウタリ協会」の「新法案」をはじめ、「ウタリ問題懇話会」による答申や国会での議論等を全く無視したものと言わざるをえません。

いわゆる「アイヌ新法」は、ほぼ一世紀にわたる「北海道旧土人保護法」による政策をはじめ明治以来の「強制同化政策」が過ちだったことを認め、謝罪を含んだ総括を明確にし、その屈辱的な法律を廃止し、アイヌ民族の復権を謳い、誇りを取り戻し人権を回復することを展望するものでなければなりません。アイヌ民族は数百年前から和人によるアイヌ社会や文化の破壊を受けました。明治以降には、天皇制国家のもとで日本は「大和民族」の単一民族国家であると主張され、アイヌ民族は「同化」を強制され「滅びゆく民族」といわれてきました。そこでは「アイヌ民族」は否定され、差別され、最低の生活をする権利さえも否定される状態でした。

「北海道ウタリ協会」が決議した「アイヌ民族に関する法律（案）」の「前文」は

「この法律は、日本国に固有の文化を持ったアイヌ民族が存在することを認め、日本国憲法のもとに民族の誇りが尊重され、民族の権利が保障されることを目的とする。」

と述べており、主張は明瞭です。

いまここに至って、アイヌの「民族の権利回復宣言」こそ「アイヌ」が「民族」としての誇りを回復する基本であり、今日アイヌ民族が一番求めているものです。

(2)「アイヌ」が「先住民族」であることを認め、「先住権」を保障すること

「ウタリ問題懇話会」の答申では
「アイヌ民族が北海道（北方領土の島々を含む）などに先住していた事実は明らかであり、また明治三二年（一八九九年）に日本政府がアイヌを国民に同化させることを目的に、『北海道旧土人保護法』を制定したことは、北海道に土着する民族としてのアイヌが存在することを認めていたことを意味するものである。」

と述べられています。また、

「北海道旧土人保護法に言います北海道旧土人と言いますのは、和人と言われた人たちが北海道に移住してくる以前から北海道に居住していた先住民族及びその子孫でございます。いわゆるアイヌと呼ばれる方々でございます。」（小林功典厚生省社会局長・衆議院内閣委員会、一九八六年一〇月二三日）

と答弁している通り、アイヌが「先住民族」であることは自明のことです。

上記「ウタリ問題懇話会」の答申で、

「『先住権』がわが国におけるアイヌ民族の地位を確立するための『アイヌ新法（仮称）』を制定する、一つの有力な根拠なり得るという点については、当懇話会において意見の一致をみた。」

とも述べられています。したがって基本法の性格を持つべき法律は、
①アイヌを「先住民族」として認めること
②アイヌ民族の「先住権」を保障すること
の二点を含むことが必要です。

「先住権」は「先住民族」が本来持っている権利、すなわち「先住民族として生きる当然の権利」です。それは「基本的人権」が本来人間が生まれながらに持っている権利であり、時代を経て豊かに深まり、広がってきたの

と同様です。したがって、「先住民族」が持っている当然の権利として認め、その内容は「アイヌ民族」の歴史的経過や今日の置かれている状況をふまえ、当事者の合意によって確定し、さらに発展するよう努力すべきものです。

「文化も先住権の重要な部分」なので「先住権にかかわる懸案を現実的に解決できるのではないか」と「有識者懇談会」のメンバーである山内昌之氏が述べている（『世界』六月号）ことに注目すべきです。

（3）アイヌ民族に属する「個人」の「基本的人権」の保障は、「アイヌ民族」の「集団としての権利」の保障が前提

アイヌ民族の一人が人間として尊ばれ、その個人が幸福を追求する場合には、当然「民族」としての誇りが基本的に認められなければなりません。例えば、「健康で文化的な最低限度の生活」（憲法二五条）の「文化」は民族文化が考えられ、「教育を受ける権利」（憲法二六条）の「教育」は「民族教育」が考えられなければなりません。個人の権利と集団の権利は表裏一体のものです。民族の重要な一要素である「帰属意識」は「民族」という集団があっての意識です。整合性を持たせるためにこそ、「集団としての」民族の権利の保障が必要です。

（4）政策決定に当事者アイヌ民族の参加を

今回の「アイヌ新法」の原案作成に当事者アイヌ民族が参加していないのは、大きな欠陥です。それは一世紀も前に「北海道旧土人保護法」を押しつけた「和人の身勝手」と考えが変わっていないと断じざるをえません。いまだに「権利の主体」としての「アイヌ民族」を本当に認めていない証拠です。この点を厳しく指摘し、抗議の意を表わします。

上記（1）～（3）の基本をふまえて、アイヌ民族の人権擁護とその啓発、種々のアイヌ文化の振興、民族教育、経済的保障、など提起されている重要な施策を遂行していかなければなりません。その時に、アイヌ民族の「民族自決権」を含めたアイヌ民族の意志を最大限に尊重し、民族の意志が反映される民主的な「審議機関」の設置を考えるべきです。

すなわち、

①当事者の「アイヌ民族」の参加と意志が尊重されることを目指す

②「アイヌ民族」の社会参加の意欲を喚起し、日本国が多様な民族と、多様な文化を持った、豊かな共生の社会ことです。「アイヌ民族」の存在を積極的に認め日本社会がその多様性を持つことによって、多様な豊かな文化と、豊かな社会を築くことができるという展望を持つことができます。

（5）国連の動きと国際条約の重視を

国連では、一九九三年（平成五年）を「国際先住民年」と定め、先住民族とそうでない人たちの新しいよい関係を作る「新しいパートナーシップ」のもとに先住民族の権利を確立することを目指し、さらに一九九四年一二月一〇日からの一〇年間を「世界の先住民の国際一〇年」と定めました。目的は「人権、環境、開発、教育、健康などの分野において先住民族が直面している諸問題の解決に向け国際協力を強化する」ことであり、各国政府、関係諸機関が先住民族と協議、協力することも訴えています。

国連の「人権委員会」に上げられている「先住民族の権利に関する国連宣言案」の討議では、日本政府はできるだけ権利を認めないような発言に終始していますが、積極的に権利を認める立場でイニシアチブを取るべきです。

また、「子どもの権利条約」(「児童の権利に関する条約」政府訳)第三〇条、「種族的、宗教的若しくは言語的少数民族又は原住民である者が存在する国において、当該少数民族に属し又は原住民である児童は、その集団の他の構成員とともに自己の文化を享有し、自己の宗教を信仰しかつ実践し又は自己の言語を使用する権利を否定されない。」を批准している立場をとり、アイヌ民族の子供の「民族として生きる権利」もまた保障されるべきです。

(6)「アイヌ新法」法案の内容に関する意見

①第七条の「指定法人」を「全国を通じて一に限り」とあるのは、「アイヌ民族」と「アイヌ民族の組織」を制限、限定することになるのではないか。

②第一二条の(法人の)「指定を取り消すことができる」としたのは、民族とその民族の活動を政府が制限するという、基本的な人権と民族の権利を否定する内容を含んでいると考えられます。

③第九条、第一〇条、第一一条、第一三条、のそれぞれは、事業計画と収支予算書と決算書を管理・監視するものであって、アイヌ民族の活動自体の主体性と自主性を侵すものです。「ウタリ問題懇話会」の答申の提言にあるとおり「自立化基金」の設置と、アイヌの自主的運営が保障されるべきです。

以上の私たちの考えをご検討いただき、十分ご理解を得て、今回の「法律」が狭められた「アイヌ文化保護振興」の域を出ないものではなく、真に「アイヌ民族の権利を回復する基本法」の内容を持つものにするよう、徹底した国会論議をし、後世に悔いを残さないようご奮闘をいただきますよう要望いたします。また、具体的な施策の決定に当たってはアイヌ民族の参加による「審議機関」で検討し、成案を得ることができるよう、ご尽力をいただきますよう、これまた強く要望いたします。

一九九七年三月二一日

少数民族懇談会会長　大脇徳芳

＿＿＿＿＿＿＿＿様

少数民族懇談会について

「地域の少数民族に関する人権と文化を守り発展させる研究や活動を行なう」（会則、第一条目的）に基づき、一九七六年以来活動している会です。

5　アイヌ民族の復権運動と差別表現を考える

一九九五年（平成七年）五月二八日
少数民族懇談会　大脇徳芳
（この文章は五月二八日の例会にレポートしたものを、その後推敲したものである）

今日に至るまでの「少数懇」の話し合いの経過は、「94合研全道集会」（一九九五年一一月）のレポートで述べた。改めて、前提になることを述べると、

1、アイヌ民族が虐げられ、それに抵抗した長年の歴史と、民族の消滅の危機に瀕した同化政策のため「民族の魂」さえも奪われ、徹底的に差別され、今日もなお厳しい差別が存在している。この差別を無くし民族の魂を取り戻し、民族が民族として生きられる社会をつくることが、現在のわれわれの進めている「復権運動」の中身でなければならない。

2、「差別表現」問題も、このコンテクストの中での問題である、という共通の認識がなければ、連帯した運動も、

またその運動の成果をも生むことはできない。

3、「北海道ウタリ協会札幌支部」(以後「札幌支部」と省略する)が『アイヌの学校』について「公開質問書」のかたちで提起した問題は、この運動を考える者にとって重大な関心事である。

ここではまず、『北方文芸』一九九五年三月号の座談会「『アイヌの学校』問題に学ぶ」を読んで、問題を整理して考えてみたい。

小説『アイヌの学校』を中心に議論、白熱の集会となる。かでる27にて。[1994年11月6日]

「札幌支部」は、このような差別記述に満ちた本は文学作品ではないとし、『アイヌの学校』を絶版にすることを要求したのに対し、小笠原氏は「アイヌ民族の感情に思い至らなかったのは私の浅慮からであり、認識不足と人権意識の未熟さからである」として「深く反省」している。しかし「問題があるにしても、この小説は文学作品であると考えている」と一九九四年八月までは答えている。それが一二月に「この作品が『文学作品』である、という立場を、私は放棄する」と明言して文書にし、「札幌支部」はこれを了承し、小笠原氏への抗議行動に終止符を打った、というのである。

「札幌支部」の絶版、回収を求めたのは「差別書」というだけでなく、次に挙げる理由があったからだ、といっている。

1、二カ所重要な部分で削除されている。二カ所で「半島人」が「朝鮮人」と書きかえられている。

2、「月報」に載っている一枚の写真に、登場人物の「ムメ」と「バロオ」のモデルが写っている。このムメさんのモデルは現在も生存している。

3、「図書館の自由に関する宣言」で「図書館は基本的人権のひとつとして、知る自由を持つ国民に、資料と施設を提供することをもっとも重要な任務とする」とあるが、これには制限条項があって「(図書館の資料)提供の自由は、次の場合に限って制限されることがある。これらの制限は極力限定して適用し、時宜をえて再検討されるべきである。1、人権またはプライバシーを侵害するもの」とある。これはこの制限条項にあてはまる。

その他指摘している点の主なものは、

1、断裁、破棄は、断裁処分場で、冊数の確認と同時にアイヌのしきたりで「カムイノミ」をしたので、焚書ではない。

2、「土人」という表現は不適当である。

3、強者は弱者の立場に一〇〇パーセント立つという姿勢が必要だ。

以上の座談会の内容、資料をふまえて、私の考えを述べてみたい。

(1)「人間を差別したり傷つけたりするような作品は文学ではない」

この作品は「文学作品ではない、差別書だ」と結論づけているが、はたしてそうであろうか。

この作品は表現がどぎつく、差別的表現が多いとはいえるであろう。しかしその語句のみを切り離して取り上げるのではなく、表現を読み通してとらえるときに、五〇年以上前の差別の実態として客観的に取り上げているところが多い、と判断できる。地域によってかなり異なると思われるが、当時はそれほどひどい差別表現と差別があったのである。

私はちょうどこの作品が書かれた戦前の幼少の頃、「アイヌ」に対するあまりにもひどい和人の大人の差別と偏見を目の当たりにしたし、また虐げられている中で、アイヌ民族の風習がその生き方の中にしっかりと根付いているのを見て感動もした。その差別は「反面教師」として私の心の中に位置を占めた。

「札幌支部」が指摘した三三カ所が全部、「差別表現」とは限らない。当時の「大東亜戦争」といった太平洋戦争に突入した軍国主義一色の中で、弱者の立場を述べることが危険であったり、全く考えられない状況での著者の限界や、事実誤認もある。このように作品を分析してみると、小笠原氏の言う「和人の抜きがたい賎視・差別の在りようを」「リアルに描」いていることが、全てではないが当たっていることが分かる。「人間を差別したり傷つけたりするような作品」というこの作品も、人によって受け止め方が大きく違っているのである。このような作品を「差別書」かどうかを簡単に認定することはできない。

私はこの作品を欠点のない素晴らしい作品だと言っているのではない。限界と欠点があると思うので批判的に読まなければならないが、批判的に読むことによって、民族の違いや差別の中での人間のありようを考えることのできる作品になっていると思う。差別を受けた人が読んだときの怒りや心の痛みがあるのはよく分かる。しかし、「アイヌ民族」をテーマにした作品が非常に少なく、今まで日本を「単一民族」などと考えている多くの人々に、「民族」を課題にして考えさせる作品を提示したということを、もっと評価してよいのではないだろうか。

もう一つ考えなければならないことがある。五五年版の『北海道文学全集』の中のこの作品は、文学としてとらえているのではないだろうか。もしそうでないというのであれば、「北海道文学」として取り上げられてきた「文学」とは一体何だったのだろうか。このことについて疑問を持ち声を上げる文学者、評論家がいないのだろうか。小笠原氏が「衷心よりお詫びいたします」「アイヌ民族に対する私の認識不足と人権意識の未熟さ、きびしく教えられ、自分を恥じ、深く反省しています」と言いながらも「私は、問題があるとしても、この小説は文学作品であると考えている」と述べている（八月五日）のは当然のことと思うし、注目する必要がある。

「札幌支部」は今回の恒文社版は、改作があり、作品の時代的経過も考えずに、売らんかなの魂胆で出版した、と言っているように思われる。「削除、書きかえ」は文学作品の場合、大変大きな問題をはらんでいるので、本文の変更を明示しなかった落ち度は批判されるべきだ、と思う。

（2）小笠原氏の人権問題を考える

座談会の中で、小笠原氏は、率直にいって影が薄い。その理由は氏が北海道の文学を考えてきた第一人者であり、「アイヌ文学」についても素人ではないと思われる。その彼が「文学作品ではない」と言わなければならなかったのには、彼が今まで人間を追求し考えてきた文学の評価を変えざるをえなかった、失礼かもしれないが、「変えさせられた」すなわち「屈服させられた」と一般に受け取られる状況に思い至るからである。

上にも述べたように、彼は「善悪賢愚の入りまじる人間社会の現実を凝視したこの小説を、それゆえ私は、〈アイヌ民族の人権を犯し、名誉をきずつける差別の本〉、とは考えていない」、後になっても「私は、問題があるとしても、この小説は文学作品であると考えている」と述べているのである。また、〝話し合い〟については次のように述べている（一九九四年三月二一日付「札幌支部」に宛てた手紙）。

(三)「貴支部の抗議と、それに関わる私の発言が、公開の場でなされるべきこと。それが「世界人権宣言」一九条の〈意見及び表現の自由に対する権利〉の客観的保障であり、「日本国憲法」一九条〈思想及び良心の自由〉、21条〈表現の自由〉の客観的保障であると考えている」と述べていること。

(四)〈公開〉の具体的な形として、私は、この問題に関心を持つ公正な第三者が、オブザーバーとして同席することを望むこと。つまり私への批判と私の対応が客観的な事実として認識され、伝わることによって、私自身の今後を鍛え直していく契機にしたいこと。

(五)むろん、私が批判追及を逃れたいのではなく、一個人の思想・良心・表現などの基本的人権が保障される場でありたいこと。冷静で良識的な場でそれがなされ、客観的に伝わることによって、『アイヌの学校』問題が〝文学と差別・人権〟に関心を持つ市民・読者にとっても新たな共有財産となり、アイヌ民族への親愛と共生感を深め高める契機になると信じます。

「公開」は別の場所でも言っており、彼は強く公開の場での話し合いを望んでいたことが分かる。「札幌支部」がこの要求を受け入れて、公開の場での話し合いをしてほしかったと痛切に思う。司会者が「座談会」の中で「小笠原さんは以前から、公開討論会を希望していましたから、この座談会の企画が成立しました。その時、すでに小笠原さんはこの本についての文学性に対する認識を改めていたようです」と言っていますが、「公開討論会」を、この小説に関する議論の諸々の公開と考えて、資料と日付をたどってみても、「公開討論会」はなかったと判断できる。

公開の場での話し合いを重視するもう一つの理由がある。座談会では「決着がついた」と言っているのは当事者としての立場かもしれないが、当事者間でのみ解決すべき問題ではない。現実に差別がある中での作品の〝差別性〟をめぐっての問題は、地域住民、北海道、日本、そして人類の共生の問題を考えるすべての人が考え、解決していかなければならない問題なのである。

関心を抱いている人が、「ウタリ協会のやり方は恐ろしく、口をつぐんでしまう」という言葉を聞くにつけ、連帯は広まらないし連帯の糸まで切れてしまう危険性をはらんでいる。

(3)プライバシーの侵害について

モデルの人物が現在生きており、また関係者もいる、という問題が提起されている。小説の中の人物にモデルがいるというのは多くの場合にあることである。そうして、その小説は、全く独立した作品としてひとり歩きする。これは作品としてやむをえず、当たり前のことである。しかし、それによって迷惑を被ることがあるというのも、あり得ることだし、よく問題になっていることでもある。

この問題はすぐれて「作家の人権意識と良心」の問題にならざるをえない。「札幌支部」は「アイヌ民族の人権、名誉と文学はどちらが尊いか」という問題の立て方をしているが、人権の尊重は上の小笠原氏の場合も同じで、すべての人の人権を尊重されなければならない。しかし文学作品、あるいは人物伝、ルポルタージュ、などで人物を取り上げる作品の場合も、一個の作品として独立し、評価される。評価が高いか低いかは社会的に試される。低い場合は淘汰される、というのが当然で、自然なあり方である。プライバシーが侵されたと判断する場合は、名誉毀損ということで問題にする、または訴える、という手段を使うことが考えられる。

非常に一般的な論の進め方になったのはやむをえないが、二者択一の問題の立て方に問題がある。プライバシーの問題をきちんと受け止めることが、書き手に厳しく要求され、良心と責任が問われなければならない。

だが、何をおいても、いろいろな考えを闘わせる論争こそ、民族の差別を考え、人権についての意識を高める大切な手段なのである。それでもなお対立し問題になり、決着をつけなければならないと考えた時には、法廷などで決着をつけるしか、解決の道はない。

この作品の場合、五〇年以上前の戦前でプライバシーに対する考えは社会的に非常に甘かったであろうし、書かれた本人もそれを意識しなかったか、意識したにしても正しく対応できなかった状況があったであろう。だからといって、今日、プライバシーを侵すことが免罪になるとは考えるべきではない。今日になって出版する時に、十分配慮すべきだったし、十分な注釈がつけられるべきだったことは、小笠原氏をはじめ、多くの人の発言にある通りである。

この『アイヌの学校』をどう評価するか、がやはり決め手になると思う。そのためにも議論を尽くさなければならない。そして、出版側と当事者の対等平等な立場での責任を持った解決の話し合い、がなされなければならない。

井上ひさし氏はこう言っている。「片一方に『どんなことを書いてもよい』という自由が許されている以上、他方にも『どんな批判を行なってもよい』という自由が許されなければならない」（『言葉狩り』と差別」週刊文春編）

(4) その他、考えてみたいこと

①集会「民族とその表現のしかたについて」として、われわれ「少数懇」が「討論の場」を設けたのだが（一九九四年一一月六日）『北方文芸』の「資料」の中に「北海道新聞に少数民族懇談会の集会の偏向報道記事載る」とある。この集会の道新の記事に「札幌支部」は抗議をしたと聞く。自分たちの意に添わない内容の報道に抗議するやり方に、一方的に言論を封じる危険を感じる。

ただここで付け加えておきたいが、集会の記事を書くとき記者は最後まで参加して、集会の全体像を捉えて記事にしてほしいと考えている。

②「差別用語といわれる用語を使うことにタブーはない」と言ったら言い過ぎだろうか。

映画『月はどっちに出ている』をほぼ一年前に見た。この映画は在日韓国・朝鮮人の日常をテーマに〝危ない〝差別語が連発される異色作。一九九三年度のキネマ旬報ベストテンの一位。在日二世の主人公は同僚に「朝鮮人は嫌いだけどチュウさん（忠男）は好きだ」を連発される。「土人」「売春婦」といった差別語が飛び出す。崔洋一監督。この監督自身日本でこのような言葉を言われ続けてきたのではないだろうか。「差別」や「偏見」をひっくるめた一つの世界を描こうとしたとき、「差別語」も実態と問題を提起するのに自然に映画に使われた、といえるだろう。同じようなことは文学作品についてもいえるのではないだろうか。「差別語」といわれる語を使わずに差別の実態を表現することは不可能である。「差別語」を使わなければ差別がなくなるのではなくて、差別の実態をなくすことが「差別用語」を解消する結果につながるのである。

③週刊文春編の「『言葉狩り』と差別」特集の読者からの声、を紹介する。

「私はアイヌ人で被差別者側の人間ですが、逆に少数であるがゆえにたてまつられることも多かったように思います。

『アイヌ人には悪い人はいない』とか『アイヌの人は自然とともに生きている』とか……でも、考えてもみて下さい。私たちは民話の世界に生きているわけではないのです。現代社会に生きているんです。われわれ内部にだって差別はあるし、またそのことをマスコミとかは『触らぬ神に祟りなし』といったふうに逃げてしまう。

そのことに問題があるように思います」（北海道、砂沢チニタ）

〔注釈〕

「差別表現」については、「少数懇」では、例会で討議を重ね、一九九四年一一月六日（日）、「かでる二七」で、「民族とその表現のしかたについて」という集会を持ち、その収録として一三一頁の『民族とその表現のしかたについて――最近問題になっている出版物をめぐって』（私家版）を一九九五年五月二〇日付で発行している。

（二〇二一年四月二〇日）

6　アイヌ民族の歴史と実態を東北に求めて

はじめに

私は、アイヌ民族の多い日高地方で幼少・少年期を過ごした。終戦前後の物資不足、貧困の中で、さらには同化政策が進む中でも、アイヌ民族の風習は生き続けていた。和人とアイヌが混在する部落の中では、好ましい交流もあったが、偏見・差別もあり、複雑な様相を呈していた。私は、チセ（家）におばあさんを訪ねたり、アイヌプリ（式）の結婚式や葬儀を見る機会もあって、後になって体験しようとしてもできないような貴重な体験をした。このようなことから、アイヌ民族の今日的課題を考えるとき、過去のそれら事実を思い返す。

私は、自分の体験を踏まえたうえで、過去の歴史を正しくとらえることの大切さをますます感じるようになってきた。アイヌ民族の「歴史」を知ることは、今日の実態を理解する手段であり、問題解決の手段を見出すことにもなるのである。北海道では、一九六〇〜七〇年代にようやくアイヌ民族の復権が大きく叫ばれるようになる。しかし「歴史」という点では、それ以前の和人中心、日本の国家中心の歴史観からはアイヌ民族は無視されるか、書かれても「間違った」アイヌ史であったと言わざるをえない。

思えば、二〇年以上前に地域の問題に取り組んだとき、「アイヌ」は「民族」かどうか、「アイヌ民族」と言ってよいかどうか、戸惑いながら議論したものである。また、民族問題を授業で取り上げたとき、高校生の一人が

「アイヌ民族とか日本民族とか『民族』という言葉が大嫌いです」と書いてきた。それは同じ人間なのに取り立てて「民族、民族」と区別する必要がないではないか、という意識と、「民族」という言葉に「紛争」などのマイナスのイメージを感じているからのようであった。

アイヌ民族の歴史といっても、このようにマイナスイメージで軽視されてきたので、まだまだ解明されていないことが多くあると思われるし、私自身も十分理解しているとは全く考えていない。このようなことから、アイヌの立場に立った「正しい」アイヌ民族の歴史を、というのが私の強い問題意識である。

北海道のアイヌ民族を考えてきた私にとって、北海道中心のアイヌ民族からもっと広げて考えようとしている対象に「東北」がある。そして今回、青森行きが実現することになった。このような目的での東北行きは初めてで、これをきっかけに深めてみようと考えているために、課題の入り口であり未熟な論稿になることを自覚して、あえてまとめることにする。

(1)「縄文とアイヌとの関わり展——紋様をみつめて」を観て

まず最初に、「稽古館」(青森市歴史民俗展示館)の上記の企画展のことから記さなければならない。

「あっ、と驚く」とはこのことであろう。擦文文化がアイヌ文化の直接の祖先であると一般に考えられているし、私も十分納得しているが、縄文文化も連続性があるのではないかと考え、祖先であると推定はしていても、アイヌ紋様と縄文土器の紋様の類似性をはっきりと主張することは考えてもみなかったし、このような形で博物館が取り上げるなどとは考えてもみなかったことである。「待てよ、待てよ、本当かな」と自問自答しながらもわくわくしながら見て回った。北海道では多分考えられないことであろう。北海道ではなくて東北で行なえるのはどうしてなのか、というのが私の一番の疑問であった。

この企画展の内容を、先に述べなければなるまい。
「企画展にあたって」のパネルの全文を紹介する。

今、青森市民は、小牧野遺跡や三内丸山遺跡の発見などによって、より以上に縄文時代の生活と文化を知りたいと思っている。

縄文時代の人々はいくらかの農耕、栽培と狩猟、漁業、採集等を生活基盤として自然と共存しながら豊かな暮らしをしていた。アイヌの人々も東北、北海道、樺太の北の地でいくらかの農耕、栽培と狩猟、漁業、採集等を中心とした生活を営んできたのである。

そこで当館では、同じ北国に住む縄文人の生活文化とアイヌの生活文化との類似性に着目し「縄文とアイヌとの関わり展」――紋様をみつめて――と題して企画展を開催した。

縄文時代といっても一万年もの長い時代であるので、縄文晩期(終末期)の土器につく美しい紋様とアイヌの人たちの道具につくすばらしい紋様を対照とした。

それでさえも、アイヌと縄文は二千年の隔たりがある。しかし、展示される双方の「美しき」紋様の中に類似性があり、自然の大地の中で暮らす人々の心は受け継がれ、現在まで一本の系譜となって人々の心に受け継がれ雪国の人々に心やさしく残されている確かさを展示してみた。縄文時代の「美しさ」への憧憬と想いを偲んで下されば幸いである。

展示は、縄文時代の紋様とアイヌ紋様を並べて対比している。縄文時代の終末期(晩期)二五〇〇年前頃の土器とアイヌのイクパスイを拡大してある。アイヌのイタ(お盆)の紋様、刀の鞘に木彫りした紋様が出てくる。

土器では、銚子形土器、鉢形土器、台付鉢形土器、壺形土器、注口土器があった。みな、同じような紋様の対比である。

衣服一面に紋様の入った土偶がある。「土偶の紋様」の説明には、

「渦巻紋(うずまきもん)を主体としているが、二つの反対向きの渦が向かい合って上と下がバランスよく連なり、中央にゆるやかな菱紋様をかたどっている。アイヌの衣服の背面紋様、津軽こぎん刺し着物の背につく魔除けのしるし、縄文土偶と一脈通じるものがある。そこには、自然と人間の関わりをうつす秘めたるものがある」

とあった。

一番人目を引くのは、アットウシ(厚司)を着て槍を持ったアイヌの男性と、同じく槍を持ってモレウ(渦巻き紋様)の紋様の入った着物を着た縄文人の男性を「想定復元」しているものであった。

紋様の説明には、「巴紋様、水の渦巻き紋様が、土器の存在感を高め、躍動するように、単独に、また連続しながら流れている。水の渦巻き紋『渦文』は、生命の誕生、再生を願うものであろう。渦文は、世界の古代社会に共通するものであるが、縄文時代の土器につく渦文とアイヌの生活道具、特に神事に使用される酒箸(イクパスイ)や飾太刀につく渦文を比較する時、時代を越えた人間の悠久に変わらぬ『心』を見るのである」とある。

この最後の紋様の説明がこの展示の主張と考えられる。縄文文化が裸のまさに原始的な遅れた生活文化ではなく、衣服をまとっていたし、多様な食生活など、大規模で安定した共同生活が明らかになってきて、土器などの生活用具も実用性と同時に、おおらかで、なおかつ遊びの心を持った「美しさ」を求めていることがよく分かる。装飾品も多い。それだけ豊かな生活があった。

一方、明治以前の数百年のスパンでアイヌ民族の生活文化を見直すとき、同様の豊かさが浮き彫りになる。「木の皮を着た」の内容は、木の内皮の丈夫な繊維から細い糸を取り布に織り、悪霊の入らないように袖口など

に別の布と同時にいろいろな刺繍を施す。丈夫で濡れると余計しなやかになり、暖かい。毛皮なども同様に多くの手をかけて工夫されて作られ、使われた。

木で作られる道具類には魔除けなどの自然崇拝の精神性を伴ったもの、装飾性の強いものなど多様で、細かい彫刻が施されていて美しい。加工するものは、当然のことながら自然の材料を使い、やはり実用性と同時に細かい装飾がなされていて、豊かな生活であったことが分かる。

長い間、ここの館長であった田中忠三郎氏は青森県の土着の生活習慣、様式の研究を情熱を傾けて続けてこられているが、私が訪問したとき述べられた、縄文人とアイヌ民族に関連する話を、断片的にだが振り返ってみると、

*紋様は生活のあり方を示す。自然とともに暮した精神文化は似ているのではないか。

*アイヌは自然と共に生き、神に感謝して生きている。ものには命がある。

*自然が厳しいから、心が優しく豊かである。

*アイヌ文化を通して見なければ縄文文化が理解できない。

*生活のすべてに木を使う、おひょう、しなの木など。

*皮は木にとって衣服であり、人間にとって木の皮は衣服である。

*自分の土地で取れた麻の方が土に還りやすい。三内丸山の麻の種は五〇〇〇年前のもの。

*麻の衣服は縄文時代からあった。縄文から綿々と続いている。

*編む、組む、は縄文時代からあった。

*三内丸山で送り儀礼があった——青森では臼、杵にしめ縄を張る。魔除に縄を使う。

＊仏教と土着のものが結びついて、仏教と違うものになっている——仏教に侵されたものを取ると、本来の習俗が出てくる。

この数千年を隔てた二つの文化の共通性は、紋様を含めて大きいことが分かった。考古学で急速に解明されつつある縄文時代の生活は、さらにアイヌ文化との共通性を明らかにするのかもしれない。しかし、連続性と祖先であることの実証は、人類学、言語学、社会科学など、もっと総合的に、科学的に研究・追究して明らかになるものではないだろうか。期待を込めてそう言いたい。

(2)「稽古館」は「アイヌ民族」をどうとらえているか

訪ねた「青森県立郷土館」にも「アイヌ着物」としての資料があるが、上記企画展以外にもアイヌ民族を総合的に展示している「稽古館」の「アイヌ民族」のとらえ方を検討したい。

この館は、『青森県博物館ガイド』に「アイヌ関係の資料は、全国的に見ても貴重なもので研究者の来訪も多い」と記されているが、創設者で館長を勤められた田中忠三郎氏が若いときから長年研究し収集されたものが土台になっている館である、と知った。

「アイヌ民族」というパネルの説明には次のように記されている。

「古モンゴロイドに二つのタイプがある。南方系と北方系とである。縄文時代以前の数万年前、南方系の人々は北に向かい日本列島に入り縄文文化を築きあげた。北方系の人々は、弥生、古墳時代に渡来し、先に住んでいた人々に影響を与えながら和人社会を構成した。片や、影響を受けずに小進化したのが、東北に住んでいた蝦夷と言われる人達であり、アイヌの人々であろう。(傍線は筆者)——略——
内地では、縄文、弥生時代が過ぎた古墳時代から室町時代の頃、北海道では、縄文とオホーツク文化が影響しあいながらアイヌ文化に移行していくのである。
北海道の大地(アイヌモシリ)で自然と共生し、自然の神々を畏敬しての生活様式(アイヌプリ)を築きあげて来た。そこには、北の大地に息づく独自の文化があった」

引用が長くなったが、この説明からは、東北と北海道のアイヌの関係がどのようなものかはよく分からない。同じ「アイヌ」という言葉を使いながら、「違うもの」ととらえているように思われる。東北には「アイヌ文化」と呼ばれるものは無かったのであろうか。

ここの展示物、説明から、もう少し検討を加えたい。

展示はアットウシ(厚司)などの衣類をはじめ、生活用具、イクパスイ、装飾品など、北海道のかなり充実している博物館ほどの展示になっているが、その説明はアイヌ民族を肯定的に受け止め、アイヌ文化を高く評価する表現になっているのが特徴である。イメージ的に言うならば、「明るい」のである。北海道では展示や表現が抑えられているし、アイヌと和人の交流、歴史的背景が見え隠れするのだが、ここではその「しがらみ」がないせいであろうか。それが「明るさ」を感じ、わくわくする気持ちを持たせる原因ではないかと思われる。例えば、上掲の「アイヌ民族」パネルの説明の最後の部分に「北の大地に息づく独自の文化があった」という表現がある。
「アイヌ衣服」の説明では、「糸を糸でからめながら紋様を展開している」が、交流で木綿糸が「内地から」北海道に渡る以前は「縄で紋様を作っていた。縄を神聖視し、魔除とする風習は、アイヌの人達にある——略——」。萱野茂氏の「紋様の由来は、襟、袖口、裾回りに縄を巻くということから来ています」を紹介し、「縄に大きく、偉大な力を見出し、縄に託する心は、アイヌの人々と縄文時代の人々と共通するものがあった。北海道に住むアイヌの人達は、厳しい自然の中で、自らの生活と身を守るために、豪快で雄渾な紋様のつく厚司が必要だった」と説明する。

上記の疑問、東北には「アイヌ文化」と呼ばれるものはなかったのであろうか、に対する回答になると思われるものがパネルの表記にあった。「奥羽のアイヌ民族」というパネルである。

「――略――アイヌの分布を大別すると、奥羽・北海道・樺太・千島に分けられる。奥羽アイヌは県内に多く住んでいた。和人の記録でみると、南北朝時代（一三三四～一三九二　筆者注）に住居が確認され、戦国時代に入り、津軽、南部共にやや具体的な生活状態が記録され、北海道アイヌと同一人種であり生活様式も同じであった。江戸時代には、津軽・下北両半島のアイヌの住居地・姓名、北海道アイヌとの交流が文献に見られ、宝歴年間（一七五一～一七六三　筆者注）後急速に和人化し、今ではわれわれの祖先がアイヌであったかどうかもわからなくなってしまった」

一四世紀南北朝時代に始まるとする「アイヌと和人の交易」やアイヌ部落などについては、「津軽一統志」などから「資料パネル」として七～八枚展示されている。これは貴重な資料だと思った。これらは私の不勉強から把握してないことが多いので、これから勉強する課題だと思っている。その中には、菅江真澄（一七五四年～）、松浦武四郎（一八一八～）の記述が紹介されている。

その他に、「アイヌの信仰と山の神」のパネルがある。東北の「山の神信仰」、「マタギ」として形を変えて残ってきている、としている。「アイヌの死の世界」の説明もある。もう一つ、「青森とアイヌの人々の関わり」として、津軽半島、下北半島の人々は、江戸時代から明治、大正時代にかけて、北海道や樺太と交流、出稼ぎなどで、厚司（樹皮衣）を手に入れ、着た。藩政時代には厚司着用を禁止されてもなお着用した事実がある。

厚司は両半島地域だけでなく、日本海沿岸に多く残されている。北に住む和人はアイヌの生活文化を積極的に取り入れた、と説明している。


以上、パネルの説明など、引用の多い記述になったが、東北がアイヌ民族とどう関わり、どう見ているか、の具体例の一つとして提示した。


「稽古館」の展示を振り返っての私の感想は、「津軽藩では当時のアイヌ人を「狄（てき）」と呼び和人と区別していた」（津軽一統志、など）ということで、差別の実態と差別の意識があったのは間違いないと思われるが、二五〇年以上の年月を経て和人として同化している現代の東北と現代の北海道の実態とは大きく異なっていると捉えている、ということである。これは言われてみれば当然のことなのかも知れないが、私にとっては青森に来てはじめて確認できたことである。

だから、そこには、おおらかに、明るくアイヌ民族を語れる条件があるのではないだろうか。東北の過去の差別政策と差別の実態が、どのような経過を経て変化してきたのかの把握が、北海道を含めアイヌ民族全体をどのように捉えるかの重要な要素であり、ここから今後のアイヌ民族の課題をより明確にすることができるであろう。

北海道でも条件は違っていても、明るくアイヌ民族を語れること、明るく積極的に語ることの必要性を痛感するのである。

(3)「中世・近世蝦夷史」からの、いくつかの考察

「北からの日本史」という視点で北海道・東北の歴史を見直す研究・運動がある。シンポジウムを重ねてきているが、その中のキーワードは「蝦夷」であるように思われる。その研究や議論については私の勉強不足でほとんど捉えられてはいないが、あえてその中で触れられている事柄で、重要な視点であると感ずる点を取り上げてみる。

①問題の在り処

一九八八年(昭和六三年)「弘前シンポジウム」(注)で考えられる論点として三つ上げているが、その一つとして、「前近代における蝦夷地と北東北地方の交流を、ただたんに交易・交通という問題に限定してしまうのではなく、——略——『ひと・もの・情報』という観点から前近代における北方地域の交流のありかたを、多角的に検討する」というものであり、二つめは「アイヌ民族の問題が近世国家論を考える上で回避できない問題」とし、三つめに「地域に根ざした地域史像の再構築」を上げている。

私が先に述べた北海道と東北の意識の違いに対する疑問を埋めてくれるものとして、この課題が鍵を握っていると思う。

これらの課題に添いながら、さらにいくつかの学ばせてもらった具体的な問題を取り上げてみたい。

(注)このシンポジウムの集録として『北からの日本史——第二集』が刊行されている。以下の引用は断りのない場合すべてこの本からの引用である。

②蝦夷（えぞ）ということばは何を指すか

榎森進氏によると、「『えみし』から『えぞ』への呼称の変化の契機がアイヌ民族との国家的レベルでの直接的な接触にあったことは、十二世紀以降の歴史的動向からして疑う余地がない」という。そして蝦夷（えぞ）ということばについては、定義的な意味合いも持つので慎重な表現になっているため、そのまま記すと、

「中世の蝦夷（えぞ）は近世の如く蝦夷＝アイヌという民族概念そのものとは若干ニュアンスを異にし、一方で異民族としてのアイヌを強く意識した概念でありながらも、他方では、日本国の境界である外ケ浜、「えぞが島」に追放された者と観念されるとともに、中世の身分制と深くかかわりつつ、非人と同一の位相でもとらえられるなど、いわば多義的な概念であったことが指摘されている」

③擦文文化の担い手はアイヌ

一二世紀前半頃には既に擦文文化とオホーツク文化の融合が進み、次いで擦文文化がオホーツク文化を完全に吸収し、北海道全域を覆いつくしてしまう。この原因は、榎森氏は「擦文文化社会側の政治経済的な優位性にあり、またこの期の擦文文化社会側の政治経済的な優位性は、ほかでもなく日本社会との交易関係の発展によってもたらされたものである」と考えている。

一三世紀ごろまでには土器文化を脱し、一四世紀から一六世紀にかけて、次の新しい文化と社会、近世的なアイヌ文化の社会へと質的な転換をとげた。その背後には、本州産製品・産物の多量の流入という現象があった。品物は、金属製品や木製容器、その他、漆器類、衣類、米、酒などであった。

④秀吉の蠣崎慶広への「朱印状」(一五九三年)は北海道を奥羽と分離支配

アイヌ民族は津軽海峡をはさんでの「海上の道」を介しての「ひと」と「もの」の活発な動きをし、文化的にも今日残っている最も特徴的なアイヌ文化の充実期を迎える。

しかし、蠣崎慶広への「朱印状」によって、より直接的な支配関係へと再編された。それは「北奥羽地域の諸大名領主がそれまでアイヌ交易を軸に展開してきた蝦夷島との多面的な関係を上から強制的に否定し、津軽・下北半島部に居住するアイヌを含めて一つの民族としてのまとまりをもったアイヌ民族の生活・生産圏を津軽海峡を境に分断」した。

⑤北海道と奥羽の「ひと」と「もの」の交流

近世には蝦夷島を「和人地」と「蝦夷地」に分けた。この和人地の人口は幕末の一八五三年に八万人を越えるが、その主な出身地は現在の青森、岩手、秋田、山形四県であった。この人口は、人名簿に記載されている数なので、実際にはるかに多く、その中核となっていたのは場所請負人に雇用された番人、稼方などの漁業労働者だった。百姓も奥羽地方からが多く、近江商人や能登、越後商人の人口比重は小さかった。

「もの」の移動では、ここではアットウシを取り上げたい。

下北地方ではアットウシが庶民の日常着として利用されている。それは「下北半島部は、津軽外ケ浜とともに中世以来アイヌ民族が居住していた地域であったという歴史的特性もさることながら、このことは何よりもまず下北半島の各村々と蝦夷地との長い間の人的関係が、民衆レベルの文化のあり方に大きな影響を与えていたことを示している」と榎森氏は言う。

下北半島からの多くの恒常的な出稼ぎは、同地の生産力の低さが原因となっていた。
伊藤裕満氏によると、下北地方にあるアットウシには、「基本的に、北海道アイヌによって製作されたものと、下北半島民が自らの手で製作したもの、の二通りがある」という。北海道から持ち込まれたのは、一八世紀中盤以降における蝦夷地場所請負人による漁業経営の大規模化によって増えた出稼ぎの漁場労働者によってである。伊藤氏の下北地方での古老の聞き取り調査で、北海道への出稼ぎ労働によって持ち込まれたものだということが確認された、という。

青森県三内丸山遺跡にて。右から小川早苗さん、冨山秀世さんと。[1998年8月11日]

このような人的、物的交流の中で、アットウシのほかに「アイヌ文化」といわれるものが、どのように変化したか、融合したのか、など細かな検証が必要だが、それは今後に残された私の課題である。

おわりに

東北で、おおらかにアイヌ民族を語ることのできる理由を大胆に推定したが、今後この推定をさらに検討していくことが必要であると考えている。

そしてまた、上記「稽古館」が比較した二〇〇〇年ではなくて、縄文期以降の歴史の連続性の研究と、北海道と東北の関連に限っていえば、「近世蝦夷史」といわれる分野の研究が進んでいるが、それらに学びながら「アイヌ民族」の歴史を明らかにする課題を追求したいと思っている。
今回の青森行きだけから、恥を顧みずに、性急に、展示や資料から判断したが、課題に迫りたいという気持ちからであることを理解し、ご容赦をお願いしたい。「稽古館」の皆さんには大変お世話になり、また資料や著書を引用させていただいた方々に心より感謝申し上げます。取り違いや即断がないかと危惧しているが、そのようなことがあれば指摘していただいて、さらに研究を深めることに役立てたいと考えている。

参考文献

北海道・東北史研究会『北からの日本史』三省堂、一九九〇年
東北学院大学史学科『歴史のなかの東北』河出書房新社、一九九八年
榎本守恵『北海道の歴史』北海道新聞社、一九八一年
榎森進『アイヌの歴史』三省堂、一九八七年

（注記）青森行きは一九九八年（平成一〇年）八月九日〜一二日の四日間。今回の東北行きは、小川早苗氏の計画に誘われて行ったもので、「アイヌ文化振興・研究推進機構」の「アイヌ関連総合研究等助成事業」であった。この文章は、一九九九年に発行された『「アイヌ民族の生活史」報告書』に掲載されている。

7 外部講師の依頼で、アイヌ民族を語った

二件とも、教育実践に一生懸命で余裕はなかったが、アイヌ民族のことを知ることが、重要であると認識して依頼してきたので、それにお答えなければ、という気持ちで出かけた。

＊一九七九年（昭和五四年）三月二三日（金）、小樽市の銭函にある「北海道総合高等職業訓練校」からだった。午前一〇時半〜一二時の一時間半。どういう差別があるか。北海道の歴史。どのような取り組みをしているか、等を、職員に講義した。（苫小牧東高校へ転勤した次の年であった）。

＊一九九五年（平成七年）三月二二日（水）、「ハイデルバーグ大学・日本校」の英語研修課程ディレクターのベス・マッケンティから生徒への授業の中でアイヌ民族について英語での講演の依頼であった。これは実は大学時代の同期の西村守氏が、この大学の日本校の責任者をしていたので、私の名前が出たものだった。英語での講演は今までやったことがなかったので、ちょっと戸惑ったが、「まあ、やれるだろう」と思い受けたのだった。対象は、日本の学生一〇名内外。

このディレクターであろう。女性の外国人が生徒と同じく全部聞いていた。時間は一時間以上。ポイントになる「語彙」のみを英語にしておいたくらいで、何とか一時間以上話をした。終わってほっとしたが、評価は聞いていない。（札幌東商業高校の三年目、退職の前の年のことであった。）

8 作文「差別」 竹内公久枝

昭和五五年度釧路人権擁護委員連合会主催「人権擁護に関する作文コンクール」最優秀賞「差別」（芽室中学校一年　竹内公久枝）

私は、この作文の中で、みんなに、言いたいと思います。「みんなは、人権というものが、ほんとうに、わかっているのだろうか？」と、いうことです。人権とは、人間が、生まれながらにもっている生命・自由平等の権利ということなのだそうです。しかし、この我が、芽室中学校には、人権が、ないのです。人々の平等が、なく、とても差別が、多いのです……多すぎるのです。

その差別のせいで、「仲間はずれ」も、多く、私も、この中の一人で、私のおじいちゃんは、アイヌ語ペラペラの、「アイヌ人」だったのですが、今、私は、みんなに、アイヌと言われています。そう言われるだけなら、まだいいと、思っては、いますが、アイヌ人だからどうだこうだ、と言われるのが私は、たまらなく、いやです。例を言えば、私のために、芽中の三年生が、かえ歌を、二曲つくったりしています。一つは、ランナウエイのふしで、「アァイヌゥー、アーイヌ、アーイヌ、アーイヌゥー、アッイヌゥー」とか、ピリカピリカのふしで、「アーイヌ、アーイヌ、なーなーぜ、アッイッヌッ、いーぬにかまれてアーイーヌー…」とかが、あります。私が、三年生の前を通ると、五、六人がこの歌を、大声で歌うのです。

芽中、八百人全員が、仲間はずれを、出して、いるのではなく、やっぱり、何人かの人は、仲間はずれを、なくそうと、思っているのでしょうが、ほんとうに、仲間はずれが、多いのです。私のクラスの、一年D組だけにも、私を入れて二人の仲間はずれが、います。私は、みんなに、いやなことを言われたりするようなことが、あれば、いいかえせるのですが、もう一人の人は、気が、小さくて言われたら、そのままで、みんなが、つけあがって、もっともっといじめるのです。その人は、私のように、おじいちゃんが、アイヌ人だったわけでもありません。ただ、ちょっと、かおが、わるいだけなのに、みんなはその人のことを、きもちわるーいといって、ちかよらずに、いやがらせを、するのです。これは、偏見で、うったえれば、罰せられると、小学校の時、先生に、おしえてもらったことがあります。私や、その人が、うったえれば、たくさんの人が、罰せられると、思います。そんな、罰せられる人が、芽中には……いいえ、芽小にも、芽高にも、西小やたくさんの学校に、いるのです。

例をいえば、前、芽高の学校祭へいった時、ぜんぜんしらない人たちに、うしろゆびをさされて、「ほら、あの人アイヌ人よ」と、いわれたこともあるし、西小へいって「かえれアイヌ」と、ぜんぜんしらない男子四、五人に、石をぶつけられたこともあるし、芽小にいたころ一年か二年の子が、私にぶつかってきて「きっもちわる〜い、アイヌにぶつかっちゃったー」と、あやまりもせず逃げていったり、ある男の子が女の子を泣かしていたので、ちゅういすると、「アイヌのくせにいばるな」と言われたことがあります。まだまだ、ぜんぶの例をあげてみれば、この原稿用紙が百枚あってもたりないかもしれません。

私は、アイヌといわれるのが、いやでわるいことをしている人をみても何も、言えなくなる時があります。これは、みんなが私のことを、きもちわるがらなければ、すぐちゅういできるのに、のどのところまで何かが、こみあげているのに、何もいえなかったり、だれかがあそんでいる中に自分も入りたいくせに、どうせ「あんたなんかきもちわるいから入れてあげない」みたいなことを、いわれるからと思うと、どうしてもひっこみじあんになり、おくびょうな私が、出てきてしまいます。この性かくは、なおしてしまいたいと思っています。

私の場合、女のくせにひげがはえたり体じゅうに、毛がはえていることから「アイヌ」ということが、ばれなくてもきっと仲間はずれだったのだろうけれど、もとはといえば、小学校一、二年の時の先生が、私が学校を休んだ日にクラスの人たちに「竹内はアイヌだ」と、おしえたことがきっかけで、私は、みんなにいじめられ、ひっこみじあんになってしまい、仲間はずれになってしまいました。

だけど、私が、小学四年になったころ、ひっこみじあんがなおってきました。アイヌと言われていじめられてだまっているのでは、あまりにもみじめです。みじめすぎます。それで、いわれたらいいかえす。たたかれたら、たたきかえす。つばをかけられたらかけかえす。というようになったのです。

五年を、すぎるころになっても、私のことをアイヌという人はいっこうにへりません。むしろ、だんだんふえてくるようでした。

六年の中ごろ、私ははじめてお父さんとお母さんの前で泣きました。今まで、どんなつらいことがあってもしんぱいをかけないように、一人で泣いて学校であったことは、なに一つ家ではしゃべらなかった私でしたが、この日だけは大声で泣きました。その日、あるいてかえるとちゅうでにくたらしい、いつも私のわるぐちをいう、男の子にあってその子は、「おまえずっと前、川北温泉にいって、そこの五千円とチョコレートとったべ、おれしってんだからな」というのです。私は、もちろんそんなことをしていなかったので「そんなことしていないョ」とひていしても、その男の子は、五メートルぐらいあとからついてきて、「ドロボードロボー」というのです。私は、くつじょくと、くやしさで泣いてかえって、自分のへやに入っても、ふとんの中で泣きました。それで、明日学校へいけば、またいやがらせをいわれるという不安が、あたまの中をかけめぐり、どうしても学校へいきたくなくなって、はじめておやの前でなみだをみせました。お父さんは、すぐ先生の家へ電話をかけ、

「家のむすめのことは、あんたにまかせてあるんだよ、私はあんたならだいじょうぶと思ってたんだからネ、家のむすめはほんとうにはじめて、私らの前で泣いたんだからネ」という話が一時間あまりもつづきました。

はじめて家で泣いたことは、一生わすれないと思います。だけど、私がみんなに「アイヌ」といわれ、いじめられていることは、マイナスにしかなっていないというわけではないのです。ちゃんとプラスにもなっているのです。それは、いじめられる苦しみを、私は、しっているから、いじめられるかなしみを、私はあじわっているから、人のことを考えてあげられるのです。もしも、私が美人で、あたまがよかったら人のことなど考えず、私みたいな子をいじめていたのかもしれません。きっとそうだったと思います。

しかし、やっぱり人権が、おかされている例の中に入っている「差別」などの問題は、みんなで考えてみるべきなのです。もう一度「人権とは、一体何なのか」ということを、みんなで考えるべきだと、私は、思うのですが、みなさんはどうお考えになるのでしょうか……？

（おわり）

第七章　「アイヌ民族共有財産裁判」

札幌地裁に向かう原告団。左から小川団長、諏訪野副団長、後列左から小名副団長、川村副団長。撮影・伊藤健次。[1999年10月21日]

1　共有財産返還問題の本質と経過

一九九九年（平成一一年）四月

（1）「アイヌ文化振興法」で返還手続きを一方的に規定

アイヌ民族に関する法律が二年前に制定、施行された。「アイヌ文化の振興並びにアイヌの伝統等に関する知識の普及及び啓発に関する法律」（通称「アイヌ文化振興法」）である。しかし、北海道ウタリ協会が民族の権利回復を望み決議し、要求していた「アイヌ民族に関する法律（案）」（通称「アイヌ新法」）からは程遠く、一三年経ってその文化面のみを認めたものだった。

この法律に関しての詳細は他稿に譲るとして、この法律を評価できないのは、アイヌ民族の基本権には全く触れておらず文化面に限り、その文化も内閣総理大臣が「基本方針を定め」、国の管理の下で「振興」するとしている点である。これはどう見ても「アイヌ文化管理法」なのである。

さらにもう一つ大きな問題があった。この法律の附則で、アイヌ民族の「共有財産を共有者に返還」することが規定されているのである。

「アイヌ文化振興法」の制定と同時に廃止された「北海道旧土人保護法」の規定によって、北海道長官（戦後は知事）がアイヌ民族に代わって一〇〇年にわたり管理してきた財産が今回返還するという「共有財産」である。「該当者は返還請求の手続きを」と北海道は公告したが、長い間どのように管理されてきて、いくらあるのかも知らされたことがなかった。自分が該当者だと分かる人はほとんどいなかったに違いない。道は広報、新聞広告などで周知を図ったというが、他人の財産を預かっておきながら、「返すから申し出ろ」という理屈はない。

その内容は公告によると、指定財産一八件、指定外財産（説明は後）八件、合計二六件、総額一四六万八三三八円である。「共有財産の種類には、現金のほか公債証書、債権、株券、土地などがあったが、不動産については昭和二七年までに管理を終え、その後は現金のみを管理している」と道は説明している。

附則で一方的に決めた返還請求期間通り、道は一年経った昨年九月四日、これを締め切った。

（2）共有財産に至る土地収奪の歴史

この「共有財産問題」はアイヌ民族の歴史を抜きにしては語れない。駆け足で振り返ることにする。

明治時代になって開拓使は「開拓」の名のもとに次々と土地政策を打ち出した。一八七二年（明治五年）、「北海道土地売貸規則」「地所規則」を制定し、アイヌが漁猟・伐木に使用してきた土地であっても、アイヌは対象外とし和人に分け与え、私有化をすすめた。

一八七七年（明治一〇年）、「北海道地券発行条例」によってアイヌが居住している土地を官有地第三種に編入した。一八八六年（明治一九年）、「北海道土地払下規則」により資本家や地主に有利な条件で一人一〇万坪（三三ヘクタール）の土地を払い下げ、一八九七年（明治三〇年）の「北海道国有未開地処分法」では、開墾の場合でも上記規則の一五倍の一五〇万坪（五〇〇ヘクタール）、一〇年間無償で貸付、成功すれば無償で付与する、とまさに北海道の土地をアイヌから収奪したのである。また、天皇の財産を増やすために、北海道の二割強の土地を御料地に指定した。

同時に、毒矢、女性の入れ墨など民族の生活の手段、文化、風習を禁止し、同化政策を推し進め、山で狩り・採集、川で鮭を獲って暮らすアイヌは密猟、密漁、盗伐などで罰せられた。このようにアイヌ民族は生活基盤を根底から破壊され、奪われ、貧困のどん底に陥れられたのである。

一方、開拓使はアイヌの「救済」は勧農を主とはしていたが、昆布干場や鮭漁場でのアイヌの共同事業を奨励し、それによって生ずる財産や、天皇からの御下賜金の管理を町村の官吏や委託管理で行なった。しかし常に疑惑がつきまとい、財産を失うことも多く、時の帝国議会で問題になる。これらが解明されないまま、「北海道旧土人保護法」が制定され引き継がれた。その第一〇条で「北海道庁長官ハ北海道旧土人共有財産ヲ管理スルコトヲ得」と規定したのである。この規定には二つの意味があると思われる。一つは、アイヌ民族に管理の能力がないとして財産権を取り上げたこと。もう一つは、過去の疑惑を清算し、長官が指定した財産のみを管理する、としたことである。

一八九九年（明治三二年）、「保護法」制定直後に指定した共有財産は一〇件であった。

（3）長官（知事）管理下の共有財産は

さて、「保護法」制定から今年でちょうど一〇〇年。今回の共有財産の返還金額は、公告した金額となっている（厚生省令）ので、公告した一昨年までの九八年間だが、その間の管理・運営はどうなっていたのであろうか。

共有財産の発生は前に述べたが、道によると細かく五種に分けている。すなわち、「開拓使の官営漁業による収益金」「宮内省御下賜金、文部省交付金」「行幸時御下賜金」「救恤費（救助米）の剰余金」「共有地の下付」である。

私たちは「北海道旧土人保護法に基づく共有財産を考える会」（略称「共有財産を考える会」）を昨年六月設立した。そして、請求締め切りまでのほぼ二カ月間、この示された「共有財産」の内容と管理経過が正当なものであったかどうか、資料の公開を道に求め、さらに、何度も文書や直接交渉によって道に要求し、質問し回答を得た。その結果、「共有財産」を特定する原資料は皆無であり、管理経過を証明する必要書類がそろっていない実態が明らかになった。

（昨年一二月になって、明治時代からの「永年保存」のマイクロフィルムの中のアイヌ民族関係のものを開示請求し、八〇〇〇コマ以上（一コマ二頁）の膨大な資料を提出させた。共有財産収支や保護法に基づく実態調査、保護法改正論議、など、アイヌ民族に関する行政資料で、歴史的考察には欠かせない貴重なものがある、と判断している。）

具体的な問題点は多々あるが、主なものには次のようなものがある。

①土地（海産干場、宅地、等）の処分の証拠がない（幕別町、池田町、等）。

②「全道旧土人教育資金」は原指定時（一八九九年）と再指定時（一九三一年）の金額が六二〇六円と三二年間同額で、その間の金員の移動経過が全く不明である。

③指定された共有財産以外に、指定されていない「指定外」（したがって法的根拠のない）財産があり、これを同時に返還しようとしている。

さらに問題点として、

④約百年来の財産なのに貨幣価値の見直しをしていない。

評価額の問題は不当な「管理」と密接な関係がある。財産権が国家の政策によって停止された不当な「管理」には賠償の考えが成立する。例えば、日本兵として「軍事貯金」という正当な財産を持ちながら、政府の政策により払い戻しが行なわれなかった台湾人に対する戦後補償がある。日本政府が一九九四年（平成六年）に行なった決定では、現地台湾での物価スライドを適用して、額面の一二〇倍の補償が成立している。返還するからには評価額の見直しは当然なされるべきである。

⑤アイヌ民族の財産権を取り上げて管理しながら、その内容を共有者に知らせたことも公表したこともなかった。今回の返還に際しても、返還方法、期日などを一方的に決めている。全くアイヌ民族軽視も甚だしい。

⑥共有財産ごとの請求資格を公告時に示さずに、請求後に資格を審査するとしている。「お問い合わせや要請に対しましては誠意をもって対応する」（知事答弁）とは裏腹であり、条件を厳しく言っているにもかかわらず、対象の場所が町村合併等で変わっている点、指定時に在住していたかの時期の問題などを明示しない、などである。

上記①では、長官（知事）が指定、廃止をしたという告示による処分の証拠が揃っていず、指定財産一八件の件数自体に大きな疑問がある。処分の場合は「内務大臣の許可を経て共有者の利益のために」（「保護法」第一〇条）行なわなければならないので、当然国にも責任がある。この許可の書類は一片も出されてはいない。

②では、「収益より就学資金等の給付を行なっていた」（道の回答）のなら、その収支を明らかにしなければならないのに、その経理の経過を示す書類がない。今回の開示請求で数年間の「共有財産台帳」が出されたが、それは収支の「点」でしかない。「利殖を図るものとす」（「北海道旧土人共有財産管理規程」第二条）とあるので、管理者は当然、その利殖と使途を明示する義務がある。

③には驚かざるをえない。指定財産のみを後生大事に管理していたのかと思ったら、上記の通りだ。さらに「何やら分からないが指定していない財産もありました」というのである。法的根拠はないが「アイヌの方々の財産であると考えられます」(公告と私たちへの回答)ので同じように返還する、というのだが、これにはもう一つの問題がある。八件のうち、六件は個人名であるにもかかわらず、本人または子孫に連絡を取らず、指定財産と同じく返還請求を求めているのである。返還する意志があるのなら、戸籍を管理している行政官庁が本人を特定することは可能であり、責任を持って丁重に返すのが当たり前。この社会通念が道には通じないのである。

この「指定外財産」こそ、「共有財産問題」の本質に迫る問題を提起している、と私は考えている。ズサンだと言ってしまえばその通りだが、「保護法」制定以後、指定した財産のみを長官(知事)が管理すること自体矛盾をはらんでいたのである。アイヌが居住し、狩猟の場(イウオロ)としていた場所を国有地にしたので、その「指定した国有地」の中にアイヌが住んでいた。実質限られた範囲の所有権は持っていたのである。給与地として所有していた土地をだまし取られたケースも多い。共有財産として市町村の官吏などが管理していた土地もある。このような土地の処分等には考えられないような多様さと複雑さがあった、不正絡みも手伝って。アイヌ名義の土地や現金を官吏が管理していたことは当然考えられる。支庁や町村管理の共有財産もあったが、それと長官(知事)指定の共有財産とは本質的な違いはない。すなわち長官(知事)が指定するのは全く恣意的なものだったのである。指定していない財産が入り込む道理がここにある。これが私の認識である。

さて、支庁や町村管理の共有財産について、もう一つ触れておくべきことがある。道は、町村長管理の共有財産は「北海道長官(知事)が指定してきた経緯はない」(一二月一一日付回答)と述べているが、「北海道旧土人共有財産管理規程」は「管理の事務は支庁長に委任す」、「支庁長はその共有財産の事務を戸長に委任することを得」

シンポジューム「北海道旧土人保護法に基づくアイヌ民族の共有財産を考える」。「共有財産」に関する初めての市民集会(約200名が参加)。[1998年6月20日]

となっており、長官に責任のある共有財産であるのは明白である。しかし、この規程の一九三四年(昭和九年)改正で、このくだりは削除されている。この改正以前の共有財産についての質問なので、明らかに責任がある。追及されずに終らせるからくりがここにはあるのではないか。いずれにしても、アイヌの人にとっては、共有財産問題は、過去の、いや現在も意識の中にある土地問題とダブって映っているのである。

(4)「返還手続きでストップを！」

前触れなしの「返還請求手続きを」に何のことか分からず無関心であったり、もらえるものなら請求しようという考えのアイヌの人もいたが、戸惑いで反応が鈍かった。政府の手に乗るな、という拒否の声も聞かれた。反応があるのはよい方で知らない人が多かった。「考える会」の設立してから返還請求手続きの締め切りまでの取組はすでに述べた。

「調査については、相当長い年月を経過していることから極めて難しい」(道議会答弁)という知事の責任を追及し、返還作業を中止して、「調査委員会」を設立することを強く要求した。しかし、この要求には全く耳を貸さず、共有財産を「処理」してしまおうという態度は変わらなかった。

こうなると、ひどい管理状態を見逃すわけにはいかない。法廷の場で争う以外にストップはかからないことが明らかになってきた。共有財産の返還請求手続きをして当事者になり発言する人を一人でも多くつくる、という作戦を立てた。この段階で請求者は二人であった。これではどうにもならない。一八件すべてに請求者を立てるというのは、はるか彼方の目標だったが、締め切り前の一週間、手を尽くして呼びかけた。結果は、四六名、六五件、指定外は一名一件であった。思いがけない数字であった。提出したが残念ながら期日に間に合わなかった人が出た。この数字は私たちの呼びかけだけで出た数字ではない。底流としてある土地に対する思い、和人の横暴に悔しい思いをしているアイヌが多くいることを示した、といっていいだろう。

しかしその後、次のようなことが起こった。道の担当者から請求者本人に電話があり、その結果四名、六件が取り下げた。その四名のうちの一人は「電話で何回も（資格のことを）しつこく聞いてきて面倒なので、もういいです、と言った（辞退した）」という。資格については、多分ほぼ全員に問い質し、書類の提出を求めている。また「ウタリ協会の会員かどうかをウタリ協会に確認してもよいか」とは、電話をかけたみんなに聞いている。ウタリ協会は任意団体で何も関係のないことである。資格者の資料の整理だというが、夜間や日曜日に電話でやるべきことではない。

これより先、道が質問にまともに答えられない上に、「調査委員会設置」の要求にも耳を貸さずに手続きを強行するので、厚生省に「共有財産返還手続の執行停止及び調査委員会の設置」を求める審査請求書を提出（一九九八年九月三日）した。（注1最初開発庁に提出し所管の厚生省に回付された）しかし、これも手続き面で今なお引き延ばされて審査に入っていない。

道は、アイヌ代表・学識経験者五名からなる「北海道旧土人共有財産等処理審査委員会」を設置し、昨年一二月にその第一回委員会を開いた。「考える会」は、事前に審査委員全員に「問題点が多いので調査委員会を設置し全容を解明すること」の旨を文書でお願いしたが無視され、道が提出した資料のみで審査が開始された。

(5) 法的に返還は可能か

道が返還手続の公告を行なった段階で、請求者の資格と返還方法については明示されなかった。「附則」では「返還を請求することができる」とあるのみである。「公告等に関する省令」(平成九年六月二七日厚生省令第五二号)でも触れられてはいない。問い合わせに対して道は、「各件各々の請求者の代表に全額返還し、その人に共有者全員の合意の下で分配してもらう」と道の管理から切り離し責任を逃れようとするだけで、全く不可能なことを言い出したのである。また、「処理審査委員会」に提出した道の資料によると、返還されなかった指定外財産は「道がいったん民法第二三九条の第一項の規定による無主物先占を行い所有権を取得し、その後(財)アイヌ文化振興・研究推進機構に出捐し」とあり、氏名が明示され代わって道が責任を持って管理している財産に適用されるのか、これまた問題をはらむ処理方法を提起している。苦肉の策としか言いようがない。

共有財産のズサンな管理が明らかになり、さらに返還自体にも問題があるからには、「調査委員会設置」以外に取るべき手段はないと考えられる。それがアイヌ民族、国民が納得できる解決方法である。

(6) アイヌ民族全体の利益のために

道はこの三月末までに「返還処理」を終わらせるという方針で作業を進めてきた。しかし(三月末のこの時点で)請求者に何も通知は来ていない。

「考える会」は、道の返還の具体的な動きに対して直ちに対応するための体制づくりを進めている。特に返還請求をした人たちの結集である。「請求者と支持者との新年交流会」「決起集会」、そして裁判を想定した「意志表明書」「原告団に参加することのお願い」などである。「考える会」は改組し、「原告団」と「アイヌ民族の共有財産裁判を支援する全国連絡会」とし、旗揚げは相手の動き待ちである。弁護士団の結成も依頼している。協力弁護士は、決起集会で「長期になるがやりがいがある。法律の面で協力したい」と述べられた。

「考える会」の運動方針、①道は共有財産の「処分」の停止を、②共有財産に関する「調査委員会」の設置を、③共有財産をアイヌの子供たちの教育基金に、は現在の情勢が変わらないかぎり変化はない。

共有財産の「処理」は、個人や代表を特定し返還すればすむという問題ではない。この財産は旧土法の政策のもとでのアイヌ民族の歴史の所産である。国と道が行なうべきは、長年にわたる民族否定の政策を過ちと認め民族の権利を保障する方針を明確に打ち出すことである。したがって、共有財産については、その管理の実態を解明すると同時に、「北海道ウタリ協会」が要求してきた「アイヌ新法」の「自立化基金」創設を考えるべきである。

現在国連では、「先住民族の権利宣言草案」が人権委員会で検討中であり、「世界の先住民の国連一〇年」の最終年（二〇〇四年）までに総会で決議するスケジュールである。世界の先住民族の権利獲得の流れの中で日本のアイヌ民族も、この共有財産も埒外ではない。もちろん、北海道に限定された問題ではなく、どのように日本が真に民族「共生」の社会をつくりあげていくかが問われている全国民的課題であることを強調したい。

2　アイヌ民族共有財産の発生と歴史的経過

二〇〇〇年（平成一二年）九月二〇日

アイヌ民族の共有財産はどのような歴史的経過の中で発生したか。どのような経過を経てきたか。その問題点を明らかにしたい。

(1) アイヌは北海道の先住民族である

一七世紀初頭からの松前藩時代のアイヌ民族に対する圧政は歴史的事実である。その圧政下であっても大地はアイヌのものであり、まだ自由に生きる世界があった。しかし、明治になって、蝦夷地が北海道と名を変え、新たに法による全面的な土地収奪の歴史が始まった。当然、アイヌ民族は先住民族であり北海道の土地もアイヌ民族のものであった。

二風谷ダム裁判の判決文は次のようにいう。

「アイヌの人々はわが国の統治が及ぶ前から主として北海道において居住し、独自の文化を形成し、またアイデンティティを有しており、これがわが国の統治に取り込まれた後もその多数構成員の採った政策により、経済的、社会的に大きな打撃を受けつつも、なお独自の文化及びアイデンティティを喪失していない社会的な集団であるということができるから……『先住民族』に該当するというべきである」

（2）アイヌ民族を無視した土地政策

開拓使設置により、北海道の土地は「無主の地」とされ、アイヌは全く無視されたうえで近代国家による土地政策が打ち出された。さらに、その土地政策と民族否定の同化政策はアイヌ民族の生活に決定的な打撃を与えた。

一八七二年（明治五年）の「北海道土地売貸規則」と「地所規則」の公布は土地に対する私有権の確立を規定したもので、土地を分割し「私有」を認めたが、その対象はあくまでも和人であり、現実にアイヌが居住している土地さえもその分割私有の対象となっていた。その後の「北海道地券発行条例」（一八七七年）で、アイヌの「居住地所」のみは当分「官有地第三種」に編入し官が管理する、とした。

その後徐々にアイヌに私有権を認めようとする方向が打ち出されたものの、実際これによって土地を確保できたアイヌは一八八一年（明治一四年）で、石狩、天塩、北見、後志、胆振、十勝の六カ国一六郡の七二四戸のみで、一戸平均三一〇坪の土地にすぎなかった。当時のアイヌの戸数は一八八三年（明治一六年）で三七六八戸である（榎森進『アイヌの歴史――北海道の人びと』、三省堂）。

「官有地第三種」について当時の事情を詳知している河野常吉は、北海道庁の「土人地」取り扱いに関して記している。「此土地は官に於て、土人保護のため、土人に代り、最も善意を以て保管せらるべきものであるのに、其実際は全く之に反し、頗る奇怪に取扱はれたのである。蓋し官吏の更迭の頻繁なる所から、此土地の来歴の如きは、全く之を知らざるに至り、其単に官有地名義たるに依り、之が使用を以て無願開墾、官地侵墾なりとなし、或は之を叱責し、或は使用を出願せしめ、甚だしきは官に於て勝手に其地を取上げ、或は換地を与へて移転せしめたものもあった」（「旧土人の土地について」『道民』第一四巻八号）

上記「北海道土地売貸規則」、「北海道土地払下規則」（一八八六年［明治一九年］）、「北海道国有未開地処分法」

（一八九七年［明治三〇年］）と続き、資本家、地主、さらには華族や政商・高級官僚などが広大な土地を取得し、和人が洪水のように北海道に押しよせ、アイヌは生活基盤を失い生活は急激に破壊の一途を辿った。

（3）共有財産の発生は共同事業から

明治になり、それまでの「場所請負制」を廃止したが、漁場の実態から急には廃止にはならず、旧場所請負人を「漁場持」と改称し場所内のアイヌも残り、十勝大津海岸では一八七五年（明治八年）、十勝土人漁業組合をつくり開拓使の許可を得て漁場経営を行なった。日高でも同様に漁業組合を組織し経営し、胆振、釧路、厚岸方面でも漁場の共同経営による共有財産を有していた（『新北海道史』）。アイヌ民族の伝統的な漁猟生活が生かされて共同経営が行なわれた。すなわち、共有財産の発生は官の「保護・指導」のもとではあるが、伝統的な漁業でアイヌ自身の労働による共同事業から生み出された。

高倉新一郎は、「北海道旧土人共有財産と称すべきものには大別して二種のものがあった。一はすなわちアイヌ保護の主旨をもって宮内省から下賜もしくは文部省から下附されたものであり、他はアイヌの共同事業によって造成されたものであった」（『新版　アイヌ政策史』五〇一頁）と言っているが、共有財産は上記の状況の中で発生し活用されていたものであり、下賜もしくは下付されたもので、後に長年使われることがなく、旧土法以後、他と同時に指定された「教育資金」とは、その性質と発生において同等に扱われていたものではない。

教育資金は、下付を請うて宮内省と文部省から三〇〇〇円を得たが、三県の意見の一致を見ず使われず、民間寄付をも加えて、管理方法も明確ではなく、六千余円に達していたものを、共有財産として指定した。第三として、「アイヌが共同貯蓄した金」がある、という指摘がある（『新北海道史』第四巻）。

勧農政策はアイヌ民族対策の中心に据えられていた。したがって従来の漁猟を農業に転じさせ、各地で「受産耕地」を開墾した。浦河、様似、北見、勇払、沙流、新冠、十勝国の十勝、中川、河東、河西各郡の記録が見られる。したがって、共同事業によって生じた共有財産は、初期は漁業によるものであり、その共有金の利子をもって農業経営費に当てるというものが多かった（『新撰北海道史』第四巻）。

しかし、これに類する共同事業によるもので歴史的に注目すべきは、対雁（ついしかり）アイヌ、色丹（しこたん）アイヌの共有財産がある。これらは、対ロシア政策と日本の領土確定を目指す政策の中で、強制移住させられたアイヌ民族の共有財産である。北海道のアイヌ民族もしかりだが、歴史の中で翻弄されたその悲劇は、一般の財産返還処理という範囲では解決のできない、大きな国の責任を一層際立たせるものである。（これらの問題点は具体的には個別財産のところで取り上げる。）

（4）保護法以前から、共有財産管理の疑惑は多い

これら共有財産の実態はどのようなものであったか。高倉新一郎に「土地問題とともに北海道庁のアイヌ保護策に疑惑を抱かせたものは、その有する共有財産の管理方法の欠陥であった」と言わしめたのが実態であった。特に、アイヌ民族側からの疑義に基づいて、一八九五年（明治二八年）二月の衆議院議員鈴木充美外五名によって提出された「北海道旧土人に関する質問書」はその具体的問題点を述べている。すなわち、「北海道教育資金及び十勝国旧土人の共有財産の利用の状況を明白にすべし。日高沙流郡では旧土人共有金一六〇〇円を所有したが、その保存を官衙に依託し、酋長はその預り証を受領したが、彼の死後、共有金は不明になり、残金三〇〇円は戸長の専断で家屋を新築した。その他にも共有金の不明なるもの多し」などである（『新撰北海道史』第四巻）。

これに対し、道庁は文書「弁明書」で回答をしたが、この弁明書は歴史的に証明されてはいない（『北海道土人陳

述書――アイヌ陳述に対する北海道庁弁明書」『北海道立アイヌ民族文化研究センター紀要』第五号収録）。

一八九九年（明治三二年）の北海道旧土人保護法以前の共有財産の実態は、大津の漁業組合のように、以前からの漁場経営に多くのアイヌが参画し収益を上げ、それなりの還元を得たところもあるが、組合の許可に期限を切ったことで共同経営が打ち切られ、分割、各個人に交付、また独自の組合を組織、株券で利殖を図ろうとしたりした。しかし、和人の漁業権や経営獲得・拡大で追いやられたり、管理に問題があったりで、分割、縮小の厳しい経過を辿る。

農業の場合も、勧農政策を打ち出して「授産耕地」を開墾したが、財政上の理由として官吏の指導奨励を廃止したり、和人によって収奪されるのを防止するという理由で官有地第三種のまま存置するとして所有権を認めなかった（一八九四年、旧土人保護地保存の方法を講じたが、それは「数町の土地が一杯の酒代になり、奸悪者に横奪されて途方に暮れる」からだ――『新撰北海道史』）。いずれにしても、政策の徹底を欠き、アイヌの土地は急速に失われていく。

『新北海道史』第四巻通説三はいう。

「要するにアイヌ共有財産は、官庁や官吏個人に寄託された場合にはその管理が適性を欠き、または全く活用されないまま死蔵され、これを民間有力者の管理にゆだねた場合には種々の不正や弊害を生じたのであって、共有財産を確実に保全しアイヌの福祉に活用するための制度と誠意を欠いていたことは、否定できない事実であった」

(5) 保護法制定での長官指定・管理の実態は

北海道旧土人保護法は、二度の議員提案が廃案になった後、三度目に政府案として一八九八年（明治三一年）提出され、翌年可決成立をみた。

しかし、保護法はアイヌの「救済」を謳い文句にして制定されたものではあったが、その内容は救済策というものからはほど遠いものであった。

農業の強制と限られた面積の土地の下付、「極簡易なる教育方法」という差別教育を持ち込み、生活の救済策といっても、微々たるものを全て共有財産で賄うというもので、それに不足をきたした時にのみ国で負担するというものである。その基本は、和人社会への同化と「帝国の臣民」「一視同仁の聖旨」にそって、天皇制の臣民に仕立て上げるという、アイヌ民族にとっては民族否定の差別法であった。


共有財産については、第一〇条で規定されたが、その「管理に種々不都合なことがあった」ので、「道庁自らが管理する方針」(『新北海道史』)とした。すなわち、特に嘱託された保護管理者による管理は株券などの購入などによって財産を「減殺」しアイヌの手から失われていった実態を反省し、アイヌ民族の財産を官の責任で管理の徹底を図ろうというのである。しかし、この法に基づく共有財産の長官指定は、それまでにあった各地の共有財産をすべて指定したものではない。支庁長管理、町村長等の管理していたもので長官指定となっていないものがある。さらに、後の道の管理の中の「指定外財産」の存在がそのことを裏付ける。指定していない財産を管理していたという実態は、指定が恣意的であるということである。旧土法第一〇条三項「北海道庁長官の管理する共有財産は北海道庁長官之を指定す」の指定は恣意的なものでその他にも当然指定されるべき財産があったと判断されることから、道はこれら指定されなかった財産についての経過を明らかにする責任がある。

その後、指定された共有財産が、約一〇〇年にわたって「共有者の利益のために」管理・運用が行なわれてきたのかどうか厳しく問われなければならない。

返還公告が出されて以来、返還するとして提示された一八件、その他八件、計二六件の財産がその金額を含め正当なものであるかどうか、明らかにされるべきであるとの立場で、資料の提出を求めてきた。しかしながら、開示請求によって提出された資料は、台帳では「旧土人共有財産台帳」昭和一〇年度から一九年度までの飛び飛びの六冊のみ。現金の管理は一九八〇年(昭和五五年)以降の後半の二〇年に満たない期間のみは明確だが、それ以前は不明である。責任を持って管理してきたとする資料はあまりにも少ない。

その他の道の資料をも含め、その管理経過・収支の金額等について原告側の調査資料を提示するが、道はこの多くの疑義・不明に対し資料の提示と納得のいく説明が必要である。

(6) 処分した不動産、利殖した金額、支出内容が不明

アイヌ民族の共有財産は、少なくとも明治初期から保護法制定までは、アイヌが参加した労働によって得た共有財産が中心であり、漁業権、漁場、海産干場、これに付随する建物、畑地、宅地などがあった。保護法に基づく「北海道旧土人共有財産管理規程」では、現金のまま保存せず「利殖を図るものとす」、不動産は「賃貸利殖を図るべし」とし、その収益によって指定の目的に使用する、として利殖を図ることに重点がおかれている。道庁管理はこれら不動産の活用ではなく、現金化、利殖の方向へと向かう。

ここでの問題は、一つには、不動産が処分され現金化され、現在は現金のみというが、その不動産処分の実態と証拠が明らかではない。

次に、全道旧土人教育資金の場合、要求して得た天皇の下賜金と文部省の下付金が原資だが、一八九九年(明治三二年)の長官指定まで約一五年間使われた形跡はなく、指定後も長年全く使われず、一九三一年(昭和六年)、

「北海道旧土人奨学資金給与規程」を制定して初めてわずかに学費援助の道が開かれた。今回返還するとする公告の指定日付が最初の指定から三一年経った一九三一年の再指定をあげ、なおかつ最初の指定と同額である。この間、利殖によると思われる一万円以上の金額が常に記録されているが、収支は一切明らかになっていない。この管理の経過を明らかにせずして現在の金額を正当とする根拠はない。

他の返還するとする財産項目についても同様である。すなわち、再指定を公告の指定日付にしている財産項目は、それぞれ最初の指定から再指定した間の利殖を図った収支を明示すると同時に、以後の収支を明示して初めて、その返還項目の金額が正当であるとすることができる。

(7) 管理規程の改正はなにを意味するか

「北海道旧土人共有財産管理規程」は一九三四年(昭和九年)改正された。支庁長委任、戸長委任を削除したものだが、長官管理に集約したのはなぜか。時あたかも、北海道アイヌ協会が設立され(一九三〇年)、旭川市近文アイヌ地問題が再燃(一九三二年)、一九三四年に「旭川市旧土人保護地処分法」が作られ、旧土人保護法改正要求が一九三一年(昭和六年)から起こり、一九三七年改正、とアイヌ民族の組織的動き、要求の声が出てきた時代背景との関連が考えられる。すなわち、支庁や町村の実態に合った分散管理を止め、問題のない財産のみ長官管理とした。支庁や町村管理の財産はどうなったのか。

そして、管理しているのみで財産を有効に使うことは形骸化した。共有財産は初期の主旨が忘れられ、管理して利殖を図ることを目的とした段階から、さらに、長官管理とした段階でアイヌ民族の生活とはますますかけ離れたものとなった。

（8）終戦と農地法改正問題

第二次大戦末期からはただ保管するのみの状態で、戦後の農地法の改正（「自作農創設特別措置法」）で、また旭川の土地問題が惹起された。全道的には北海道アイヌ協会が小作に出している土地の適用除外を要求して闘ったが受け入れられなかった。旭川ではようやく確保した各戸一町歩以外の共有財産である土地の返還を要求した。しかし、これも受け入れられなかった。その経過には不明点があり、旭川最後の共有財産処理問題として、実態を明らかにすることが必要である。

戦後、新憲法の民主主義下でも、アイヌ民族の復権は顧みられなかった。そして、この放置されてきた共有財産には二つの問題点がある。一つは、福祉対策関連法に取って代わり、共有財産の活用の機会は一切なくなり、五〇年以上もの間ただ管理しているだけだったが、その間に不動産は全部処分された。だがその内容は明らかになってはいない。第二に、戦後のインフレで物価指数は大変動をきたしたのに貨幣価値が考慮されずに放置されている。それは財産の本来の意味を考えない、全く無責任な放置・怠慢の一語に尽きる。

（9）共有財産問題をアイヌ民族の復権の足がかりに

アイヌ民族の過去の歴史を検証し、アイヌ民族の権利の回復を願い、民族のあるべき姿を考え、さらに日本の社会が豊かな共生の社会を目指すためには、この共有財産の「処理」問題は国民全体の重要課題であることは論を俟たない。国の政策に翻弄され続けたアイヌ民族がその自分の歴史の証拠物件である共有財産を正当・公正に「処理」すべきだ、と主張するのは当然だ。原告団はじめ、アイヌ民族の意思を尊重し、共有財産の処理が正当に判断・「処理」されるための努力を惜しまないことを表明する。

3　地裁・高裁での取り組みと判決の特徴、課題は何か

二〇〇五年（平成一七年）四月

はじめに

アイヌ民族共有財産の裁判は六年目を迎え、地裁、高裁の判決ではよい結果を生んではいないが、アイヌ民族の「共有財産」というものについて最初は知らなかったことが相当明らかになったことと、裁判闘争の発展として、協力者の有機的なつながりや理論の深まりがある。

現在、最高裁に上告しているが、この闘いを多くの日本国民に知っていただいて、アイヌ民族の復権という課題をみんなが注視している中で解決できればと願っている。

『人権と部落問題』誌では、これまで一九九九年五月号（特集「『アイヌ文化振興法』を考える」）と二〇〇〇年一一月号（特集「民族の権利とたたかい」）に、それぞれ「共有財産返還問題の本質と経過」「アイヌ民族共有財産裁判の経過と課題」と題して、大脇が執筆しているので、それらを参考にしていただいて、今回は、地裁の判決とそれ以後の取り組みや高裁判決、さらに現在取り組んでいる最高裁の課題を述べたい。

（1）地裁での取り組みと地裁判決の特徴

札幌地裁では、原告は毎回、アイヌ民族の屈辱的な歴史、思い、具体的な財産管理の問題を陳述した。アイヌ

語での陳述も行なった。これら原告の「意見陳述」は大きな意義があった。準備書面では、先住・少数民族の権利を認めることは国際的潮流であること、「二風谷ダム裁判」を踏まえて判断すべきこと、アイヌ民族無視の返還処理は憲法違反、などを訴えた。

しかし、口答弁論では財産管理の実体審理を行なわなかった。署名運動によって管理資料の提出要求をし、我々の手で道の資料のみによる財産管理の実態調査を行ない、三八項目の疑問・問題点を提出したが、被告の道はそれに答えなかった。

二〇〇二年（平成一四年）三月七日、中西茂裁判長はアイヌ民族共有財産返還に異議を唱えた提訴を一方的に却下する判決を下した。提訴してから二年八カ月後であった。

財産管理の実体審理には入らない一四回の口頭弁論だったので予想されたこととはいえ、「返還は有利な行政処分であり、訴えの利益がない」という被告北海道知事の立場に立ち、明治以来の国家としてのアイヌ民族政策によって発生したこの共有財産の本質と歴史的経過には一切踏み込まない、議論するにも憚（はばか）るほどの低次元な裁判所の判断、形式的論理に終わっている、と言わざるを得ない。

「原告の請求をすべて認めた有利な行政処分であり、原告が不利益を受けたり、権利を侵害されたとは考えられない」と言い、さらに、「仮に……本件返還決定の無効を確認し、あるいは決定を取り消し、その手続きをやり直したとしても、原告の請求をすべて認めた本件返還決定以上に有利な処分が行われることはない」と、全くの形式論で原告の主張を切り捨てている。これに関して村松弘康弁護士は、返還「処理」を取り消す行政訴訟には限界があり、他の手段（国家賠償請求など）がある、と暗に言っている、と述べている。

(2) 札幌高裁への取り組み――「訴えの利益論」を突破しなければ

共有財産裁判は第二段階を迎えた。二〇〇二年三月二二日、地裁で闘った中の一九名が控訴人となり札幌高裁に控訴した。弁護士が二名増えて九名になった。

控訴から五〇日以内に「準備書面」を提出することになっていたが、闘いの組み直しで、どのようにしたら実質審議に入ることができるか検討を重ね、六月末まで延期を申し出、六月二八日「準備書面」を提出した。

高裁での控訴人の闘いの方針として、

①「訴えの利益論」を突破する法的理論を確立する

②共有財産の具体的管理実態を明らかにさせる

の二点を柱にすることとした。

①については、「先住民族の視点の欠落」を大きく取り上げ、判決の「訴えの利益がない」とするのには、「複数回の返還請求が予定されておらず」、行政事件訴訟法の取消判決拘束力（「判決の趣旨を尊重して処分をやり直さなければならなくなる」）の理解の欠如をあげた。

憲法二九条（財産権）、三一条（法廷の手続きの保障）一三条（個人の尊重）違反は「二風谷ダム裁判」のアイヌ民族固有の文化を享有する権利からも明らかであり、「市民的及び政治的権利に関する国際規約（B規約）」二七条、及び一九九七年（平成九年）に施行した「アイヌ文化振興法」四条違反であるとした。特にこの四条は「施策における配慮」として「アイヌの人々の自発的意思及び民族としての誇りを尊重するよう配慮するものとする」を謳っており、この点では、「返還を規定している」附則三条自体が、先住民族の権利に対する配慮を欠いており、憲法一三条、B規約二七条に違反する、とした。

少数先住民族は、先住権に関する限り独自の法人格を有する国際法主体となる。「条約法条約(ウィーン条約)」をわが国は批准しているが、二七条には「当事国は条約の不履行を正当化する根拠として自国の国内法を援用することができない」となっている。この二七条違反である、とした。

アイヌ民族には所有という概念がなかったことから、民法上の「共有」概念でなく「総有」「合有」に近い性質のものと考えられる、とした。

さらに、「北海道旧土人保護法」の違憲・違法性を受けて「アイヌ文化振興法」附則第三条の違法性を継承しているのであるから、その管理経過が明らかにされない限り、後行処分である本件返還手続きの違法状態が解消されない、と主張した。

ほぼ上記のように、判決文の主張に反論する形で、地裁ではほとんど触れられていない、「アイヌ文化振興法」四条違反、「アイヌ文化振興法」附則第三条の違法性、「北海道旧土人保護法」の違憲・違法性の継承を主張した。

(3) 狭い入り口の扉をこじ開けた裁判

札幌高裁での裁判は、ほぼ一年にわたる六回の口頭弁論の闘いで結審を迎えるところに来ていた。そして、二〇〇三年(平成一五年)七月一五日、裁判長は二度の合議のための中断を挟み、二人の証人尋問を行なうという画期的な決定を下した。

地裁では、二年半の期間と署名運動をはじめ、種々努力をしたにもかかわらず、一歩も入らずじまいだった道の共有財産の管理経過に、ここに来て踏み込むことができた。

地裁判決の一方的な門前払いを何とかしようと、われわれは努力した。しかし、何が変わったのか。何がこの決定を引き出すことができたのかを、冷静に分析する必要がある。

圧倒的にこちら控訴者側の力の結集ができたということだろう。

支援する会を中心に学習が深まり、「判決文の検討と今後の取り組み」などをまとめ、弁護士団に反映することができた。弁護士が二人増えて打ち合わせが以前より行なわれるようになった。研究者の協力も大きな力になった。

まず、控訴の理由を述べた準備書面に時間をかけ、弁護士の段階で、われわれ支援する会の意見を十分くんだ土台のしっかりしたものになった。地裁では無視された「先住民族の視点の欠如」を挙げ、歴史的な経過にも触れ、それが共有財産の管理にまで及んでいることを構造的に明らかにした。

札幌学院大学法学部の松本祥志氏の「意見書」、「アイヌ民族共有財産と先住権」は国際法主体としてのアイヌ民族を強調し、「ウィーン条約（条約法条約）」二七条違反であるとした。「アイヌ民族の共有財産は、国際法上も国内法上も、道知事の財産なのでも日本国の財産なのでもなく、アイヌ民族自身の財産であることが忘れられてはならない」と言っている。

また、「アイヌ文化振興法」附則第三条（今回の返還を規定している）が、先住権に関する国際法および憲法第一三条に違反している点を主張している。憲法違反は地裁での主張と同じく当然だが、「アイヌ文化振興法」の四条（「アイヌの人々の自発的意思及び民族としての誇りを尊重するよう配慮する」）違反も付け加えた。

石崎誠也氏（新潟大学法学部）の「意見書」と「私の意見書に対する被控訴人の意見について」の二度の見解は、返還決定処分の不利益処分性を客観的に述べたもので、大変説得力のあるものになった。

「判決の拘束力と原告の訴えの利益」も問題になったが、それは「公告」が共有財産のすべてかどうかが、やはり最大のポイントとなってきた。われわれは旭川に目をつけた。資料が多く財産の数字をたどることができるという点でだ。三度の道への開示請求による資料請求、その資料に基づく集団的な学習によって、今までの具体的な管理実態のずさんさを数字の上で実証するためである。アイヌ民族の先住権も重要であるがそれではこの裁判を突破できない。数字がおかしいと指摘することが一番効果があると判断したのである。

北大教授の井上勝生氏（事務局）にも意見書を書いていただいた。歴史研究者の客観的な立場から資料はたくさんあるが、「共有財産の形成および指定と管理の調査については、事実上不可能としているが、アイヌ民族史や近現代史の専門家などが加われば、可能である」ことを明らかにした。特に、道は「その指定経緯や改廃状況を十分に調査した上で、返還の対象となるすべての共有財産を公告しているのである」と何度も主張しているが、その調査資料にはこれだけしか使っていない。その他にこのような資料があるではないか、と指摘している。このようにいえるのも、六年前の小川隆吉氏（控訴人代表）による開示請求や、十勝について継続的に調べてきた人がいるからである。このような協力者の努力によって、われわれの共有財産を把握する研究が続けられてきたのである。

裁判が結審を迎えるだろうと予想して、二〇〇三年（平成一五年）七月一五日に集中して法廷に書類を出した。瀧澤正氏の具体的な管理経過についての「陳述書」、石崎誠也氏の「私の意見書に対する被控訴人の意見について」、国連のスターベンハーゲン氏の北海道訪問の報告書、井上勝生氏への尋問事項を示した「証拠申出書」。「準備書面」は「公告に違法性」として瀧澤氏の金額が合わない、金額が不明である、というものと、「違法性の承継」に関して、など。そして極め付けは「証人に関する意見書」として、瀧澤正氏と井上勝生氏の証人尋問がぜひ必要であることを主張した。忙しい中、一日にしてこれら書類を作成した弁護士には頭が下がる思いがした。論理的な面でも一〇〇%被控訴人を押していた。

情勢を変えたものとして、北海道ウタリ協会がある。われわれは支援する会で、共有財産問題はあくまでもアイヌ民族自身の問題であると言い続けてきたが、五五〇〇枚のQ&Aを作成し、機関紙（『先駆者の集い』）と同時に配付させてもらうことができ、理事長は「全面的に支援する」とし、口頭弁論にはほとんど傍聴にきた。（しかし、その後理事長が変わり、支持の面では後退している。）

九月三〇日の瀧澤正氏、一二月二日の井上勝生氏のそれぞれ二時間の証人尋問で、道側を圧倒した（資料、ニュース三二号、三三号参照）。

細かい道の資料、数字には道側は全く反論できなかった。

（4）高裁でも敗訴、しかし我々の側に明るい前進面

そして迎えた二〇〇四年（平成一六年）五月二七日の札幌高裁の判決。勝訴の期待で胸が高鳴った。しかし、やっぱり敗訴であった。「指定後の管理の経緯の詳細を把握していないものがあることは否めない」として、道の管理に問題があったことを指摘した。しかし、道が返還すべき財産は、「アイヌ文化振興法」施行の際、「現に管理する財産に限る」というのである。「公告」の金額でいいのだ、と言ったのである。付け加えて「現に管理する財産を発見した場合には、道は再度の返還手続きをすべきである」というのである。この最後は、準備書面でも主張していたとおり、「複数回の返還請求が予定されていない」ことを詳細に述べており、不可能なことであるし、道も考えてはいないことである。

札幌地裁、札幌高裁判決の評価だが、アイヌ民族一〇〇年にわたる共有財産の管理がどのようなものであっ

たのか、という民族の歴史に関する考察、すなわち、我々の憲法一三条、二九条、三一条、国際人権B規約二七条違反という主張等には一切触れず、「返還せよと申請したから、返還した」、だから「有利な行政処分であり、訴えの利益がない」と言うばかりである。

それではと、「違法性の承継」、「義務違反」など、法的な面の強化と、財産管理に漏れているものがある、という管理の不備を徹底的に突いた。その結果が、瀧澤正氏、井上勝生氏の証人尋問となって、法廷で初めて道の管理の実態が明らかにされた。だから、消極的ながら「北海道知事において指定後の管理の経緯の詳細を把握しきれていないものがあることは否めない」と指摘せざるをえなかった。しかしながら、それは指摘のみで、そのことの結果として「アイヌ文化振興法施行の際、現に管理する財産に限る」という、「現に……管理する」というアイヌ文化振興法の「現に」は、かなりしつこくこちら側で主張してきたのだが、このように使われるとは思いも寄らなかった。いかにアイヌ民族の権利を認めないか、という裁判上の論理と見た。このような、小手先の論理でこの裁判が終わるとしたならば、裁判も地に落ちたと言わざるをえない。過去一〇〇年間、アイヌ民族が管理能力がないとして、知事が指定し管理した共有財産の不明な点がたくさんある。それを正当に評価し直して返還する、という当然の手段を選ばずに、衆人を納得させることはできないであろう。

ところが、である。高橋北海道知事は高裁の判決を受けて、「記録をすべて精査して公告した。再調査は考えていない」と発言したのだ。これは裁判で、「被告は共有財産返還手続に当たり、それまで被告が管理していた共有財産について、その指定経緯や改廃状況を十分に調査した上で、返還の対象となるすべての共有財産を公告しているのである」と言っておきながら、瀧澤、井上両証人が財産管理に漏れがある、と指摘した点に一つも反論できなかった。「記録をすべて精査した」というのは、すでに覆っているにもかかわらず、事実でないことを堂々と言ったまでで、裁判所の判断さえも無視したのである。これにはアイヌ民族は怒ったが、「驚いた」と言った方がよいかもしれない。

六月一四日、上告人代表小川隆吉で知事に「公開質問状」を提出した。この言質を質したのである。公開質問状は、法廷でも問題になった歴史的経過にわたらなければ解決し得ない点を具体的に質問した。回答は裁判と同じく質問にまともに答えるものではなかった。これでは埒が明かないので、電話で、文書質問した意味がないと直接面会交渉を申し入れた。しかし、係争中ということで拒否され、再度公開質問状を七月一二日に提出、返答はこちらで指定した期限に遅れ、七月二三日であった。回答は若干の疑問の解消には役立ったが、基本的には第一回と同じであった。

(5) 最高裁へ、勝訴に向けて取り組んでいること

二〇〇四年(平成一六年)六月八日、控訴人の中の一八人が最高裁に上告した。弁護士は八名である。「上告提起通知書」を裁判所が受け取った日から五〇日以内に「上告理由書」と「上告受理申立て理由書」を提出しなければならないが、ちょうど五〇日目の八月四日、これらを提出した(資料参照)。

今回も我々は高裁判決の学習会を持ち、最高裁でどのように闘うかの検討を重ねた。十分には言い尽くしてはいないので、「補充理由書」を提出することを検討している。

これからの最高裁法廷であるが、最高裁は地裁、高裁の内容を文書のみで検討し、判決を覆す時のみ口頭弁論を開くので、見える裁判にはならない。ただ調査官が文書の検討を行なうので、「調査官面談」を要求することができる。面談は必ず実現するとは限らないが、必ず行なえるよう強く要求する、と考えている。

全国的な課題として、最高裁への意思結集と理解を深め広げるために、東京集会と最高裁への署名運動、そ

して札幌から東京へと闘う場が変わり旅費などの費用がかさむので、特別カンパのお願いを打ち出した。

集会では、「どうなるの？　実行委員会」(東京)が、アイヌ文化交流センターで「アイヌ民族共有財産裁判は最高裁へ」を緊急集会として七月二七日、開いていただいた。北海道からは、小川隆吉(原告団長)、瀧澤正(二審での原告側証人)、大脇徳芳(支援する会事務局長)の三名が参加し、それぞれの課題を訴えた。

支援する会では一一月二〇日、「アイヌ民族共有財産裁判を語る東京集会——いまあらためてアイヌ民族を問う」を、東京の銀座「東京福音会センター」で八七名の参加を得て開催し、九名の原告参加、加納オキさんのトンコリ・コンサートの協力も得た。

関心も高く、スチュアート・ヘンリさん、広瀬健一郎さん、榎森進さん、本多勝一さん、熊本一規さん、小笠原信之さん、野元弘幸さん、生田周二さん、吉田ルイ子さん、などが参加した。

東京行きを機会に、三つの取り組みを行なった。

まず最高裁への署名の持参だ。請願署名「最高裁は口頭弁論を開いて、百年間の管理経過の審理を」を夏以来全国で取り組んでいたが、六三五九名に達した。(この署名はその後、第二次分として七二四名分を今年三月一日に送付した。合計七〇八五名となった。)

次に、東京司法記者クラブの記者会見と日本外国特派員協会の記者会見だ。資料を添えて理解を深めた。

三つ目は、急遽取り組んだものだが、フィールドワークとして、開拓使仮学校と北海道土人教育所のあった芝公園(増上寺の境内)を訪ねた。

特別カンパは反応が大きく、二〇〇四年(平成一六年)末で六二万九三七八円となり、大変助かっている。現在進めているのは「補充理由書」のために、東京より熊本一規さんをお呼びして、弁護士、事務局を中心に十勝アイヌの漁業権、総有などの学習会を持っているところだ。

この裁判は当然のことながら、アイヌ民族が人間としての権利を認められる、すなわち「復権」を目指しているのである。現在の政府が認めたがらない、「アイヌ民族」が先住民族として持っている当然の権利「先住権」がどのような権利であるかを明らかにするのはこれからの議論である、と思っている。

全く分からなかったし、研究者もいなかった「共有財産問題」は、ここ六年間で、その全容を集団の力で明らかにできつつある。そのことがアイヌ民族を過去「どのように考え、どのように取り扱ってきたのか」を明らかにするであろう、と確信している。

最高裁まで行きつき、地裁、高裁でようやく明らかになってきた「北海道(知事)がどれほどずさんな管理を過去にしてきたのか」を、ぜひ最高裁ではっきりとさせたい。

大脇徳芳

(アイヌ民族共有財産裁判を支援する全国連絡会事務局長)

〔注〕前後するが「共有財産裁判」については、本書二四〇頁「アイヌ民族共有財産裁判について(概略)」、二四一頁「共有財産裁判の具体的内容」を読んでいただきたい。

第八章　身辺雑記

自宅庭の八重桜。[2012年5月18日]

1　自宅の新築について

一九九六年（平成八年）退職を期して自宅をどうするかという問題があった。父が一九六五年（昭和四〇年）前後に建てた札幌の自宅は風呂場が落ちてきている。柱はまだ使えるので改築という手もあるが、建て替えようとなった。北海道の寒さに対する研究も進み、耐寒性も進んでいるので、という判断だ。

建築会社を「東日本ハウス」にすると決定した。理由は二つ。一つは、壁の断熱材が一五センチ前後入り、結露防止策が取られている。もう一つは、一階の天井の高さが高い（普通の天井より一七センチ高い）ということであった。

土地は九〇坪（一六メートル三六四×一八メートル一七〇）に、二階建てで建てることに決定。一九九五年六月四日（日）家屋建築契約。七月一六日（日）地鎮祭。その後土台作り、八月一八日柱立てが始まり、一〇月一三日竣工打ち合わせ、一〇月一五日（日）引き渡し。一七日には母の新しい家への引っ越しを終えた。

経費は、一五〇〇万円から一二万円引き。後で掛かった保存登録料六万五三〇〇円、契約表示の登記六万八七一〇円。建物の広さは一階六一・五〇平方メートル、二階五八・五〇平方メートルである。

2　野菜・果樹を育てて

住宅地の七坪ほどの土地で毎年野菜づくりをしている。葱、ホウレン草、小松菜、トマト、キュウリ、インゲン豆は大抵毎年。その他、たまに、ピーマン、レタス、人参、二十日大根やジャガ芋も植える。

朝、水をやったり、芽を欠いたり、手を立てたり、追肥をやったりして、成長を見守る。朝起きてすぐの楽しみである。季節が来ると、小松菜、トマト、キュウリ、インゲン豆は毎日、相当取れる。キュウリは三〇〜四〇本取れる。小松菜やトマトも多い。新鮮な野菜は美味しい。手をかければ、手をかけただけ、野菜は取れて、実益を得ることができるので、やめられない。

庭には花壇もあり、桜の木も三本あるので、春のゴールデン・ウィークには一気に色鮮やかに、まさに「百花繚乱」である。紫ツツジ、千島桜、山桜、サクランボ、梅、それにチューリップなどである。ツツジの木が全部で一〇本あり、順番に咲くので長く見られるし、千島桜と八重桜は老木で枯れてる枝が多くなってきたが、八重桜は花が豪華で近辺の人の話題の桜ではある。ツバキ、シャクナゲは時期がずれる。

実のなる果樹も増えてきた。まず、サクランボは二本、サトニシキはたくさんなって美味しい。梅では果実酒

自宅庭の花々。[2002年5月]

を作っている。

ブドウはナイヤガラだが、二〇一〇年（平成二二年）に生り出して一〇年くらい経っているので、最盛期を迎えている。しかし、虫が付いたり、カラスに取られたりということも多い。ポイントは肥料、虫害、剪定であろう。育てるのが初めてで、何も分からなかったが、試行錯誤で勉強はした。米の磨ぎ汁を常に与える。ブドウ独特の虫が常に付く。だから、花の咲く直前に薄い殺虫剤をかける。新しい蔓はシーズンに五メートルは伸びる。その次の年、その蔓に横から芽が出て新しい蔓に二つの房を付ける。

蔓の新陳代謝が激しいので、どんどん枯れて、どんどん出てくる、という状態を知ってからは、その枯れた蔓を取っていかなければならないことを知った。

カラスはよく知っている。熟れてくるとすぐ来るので、ネットを張る。テグスは効果が大きい。ちょっと張っておくと絶対来ないと言ってもよい。

量がたくさん取れるので、処置に困るほどだ。家が近い知っている人には、どんどん提供して食べてもらうということを続けている。ブドウ酒や果実酒を研究している。ブルーベリーを植えたのでこれからが楽しみだ。

3　スクラップブック

スクラップブックは一九七〇年（昭和四五年）頃、三〇歳過ぎから始めた。

初めは新聞を読んで、大切は記事を取っておこうという単純な動機から始めていて、結局、五〇年以上も続いているということになる。だんだん積み重なって、知らぬ間に、今数えてみると、九〇冊になっている。

一番注目し、切り抜いたのは「先住民族問題」で三九冊で、圧倒的に多い。それらは、「あれは何時だったかな？」と言って、「少数懇」の活動の中や「共有財産裁判」で年代や日付を確かめる、という時に非常に便利であった。次がやはり、「社会」の一五冊。歴史（三冊）。

項目を振り返ってみると、教育（英語）（一〇冊）、好きで関心を持っていた考古学（七冊）、人物が六冊と多い。芸術（合唱・音楽）が五冊。芸術（文学・絵画）が四冊、映画が三冊。スポーツ・健康が三冊。家庭・趣味が三冊。

あと一冊が生活指導、原発・エネルギー・科学、自然保護、憲法改正・男女平等・皇室。飲食、病気、札幌市、故郷（浦河）、思い出（展覧会、音楽会）。

その他、特集「be ランキング」（朝日新聞）、「北のインデックス」（朝日新聞）である。

苫小牧の課題で「苫東遺跡を考える会」二冊と苫小牧を分析する、がある。

整理してみると、自分の関心事がどこにあるのかがよく分かった。

新聞の大事な記事に◎印をつけておいて、切り抜いてスクラップブックに貼るという作業は、それほど簡単とは思わないが、後で見るのが便利であると同時に、自分の知識として纏めておくのが、大切だと思い、やはり続けていこうと思う。

第九章
英語の教育実践

私の授業風景。苫小牧東高校。[1989年]

1　3分間スピーチの実践（苫小牧東高校）

1　昨年までの実践

今春卒業させた生徒は、3年間持ち上がりで英語を教えてきたが、英語の力をつけるために、学年の英語担当者（各学年3名ずつ）と討議し、常に横の連絡をとって進めてきた。

しかし、その結果は、思ったほど効果は上がらなかった、力をつけることができなかった、という反省をしたのだった。

実践したこと

(1) 入学時に、基礎を復習させるためのプリント

「合格おめでとうございます。英語の基礎を身につけ楽しい勉強をしよう」（20頁）で、文のしくみを復習する。

（主部・述部／現在・過去・未来／進行形／現在完了・過去完了・未来完了／受動態／否定文・疑問文）

(2) 長期休業中の課題（1年冬休み、2年夏休み）

自分自身の学習計画（参考書名、やる頁数、やり方、どうしてこの学習をするのか、など）を立てさせる。反省も、各項目に基づいて行なうが、1枚のプリントの様式で提出。

この計画を立てる段階で、参考書を持ってこさせ、教師が相談にのる。実施したものを提出させる。

(3) 小テスト

Readerでは、課またはセクションで、まとめのテストをする。

(4) Reader・Grammarとも、Workbookの問題

(5) Reader、教科書付きのテープ使用。

(6) その他、問題・参考資料のプリントなどの使用。

(7) 学年末に、単語・熟語100題のクラス内コンクール。

(8) 予習をしてこないもの、成績不良者の個別指導。

これは、学年担当者3名が歩調をそろえて、放課後残して、平均1～2時間学習させる。

(9) Rapid Reading を暗誦し、一定時間内で Speech する。(字数約150～250字)

十分暗誦できず、時間をオーバーしたものは合格するまでやる。-

年間2回実施したが、全員合格。遅くまで残ったり、何回も不合格ののち合格し、涙ぐむものもいた。

反省

以上のような多種多様な取り組みをした。(上記では概略で、細かい点では、辞書を引かせる指導、発音記号を使用した発音指導など、常時注意・指導をした。)

しかし、生徒は、その場しのぎの勉強をして、本当に力をつけるまでには至らなかった。

すなわち、

1、勉強の意義をつかまえることと、勉強の心がまえ

2、じっくり時間をかけて、勉強に取り組む

ことが十分ではなかった、という分析をした。

2　3分間スピーチ

(1) 方法

昨年度までの反省から、コンポの時間(1週5時間を Reader 3、Composition 2に分けている)に、実践的な学習をさせようと思い、取り上げた。現在、週2時間×4クラス、計週8時間に、このスピーチを実施している。

イ、毎時間1人ずつ
ロ、授業時間の前半、10〜15分
ハ、原稿を暗誦し、教壇に立ち、スピーチする
ニ、原稿プリントを全員に配布して、教師から重要構文、表現などについて説明する

準備

イ、テーマを各自決めて、1週間前に原稿を書き、教師に提出
ロ、教師は原稿の文章訂正
ハ、原稿の内容について話し合い、原稿完成
ニ、清書してクラス全員分のプリント作成

（2）実施の結果（まだ続けて半年で中間報告にすぎないが）

イ、成果

・自分で英文を書き、暗誦することで、実践的に英語を覚える。
・クラスの他のものは英文を聞き、その原稿プリントから表現（構文など）を学ぶことができる。
・発表者の生活や趣味、考え方を知ることができる。
・スピーチの表現を、授業の中で生かしたり、逆に授業で習った構文を応用したりすることができる。
・原稿作成のために、教師のところへ来るので、個人指導のかたちで接触でき、生徒を知ることができる。

ロ、反省点（問題点）

・スピーチの練習の段階で、十分指導することができないので、単語の発音を間違ったり、ストレス、ポーズを間違えて内容が聞き取れないことがしばしばある。
・クラスの生徒の中には、聞いても分からないので次の勉強の予習などをするものもいる。
・学年10クラスあり、教科書の進度の関係で、あまり時間が取れないので、

説明は大急ぎ流すことになる傾向がある。

（3）この実践を通して

まず楽しく授業ができるという点で、今やってみてよかったと思っている。「この生徒が、こんな生活をしているのか」「こんなことを考えているのか」と、生徒を知ることができる。それと1時間に1人の生徒だが、教壇上で、真剣にスピーチし、みんなの拍手を受ける、ということで、1人の生徒を認める、という場面をつくることができる。授業に変化をつけることができ、次の教科書の説明に利用することもできる。

しかし、授業ごとにプリントを準備しなければならないので、原稿の添削指導に昼休み、放課後などを当てているのだが、いろいろ仕事があるなかで、いつも時間に追われて十分なことができないでいる。現在、ＨＲ担任を持っていないが、ＨＲ担任があると、一層困難が増すだろう。

プリント説明の時には、鉛筆を持たせて、下線を引かせるなり、意味を書かせることにし、最後には「英語文集」になるから大切に保存せよ、と言っている。

このスピーチのほかに、どんな授業になっているかというと……。

現在、コンポではGrammarの教科書、そのWorkbook、それとCompositionの教科書、その他に、補助教材をプリントしている。

Readerでは、各課が終わると、単語と熟語のテスト（意味とspelling）を実施し、50題中30題で合格、できない生徒は、合格するまで（1回ごとに5点ずつ合格点を上げている）頑張らなければならない。

このように、生徒を追い立てているが、やはり生徒は、その場しのぎの勉強しかしていないことに気づき、英語の勉強の意義と、勉強の仕方を話すことが多い。

スピーチについては、1年間終わったところで、結果がどうなのか、考えてみたい。

（おおわき・のりよし　苫小牧東高等学校教諭）

My Home Town　　　２－１０　及川　洋　　No.9

I live in Oiwake.　I have been living in Oiwake since I was born.　In other words, Oiwake is my home town.　I like Oiwake very much, because there is a lot of nature in Oiwake.　A big city like Tomakomai may be fine.　But I think that children don't grow free from all kind of care in a big city.　And I think that many placid children grow up in a town like Oiwake and Hayakita, because they grow up in close contact with nature. People in a city may call me a "bumpkin".　But I will not mind it because I am proud of my home town, and there is rich nature which cities don't have.　In a shot time I may leave my home town.　Yet I will not forget my home town, Oiwake, all my life. Finally I think that nothing is better than a home town.

THE END

◇ ——— ◇

No. 17

Hello!
Please listen to my life from now on.
I found that I must make a speech a few days ago.

I get up at 5:30 and I get ready to go to school.
Because I come to school by train.
I am very pleasant and I have friends in the train.

I am joyful in looking for girls and talk with them.

I will talk about my highschool life.
I don't like study very much and wait for a rest during my lessons.
I am happy to play with my friends in a break.

By the way, what hobbies do you have?
I think that you have various hobbies.
My hobby is watching professional wrestling and playing it.
My favorite wrestler is Mr. Inoki.
And I like volley ball. I am good at it a little.
I like sweat after playing it.
I chose volleyball ~~on~~ for the physical festival.
Expect my activity.

Finally, I am happy to meet you.
I'm sorry that I don't practice in English speech so much.
I will finish my speech.
I thank you deeply for your hearing me out.

END

2－4

Akira Saito

Momo-chan and Akane　２－１０　保川　昌子　No. 21

Although I hardly read books except magazines, I used to like reading very much when I was a child.

I entered a school, and one day I found a nursery book titled "Momo-chan and Akane" in my school library. It was large and thin, and it had white cover and a lot of beatiful illsutrations. And it was written by Hatoju Muku, and it was about a she-cat, Momo-chan by name and a girl, Akane by name. The cat and the girl grew together ever since they were babies, and they were

good friends each other. The cat had many kittens, and it grew old in due time. And the cat went up the stairs to see the girl with all her might when she was on the point of dying. When she saw the girl, she died with her teeth holding the girl's little finger.

In spite of being very young, I was beeply moved with this end, and I used to read it again and again.

About ten years have passed since then, but I want to read "Momo-chan and Akane" once more.

I cherish that nursery book and the memories of my childhood.

The End

My memories of steam locomotives　２－１０

２０　小倉　祐治

On August 7, a mini steam locomotive ran in Oiwake. It seemed to me that it was very yearning. My father was a steam locomotive engineer and I like steam locomotives too. My house stands near the railroad, so from my childhood I used to see trains going.

I like their forcible noise and the smell of their smoke. But almost all the buildings were deep-black with smoke. I hear that in Oiwake the railraod line was laid ninety years ago, and the purpose was to carry coal from Oiwake to Muroran.

That led to form this town.

There is a museum for railroad materials in my town, and a steam locomotive is kept.

They say a steam locomotive trouble can found by striking with a hammer. It has been my dream for me to become a steam locomotive engineer when I was a boy, so I regret that steam locomotives disappeared. A steam locomotive is a match for my town. I want a day to come when steam locomotives will run again some day.

2－10　土井義孝　No.13

I like cats very much.

The history of cats is shorter than the history of dogs. There was no cat in the world except in Egypt before the dawn of history. Cats were worshiped as a holy animal in Egypt. Later on cats were raised as guard of granary. Cats traveled to Europe in the 1st century. Even after the 14th century, cats were very valuable and rare. When 'a witch hunt' was done, countless cats were burned alive and were buried alive. Cats were able to live quietly with difficulty after the 18th century. But cats ~~were~~ continued to be persecuted in Japan. Till about 50 years ago, the long tail was disliked in Japan, so they break cats'tails. This is why Japanese cats have a broken tail. Cats are treated badly at second hand, too. For example, proverbs about cats are almost in contempt of cats. The most impolite thing is 'if we raise the cat for 3 years, it is grateful only 3 days.' We had cats catch mice for a long time. So I think ungrateful animals are men rather than cats.

The cat is a mysterious animal. Let's love cats.

My being in hospital

2年10組　22番　酒井　春江

I was hospitalized because of appendicitis about four months ago. It was chronic appendicitis.

My mother and my little sister already had an operation because of it. So they said to me, "Don't feel uneasy. It will take only ten or twenty minutes." But, when I was in the operating room, I trembled to think how it will end.

At first, I was given a very big injection in my arm. Next, I was given local anesthesia and I was fearful, as my body did not move. The operation started. I did not see anything about it,

but I could hear a surgeon and a few nurses talking.

Then the operation ended after about fifteen minutes. But as the local anesthesia is too effective for me, I got all the more suffered. Throughout the night, my mother and the people in the same sickroom cared for me.
I thought that one does not appreciate the value of good health until one has lost it.

Harley Davidson 2－10
２６ 堀家 昌明

Anyone must have ~~been~~ heard the name of Harley Davidson once at least. Anyone who is interest~~ing~~ed in motorcycle thinks that ~~anyone~~ he wants to ride this motorcycle once in a lifetime.
a Harley Davidson was made by Davidson brothers and William Harley in 1903. It was introduced to the military motorcycle of the American Army in World War Ⅱ. After that it has been active in the sporting world.
Today many foreign polices use Harley Davidson as a speed cop's motorcycle. And a Harley Davidson is very popular at various parades and attractions. There are many groups of Harley fans in America. There is a group who are fascinated by Harley in Japan, too. The group's name is "King of The Highway."
Harley fans observe traffic rules. They really enjoy riding a motorcycle. I want to ride a Harley Davidson in the future.

Volleyball and I ２年１０組 永桶 憲義 No.11
I belong to the volleyball club at present.
I have been playing volleyball aboat a year.
I played table tennis before.
The other members of the club each played another sport before.
At the beginning the volleyball club was once a very weak team.

But, nowdays it has changed a strong team by making an offort. We don't think we will only become storong. We always value courtesy. I feel refreshed to see a well-mannered team even though it is weak. Sports help us to develop physical and spiritual strength. Our team may become weak after the seniors leave the club. But, we want to became a strong team. Our club will consist of eleven members from now on. Most of us have a little experience of less than a year. This time, we must go ahead in practicing in our club.

Once more, we will begin a sever training as a new team.

◇ ——— ◇

Mr. Ginpachi No.27 2－10－33 川端 法子

"Ginpachi" It was a nickname of our home room teacher in my junior high school. Literally, it is inferior to "Kinpachi," but he was a great teacher. Every one in our class relied on him. Because he was a very bad boy in his high school days, and he could understand our heart. He did not pursue us hard about our playing truant. He did not scold smoking students. At that time he was sure to take a chance to have a tete-a-tete *with the* student who smoked. Though he was young, he knew a lot of things of all the world. A month ago, we held a class reunion, surrounding our teacher. Then and there he told us, "Believe in your friends even if they smoke and drink. A betrayer is the most wicked person." He told us like this at our graduation. He was a very great teacher for us. Anyone in my class will continue trusting him. I will be a teacher like him in the future.

--END--

◇ ——— ◇

High School Life and I

2－3 32 斉藤 かやの

I am a high school student and in the second grade. I think

that the second year of high school is the best time for enjoying school life.

In a way, we are free in the period.

We are accustomed to our high school life and we are different from students who are in the third grade. Students in the third grade have to study hard so as to enter universities, jounior colleges and son on. They seem to be industrious.

Students in the first grade are not used to their fresh life.

By the way, I sometimes think seriously what I should do while I am in a high school.

Before I entered Higashi High School, I was going to study hard and enjoy school life. But now I am doing things by halves.

A year has passed speedily and I did not make efforts.

I think that spending without effort is stupid and that nothing can be gained without effort. Therefore doing your best is wonderful.

Our high school life is a worthy time which we attain our ambition.

While I spend my school life, I would like to read many books which are not only interesting but also useful to me.

Reading books brings us imagination.

And if I read many books, I will be able to have my own opinions.

Now I am reading "Anne's House of Dreams."

The book was written by Montgomery.

As Anne has a kind heart, I like her very much.

At the conclusion of this speech, what I wish to insist is we should do things eagerly while we are high school students.

And I will continue reading books.

--The end --

My unyielding dog　　　　No. 29　合六　由紀子　2-10

I keep a collie.
He was born in Ebetsu in July 11 this year and moved to my house after only a month.
When I saw him for the first time, he had a haggard look from fatigue and his eyes became muddy.
He was named Robin after Robin Fod.
Because Robin Fod is very pretty and active in the nursery tale world.
But my bad friend laugh at it very much.
So that he felt lonesome, went on wailing for three days.
Now he is over twice ~~bigger than~~ as big as what he was two months ago.　I think deeply that a dog's maturity is very fast.
Moving objects intrigue him.
If I throw a ball, he runs after at once and certainly hides it.
And that I can easily find out.
Man is the only creature that has the ability to speak.　A dog's conveyance way is to cry.
But I can't understand well what he thinks.
In general, a collie is a very brave dog.
This is generally ~~speaking~~ spoken.
Will this dog little and free from care guard me if ~~the~~ dangerous accidents approuch me?
I'm afraid not.

2　高校一年で、何をどう教えているか

——入門期の指導、英語基礎力診断テスト（苫小牧東高校）

1、入門期の指導

１年の１学期は、高校英語のオリエンテーション、導入として重要な時期である。

入学してきた生徒は、これからの高校生活に対して何らかの期待を持ち、意欲を持っている。それを組織立て、授業を軌道に乗せるには、教師の英語教育に対する考え方と方法が問われ、その指導力が問われる。

私は、「学習のしかた」（英語科で話し合い、入学してきた１年生用に作成した栞）を使って、英語に取り組む基礎的な考え、学習の方法を１時間かけて話した。まず、「英語が好きな人」「嫌いな人」を挙手によって把握する。この場合は、クラス46人（今年度中卒者増で、１人増やされた）中、平均して20：10くらいで、あとは反応なし。まずまずである。

予習の方法、ノートの使い方の例、推薦辞典についてなど。辞典は推薦辞典をできるだけたくさん持ち込み、最近の学習辞典の良さ、特徴と、辞典に親しむことを強調する。そして

・必ず予習をしてくる　・効果的なノートを作る　・辞典は必ず持参する

の「約束」を板書する。

2、「英語基礎力診断テスト」について

〈資料参照〉　校内で教務部が計画、実施した「校内研修」で発表したも

のである。

3、日常の授業展開について

①授業時間数５時間を、持ち時間の関係で、３と２に分け、リーダー３時間（Mainstream　増進堂）とグラマー２時間（A New Way to English Grammar 中央図書）とし、別々の教師が担当する。リーダーの方は既成のワークブックを使用している。

②ワークブック、テープ使用、英単語・熟語テスト

・ワークブックは予習用にも作られていて、意味調べの段階で役立つ。授業中では、この段階でいくつかの単語を必ず辞典で引かせる。

・テープによる新出単語の発音練習と、本文のヒヤリング。

・本文の終わった段階で、その課の「単語・熟語のテスト」と丸つけ（25分）。

「英語基礎力診断テスト」を実施して
――英語科１年担当（発表　大脇徳芳）

はじめに

中学校における「週３時間体制」が強行されて（1981年〔昭和56年〕）から、中学校での英語教育が困難を極め、高校入試段階での英語力が低下してきたことは否めない。また、大学入試の共通一次導入（昭和54年度）以降、「大学に入ってくる生徒の英語力が落ちて、原書が読めず困っている」という嘆きの声が、大学から聞こえてくる。

世をあげてアメリカナイズされて、「英語ブーム」という言葉が聞かれる今日、どうしてこのような現象を生んでいるのであろうか。

この原因は、今日の日本の英語教育の目的が、大きく混乱し、明確な方向づけがされていないところにある、と思われる。中学校、高校の外国語

(英語) は、今日選択教科であり、高校では、全く英語を学んできていない生徒を予想し、対応することが求められている。

中学校で週３時間では、初期の英語教育に必要な「集中的、継続的」ということが不可能である。このように一つには時間の保障がされていない。さらに、「実用英語」の名のもとに、基礎的な語学学習を科学的に捉えて指導する考え方が軽視され、「学ぶより慣れろ」式の指導要領 (学習指導要領では「言語活動」という言葉がふんだんに使われている) に基づいて教科書が作られ、構文など、文法事項を積み重なるように教えることが難しいことが、もう一つの原因と考えられる。

即ち、残念ながら、全員に時間をかけて基礎力をつけることが保障されていない、と言えるのである。

この診断テスト実施にあたって

以上のような歴史的変遷をたどり、本校入学の生徒も、いろいろな面で変わってきている。入学してきて、自学自習で身に付けていく力がなくなってきている。具体的には、辞書を引く習慣がない、ノートをきちんと取れない、読めない、など。

入試問題が、60点の問題になって以後、問題が易しくなったので、点数はある程度取るが、入試問題に対処する力のみを目指して勉強している傾向もあるので、この問題をやった点数のみで基礎力と見るのは難しい。

このような問題を抱えて、入学した段階での診断テストの必要性を感じ、実施することにした。

実施内容と実施要領

１年10クラスの担当者３名の意思統一のもとに実施することにしたが、テストの問題は、入学してきた生徒が中学校で使用してきた 'New Prince English Course' １年、２年、３年の文法事項を中心に整理し、作成した。

一斉に時間を取ることができなかったので、10クラスの各授業時間 (50

分間）を使い。１日のうちに実施してしまう、という方法を取った。

テストの結果（回答分析参照）

１、学年全体（約460名）の平均点は73.0で、基礎的な構文はかなりよく理解している。（中学３年で学ぶ現在完了形も悪くはなかった。準動詞、不定詞、過去分詞の理解が少し弱い。）

２、和訳と英訳が、他に比べ極端に悪かった。（きちんと意味を捉える、英文にすることが身に付いていない。）

３、中学校での頻度が少なかったのか、teach の過去形、和訳の中の notice（v.）などは、知らない者が多い。

４、正解率は資料のとおり（100名抽出の正答数）であるが、問題の形式に

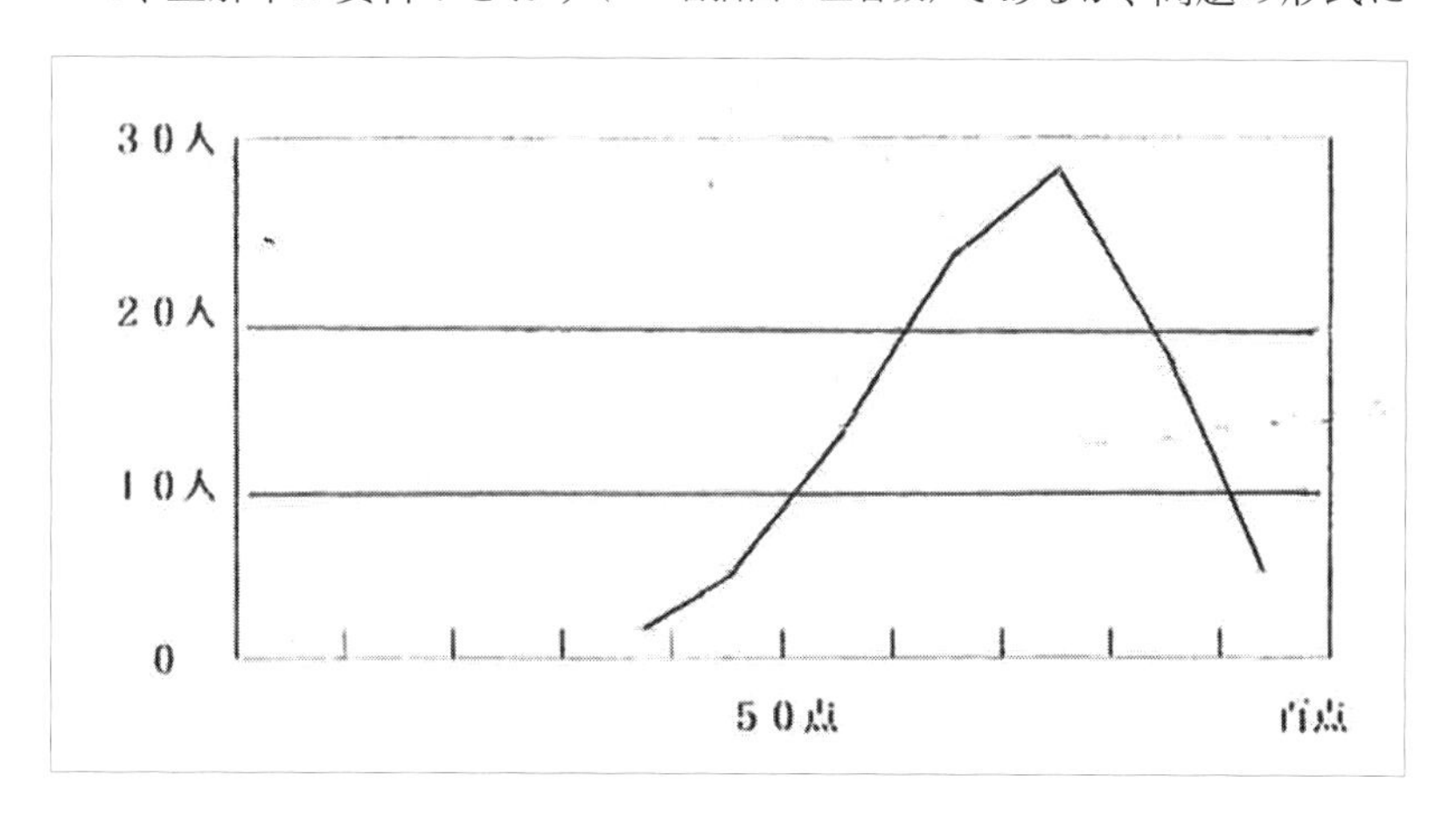

よっても、かなり左右されるものと思われる。選択肢を設けたものは、正答率が高くなるのが必然である。

実施してみて

１、文法事項ごとに、理解度が把握できたので、以後の指導の際に、中学校の復習項目として確認して進めるなど、指導しやすいことが多かった。

2、生徒自身も、中学校の履修事項、内容を確認できた。

3、ようやく理解できる段階から、完全に習得し、Produce できる力まで高めることが課題であることが確認された。

4、ほとんど文法事項のみで、このテストの目的は一応達せられたが、文章題、さらには音声面など、多角的な力の把握も考えられないか。

5、教師自身が中学校の履修内容を知ることが、高校1年の指導に大きくプラスになると感じた。

解答分析（誤答例）

Ⅰ）疑問文　1、Do you have any tapes?

Ⅱ）複数形、3単現　3、It の複数形…Its,Those など

Ⅲ）疑問詞　4、Whose を Whoes と綴ったもの　5、答えの That big one is が不十分なもの

Ⅳ）、Ⅴ）比較　2、the youngest の the を落としたもの

Ⅵ）1、He will be busy の be のないもの

4、受動態 Is Snoopy liked の形が出てこない。by many people のないもの

5、能動態 We studied, We are studied　が多かった

6、7、感嘆文　How,What　の混同はほとんどなし。very　をつけたもの

How looks very lonely she is! など。

8、命令文　Be　が出てこない。a の欠落。

10、現在完了形　he has lived 〜 が不注意によって間違ったもの

Ⅶ）接続詞　if it rains を because it rains としたもの

Ⅷ）準動詞　2、invited を inviting としたもの、4、to do を doing,did としたもの

Ⅸ）前置詞　1、for＋人 to＋v の for　2、too 〜 to の too　4、否定文での either.　5、both good and bad things

X）関係代名詞　4、all the books that（先行詞に all のある場合）

XI）副詞句　3、for some time（しばらく）　4、in those days（その頃）

5、before long（やがて）　7、at the same time（同時に）

XIII）動詞の過去形　3、leave-left, 4、thought-tought,　5、think-thought

XIV）和訳　2、この部屋を、父が彼の勉強部屋で使っています。

これは、父が勉強するとき使う部屋です（as his study が捕らえられない、as「〜として」）、　4、I've noticed　を「知っています」など

1、My father is watch baseball game to TV sometimes.

2、What subject you have today?

3、Kanazawa have park one of the most beautiful park in Japan.

4、May you read the English letter?

5、What present I give you your birthday?

＊英作文が白紙20人くらい。(50分の時間では少し足りなかったことが予想される)

Preliminary Examination

I) 次の文を疑問文にせよ:—

1. You have many tapes. 2. Ellen and Roy can speak Japanese.
3. Your father plays baseball. 4. Taro enjoyed soccer.
5. They were listening to music.

II) 次の文の( )内の語を、適当な形にせよ:—

1. (This) are chairs. 2. Those are (dictionary).
3. (It) are birds. 4. She (study) French.

III) 次の文の( )内に、右記の疑問詞より適語を入れよ:—

1. ( ) old is this coin? —— It's fifty-seven years old.
2. ( ) is your birthday? —— It's April 3.
3. ( ) uses that small bag? —— My sister does.
4. ( ) dog is that? —— It's Taro's.
5. ( ) is my cake? —— That big one is.

who / whose / what / how / when / which / where

IV) ( )内の語句をつけ加えて、全文を書き変えよ:—

1. My bag is small. (than yours) 2. Maki is young. (of those girls)
3. The boy became tall. (as his father)

V) 次の文の( )内の語を、適当な形に変えよ:—

1. Roy speaks French (well) than Taro. 2. Which is (beautiful), Mt. Fuji or Mt. Cook?
3. This is the (expensive) car of the five.

VI) 次の文を指示に従って書き変えよ:—

1. He is busy today. (today を tomorrow にして) 2. Dick washes his jeans.(現在進行形の文に)
3. The students like the teacher. (受け身の文に)
4. Do many people like Snoopy?(受け身の文に) 5. English is studied in our school.(We を主語にして)
6. It is a very strange story.(感嘆文に) 7. She looks very lonely. (感嘆文に)
8. You are a good student. (命令文に) 9. We finish junior high. (現在完了形の文に)
10. He lives here. (for three years を加えて、現在完了形の文に)

VII) 次の文の( )内に、右記の語より適語を入れよ:—

1. My sister was watching TV ( ) I came home.
2. My brother can't ski today ( ) he is sick.
3. He was so young ( ) he could not go to school.
4. I will not go there tomorrow ( ) it rains.
5. ( ) the lake is small, it is very famous.

that / because / when / if / though

VIII) 次の文の( )内の語を適当な形にせよ:—

1. Look at the dog (sleep) in the doghouse.
2. The baseball player is one of the guests (invite) to dinner.
3. Schulz enjoyed (draw) cartoons. 4. She had many things (do) that day.
5. Who is the student (sit) near the window?

IX) 次の文の( )内に、右記の語より適語を入れよ:—

1. It was difficult ( ) my parents to keep me at home.
2. He was ( ) afraid to answer.
3. He was a handsome man ( ) black hair and big ears.
4. You talk just like my aunt. She doesn't understand me, ( ).
5. You've seen ( ) good and bad things in America.

too / from / both / for / with / either / to

X) 次の文の（　）内に、右記の関係代名詞より適語を入れよ：ー

1. That's a new store (　　　) opened last Monday.
2. I have a friend (　　　) uncle lives in London.
3. Taro has a friend (　　　) speaks Chinese.
4. These are all the books (　　　) I have in my room.
5. Mr. Brown is a teacher (　　　) everyone likes.

that / who / whose / whom / which

XI) 次の語句の意味を、下記より選び、記号で答えよ：ー

1. by the way　2. for the first time　3. for some time　4. in those days
5. before long　6. the other day　7. at the same time　8. all the way
9. in this way　10. a long time ago

a. そのころ　b. 先日　c. 同時に　d. 初めて　e. 途中ずっと
f. むかし　g. ところで　h. しばらく　i. このようにして　j. やがて

XII) 次の各組の下線部の発音が他と異なるものを一つ選び、記号で答えよ：ー

1. a.about　b.around　c.doubt　d.though　e.cloud
2. a.cup　b.jungle　c.usually　d.hundred　e.study
3. a.chart　b.warm　c.mark　d.card　e.guitar
4. a.eat　b.people　c.seat　d.ready　e.speak
5. a.watch　b.man　c.thank　d.practice　e.handsome

XIII) 次の動詞の過去形を書け：ー

1. buy　2. stand　3. leave　4. teach　5. think

XIV) 次の英文を和訳せよ：ー

1. At first he was not successful, but he did not give up.
2. This is the room Father uses as his study.
3. There was no writing in the Inca Empire, and its history is full of misteries.
4. I've noticed that Japanese women often cover their mouths when they laugh.
5. The days with Friday were the happiest during my life on the island.

XV) 次の日本文を英訳せよ：ー

1. 私の父は、時々テレビで野球の試合を見ます。
2. 今日は何科目ありますか。（何科目の授業を受けますか）
3. 金沢には、日本で最も美しい公園の一つがあります。
4. この英語の手紙を読んでくれませんか。
5. あなたの誕生日に、あなたに何をあげましょうか。

解答の正答数（分母は100）

英語基礎力診断テスト

___組, ___番, 氏名___

I) 1. 77　2. 91
3. 93　4. 90
5. 97

II) 1. 91　2. 97　3. 71　4. 91

III)

1	2	3	4	5
99	97	97	96	89

IV) 1. 99　2. 86
3. 90

V) 1. 92　2. 97　3. 92

VI) 1. 68　2. 94
3. 77
4. 63
5. 49
6. 89
7. 82
8. 72
9. 90
10. 75

VII)

1	2	3	4	5
100	95	94	85	89

VIII) 1. 91　2. 76　3. 81　4. 56　5. 94

IX)

1	2	3	4	5
77	78	90	80	73

X)

1	2	3	4	5
94	91	93	82	89

XI)

1	2	3	4	5	6	7	8	9	10
100	100	74	69	60	74	92	89	84	95

XII) 1. 88　2. 93　3. 83　4. 81　5. 79

XIII) 1. 84　2. 88　3. 79　4. 37　5. 64

XIV) 1. 34
2. 17
3. 31
4. 15
5. 30

XV) 1. 8
2. 7
3. 3
4. 42
5. 3

3　竹内公久枝さんの作文「差別」を英文にして（苫小牧東高校）

竹内公久枝さんの「差別」という作文は、民族と民族差別を考える時の優れた資料である。

「我が芽室中学校には、人権がないのです。人々の平等がなく、とても差別が多いのです。多すぎるのです。」と訴えるこの作文と、クラスの中での取り組みを持って、松本尚志先生（当時、芽室中学校）が参加したのが、「80合同教育研究集会」だった。それ以来10年になる。

「アイヌ新法（案）」が道ウタリ協会の総会で決議され、民族としての自覚と主張が前進してきている。教育現場で民族問題を取り上げる教師も、数は少ないが着実に実践に取り組んでいる。

その作文を、導入に使うのが最も効果的だ。ざわついて、初めは「アイヌか」などと言って、ニヤニヤしている教室が、この作文を読み進むにつれてシーンと静まり返る。そういう力を持っている。

差別の問題、人権の問題、そして民族の問題を生徒に提起する時に、まず、この作文から入ったら、生徒は必ず問題の重さを感じ、考えてくれるだろう、と思う。

私がこの作文を英文にしよう、と思ったのには、きっかけがあった。

もう 7〜8年になると思うが、白老町のクリスチャン・センターでの「アイヌ民族問題」の集会の時、オーストラリアのアボリジニーの一人を紹介された。その時、手元に持っていた、この竹内さんの作文を渡し、「差別体

An Ainu Girl's Appeal to Abolish Discrimination

(The Ainu are the aborigines of Japan and orginally populated all of the islands down through Kyushu. They were pushed back to Hokkaido by the more aggressive Yamato, whom we know as regular Japanese folks. Hokkaido is full of Ainu names, crafts and cultural events, but Ainu students and teachers are often subjected to a variety of hardships that ethnic Japanese people don't face. This girl's essay was printed in Japanese in various newspapers in Hokkaido.)

In this short statement I want to ask all young boys and girls from the bottom of my heart: Do you really know the meaning of human rights?

It is said that human rights are the ones of life, liberty and equality, which all human beings have from birth.

However, there are no such human rights in "M" Junior High School. There, human equality has been ignored and there is much discrimination – too much.

Owing to this discrimination, many pupils are being treated as outsiders. I'm among them. My grandfather was an Ainu, able to speak the Ainu language fluently. So I'm called "Ainu!! Ainu!!" by everyone.

Though I can endure the ordinary scorn of people, I can't stand their saying something just because I am an Ainu. For instance some seniors in our school have made up a few rhymes. One of them is "A–inu, A–inu, A–inu, A–inu," said to the tune of 'Run Away'. Another one is "A–inu, A–inu, why has, A–inu, A–inu been bitten by *inu* (a dog)."

When I was passing by some seniors, they sang this song in a loud voice. But I don't think that everyone of the 800 members of our school want to make some students outsiders. Some are quite seriously thinking about not making them (outsiders). There are a lot of outsiders, however.

There is another outsider besides me in my 1 D class. When I'm told some hideous thing, I can talk back. But she is faint-hearted, so she can't talk back. In that case they bully her much harder in order to puff themselves up. Her grandfather was not an Ainu like mine; she just looks ugly. They call her a creepy girl and bother her often.

My teacher once told us that this kind of act shall be punishable as an act of prejudice if it is brought to trial. If we sue them, a lot of people must be punished at M Junior High School, M Primary School, M High School and the West Primary School, too.

I will reveal some examples. When I went to the school festival of M High School, a pupil I didn't know said behind me, "Look at her! She is an Ainu." At the West Primary School, several boys threw stones at me, saying, "Go back, Ainu!" A little boy of the first or second grade bumped into me intentionally and said, "I feel sick. I've touched an Ainu without knowing it!" And he ran away without excusing himself.

One day a boy was making a girl cry, so I gave him a warning. Then he said, "You are just an Ainu. Don't be so proud." There are a lot of cases like this: a couple of hundred pages are not enough for them. I don't want others to call me "Ainu," but I tend not to be able to say anything to the person who says such scornful words. Unless he feels literally ill from my presence, I should reprimand him.

Sometimes I can't say anything, though some words are already coming out of my throat. I become reserved when I think someone will say to me, "You can't join us, because you make us sick." I want to lose this cowardice.

In my case, I have a little moustache and hair all over my body, though I'm a girl. So even if I had not been known as an Ainu, I would have been excluded from my mates. When I was absent from school, the teacher of my first or second grade revealed to the class that Miss Takeuchi was an Ainu. From then on my classmates treated me badly, and I became shy, and was left out in the cold.

But when I was a fourth grade pupil, my shy character corrected itself. It was just too miserable for me to be called 'Ainu' and to be treated badly without saying anything. That is too much misery. If they say terrible things to me now, I talk back. If they knock into me, I knock into them, too. If they spit on me, I spit on them in return. This has become my principle. Far from decreasing the number of pupils who make fun of me, it seems to me that the number is still increasing.

When I was in the sixth grade, I started crying in the presence of my father and mother. Before then I cried alone for fear that they would be worried about me, and so I never told them what happened at school. But that time, I cried openly. The reason is this: On my way home from school, I had met the usual mischievous boys. One of them said, "You stole five thousand yen and some chocolate, didn't you. I know you did it." I didn't do it! "I haven't done such a thing!" I said definitely. But they followed about five meters behind me, calling out, "You are a thief. Thief!!"

I came back home with a humiliated heart and tears in my eyes. I confined myself to my room and wept in bed. I didn't want to go to school, for the life of me, with the anxiety that they would say bad things about me at school the next day. Then, for the first time, I showed my tears to my parents. My father called up my homeroom teacher and said, "I'm putting the responsibility for my daughter on you. I rely on you for my daughter's well-being. She cried in front of me today for the first time." The talk continued for no less than an hour.

The severe circumstances under which I'm called 'Ainu' and am bullied are not only a 'minus' but also a 'plus' for the development of my personality. I can understand the pain of being bullied. I can feel the sadness of being bullied. I can think of other people's troubles. If I were a beauty and a clever girl, I wouldn't think of them, and might be cruel to them. Surely I would have been a mean person.

We should think deeply about the problem of discrimination, which is one of violating human rights.

Once more, I would like to ask, "What are human rights?" What do you think of them?

by Kikue Takeuchi
(1st year, junior high school)
translated by
Noriyoshi Owaki, JTE
submitted by Kate Kaehny,
AET Hokkaido

An Ainu Girl's Appeal to Abolish Discrimination

次のリードの内容が不適当なので、下記のように訂正します。

(The Ainu are the aborigines of Japan and originally populated all of the islands down through Kyushu. They were pushed back to Hokkaido by the more aggressive Yamato, whom we know as regular Japanese folks. Hokkaido is full of Ainu names, crafts and cultural events, but Ainu students and teachers are often subjected to a variety of hardships that ethnic Japanese people don't face. This girl's essay was printed in Japanese in various newspapers in Hokkaido.)

訂正文

(The Ainu are the indigenous people of the northern regions in Japan who originally populated the northern part of Honshu, Hokkaido, Sakhalin, and the Kuriles.

They were pushed back to Hokkaido by the more aggressive Yamato, whom we know as regular Japanese folks. The Ainu have their own religion and culture(the Ainu language, crafts, the ritual, etc.),which were fostered in harmony with nature, and they gained their livelihood by hunting animals and fish and gathering edible vegetables. A lot of ~~place~~ names of places by the Ainu language remain now.

In the Meiji era, however,the policy of "assimilation" was taken on a full scale, and they were forced to change their life-style, deprived of their basis of livelihood. And the Ainu people have been subjected to a variety of hardships, namely segregation and discrimination.

This girl's essay was first reported at an assembly of educational researches in Sapporo in 1980.)

Jan.2,'91　　大 脇 徳 芳

［訂正したリード文の日本語訳］

アイヌはもとは本州の北部、北海道、サハリン、千島列島に住んでいた先住民族です。彼等は、普通日本人として知られている攻撃的な「大和民族」によって北海道に追われました。アイヌ民族は自然と調和し育まれてきた、独自の宗教と文化（アイヌ語、工芸、宗教的儀礼、など）を持っています。そして狩猟・漁労、植物採集によって生活していました。アイヌ語で呼ばれる多くの地名が現在も残っています。

しかしながら、明治時代に強制的・全面的な「同化政策」が行なわれ、アイヌの生活様式が変えられ、生活基盤が奪われました。そして、アイヌ民族は、種々の苦難、差別を受けてきました。

この少女の作文は、最初、1980年札幌で開かれた教育研究集会で報告されました。

験を述べ、人権について考えるよう訴えている」ものだというくらいの説明を何とか話したのみだった。その時、英文にしておけばよく知ってもらえるのに、と思った。

その後、ときどき引っ張り出し、英文にしてしまい、そのまま放置してあった。ときどき気にはなったが、整理する機会がなかったが、昨年からAETが学校に入るようになり、あの「原野に挑むアイヌ魂」（カネトの伝記の英文教材）を読んでもらい話題にした時、添削をお願いした。

英文にすることで、多くの人にアイヌ民族を知ってもらい、また我々の英語教育の教材としても役立てることができたらと思っている。（1990年8月）

（手紙１）

Jan. 27 '90

Dear Ms. Kaehny,

I'm pleased with meeting you several times including team-teaching.

Perhaps you are having busy and significant time for English education at high schools in this district. I have great respect for your teaching.

Now, when you came to my school, I told you about the Ainu, a race problem here. I enclose a copy of the report of an Ainu girl which I've translated Japanese into English. The girl was a first grade student at junior high school in Tokachi when she wrote this essay.

I'd like you to correct my expressions if you find any incorrect or clumsy ones. I hope you will help me about my getting more knowledge on the race problem.

I thank you for your receiving my request.

Sincerely yours

Noriyoshi Owaki

(Tomakomai Higashi Senior High School)

[手紙文1]

1990年1月27日

ケーニーさんへ

チーム・ティーチングを含め、何度もお会いしていることを大変嬉しく思います。

この地方の高校の英語教育で、おそらく有意義でお忙しい時を過ごされておられることと思います。私はその授業に対し、たいへん尊敬の念を抱いています。

さて、あなたが私の学校にきた時、この地域でのアイヌ民族問題があることをお話ししました。

ここに、日本語で書いた少女の文章を英語に直したコピーを同封させていただきました。

その少女は、この文章を書いた時、十勝の中学校の1年生でした。

私が英語に直した私の表現で、間違った表現や、おかしな表現がありましたら、訂正してほしいのです。

私の民族問題についても、いろいろな知識や助言をいただきたいと思っています。私の要望に答えてくださることに感謝いたしております。

敬具

大脇徳芳

(苫小牧東高校)

（手紙２）

2/5/90

Dear Mr. Owaki,

Thank you for sending me a copy of this essay. I was touched and saddened by this girl's experience, and admire you for your hard work in support of Ainu people and their fight against discrimination.

I read and corrected parts of the essay, but think you did a good job of what must have been a difficult task of translating.

If it's alright with you, I would like to submit a copy of this essay to an AET magazine. If the essay were accepted and printed, the names of the girl and the school would probably have to be anonymous. However, if you give your permission, your name as translator would be printed. So, if you would like me to submit the essay, please let me know.

If you have any questions or problems with my corrections don't hesitate to call or write again.

Sincerely,
Kate Kaehny

[手紙文２]

1990年２月５日

大脇さんへ

この文章のコピーを送っていただいてありがとうございます。

この少女の経験に感動し、悲しくも思います。あなたがアイヌ民族を支持し、差別に対しても闘っていて、大変なことをしていることを敬服しております。

英文を読んで、一部を直しました。しかし、翻訳という難しいことをしなければならないのに、たいへんよくできていると思います。

もしあなたが良ければ、AETの雑誌に提出し、出させてほしいのですが、いかがですか。もし認めてもらいプリントされるなら、少女や学校の名前は、おそらく匿名にしなければならないのでしょう。しかし、もしあなたに認めてもらえるなら、翻訳者としてあなたの名前をプリントしたく思います。

だから、この文章を提出しても良いかどうか、お知らせください。

私の訂正について、もし疑問や問題がありましたら、遠慮なさらずに電話か手紙で、おっしゃってください。

敬具

ケイト　ケーニー

(注) AET ＝ American English Teacher (交換英語教師)

AJET ＝ Ameican Japanese English Teacher (日英交換英語教師)

（手紙３）

Feb. 17, '90

Dear Ms. Kaehny,

Thank you very much for your correcting my translation.

I retyped the sentences. So please read and check them once again.

As I told you the other day, I will admit you to submit a copy of this essay to an AET magazine. I wish many people to read this essay and understand the race problem here, especially in Hokkaido. The Ainu are not well known in other parts of Japan, but I hear there is some kind of discrimination to them.

I deeply appreciate your trouble to help me and submit the essay.

Sincerely yours,

Noriyoshi Owaki

[手紙文3]

1990年２月17日

ケーニーさんへ

私の翻訳の訂正、どうもありがとうございます。その文章を改めてタイプしました。だから、それを読んで、もう一度チェックしていただきたいのです。

先日申し上げた通り、ＡＥＴの雑誌にこの文章を掲載することを喜んでいます。私は、多くの人がこの文章を読んで、特に北海道の、この地域のアイヌ民族のことを、理解してもらうことを望んでいます。

アイヌ民族のことは、日本の他の地域では、よく知られていなくて、ある種の差別意識があると思います。

文章を提出するなど、お手数をかけていただいて、心からお礼申し上げます。

敬具

大脇徳芳

5.14.90

Dear Kikueさん、

今日はAJET journal（全国のJETプロの文集）を受け取って、…英語に翻訳されていたKikueさんの文章を読みました。読んでいながら心を動かされていました。私もKikueさんの気持ちが分かります。Kikueさんの経験より自分の経験がひどくなかったと思いますが、日系アメリカ人（三生ですが両親の二人とも日本人です）としてアメリカで生まれてからずっと向うで暮らした私も人種差別されたことがよくあります。

小学校、中学校、高校でも「Jap」とか「Nip」とかいろいろ悪く呼ばれて、いじめられたことがあります。前にはずかしがりやの私は相手の人が差別的な扱いを受けた時、何も言わなくてむしろそのことを無視しようと思っていました。子供の時自分が日本人であることが嫌いでした。その上、「白人であればよかったのに…」と考えたこともありました。しかし、大学生になってからこういう弱い考え方はぜったいにだめだと気が付いて、できるだけ人種差別に対して先頭に立って闘うことにしてきました。

Kikueさんと同じようにこれまでの経験を生かして、生きて行きたいと思っています。苦い経験があるので他人の悲しさとかつらさが分かることはいいことだと私も思います。日本でもアメリカでも世界中には差別の問題がありますがそれについて分からない人は沢山いますね。特にいじめられたことのない人は分からないと思います。この人に人権の重大さを教えたいと思っています。

勇気のあるKikueさんは自信を持って、頑張っていますね。とても感心しています。まだ若いのに多くの大人より感覚が広いと思います。

頑張って下さいね。

Good luck in the future.

Stay strong!

岩井ナリッサより
岩手県立一戸高等学校
英語助手

（手紙４）

6/4/90

Dear Owaki 先生,

At last I am able to send you a copy of the AJET magazine. Your translation of Ms. Kikue Takeuchi's letter is on page 6.

Many Hokkaido AETs and others have called or written me to say how touched they were after reading the essay. In fact, I have received three requests regarding the essay. Two AETs, one from Yamaguchi-Ken and the other from Shimane have asked me to send copies of the essay in Japanese. So, if it is no trouble, I would like you to send me a copy of Ms. Takeuchi's essay in the original Japanese so that I can send them on to the AETs.

A third AET wrote me in order to thank me for submitting your translation of the essay to the magazine. She appreciated it so much, that she wrote a letter to Ms. Takeuchi. I don't know if you know Ms. Takeuchi's address, but, if you do, I would appreciate it if you could send her this letter.

Thank you again for showing me the essay, and allowing me to submit it to the AJET magazine. I will send you more copies of the magazine as soon as I receive them.

Sincerely,

Kate Kaehny

[手紙文4]

1990年6月4日

大脇先生へ

ついに、私は、掲載されたAJETの雑誌を送ることができます。あなたが翻訳した竹内公久枝さんの文章は、6頁に載っています。

この文章を読んでたいへん感動したという、多くの北海道のAETから、その他からも電話や手紙をいただきました。

実際、あの文章について三つの要求がありました。2人のAETから、1人は山口県、1人は島根県からですが、この文章の日本文を送ってほしい、というものです。ですから、もし良ければ、彼らに送りたいので、彼女の元の日本語の文章を送ってほしいのです。

もう1人は、あなたが翻訳した文章を、雑誌に提出した私にお礼をしたいとの手紙を私に書いてきました。彼女は大変素晴らしいことをしていただいたと言っています。そして竹内さんへの手紙も入れてきました。私は、あなたが竹内さんの住所を知っているかどうか分かりませんが、もし知っているならば、お手数をおかけしますが、この手紙を竹内さんに送っていただきたいのです。この文章を私に送っていただき、AJET雑誌に提出することを認めていただいて、本当にお礼申し上げます。

さらに多くの部数を雑誌社から送っていただけることになっていますが、到着するとすぐそれらをお送りします。

敬具

ケイト　ケーニー

（手紙５）

Dear Ms. Kaehny, 6/7 '90

Thank you for your sending me th AJET magazine. I'm glad to hear that there are many responses to Ms. Kikue Takeuchi's essy. I'd like everyone to know the real state of the Ainu people.

You've said two AET's want copies of the essay in Japanese. So I enclose four copies of it. There are some books which her essay is on. They are printed, of course. But these copies are by means of her own handwriting. I think readers will feel it much closer to themselves.

I'm sorry to trouble you, but I ask you to send these to the AET's who want them.

You've sent me another letter to Ms.Takeuchi by an AET in Iwate Prefecture. I'll send the letter to Ms. Takeuchi. She is now in Tokachi. I expect she'll be glad to read it. If you know the address of the AET in Iwate,and it is no trouble, I'd like you to write her address to me. I want to let Ms. Takeuchi know the address.

I've copied the printed page of the essay, and given some of the English teachers in my school, and Ms. Takeuchi herself.

I hope the essay in English will play an important role in understanding the racial problem.

Sincerely yours,

Noriyoshi Owaki

[手紙文5]

1990年6月7日

ケーニーさんへ

AJET 雑誌を私に送っていただいて、どうもありがとうございました。

竹内公久枝さんの文章に、多くの反応があったとお聞きし、大変嬉しく思います。アイヌの人々の事実を知っていただいて、大変嬉しいです。

あなたは、2人の AET が日本語で書かれた文章を望んでいると、おっしゃっておりました。それで、私は4部お送りします。

彼女の文章が載っている本がいくつかあります。もちろん、それらをコピーできます。しかし、彼女が自分の手で書いたコピーがあるのです。それらの方が、身近に彼女を感じることができると思います。お手数をおかけいたしますが、AET が望むそれらの文章を送ってほしいと思います。

あなたは、岩手県の AET が竹内さんに宛てた手紙を送っていただきました。私が竹内さんに、それを送ります。彼女は今、十勝に住んでいます。竹内さんは、喜んで読んでくれると思います。

もしあなたが、岩手県の AET の住所を知っているのであれば、そして問題がなければ、その住所を教えていただけないでしょうか。私が竹内さんに、その住所を教えてあげたいと思います。

英文の文章を、私はコピーして、私の学校の英語の先生たちに、おあげすると同時に、竹内さんにもお送りいたしました。

英語のその文章が、アイヌ民族問題を知っていただく重要な働きを果たしてくれることを望んでます。

敬具

大脇徳芳

（手紙６）

6/11/90

Dear Owaki-sensei,

Thank you so much for the copies of Ms. Takeuchi's letter, I know the AETs will be very happy to receive them. I too am glad people have shown so much interest in Ms. Takeuchi's essay and racial matters in Hokkaido.

The name of the AET from Iwate-Ken is: Melissa Iwai, her address is on the slip of paper I copied. I'm sure she'd be delighted to hear from you or Ms. Takeuchi.

I'll be coming to your school next week, and hopefully by that time will have extra copies of the ~~AJET~~ magazine. I requested several copies from the editors, but haven't received them yet.

I hope you're not to busy at school!

See you soon.

Sincerely,

Kate Kaehny

[手紙文6]

1990年6月11日

大脇先生

竹内さんの文章を送っていただき、大変ありがとうございます。AETの方たちは喜んでそれらを受け取ることと思います。

人々が竹内さんの文章を受け取り、北海道の民族問題に関心を抱くようになることは、私もまた、大変嬉しく思っています。

岩手県のAETの名前はメリッサ岩井です。彼女の住所は「書かれた小片」にあります。彼女は、あなたや竹内さんからの手紙に喜ぶことと思います。

私は、来週あなたの学校へ行きます。その時、私が編集者に頼んであるAJET雑誌のさらなる部数を持参できればと望んでいます。今、まだ届いていません。

あなたが、学校で忙しすぎないことを願っています。

それでは、お会いするまで。

敬具

ケイト　ケーニー

4　戦争体験の聞き取り調査を英文にして

――『To Little Brothers Who Could Not Grow Up（大人になれなかった弟たちに）』を学んだ後で（札幌東商業高校）

1992年　札幌東商業高等学校２年Ａ、Ｃ、Ｅ、Ｇ組

１、この課題にどのように取り組んだか

Lesson 14　“To Little Brothers Who Could Not Grow Up” を読んで、英文ながら胸を締め付けられる思いがした。原作は米倉斉加年著『大人になれなかった弟たちに……』（偕成社）であることを知り、区の図書館から原典を借りてきて、イラストを見せながら、「読み聞かせ」をした。簡潔で的確な日本語で表現されている内容を観賞した。

私はこの作者、米倉斉加年と同年代で、終戦の時は小学生であった。私自身、夏が来て、原爆投下の８月６日、９日、そして15日がやって来ると、あの終戦の日を鮮やかに思い起こす。そして戦争と平和のことを考えずにはいられない。「原体験」という言葉があるが、私の原体験はまさにこの敗戦にあった。10歳で直接戦争に参加した経験を持たない自分でも、大きく戦争に巻き込まれていたし、敗戦によって180度の方向転換と言ってもいい変わりようであった。敗戦後も物のない窮乏生活が続いた。

ちょうど１学期の終りにこの教材を終り、いま「風化」しているという戦争の体験をさらに生徒みんなに知ってもらい、考えてほしいと思った。それで次のような課題を夏休みの課題として課すことにした。

「聞いたことを英文にする課題」

この課『大人になれなかった弟たちに……』のような戦争体験は、太平洋戦争（当時日本は大東亜戦争と言った）で日本が負けて（1945年〔昭和20年〕）から、この８月で47年が経過して、体験者が老齢化して少なくなり、まさに「風化」（新鮮な記憶・印象が年月を経て薄れる意）しつつあると思います。その貴重な歴史の体験を「聞き取り調査」で知り、それを英語で表現してみよう。

２年　組　番　氏名

１、聞いた人（　　　　　）　　　才

２、期日　月　日

３、内容

４、印象に残ったポイントを、簡単な分かりやすい日本文にすると、

５、上記の文を英語にすると、（テキスト、その他の英文を参考にしよう）

「聞く人がいない」などという人もいて、２学期初め、どのような聞き取りが出てくるかちょっと心配だったが、予想以上にみんな取り組んでくれ

た。1時間、英文を作る時間を取って提出させ、それを整理した。

英文については、書くのがかなり大変だったようで、辞書を引いたり、本文を参考にして何とかまとめた人が多かったが、ほとんど誤りのない英文を書いた人もかなりいた。

2、課題の取り組み状況と、その内容

(1)聞き取りの相手はだれであったか。

160人中、88人が聞き取りをしていた。その他は、新聞より47、ラジオ・テレビ6、自分の意見など4、不明15。

聞き取りの内訳は、祖父母51、父母15、親戚8、知人14。

「聞く人がいない」などと声が上がっていたが、祖父母から聞いている者が思ったよりも多かった。家族と戦争の話ができたことがまず収穫だろう。

(2)聞き取りの中には「貴重な体験」が数多くあった。

実際の戦地での体験

A、僕の祖父(74)は第2次世界大戦へ参加し、身内の中ではただ一人の戦争体験者です。あまり記憶は確かではないが、聞いたことを書くと、祖父は東南アジアのハルマヘラ島という島に何年かいて、その間食料とかは、動物、植物、虫など食べたという話です。第2次世界大戦で数えきれないほどの人を殺したと話しています。いろいろ残虐なこともしたが、捕虜の人を間違えて殺してしまったとか言っていました。

＊第2次世界大戦で数えきれないほどの敵を殺した。

＊I have killed numberless enemies during World War II.

B、私のおじいちゃん(77)は海軍でした。私のおじいちゃんが乗っていた軍艦は「神風」というそうです。「その海での戦いは激戦だった。大砲が相手の船に当たって、白い服を着た人がばらばらと飛び散って、たくさんの人が死にました」と言っていました。

戦いのため中国へ行った時、中国人に助けを求められて中国人を助けたそうです。そしておじいちゃんは、病気になって、戦争から帰ってきました。病院暮らしだったため、食事はいつも白い御飯だったみたいです。最後に、おじいちゃんは「戦争は空しいものだ。私は絶対戦争には反対だ」と言っていました。

＊私は絶対戦争には反対だ。

＊ I'm against war under any conditions.

C、爺（78）は兵隊をやっていました。毎日、毎日、約80キロのものを身に付け（食料、弾丸など）、戦っていた。長期戦の場合は１日８時間、短期戦の場合は５時間しか寝ないで歩き続けた、という。いくらきちんと寝ていても、80キロの物、食べ物は少し、それが毎日きつかった、という。なかには辛くて敵の弾丸に当たって死んで楽になりたいという人、辛くて倒れる人もいたという。その時水を飲ませると、倒れた人が気力で立ち上がり、また歩き出す、と言った。今では考えられないほど水が大切だった、と人生を振り返るように答えてくれた。

＊敵の弾丸に当たって死んで楽になりたかった。

＊ During the war, some soldiers wanted to die and feel easy by means of being hit by a bullet of the enemy.

D、昭和18年６月、じいちゃん（74）は、千葉県特殊部隊に参加する。主な仕事は、衣類についたガスを消毒することです。B29から爆弾を落とされるのは、朝６時、昼11時半～12時、夜６時の３回です。理由は食事時だからです。

おじいちゃんは戦争が終わってもすぐ北海道には戻れず、昭和20年９月に北海道に帰って来た。じいちゃんは、二度と戦争が起こらないように、平和を若い人に受け継いでもらいたいと言っていた。

＊ B29から爆弾を落とされるのは、朝６時、昼11時半～12時、夜６時の３

回です。なぜかというと、食事に家族が集まっているからです。

＊ The times when B-29's dropped bombs were six o'clock in the morning, at noon and six in the evening. The reason was that many people were at meal at those times.

E、祖父(70)　昭和16年頃、太平洋戦争が始まって赤紙(召集令状)が届いた。そしてすぐ船に乗り、インドネシア、フィリピン、ニューギニア、ニュージーランド、オーストラリアなどに行った。米軍により攻撃を受け、南の島を徐々に撤退、最後の祖父の戦いはフィリピン(マニラ)だった。そしてマニラの野戦病院で終戦の声を聞く。

＊なぜ戦争に負けたのか

・食べ物がなかった

・旧式の兵器で戦っていた(科学を忘れたため)

・教育が悪かった

食べ物は、ヘビ、カエル、鳥、などから木の葉まで。口に入る物なら何でも食べたそうです。「戦争は絶対してはならないことだ」と祖父は言っていた。

＊戦時中、一番厳しかったことは、食べ物がなかったことよりも、米軍と戦ったことよりも、上官からのいじめ、暴行だった。そのため終戦後、フィリピンより船で撤退の際、上官を海に投げ捨てて、殺してしまった。

＊ During the war, the severest thing was the violence of the higher officers rather than the food shortage or fighting the American army. By reason of it, the soldiers threw a higher officer away into the sea from the ship on their way back to Japan.

F、祖父の弟(65)　18歳の時少年兵として北支(中国)の河南省に行き、そこで黄河の鉄橋がアメリカに壊されて渡れなくなり、船で渡った。牛蹄で1カ月教育されて、それから老河口作戦を開始した。その作戦で多くの人

が死んだ。

　中国では水は沸かして飲まなければならなかった。

＊戦争に行く時「死んで帰ってこい」と言われた。

＊ People said to him, "Die and return back home."

G、父の知人　その人は戦争に行くような年齢ではなく、14、15歳だった。だから朝鮮に行って現地の朝鮮人5、6人を使って、飛行機などをしまう穴（格納庫）を掘っていた。そのうちマラリアにかかってしまって、現地の人に助けてもらったらしい。マラリアを治すのに、現地の人は、ヨモギとニンニクの汁を混ぜたものを作ってくれて、その人はそれを1週間から10日飲んだということだ。だがそれは、すごく変な味で普通の人が飲めるようなものではなかったという。でもそれを飲まなかった周りの仲間は次々に死んで行った、という。

＊私たちはマラリアに罹り、朝鮮人に助けられた。私たちはマラリアを治すために、ヨモギとニンニクを混ぜたものを飲まされた。

＊ We suffered from malaria and we were helped by Koreans. They made us drink a blended thing of yomogi and garlic to cure malaria.

H、祖父（77）　戦争は言われたことを実行するだけ。25歳で招集（乙種）。他の人は20歳で入隊。2等兵（軍隊では一番下）

　昭和14年5月1日、入隊、旭川7カ月。8連隊。

　〃　14年8月　南シナに派遣。広東警備に従事（1等兵）。

　〃　16年12月　大東亜戦争始まる。香港警備に従事、上等兵。

　〃　17年　兵長になる。

　〃　18年　伍長になる。

　〃　19年5月17日、帰還命令が出た。輸送船に乗って日本に向かう途中、船上勤務中、敵機の爆撃により足負傷。台湾にある病院に入院（1カ月）の後、大阪陸軍病院に入院。

〃　19年10月　名古屋陸軍病院に入院。

〃　20年８月５日、退院。

辛かったこと……自由がないくらい勤務があった、24時間勤務。

＊戦争は言われたことを実行するだけ。24時間勤務なので、自由な時間がなく、辛かった。1944年５月17日、輸送船上で敵の爆撃により足を負傷する。

＊ I only obeyed the officer's orders. I had a hard time because I worked all 24 hours of the day. I was injured in the leg on the transport ship by bombing on May 17th,1944."

Ｉ、祖父(75)　昭和18年に中国に戦争に行きました(太平洋戦争)。御飯は蠅で真っ黒になり、それをほろいながら食べて、水はないので雨水や泥水を飲みました。虐殺の写真を写したけど、日本に帰ってきた時に没収されました。インドネシアに行った時は、戦争が終わり、日本に帰れなくて、インドネシア解放軍というのに加わって戦いました。

＊御飯が蠅で真っ黒になったので、ほろわなければならなかった。

＊ My rice was black because it was covered with flies. I had to drive them away.

Ｊ、おじいちゃん(70)

１、戦争に行くと決まった時の気持ち　「いよいよ来たか」

２、戦争中の状態　「苦しい日が続いた」

３、どんな物を食べていたのか　「米とコウリャン」

４、その他　「捕虜護送中、捕虜が暴動を起こし、汽車から線路に投げられた」

＊捕虜護送中、汽車から投げられた。

＊ While we were sending prisoners under guard, I was thrown from the train by one of them.

K、祖父(72)
・戦争に行く時の気持ち……家族と二度と生きて会えないと思った。
・どんなものを食べていたか……父島だったので普通だったが、補給が途絶えることを考え、減量していた。
・戦争中、苦労したこと……陣地作りの洞穴を掘る重労働。
・戦争が終わった時の気持ち……ホッとしたと同時に、抑留による強制労働への不安。
・世の中に望むこと……再び戦争のない平和な世界。
* クラス会をしても、ほとんど戦争で死んでいるので、皆に会えない。
* I can't see my old friends at the class reunion, because almost all the classmates were killed during the war.

L、私の祖父は、戦争で中国へ行ったことがある。祖父はその時の写真を持っている。

その写真は、中国のある村で、村民が腕を縛られ目隠しをされて、一列にずらーっと並べられて座っていた。その人の列のすぐ後ろに深く大きな穴が掘られていた。日本軍はその並んでいる村民をダダダーと銃で皆殺しにして、穴に埋めたらしい。

それと、父が幼い頃、昔のナチスの印(ハーケンクロイツ)を描いて貼っていたら、祖父に気を失うほど殴られたらしい。

侵略した日本人にも大きな傷のあることを知った。が、広島、長崎などの被害体験でなく、侵略した人々に対する加害意識を持つことも大切だと思った。
* 日本が中国などを侵略した時、その国の住民を次々と虐殺した。
* When Japan invaded foreign countries such as Chinese and Korea, they massacred a lot of people, like vermins not like people.

M、叔父（74）　叔父は昔、海軍の兵隊だった。実際に銃を持ち、たくさん戦った。船と船の射ち合い。自分が弾からよけなければ後ろにいる味方に当たってしまう。そんな中でたくさんの人間が人間によって殺されていく瞬間を幾度となく見てきたそうだ。降参するより死んだ方がましだとも考えた。

戦争中は食べる物もひもじく、何日も腹を空かせた日もあったが、自分が生きていくためにも必死になった生活を送っていた。なぜ戦争をするのだろうと悩んだりもした。叔父は誰でも生きる権利がある、と言っていた。

＊私の叔父は海軍の兵隊だった。降参するより死んだ方がましだと叔父は考えた。誰でも生きる権利がある。

＊ My uncle was a naval soldier. He thought it would be better to die than to be a surrender. Everyone has the right to live.

N、隣のおじさん（73）　この聞いたおじさんは、実際戦争に行ったんです。おじさんは怖かった、と言っていました。捕虜になった、とも食べ物がなかったとも言っていました。これからもう二度とあんな恐ろしい目に遭いたくないし、他の人にも遭ってほしくない、と言っていました。私もそう思いました。

あまり思い出したくないということで、少ししか話してくれませんでした。

＊食べるものがなくて、草とか虫とかも食べたりした。

＊ There was no food. They ate grass and insects.

O、じーちゃん（72）は戦争の時、まだ20代でした。まだ若いということで樺太の方へ派遣されたということです。毎日びくびくしていたとのことです。戦争で死ぬということは、当時は名誉なことだったけど、じーちゃんは絶対死にたくないと思ったそうです。じーちゃんの腰には銃で撃たれた傷があります。流れ弾が当ったそうです。いっぱい血が出て、痛くて泣い

てしまったそうです。日本へ帰った時、生きてて良かったと思ったそうです。

＊腰に流れ弾が当たった。凄く痛かった。

* A stray bullet hit him on the waist. At that time he felt a sharp pain.

P、祖父と祖母　太平洋戦争でアリューシャン列島のアッツ島に防備に行き、キスカ島に移動した。その時にアッツ島が玉砕して、キスカ島から逃げるのに苦労した。

* In the war in the Pacific I went to defend the Attu Island, then moved to the Kiska Island. After an honorable defeat, I had a hard time to flee from the Kiska.

Q、祖父(76)　おじいちゃんは、樺太に渡ったそうです。爆弾がすぐそばで爆発したり、何センチのずれで隣に人が銃で撃たれたり、という体験を何度かしたそうです。途中、農家にお世話になったそうですが、その人たちは凄く親切で、お小遣いをくれたりしました。おじいちゃんは、「戦争を二度と起こしてはならない」と言いました。その時の目は凄く真剣でした。

＊おじいちゃんは、戦争で兵隊さんとしていろんな人たちにお世話になったようです。目の前で人が死ぬのを見て、彼は「二度と起こしてはならない」と心に誓いました。

* My grandfather seems to have been taken care of by many people at the war. When he saw men killed before his eyes, he swore they should not make a war.

R、私の祖父は、戦争中、輸送船で調理をしていました。祖父は体が小さかったので、兵隊に向いていなかったから調理をしていたのかと思いました。船の中では、いつ死ぬのか分からないので、これで死ぬかもしれないと思った時、みんなで美味しい食べ物を食べたそうです。

＊祖父は不安な毎日を過ごして、とても怖かっただろうと思った。
＊ My grandfather spent a restless time every day. I thought he had been very dreadful.

兵役を免れた体験

A、祖母より　祖父はその頃横浜に住んでいた。祖父は体が弱いために、兵隊にはならず、主に船を造る工場で働かされたそうです。労働時間が長く、ほとんどというか、全然自由時間がなくて、それなのに食料はほんのわずかだった、そうです。
＊戦争中に、祖父は体が弱かったから、兵隊には行かず、横浜で船を造る工場で働いた。
＊ During the war, my grandfather didn't go to a war, and worked in a factory where ships were made in Yokohama.

B、母(42)より　祖父は右手の人差し指が曲がったままで、鉄砲が撃てないので、戦争には行かなかった。
＊ My mother said, "Grandfather could not go to war, because the forefinger of his right hand was crippled and couldn't handle his gun."

C、祖母より　祖父は兵隊の紙が来た時、手を折って怪我をしていたので、戦争に行かなくてもよくなった。

D、友人のおじいさん　戦争する中でも学歴の良い人が上の「位」になれたという。このおじいさんは大学へ行っていたので、高い地位だったらしい。
南の方へ船で行き、その港に着いた時、そこで病気がはやり、たくさんの人が死んだらしい。そのためおじいさんは自分の国に返され、戦場に行

くことにはならずに、戦争は終わったらしい。そしてそのおじいさんは、保険会社で元気に働いています。

＊戦争中に病気がはやり、多くの人々が亡くなりました。

＊ During the war some disease spread over and many people died.

E、父より　私の祖父は戦争へ行かなければならなかったが、祖父がそこへ行こうとした時ちょうど戦争が終わり、行かなくてよいことになった。祖父は本当にラッキーだった。

＊私の祖父は戦争へ行くための赤紙が届いたけど、彼がそこへ行く前に戦争が終わった。

＊ My grandfather received a draft card (red paper) and before he reached the headquarters, the war had ended.

F、父より　私の祖父は軍人として、千葉まで行きましたが、行っている途中に戦争が終わってしまいました。

G、祖父　うちのおじいちゃんは「中村よしえ」と言います。女みたいな名前だったので、戦争に行かなくてもいいことになったそうです。

＊私のおじいちゃんは、名前のおかげで戦争に行かなかった。

＊ My grandfather didn't go to war, due to his name "Yoshie Nakamura", a female name.

「銃後の守り」と言われた、国民の状況はどうであったか

A、おばさん　昭和16年12月８日真珠湾攻撃があり、シンガポールが陥落した時は、日本中で提灯行列をしたそうです。それからサイパンや硫黄島が玉砕した。その後、東京の空襲が激しくなり、毎日のように頭の上ではアメリカ軍のＢ29と日本の戦闘機が大きな音と白い煙を出しながら戦っていた。その都度、真っ暗な防空壕に入ったり、家の中にいる時でも、電気

を点けられずに、いつもおびえて生活をしていたのです。

子供たちは、学童疎開をして親と離れ離れになり、食料が不足して逃げ出す子供がいた。勉強したくてもできない。おなかが空いていても食べ物がない。病気になっても薬がない、など、今では考えられないような暮らしだった。また、辺り一面は焼け野原で、死体がバラバラになったのがたくさん落ちていた。今、生きていることが信じられないくらい悲惨な状況だった。二度と同じようなことを繰り返してはならない、と何度も何度も言っていた。

＊数え切れないほどの貴い命を失うなんて、戦争は残酷だ。

＊ It is crual to lose countless precious lives at war.

B、おばあちゃん(81)

(衣)

・母親のコートを壊して子供たちの服を作った。
・糸がない時……ゴザの糸をほぐして使った。
・防空頭巾、カバンなども余りの布切れで手作りした。
・毛糸がない……木綿のぼろ糸を使った。
・綿がない……布として使えなくなったものを店に持っていって綿に近いものにしてもらった。

(食)

・おひたしの代わりに、タンポポを食べた。
・コウリャンを擦って団子にした。
・御飯が少ないので、菜っ葉などを混ぜた。
・ミルクがないので、「おもゆ」を作った。
・配給は10日～15日おきくらいだった。

(住)

・自分の家の近くの防空壕は土でできていて、崩れやすいので、子供や老人は町中で共同で作った丈夫な防空壕に入っていた。

・サイレンが鳴ると電気を消し、防空頭巾をかぶり、乾パンと小豆(あずき)が入っているカバンを持って、避難した。

＊食べるものがなかった。それで御飯などに菜っ葉などを混ぜて食べた。赤ん坊はミルクがなかったので、「おもゆ」というものを飲んでいた。

＊ Food was extremely scarce. And we ate rice mixed with Chinese cabbage.

A baby drank "omoyu" (thin rice porridge) , because there was no milk.

C、親戚の人　戦争中は食料品を初めとして、生活必需品の不足がはなはだしく、人々の生活は非常に苦しかった。政府は配給制をとって物資の統制を行なった。配給の数量は少なく、人々は配給によらない売買によらなければ生活できなかった。

戦争に行かない人々も国民徴用令によって、いろいろな工場へ強制的に配属されて働かされた。若い女性や学生までもが動員され、日本が支配下においた地域(朝鮮、台湾)の人々も強制連行された。

＊戦争に行かない人や若い女性や学生、そして朝鮮人や台湾人までもが、いろいろな工場で強制的に働かされた。

＊ Those, young women and students, who didn't go to war, even Korean and Taiwanese, were made to work compulsorly in various kinds of factories.

D、戦争時代、祖母(64)は青森県に住んでいた。その頃、祖母は幼かったが、空襲で逃げ回ったことを覚えている。食生活も貧しかった。芋ばかり食べさせられたそうだ。広島の原爆で祖母は父を亡くしている。祖母はこの日がくるたびに、戦争は二度としないでほしいと願うそうだ。

＊いまは食生活がすごく豊かですが、戦争中の食生活の貧しさには驚きました。

＊ The meals of today are very rich, but I was surprised that the meals

at war were poor.

E、祖母(62)　戦争が始まってまず第一にもたらした被害は、食べ物がなくなったことです。食事というと、かぼちゃ団子や糖団子だそうです。兄弟が多かったので、とても大変だった。夜は暗くても明かりを点けられず、床の下を掘った防空壕で寝たりもした。

生きるだけが精一杯だったので、着るものは兄弟が共同で着たものなので、ぼろぼろで何枚も重ねて、布切れをあてがったモノばかりだった。もう二度と戦争はしたくない。

＊生きるだけが精一杯。もう二度と戦争はしたくない。

＊ All we could do was to live. I don't hope we will make war, again.

引揚者の体験

A、母の知人(80)　サハリンから帰ってくる時。ミルクのない船の中で、赤ちゃんが死んでしまう。そしてその死んだ赤ちゃんを海に捨ててしまった。そしたらその赤ちゃんのお母さんは、狂ったように泣きじゃくったり、船の中で死んだ人も海に捨てるので、その親戚の人もすごい泣き方だった、という。

そして、帰ってくる日本の女を米軍が襲うから、女の人はみんな髪を短く切ったり、男の格好をしたり、わざと髭を書いたりして、身を守ったという。

＊女の人は米軍に襲われないように、男の格好をしたりして、自分の身を守らなければならなかった。

＊ Some women had to make themselves appear like a man to defend themselves from raping.

B、おばあちゃん(75)　樺太にいて、逃げて来た。逃げて来た時、後ろの船がやられた。その光景に心臓の止まる思いがした。

* When we fled from Sakhalin, the ship behaind us was shot and sunk. My heart stood still at the sight.

C、祖母（69）　祖母は樺太に昔住んでいました。その時のことを聞きました。

祖母の住んでいた「アサセ」という所は、ロシアから1里くらい手前にありました。

そこに夜大砲の弾が飛んできて、祖父と祖母は夜通しで逃げたそうです。「シッカ」という村に着き、そこから汽車で祖父の実家がある「タラナイ」という村に逃げ込みました。そこでも、占領してきたロシア人が布袋を持って、家に入ってきて、珍しいものなどをみんな持っていったそうです。しばらくして、樺太から北海道に引き揚げるため、船に乗って逃げようとしたところ、ロシア人が入ってきて、止められ、また戻ることになりました。「タラナイ」に1年いて、そうするうちにロシアの人と仲良くなり、北海道に引き揚げることができたそうです。

*私たちは、大砲の弾が飛んで来たので、夜通しで逃げました。

* Cannon balls came flying, and we fled all night.

D、祖母（57）の生まれは青森だったが、樺太の豊原に移り住んだ。……親とは生き別れとなり、親戚に育てられた。

E、母（57）　母は昭和10年に樺太で生まれた。今は樺太に行けるようになったので、絶対行きたいと言っている。

その他、特徴的なこと

A、祖母（73）　兵隊に行く人を見送るために駅に行って、日の丸の旗を振った。家にいるのは女の人ばかりで、若い男の人は誰もいなかった。

B、祖父(70)　お国のためと、戦争へ行くことが強制されて、名誉なことだと思われていた。戦争に反対すると、非国民と言われ、ひどいことをされたと聞いた。

日本人は朝鮮人などにも、とてもひどいことをした。生き埋めにしたり、考えられないことをした。

C、父(49)　アメリカ軍からチョコレート、ガムなどをもらった。

* After the war, my father was given chocolate and chewing gum by American soldiers. In those days, he could not eat rice, because of a food shortage.

D、沖縄はアメリカ軍によって破壊された。沖縄に残った住民は洞窟の中などで、集団自決しなければならなかった。

* The inhabitants in Okinawa had to kill themselves in union in the caverns.

E、母(45)　日本が戦争に負けた時、一番最初に逃げた人は兵隊だった。

* When Japan lost the war, people who got away at first were soldiers.

F、おばあちゃん(73)　根室に住んでいた終戦の年、子供が２人とお腹に１人いた。逃げている時、弁当箱を拾うとお砂糖が入っていて、暮らしに助かった。その弁当アルミのお弁当箱は、私のお母さんが中学の時に使っていたそうです。お腹にいた子供は、家が焼かれたので、知り合いの物置で、終戦２日後に生まれたそうです。

* 逃げている時に、アルミの弁当箱を拾った。その中には砂糖が入っていて、暮らしに助かった。

* She found an almium lunch box when she ran away. In it there was sugar, and it was helpful for her livelihood.

G、軍歌は軍隊を鼓舞し、国民の戦争意識を高揚させるものであるし、妻子のことや異国の土となった戦友を思い出すので、軍歌はやめてほしい。
＊ I want people not to sing war songs, because they reminds me of my wife and children and my comrades in battle.

H、おばあちゃん（81） 食べるものがなく困った。
・食べるものの代わりに衣類などを売って、少しのお金を得た。
・子供を守るために精一杯だった。
・何よりも夫の居場所が知りたかった。
・当時のことはあまり思い出したくないことが多い。
＊「何よりも夫のいる所が知りたかった」という言葉がすごく印象に残った。
＊ Before anything else, I wanted to know where my husband was.

自分の意見

A、戦争をやって喜べる人などいないと思う。戦争は字の如く「戦い、争う」。もちろん、死人が出て、負傷者も出るし、戦争に関係のない一般人にも被害が加わったりする。沖縄では、兵隊のほかにケガをした人を助けたりする女性の部隊も戦場ギリギリまで行き、アメリカ兵に殺されたり、逃げ場を失い玉砕したりと、結局はお国のためだから「ニッポン、バンザイ」なんかと。

現代を生きる若者にとって結局戦争で得たものは何か、と尋ねたいところだが、人の命を失った方が多い。戦争に携わった人々へ言いたいことは、人の命の貴さを考えてほしい。戦争をやって何もよいことはないのだ。
＊戦争をやって何もよいことはない、と私は思った。
＊ I thought that making war was never good.

B、聞ける人がいなかったので、自分の意見を書きたいと思います。

日本は日中戦争をやってから、第２次世界大戦が開戦しました。日本は、満州や朝鮮を植民地にしていました。戦争中にたくさんの人を虐殺しました。すごくひどいことだと思います。日本人が何も罪のない人々を、何も思わないで殺したことを寂しく思います。戦場に植民地の女の人をたくさん連れて行って。軍人にあそばれる女の人を可哀相に思いました。「従軍慰安婦」の問題も今はありますので、戦争責任をきちんとしてほしい。二度とあってほしくないことですよね。

＊罪のない人々を次々と日本人が殺した。

＊ Japanese killed innocent people one after another in the war.

C、聞く人がいなかったので、夏休み中のテレビで見た戦時の感想を書きたいと思います。その番組は、日本が南京を占領した時のフィルムのものでした。そのフィルムを見た時の僕の感想は、戦争とは人をあれほど醜く凶暴に変えてしまうものなのか。人を傷つけたり、笑いながら人を殺したり、とても人間とは思えないことをしていた日本の兵士。また銃剣で人の首を何度も切りつけたり。南京の人々はこんな日本人を許すでしょうか。今問題になっている「従軍慰安婦」問題なども含めて、日本人はその時に人間としてはとても考えられないことをしてきた。

この番組では、その他いろんな残酷行為を放送しました。しかし、そのすべてが今から見れば考えられない人間離れしたことです。はたして日本人は平和な民族なのでしょうか。

３、今回の取組の成果と反省

成果

１、戦争の追体験によって、第２次世界大戦がどのようなものであったのかを詳しく知ることによって、より深く戦争、平和について考えることができた。

２、「聞き取り調査」をすることによって、家族、その他の人と話し合い、

絆が深まったこと。
３、新聞、ラジオ、テレビ等からも学ぶことができた。
４、聞いたことを文章で表現する、また「簡単な分かりやすい日本文にする」ことで、文章要約、作文能力が培われたこと。
５、日本文がどんな英文になるのか考え、その対比、違いについて勉強したこと。
６、英文を書くために、教科書などを参考にし、辞書を多く引いたこと。
７、クラスのみんなの英文を学ぶことによって、多くの英語表現を勉強したこと。

反省点

１、英文にしてからのクラスで検討したり、話し合う時間が十分取れなかったこと。
２、英文にかける比重が少なすぎたのではないか。

４、まとめ

どれほど取り組んでくれるかが、心配だったが、予想以上にみんな頑張って取り組んでくれた。「聞き取り」を読んでいくうちに、こんなに貴重な体験が身の回りにあるのか、という驚きを覚えた。それにしても、戦争の傷跡は予想以上に深い。戦争体験の「風化」が言われ、表面的には全く忘れ去られたかのように見えるけれど、年配の人たち、特に老齢化社会といわれる多くの老人たちが、戦争体験を秘めて生活を送っている。特に発言力の小さい老人たちのこの体験を、無駄にすることはできないと、強く感じる。

かなり積極的に、高校生に体験を語ってくれている様子が見えて、大変嬉しく、感謝している。

今でもあまり口に出していないし、聞かれても口に出したくないという声もいくらかあり、気にかかる。それは、数は少ないようだが、実際に手を下していて言えない、という場合と、辛い体験を思い出したくないという

場合があるように思われる。しかし、信頼関係があり、見通しを持って生きられる時には、口を開いてもらえるものだと思う。

「私は戦争に反対です」「私は平和を望みます」という生徒の強い意思表示を読んで、やってよかったと思う。

各クラスへは全員の英文のみをプリントにして渡したが、このレポートは、全部を取り上げることができず、代表的なもののみを取り上げた。まだまだ取り上げたいものが多くあったが残念ながら割愛せざるをえなかった。

またここでは、「聞き取り調査」を中心にしたので、聞き取りをしてこなかった生徒のために、「北海道新聞」の投書欄「私の戦後」をプリントにして取り組んだ分や、他の資料から取り上げたものもあったが、やはり割愛せざるをえなかった。

最後に、この聞き取り調査にご協力くださった家庭の皆さん、知り合いの皆さん、等、大変ありがとうございました。心より御礼申し上げます。

本を出版するに際して

この実践をしてから29年が経った。今読んでみて、もうあの時の高齢者がいないことを思うと、本当に貴重な体験であった。あの時の生徒が、70代が多い高齢者に聞き取りをしたのが、ほぼ、最後のチャンスであったと思う。亡くなった方々のご冥福をお祈りすると同時に、積極的に話されたことに感謝を申し上げたい。話された貴重な事実を無駄にしてはならないと、痛切に思う。

5　北海道での人権教育（苫小牧東高校、札幌東商業高校）

1　言語教育に欠くことのできないもの

私は「英語を身につける」場合、英語を意思伝達の単なる「道具」としてだけではなく、「思想・思考」を表現する「豊かな内容の英語」を身につけなければならない、と強く考えるようになってきた。だから、教える場合、教材の内容、教材の価値を問わなければならない。

これまで、価値ある教材をどのように教えるかを追求するなかで、「思考を深め、ものを判断する力を養い、人権意識をしっかり持った人間、人間はみな平等だということを心の底から思い実践できるような人間に自分もなろうとし、生徒にもなってもらいたい」と考えている。

したがって、授業の中で人権や平和を考える話や教材を入れることを心がけてきたが、今年は「国際先住民年」。この意義をも考えて、北海道の民族問題を中心に今までの実践を振り返ってみたい。

2　ゲンダーヌのアメリカン・ネイティブに宛てたメッセージ

これは２年生３クラスで、自習課題が必要なときの投げ込み教材（資料1）として使ってきたもののまとめである。

どのように行なってきたか

1．ゲンダーヌの略歴と英文の注釈の資料を添えて日本文に訳させる。

2．次の時間に、資料（本『ゲンダーヌ』、新聞の切り抜き、写真、等）を持ち込み、このメッセージに至る経過と背景、ゲンターヌについて説明する。

3．英文の理解を深める（下線部がポイント）

1) We were made to fight against each other.

2) I've been here now for 20 years.

3) They made us "Russian".

4) look down on　cf. look up to

5) It is not right that judst by numbers the many should rule the few.

6) No one has the right to take away a way of life from another.

7) Many Japanese with the heart to hear and see and understand has supported me to keep pride in my trial ways.

8) so that the ones who come after us will not know the suffering we have known.

4．最後にアンケートに答える。

このアンケートでは、いろいろな項目を工夫しているが、次の２項は外さないようにしている。

①内容についてどう思いますか。

②今までに「差別」を感じる体験や話を聴いたことがありましたら、具体的に書き、どう思うか書きなさい。

①について

内容は「ウイルタ民族はロシア人や日本人から異民族、少数民族であるが故に差別を受け、戦争の犠牲になって苦しんだ。傷つけあうことを止めさせ偏見を取り除くために立ち上がった私を、多くの日本人が支えてくれている。アイヌ、朝鮮人、中国人を手をつないだ。連帯して前進しましょう」というものだが、民族の悲劇を知り、連帯について考えている。とても感動した、という感想が多い。

内容に沿った感想の特徴的なものでは

＊全くこのような話については知らなかった。日常、自分たちの知らない中で、このようなことがあったということに驚いた。絶対このようなことは繰り返されてはならない。

＊数だけによって、少数者が多数者に支配されるのは間違いである。また能力・欠陥などによって人間は差別を受けるべきではない。

＊彼らは少数民族ということで利用され、差別され、権力社会の犠牲者だと思う。

＊アメリカ・インディアンの仲間に勇気を与えるものだと思った。

＊差別された少数民族の人の苦しみや同じ待遇を受けた民族と共に、差別を無くそうという願いとその決意がよく分かった。

D・ゲンダーヌについて

＊私たちが考えられないような待遇を受けたに違いありません。

＊自分たちの生活様式に誇りを持ち、偏見を取り除こうとして、立派だと思います。

＊今の世代の後の子孫のためにも頑張ってほしいと思う。

日本人の立場で

＊日本人もロシア人も、随分ひどいことをしたんだなあと思いました。でも今更、どうこうしたってすまされる問題じゃないので、日本人としてすまない気持ちで一杯です。

＊単一民族国家と思い込んでいる私たち日本人は、他の民族を差別する。日本独特の悪いところが浮き彫りにされたと思いました。日本人というのは都合のよいところだけを利用してあとは放っておく。絶対許せないことです。

＊もし私たちが「日本人である」ということだけで差別されたら、と思うと、人ごととは思えなくなりました。

* 彼をこんな目に遭わせた日本人に腹が立つ。唯一の救いは、彼を支えた日本人もいるということです。

さらに掘り下げて考えようとしたり、自分に引きつけて考えた意見では、

* 同じ人間であるのに、少数民族というだけで差別されることは、どうしても理解できない。しかし、そうはいっても今の日本社会では、それが当たり前のようになっている、ということが恐ろしい。
* これほど勇気を持って、あんなに訴えることのできる人を尊敬します。僕たちももっとたくさん勉強すべきだと思います。
* 同じ地球に住んでいるものとして差別とかは絶対してはいけないし、またあってはいけないものなのに、実際にはまだ根強く残っているのは、まだ私たちがそのことについての知識がないことや、知ろうとしないことが、いけないのではないだろうか。
* はやくどんな民族であろうとも、堂々と胸を張って自分の民族を誇りに思って生活できる世の中になってほしいと思います。そのためにも私は偏見を持たれ、傷つけられてきた多くの人々の支えになるような人間の一人になれたらいいなあ、と思います。
* 私は「差別」ということを受けたことはありません。でも、人種差別がどんなにいけないことか、ということは分かっているつもりでした。が、人種差別がなぜ行なわれているかということを理解せずに、ただ差別がいけないと叫んでみても、中身のない薄っぺらな主張で、だれも共鳴はしてくれないと、改めて考えさせられました。差別ということについて理解して、また改めてその不当性を主張していきたいと思います。

否定的な意見はほとんどないが、次のような意見があった。

* 差別は一般になくなるべきもの、とされているが、一人一人の人間の中には、ある人々を差別したい（せずにはいられない）というような本能のよ

（資料１）

A Message to My American Indian Bros[(1)] and Sisters

Haho![(2)]

Wilta D. Gendaanu gives to you heart-greeting. I got word from Elaine Iron-Cloud and wish so much too to spread the Sacred-hoop among our Peoples.

I was born on Sakhalin, a member of a tribal people there. During the Second World War, we were made to fight against each other. Then, after the War ended, we were dragged back to Japan. I've been here now for 20 years.

My people lived in peace on Sakhalin. Then, when the Russians came, they made us "Russian". When the Japanese took over from the Russians, the Japanese made us "Japanese". We were used, and then, when Japan lost the war, we were thrown away. In Japan, I'm called a "Native of Karafuto" and looked down on. I've been through 50 years of prejudice.

You, my brothers and sisters, have lived through the same history. We share many similar customs and beliefs (my father was a well-known "medicine-man", "wičaśa[(3)] wakon").

Before both the Russians and Japanese came to Sakhalin, my people herded reindeer (caribou) and hunted and fished and lived in happiness and freedom —— as you lived before the coming of the wašiću,[(4)] the veho.[(5)]

It is not right that just by numbers the many should rule the few. No one has right to take away a way of life from another. The Great Spirit, Bōsewani, does not favor that way.

I have stood up to end the wounding of one another, to stop prejudice. And many Japanese with the heart to hear and see and understand have supported me to keep pride in my tribal ways.

I have joined hands with the Ainu here, with Koreans and Chinese to make a living circle —— so that the ones who come after us will not know the suffering we have known.

For them we continue. For the sacred-hoop of our Peoples!

1978. 12. 19

Daahinieni Gendaanu, Wilta

---

translated by Tashina Wanbli (E. Iron-Cloud), Northern Cheyenne A.I.M.

second translation: Fonoma e ha seneeše he ("drying up moon") March, 9th Sun.

〈注〉 (1) brothers, (2) アメリカン・インディアンのあいさつ Good! の意味, (3) Wičaśa (ウィチャシャ)男, Wakon (ワカン)神秘的, 聖なる(Lakota 語), (4) wašiću (ワシチュー)脂身を食べるもの(植民者を指す・Lakota 語), (5) veho (ヴェホ)クモ, (spider) 悪知恵をもつもの(シャイアン語)

'A Message to My American Indian Bros and Sisters'
に関する資料

この文章は、網走を中心に住む少数民族のウイルタ民族（以前は、オロッコと呼ばれていた）の、ダーヒンニエニ・ゲンダーヌさんが、同じ境遇にあるアメリカ・インディアンの仲間に、心をこめて書いたメッセージです。その境遇とは、少数民族であるが故に、虐げられ、差別され、経済的な生活基盤までも奪われたということなのです。

D.ゲンダーヌさんの略歴

- 1924（大正13）年3月17日生（？）
- サハリン（旧樺太 敷香（しすか）字オタス）で生まれ、平和だったウイルタの生活を送る。
- 土人教育所で、日本人教育を受け、日本語、カタカナ、算数、などを習う。
- 1942（昭和17）年、18才で日本軍の特務機関（スパイ活動を目的とする軍隊）に召集され、更に厳しい日本人教育、日ソ国境線で対ソ諜報・謀略などの秘密戦に従軍。
- 1945（昭和20）年、ソ連軍に捕えられ、日本軍人として8年の重労働の刑を受け、酷寒のシベリアに抑留された。この戦争と抑留中に多くの仲間（少数民族）が死亡。
- 1955（昭和30）年、日本に引き上げ、網走に。その後、定職につけず、差別とまずしさの中で一族、家族を支えてきた。軍人恩給の願いは何度も却下され続けた。
- 1977（昭和52）年、「私のミンの夢」を発表。（①網走に資料館ジャッカ・ドフニを建てて、北方文化のセンターにしたい。②サハリンに残っている私たちの同胞と文化の交流をすること。③戦争中、日本の国のために戦い、そして戦後戦犯者になって、シベリアへ連れていかれて死んでいった多くの同胞に代って、自分の手で小さな碑〈墓標〉を建てたい。）
- 1978（昭和53）年、資料館ジャッカ・ドフニが網走や全国の支援の中で完成。
- 1982（昭和57）年、キリシエ（ウイルタ、ニブヒの戦没者の慰霊碑）を建立。（網走市眺湖台に）
- 1984（昭和59）年、7月8日、民族の復権運動が、これからという大切な時に、心不全のため急逝。今、日本の少数民族問題も運動によって、少しずつ前進しつつある。

[英文の注釈]

- Elaine Iron-Cloud(エレーネ・アイアン・クラウド)
  アメリカ・インディアンの女性。アメリカで、インディアンの人権や文化を守る運動をしていたが、仲間が次々と暗殺され、日本に逃れてきて、日本に在住。
- the Sacred-hoop:「神聖な(仲間の)輪」
- Peoples : a people「一国の国民」 peoples「諸国民」
- look down on :軽べつする
- medicine-man :まじない師、祈とう師

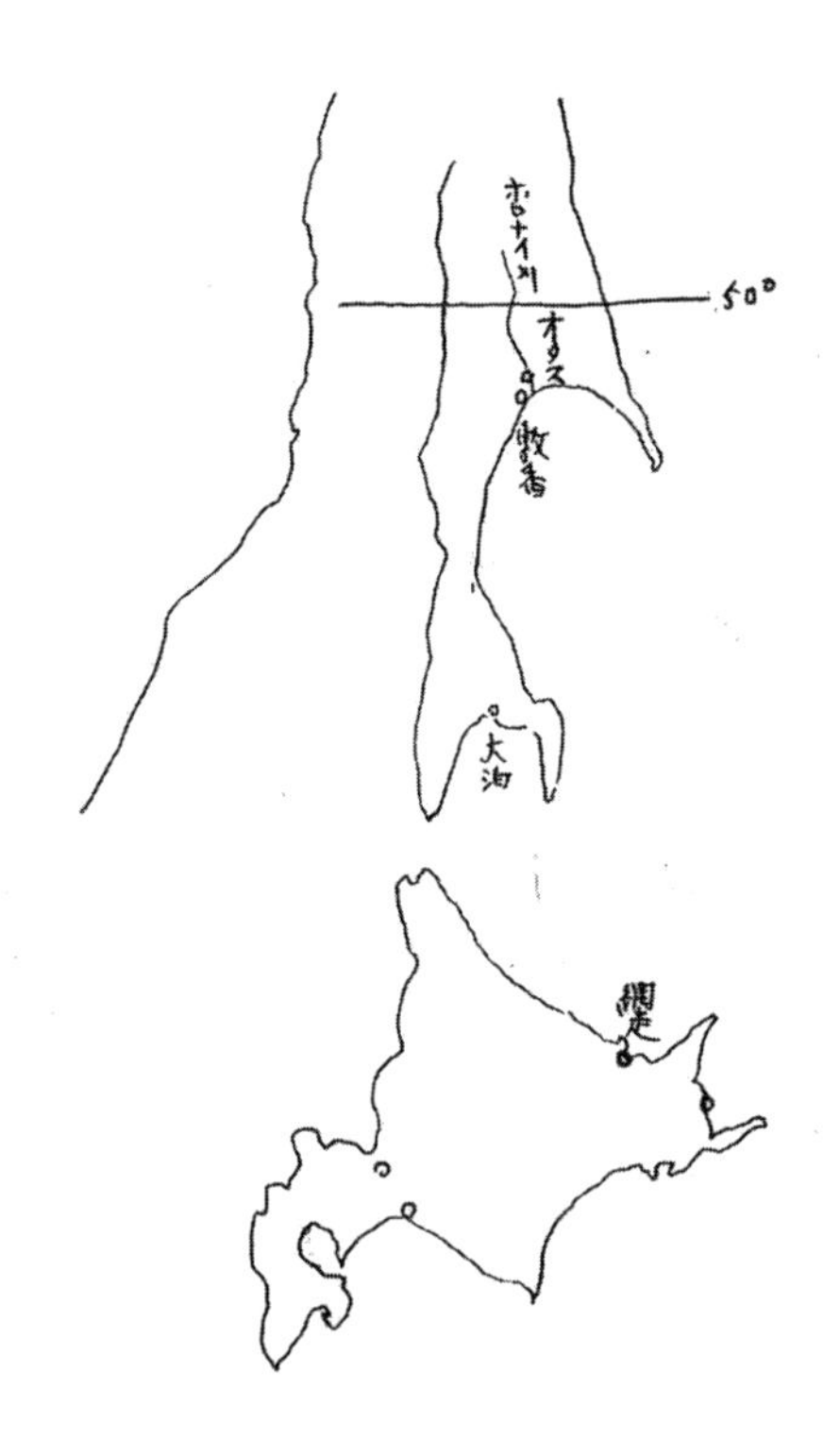

（資料２）

高校学校　教科書「現代社会」

検定前のもの

■ 少数民族の人権問題

一民族一国家の原則は現実には達成され難く，一国内における支配的な多数民族と異なる少数民族の問題が，国際条約の中に，人権に関する規定として取り上げられてきた。「国際人権規約」は，「人種的・宗教的又は言語的少数民族が存在する国において，少数民族に属する者は，自己の言語を使い，自己の文化を享有し，自己の宗教活動を行う自由と権利を否定されない」（B規約第27条）と，少数民族の保護を規定している。

わが国において，アイヌ民族はとくに，明治時代以来，北海道の開拓にともなう内地人の進出によって，狩猟の場を失い，奥地へと追われた。また，政府の同化政策により，その固有の文化がしだいに失われていくようになった。しかし，その後，アイヌ語やユーカラ①などのアイヌ文化の価値が認識されるようになった。アイヌ民族の自覚と努力だけでなく，わたしたちは，いまも就職・結婚などにみられるアイヌ民族に対する差別や偏見（へんけん）をなくし，アイヌ民族の経済的・文化的な発展に協力することがたいせつであろう。

■ 在日朝鮮人の人権保障

日本民族は，歴史的にみれば，中国とともに朝鮮から産業・文化の発展について多くの恩恵を受けてきた。ところが，1910（明治43）年の日韓併合（にっかんへいごう）後，朝鮮は日本の植民地となり，多くの朝鮮人が日本への渡航・流亡を余儀なくされた。また，学校教育では朝鮮語と朝鮮文字の使用を禁止されただけでなく，日本語の使用が義務づけられ，さらには神社への参拝（さんぱい）も強制されるようになった。第二次世界大戦後，朝鮮民族は独立したが，南北朝鮮に分断され，統一が実現されていないこともあって，日本に在留する朝鮮人の人権保障が問題になっている。在日朝鮮人の進学や就職における差別や偏見をなくし，また公営住宅への入居，国民年金，生活保護などの生活権を保障するだけでなく，母国との往来の自由を保障することなどが，わたしたちのこんにちの問題といえよう。

120　第１編　現代社会の基本的な問題

① アイヌ民族の間に伝えられてきた英雄物語。

第３章　現代の民主政治と国際社会

→ 検定後に実際に使用されたもの　1982年(昭和57年)度 より

圏 少数民族の人権問題

一民族一国家の原則は現実には達成され難く，一国内における支配的な多数民族と異なる少数民族の問題が，国際条約の中に，人権に関する規定として取りあげられてきた。「国際人権規約」は，「人種的・宗教的又は言語的少数民族が存在する国において，少数民族に属する者は，自己の言語を使い，自己の文化を享有し，自己の宗教活動を行う自由と権利を否定されない」(B規約第27条)と，少数民族の保護を規定している。

わが国において，アイヌ民族はとくに，明治時代以来，北海道の開拓にともなう内地人の進出によって，狩猟の場を失い，奥地へと追われた。また，その固有の文化がしだいに失われていくようになった。しかし，その後，アイヌ語やユーカラ[①]などのアイヌ文化の価値が認識されるようになった。アイヌ民族の自覚と努力だけでなく，わたしたちは，アイヌ民族の経済的・文化的な発展に協力することがたいせつであろう。

圏 在日朝鮮人の人権保障

日本民族は，歴史的にみれば，中国とともに朝鮮から産業・文化の発展について多くの恩恵を受けてきた。ところが，1910(明治43)年の日韓併合(にっかんへいごう)後，朝鮮は日本の植民地となり，多くの朝鮮人が日本への渡航を余儀なくされた。また，朝鮮では朝鮮語と合わせて，日本語が公用語として使用され，さらには神社への参拝も奨励(しょうれい)されるようになった。第二次世界大戦後，朝鮮民族は独立したが，日本に在留する朝鮮人の人権保障が問題になっている。在日朝鮮人の就職などにおける差別をなくし，また公営住宅への入居，国民年金，生活保護などによってその生活を保障することが，今後の課題といえよう。

① アイヌ民族の間に伝えられてきた神話や英雄物語をふくむ叙事詩。

(注)「国際人権規約」＝1966年、第21回国連総会で採択。

(注) 下線部分が削除、または表現を変えさせられた部分

うなものがあると思う。

3　地域がかかえている問題

ここにたくさんの生徒の感想を取り上げたのは、次のような背景との関連を知ってほしいからである。

私が「アイヌ」という言葉を口にすると、必ずといってよいほど笑いが起こり、雰囲気が一変する。それは、くすくす笑いであったり、隣同士顔を見合わせての、にやにや笑いであったり、時には声を立てての笑いの時もある。私が「どうして笑うの」と言うと、教室はシーンとなる。生徒は地域や親たちの差別意識をそのまま身に付けてきている。このような場合には、時間を取って「笑うことが差別的行為であり、いかに恥ずかしいことであるか」を話すことになる。教室にはアイヌの子弟がいることもあり、その気持ちを思いながらも、真剣に話をする。

このような差別意識はアイヌ民族の多く居住している地域で一層強い。しかしながら普通には、教師にはその差別がさっぱり見えてこない。気がついて取り上げてみようと考え出しても、学んだこともないし、差別意識の強いところでは、なかなか足を踏み出せないのが実態である。どうしても教科やホームルームで取り組む資料や実践交流が必要になっていると思う。

②の体験については、地域のドロドロした差別の意識が語られるが、分析的にみると、他人の差別に腹を立てることもあるが、自分の差別意識に気付いて罪の意識を感じたり、反省したりしている場合もある。

この欄に書く生徒の差別意識自体がこの10年でも少しずつ変化しているのに気付く。差別があるのだが、書くのは氷山の一角である状態から、少しはオープンに書く生徒が増えてきているという変化である。それは北海道のアイヌ民族問題が、新聞やテレビのマスコミで取り上げられること

が急速に増えている変化と軌を一にしてるのである。

4 『原野に挑むアイヌ魂』

これは高校生を対象に、私たち北海道の教師が作成した英語のテキストなのだが、この作成の過程で、アイヌ民族問題を学習し、集団的に取り組んだことが、英語教育と民族問題を考えるとき、私たちの大きな財産になっていると言えよう。

どのように取り組んだか

１、２年の冬休みの「課外授業」のテキストとして使用

２、90分×４日間（１日約10頁）

３、進め方は、１日分を予習して来ることを予告し、約１頁ぐらいずつ当てておき、読みと訳を発表させ、その後、間違い、よく分からないところ、重要構文などを、脚注を参考にし、教師が説明する。

４、最後に最も印象に残った箇所の英文を書き出させ、感想文を書かせる。

成果

だいたい予習をしてきていた。ちょっと大変な教材だったと思うが、受講者の程度からして無理ではなかった。

内容の英文を理解することを重点に進めたが、物語を感動を持って読みきれるように構成されているのがよい。英文全体が引き締まっていて、生き生きしており、構文もよく考えられているので、受験を考えている生徒にとっても、大変プラスになる表現が多い。叙情的な場面や、切迫した状況もあり、物語として面白いので、生徒は強く印象づけられていたようだ。

生徒の感想（特徴的な２人のみ）

＊アイヌ人が北海道の先住民族だということは知っていても、どのような生活をしているのか、どんな考え方をしているのかは、今まで分からなかった。差別があるといっても聞かされていただけだったけれど、今度このテキストを読んでみて、少しではあるが、アイヌ人の生活や精神に触れることができたと思う。テキストは、担任の大脇先生が作ったということもあって、すんなり読むことができて良かった。授業も充実していた。普段の学校の英語もこのくらいになればいいと思う。今、一冊の英語の本を読み終えたという満足感でいっぱいです。
＊最初、このテキストをもらった時、つまらなそうな本だと思った。おまけに、40頁もあるので、うんざりしていたが、こんなことを思っていたら、せっかく受講したのも無駄になってしまうと思い懸命に読んだ。すると、なんとなくだが意味が分かってきて、面白いと感じた。英文を読んだだけで意味が分かってくるとは、素晴らしいことだ。自分にもそれができつつあるので、頑張ろうと思う。このテキストは「インデラがやって来た」「バークホワイト」より良かったと思う。

5　ホームルームでの取り組み、その他

英語ではないが、民族問題をＨＲでも取り組んだ。このような課題を取り上げる時の条件は、クラスがきちんと受け止めることができることである。そうでなければ、差別用語を知って、“それが差別の始まりだった”（生徒の表現）などとなりかねない。

課題として提示しておいて、よく準備して取り組むべきだろう。

HR資料として準備したもの

1、竹内公久枝さんの作文「差別」　＊この作文を小生が英文にしたものもある

2、アイヌ民族について（『原野に挑むアイヌ魂』に載せた解説文）

3、日本史の教科書検定でどのように削除されたかの資料(資料2)、その他

民族問題は、小学校の「郷土の学習」、その他でいくらか学んではいるものの、地域の重要な課題であるにもかかわらず、学校ではほとんど触れられていないのが実態である。資料に基づいて学習を深めるならば、生徒はきちんと受け止めて考えてくれる、というのが実践してみての実感だ。

英語という教科の枠にとどまらず、今後も集団的に取り組んでいくことができれば、と願っている。

大脇徳芳　北海道・札幌東商業高校

＊この文章は三友社出版『新英語教育』1993年８月号に掲載されたものである

新英研「プロジェクト・カネト」のメンバーで旭川市の「川村カネト資料館」を訪ねる。[1987年5月31日]

6　アンネ・フランクの実践（札幌東商業高校）

1996年 12月17日

はじめに

このような投げ込み教材、それもアイヌ民族問題など、重い問題だが生徒に問題を投げかけ、考えてもらいたい問題を取り上げるには、取り上げるまでに越えなければならないハードルがある。

１、生徒に真面目に物事を考えようとする素地があるか
２、普段の授業で、生徒と教師が良好な関係が築かれているか
３、投げ込み教材を入れる時間的余裕と必然性があるか
４、他のクラスとの調整（複数、教師が同一学年に入っている場合は、特に）
５、教材の量と質は適切か（時間数と難易度の問題）
６、教材が生徒を引きつける力があるか（生徒が興味を示す教材であるか）
７、教師がぜひ取り上げたいという意欲と決意を持っているか

実際は、これらのことを考えただけで終わってしまうことが多いのかもしれない。しかし、このような機会を逃しては、行なえる機会はほとんどないだろうと思い、実践することにした。

実施の要領

高校１年の２時間を使った。12月の２学期の期末テストが終わった後の自習時間の教材として与え、１時間で完成させて提出させた。（文章はそれほど難しくなく、量的にも十分できる時間であった。アンネ・フランクが12歳、東商業高校の女性全部のクラスということで、同姓、同年代で、感

情的には大変適合していた。

次の英文を右に訳出し、下の質問に答えなさい。

The Diary of Anne Frank

Friday, 12th June, 1942 was Anne Frank's thirteenth birthday. The present she liked best was a big notebook. She began to keep a diary in it.

The air-raids on German towns are growing in strength every day and we never have a quiet night. I've got dark rings under my eyes from too little sleep. Food is short. Dry bread for breakfast. Dinner : cabbage for two whole weeks. Potatoes twenty centimeters long ; they taste old and sweet. Anyone who wants to lose weight should stay in the 'Secret Annexe' !

Oh, what is the use of the war ? Why cannot people live in peace together ? When people are showing their worst side, it's hard for us young ones to believe in truth and right and God. Yet I do, because I still believe that people are really good at heart, that this cruelty will end one day, and that peace will return again.

Question

日本語で簡潔に答えなさい。

1. 最初の日記で Anne の悩みはなんでしたか。2つあげなさい。
2. Anne の人間観を説明しなさい。

Anne Frank [ǽn frǽŋk]　**air-raid(s)** [έərrèid(z)]　**German** [dʒə́ːrmən]
strength [stréŋkθ]　**cabbage** [kǽbidʒ]　**potato(es)** [pətéitou(z)]
centimeter(s) [séntəmìːtər(z)]　**weight** [wéit]　**Secret Annexe** [síːkrit ǽneks]
truth [trúːθ]　**God** [gɑ́d]　**cruelty** [krúːəlti]　**return** [ritə́ːrn]

Anne Frank : (1929—44) 第2次大戦中，ナチスの迫害を逃れながら日記を書きつづったユダヤ人の少女　**keep a diary** 日記をつける　**I've got～＝I have～**　**air-raid** 空襲　**dark rings** (目のまわりにできた) 黒いくま　**lose weight** やせる　**Secret Annexe** 秘密の隠れ家　**what is the use of～?** ～がいったいなんの役に立つのか

young ones＝children　**believe in～** ～(の存在)を信じる　**do**＝believe in truth and right and God　**at heart** 心底は

Anne Frank

次の時間、英文の学習をきちんと終わらせた後、資料を与え、アンネ・フランクがどのようにしてこの日記を書くようになったか、ヒトラーがユダヤ人に対して、どのような政策を取ったか、など説明した。資料は、青木進々氏の『アウシュビッツとその背景』というブックレットの要約で、正確な資料で実態を知ることに努めた。

私がアムステルダムの「アンネ・フランクの家」に行ってきたので、大きな隠れ家の図やパンフレットの内容も見せて、理解を深めた。(資料として与えたのは年表、「アンネ・フランクの足跡」、「フランク夫妻の手紙から」〔夫は「アンネ・フランクの日記」を発表し、妻も殺されたので戦後再婚し、共に「アンネと平和運動」を残すために草の根運動を進めた〕、日記の英文とその和訳(4日分)、隠れ家の写真など、全部で12頁あったが省略する。)

最後にアンケートを取って授業を終わらせた。

アンケートの集約(下線を引いた部分は、同じ表現が多かった部分である。)

1、What kind of world do you dream of ?(どんな世界を夢見ますか)の答え

圧倒的に、戦争のない平和な世界、が多かった。差別(いじめ)のない世界、男女が平等、自然がいっぱい、アフリカなどの飢えの解決、銃と麻薬がなくなること、核兵器のない世界、みんな幸せ、

nothingという答えがあった。

2、感想、考えたこと

＊ユダヤ人だというだけで差別され、ひどい目に遭い、殺されてしまって、かわいそう

＊人が人を殺すなんて信じられない

＊ヒトラーはひどい、「ヒトラをこの手でぶっ殺す」

* アンネは、偉い、立派だ、素晴らしい、すごい（異常な環境の中で立派に生きた、勉強、日記の内容、隠れ家の生活）
* チフスという病気がなかったら。もう少し生き延びていたら
* プライベイトなことを公表されてかわいそう
* アンネの日記のおかげで、いろいろ考えさせられることが多い
* アンネの日記を、読んだことがある、読みたい、読み返したい、詳しく知りたい
* 今の日本はたいへん平和だ、今の時代に生まれて良かった
* もう二度と同じことが起こらないように
* これから平和な世界にするために、一人一人が努力すべき
* みんな助け合っていければ

3、疑問に思ったこと、知りたいこと

* どうしてユダヤ人は、差別され、強制収容所に入れられ、殺されたのか（ユダヤ人狩りのような不条理なことが、なぜ正義としてまかり通ったのか、不思議だ）
* どうして戦争は起こったか
* 人種によって差をつけるのは
* 他の国の人は何も思わなかったのだろうか
* ナチス党員の考えは分からない
* ヒトラーはどうして指導者になったか
* 昔は、なんて単純で、洗脳されやすい人が多かったのだろう
* アンネの日記が、ヒトラーやドイツ警察に読まれたら、自分たちがユダヤ人にしてきたことは、罪と感じることができただろうか
* 隠れ家の様子（食料、広さ、風呂、トイレ、一歩も外へ出なかったのか）
* 街の様子
* どうして外の世界が分かっていたのか
* アンネの家に食料を運んだ人は、なぜ捕まらなかったのだろうか

＊強制収容所で、どんな生活をしていたのか
＊アンネの日記はどうやって出版されたのか
＊他にユダヤ人の日記は出てこなかったのか
＊「英語の授業」としてはためになったが、それ以上は別に何も思わないし、特に知りたいこともない

（資料）アウシュヴィッツとその背景——青木進々

（「グリーンピース出版会ブックレット」より。大脇徳芳要約）

アウシュヴィッツを伝える意義

事実を人びとに伝え、二度とあってはならないことを世界中に訴えること。しかし一方では、この犯罪を隠そうとする潮流がある。

具体的なスケールでイメージすることは不可能。

(1) 数字が大きすぎることと、人類が体験したことのない犯罪規模であるため、想像することができない。

(2) 自分自身が、あまりにも犠牲者とかけ離れた生活をしているから。

１、壮大な謀略「東方総合計画」

ナチズム（ナチの思想）

「ドイツ民族は他のいかなる民族よりも優れた民族であり、特別な使命を持った民族である。そしてドイツ人の血の純潔性こそ、ドイツ国民存続のための前提である。

劣等民族であるユダヤ民族、スラブ民族、ジプシーはどのように環境を改善しても、教育しても、変革は不可能である。」（ポーランド人はスラブ系民族）

「ユダヤ人、スラブ人、ジプシーはゲルマン人（ドイツ人）と混血してはならない。劣等民族が周囲を腐敗させる前に、隔離するか絶滅しなければな

らない。」

「東方総合計画」(1932年)

(1) シベリアを含む東方領土およびアフリカに至る地域の植民地化

(2) ユダヤ民族とスラブ民族の絶滅政策

この計画を実行するため、

(1) 反ユダヤ主義立法の強化

(2) 親衛隊(SS)、特務機関の強化

(3) あらゆる抵抗運動の弾圧と壊滅の手段

ヒトラーの至上命令

ドイツ国防軍、陸軍、空軍、海軍、警察、ナチス親衛隊(ＳＳ)の中枢会議で(1939年)

「なによりもまず、劣等なるポーランド人種を絶滅し、ポーランド国家を壊滅させることである。慈悲はいらない。残忍であれ。強者は正義である。極めて残酷な方法を執れ。我がドイツの遂行する目的は、ポーランドを完全に破壊することだ！」

こうして1939年９月１日、ナチスはまずポーランドを、次にヨーロッパの各国を、そして世界へと侵略の道を突き進んでいった。

ポーランドという国と民族を、この地球上から抹殺してしまう。

記念すべき建造物、教会を全部破壊、教育、科学、芸術に携わる者、聖職者、政治家、指導的立場にある知識人などを逮捕し、処刑するか収容所に送る。

ポーランド民族の大量抹殺、戦時産業を維持し増大させる労働力が必要(賃金を払わず、最低の食事で、毎日12時間前後の過酷な労働)。

ポーランド全土に1000カ所以上の強制収容所(9カ所は「絶滅収容所」)。

年寄り、病人、身体障害者、弱そうな成人、妊婦、背丈が１メートル20センチ以下の子供、生まれたばかりの嬰児は、役立たずの人間、生きる価値が

ない者としてすべて抹殺処分。「子供専用収容所」。

2、アウシュヴィッツで何が起きたか

(1) 特定民族の絶滅政策

(2) 戦時産業を維持するための「労働力供給」と「強制労働を通じての絶滅」(重労働で衰弱した人たちをボロ船に満載して、船ごと海に沈めたところもある)

虐殺された人びと400万人以上

約40%…ユダヤ人、約40%…ポーランド人、約20%…ヨーロッパ各地から連行されてきた27カ国の人びと

死体の利用

女性の髪…織られて洋服の芯地、枕のクッション、羽布団の代用、その他

遺体の口を開けてバールやペンチで金歯を抜いて、それを溶かし、インゴットに

遺体を焼いた後の灰から肥料を作る

死体の脂肪から石鹸を作る研究

(所持品はすべて略奪)

カポ(囚人頭)の監視下で重労働

カポはドイツ国内から送られてきた刑事犯。労働を免除される替わりに、囚人の監視と労働生産性に責任を負わされる。任務を果たせない場合は、特権を剥奪されて彼ら自身がガス室に送られる。

人間としての誇り

極限状況に投げ込まれても、人間の誇り、人間性への確信と、限りない信仰を持って生きていた人がいた。

秘かにブリキに釘で描いた「聖家族」のエッチング、秘密の病院、「国際抵抗組織」

残虐者の心理

権威主義の浸透…命令には盲目的に服従、

教育でナチズムの人種論。反ユダヤ主義、国粋主義に染まった。

「ヒトラー総統の理想を遂行して死ぬことは、生きていることより光栄である。」

アイヒマン（ユダヤ人問題の最高指揮者）

「自分の行動は、すべて出世欲が支えていた」

虐殺の執行者たちは正常で平凡な人物であり、そのような彼らが史上最大の虐殺をしたということが、非常に恐ろしいことだ。

3、ポーランド民族の生き方

第二次世界大戦で、もっとも深刻な被害を受けたポーランドは、全土が戦場になった。

⑴ 徹底した反戦教育、「歴史はすべての知恵の母」

⑵ いまだに行方不明の人たちを捜す番組

⑶ もう一人分の食事を用意する…戦争中行方不明になった人（ドイツに略奪されたブロンドの髪をした幼児たち）、彼らはいつの日にか母国ポーランドに辿り着くかも知れない、それが見知らぬ誰であろうとも招き入れて、家族と一緒に暖かい食事をとってもらう。

⑷ 町の建物を市民の手で復旧する…世界各地から復旧基金の申し出があったが断わって、今でも修復は続けられている。

⑸ 歴史教科書の共同編纂…敵国同志であったポーランドと西ドイツの小学校で、今、現代史の勉強に両国とも同じ内容の教科書を使っている。

4、ナチスはいまだ滅びず

⑴ ガス室は戦後作られたものだ、と主張して議員に当選したネオ・ナチズム信奉者（ドイツ国家民主党）

⑵ アウシュヴィッツの事実をいまでも認めない元ＳＳ隊員は多い。

⑶ イギリスでアウシュヴィッツ展が開かれた際に、ネオ・ナチ派が襲撃

⑷ アメリカでネオ・ナチが人種差別団体のＫＫＫ（クー・クラックス・クラン）と連帯して、各地でテロを行なっている。

⑸ 日本でも、右翼の台頭と民主主義を台無しにしている政治状況がさらに根を張ろうとしている。

⑹ 私たち自身の生き方が問い直されている…戦争をしやすくする側に立つか、戦争をしにくくする側に立つのか。

オランダ・アムステルダムにある「アンネ・フランクの家」の「アンネ・フランクの部屋」（壁に貼り絵などがある）。建物は現在博物館になっている。[1984年4月]

7　英語スピーチコンテスト（札幌東商業高校）

札幌東商業高校の４年間、上記のコンテストに出場させるために毎年生徒にかかわった。この大会の歴史は新しいもので、スピーチ部門とリシテーション（暗唱）部門の２部門があり、商業関係の高校の全国大会の北海道の予選会になっている。全道の商業関係高校が当番校を持ち回りで、15校ほどの学校から２部門２名以内の生徒が参加し、全体で50名程度の生徒が参加する大会になっている。

札幌東商業高校では、生徒が「英語同好会」を組織し、英語の好きな子、男子が１学年20名ほどという女子校といってもよいくらいの学校で、全員女子だったが、加茂寛子が部長で引っ張っていた。

過去の札幌東商業高校の成績はどうかを見ると、私が来るまでの３年間（第６回～第８回）まで、宮沢凱寿先生の頑張りで白川久美が３年連続優勝の偉業を達成していた。

私はそれまでのことを何も知らず、２年の小川祐子のスピーチを担当し、第９回大会で２位入賞を果した。題名は「My grandmother and the aging society」（私の祖母と高齢化社会）であった。２年目（第10回大会）では同じ３年小川祐子を担当し、３位入賞であった。題名は「What Is Being Done For The Blind?」（盲人のために何ができるだろうか）。３年目（第11回大会）は２年の鈴木麻衣を担当した。「What MyGrandfather Has Given to Me」（私の祖父が私に与えたもの）が題名で、４位入賞だった。４年目（第12回大会）の最後は３年の鈴木麻衣を担当した。題名は「Thinking about the Ainu People」（アイヌ民族について考える）だった。ここに写真で紹介するが、

Thinking about the Ainu People

An Ainu high school girl is appealing, "I've made up my mind to confide what I've been worrying about as long as ten years. I've been called 'Ainu' and discriminated and treated roughly from my elementary school days. For example, a rag was thrown at me or I was kicked. When I only passed, someone mimicked the gesture of vomiting. Now I'm in the twelfth grade, I've had harder time than junior high school days. I've never told these things to the homeroom teacher or my parents. My father died when I was nine years old. As my mother is of advanced age, I don't want her to worry about me."

Another junior high school girl appeals, "Do you really know the meaning of human rights? There are no human rights in my school. Human equality has been ignored and there is much discrimination --too much."

These stories gave me a great shock, and I wished to know the realities of the Ainu people in Hokkaido. In elementary school I studied that the Ainu once lived, and 'Wagin' from Honshu deceived them with unfair barter. I didn't know more than that. But I've come to realize that the Ainu people did not only once live, but they are now living in Hokkaido, not only in Hokkaido but all over Japan.

Once they lived in harmony with nature, hunting animals and gathering edible vegetables. They had their manners and customs, their own songs and dances, and prayed to their gods. In the Meiji era, however, "the policy of assimilation" was enforced in full scale, and they were forced to change their life-style, deprived of their basis of livelihood.

But now they are trying to recover their racial spirits and pride. Perhaps you know the names of a lot of places come from the Ainu language. For example, Sapporo, Kushiro and Abashiri are from the Ainu language. The word 'Ainu' has been taboo, but 'Ainu' means 'human being' in the Ainu language. It is clear that we are living in the Ainu culture.

Nowadays there are many kinds of discrimination in Japan: against women, foreigners or handicapped persons, and bullying among children. The junior high school girl mentioned above said, "The severe circumstances under which I'm bullied are not only a 'minus' but also a 'plus' for the development of my personality. I can feel the pain and sadness of being bullied." In my childhood, I might have been in the bullying group without knowing it.

Now I think it is really important to stand in other person's place, recognize differences of others or their cultures. Therefore, let all of us try to learn much more about the Ainu people and sincerely support them.

Thank you.

Sapporo Higashi Commercial High School
Mai Suzuki
October 18th, 1995

入賞していて２位か３位であった。

今、思うことは、もちろん本人の英語の発音などの英語の表現力だが、原稿の持つ説得力、即ち原稿の中身がまず決定的に大切だ。まず、生徒に日本文の原稿を複数書かせ、題名を選択する。その後、小川さんの場合、２度とも、施設、盲学校を訪問し、話を聴き実態を知り、原稿の内容を豊富にし、問題を深く考えることである。そのことが説得力という面で原稿に反映する。

大会は大抵10月だったが、鈴木さんの場合、夏休みに学校へ出てきて、英語の推敲や、英語のスピーチの練習を重ねたというように、みな熱心に努力を重ねていた。

札幌東商業高校は何においても、生徒がよく努力する学校ではあった。

スピーチコンテストに参加し、全道2位か３位になった3年・鈴木麻衣さん（北見市にて）。
[1995年11月10日]

参考文献

1. 『幕末・維新』井上勝生著（岩波新書）
2. 『北海道屯田兵絵物語』金巻鎮雄編（旭川文庫2、総北海）
3. 『生いたちの記』大脇盛道著（私家版）
4. 歌集『みち一条』伏木田光代著（共同印刷）
5. 『新冠御料牧場』山本融定著（みやま書房）
6. 『北海道高教組の四十年』北海道高等学校教職員組合（北海道機関紙印刷所）
7. 『ストーンヘンジの謎は解かれた』G・S・ホーキンズ著、竹内均訳（新潮選書）
8. 『For Creative Teaching of English　北海道における「自己表現」実践・二二年間の軌道と展望』新英語教育研究会北海道支部（三友社出版）（一九九〇年）
9. 『新英研ハンドブック第三版　新英研の歴史と課題』新英語語研究会（創立四〇周年記念）（一九九九年）
10. 『アウシュヴィッツとその背景』青木進々（グリーンピース出版会ブックレット）

あとがき

本の構想を練っている時に「コロナ禍」がやってきた。いつもあたふたと出歩いていたが、部屋に閉じ籠らなければならなくなった。昨年の四月だったと思う。それで部屋の片付けを始めた。能率が上がったが、部屋の雑紙を捨てるのに二カ月一杯を要し、古新聞を入れるビニール袋が、驚くなかれ、一六個も出たのだ。驚いた。いかに散らかしていたかという点では大変恥ずかしい。

必要な書類を整理できたので、頭の中がスッキリした。ちょっと大変な作業ではあった。だがこの異常事態の時間を有効に使うことができた。コロナ様様だ。（コロナに罹った人には大変申し訳ない。）

いよいよ自叙伝書きに取りかかった。忘れていた書類も多く出てきて思い出したので、能率が上がった。

昨年の七月だったと思う。出版社を「寿郎社」さんに決め、『文芸うらかわ』に書いた六回の旅行記を読んでいただき、確信を得たので、一二月まで書きに書いた。

その後、字数を計算すると、二冊になるという。「裁判」と「英語の実践」を入れると三冊になりそうだ。無理を言って本を大型にし、一冊にすることに決めた。その他も異例ずくめの本造りで迷惑をかけているが、私の意思を通している。

集団写真がいっぱい入った。写真の顔を見て「本当にこの人たちに育てられた」と言えるのだ。集団の人間関係があって初めて自叙伝である、と活動を振り返って感じている。

すっかり大部になってしまったが、読まれてどう感じたでしょうか。重すぎて、読もうとは思わなかった、とはならないでほしいとは思ってはいますが。ぜひ読まれて、感想をお聞きしたいとは思ってはいますが。

一応、一大エネルギーを使うことの終点に近付いている。多くの人々の顔が浮かぶ。

寿郎社の土肥寿郎さんには大変ご努力をいただき、ご迷惑をおかけ致しました。

二〇二一年九月一一日　大脇徳芳

年譜

西暦	邦暦	年齢（歳）悦吉	忍	徳芳	事項（関連事件）
一八八〇年	明治13年	0			愛知県東春日井郡勝川に出生（7月23日）
一八九三年	明治26年	13			悦吉、兄鎌次郎（21）妻こま（15）と一緒に上川郡当麻村4区に大脇鎌次郎の家族の一員として入植
一九〇五年	明治38年	25			悦吉、兄鎌次郎の妻こまの妹くわ（明治21年9月9日生＝8歳離れ）（17）と結婚
一九〇六年	明治39年		0		長男忍出生（9月17日）屯田兵の子として（当麻村）
一九一五年	大正4年	36	8		忍の母くわ死亡（25）（2月1日）
			9		忍の父悦吉死亡（37）（11月4日）
一九一六年	大正5年		9		父忍、喜夫、日高国三石村の鎌次郎に引き取られる
一九二一年	大正10年		14		忍、三石尋常高等小学校卒業。4月より6カ月の準教員養成講習会を受け、終了後三石町本桐小学校教員として奉職
一九二三年	大正12年		17		忍、札幌尋常科正教員養成講習会に入り1年間で終了
一九二四年	大正13年		18		忍、北見枝幸小学校に赴任
一九三二年	昭和7年		25		忍、3月22日前川伴次郎4女はると結婚
一九三三年	昭和8年		26		忍、沙流郡岩知志小学校校長になる 姉玲子出生
一九三五年	昭和10年			0	徳芳出生（沙流郡平取村岩知志にて8月16日）
一九四二年	昭和17年			6	新冠村立元神部小学校入学
一九四五年	昭和20年			10	**日本の敗戦（8月15日）**
一九四八年	昭和23年			12	新冠村立新冠小学校卒業

西暦	邦暦	年齢（歳）			事項（関連事件）
		悦吉	忍	徳芳	
一九五一年	昭和26年			15	新冠村立新冠中学校卒業 北海道静内高等学校入学（1カ月で浦河高校へ転学）
一九五二年	昭和27年			15	**十勝沖大地震（3月4日）校舎倒壊**
一九五四年	昭和29年			18	北海道浦河高等学校卒業 浦河町立上杵臼小中学校助教諭　6月〜
一九五五年	昭和30年			19	北海道学芸大学函館分校1類中学コース 文科課程入学
一九五七年	昭和32年			21	北海道学芸大学札幌分校1類中学コース 文科（英語科）転入
一九五九年	昭和34年			23	北海道学芸大学札幌分校1類中学コース 文科（英語科）卒業 様似郡様似町立様似中学校教諭（4年間）
一九六〇年	昭和35年			24	英国ブリテッシュカウンスル主催オールイングリッシュの研修会に出席（定山渓）8月（17日間）
一九六三年	昭和38年			27 27	3月27日松居文太郎長女松居悦子（昭和11年7月7日生）と結婚 5月16日北海道浦河高等学校教諭（15年間）
一九六五年	昭和40年			29	長女直子出生（3月13日）
一九六六年	昭和41年			30	第1回北海道外国語教育研究集会、教育大札幌分校で
一九六七年	昭和42年		60		忍、45年余りの教員（校長職34年）にピリオドを打つ
一九七二年	昭和47年			37	**冬季オリンピック札幌大会（2月）**
一九七三年	昭和48年			38	陸上競技公認審判員登録 第6回「米国における英語研修講座」に参加（2カ月間）
一九七五年	昭和50年			40	高教組「少数民族専門委員会」発足、4委員の一人になる
一九七六年	昭和51年			41	鈴木ヨチ、大脇「全国教研」（大津市）参加（1月） 静内町でアイヌ民族問題で懇談会を開き、活動のスタートを切る（8月1日） 次女出生（11月）
一九七七年	昭和52年			41	「少数民族懇談会」（少数懇）第一回総会。規約、役員を決定。会が正式に発足。大脇が会長（1月） 胃破裂により浦河日赤病院で緊急手術2月4日、入院一カ月間 **北海道庁爆破事件（3月）** 『ポロ　リムセ』創刊号発行（12月）

一九七八年	昭和53年			42	全国教研（沖縄）に城野口百合子、鷲谷サト、大脇参加（1月26日〜30日） 『アイヌに生まれた私の抵抗』城野口百合子、『アイヌとして生きた私の五十年』小川操、出版（1月） 北海道苫小牧東高等学校教諭（14年間） 鷲谷、城野口、秋間、大脇（4人）弟子豊治さんを訪ねる（7月6日） 第4回民衆史道連日高集会「地域民衆史の生活と歴史を学ぶ日高集会」250名参加（8月11日〜12日）
一九七九年	昭和54年			43	苫小牧市日吉町2丁目5-9に住宅新築（10月〜）。13年後、1992年より賃貸借、2001年1月売却
一九八〇年	昭和55年			44	日高集会収録『民族連帯の輪舞』7月20日発行（518冊） 父母の金婚式（定山渓グランドホテル）。一人も欠けることなく総勢32名（8月9日〜10日）
一九八一年	昭和56年			45	「苫小牧民衆史を語る会」発足（2月1日）事務局長
一九八二年	昭和57年			47	小池喜孝氏講演会「北海道をきり開いた人々」8月29日苫小牧文化会館 『生徒とともに考える日本の少数民族』専門委員会発行（11月1日）
一九八三年	昭和58年			47	「苫東遺跡を考える会」結成（1月22日）（前年7月に「環濠遺跡」発見される）。会計、後、1989年4月事務局長 砂沢クラさん表彰・出版記念祝賀会（苫小牧市）（11月27日）
一九八四年	昭和59年			48 47	第10回「英国における英語研修講座」レデング大学、7月25日〜8月29日（38日間） **北海道ウタリ協会「アイヌ民族に関する法律（案）」（アイヌ新法）を決議（5月）**
一九八五年	昭和60年			49	『続・生徒とともに考える日本の少数民族——教育実践上の手引き』発行（11月1日）
一九八六年	昭和61年			50	苫小牧市静川遺跡、文化庁の指定遺跡になる（1月8日） 第23回新英研全国大会札幌市定山渓で（8月4日〜6日）テーマ「国際理解と平和教育」 **中曽根首相「知的水準」「日本単一民族国家」発言（9月10日）**
一九八七年	昭和62年		80	51	城野口百合子さん全国教研（東京）でアイヌ語で挨拶、大脇同行（5月6日〜10日） 父忍死去（7月20日）
一九八八年	昭和63年				新英研『原野に挑むアイヌ魂』（英文教材）発行6月20日
一九八九年	平成元年			53	**11月9日ベルリンの壁崩壊** 12月10日（日）ベートーベン『第九』合唱初回（苫小牧）
一九九一年	平成3年			55	第15回少数懇総会（苫小牧生活館）。会の名称を「少数民族懇談会」に変更（1月13日）

西暦	邦暦	年齢（歳）			事項（関連事件）
		悦吉	忍	徳芳	
一九九二年	平成4年			56	北海道札幌東商業高等学校教諭（4年間） 「札幌浦高会」設立総会（11月26日）事務局長
一九九四年	平成6年			59 58	**萱野茂氏参議院議員に繰り上げ当選、アイヌ民族初の国会議員誕生（8月5日）** 少数懇「民族とその表現のしかたについて」集会、かでる27（11月6日）
一九九五年	平成7年			60 59	北海道札幌北高等学校定時制講師（1年間） 札幌市東区で、父の住宅建て替え（10月13日竣工） ベルリンでベートーベン『第九』を歌う（12月19～27日、9日間）
一九九六年	平成8年			60	札幌東商業高校を退職 北海道札幌東商業高等学校講師（3年間） 「ナイス・ミドル・フレンド（NMF）スキークラブ」に入会（5月）
一九九七年	平成9年			61	「北海道新英研50周年記念・日韓英語教育研究集会」1月6日～7日 **3月27日二風谷ダム地裁判決** 北海道札幌北高等学校定時制講師（2年間） **5月14日「アイヌ文化振興法」公布、7月1日施行** **札幌コンサートホール（キタラ）落成記念演奏会（7月4日）** 新英研全国大会（松島）中本ムツ子さんと一緒に参加、「民族と国際語」7月31日～8月2日 「北海道旧土人共有財産」を返還すると官報で公告（9月5日）1、468、338円 千歳日航国際マラソン3時間58分14秒、9月14日（最後のマラソン）
一九九八年	平成10年			62	**6月6日「北海道旧土人保護法に基づくアイヌ民族の共有財産を考える会」設立総会** 「縄文とアイヌとの関わり展――文様をみつめて」、「稽古館」（青森市歴史民俗展示館） 8月9日～12日
一九九九年	平成11年			64 63	北海道白陵高等学校定時制講師（2年間） **「共有財産裁判を支援する全国連絡会総会」6月12日。提訴（原告24名）7月5日** 妹恵子死去（62歳）（9月28日） 少数民族懇談会23年の歩み『ポロ　リムセ』12月31日発行（369頁）
二〇〇〇年	平成12年			64	第37回新英研全国大会、札幌市で（8月1日～4日）

二〇〇一年	平成13年			65	3月、退職後5年間の講師終了 母はる死去（90歳）（7月24日） 白内障手術（8月29日、9月5日） **9月11日同時多発テロ（ニューヨーク）**
				66	苫小牧の家売却（12月11日）
二〇〇二年	平成14年			66	**3月7日共有財産裁判地裁判決** **3月22日共有財産裁判、原告19名札幌高裁に提訴** FIFAワールドカップ日韓サッカーのボランティア通訳13日間参加（5月27日〜6月8日） 徳芳脳血栓（6月22日〜7月3日、12日間入院）裁判その他で分単位の仕事のため（？）
二〇〇三年	平成15年			67	アコムさっぽろ祭り10㎞59分38秒最後の走り（6月15日） アポイ山登山（竹中、道閑と一緒）6月17〜18日 朝日新聞社主催「北海道を歩こう」1回目（9月7日）真駒内〜支笏湖33㎞
二〇〇四年	平成16年			68	屋久島縄文杉見学旅行3月16日〜19日（4日間） NMF歩くスキー部長（5月）〜2016年（13年間） **5月27日共有財産裁判、札幌高裁不当判決、6月8日最高裁上告** 小池喜孝先生を偲ぶ会（6月12日）（2003年11月29日死去） 『心を掘る・小池喜孝先生』追悼文集発行6月12日、編集委員 「アイヌ民族共有裁判を語る東京集会」東京福音会センター（11月20日）
二〇〇五年	平成17年			69	少数懇会長28年間、退任1月10日
二〇〇六年	平成18年			70	共有財産裁判上告棄却（3月24日） 英語の家庭教師（長野太一3月〜次の年3月、菊池俊希07〜11年、菊池陽太09〜12年12月） ピースボート世界一周（4月5日〜7月15日）102日
二〇〇七年	平成19年			71	アイルランド（アレックス、バーニー夫婦）来る6月29日〜7月2日（4日間） **9月13日国連総会「先住民の権利に関する国際連合宣言」採択**
二〇〇八年	平成20年			72	ピアニヤン（ミュージカル）出演（教育文化会館）3月2日 コミット（各種学校のビジネス事務科の生徒約10名）に英語を教えた（5月〜8月、15回）
二〇〇九年	平成21年			73	プロジェクト・ウエペケレ　アイヌ民族の民話『イオマンテ』出版 全国勤労者スキー協議会、初級指導員合格（2月1日）（4回目で）
二〇一〇年	平成22年			74	「札幌浦高会」事務局長退任（10月）18年間 灯油からガスボイラー（エコジョーズ）に交換工事（12月20日）

西暦	邦暦	年齢（歳）悦吉	忍	徳芳	事項（関連事件）
二〇一一年	平成23年			75	**東日本大震災（3月11日）** ヨーロッパ旅行（ドイツ（娘の所）アイルランド、ローマ）3月24日～4月4日）12日間 札幌NMF（ナイス・ミドル・フレンド）スキークラブ『25周年記念誌』編集委員長として1年半務めた（4月30日発行） 朝鮮学校創立50周年記念アンニョンフェスタ（6月26日）
二〇一二年	平成24年			76	様似山道フットパスを歩く10月14日（77歳）
二〇一三年	平成25年			76	第50回新英研全国大会札幌市で（8月2日～4日）、プロジェクト・ウエペケレ（ピター・ハウレット、大脇で）「アイヌの口承文芸を英語で学ぼう」 我が家の壁・屋根の塗装、壁緑色に（作業17日間）新築後18年（11月25日終了）
二〇一四年	平成26年			78	夫婦で初めて京都旅行10月26日～30日（5日間）
二〇一五年	平成27年			79	勝利と芭蕉「おくのほそ道を辿る旅」6月3日～13日（11日間）
二〇一六年	平成28年			80	NMFスキークラブ30周年、岩手県安比高原スキー場。道外初めて、1月31日～2月3日（4日間） 札幌NMF（ナイス・ミドル・フレンド）スキークラブ『30周年記念誌』編集委員長（5月15日発行） 父の30周年祭、母の20周年祭（法事）北27条会館7月2日
二〇一七年	平成29年			81	冬季アジア札幌大会ボランティア2月19日～26日（8日間） 4月廃車決定（その後はレンタカー） 知床世界遺産を歩く80代3人の旅7月11日～14日3泊4日
二〇一八年	平成30年			82	朝日新聞社主催「北海道を歩こう」定山渓コース20㎞真駒内～定山渓（5月27日） **胆振東部大地震（9月6日）**
二〇一九年	令和元年			84	朝日新聞社主催「北海道を歩こう」10㎞コース（5月27日） NMFスキークラブで大雪山旭岳登山姿見の池付近、8月5日東川町、6日登山「湧駒荘」竹内智香さんと交流
二〇二〇年	令和2年			85	「宇梶静江さんと語る会」（9月24日）かでる27 家の土地「境界石」入れ（10月15日）
二〇二一年	令和3年			86	『アイヌモシリ【静かな大地＝北海道】に生きて』自叙伝出版

大脇徳芳（おおわき・のりよし）

1935年（昭和10年）、北海道沙流郡平取村に生まれる。

新冠村・元神部小学校を経て新冠小学校、新冠中学校卒業。

静内町・静内高校を経て浦河町・浦河高校卒業。

1955年、北海道学芸大学函館分校1類中学コース文科入学。

1957年、北海道学芸大学札幌分校1類中学コース文科（英語科）転入、1959年卒業。

様似中学校、浦河高校、苫小牧東高校、札幌東商業高校の英語科教師を務め、1996年、定年退職。

その間、「少数民族懇談会」を立ち上げ、会長としてアイヌ民族の権利獲得運動や、「アイヌ共有財産裁判」の支援活動などに携わる。

現在、「少数民族懇談会」顧問、「札幌浦高会」顧問、「プロジェクト・ウエペケレ」メンバー、日本陸上競技連盟Ｓ級審判員、全国スキー協指導員、「999人の第九の会」会員等。著書に『ポロ　リムセ――少数民族懇談会23年の歩み』（1999年、アイワード）。

札幌市東区在住。

アイヌモシリ【静かな大地＝北海道】に生きて
――昭和十年、日高地方に生まれたある高校英語教師の自叙伝

発　行　2021年９月30日　初版第１刷
　　　　2021年10月20日　初版第２刷
著　者　大脇徳芳
発行者　土肥寿郎
発行所　有限会社 寿郎社
〒060-0807　札幌市北区北７条西２丁目 37山京ビル
電話 011-708-8565　FAX 011-708-8566
E-mail doi@jurousha.com　URL https://www.ju-rousha.com/
郵便振替　02730-3-10602

印刷・製本　モリモト印刷株式会社

＊落丁・乱丁はお取り替えいたします。
＊紙での読書が難しい方やそのような方の読書をサポートしている個人・団体の方には、必要に応じて本書のテキストデータをお送りいたしますので、発行所までご連絡ください。

ISBN 978-4-909281-38-8　C0036

寿郎社の好評既刊

アイヌ文化の実践〔上巻・下巻〕

《ヤイユーカラの森》の二〇年

計良光範 編

一二〇年ぶりの鹿追い込み猟、山菜採り、伝統文様の刺繍、〈アイヌ史〉や〈アイヌ新法〉の学習、世界の先住民たちとの交流……。博物館の陳列ケースから伝統文化を解き放ち、古老から教わったアイヌの知恵を今を生きる力に変える――。アイヌも和人も北海道で共に学んだ《ヤイユーカラの森》という小さな会の二〇年に及ぶ活動記録。

定価〔上巻〕：本体三〇〇〇円＋税　定価〔下巻〕：本体三五〇〇円＋税

フチの伝えるこころ　THE SPIRIT OF FUCI

アイヌの女の四季　Four Seasons of an Ainu Woman

計良智子 著

「オハウ」「チタタㇷ゚」「ラタシケㇷ゚」などの伝統的アイヌ料理の作り方や、樹皮を裂いて糸をよる「カエカ」、ござを編む「イテセ」のやり方など、著者がフチ（おばあさん）から教わった季節ごとのアイヌの女の手仕事・習俗をわかりやすい言葉で綴る。一九九五年刊行の〈名著〉の復刻新版。全文の英語訳と「英語」「アイヌ語」「日本語」「学名」が対照できる「用語集」付。

定価：本体二五〇〇円＋税

永久保秀二郎の『アイヌ語雑録』をひもとく

中村一枝 編注

明治から大正にかけて、釧路の春採アイヌ学校の教師・伝道者だった永久保秀二郎が、当時のアイヌの人々から聞き取った〈言葉〉と〈伝承〉を、いきいきとした筆致で記録した『アイヌ語雑録』――。その貴重な手書きの集録を二〇年の歳月をかけて読み解いたアイヌ語・アイヌ文化研究に資する労作。「アイヌ語辞典」としても現在も役に立つ本。

定価：本体二六〇〇円＋税

おれのウチャシクマ［昔語り］

あるアイヌの戦後史

小川隆吉 著　瀧澤正 構成

朝鮮人の父とアイヌの母を持つ元北海道ウタリ協会理事の著者が初めて語った幼少期のすさまじい差別と貧困、戦後の民族運動の経緯、北大遺骨返還訴訟を提起し明治以来の〈帝国主義〉と闘い続ける「いま現在」のはなしをまとめた〝大日本帝国が生んだアイヌ〟の半生記。

定価：本体二〇〇〇円＋税

朝鮮人とアイヌ民族の歴史的つながり

帝国の先住民・植民地支配の重層性

石純姫 著

過酷な労働を強いられ〝タコ部屋〟から脱走した朝鮮人をアイヌの人々はコタンの家に匿い続けた。だが、そのつながりは戦時下ばかりではなかった——。丹念な文献調査とフィールドワークから見えてきた朝鮮人とアイヌ民族の知られざる関わり。〈近代アイヌ史〉〈在日コリアン形成史〉に新たな視点を提示した画期的論考集。

定価：本体二二〇〇円＋税

まつろはぬもの

松岡洋右の密偵となったあるアイヌの半生

シクルシイ 著

満鉄に売られたコタンの天才少年。昭和一三年、憲兵となった少年は松岡の命を受けて中国人として大陸に放たれる。任務は〝日本軍の非道の真偽の調査〟——。実在のアイヌの諜報員和気市夫ことシクルシイの死後十年を経て刊行された現代史の溝を埋める衝撃と感動のノンフィクション。

定価：本体二八〇〇円＋税

アイヌの法的地位と国の不正義

遺骨返還問題と〈アメリカインディアン法〉から考える〈アイヌ先住権〉

市川守弘 著

〈アイヌコタン〉は江戸時代まで支配領域を持ち、代表者（長）がいて、訴訟手続きなどの法規範を持った《主権団体》であった。ところが明治になって新政府はそうしたコタンの権限を一方的に奪った――。日本国の不正義を告発し、〈アイヌの法〉の確立を訴えた弁護士による初の法学的アイヌ研究の書。

定価：本体二一〇〇円＋税

シャクシャインの戦い

平山裕人 著

一六六九年六月、幕府を揺るがすアイヌの一斉蜂起始まる――。現存する史料すべての精査と現地調査によって謎に包まれた〈近世最大の民族戦争〉の全貌に迫る四〇年に及ぶ研究の集大成。戦いはなぜ起こり、どのような結末を迎え、その結果アイヌモシリはどうなっていったのか？

定価：本体二五〇〇円＋税

近現代アイヌ文学史論〈近代編〉

アイヌ民族による日本語文学の軌跡

須田茂 著

アイヌ民族の言論人によって日本語で書かれた小説・評論・詩歌を取り上げる初の「アイヌ文学」の通史――その〈近代編〉では山辺安之助、バフンケ、千徳太郎治、知里幸恵、違星北斗、バチェラー八重子、森竹竹市、貝澤藤蔵、ジョン・バチェラーなどの「言論」を紹介。受け継がれる民族の〈声〉が〝知的レジスタンス〟であり、文学の普遍性を堅持していることを明らかにした、日本の文壇・学会に真っ向から挑んだ書。

定価：本体二九〇〇円＋税